百日阳光

BAI RI YANG GUANG

范小青

长篇小说系列

FAN XIAO QING

图书在版编目（CIP）数据

百日阳光/范小青著. —北京：人民文学出版社，2015
（范小青长篇小说系列）
ISBN 978-7-02-010990-6

Ⅰ.①百… Ⅱ.①范… Ⅲ.①长篇小说—中国—当代 Ⅳ.①I247.5

中国版本图书馆 CIP 数据核字（2015）第 120722 号

责任编辑　包兰英
装帧设计　陶　雷
责任印制　史　帅

出版发行　人民文学出版社
社　　址　北京市朝内大街 166 号
邮政编码　100705
网　　址　http：//www.rw-cn.com

印　　刷　北京季蜂印刷有限公司
经　　销　全国新华书店等

字　　数　680 千字
开　　本　680 毫米×1000 毫米　1/16
印　　张　52.75　插页 3
印　　数　1—5000
版　　次　2016 年 10 月北京第 1 版
印　　次　2016 年 10 月第 1 次印刷

书　　号　978-7-02-010990-6
定　　价　77.00 元

如有印装质量问题，请与本社图书销售中心调换。电话：010-65233595

第 一 部

第 1 章

一

下午三点,新上任的平江市委书记闻舒的奥迪轿车从省城出发,上了刚开通两个月的宁江高速公路,风驰电掣般地向两百里外的平江驶去。

刚进入冬季的头一个月,天色阴沉沉的,十分浓重,好像酝酿着雨或者雪。其实,南方的冬天是很少下雪的。

半个小时前,闻舒还坐在省委书记张克峰的办公室里,张书记对即将走马上任的闻舒并没有多说什么工作上的事情。面对一个快速发展同时困难重重的城市,要说的话太多太多,即使是省委书记,也会有一时无从说起的感觉,他只是强调了一句话:中央、省里都看着你。

张书记是本省土生土长的书记,闻舒则不同,他从平江出来,到省里,从省里到了中央,又从中央回来,回到他原来的出发地平江。闻舒心里非常明白,他不是回平江去过渡的,平江不是他的摆渡口。

平江,长江下游的一个中型城市,这些年来,国民经济的飞速发展,令人瞩目,到一九九三年,总产值一跃成为居京、津、沪之后

的全国第四。这些成就,大半来自其管辖的六个县市的乡镇企业,平江的实践,使全国乃至全世界都知道,乡镇企业不仅给农村带来了翻天覆地的变化,也同样给城市带来了巨大的变革。

然而,如今,平江面临的困境已经和平江这些年的成功一样引起了世人的关注,最突出最严峻的问题正是曾经为平江描绘现代化蓝图的乡镇企业。

起始于平江农村而后影响带动了整个中国农村改革发展的苏南乡镇企业,闯过了船小好调头、船大抗风浪、船大好远航以及船队集团化的风口浪尖,一下子跌落低谷,迷失了方向。

闻舒脑海里浮出了多少年来一直牢牢记着的一串数字:

一九七五年,平江农村人均收入一百三十七元;

一九九〇年,平江的乡镇企业突飞猛进,农村人均收入五千五百八十六元;

一九九五年,平江的乡镇企业亏欠到期贷款和各种借贷三百多亿,百分之二十的乡镇企业停产或破产,百分之五十面临亏损,乡镇企业厂长自杀已经成为街谈巷议的主要内容,成为家常便饭,经济官司和经济案件多如牛毛,银行行长收不回贷款痛不欲生;

同时,以轻工产品为主的国营企业,仿佛一下子告别了辉煌年代,经济亏损,人心涣散,下岗工人的数字正在向六位数进军;

城市建设陷入进退两难的境地;

城市交通几乎成为堵塞经济发展的肿瘤;

……

车窗外的天色,渐渐地由灰变紫,往年的这个时节,初冬的太阳暖暖地照着,不冷的风温和地吹过,暖冬现象已经成为东南区域的正常现象,今年怎么了呢,刚入冬,就有一股寒气逼来的感觉,难道今年会是一个寒冷的冬天?

此时此刻,闻舒的内心竟有一种风萧萧兮易水寒,壮士一去兮不复还的悲壮。

曼图亚之胜。

滑铁卢之败。

不知怎么,发生在同一个人身上的一胜一败的两个典型,突然从闻舒的脑海里冒了出来,后人更记得的是失败的滑铁卢而不是胜利的曼图亚,是不是历史和人民更欣赏失败的英雄?

然而,没有一个人是为了失败而活着的。

三十年前,闻舒大学毕业,被分配到平江市平泽县下面一个公社的农高中教书,在那里一待就是近十年。一直到一九七五年,一个意外的事件,改变了闻舒的命运。

祸兮福所倚,福兮祸所伏。

命运,就是这样吧。

闻舒毕业于大学中文系,在农高中教书时,兼做镇上的通讯员,镇上有什么需要报道需要宣传的事情,大都由闻舒执笔写稿,闻舒的名字,常常出现在县广播电台里。闻舒写文章,观点鲜明,条理清楚,有说服力,县广播站曾经想借调闻舒,因为当时的政策,对下放的大学生还没有开放使用,一直未能调成。一九七五年夏天,闻舒在公社开会,听说了流水村的一件事,受到很大的触动。

流水村是个桃村,最盛时期全村有桃树数万棵,但是,每年的产桃季节,却成了流水村的灾难季节,大量的桃子成熟,全村老少以桃代饭,也消减不了产桃量的十分之一,无数的桃子在整个夏季烂在地上,蝇虫乱舞,病疫滋生。

流水村有个农高中毕业的年轻人,在村里插队知青的启发下,专门跑到上海,请来一位搞蜜饯食品的老师傅,到处筹借资金,创办了一个小小的蜜饯食品厂,将桃子制作成各种口味的桃片,又通过关系,打入上海的市场,仅一年时间,流水村就从全公社最穷的村变成了最富的村。

对新闻天生有一种敏锐感的闻舒,一下子抓住了这个新闻眼,立即到流水村去调查采访,没有碰见年轻的厂长,他到上海去联系销售业务了,但闻舒仅凭在村里的了解,当夜就写出了一篇有相当分量的文章,第二天送到县委办公室和县广播站。

在县广播站广播这篇稿子的同时,县委书记也读到了这篇文章,深受感动,立即决定,将当年的农村工作现场会放在流水村开。

闻舒又写出了第二篇大文章,题目就叫"现场会在哪里开",满怀激情地肯定了农民办工业的路子,并鲜明地提出自己的观点,认为这是中国农村的出路,是农村发展的方向。

文章被推荐到省报,省报在第二版全文发表,引起轰动。就在这时候,省委也召开了当年的农村工作会议,县委书记将闻舒的文章,作为平泽县的工作汇报,带到省里,受到大会重视,由大会安排第一个发言。

县委书记大会发言之后,全场热烈鼓掌,但在休会十分钟以后,形势急转直下,由当时的省委领导宣布,这是一个有严重政治问题的发言,省报总编辑立即在大会上做检讨,省委也当场决定,将全省的农村工作会议的后半部移到流水村去开,去开一个批判资本主义复辟的现场会。

此时的闻舒,已经被县委书记调到县委办公室。县委书记作为批判对象,比会议早一天赶回来做准备,安排被批判的程序,一看到闻舒,哭笑不得,说,闻舒呀,你还是回去吧。

在流水村开第二次现场会的过程中,闻舒一直待在农高中,到第二天下晚,有人到学校来找他,闻舒并不认识他,这位中年人也没有自我介绍,只是拍了拍闻舒的肩膀,说,你叫闻舒,我记住你了,就像我记住了流水村的那个小伙子一样,我只对他说了一句话,我也只对你说这句话,是真理,总有一天会被接受。

闻舒当时不知道这位中年人是谁。

一九七七年初,已经调到县广播电台工作的闻舒突然被县委组织部找去,告诉他,省委要调他。闻舒来到省委组织部报到,组织部的同志接下他的组织关系后,让他立即到办公大楼的三层去,说省委谢书记在那里等着他。

谢书记就是那位中年人,现在是分管农业的省委副书记。

此后几年,闻舒一直跟着谢书记,到一九八二年,谢书记调中央工作,把闻舒也带了去。

一晃,已经十多年过去。

半个月前,谢老把闻舒叫到家里,开了一瓶酒鬼酒,和闻舒长谈数小时,闻舒很清楚,他的命运将会有一次大的转折。这时候,闻舒是中央体改委农工司司长。

果然,十天后,闻舒被任命为省委常委、平江市委书记。

平江怎么啦?

支撑着半壁江山的乡镇企业怎么啦?

闻舒的政治生涯,应该说是从宣传乡镇企业开始的,在这一二十年中,他虽然没有直接参加乡镇企业的实践,但是他的工作,却一直和乡镇企业有着紧密的联系。闻舒参加过许多中央文件和中央领导人报告的起草,农村工作这一块,多半是他的任务,也许正因为此,才会把他放回平江。当然,还有中央和谢老的信任。更重要的,平江的乃至全国的乡镇企业,确实走到了一个重要的关口。

中央看着平江,平江的经验教训具有全国性的意义,回头看一看从无到有的历史过程,找出由盛而衰的原因,寻找一条再创辉煌的路,这正是中央和谢老对于闻舒的希望。

天降大任于斯人!

车速达到一百六十公里,因为减速玻璃的缘故,人感觉不到这么快的车速。路面平整,视野开阔,人的心情也跟着开朗。高速公路开通后,平江市的交通方便多了,原来去省城路上要走六七个小时,现在上高速公路,只需要两个小时。

汽车经过宁江公路线上第三个服务区的时候,闻舒拍拍司机许飞的肩:"小许,在这里停一下车。"

专程到省城接闻舒的平江市委副秘书长周怀说:"闻书记,这是金亭服务区。"

停下来休息的车很多,服务区建有一大群一层尖顶的房屋,一幢接一幢,连成一大片,有餐厅、超市、汽车修理、休息厅、厕所,放眼望去,令人心旷神怡。闻舒说:"这似乎不大像南方的农村,有点北方的味道了,开阔,壮观。"

周怀说:"这种建筑群,是学习西欧的风格建起来的,听说当初还争论过。"

许飞说:"服务区快餐生意好极了,每天都排长队,听说最多的一天,用掉了五百斤大米。我排过一次,整整一小时,才吃上一盒盒饭。"

闻舒说:"质量怎么样?"

许飞说:"可以,就是贵一点,二十块钱一盒饭。"

他们一起上厕所方便,走进厕所,周怀笑着对闻舒说:"高速公路开通才两个月,平江已经有了笑话,说是哪个镇有个小老板,三天两头去省城办事,这一路上的三个服务区,每一个他都要下来进一趟厕所,实在是因为这厕所太漂亮太干净了。"

服务区的厕所确实干净漂亮,甚至富丽堂皇,飘散着淡淡的香水味,闻舒笑了笑,问周怀:"这个金亭服务区,现在谁家在管?"

周怀告诉闻舒,金亭服务区原来是当地的一个乡管理的,最近由平江市一家物资部门接管了,情况一下子好转。原来乡政府只是停留在服务两个字上,没有放开思想,认为高速公路上的服务区,要想营利恐怕比较困难,所以根本就没作营利的打算和努力。由平江物资集团接手后,他们提出服务在先营利为本的口号,并且落实了一系列的措施。

闻舒说:"如果在服务区搞一点简易旅馆,像早几年刚开放时,各地引进澳资快速建造的那种简易澳资楼,成本不高,也许会有效益。在欧美高速公路上,那种旅馆到处可见。"

许飞说:"闻书记,平江物资集团的老总我熟悉,我把您的点子卖给他,您收不收点子费?"

闻舒笑着说:"当然收。"

他们往车上走的时候,不约而同抬头看了看天,感觉到天色的压抑,闻舒说:"今年冬天天气预测怎么样?"

周怀说:"好像没有什么特别的反常现象。"

许飞笑了笑,说:"我来报一段你们听听,今天晴,少云转多云,有时阴,午后有小雨,雨量中到大……"

他们上了车继续前进,气氛活跃了,话也多起来,闻舒问周怀:"周秘书长,一个人若想在尽可能短的时间内了解一个城市的面貌,你看有什么捷径没有?"

周怀愣了一下。

闻舒强调了一下:"我是说在尽可能短的时间内。"

周怀仍然在想,许飞突然说:"有办法,看电视。"

闻舒重复了一遍:"看电视?"

许飞说:"看这个城市每天晚上的电视新闻,短的二十分钟,长的三十分钟,什么都能看到。"

闻舒说:"看起来,平江电视台的工作做得不错。"

许飞说:"我不是说平江电视台有什么特别的好,但每天的平江新闻联播,二十分钟,应该算是比较全面的城市面貌,政治,经济,文艺体育,百姓生活。"

闻舒点了点头,说:"你这个点子不错。"

两个小时以后,他们顺利抵达平江,车子直接开到市里为闻舒安排的住所,南平饭店里的一座小楼。

决定闻舒调平江工作时,谢老曾经问过闻舒,闻舒的爱人胡萍的工作打算怎么安排,是留北京不动呢,还是一起到平江?闻舒毫不犹豫地说,当然去平江。

现在胡萍的工作还没有最后落实,市里给闻舒准备的住房也还未妥当,闻舒暂时先住南平饭店。

到了住所,闻舒留下周怀和许飞简单地吃了晚饭,便让周怀去准备晚上七点半的常委会,自己坐到沙发上,点了一根烟,放松一下心情,眼光一下落到条柜上的电视机上,想起许飞说的话,过去打开了电视,正是六点四十分,平江新闻联播节目刚好开始。

前面两三条重要新闻,照例是市委市政府的一些较大型的会议,闻舒从电视上看了看即将要和他合作的几位市领导的形象,没有产生什么特别的想法,后面的一条新闻采访,是有关希望工程的,一开始就把闻舒吸引住了。

五月初平江团市委举行了一次大规模的手拉手活动,将贫困地区的失学儿童请到平江市来,举办生日晚会,记者跟踪采访了这些回到贫困地区的孩子,摄下了一组值得深思的镜头,最后发问:希望工程将向何处去?

闻舒笑起来,注意到记者的名字叫"卢狄"。

紧接着的一条新闻是平泽县桃花镇恢复明清一条街的消息,闻舒心头突然浮起一阵激动。

闻舒在桃花镇待了整整十年,他在那里教书、写文章,因为"现场会在哪里开"引起了全省的轰动,受到批判。又因为"现场会在哪里开"被谢老注意,从而离开了桃花镇。二十年来,他再也没有回过桃花镇,但是他从来没有忘记桃花镇,梦回萦绕,桃花镇如今已是全国闻名的先进乡镇。

恢复明清一条街的新闻很快过去了,桃花镇的重现,使二十年后回到平江的闻舒心头也重现了当年的激情和意气。

二

桃花镇是一座名闻中外的江南古镇,长期以来,由于交通闭塞,经济落后,一直是平泽县最差的乡镇之一。一九八三年,其他乡镇经济都已开始复苏起步,有的乡镇企业产值甚至已经跨在亿元的门槛上了,那一年,桃花镇人均收入只有一百一十七元,几连冠倒挂在第一的位子上。一穷了,毛病就多,大吃大喝,赌博,鸡鸣狗盗,计划生育老大难。当年县里流传这么一句话,叫作桃花流水东湖瘦,讽刺挖苦的就是桃花镇和另一个最穷的乡东湖乡。

当年年底,项达民被安排到桃花镇担任镇党委书记。

十几年过去,弹指一挥间。

一九九四年,桃花镇的总产值二十亿元,创外汇二亿元,人均收入九千八百九十二元。同年,桃花镇获得了全国、省级、市级、县级大大小小几十个先进称号:经济发展、古镇保护、新区建设、财政税收、卫生乡镇、治安保卫、精神文明、计划生育……

流传出两句话:

没有桃花镇,就没有平江市;

没有项达民,就没有桃花镇。

似乎过分了一点,但是更多的人不得不服项达民。

这一天,著名的社会学家黄朴先生又来到桃花镇。黄朴是平江人,他的家乡平溪县玉溪镇也是一座古镇,与桃花镇虽属两县,却仅一河之隔。十年前,黄老回故乡,发现玉溪镇的经济已经开始起步,形势喜人,小城镇发展日新月异,但是黄老似乎更钟情于与自己家乡一河之隔的桃花镇。小时候,黄老和他的小伙伴们,常常游泳渡河到桃花镇,桃花镇给他的印象比自己的家乡还深。这样,黄老的故乡之行又多了一个节目,过河到桃花镇看看。

那时候河上还没有架桥,若是坐车,沿乡村公路走,从玉溪镇到桃花镇要走近一小时,黄老不愿意舍近而求远,要坐摆渡船过去。那一天风大浪急,家乡领导都劝黄老不要坐摆渡船,但黄老童心大发,执意上了摆渡船,一摇三晃地来到桃花镇。

如果说多少年后重回故乡,故乡的新貌使黄朴老先生精神为之大振,那么,多年以后重回童年乐园桃花镇,却使黄老心情沮丧,记忆中神秘古朴意趣盎然的桃花镇,已经如同一个垂暮的老人,全无生命的色彩。黄老做了一些调查,了解到桃花镇乡镇企业寥寥无几,十八个小土窑,每年大约"烧"出二十万的利润。

黄老回去以后,夜不能寐,连夜动笔,几天以后,写成了一篇著名的文章,后来发表在《人民日报》上,文章题目叫作"不能不走那条路"。黄老列举了玉溪镇和桃花镇,将两个乡镇进行了对比,谈及乡镇企业对农村经济发展的重大影响,不了解内情的人,都以为黄老在为自己的家乡骄傲,其实,黄老内心实在是为他钟情几十年的桃花镇着急。

文章发表,正是项达民到桃花镇上任的时候,项达民将文章从报纸上剪下来,压在办公桌的玻璃板下面,一压就是十多年。

此后的一些年中,黄朴老先生经常回家乡,每次回来,行程再紧,他都要挤出时间到桃花镇看一看,可以说,黄老是眼看着桃花镇一步一步走到今天,眼看着项达民把桃花镇托上了一个台阶又一个台阶。

黄老写了好些文章,介绍桃花镇的经验教训,使得家乡玉溪人吃起醋来,黄老哈哈大笑,说,好,好,这就是竞争,这就是竞争。

黄老和项达民结下了很深的情谊,今天下午项达民在县里开会,听说黄老到了,提前退会,赶回来和黄老见面。

晚上,项达民在桃花镇最高级的桃花源宾馆内的桃花洲宴请黄老,镇长柏森林、镇农工商总公司总经理常金鹏都在座作陪。黄老和这些人早都熟悉,大家见了黄老,也像见了自己家的一位长辈似的既尊敬又亲切自然,无拘无束。

酒席上还有一位特殊的客人,坐在项达民旁边,项达民向黄老介绍,这是平江市的女作家陶李。

黄老指着项达民笑着说:"错也,错也,陶李我知道的,怎么是平江市的作家,是全国著名的女作家嘛,应该是中国的作家嘛。"

陶李最崇拜的作家是鲁迅,她的文章,以犀利深刻出名,欲得鲁迅之真谛,是陶李创作的追求,也同样是她人生的追求,平时看事说话,自然比一般人要尖锐些、全面些、层次深些。酒桌上的各式人等,他们的言谈举止,当然一一被陶李尽收眼底,连他们心里想的什么,也都逃脱不过陶李世事练达入木三分的第三只眼。陶李向黄老看了一眼,她估计黄老根本就没有读过她的作品,当下一笑,说:"黄老,谢谢您的鼓励。"

以陶李的脾气和风格,她也许会说出一句让黄老难堪的话,但是她到底没有说出来,原因不在于她,而在于黄老本身。黄老很慈祥,但在他身上,有一种不怒自威的气息,在黄老面前,连陶李也得收敛自己的锐气。

黄老也微微一笑,又朝陶李看看,说:"你很年轻呀,我不明白,现在怎么有那么多年纪很轻的人都当了作家。"

陶李说:"我不年轻了。"

项达民补充道:"陶作家下过乡,是插队知青。"

陶李说:"我正在写一部长篇小说,下来补充点资料。"

黄老说:"有项达民的影子?"

陶李说:"有没有影子,小说会告诉读者。从我自己来讲,坦率地说,这基本上是一部纪实小说,只是没有采用纪实小说的名字。纪实的东西,黄老您知道的,麻烦。"

黄老说:"你不怕项达民和你打官司?"

项达民说:"我哪敢和陶作家打官司。"

总经理常金鹏笑着插嘴说:"陶作家是吹捧项书记的。"

陶李说:"在你常总面前,谁敢说项书记半个'不'字?"

常金鹏说:"那是,要是谁敢说项书记半个'不'字,我第一个不答应,叫他吃不了兜着走。"

黄老指点着项达民,半真半假地说:"项达民,你看看,搞得跟土皇帝似的,怎么,做了书记,有了成就,就说不得,骂不得?"

口气听起来是批评,骨子里却充满爱意,谁都听得出来,所以

谁也没有在意黄朴的话，都"啊哈"一笑。项达民指着常金鹏说："这就是个吹喇叭抬轿子的货色。"

常金鹏说："老实说，这世界上，我愿意为他吹喇叭抬轿子的人还不多。"

边说，边喝着酒，黄老酒量不大，但平时爱喝点白酒，所以每次来总要开白酒，今天开的是茅台，酒香浓郁。黄老的秘书小纪是个爱喝而且酒量奇大的北方汉子，一桌上的人轮流向他敬了三杯酒，一闲下来，就说没人陪他喝酒，和项达民斗上，要和项达民决一高下，说来过桃花镇许多次，没有一次看到项达民喝醉，又说什么一个人一生若不能大醉几次，这个人不可交。项达民说，你怎么知道我没有醉过？小纪说，那就是说你不愿意和我们喝醉，说得项达民只好拿起杯子来敬酒。黄老在一旁，看着项达民也高兴，看着小纪也高兴，乐呵呵的。

陶李也有点酒量，场面上多少能够应付，看到小纪缠住项达民，便主动向小纪挑战。小纪是来者不拒、多多益善。坐在陶李旁边的柏镇长向她说："陶作家，你少喝点，今天晚上项书记有点时间，可能会向你介绍情况。"说着，自己站了起来，举起杯子向小纪敬酒。小纪来了精神，说："好哇，又跳出来个不怕死的。柏镇长，早就听说你酒量不错，今天有机会领教。"

柏森林笑了一下，说："三壶两瓶白酒，且能抵挡。"

小纪兴致大增。

项达民说："你们小心，柏镇长醉了可是要哭的。"

柏森林说："你呢，你醉了样子好。"

小纪大乐，说："说说，说说，交流交流，交流交流。"

常金鹏说："镇长醉了坐在马桶上哭，等他出来我进去一看，把一整卷卫生纸撕了一地，不知道干什么，可能是揩眼泪鼻涕。"

众人大笑。

柏镇长说："你们笑什么，项书记不也一样要坐马桶，你去叫他起来,他一边打呼噜一边说,吵什么吵,我正在起草一份合同书呢。"

众人又大笑。

陶李说:"形象生动。"

一顿饭吃得大家都很尽兴,饭后由柏镇长陪黄老、小纪到新恢复的明清一条街转转,项达民向陶李介绍些情况。

项达民已有了几分醉意,常金鹏不放心,跟着来到桃花源宾馆陶李的房间,看项达民坐下了,手指指外面,说:"我在外面。"

项达民向他挥了挥手,常金鹏出去了。

陶李奇怪地说:"他在外面干什么?"

项达民突然笑起来,说:"替我站岗放哨吧。"

陶李想不到项达民会开这样的玩笑,一时不知怎么回答。看项达民坐在沙发上有点坐不住,陶李泡了一杯茶给他,项达民说:"我是不是有点醉了?"

陶李说:"不会的,照你的酒量,今天这点酒,不会有问题。"

项达民叹息一声,说:"可是最近我发觉我的酒量在退,退得很厉害。"

陶李说:"人的酒量和人的心情、身体状况,和喝酒的环境、喝酒对象都有关系。"

项达民说:"今天应该是最轻松、最没有负担的酒,可是……"眼睛里流露出些许沉重的东西。

陶李说:"人的生命总有低潮高潮。"

项达民挥了挥手,笑起来,说:"说这个干吗,"努力提起精神,又说,"看看,你还需要哪方面的情况?"

陶李说:"其实,我的书稿已经写好了,但总觉得还缺点什么,又说不准到底缺什么,我只想,只想和你聊聊天,随便谈谈。"

项达民似笑非笑地咧了一下嘴。

陶李说:"出版的问题已经联系好了,未来出版社的社长、

编辑过几天来平江,可能我会陪他们到桃花镇看看。"

项达民说:"好的。"

陶李又说:"他们就是来看书稿的,如果可以,这次他们就要把书稿带走。本来,想让你先看一看的,可能来不及了。"

项达民说:"我看不看无所谓。"

陶李盯着项达民看了看,重复问道:"你看不看无所谓?"

项达民笑了,说:"陶作家写的书,我看不看当然无所谓。"

陶李说:"你算是信任我呢,还是自信?"

项达民说:"两者皆有吧。"

陶李停了停,又说:"项书记,你相信常总的话,以为我的书真是吹捧你的?"

项达民说:"我可以不相信常金鹏,但是我相信你。"

陶李不依不饶地追问:"相信我什么?相信我会吹捧你,还是相信我看问题的眼光?或者,相信我已经被你掌握在手中?"

项达民不假思索地说:"相信你的一切,所有。"

陶李反倒有些愣了。

项达民喝着茶,眼睛眯缝着,与其说他正在和陶李谈话,还不如说他正沉浸在自己思想的天地中。

陶李愣了一会儿,回过神来,又说:"项书记,现在的形势,大家都知道,比较严峻,困难、问题、矛盾、前景……"停顿下来,过了一会儿,又说,"我想问你一个问题。"

项达民说:"什么?"

"你现在最想干什么?"

项达民脱口而出:"躺下来睡觉。"

陶李愣了一下,再要说话,突然响起了敲门声,陶李去开了门,是镇党委秘书小钱。小钱问项书记在不在,陶李说在,将小钱让进来,回头看项达民,刚才的疲惫已经完全没有了,目光炯炯地问小钱:"什么事?"

小钱说:"吕书记来了。"

项达民一愣:"刚到?"

小钱说:"刚到。"

项达民说:"突然袭击,出什么事了?"

小钱说:"没说什么,就在镇上等你。"

项达民和小钱一起出来,陶李送他们到宾馆门口,寒风迎面扑来,陶李不由打了个寒战,说:"今年冬天,冷得真早。"

项达民双手搓了搓脸,和陶李握了握手,陶李看他们上了车,车子很快消失在黑夜中。

三

平泽县委书记吕正晚上突然来到桃花镇,告诉项达民,平江市委新书记到任了。

对于到底谁来当平江市委一把手的猜测,已经有很长时间,现在终于有了结果。

吕正看着项达民,说:"知道是谁吗?"

项达民摇摇头,猜测的人选有好几个,他难以判断谁的可能性最大。

吕正笑笑,说:"这回你消息落后了。"

吕正是话中有话,项达民在桃花镇工作十几年,对上上下下的关系,可算是驾轻就熟,从省里到市里到县里,哪里没有他的眼线和耳目呢,常常有许多消息和决定,特别是人事问题方面的,县委书记吕正还没有掌握,项达民倒已经知道得一清二楚。项达民在平泽,是个众所周知的"消息灵通人士"。

项达民感觉到吕正在考验他的判断,想了想,说:"是高市长?"

高市长兼市委副书记,是平江的二把手,一把手换了几任,他一直按兵不动,高市长在基层干部中反应不错,呼声也比较高。

项达民话一出口,马上就知道自己错了,不仅新书记不是高市长,而且他还中了吕正的计。果然,吕正又笑了,说:"再猜猜。"

项达民摆摆手:"吕书记,别考我了,我猜不出来。"

吕正说:"你是真不知道还是假不知道,从桃花镇出去的人,你项达民不都有本花名册的吗?"

"从桃花镇出去的?"项达民突然眼睛一亮,声音一下子变得富有乐感,"是闻舒?"

吕正慢慢地点头:"闻舒回来做书记了。"

项达民没有将"太好了"三个字说出来,他想了想,说:"事先没有听到一点风声。"

吕正说:"是中央突然决定的。"突然就停止了说话,沉默下来。

项达民也沉默了,中央突然决定派干部到一个中型城市来当书记,这恐怕是比较少见的事情,足以见得这个城市在全国举足轻重的地位。

小钱泡了茶端过来,发现两位书记同时陷入沉思,便拿了烟给吕正。吕正摆了摆手,说:"最近正戒烟,别诱惑我。"

小钱笑着将烟递给项达民,项达民接了,点着了,深深地吸了一口,说:"孔检察官开始烟草管制了?"

吕正说:"和她没有关系,她根本没有时间管制烟草,是我自己主动排斥,属于觉悟比较高的。"看了看项达民,又把刚才停止了的话题拉回来,"我今天晚上赶来,是想和你商量商量,本来想给你打电话的,考虑电话里不一定说得清楚,正好晚上有时间,吃过晚饭,就来一趟吧。"

项达民说:"怎么不来吃晚饭?"

吕正说:"算了吧,知道你今天有贵客,下午会开到一半,就溜了,也不和我打个招呼,目中无人啊,定是来了重要人物。"

项达民说:"是黄老。"

吕正说:"黄老?你陪他吃的晚饭?"

项达民说:"是的。"

吕正不相信地摇摇头,说:"黄老没有告诉你闻舒来当书记?"

项达民说:"没有。"

吕正说:"黄老在北京也是个通天人物,他不会不知道。"

项达民说:"黄老这次出来已经半个多月,一直在外面,中央突然决定,他也许真的不知道。"

吕正意味深长地笑了笑,随即摇了摇头,把这个话题扔开,又回到原来的话上,说:"市委周秘书长今天下晚打电话来,说闻书记一到任,就要到下面来看乡镇企业,现在还没有确定先看谁家,周怀认为先看平泽的可能性比较大,叫我们有所准备。我想,如果先看平泽,你们桃花镇应该是首当其冲。"

项达民说:"那没问题。"停了停,又说,"闻书记是从桃花镇出去的,回来当然应该先看桃花镇。"

吕正想了想,说:"正好黄老在这里,可以先和黄老谈谈。"

项达民知道吕正的意思,说:"你是说,看看闻书记的态度?"

小钱插嘴说:"去年朱总理来,平溪县五星级的国宾馆,就是没有敢让朱总理看,其他人,从中央到地方,哪级领导没有来住过,八百美元的部长楼,三千美元的总统套间,天天有人住。"

项达民笑起来,说:"小钱你这可是有指桑骂槐的嫌疑啊,吕书记也住过总统套房。"

吕正开玩笑说:"难道住过总统套房的都是坏干部、腐败分子?"

小钱说:"老百姓就是这样理解的。"

吕正想不到小钱倒是个敢说话的人,自嘲地笑了笑,说:"那我也是被腐蚀的,是平溪的陈书记,硬叫我进去开一次洋荤。"

项达民说:"如果我是平溪,我就不会像他们那样,我偏偏叫朱总理去看看国宾馆,让他也住一住总统套房!"突然激动起来,"要知道,这是乡下人造起来的国宾馆呀!这是乡下人的总统套房呀!几千年来农民面朝黄土背朝天,谁能想到,农民能有现在这一天!我就是要让所有到桃花镇来的人都看到我们桃花镇的面貌,我们的新区,我们的花园别墅,我们的大型游乐场,我们的大会堂,我们的大宾馆,我们的厂房,我们的生产,我们的名牌产品,我们的经济,还有我们已经上马和即将上马的许多工程。我们的了不起的成就,应该让天下的人都了解,农民今天是个什么样子!"

项达民激动,吕正却不激动,平平稳稳地说:"你的话也有道理,但你那是中央领导视察、外地单位参观时的态度,现在闻舒是来做平江的书记,是来工作,来管具体事情的,如果中央不是觉得平江这摊子事关重大,怎么会从中央直接派干部到市里来,不属常规嘛。平江这摊子事,是什么事,你我心里都清楚,乡镇企业走到了哪一步,别人不清楚,我们还不清楚?"

项达民说:"当初乡镇企业起步时,我们也都清楚面临的困难有多大,我们几乎是在做一件根本不可能做成功的事情,但是我们成功了……"他猛吸几口烟,继续往下说,"八十年代末,开始搞三资企业办洋厂的时候,我们这些人,基本上就是瞎子聋子哑巴,什么也没有,什么也不懂,什么也不会,谁能想到,在一个小小的桃花镇,几年时间,竟然办起了一百多家三资企业!"

吕正心里腾起一股冲击波。

与其说是项达民说话的内容在吕正心里引起冲击,还不如说是项达民身上散发出的气息使吕正受到冲击。

八十年代末九十年代初,平江的乡镇企业开始引进外资,创办三资企业,当时,吕正刚担任平泽县委书记。上任伊始就面临敢不敢刮"台风"的考验,吕正旗帜鲜明地在全县范围批评一等二看三试的想法,他在全县的大会上说,我们承认现状,承认乡镇企业起点低、设备差、技术落后，也承认乡镇企业资金困难，内债难借，但是，正是因为我们有这些困难，正因为我们基础差，才更需要迅速地大力地发展三资企业，引进先进的设备技术，吸取先进的管理经验，以外向带内向。内债难借吗，那就紧紧抓住网开一面的大好机会，大力引进外资，借洋债，发洋财！

县委书记的话，如一股强劲的东风，给各乡镇鼓起了创办三资企业的风帆。

最后吕正告诉大家，他将选某个乡镇作为他的挂钩点，全力扶持三资企业。虽然吕正没有当场宣布他到哪个乡镇去，但是大家心里都明白，可能性最大的是桃花镇。

会议结束时，项达民告诉吕正，他把台商孙先生请来了，要在桃花镇做三天的实地考察。吕正一听，马上说，我和你一起去桃花镇。

吕正参加了项达民和孙福的谈判。孙福的条件很苛刻，其中主要有三条：一、批办项目的时间，一定要限定在一个月内；二、签约后三个月内，要见厂房和其他配套硬件；三、合资股份台方占大头。

谈判陷入僵局。

其实是吕正和项达民陷入了僵局。

关键是第三条。

谁都不肯松口，最后孙先生失去了耐心，也失去了信心，不愿意再等，项达民终于急了，对吕正说，你能够管桃花镇的书记，但是你管不了桃花镇的合资企业，你有权撤掉我这个书记，但是你没有权指定合资企业的股份分配！

吕正离开了桃花镇，出乎大家意料地选择了东湖乡作试点。

几年后，桃花镇和东湖乡都成功了，从前的那句话"桃花流水东湖瘦"，变成了"桃花流水东湖肥"。

吕正坦率地说，事实证明，成功的路不止一条。

多年以后的这个夜晚,在桃花镇项达民的办公室,县委书记吕正心里再次浮现起当年的情景,他觉得自己有点陷入情绪,便将两手在脸上搓搓了一会儿,搓去疲劳和往事。看到项达民又猛吸几口烟,又要往下说,吕正向他摆了摆手,说:"好了好了,我今天不是来和你争论困难大还是成就大,闻书记如果来看桃花镇,你打算怎么汇报?"

项达民说:"已经有的成就,大家都能看到,闻书记也不会不了解,用不着详细说了吧。我想着重应该汇报下一步:筹建中的电厂、水厂、三条路、高新技术开发区、新桃花住宅小区、游乐场二期工程、高尔夫球场……"如数家珍。

吕正再次摆手,说:"问题就在这里!"伸手向项达民要了一根烟,点着了,却没有抽,捏在手里,又说:"你现在的负债情况,别说在平泽,就是在整个平江市,在全省,也是赫赫有名了。"

项达民说:"欠债我会还的,但事情一定要做下去。"

吕正说:"你先别说这么多的工程要上马,就说眼下这些债,你拿什么来还?"

项达民说:"我派出去的讨债队,讨不到债不回家。"

吕正说:"不回家怎么办,死在外面?"

项达民说:"死在外面,也要叫他们把钱和死尸一起抬回来。"

吕正摇了摇头,说:"项达民,我想去看看你的游乐场。"

项达民一愣,说:"现在?"

吕正说:"现在。"

项达民说:"晚上不开放,看不见什么。"

吕正紧追着钉上一句:"白天能看见什么?"见项达民不吭声,又说,"现在你弄得全县人民都知道你,怎么说你的,你听说过没有,身边的人恐怕不会告诉你吧。"

项达民笑了一下,说:"知道,要找项达民,过山车上见。"

吕正说:"原来你也知道。"

大型的多功能的综合游乐场,建在桃花镇桃花湖边,占地面积二十五万平方米,总投资两千万美元,由水上世界、惊险世界、恐怖世界、微缩世界景观和未来世界五个部分组成,是桃花镇与澳洲刘董先生合资建造的。

两年前游乐场立项时,就遭到各方面的反对和非议,在一个不足两万人口的乡镇,投入两千万美元,建这么一个现代化的大型的游乐场,除了哗众取宠,还能有什么收效?

你桃花镇真的富得流油了?

钱没处花了?

教师的住房都改善了?

工人的福利都解决了?

农民的负担都减轻了?

环境污染治理好了?

……

项达民给大家算了一笔账。

桃花镇是一座著名的风景旅游古镇,镇上布满古迹名胜,在旅游旺季来桃花镇旅游的四方游客每天平均三千人次,如果建立了现代化的游乐场,将古老的景点和现代的游乐紧密结合,预计游客人数至少能增加两倍。如果外来旅游者每天达九千人次,游乐场一张门票三十元,九千个人呢,就是二十七万元,这是一;二呢,来桃花镇参观访问的兄弟单位参观团,这又是一个大头,现在平均每天接待参观者至少数百人,两年后,游乐场建起来,就算增加一倍,又是多少人?他来我们桃花镇参观,不能不参观游乐场吧,每人平均进一次游乐场,又是多少?再有,桃花镇两万人口,三千个家庭,每家算一个孩子,哪个孩子不玩游乐场,平均每个孩子捎上一个大人,又是多少?还有,在桃花镇工作的外国专家,他们的家属等等,这只是一笔门票收入,与之相配套的,住宿、吃饭、其他消费,不都是我们桃花镇的收入?

这是有形的收入,还有更多更大的无形的效益。

筑巢引凤。

游乐场就是桃花镇吸引外商外资的一个大巢。

澳洲的刘董先生在投资游乐场的同时,又在桃花镇投资了一家皮件厂,并且和桃花镇合资创办了塑胶有限公司。

在游乐场工程启动的同时,桃花镇的合资企业从原来的六十七家一下子增加到九十五家。

游乐场上马了。

两年过去,游乐场建成、开张,果然如项达民所算,游客如织,开张后的十天内,平均每天游客达一万人,仅门票收入每天就达三十万元。

可是,好景不长,很快,高潮跌降,游乐场开始冷落,电视、电台、报纸上的广告铺天盖地也唤不来游乐场的热闹。

项达民在桃花镇做了几次大规模的发动,动员全镇老百姓和全乡农民,大家都来玩游乐场。项达民则自己带头,凡有客人来,凡是他接待的客人,都由他亲自陪着来游乐场。桃花镇的客人很多,项达民每天都有接待任务,所以他几乎每天都去游乐场,时间长了,桃花镇的人都知道,若要找项达民,就说,到游乐场的过山车上去看看吧。

吕正突然在晚上要去看游乐场,当然是将项达民一军,意思是要杀杀项达民的傲气。话一说出来,果然项达民愣了,只要项达民有这一愣,吕正的目的也就达到了。吕正正要收回话题,项达民却站起来,说:"走,我也想看看晚上的游乐场。"

吕正和项达民一起走出来,说:"何止是你项达民,就是我吕正,看到世世代代面朝泥土背朝天的农民,坐大转盘、看世界景观,也一样感到扬眉吐气啊。可是,项达民你难道不觉得,这扬眉吐气的代价太大了些?"不等项达民说话,吕正紧接着又说,"我的意思,你应该明白,我不是要指责你的过去,游乐场已经建成,说废话无济于事,现在的问题是二期工程。"

项达民说:"是的,刘先生过两天就到,专门来谈二期工程的投资。"

按原来的规划,要将游乐场扩大成八个部分,另增加的三个部分,分别是:水底世界、太空世界和机器人世界。

他们坐车来到游乐场,天色阴沉沉的,乌云满天,没有月色,游乐场内黑漆漆的庞然大物横空出世,压在他们头顶。

吕正长长地叹了一口气。

项达民说:"吕书记,县委其他领导都来坐过我的过山车,就你没坐过,今天你在桃花镇住一个晚上,明天一早我来陪你坐过山车,刺激一下。"

是麻木?或者是泰山压顶不弯腰?无论是什么,吕正不能不佩服项达民的精神。他正要说什么,忽然看见柏森林急急地奔过来,向项达民说:"项书记,吴先生突然走了!"

"吴先生?吴楚雄?"项达民脸色有点变,紧追着问,"到哪里去了?"

柏镇长说:"听说赶到虹桥机场去了,要坐飞机回去。"

"回去?"项达民疑惑了一下,"回哪里?回台湾?"

柏镇长摇了摇头,说:"我也不太清楚,所以急忙过来找你。"

项达民抬手往下一劈,说:"新桃花小区的合同还没有签,不能让他走!"并毫不犹豫地说,"追!"回头向吕正说,"吕书记,不能陪你了。"

吕正向他们挥挥手,望着他们的车迅速地消失在黑夜中,吕正心里一阵感慨。

第 2 章

一

　　大家说,卢狄这小子,这回算是抓到个好东西了。

　　新闻记者卢狄进电视台五年,拍过无数新闻,平庸的多,人云亦云,或者跟着上级的指示精神,或者讲些老百姓喜欢听的话哗众取宠,也有新闻曝光,像卫生死角啦,个体户坑蒙拐骗之类,自己对自己腻烦得要命。考电视台那会儿满腔的热血说我要做刘宾雁,主考官说,你最好举另外的人为例。卢狄说,那我就做中国的约翰·里德、基希之类,当官不为民做主,不如回家卖红薯。当记者也一样,如果我当了记者不主持正义、不主持公道、不为老百姓说话,你们马上开掉我。主考官说,现在我们还没有录取你呢。卢狄说,我相信你们不会错过我。

　　卢狄果然没有被错过,他被录取了,当了平江电视台的新闻记者。

　　平江市的几十万电视观众几乎每天都在新闻节目里看到卢狄的名字,但是他们对他没有什么特别的印象,哪天卢狄的名字不再在电视上出现,也不一定有人会想起来,说,咦,怎么那个卢狄没有了呢?卢狄的名字远不如天气预报,如果某一天新闻节目以后没有天气预报,大家一定会说,咦,今天怎么没有天气预报呢?所幸的是平庸的岁月尚未消磨掉卢狄的雄心壮志,卢狄说,你们知道卢狄是什么吗?卢狄就是芦苇做成的一支笛子。是的,这笛子的材料不值一谈,一根芦苇而已,但是芦笛吹出来的声音你不可小视。大家笑,说,我们等着你的芦苇做成的笛子吹出惊世骇俗振聋发聩的声音。

卢狄终于要吹他的芦笛了。

不久前,团市委搞了一个希望工程向贫困地区失学儿童献爱心方面的活动,卢狄去做新闻报道,事情就这样开始了。

在轰轰烈烈的希望工程中,许许多多的人想尽办法资助失学儿童,各种活动如雨后春笋遍地开花,手拉手,一帮一,一个家庭出一个孩子的学费供到中学毕业,一个单位养一个学生负责到底,形形色色,应有尽有。大家争着向贫困儿童献爱心、献钱、献很好的条件,建立希望小学和希望中学,组织各界人士下乡访贫问苦,送温暖。也将穷苦地区的孩子领到城市来,让他们过两天富有的日子。请他们逛豪华大商场,吃麦当劳肯德基,住大酒店,电梯上下,早晨起来也能洗热水浴,送给他们高级的礼品。有一个乡下孩子把城里小朋友送给他的精美橡皮当作糖吃了,这样的事情听起来让人心酸。大家想,现在我们有条件了,我们要尽自己所能资助苦孩子。

要想在海洋般涌动的热潮中将献爱心活动搞出点新意,平江团市委也算是煞费苦心,举办了一个别出心裁的生日晚会。

这天晚上,平江市最豪华也是最高的建筑——古吴大酒店的顶楼旋宫,被布置得如神话世界里的天堂,团市委几位书记牵着来自贫困地区的孩子的手从观光电梯出来,走向令人眼花缭乱的旋宫,旋宫里响起雷鸣般的掌声。这时候卢狄正抓着长长的话筒和扛着摄像机的助手配合,在乱哄哄的会场中寻找焦点。

活动安排得滴水不漏,主持人讲话,团市委书记讲话,团市委某个部的部长讲话,伶牙俐齿自我感觉良好的城里孩子代表讲话,朴实憨厚稍有些木讷呆滞的失学儿童代表讲话……卢狄抓住机会采访了一个城里孩子和一个乡下孩子。

卢狄对城里孩子提问,你长大了想干什么?话一出口,他就为自己没有个性色彩没有创意没有棱角的问题懊丧不已。

城里孩子笑着,不假思索地说,当总经理。

卢狄也笑了,问,为什么要当总经理?

当了总经理就能天天到旋宫来。

卢狄说,你喜欢旋宫?

喜欢。

你以前有没有来过旋宫?

没有。

为什么不来?

城里孩子想了想,说,我又不是贫困儿童,谁请我来?

卢狄愣了一下,突然觉得有一点才思枯竭的感觉,盯着城里孩子黑黑的眼睛,竟再也问不出什么问题。他将话筒伸到坐在城里孩子对面的乡下孩子面前,把乡下孩子吓了一大跳,两眼定定地盯着长长黑黑的话筒。

城里孩子"扑哧"一笑,说,斗鸡眼儿了。

乡下孩子也笑了笑,但笑得很勉强。卢狄尽量用放松的口气说,小朋友,能不能谈一谈今天到旋宫来过生日的感觉?

乡下孩子结结巴巴地说,我,我,我喜欢。

卢狄说,你喜欢什么?

乡下孩子说,我喜欢旋宫。

你为什么喜欢旋宫?

在这里能看到许许多多灯光。

家里有没有电灯?

有。

亮不亮?

不亮。

有电灯怎么不亮?

电灯里没有电。

突然,灯灭了,全场鸦雀无声,过了一会儿,每个桌上的蛋糕上插着的小蜡烛点亮了,烛光摇曳,钢琴声响起来,祝你生日快乐的乐曲回荡在旋宫。

卢狄借着烛光问乡下孩子,小朋友,能不能告诉我,通过今天的活动,你回去以后打算怎么办?

乡下孩子茫然地看着卢狄,烛光映在他的眼睛里,忽闪忽闪的。

灯重新又亮了,吹灭了蜡烛,由城里孩子向乡下孩子赠送礼品。摄像机对准乡下孩子手里包装得十分精致漂亮的礼品包。有人说,拆开来,拆开来看看,让记者拍一拍,乡下孩子拿着精致的礼品包无从下手,不知该从哪里拆。城里孩子拿过去,老练地撕开包装,里边是一只粉红色的鸡心形状的钢琴模型音盒,打开来,有一对身着黑西装和大红舞裙的男女,随着音乐翩翩起舞,再摁下一个小开关,有个小抽屉伸展出来,城里孩子指着说,这是放首饰的。

乡下孩子捧着音盒手足无措,卢狄接上了刚才中断了的采访,说,小朋友,能不能告诉我、告诉电视机前的许许多多关心你的人,通过这次活动,回去以后,你打算怎么办?

乡下孩子张着嘴,半天说不出话来。卢狄说,没关系,不要紧张,来,随便说说,回去以后你有些什么打算?

乡下孩子说,我,不知道。

在第二天的"平江新闻联播节目"中,卢狄说,参加过旋宫生日晚会的贫困地区的孩子,晚会之后将向何处去,我们将跟踪报道。

卢狄果然跟踪采访了几个参加旋宫生日晚会的贫困地区的失

学儿童,现在他们都已经重新进了学校,穿着城里人送的新衣服,课桌上摆着漂亮的精致的文具,坐在泥垒草盖摇摇欲坠的教室里,显得十分刺眼,很不协调。

一个孩子的母亲说,孩子回来后,就没有说过一句话,孩子本来人缘很好,和同学相处得都不错,现在变成孤零零一个人独往独来,和谁也走不到一起,不知道城里人跟他说了什么。

另一个孩子回到学校就给团市委书记写了一封信,告诉书记,她两门课都考了一百分,其实根本是子虚乌有。

一位乡村小学老师说,孩子本来刻苦用功,一心想长大了读师范,再回乡下做乡村教师,可是参加了生日晚会以后,再也不想做乡村老师了。乡村老师说,我也没有见过旋宫是什么样子,但是我知道是旋宫把这个孩子旋昏了头。

严重的失落,丢失了自己的位置。

严重的心里失衡,找不到自我。

对于这些情况,卢狄并没有加以主观的评判,他只是提出问题:将穷困地区上不起学吃不饱饭的乡下孩子领到城里来过几天一般的城里孩子也不可能享受到的上等人的生活,这种做法,究竟利大弊小还是利小弊大?

对这一组新闻报道,各个层次的观众反应都很强烈,纷纷打电话、写信,表示对这个话题有很大的兴趣,愿意展开讨论,甚至一些政府官员也通过不同的方式向卢狄和电视台表示赞同。卢狄的同行说,卢狄,你小子,到底给抓到个好东西。

卢狄被胜利冲昏了头脑,听说马路台长找他,兴致勃勃,一头冲进来就说:"马台,组织一个电视专题讨论看起来是势在必行的了。"

马台长是欣赏卢狄的,当年卢狄应聘,他就是主考官之一,他希望电视台能有卢狄这样的尖子户。一个单位,这样的人太多了不行,但一个没有也不行,像卢狄这样的人,只要有人能够驾驭得住,会是块很好的材料。马台长认为自己能够驾驭卢狄这匹黑马,最好的办法就是给他当头一棒。马台长说:"卢狄,你认为乡下的孩子心里失衡,我看你倒有点心里失衡的样子。"

卢狄说:"马台,你搞错了,不是我心里失衡,是大家心里都失衡了,所以对一些社会问题,会有这么大的兴趣。我发现,人们的倾诉欲、演讲欲,越来越膨胀,参与意识也越来越强,所有的人,都在抱怨社会不理解他,没人肯听他诉说,但同时呢,他们又懒得倾听别人的诉说,也不愿意去理解别人去体谅别人,这便造成了人的孤独感,所以,我以为,电视台抓住机会搞一些社会问题的讨论,一定会大大提高我们的收视率!"换了口气,继续说,"醉翁之意不在酒,看起来是讨论希望工程,实际上是增加我们台的知名度,名利双收,这等好事,今日不干,更待何时?"

马台长笑眯眯地看着卢狄,等卢狄稍一停顿,便说:"卢狄,你不觉得自己看问题偏激了些吗?照你的意思,是不是凡参加了生日晚会的穷孩子以后都会找不到自己,都不再知道自己是谁了?如果再广而言之,你不怕有人给你上纲上线?"

卢狄说:"我明白您的意思,我并不是说所有得到希望工程资助的穷孩子,都会失去自己。我只是就我采访到的问题,提一些自己的看法而已。我也不是不知道,对这些开过眼界的孩子,将会有各种不同的结果,也许他们从此发奋努力读书,以后出人头地,进旋宫。也可能呢,从此对人生失去信心,对生活失去信心,自暴自弃,落入心里的旋宫再也走不出来。但是有一点我是坚信不疑的,那就是,参加过旋宫生日晚会的孩子和没有参加过的孩子,是不一样的。我并不是一家之言,我也没有把自己的主观色彩强加给大家,我只是希望大家来讨论,把问题讲透,把事情看透。马台长,您别笑面虎了,我知道您赞同我的想法。"

马台长说:"无论我是赞同你的想法还是不赞同,但我正式告诉你,你设计的系列讨论节目不能开办。"

卢狄说:"为什么?"

马台长说:"我叫你来,是因为一会儿有人要见你,和你谈话。"

"谁?"卢狄终于从马台长的笑意中看出些问题。

"团市委一正四副五位书记。"

卢狄"嘿"了一声,说:"五位书记一起来,这么轰动,至于嘛。"

马台长说:"人家辛辛苦苦,为这个活动足足筹备了几个月,到处求爷爷告奶奶拉赞助寻找支持。为了生日晚会这么个新颖的形式,也是费尽心机,还来找我们的策划征求过意见,花费的心血和精力足足几大箩吧,担的心思也有几大箩吧,本来是作为今年团市委重点工作成就总结汇报的,你倒好,给人家来个全盘否定,人家怎么饶得过你,怎么不来兴师问罪?"

卢狄说:"那就是他们小心眼儿,我又不是针对团市委的,谁搞这样的活动都会撞在我的枪口上,我对事不对人。对搞这样的活动,他们自己也会有想不通的地方,但问题是一边有想法一边还卖力地干,我们中国的事情坏就坏在这里。"说着突然盯了马台长看了一眼,笑了笑,说:"马头,你骗我的吧,什么五个书记一起来,难道丁强也会来?"

马台长说:"我不知道丁强来不来,他们打电话过来就是这么说的,团市委总共五位书记全部出动,以表示对这件事的重视和严正。"

卢狄说:"丁强这小子,当初要不是我替他摇旗呐喊,在电视上宣传他的先进事迹,他能当上团市委副书记?小纰漏一个。"

马台长说:"公事公办,他们来了,你和他们谈,能了就了吧,新闻呢,发也发了,也收不回来了,他们也不会蛮不讲理,下面的什么讨论呢,当然也不要进行了。你呢,向他们道个歉,再替他们发个别的什么新闻,吹一吹,看能不能摆平。"

卢狄一脸的不以为然,说:"我道什么歉?"正说着,女记者肖静怡探进头来,说:"卢狄,白色恐怖你不敢去了?"

卢狄说:"谁不敢去?"

肖静怡说:"等你半天了,你要做副台长了是不是,坐在台长这里不肯走。"

卢狄跳起来:"马上走。"

卢狄出门的时候,团市委的书记们正好进门,卢狄潇洒地向他们"拜拜"一声,扬长而去。

卢狄的傲慢态度,引起了团市委的众怒,他们告到市委分管书记那里,分管书记找到马路,说,马路呀,你们那个卢狄,太骄傲了,群众有反映,你要好好管管他。

卢狄跟着缉毒组去追踪毒贩回来,马台长说:"卢狄呀,我要出差几天,你呢,这几天先不要扛摄像机了,我那里有一大堆来信,你替我看看,能处理的你就处理了,处理不了的丢在我桌上。"

有几天卢狄的名字不在新闻上出现,团市委一班人的气也就消了。

只是卢狄现在要度过隐名埋姓的几天。

早晨卢狄美美地睡了一个懒觉,江燕出门的时候,卢狄刚刚醒来,江燕说:"你今天不上班了?"

卢狄不想多说,简洁地道:"希望工程那个东西,得罪了团市委的人,他们看见我的名字就来气,马头不让我的名字出现,叫我休息几天,看看来信,和西方枪战片里叫正义的警察休假的情节很雷同吧。"

江燕说:"那正好,我跟你说的事情,趁这几天你有空,帮我们办了吧。"

卢狄说:"拍蓝月亮的专题?"

江燕说:"谢谢你还记得。"

卢狄身子一缩,头捂在被子里,说:"你饶了我吧,我不干,我早跟你说过,对美容之类,我有我的想法,你叫我鹦鹉学舌,我不干。"

江燕说;"算你有思想,对美容也要说三道四。美容怎么呢,美容是最好的事情,你去采访采访,做美容的人,哪个不是身心得到最大的放松？"

卢狄"啊哈"一笑,说:"我看到过我市的女作家陶李写的一篇随笔,谈化妆美容的,说实话,我对陶李的文章不敢恭维,但是其中有两句话,觉得说得还有些道理。她说:'明明知道护肤霜挡不住岁月的风霜,科学手术也做不掉年轮的痕迹,但是女人们还是不断地拥向化妆品柜台,拥向美容院。'她好像还写了生产厂家和推销商咧着嘴大笑什么的,说如今这世道骗女人的钱真好骗,骗人的心花怒放,被骗的心甘情愿。我记不清原句,大概就是这个意思,挖苦你们呢。"

江燕说:"你说起陶李的文章,我可以告诉你,陶李本人也常常在我们蓝月亮做美容。"看卢狄要说话,她手一挡,说,"陶李的那篇文章我也看过,和你理解的意思正好相反,她是主张女人化妆和美容的,她说年轻的女孩子大可不必用人工创造的红颜绿色掩去了天然无雕饰的大好青春,但是对有了一定年龄的女人来说,如果你真的觉得不化妆就没有信心的话,不妨化化妆,不妨到美容院走一趟,你也许会得到一份意外的收获。"

卢狄说:"我觉得素面朝天更本色,更……"

江燕打断了他,说:"我没有时间和你讨论,我问你,我们结婚以来,我求过你什么事情？没有！这件事情,不是我一个人的事情,是我们蓝月亮的事情,是美容院的事情,你就算给我个面子,我现在这样,在老板面前,在同事面前,也没有个脸,说起来老公是记者,连拍个专题也做不到。"

卢狄被江燕说得有点难过,把头钻出来,说:"好不容易有个懒觉睡睡,你让我睡足了再去好不好。"

江燕走后,卢狄重新钻进被窝,却再也睡不着。

卢狄和江燕是大学同学,念的是师范大学中文系,毕业后,当了几年教师,就开始折腾。先是卢狄折腾着考上了电视台,生活没有规律了,就希望江燕死心塌地地做老师算了,一个家,总得有个人守着。但江燕偏偏也是个不安分的人,从学校辞职出来,先到开发区做了一年秘书,嫌工作太单调枯燥,炒了领导的鱿鱼,去做了半年导游,又失去兴趣,再考律师,考取了,通过卢狄的关系,到平江最具实力的事务所,办了两件案子,就喊头痛,嫌烦,不想干,正好碰上上海一家美容院来平江市开办美容培训班,学三个月,发给美容师文凭,江燕便报了名,三个月后,毕业,正值台商尹秀婷在平江市创办"蓝月亮",这是一家大规模高规格的综合性的美容院,设在市中心的店面有五百多平方米,拥有美容、美发、健身、摄影、婚纱、女性服装设计、女性形象设计、女性心理咨询、女性书屋、妇女用品专卖等多项服务,创办伊始,尹女士重视宣传,一时间,整个平江市几乎人人都说"蓝月亮",江燕应聘,当上了"蓝月亮"的美容师,奖金除外,月薪千余,江燕如愿以偿,也如鱼得水,感觉是活滋润了。

江燕不光自己折腾个不息,每调一个单位,每换一次工作,她都热情百倍,声势浩荡地叫卢狄替她的新单位做宣传,做"蓝月亮"的专题,已经是卢狄第四次为江燕做节目。

卢狄是个要为民做主的极具正义感的记者,是个眼睛里揉不得沙子、路见不平拔刀相助的人物,碰到自己老婆开后门,虽是百般地不情愿,却也是拿她没有办法。

江燕指望卢狄拿出他的本事来好好给"蓝月亮"做个节目,上了电视,自己在老板尹女士和同事面前也有个脸面,但是卢狄却一拖再拖,在卢狄的日程表里,许多有重大主题的节目许多严肃的有关国计民生大事的题材等着他去拍,他哪有时间哪有兴趣去拍"蓝月亮"这样的风花雪月。

二

江燕到"蓝月亮"上班,稍稍迟了几分钟,坐在总台上的主管白小姐下意识地看了看墙上的钟。"蓝月亮"的管理十分严格,虽然早晨来做按摩的客人不多,但是尹女士规定上班一定要按时,不能迟到。江燕向白小姐笑了一下,说:"今天卢狄要来做专题,我和他商量了一下。"

白小姐"呀"了一声,说:"江燕你怎么没早告诉我们,老板今天开会去了,'西妮'系列产品的直销会。"

江燕松了一口气,忙说:"那就改个时间。"

白小姐却摇了摇头:"老板很重视这个专题,等了很长时间了,如果今天错过,她会不高兴的。"说着便出去给尹秀婷打电话。尹秀婷说:"我就赶回来,我这边的会,另外叫人管着。"

白小姐放下电话,向江燕笑笑,说:"老板一会儿就回来,你们卢大记者,什么时候到?"

江燕说:"我再打个电话去催催。"电话打到家里,口气严肃地把事情说了,说老板特意从会上赶回来,卢狄知道今天抵赖不过,说:"好吧,我到台里拿机子,就过来,时间嘛,大约一小时后,九点半。"

正说着,有个买年卡的熟人来了,江燕走进按摩房,换上工作服,就坐到按摩床前的圆转椅上,等助手打了一盆清水端过来,江燕开始给顾客做按摩。

按摩房一字排开有十几张按摩床,上午人少一些,中午以后,就忙不过来了,特别是周五和周六,从早做到晚,个个喊累,美发室的一班人还羡慕她们,说,你们还累呢,你们每天是坐着的,我们一天十几个小时站下来,腿都直了,胳膊也抬不起来,当然都是尹秀婷不在的时候说说这样的话。尹秀婷人很随和,但身上有一种内敛的威严气息。

做热喷的时候,顾客咳嗽起来,江燕说:"是不是太热了?"

顾客说:"太热,有点儿闷人,还是冷喷舒服。"

江燕将热喷离远一点,说:"但是天冷了,冷喷受不了的。"

顾客说:"冷喷热喷,"说着自己先笑了起来,说,"现在反正什么都有,有什么就说什么好,从前介绍说热喷怎么好,效果怎么好,后来又有了冷喷,又是冷喷好,现在天气冷了,又是热喷好。"

江燕也跟着笑了笑,说:"各有各的道理,冷喷帮助收缩皮肤,延缓皮肤老化,要不为什么说天气寒冷的地区人的寿命长呢,比如像俄罗斯人。"

顾客说:"那就是说热喷会加速皮肤老化了?"

江燕说:"热喷帮助血液循环,滋润皮肤,保持青春活力,也是延缓老化的。"

顾客说:"那是,要不怎么说非洲人身体好呢,有青春活力呀,他们那里热呀,天天做热喷。"

她们一起笑起来。江燕抬头看到女作家陶李走进来,江燕向她点头,陶李也点点头,将随身带的包挂在衣帽钩上,熟门熟路走到一张空着的按摩床边,新来的美容师何美萍不认识陶李,问:"你是做的哪种卡?"

陶李好像有点不好意思,说:"我,我也不太清楚,卡上写的是贵宾卡,算哪一种,我也……"

江燕向何美萍说:"她是 C 卡。"

何美萍还不太清楚"蓝月亮"的情况,低声问江燕:"C 卡优惠多少?"

江燕说:"一年全免的。"

陶李怪怪地一笑,说:"做美容是为了让人美丽,可是这一全免,给人的感觉实在不美,每次来,都像是来揩油捞便宜货的。"

江燕说:"陶老师你能来,就是给我们'蓝月亮'大面子了,全市美容院多少家,你不到别家去,到我们'蓝月亮',是给我们做免费广告呢。上次你在《平江晚报》上发表的那篇文章,比广告的作用还大,许多人看了你的文章,都找到我们'蓝月亮'来,买年卡的也有好几个。"

陶李自嘲地一笑,说:"这么说来,我的文章还值几个钱。"边说边躺下,何美萍给她净脸,说:"你的皮肤很好,很细腻,今年三十几?"

陶李说:"你看呢?"

何美萍说:"三十三四吧。"

江燕说:"她今年四十了,一点也看不出啊。"

何美萍说:"看不出,看不出,基本上还没有出现色斑,人家三十岁的人,就开始长色斑,出皱纹。"

陶李说:"我虽然色斑不明显,但是我皮肤干,细纹很多了。"

何美萍低头仔细地在陶李脸上和眼角看了看,摁了摁,说:"这点干纹,小意思,很快就能做掉。"

陶李说:"我来做美容,不是指望把四十岁的脸做成二十岁,那办不到,我来做美容,更主要的是寻找一种感觉。"

另一边的江燕说:"是一种享受。"

陶李说:"你们尹老板有句话说得好,信心是金钱买不来的,但是许多女人经过美容和化妆,找到了一个新我,唤回了已经离去的信心,这种效果,不是金钱换来的,而是女人自己为自己创造出来的。"

江燕说:"我好像在你的文章里看到过这样的意思,我们卢狄还特别欣赏你那篇文章里的两句话。"

陶李说:"得到卢狄的欣赏还真不容易,我们写作的人,就是拿别人的故事,拿别人的思想,变成自己的文字罢了。"

江燕说:"陶老师谦虚,大家都晓得,陶作家的文章,很好的,我们尹老板很喜欢的。"看陶李不太愿意说她的文章,换个话题说,"陶老师,好像有两三个星期没来了?"

陶李说:"正在写一部长篇小说,资料不足,下乡去看看。"

江燕说:"到哪里去的?"

陶李说:"桃花镇。"

江燕"噢"了一声,说:"桃花镇,知道的,党委书记叫项达民。"

陶李说:"是的。"

江燕说:"你跟项书记熟悉?"

陶李说:"算是熟悉的,现在要写他的书,就更了解了。怎么,江燕,你认识他?"

江燕说:"项达民的大名,大家知道的,我也没有见过他。噢,也不能说没见过,电视上见过。"

陶李说:"你们卢狄熟悉的吧。"

江燕说:"卢狄嘴里没有好人。"停了一下,不服气地道,"我就不要听他的观点,他是见不得人好,我去年去过桃花镇,建设得很好,现在别说整个平江市,就是全省,哪个不知道桃花镇?"

陶李说:"项达民是全国级优秀党员,劳动模范。"

何美萍拉拉身上的衣服,说:"我这件衣服,就是他们桃花镇的隆飞翔集团生产的,名牌,隆飞翔牌服装。"

江燕说:"隆飞翔牌早已经是全国名牌了,好像去年还是前年评奖,得了十大名牌里的第三。"

何美萍"啧"了一声,说:"名牌,也都是说说的吧,这隆飞翔牌,贵倒是很贵的,说得好听,洗百遍不变形,你们看看,我这洗了一水,就成这样了,再洗一水,就不能穿了。"

江燕说:"现在的衣服,都是这样,一洗就不成样子,高级时装也这样。"

何美萍说:"乡镇企业的产品就是没有好东西,不说名牌还好些,反正价格便宜。算了名牌,价格上去了,质量却上不去,更坑人。乡下人,狡猾得很,城里人弄不过他们。"

陶李没有吭声。

江燕按摩的那位顾客已经做完了所有程序,站起来,何美萍指指她的衣服,说:"喏,要说名牌,她的衣服看起来真的像名牌。"

顾客说:"我这是英国的一个牌子,叫B2,起于英国一个少女乐队,后来发展搞服装,又发展到其他许多行业。"

江燕也看了看,用手摸了摸,感叹地说:"这才叫名牌,看着,感觉就是不一样。"

要给陶李上面膜了,何美萍问江燕:"她上哪一种面膜?"

江燕说:"陶老师,你每次都是上的本草吧?"

陶李说:"好像是的,涂在脸上黑的,一股中草药味。"

江燕说:"正宗法国生产的,法国赛丽仕。"

陶李说:"正宗法国生产,采用的原料全部是中国的草药,也是奇怪。"

何美萍将本草面膜打开来,念着上面的中文:"主要成分:茯苓、益母草、白芷、当归、红花……"看陶李又要开口说话,便道,"陶作家,上面膜了,请不要说话了。"

白小姐领着蒋月仙进来,向江燕说:"江燕,你那一个好了吧?"

江燕说:"好了。"

白小姐说:"你抓紧替蒋老师做一做,一会儿她还要化妆。"

江燕说:"蒋老师,今天有演出?"

蒋月仙笑眯眯地说:"也不算正式演出,一个朋友,有个外商谈判,下午叫我去助助兴。"

蒋月仙是评弹演员,虽然知名度不算很高,但是在平江市许多人都知道她,平江是评弹之乡,喜欢听评弹的人都喜欢蒋月仙。

蒋月仙三十八岁,七岁就开始登台演出,已经有三十多年的演艺生涯。蒋月仙用三十多年的时间,换来的最大收获就是"成熟"。听众观众喜欢的也正是她的成熟,喜欢她从人生到演艺的全方位的成熟。蒋月仙的风度和气质,仅仅有年轻有漂亮有好嗓子是达不到的,没有年轮的磨转,没有人生的风波,没有世道的变幻,也就不可能有蒋月仙的《描金凤》《杨乃武与小白菜》《珍珠塔》等等的炉火纯青至善至美。

只是,随着时代的发展变化,评弹的市场越来越小,平江市评弹团也成为全市文化系统里最困难的单位之一,难以为继,发不出工资,养不起退休老艺人。评弹演员跳槽的跳槽,走穴的走穴,大多数的人变成了现代歌舞演员,唱流行歌曲,跳迪斯科,晚上到歌舞厅或者餐厅赶场子,下海发了财的便一去不返,下海不成功的,也都另找一个饭碗端着,再不回头。留下来的,年老体弱,没有门路,也有些人对艺术太痴迷,宁愿饿死也要死在自己追求一生的事业上。

蒋月仙的情况比一般人要好得多,电台电视台找她灌录音带,评弹学校请她讲课,市里或者某个大企业之类有什么活动需要文艺演出,其中常常是需要有一个评弹节目的。因为平江是评弹之乡,外宾来了,外乡人来了,平江的领导也希望他们了解一点平江的历史文化,所以蒋月仙出头露面的机会还是有的。

蒋月仙躺到按摩床上,对江燕说:"今天不上面膜了,时间来不及,你简单替我按摩一下,活络一下面部肌肉。"

另一张床上的陶李听出了蒋月仙的声音,隔着床说:"是蒋月仙来了?"

蒋月仙也听出了陶李的声音,说:"是陶作家,你回来了?哪天回来的?"

陶李说:"昨天刚回来。"

蒋月仙说:"采访完了?"

陶李说:"还没有,不知怎么的,这几天心情不大好,有点烦躁,回来做做摩面,还要再去。"

蒋月仙:"你要是今天去,我和你一起走。"

陶李说:"你今天去?"

蒋月仙说:"马上就要走,澳洲的刘先生来了,正在谈游乐场二期工程的事情,项达民叫我过去助助兴,刘先生喜欢听书。"

陶李说:"我今天去不了,未来出版社的社长明天来,就是来谈项达民那本书的,明天我接了他再过去,你替我和项达民说一下。"

蒋月仙说:"可惜了,不然今天晚上的酒就要你喝了。"

何美萍替陶李洗净了面膜,上了收缩水,说:"好了。"

陶李站起来时,看到尹秀婷走进来,尹秀婷说:"正巧了,陶作家,你今天不来,我要到处找你呢,一会儿卢先生来做专题,你稍等一会儿,说几句话,好不好?"

江燕焦急地看着手表,说:"说好了九点半的,说好了九点半的。"急急地又到总台给卢狄打呼机。

三

卢狄到台里拿了机子,正要出门去给"蓝月亮"拍专题,被堂弟卢子瑜挡住了去路。

卢子瑜大学毕业后分配到平江市所属的平泽县机关工作,平泽县离平江市只二十公里路,过双休日时就回市里来,平时也不大来找卢狄,开始时,一心要回平江市来工作,倒是托过卢狄,哪料卢狄还没有帮上忙,卢子瑜说,不用帮忙了,我留在县里也很好。原来在县里找了对象,对方是独女,要招女婿上门的,条件也不错,虽然还没有结婚,心却已经先安下来了。

现在卢子瑜在一个不是休息日的上班时间突然来了,卢狄估计是有什么事情了。

果然,卢子瑜是来向卢狄借钱的,他要结婚了。

卢狄说:"你小子,结婚的钱你不准备,向别人借,哪有这样的事情,你工作也不是一年两年,没有一点积蓄?"

卢子瑜是有积蓄的,正是为了要结婚,要更多的钱,两年前,他把积蓄下来的三万块钱参加了乡镇企业的集资,年息百分之二十五,时间算得好好的。哪料,仅仅两年时间,雄姿勃勃的乡镇企业突然像被抽干了血似的,一下子瘫软了,从巅峰状态一下子跌落谷底,无力偿还天文数字般的巨大的集资款。卢子瑜万般无奈,只得跑来向堂兄卢狄借钱。

卢狄说:"你急什么,元旦来不及,就等春节,春节来不及,就等明年劳动节,好日子多的是。"

卢子瑜说:"你怎么不明白,不是我等不及,是肚子里的孩子等不及。"

卢狄说:"在九十年代这算是正常现象。"

卢子瑜说:"我们两个都在机关,又是县机关,小地方,人的脸皮薄,不比大城市开放,不行的。"

卢狄顿了顿,说:"你集资多少钱?"

卢子瑜苦着脸说:"我只有三万块钱,全部集进去了。"

卢狄说:"这下你死了,你集在哪个镇?"

卢子瑜说:"桃花镇。"

卢狄说:"桃花镇?项达民那里?"

卢子瑜说:"当初大家都说,桃花镇是最有实力的,最保险,我们单位许多人都集在那里,现在一个也拿不出来,死了。"

卢狄问:"你投的桃花镇哪个企业?"

卢子瑜说:"桃花镇房地产公司,当时大家都说房地产是收效最快也最大的投资项目,我记得,你也拍过新闻,替他们吹过,我也是上了你一当。"

卢狄说:"他们到期还不出来,也没有什么说法?"

卢子瑜说:"说法有什么用,我们不要说法,我们要讨回我们的钱。我们单位的老张,今年五十九了,明年就退了,工作了几十年,艰苦了一辈子,省吃俭用把三个孩子都成了家,自己还从牙缝里抠下两万块钱,算是放着养老的,也集了进去,现在心慌了,老婆天天和他吵,要投河上吊,弄得老张也没心思上班了,天天坐着乡村班车到桃花镇去讨债。"

正说话,卢狄腰间的呼机响了,一看,是江燕打的,才想起拍"蓝月亮"专题的事情,他拍了拍卢子瑜的肩,说:"你晚上到我家来拿钱吧,我虽不是大款,但多少可以借你一点。"然后叫上助手小董,和卢子瑜一起出了电视台,打了的,来到"蓝月亮"美容院。

卢狄只花了一个小时就将"蓝月亮"的专题拍成了。尹秀婷一人给他们塞个红包,还要请他们吃饭,卢狄说不吃了,和小董一起回台里。小董有事情,卢狄说:"我这几天做信访办主任,你忙你的去。"

卢狄在台里吃了饭,到办公室,果然看到桌上堆着一大堆来信,也不着急,知道来信是永远也看不完的,今天看完了,明天又来了,泡了茶,点了烟,架了二郎腿,慢慢地挑出信来看。反映安全小区不安全,常常丢失东西,署名是"本市某某新区一居民",没什么大意思。再拆一封,是揭发闹市区某个商店乱抬物价,和第一封信一样,意思基本写明白了,但文字很差,语句甚至都不太通顺。再拆几封看看,大都是社会生活中的矛盾。也有些比较尖锐的问题,比如提出目前的教育是否走火入魔了,一方面小学中学的老师、家长、学生拼命地要高分,要考大学,分数越来越高,另一方面大学毕业生的分配成了大难题,学生进大学第一天,老师就说,从今天开始,你们的主要任务就是为自己找工作,至高无上的老师的法宝学生的命根——分数,当它一旦一脚跨进高等学府,便开始跌落,变得无足轻重。再比如,穷庙富方丈、执法犯法、城市交通、土地减少、环境污染等等,这些现象,都可以拿来做做文章,做新闻做专题都可以,多少也能做出些反响来,因为这些都是老百姓、是电视观众最关心的话题,只是,如今这样的题目做得太多太多,多得泛滥,电视台的"焦点""热点""纪实""曝光"铺天盖地,卢狄若是想从中杀出一条血路,标新立异,光靠灵敏的嗅觉和锐利的目光是不够的,还要有机遇。

卢狄的目光落在一个雪白的信封上,信封的落款是:平泽县桃花镇桃花中学魏半城。

魏半城三个字,刚劲有力又不失儒雅,白纸黑字,格外耀眼,卢狄想,这个魏半城,恐怕是个人物,能将自己大名写上信封,自我感觉一定不错。卢狄将信拆开来看,原以为中学老师多半是谈教育问题,看了,才知道自己判断错误,犯了经验主义。

信的内容反映的是桃花镇集资款的问题,写了当年集中上马那么多那么大规模的企业,上那么大摊子的房地产,是厂长们的失误,是公司经理们的失误,说到底,是桃花镇党委书记项达民的失误。信中列举了明星化工厂的情况,桃花镇最穷的一个村,两年前,突然投产办了一个投入两千万的化工厂,四处借钱,八方集资,项达民还在一次全镇干部大会上动员镇村两级干部都参加集资,全力支持。结果,两千万倒是给他们弄到了,投下去,哪知选错了项目,错过了机会,两年后的今天,产品积压,借贷到期,厂长只有自杀这一条路了。虽然厂长并没有自杀,但是他的日子恐怕比死还难受,三天两头上法庭,被黑社会追得屁滚尿流,魂飞魄散,惶惶不可终日。魏半城说,我这只是举了许多事件中最普通的一件,类似明星化工厂的情况,在桃花镇比比皆是。

信最后说,现在桃花镇的群众积怨已经到了燃烧点,也许会闹出大事情来的。

信写得很通顺,文笔很好,所以卢狄没有打疙瘩,一口气将长达四页的信读完,长长地出了一口气,点了根烟,眼睛盯着最后几个字看,魏半城的预感有没有根据?是热血沸腾的知识分子一时冲动信口说说的呢,还是已经有了什么迹象?参加集资的老百姓,当然,还有许多机关干部,镇机关的,县机关的,想到卢子瑜因为参加集资而没钱结婚,哭笑不得,这些人,说到底,都不是有钱人。那么,这些人,这些老百姓,机关小职员,他们如果拿不到钱,会闹出什么样的事情呢?会砸了镇政府?或者把房地产公司杂草丛生卖不掉的小别墅搬回家去?会把化工厂的设备卖掉?

卢狄坐不住了。

卢狄给小董打了个呼机,等了半天,小董也没有回电,问了办公室主任,也不知道小董到哪里去了。卢狄找自己的机子找不到,一问,主任说,好像是小董带走了。卢狄说:"小董怎么能把我的机子带走?"

主任笑了笑,说:"不是说让你休息几天吗,你没有任务,小董说不定有任务。"

卢狄张了张嘴,想说什么,没有说出来,猜想小董是拿了机子干私活去了,所以也不给他回电。回头问主任:"那套备用机子呢,拿出来,我要用。"

主任说:"备用机子不能随便拿出来的,马头规定的。"

卢狄说:"我要用。"

主任说:"可以,等马头回来,他说给你用,我就给你。"

卢狄了解主任是个守家婆,性别是男性,做事情小里小气比女人还女人,知道跟他磨不出结果,便也不再和他啰唆,到楼下保管员小汪处,说:"小汪,主任让你把备用机子给我。"

小汪狐疑地看着他:"主任从来舍不得把这套好机子拿出来用的,别是你骗我?"

卢狄说:"你说得出来,我怎么骗你?主任就在楼上,又不是在美国,又不是在月球上,无法当面对证,你上一趟楼,或者打个电话,当场就能戳穿我的谎言,我再怎么样,也不能当面说谎呀。"

小汪笑起来,说:"你这个人,老给人不踏实的感觉,说真话也像说谎似的。"边说,边将一套崭新的小型摄像机拿出来,小心地交给卢狄。

卢狄一脸地委屈,说:"我就是吃亏吃在这上面,明明是个老实人、好人,给人的感觉却是个坏人。这说明,现代社会的人,越来越不会看人了。从前说人心隔肚皮,看不清,现代的人,肚皮肉越来越厚,心包得越来越紧,越来越严,当然是越来越看不清,把坏人当好人,把好人当坏人。"接了机子,赶紧住了口,抱着机子就走出去。

第 3 章

一

卢狄跳上乡村班车,一个小时,到了桃花镇。桃花镇卢狄并不很熟悉,他在电视台新闻中心的城市部,采访对象大都在市里,和乡村联系不多,但是像桃花镇这样的先进典型,大家总是蜂拥而至,卢狄也来过几次。

这一回卢狄算是私访桃花镇,没有任务,也没有要求,他爱怎么样就怎么样,爱拍什么就拍什么。他给自己的时间正是马路台长外出开会的时间,在电视台,卢狄服帖的只有马路一个人。卢狄属于那种缺点和优点一样突出的人,做卢狄这种人的领导,就要有本事尽量发挥他的长处,抑制他的短处,同时,也要对他的短处有睁眼闭眼的气魄,当他一旦拆了什么烂污时,就得有替他擦屁股、替他承担责任的高姿态,马台长正是这样对待卢狄的,其实伎俩也很一般,但偏偏能够收服卢狄。

卢狄和他的顶头上司新闻部周主任关系不太好,但也没什么大矛盾,属于能人和能人之间的一般相轻罢了,纯属正常。马台长是要调解这些矛盾的,但是内心深处,他大概也希望手下的能人和能人不要团结如一人,他深知,一旦他们真的团结如一人,弄不好就会把他马台长当作共同的敌人，所以他的工作总是要做得恰到好处，既不是闭着眼睛阴阳怪气地挑拨，也不会费尽心机一团和气地调和。

当卢狄一脚踏上了桃花镇的土地时，他还没有想好这一次的行动该怎么开始，怎么发展，怎么结束，因为他还没有理清自己的思路，此行到底是来曝光桃花镇拖欠集资款问题呢，还是另有他图？在桃花镇，是不是还有比拖欠集资款更有意义更有价值的新闻？

拖欠集资款的问题，恐怕是当今老百姓最关心的问题之一，卢狄注意到，市、省直到中央，各级新闻单位基本上没有就这个问题认真开展过全面深刻的报道和反思，如果现在卢狄能够在一个发展速度惊人的先进乡镇，抓住这个问题做一点文章，相信会引起反响，说不定会有很大的反响。

弄到钱就是本事。

弄到钱就是发展。

弄到钱就是爷。

弄到钱就是先进。

还不还钱我不管。

银行行长跳楼自杀是他自己的事情。

拿不回集资款的老百姓也不至于把我杀了。

钱从哪里来我也不知道。

富了谁，穷了谁，这是因果大循环，轮到谁就是谁。

卢狄始终认为自己并不偏见，他不会先入为主，他非常明白真实是新闻的生命这句话的意义，五年的新闻记者的实践经验也足以使他领悟这个真理。卢狄在桃花镇气派豪华的汽车站门口稍稍停顿了一下，想了想，他有了主意，既不到镇政府去，也不去找那个写信的桃花中学的魏半城，既然私访，那就干脆私到底了。

卢狄信马由缰，来到镇上一家旅馆，登记住宿时，他没有把工作证给服务员看,只是拿出身份证,登记了号码。

拿了钥匙,上了楼,进屋看看,标准间,带卫生间,管理得尚可,配有毛巾牙刷之类,和城里中等档次的宾馆差不多。卢狄坐下来抽了一根烟,理一理纷乱的思绪,就觉得自己有点奇怪,几小时前还在"蓝月亮"拍专题,一会儿就下了乡,独自一人住到陌生旅馆。重又把带来的魏半城的信看了看,我会不虚此行的,他想。

卢狄带着摄像机,来到桃花镇的老街。桃花镇是一座古镇,历史悠久,河多,桥多,名胜古迹多,文化遗产多,桃花镇的老街境内,河巷纵横交织,历来有"五湖之厅""六泽之冲"之称,环绕和贯通桃花镇的有五湖六泽,桃花镇水乡泽国的称号当之无愧。

桃花镇的老街,保护得非常完好,老街的中心,是一道长达近三公里的缓缓流淌延绵不断的河水,清冽的河水将两旁的古街衬托得生动活泼,两岸古街约有两米多宽,已经在不久前,全部恢复成明清街道格式,商店林立,店招飘摇,沿街民居,黑瓦白墙,古色古香,纵深平均二百米,幽静古朴,意趣盎然。

卢狄拿出摄像机,拍下一组古街的镜头,街上的老百姓对拍电视电影拍照都已习以为常,也没有人注意他。卢狄向一位坐在家门口看街景的老人提了个问题,卢狄说:"老人家,您家有没有参加镇上的集资?"

老人看了看他,答道:"集了。"

卢狄说:"到期了没有?"

老人说:"到期了。"

卢狄说:"还了没有?"

老人停顿了一下,又说:"没有还。"

卢狄紧追不舍:"还不出来,你们拿不到钱,怎么办?"

老人说:"让它放着吧,反正也不急等着用,拿出来放在家里也是白白地放着,又不会生儿子孙子,银行利率又调低了,还是放在他们那里吧,反正他们利息不能少给我。"

卢狄说:"您不怕他们最后还不出来?"

老人说:"我是存在镇政府的公司里的,不会不还的。"

卢狄说:"您相信?"说话时看着老人的目光,也觉得自己形迹可疑,不由笑了笑。

老人显得有点生气,摇了摇头,说:"你不要来问我,我老了,我不晓得的,你去问政府,他们会告诉你的。"

卢狄谢过老人,又问了一位妇女,妇女警惕地打量卢狄,看看他手上的摄像机,说:"我不知道的。"急急走开了。

卢狄再问第三个人,是个年轻人,听到这个话题,也显得不大高兴,说:"你自己怎么不到新区去看看,问我们有什么用。"眼睛盯着卢狄的摄像机,说,"你是电视台的?你怎么一个人呢,你这个机子,比他们的机子小,是进口的吧?"

卢狄说:"是进口的,集资款到期还不出,老百姓有什么想法?"

年轻人说:"我不知道。"也走开了。

卢狄离开桃花镇老街,便往东边的新区走去,如果说,古朴的遍布名胜古迹充满文化气息的老街是桃花镇人可以引以为骄傲的历史,那么桃花镇的新区则是今天的桃花镇人凭着自己艰苦卓绝的奋斗创造出来的更加灿烂辉煌崭新的业绩。在这里,高大气派的厂房一片连一片,别墅区一块接一块,十五层的宾馆,有三千座位的桃花人民大会堂,南边沿湖的大型游乐场,北边靠高速公路的高尔夫球场,大型的未来世界模拟游戏,远望去,哪里能想到这只是一个镇的开发区,几乎已经是一个新型的城市了。

卢狄找到属于桃花镇房地产公司所属的桃花苑别墅区。这个小区的地点非常好,面临桃花湖,离公路也不远,别墅有两层的,也有三层的,造型各异,别具风格。卢狄知道平江电视台也给桃花苑以及桃花镇的其他许多别墅区做过不少广告,报纸上也见到过介绍文章,江燕说,有朝一日能在那里买一幢小楼,节假日也去度个

假,春天看景,秋天吃蟹,玩玩高尔夫,坐一回过山车,到未来世界看看,也不枉来这世上走一趟。江燕说这话的时候,卢狄表面上不以为然,心里也是有所触动的,但是现在当卢狄将镜头落在一幢幢墙面斑驳已经很陈旧的小洋楼,将镜头落在小楼四周丛生的杂草上时,心中不由一阵感慨。

大多数别墅都空关着,卢狄发现一幢开着门的别墅,他进去,拍下了墙上的裂缝,拍下了已经翘起的地板,拍下了卫生间里民工们留下的粪便,出来在整个苑区转了一圈,也没有看到一个人。他又走向附近的另一个正在建设中的别墅区,看到一块很大的牌子,写着:锦花苑。

锦花苑区用竹篱笆圈了地,有个大门,门边搭了个小棚子,卢狄向里边看看,有个六七十岁的老人坐着,看见卢狄也不阻挡他,也不问什么话。卢狄估计老人是个看门的,走过去问老人锦花苑是哪家房地产公司的,老人脸上茫茫然,说:"哪家?是镇上的吧?"

卢狄问是不是桃花镇房地产公司的,老人仍然茫然。卢狄正奇怪怎么看门的人都不知道看的是谁家的门,便有运料的工人走过来,向卢狄说:"你别上他的当,他是个疯子。"

老人继续用茫然的眼光看着卢狄。

卢狄说:"疯子怎么让他来看门。"

工人笑起来,说:"谁让他来看门,他自己来的。"

一直不开口的老人却开了口,说:"哪里是我自己要来的,是项达民叫我来的。"

工人说:"你听他。"

卢狄也看出老人不太正常,回头手指了一下桃花苑那边一大片的别墅区,问运料的工人:"那边那么多的房子有没有卖掉?"

工人说:"卖掉?卖掉个屁!卖掉了怎么不付我们的工程钱?我们都两年没有拿到一分钱了,过年回家,想给老婆孩子买点东西都没钱。"

这又是延伸出来的颇具普遍性的一个问题,拖欠工程款。

卢狄说:"不付工钱你们还继续做?"

工人说:"不做就什么也没有,心里空空的。做了呢,虽然拿不到,但是心里有了。"

卢狄向这个工人看看,说:"看起来你蛮好说话的。"

工人说:"好说话?我们是十八般武艺软硬兼施全部来过了,好言好语商量,跪下来磕头求他们,骂人,冲办公室,经理到处躲我们。原以为跑得了和尚跑不了庙,守到他家里去,也没有用,他根本就不回家。砸了经理家的玻璃,也没有用。经理说,要命有一条,要钱没有。"

卢狄说:"你们工程队的头头怎么说?"

工人说:"也难怪他,天天盯在公司里,跟在他们总经理屁股后面,他的屁股后面呢,也有人盯着,欠人家的料钱,水泥啦,砖瓦啦,都是先进货后付款的,人家也盯着不放。"

卢狄说:"这样下去,这房子还能建起来?"

工人说:"不知道。"伸手指指再东边的一片,说,"你看看那边的几个区,像锦绣区、朝阳区几个,都停了,我们不知道会不会停。"

卢狄来到停工的几个小区看看,多半的房子都是刚刚打了地基,少数几幢墙砌得有半人高,都已经停了工,一个人也没有。

卢狄拍过别墅区,就往新建的镇政府办公楼群走过来。镇政府办公楼是由许多幢两层洋楼组成,一家一幢楼,根据单位的大小,楼的面积也不一样,比起许多县、镇政府建一座特别大的综合楼的模式,这样的办公楼群似乎更具个性,办公楼群组成了一个大花园。卢狄远远地就看到一支长长的队伍向这边排过来,只看到尾,看不到头,不知队伍的头是从哪里开始的,走近了才发现头是从政府机关的大花园里开始的,卢狄问排在队尾的一个中年男人:

"你们排队买什么?"

男人说:"不买什么,拿集资款。"

卢狄惊讶地向队伍头上看看,说:"还集资款了?"

男人说:"你问我,我也不知道问谁。"

卢狄说:"你不知道,怎么就在这里排队呢?"

男人说:"我也是听人说的,就赶来排队。"

卢狄赶紧扛着摄像机,拍下镜头,排队的人看到卢狄拍摄,都有些激动,情绪激烈起来,议论纷纷。卢狄将话筒拿出来,一手扛机子,一手执话筒。

"请问您是哪个单位的?"

"镇卫生院。"

"医生?"

"医生。"

"能不能告诉我您参加集资时的想法?"

"没有什么想法,就是多几个利息,银行利息太低了,说是保值,哪里保得住。"

"现在您是不是急等着用钱?"

"我急不急着用钱和他们还不还钱是两回事。到了期,他们就应该还钱,借钱还钱,天经地义。"

"如果暂时有困难,还不出来呢?"

"失信于民,老百姓要造反的。"

换一个人:"请问您是哪个单位的?"

"皮件厂。"

"工人?"

"是的。"

"您在这里排队等钱是不是家里急等着钱用?"

"是的,我母亲住院开刀,不交钱,医生不动刀。"叹息一声,又说,"排了半天了,队伍动也没动一下。"

"您今天不上班?"

"我是请假出来的,我们台资厂,管理严格,请半天假,扣全月奖金,要不是急等着给母亲开刀,我也不来遭这个罪。"

看卢狄又扛机子,又拿话筒,不好办,有情绪激动的人自告奋勇,说:"我来替你拿话筒。"

卢狄说:"谢谢,不用,我们习惯了。"再换一个人采访,"请问您是哪个单位的?"

没有回答。

再问一遍:"请问您是哪个单位的?"

仍然没有回答,显然是不愿意被采访。卢狄放过这一个,又指向下一个:"请问您是哪个单位的?"

"县文化局。"

"干部?"

"算干部吧。"

"怎么想到到桃花镇来参加集资?"

"也是听朋友介绍,说桃花镇的集资年利高,保险系数大,就放进来了。"

"您放的是哪一家?"

"桃花镇房地产公司。"

"您相信别人的介绍?"

"不仅仅是,我也知道桃花镇发展得好,外商都来投资,外商都能相信,我们为什么不相信?"

"现在后悔不后悔?"

尴尬地一笑,没有回答。

卢狄向队伍前面看了看,面露疑虑,说:"怎么排了半天也没有动静,还集资款的消息是否可靠?"

"听说前几天还过一次,也是排队的,队伍一直排到老街,只还到第八位,总共才还了二十万。"

"知不知道镇房地产公司集资总额多少?"

"不知道。"

"你这样排着是不是有些盲目。"

"是很盲目,我怀疑前边根本就没有在还款。"

"那你还是寄予希望?"

"现在也只剩下希望了,如果连希望也没有,我们还有什么?"

卢狄扛着摄像机往队伍前边去,前边果然一片杂乱,队伍的起点是桃花镇房地产公司,房地产公司的门是关着的,卢狄问第一个排队的人:"你怎么会想到来排队?"

"我不想来排队,他们集资的钱不还,我来讨钱,他们说没有,我说你们今天不还我就不走,他们关了门,我就在门口等,哪里知道后面会有这么多人排队。"

卢狄说:"你不知道他们怎么会排在你后边的?"

"有人走过问我站在这里干什么,我说等他们还钱,就有人跟上来排队了。"

队伍中有人大骂,也有人大笑。

卢狄想笑,却没有笑出来,对着话筒将自己的声音录下来:"关于桃花镇房地产公司拖欠集资款的问题,现在我们来听听公司负责人的说法。"

他过去敲开房地产公司的门,出来一个二十几岁的年轻人,向卢狄手上的摄像机和话筒看了看,说:"你是哪里的?"

卢狄说:"我叫卢狄,平江电视台。"

排队的人嚷起来:"电视台,拍,拍!"

卢狄说:"能不能让我进去看看公司的情况?"

房地产公司的人将身体挡着门,勉强笑了一下,说:"我是公司负责人,有什么话问我好了。"

排队的人大叫:"张五根,你是狗屁负责人?"

有人向卢狄说:"别听他的,他说谎,他不是负责人,狗屁不是!"

大家冲着张五根叫嚷:"叫你们总经理出来,叫吴明康出来!"

张五根看看叫嚷的人,可怜巴巴地说:"王全,你不要这样凶好不好,人不能没有良心呀,当初,集资款已经满额的时候,是我让出自己的份额给你的,你不会忘记了吧?"

王全没有话说了。

张五根朝大家一拜再拜,说:"帮帮忙,帮帮忙,回去吧,回去吧,我们有了钱,一定还你们,拜托了,拜托了……"

大家又是一片骂,嚷嚷着,钱,钱,拜托个屁,拜托个屁。

张五根嘀嘀咕咕:"你们这是落井下石呀,你们够狠心的,痛打落水狗呀……"

没有人理睬他,大家仍然吵吵,要吴明康出来。

卢狄问张五根:"你们总经理在不在?"

张五根一脸真诚:"卢记者,我怎么能当着面说谎?吴总真的不在,吴总出差了,吴总临走时委托我全权处理,有什么话,你跟我说。"

队伍又是一片嚷嚷:"跟你说有屁用,你算什么?你能把钱还给我们?"

卢狄说:"既然总经理委托你全权代理,我问你几个问题。"

张五根连连点头,说:"你问,你问。"

卢狄说:"你们桃花镇房地产公司到期的集资款,大概什么时候能够归还?"

张五根一脸痛苦,不能回答。

卢狄再问:"你们有没有什么打算,比如分期分批归还。或者,采取其他方法?另外,有些人,确实是急等着钱用的,你们是不是有什么特别的措施?"

张五根说:"打算了,打算了,有措施,有措施。"

"能不能谈谈你们的打算和措施,"手向队伍一指,"正好也向

大家说明白。"

张五根说:"要说明白的,要说明白的。"却紧紧地闭上了嘴,一脸的视死如归。

队伍冷静下来想听张五根说话,张五根却紧闭了嘴,队伍又乱了,大家坚持说吴明康在里边,有人亲眼看见他进去的。卢狄知道碰到张五根这样的忠臣,是很难从他嘴里问到实情的,便调转话头,说:"桃花镇共有几家房地产公司?"

张五根大概觉得可能会将矛盾转移到别人头上,赶紧回答:"一共有四家,我们是镇农工商总公司的房地产公司,还有三家,一家是隆飞翔集团的隆飞翔房地产,一家是纺织机械公司的房地产,还有联合化工也有一家房地产。"

卢狄对着话筒录下自己的声音:"一个值得思考的现象,一个镇,拥有四家房地产公司……"回头又向张五根说,"那么能不能请你谈谈对集资这种形式的看法?据我们了解,桃花镇房地产公司是全镇集资额最大的单位之一,当初你们是怎么想的,真的有信心在两年时间里连本带利还清?这么高的利息,你们有没有考虑过风险?是不是头脑过热?"

张五根说:"也不是我们头脑过热。"

队伍里的人又喊起来:"张五根你狗屁一个,叫你们吴明康出来!"

张五根说:"也不能怪我们吴总。"

突然有人大声说:"是项达民叫搞的!"

"项达民"三个字一出来,队伍突然静下来,静得一点声音也没有了。

紧接着,房地产公司的门开了,一个四十多岁的男人走出来,有人立刻叫起来:"吴明康。"

卢狄知道这就是他们的总经理了,上前一步,将话筒伸到吴明康眼前:"请问吴总经理,房地产公司的集资款到期无法归还,您对此是不是有什么解释？有什么交代？"

吴明康恼怒地看了卢狄一眼，说："你们电视台又来凑什么热闹？"

卢狄不折不挠，追着说："请吴总经理向电视观众说几句话。"

吴明康吐出四个字"无可奉告"，拂袖而去，钻进了停在大院里的凌志牌轿车，小车迅速轻盈地一溜烟远去。

卢狄将摄像机镜头一直扫到看不见车身，才收回来。

队伍中有人泄了气，说："完了，总经理都走了，今天是拿不到钱了。"

更多的人将希望寄托在卢狄身上，他们认为现在只有记者能替他们说话替他们想办法。他们围着卢狄，将卢狄的一腔热血煽动起来，卢狄说："你们放心，这事情我是要管到底了，做主我做不了，我也没有钱还你们，但是我能替你们说出你们想说的话！"

卢狄离开了镇政府，来到桃花中学，时间已是下晚，学生正在放学，挤挤闹闹。卢狄穿过大操场，来到教师办公室，打听魏半城，一位老师告诉他，魏老师今天到县城去了，不在学校。

卢狄打听了魏半城家的地址，回宾馆放下扛了半天的摄像机，来到街上的小馆子，要了一瓶啤酒，点了两个冷菜，喝着，想和店老板议论集资的事情。可是店里生意太好，老板忙得歇不下来，也没有时间和卢狄说话。卢狄喝完了啤酒，最后来一碗桃花镇颇有名的燠灶面，浇头是两块焖肉一块熏鱼，吃得心满意足，消失已久的享受美味的感觉重新又回来了，他抹抹油光光的嘴，走了出来。

魏半城的家，在桃花镇老街深处，但并不难找，老街也和新区一样，布满了路灯，亮化老街的工作做得很不错，天虽然黑了，街上仍然有人行走，印象中乡村小镇一入夜就一片幽静寂寞的情形已然不再，不知哪个部门在街口竖有指路牌，灯光将指路牌照得很清楚，卢狄看了看，一下就找到魏半城家的位置，很快来到魏半城的家。

这是一座老式的院子，里边住了很多人家，卢狄跨进门槛，就有人问：你找谁？

卢狄说："我找魏老师，魏半城。"

那人"噢"了一声，指指西边的厢房："那一家，不过，魏老师今天好像不在家，到平泽去了。"

"他家里有人吗？"

"有的，魏师母总在的，她瘫在床上不能行走。"

卢狄敲了敲魏半城家的门，听到里边响起低弱的声音："谁呀，请进来。"

二

时间已经不早了，从澳洲赶来商谈桃花镇游乐场二期工程投资事项的刘董先生在宾馆房间里等得不耐烦了。下午从上海虹桥机场到达桃花镇，项达民到刘先生房间看望了他，因另外有事要处理，项达民请刘先生在房间稍事休息，一会儿就来接他去参加晚宴。项达民和刘先生握手告别的时候，刘先生注意了一下时间，是下午三点整，现在已是晚上八点，过去了整整五个小时，项达民还没有来，刘先生心里很不高兴。

项达民此时，也正焦头烂额，心急如焚。三点钟从刘先生房间出来，先将晚上要参加与澳方谈判的中方人员召集起来，开了个短会，强调刘先生此行对桃花镇的意义，希望大家全力以赴。开完会，又匆匆赶到桃花镇的名胜景点桃花园，向省委政策研究室丁主任以及陪同丁主任前来桃花镇参观调查的县委刘副书记打个招呼，说明晚上不能陪他们吃饭的原因，又匆匆上车。路过隆飞翔集团，下车找到总裁韩六舟，将游乐场二期工程的事情向韩六舟透了透风，意思是告诉韩六舟，如果刘先生在资金方面有所变化，桃花镇的几大企业肩上恐怕就要增加一点压力了。韩六舟没有明确表示,只是含含糊糊地说,我们听书记的。

回到办公室,天色已开始转黑,项达民喝了口茶,长长地松了口气,想稍稍调整一下思路,就过去请刘先生,投入新一轮的战斗。哪知,猛一抬头,看到台商孙福一脸怒气地站在门口,项达民只觉得脑子里"轰"的一声。

孙福,是项达民人生道路上一个非常关键的人物。

八十年代后期,三资企业在平江农村开始萌芽,回大陆探亲的台商港商成了你抢我夺的对象。在大家的想法中,抢到一个台商港商,就等于抢到一个银行一棵摇钱树。平江市的许多乡镇争先出台奖惩条例,比如某个乡镇规定,凡能提供准确信息的,奖励五百元;凡能联系上台商港商的,不管能不能谈成项目,一律奖励一千元;谈成项目的,再按投资总额的千分之二奖励;一年之内,无所建树的,年底扣奖金。于是,一时间,上上下下人人竖起耳朵,只要听到一点消息,立即扑将过去,闹笑话的,出洋相的,冬瓜缠到茄藤上,错把老农当台商,什么都有。

而这时候,桃花镇三资企业这艘航船,却已经早早地扬起了风帆。

因为有了孙福。

项达民结识孙福,那还是更早几年的事情。一天,项达民回流水村自己家看望叔叔,项达民父母去世得早,从小得到叔叔婶婶的照顾,所以现在虽然他和弟弟两个家庭都搬出了流水村,但仍然记得常回去看看。那天项达民到叔叔家时,村上有位老人在他叔叔家,正和他叔叔婶婶谈论毛虫,老人看到项达民,问道,记得村东头的毛虫吧?

项达民说,毛虫?当然记得。

那么毛虫他大表舅知道吗?老人眯着眼睛看着项达民。

项达民想了想,毛虫的大表舅?是谁?我们村上的?

老人说,不是我们村上的,离我们这儿三十里地呢,港后村的。

你恐怕刚出世不久吧,哪能晓得事情。毛虫表舅是被毛虫的表大姨卖掉的,抓壮丁的时候,挨家挨户摊,摊到有钱人家,便拿出钱来买个不当兵,毛虫家表大姨就把自己的表弟卖了,钱都归了她呢。

项达民觉得有些好笑,说,有这样的事?这么大个人了,婚也结了,还能被人卖掉?

老人说,是这样的,那时候这样的事情多。

项达民说,我们是不晓得了。

老人说,反倒挑了他呢,逃到台湾去,现在很有钱呀。

项达民心里突然有一种感觉,急急地问,是不是回来了?

老人说,回来了,老了,也走不动来不了乡下了,住在上海的大宾馆里,乡下的亲戚都去看过他,带来一包的金器呀,那边的东西比这边成色足,乡下的亲戚,一人送一件金器,你想想,多有钱,带了小孩子去的,另外每人发一张大票。

项达民说,他在台湾做什么?

老人说,反正是做生意吧,不做生意哪来那么多钱。

一个偶尔听到的线索,在项达民眼前展现出多么大的希望啊,他立即行动起来,第二天就和毛虫一起,跑到上海,辗转反侧,终于在上海找到了台湾舅舅。

台湾舅舅在宾馆里住了一个双人的房间,是一个人包住的,另一张床没有人睡,但是房间里挤满了人。大家紧紧围着台湾舅舅,七嘴八舌的,这一个叫舅舅,那一个叫姨夫,也有叫姑夫的,也有叫叔叔的,小孩子在大人的腿脚中钻来钻去,叫着爷爷、爷爷、太爷爷、太爷爷,台湾舅舅答应着,从口袋里摸钱给小孩子,小孩子拿了钱,交给大人,大人看了票面,面色不满意。

台湾舅舅看起来像个老农民,目光迟钝,动作缓慢,一脸的老年斑,不停地咳嗽、吐痰,将卫生间里的卫生纸拿来放在一边,咳一口痰,就撕下一团卫生纸包了,扔掉,一会儿,又咳,又吐痰,又摸了卫生纸包痰。

毛虫说,舅舅,您回来了呀!

台湾舅舅老眼昏花地向毛虫看了看,说,你是谁?

毛虫说,我是秀芳的儿子。

台湾舅舅想了想,说,秀芳,秀芳是谁呢?

毛虫说,秀芳是,秀芳是我妈,觉得这话不对,又说,对了,秀芳是秀珍的姐姐。

台湾舅舅又想了想,说,秀珍又是谁呢?

大家笑起来,毛虫也笑了,说,舅舅呀,乡下都晓得您回来了,我特意从乡下赶来看看您。

台湾舅舅说,谢谢,谢谢,大家都好吧?

毛虫说,大家都想念您,希望您到乡下去看看,到老家去看看。

马上有人说,舅舅不能到乡下去,舅舅身体不好。

许多人应声说,是的,舅舅不能离开上海,离开上海到别的地方舅舅受不了的。

台湾舅舅说,我是蛮想念老家的呀,一走就是几十年,想回去看看。

毛虫说,太好了,太好了,舅舅去了,就住我们家。

台湾舅舅看看毛虫,叹了口气,说,毛虫呀,乡下我也去不成了,带了一点钱都用完了,说着便摘手上的戒指,摘了半天,才摘下来,将戒指看了看,交给毛虫,说,毛虫呀,我再也拿不出别的什么东西了,就把这个我戴了几十年的戒指给你吧,你回去,向大家问好。

毛虫接了戒指,看了看,往手上戴,一时间大家都屏息凝神。房间里的气氛突然紧张起来,小孩子见大人没有了声音,也都停止了吵闹。过了好一会儿,有人说,舅舅,您还没有给我东西呢。

台湾舅舅说,我再也拿不出东西来了,我在台湾开个小小的水果店,水果是夜夜穷呀,生意不好做,我这次也是下了决心回来看看的,不回来,这心里老是放不下,说着朝项达民看了看,问,那么

你呢,你是谁家的?

项达民说,我是桃花镇的,和毛虫一起来看看您。

毛虫说,他是干部。

台湾舅舅说,是干部呀,我对你提个意见,你们的服务态度太差了,我在上海坐公共汽车,售票员骂我乡下瘪三。我说,我是从台湾来的,售票员说我猪鼻头上栽葱,装象,她以为我听不懂她的话,其实我句句能听懂。从前诗里说,乡音未改鬓毛衰,就是我呀。

项达民说,有的人服务态度是不好。

有人摆弄着台湾舅舅的相机,说,舅舅,这台相机不错的,质量蛮好的。

台湾舅舅朝说话的人看了看,说,唉,我也没有给你什么东西,你要是喜欢,就拿去吧。不过,里边的照片,你帮我洗出来,我要带回台湾去的。

得了相机的人欢天喜地,再也舍不得摆弄。

台湾舅舅疲惫不堪,连连地打哈欠,大家却依然不走,守着,项达民对毛虫说,毛虫,我们走吧,舅舅累了。

毛虫说,项书记你不说你的事情了?

项达民说,今天人这么多,也不方便说话,明天我们再来看舅舅。

项达民和毛虫回旅馆,住了一夜,第二天一早又往台湾舅舅的宾馆去,到了那里,台湾舅舅却已经退房走了,也不知道是回台湾了,还是另外换了地方住。毛虫说,我看台湾舅舅也不像个有钱的人,做水果生意,能有多少钱,到了上海还坐公共汽车,他那样子,是像乡下人,一点也没有台湾人派头,难怪要被人家骂。

项达民说,人不可貌相,叹息一声,又说,不过,我们无缘,嘴上这么说,心却不甘。

项达民和毛虫当天来不及赶回乡下,在上海又住了一夜,第二天临上车时,项达民却突然停住了,对毛虫说,你先回去吧,我在上海还要办点别的事。

项达民在大上海追寻蛛丝马迹,最后终于在另一家宾馆找到了台湾舅舅。当他敲开台湾舅舅的房门时,台湾舅舅突然笑起来,笑意里充满了活力、智慧和狡黠,完全不是项达民前两天见到的那个老眼昏花老农民样子的台湾舅舅了。

台湾舅舅指着项达民说,我知道你会找到我的。

项达民说,我既然知道有您这么个台湾舅舅,怎么可能轻易放您走。

台湾舅舅大笑,说,说说,有什么想法?

项达民说,请您回桃花镇看看。

台湾舅舅说,桃花镇当然是要去的,不过嘛,本来是想悄悄地去,现在既然你已经找来了,就跟你回去。

台湾舅舅就是孙福。

孙福回老家,老妻已经不在人世,见到了卖他的老姐姐,老泪纵横。项达民向孙福介绍了桃花镇的规划和设想,希望孙福能为家乡建设出资出力。

孙福考察了桃花镇的几家镇办企业,签下了合资创办锦华印染厂的协议。

后来项达民才知道,当他找到孙福的时候,孙先生已经在上海住了几个月,四处洽谈合资项目,但是几个月过去了,洽谈的项目始终停留在意向上,孙福准备打道回府了,正在这时候,项达民出现了。

三个月后,孙福再次来到桃花镇,项达民给他看的是按高标准建成的厂房,孙福禁不住说,你就凭一纸合同造了这么大的厂房?一纸合同算什么,你不怕我骗你?

项达民说,首先是信任,我信任孙先生,也信任香港、台湾和外国朋友,我相信你们绝大多数是诚心的;第二是自信,我相信我们具有强大的磁力,会把你们吸引来,中国是个大市场,在我们这里做事,大家有利可图;第三是不怕,即使你孙先生不来,我们建了厂房,就不怕没有别人来。

孙福说,既然你诚意相待,我也不妨告诉你,这同一个项目,我是签了两个合同的,另一个地方比你们签得早,这次回大陆,我先到他们那里看了,他们什么事也没有干。

孙福认定了桃花镇,不仅自己投办了三家合资企业,还替项达民推荐了好几位外商投资办企业,作为第一推动力,将桃花镇的三资企业推上了发展的轨道。

项达民和孙福从此结下了深厚的非同一般的情谊。

这么多年来,孙福先后在桃花镇投办了八家合资企业和一家独资企业,总共投入资金达五千万美元,加上经孙福推荐介绍来的台商港商的投资,占了桃花镇外商投资总数的百分之五十二。

从桃花镇到平泽县,甚至到平江市,许多人都知道台湾舅舅的故事。

但是,此时此刻,站在项达民面前的孙福却是怒气冲冲,满脸愤慨,项达民心中暗暗叫苦。

孙福是为电来的。

由于工业的迅猛发展,供电条件落后,桃花镇的电力严重缺乏,分块分片停电已经成为正常的事情,所有的企业也无一可以例外,每星期两个半天停电,已经成为法规。

孙福在桃花镇独资创办的针织内衣有限公司,今年有一大批外销产品,工期十分紧张,为了赶工期,孙福叫总经理找过项达民,自己也再三给项达民打电话,请求最近一段时间对他们网开一面,不要停电,这是项达民无法答应的。眼看着要耽误工期,孙福心急如焚,追到项达民办公室来。

项达民请孙福坐下,泡茶,孙福摆手说:"我不喝你的茶,我什么也不要你的,我只要你一句话。"

项达民说:"我什么都能给你,就是不能给你这句话。"停顿了一下又说,"你最了解我的处境,这个口子不能开呀。"

孙福说:"项达民,你搞清楚了,我不是别人,我是孙福!"

项达民心里很难受,但是他不能松口。

孙福说:"没有我,怎么能有你桃花镇的今天?"

项达民说:"我那边还有澳洲的客人,已经七点多了,让人家等了四个小时了。"

孙福从沙发上跳起来,大怒,说:"四个小时?我等了你多少个小时了?"

项达民也有些急了,说:"孙先生,这些年来我们的合作很愉快,就是因为我们能够互相理解互相体谅,现在您这样……"

孙福的脸由红转紫,由紫转青,打断了项达民的话,说:"听你的口气,你是不是不想再合作下去?"

项达民一时也有些火了,说:"随您怎么想吧!"

孙福愣了愣,转身摔门就走。

项达民盯着被狠狠摔上的门,大脑里一片空白,过了半天,才回过神来,抓起电话,往电管办主任那里打电话,打了几次,那边电话一直是忙音。最后终于拨通了,项达民刚说了一声是老李吧,老李已经听出是项达民的声音,不等项达民先说话,便抢先道:"项书记,电管办要被他们冲翻天了。"

从电话听筒里传出一片嘈杂声,项达民可以想象得出那边的情景,本来想叫老李给孙福想想办法的,到嘴的话又咽了下去,老李的声音连续不断地敲击他的耳膜:"项书记,我这个电管办主任做不下去了!"

项达民再也压不住火,对着话筒大吼一声:"做不下去你给我滚!"猛地摔了话筒。

办公室里一片寂静。

项达民呆坐了一会儿,慢慢地站起来,小钱走了进来,项达民说:"小钱,走,到宾馆去,刘先生还等着我们呢。"

小钱说:"刘先生已经自己先吃过饭了。"

项达民说:"谁让他自己先吃的?"

小钱说:"他很生气,大家也不敢说话,只好让他吃了。"

项达民说:"你为什么不来叫我?"

小钱说:"我来过,你正和孙先生……"下面的话没有说出来。

项达民颓然坐下,但很快又站起来。

小钱说:"你先吃饭吧。"

项达民说:"不行,得先去看刘先生。"说着就往外走,小钱紧紧地跟着,走到门口,突然看到有人扛着摄像机迎面过来,像逮小偷似的逮住了项达民:"项书记,我是平江电视台的记者,我叫卢狄,我想就桃花镇拖欠集资款的问题采访您……"

第 4 章

一

平江电视台在平江新闻节目中播出的关于桃花镇拖欠集资款的报道,在平江掀起了轩然大波,引起了强烈的反响。

卢狄继希望工程的报道后,又一次名扬平江,广大观众关注的话题、激烈的言辞、真实的场面,把大家的情绪调动起来了。新闻播出的当天晚上,电视台就接到许多电话,向卢狄表示敬意。桃花镇是全国的典型,属于老虎屁股,敢摸老虎屁股的人,当然受人敬重。有一些参加桃花镇集资的人体会更深,虽然新闻报道不能直接帮他们把钱要回来,但至少为他们出了一口心头恶气,感觉痛快淋漓。也有人骂卢狄,认为卢狄这样做,不仅是毁桃花镇,更是在毁平江、毁改革。

新闻播出的时候,卢狄在家里喝着啤酒,第一个电话是江燕打来的,指责卢狄是存心和她作对。

卢狄觉得好笑,女人的心眼儿就是小,"蓝月亮"的老板尹秀婷是孙福的好朋友,也是由孙福介绍来大陆投资的,桃花镇也有她的企业,江燕认为,毁桃花镇就是毁尹秀婷,而毁尹秀婷,也就是毁她江燕。

江燕在电话里真的气得发抖,说:"卢狄,你这样做,完全是踩着别人的肩膀往上爬,你卑鄙,你除了能够哗众取宠,借此出名,还能得到什么好处?"

卢狄笑,说:"女人,头发长见识短。"

江燕说:"你以为你有多长的见识,你和那些靠名人的隐私养肥自己的无聊小报记者有什么区别?拖欠集资款是个极普遍的问题,你为什么不报道别人,偏偏揪住桃花镇?"

卢狄说:"你不懂。"

江燕说:"我不懂,我不懂别人还能不懂你?卢狄,你就这么想出名,这么迫不及待?我建议,你不如找刘晓庆去吵一架,最好动手打一打,那样,你何止是在平江出名,你可以一夜之间在全国出名!"说完愤怒地挂断电话。

卢狄不计较,仍然喝着啤酒。电话又响了,是马台长,卢狄很兴奋,说:"马台,你什么时候回来的?"

马台长生气地说:"卢狄,你到底还是给我惹大祸了!"

卢狄说:"马台,没那么严重,不就是说了说桃花镇拖欠集资款吗,天塌不下来。"

卢狄将做好的新闻交给周主任时,周主任有些犹豫,马台长出差还没有回来,电视台平时的新闻内容都是周主任决定的,周主任一向行事谨慎,凡是属于曝光之类的,周主任都要请示台长,都特别小心,但这一回马台长不在家,周主任也许出于一种微妙的心理原因,将卢狄的报道上了新闻。

新闻播出时,马台长正在回平江的路上,手机响了,是一位副台长打来的,向他报告了这件事情,说了说电视播出后立即反馈来的消息。马台长心中暗暗叫苦,一个卢狄呢,趁他不在的时候,捣一个蛋;一个周主任呢,趁他不在的时候,给卢狄下个眼药。马台长在车上就立即拨卢狄的电话,电话不通;马台长再给周主任打电话,周主任不在家。回头再打卢狄的电话,通了,卢狄正在得意。

马台长说:"卢狄,你太叫我失望了!"

卢狄说:"马台,别太谨小慎微,树叶掉下来怕砸破头,得罪一个桃花镇有什么大不了的,不就是少做些桃花镇的广告吗,大不了桃花镇那头损失的,我包赔了。"

马台长正要再说话,手机没电了。

卢狄接到的第三个电话是卢子瑜的,说:"卢狄,你坏了大事了!"

卢狄一时没反应过来:"什么,坏什么大事?"

卢子瑜懊悔不迭,说:"我不该找你借钱,我不该告诉你集资的事情,刚才电视一播出,我们参加桃花镇集资的几个同事都慌了,本来呢,人家桃花镇是典型,总要个面子,即使暂时还不出来,早晚会想办法还我们钱的,而且我们是县机关,是他们的上级,不还别人,我们的钱总要想办法还的,现在你把他们的脸皮撕破了,说不定干脆塌死做,耍无赖,宣布破产之类,那我们就惨了,你可把我们坑苦了!"

卢狄说:"笑话,是我坑苦了你们?不是桃花镇坑的你们?我不知道你们这些坐机关的干部,思维方式是不是出了问题,是不是有点不正常,哪有像你们这样想问题的!"

卢子瑜说:"你反正坐着说话不腰疼,你又没有参加他们的集资。你反正没有损失,你做事情的时候,有没有替我们想想?替这么多的可怜巴巴的集资者想想?"

卢狄说:"你们是集资集在桃花镇,该桃花镇替你们着想,该项达民替你们着想!"

卢子瑜说:"既然不该你替我们着想,你凑什么热闹?报什么新闻?你无非就是想出名,拿我们的血汗钱垫底!"

卢狄说:"你这个人怎么变得这么不讲道理?"

卢子瑜说:"你若是站在我的位置,你会比我更不讲道理!"也气愤地挂断了电话。

江燕的反应卢狄是能够估计到的,马台长的态度他也能预料,无法想象的是卢子瑜的思维方式,这使他哭笑不得。

卢狄不再喝啤酒了,站在屋中央,心里一时竟有些茫然,好像不知道自己下一步该做什么。想了一会儿,他抓起电话打给值班编辑,值班编辑说:"你在哪里?你马上过来吧,这边乱了套,电话不断,你自己来应付吧。"

卢狄头脑突然清醒过来,一下子明白自己下一步应该干什么,他对着电话说:"好事情,你替我接电话吧,我另有重要任务。"

挂了电话,出门打的直奔电视台,扛了机子,找到值班司机,推醒他说:"马上走,有重要新闻。"

值班司机正睡得香,糊里糊涂就起来了,走到门外,一阵寒风袭来,打了个寒战,这才清醒了,说:"干什么?"

卢狄说:"你开车就是。"

司机开了车,听卢狄的指挥,直奔桃花镇。

到了桃花镇,卢狄把司机打发回平江,司机奇怪地说:"你不回去了?"

卢狄得意地一笑,说:"不回去。"

二

平江新闻播出的时候,项达民正在韩六舟家里。韩六舟的家冷冷清清,妻子带着孩子住回娘家已经有一阵子了,韩六舟平时忙于工作也基本上不回这个家,今天因为项达民点明要到韩六舟家来,他才从集团提前回来,稍稍打扫了一下。

项达民和韩六舟对坐着,抽烟,烟雾弥漫了一屋子,没有开电视,所以他们没有看到桃花镇拖欠集资款的新闻报道。

韩六舟闷着头,不吭声,项达民说:"你说话,你到底怎么想的,这事情你得有个明确的态度。"

韩六舟干脆双手抱着头,一副死不开口的样子。

项达民盯着韩六舟头顶心的圈,思绪一时走得很远很远。

韩六舟的经历,与一般农村青年的经历差不多,生下来的时候,脸红红的,闭着嘴,拍了屁股就张大嘴哭起来,请瞎子来算了个命,瞎子来了,喝了韩家的酒水,抽了韩家的烟,高兴,念起顺口溜来,说,先天八字命中定,为君指点生财路,后天造化全由人,自有机缘在目前。一命二运三风水,富贵贫贱早安排,四为名字五读书,全凭骨骼定荣枯。唱了半天,也不知道说人的命运是先天就定了的,还是后天可以改变的。韩贵才忍不住了,说,先生,那么我们家老二究竟如何?瞎子掐了半天指头,又念开了,说,生平衣禄是绵长,件件心中自主张,前面风霜多受过,后来必定享安康。韩贵才也听不很懂,说,先生,这算是好命还是差命?瞎子说,命好不如运气好,命里五行判休咎。运好更须流年好,易卦批示吉和凶。就这么说了一通,韩贵才塞了一块钱给瞎子,瞎子满意而去。送走瞎子,韩贵才对老婆说,以我听起来,这孩子有财星照着。老婆听了,不由抬头向天上看看,问,在哪里?

接下来韩六舟的人生就开始了,在村里的小学读书,然后就是到镇上的中学上初中。韩六舟的哥哥韩冰初中毕业时,韩贵才说,冰呀,你别念了,让六舟念吧。韩冰说,好的,韩六舟初中毕业,考上了县城的高中,打个背包就走路,住在县城中学的宿舍里也不想回来,和一个家在县城的女同学好起来,但是因为城乡差别,也没好得下去,高中毕业,韩六舟就带着一点惆怅回来了。

韩六舟在家里劳动,空闲的时间写一点广播稿,拿到公社的广播站去让播音员念一念,村里大家都听得见。也或者登在县报上,虽然小小的一块,也是让人高兴的。

劳动了一年,正好大队的会计生病了,会计一职空了,韩贵才去找大队书记,说,书记,我们家六舟高中毕业一年了,在家劳动把学问都浪费了,你能不能让他做大队会计呢?大队书记说,韩贵才呀,大队会计已经有人了。韩贵才回家告诉韩六舟,韩六舟也没有说什么,仍然劳动,仍然写写广播稿。家里开始给韩六舟物色对象,这是一件必须要做的事情,很快就物色到了,是另外一个村的,双方见了面,也说不上有什么特别的好感,也没有什么反感,反正早晚有这事情,就这么定下来。

到这一年的年底,征兵了,韩六舟就参军走了。

韩六舟在部队里表现蛮好的,但还是没有真正抓住机会,他入了党,但是没有提干,没有穿上有四个口袋的军装。到了该退伍的时间,部队首长说,六舟呀,你再留一年吧,看看有没有机会,韩六舟就留了一年,这一年没有机会。又到了退伍时间,首长仍然舍不得放韩六舟走,说,六舟呀,再看一年吧,韩六舟又等了一年,这一年仍然没有机会。首长叹了口气,说,六舟,我也不再留你了,你年龄也大起来,回家吧,该干什么干什么,我不耽误你,韩六舟退伍回家。

韩六舟回家的时候,什么也没有,对象已经吹了,已经抱着别人的孩子在街上走了,家里还是那样子,也没有能力建起新房子,父亲和母亲都已经老了,连哥哥也已经像个老农民了,嫂嫂觉得哥哥没有能力,总是不开心。

韩六舟从部队里带回来两套军装,别的再没有什么。韩贵才说,六舟,你怎么办呢?

农村的田地早已经承包给农民种,农活不知为什么越来越少,乡下陆陆续续办起了一些乡镇企业,自己村里也有个厂。韩贵才说,六舟呀,你自己去找找门路,看能不能在企业里做做。韩六舟找村支书,支书说,六舟呀,我们这个村,算什么企业,就是几个老娘们老太太在这里敲敲捡来偷来的废铜烂铁,做不出什么意思来的,你跟着她们做能有什么前途?六舟呀,你还是到镇上去看看,往外奔吧。韩六舟来到镇上,找到一个建筑队,需要人,他就留下了,拉板车,把砖头黄沙什么的,从一个地方拉到另一个地方,建房子。

韩六舟买了一辆自行车,每天下班从镇上往回骑,他常常遇见年轻的村妇女主任王菊香,王菊香经常到镇上开会或者干别的什么工作,回来的时候如果碰上韩六舟,他们就同路。

他们开始只是互相点个头,笑一笑,后来就开始说一两句话,比如一个说,下班啦,另一个就说,下班了;一个说,今天迟了,另一个就说,是迟了一点。再慢慢的,也有的时候,都下车来,将车子推着走一段,再多说几句。他们本来是同一个村的,家里的情况,双方都比较清楚,经常相遇,一直到产生出感情来。

王菊香要嫁给韩六舟,家里人是反对的。王菊香对家里人说,我喜欢韩六舟,我决定和他结婚。

韩六舟说,菊香,我们家没有新房子。

王菊香说,我晓得。

韩六舟说,菊香,我们结婚的场面可能比不过人家,可能没有几大件。

王菊香说,我晓得。

韩六舟说,你为什么还和我结婚?

王菊香说,我从小就喜欢当兵的人。

他们简简单单地结了婚。

婚后韩六舟仍然在工地做活,王菊香也仍然做村妇女主任。

一年以后,王菊香生下了儿子,全家高兴。

韩六舟安安心心地在建筑工地上做活,他年轻,有力气,靠力气吃饭,也没有更多的想法。日子一天一天过去,儿子一天一天大起来。韩冰有一天说,六舟呀,现在乡镇企业多起来,你不如到乡镇企业找个工作做,搞建筑,太辛苦。韩六舟说,如果有机会我就去。

韩六舟的机会是在完全无可预料的情况下出现的。

这一天韩六舟拉着砖头和沙子,听到有人疑疑惑惑地问,你是韩六舟吗?这个人就是陶排长。陶排长是镇上的干部,他到建筑工地来检查工作,看看进度,没想到会遇见韩六舟。韩六舟已经有点认不出他来了,但是想了想,还是想起来了,韩六舟说,你是陶排长?韩六舟做战士的时候,陶排长是另一个排的排长,在同一个团,算是很近的战友了。陶排长在意料之外的情况下看到韩六舟,非常高兴,他握着韩六舟的手问长问短。韩六舟告诉陶排长他回来已经有三年了,三年来他结了婚,有了孩子,一直在建筑工地做活,拉砖头和泥沙。

陶排长笑眯眯地看着韩六舟,战友的情谊在他心里回荡。陶排长也把自己的经历向韩六舟说了,最后他没有说自己在乡里干什么,和陶排长一起来检查工作的乡干部告诉韩六舟,陶排长是乡党委书记,乡里最大的官,他说,我们大家叫他陶老板。韩六舟才恍悟,原来一直听大家叫陶老板陶老板,就是叫的你呀。

将某个单位某个部门或者某个地区的一把手实际上算不得老板的人称作老板,这是后几年时兴起来的事情,在乡镇一级好像特别多,几乎所有的乡镇党委书记都被称作某老板。到了县一级,就少多了,很少听见有人称县委书记某老板。再到了市一级,就更少,称市委书记老板的大概是没有的吧。回头越过乡镇来到村里,称村支书叫老板的却又少了。再到了小组,就更少了。谁会叫村民小组长为老板呢,没有。究其原因,也是很难说,是不是在乡镇这一级最合适做老板呢?

陶老板战友重逢,格外高兴,将韩六舟拖到镇上,请他吃饭,因为高兴,大家都喝得多了些。韩六舟看了看手表,说他要到建筑工地去了,那边还有活等着他做。陶老板说,不去了,一会儿我和工程队说,你的工作另外安排。韩六舟看看陶老板,陶老板说,我们这一帮子战友,哪能扔下你一个?你呢,这几天先回家歇着,有我们在,总要安排你个好去处。

过了几天,陶老板和另外一个乡干部一起来到韩六舟的村里,叫村支书领路来到韩六舟家。村支书来了,把韩六舟拉到一边,说,六舟呀,你也不早告诉我陶老板是你的战友。韩六舟说,我也是刚刚才知道的。他们在韩六舟家坐了,见过韩六舟的父母亲,一起聊了天,最后陶老板向韩六舟说,六舟呀,本来想给你安排个好一点的位置,可是最近乡的编制都满了,挤掉哪个也不太好呀,你就到文化站吧,文化站的干部调走了,正空缺。

韩六舟不太知道文化站是干什么的,心里有些发慌,说,我自己也没有很高的文化,我管文化站行吗?陶老板说,行的,你怎么会不行?你行的。

当天晚上韩贵才去打了酒回来喝,他埋在心底里对算命瞎子的深深的信任又重新浮泛起来,他慢慢地喝着,酒精搅动着他的心弦,他自己笑了起来。

乡镇文化站叫作一人一站,就一个干部,管全乡的文化工作,要说忙,也是够忙的,若是要搞起一个活动来,全乡每个村要发动,跑也把人跑死,还得求爷爷告奶奶。乡下的人认为,什么文化活动,又不增产粮食,又不增加收入,不搞也行,别来烦我吧。村支书若是这样说了,你就苦了。村支书若是态度端正些,对文化多少有点认识,愿意支持,还好办些。现在的事情比从前要好一些,农村里的年轻人,多半进了乡镇上的工厂,所以要搞活动不用跑到每个村去发动,盯住厂长就行。但是厂长比村支书更难弄,他是要抓生产的,你借了他的人,停了他的生产,他是要和你过不去的,但是你不借他的人,你又怎么搞工作。总之,文化站是个求人的事情,自己又没有钱,说话又不硬,忙了一年,到年底总结时,县委书记乡党委书记在大会报告中也不会提到文化站的。

当然,文化站长也可以叫自己不忙,也可以让自己闲得无事干,这也很好办。上面的通知来了,你只当没看见,或者,给上面回个电话,说乡里工作忙,抽不出人,这一次的活动就不参加了,上面也不好把文化站长开除了。乡里的领导会因为某个工厂效益不好而更换厂长,但一般不会因为某个文化站长工作不积极而给他脸色看的,领导忙得很,要管的事情多得很,都是大事,是效益,是数字,来不及管你的,所以你工资照拿,奖金照领,还乐得清闲。只是大多数的文化站长他们不会这样想,他们总是把自己忙得团团转,搞得精疲力竭,最后谁也不会想到他们。

这就是文化站长。

韩六舟开始做乡里的文化站长,也不明白文化站到底是干什么的,但是知道分管的条线很多,县文化局、县文化馆、县文管会、县文联,都是他的上级,当然还有乡党委。他到县里开过几次会,慢慢地明白了文化站的工作是什么。

韩六舟做了文化站长搞的第一个活动就是排练一个大型的戏剧节目去参加市里的会演,这个戏剧节目排得很成功,很有水平,参加会演的时候,得到好评。大家在下面看节目的过程中,就一个劲地问,这是哪个乡的,这是哪个乡的。又问,文化站长是谁,文化站长是谁。演出结束后,有人指点了韩六舟,许多人过来向韩六舟握手表示祝贺。他们认为,在他们这个地区,已经有很长时间没有出这么高水平的戏剧节目了,最后评委一致评定,这是一等奖的节目,并且决定将这个节目选送到省里参加会演。

节目到了省里,仍然受到好评,仍然得了奖。省里搞群众文化工作的领导很关心这个节目的产生过程,向韩六舟详细了解。韩六舟当然是说乡党委重视,县领导关心,各方面支持等等。省领导说,那么你呢,你自己做的工作呢,你是文化站长呀。

韩六舟说,我只是做做组织工作罢了,我自己又不会编戏,也不会唱,我只是尽量去发挥大家的积极性。

省领导非常中听韩六舟朴实的语言,在大会上一再表扬韩六舟,号召乡镇文化干部向韩六舟学习。

韩六舟载誉归来,先到县里,县里领导接见了演出团,和他们合了影,请吃了一顿饭。领导说,这是多少年来第一次为我们这个县争光,要好好款待你们。吃饭过程中,领导让韩六舟说说他的各方面的情况,听了,便回头对在座的县文化馆领导说,老李呀,小韩立了大功呀,怎么还让他是个农村户口呢,这是不对的,按功论赏,赏罚分明,我们的工作才能上去呀。县文化馆的领导说,这由不得我们做主呀,这是乡里的事情。县领导说,那好办,明月乡嘛,我给小陶打个电话,叫他办了。

韩六舟回到乡里时,陶老板也宴请他吃饭。陶老板非常高兴,说,我的眼光到底还蛮准的,六舟呀,你蛮来事的嘛。陶老板又说,六舟呀,他们打电话来了,要我给你提干呢,你晓得不晓得?韩六舟说,在县里听他们议论过,我以为他们开开玩笑的呢,我恐怕不行吧。陶老板说,县领导都说你行,又不是我说的,若是我说,人家以为我是庇护战友呢,现在县领导也说了,向在场的乡干部指了一圈,说,你们没话说了吧。大家笑,说,我们没话说,我们没话说。

韩六舟提了干,转了城市户口,成了拿国家工资的干部了。

就在办理手续的那一天,乡党委的会议上,决定让韩六舟去担任乡卫星丝织厂厂长。

卫星丝织厂是全乡以至全县有名的亏损大户。

也许每一个人命中都该有一道或几道劫数,只是不知道它们什么时候出现吧。

韩六舟的劫数出现在他的事业最巅峰的时候。

仅用了三年时间,卫星丝织厂就从闻名全县的亏损大户一跃成为年产值八千万的大厂,韩六舟成为全县的知名人物。

可是,谁也没有想到,就在韩六舟冲出低谷的时候,更可怕的深渊已经出现在他的脚下,韩六舟没有看到这个深渊,他一脚踩了下去,或者说,是当时席卷了半壁江山的一次性乳胶手套的热浪,把韩六舟冲下了万丈深渊。

那一年,韩六舟投入一千万,同时上了八条乳胶手套生产线,这一笔账是明摆着的,八条线全部投产,年生产手套一亿副,创汇一千万元,一年就能收回全部投入。两年呢?三年呢?五年呢?十年呢?这是个如意算盘。

只是,韩六舟会打的这个如意算盘,别人也会打。那一时间,到处都上乳胶手套,人人都在打如意算盘。

韩六舟无可避免地违反了供求规律,国际市场急转直下,韩六舟受到了必然的惩罚。

先进的一次性乳胶手套,成了一堆废品;

协议包销,成了一堆废话;

五百万元添置的设备,成了一堆废铁;

一千万的投入丢进了水里;

工人工资发不出来,银行贷款年息超过百万。

卫星陨落了,韩六舟再一次成为全县的知名人物。

陶老板坚实的肩膀至少替韩六舟扛着半壁江山,可是,正在那时候,陶老板也出了问题,去南方考察时,落入了黄色的陷阱,陶老板调离了。

韩六舟的江山整个地塌下来。

接任陶老板的新老板让韩六舟在家等候处理,其实大家心里都明白,韩六舟是很难再等到机会了。

项达民就是在这个时候,突然出现在韩六舟生命中的,项达民请韩六舟到桃花镇去工作,他把桃花镇的两个企业放在韩六舟面前,希望他挑选其中一个。

韩六舟挑了桃花镇丝织厂,他从丝织厂起步,又从丝织厂倒下,他仍然要从丝织厂爬起来。

桃花镇丝织厂,就是现在的隆飞翔国际集团。

无论当年韩六舟是怀着怎么样的一种心情,离开自己的家乡,离开失败的地方,离开妻儿,来到桃花镇,五年后的今天,原先只有一百多工人、年产值不足一百万的桃花镇丝织厂,已经成为一个跨行业、跨地区的综合性国际集团,能和隆飞翔集团比肩的省级村办国际集团,全省只有九家。

隆飞翔集团在桃花镇投资开发了隆飞翔国际工业城,占地四平方公里,城内由隆飞翔集团控股,投资的工业企业二十多家,集团下属的工厂生产的产品以出口国外为主,年创汇五千万美元。

为了更好地发展贸易开拓市场,隆飞翔集团在北京、上海、香港以及美国纽约等城市均设有分公司,贸易遍布三十多个国家和地区,年营业额超过一亿美元。

兵败家乡的韩六舟,从桃花镇重新崛起,他先后被评为全省十大乡镇企业家、十大青年企业家。

家乡的卫星丝织厂在韩六舟的帮助下,从困境中跳出来,很快还清了一千万的债务,卫星再一次上天,重振雄风。

事业像阳光般美好,韩六舟却再一次面临困境。

这一次的困境,也许比乳胶手套带来的困境更难缠。

情感的困境。

在韩六舟碰见艾红之前,他也许始终认为自己的一生中只会有王菊香这样一个女人,优秀的女人所应该有的王菊香几乎都有,当韩六舟答应了项达民的邀请,决定到桃花镇工作时,王菊香说,你去吧,我留在家里,家里离不开我,我也离不开这个家。韩六舟来到桃花镇干事业,王菊香在家里继续做村妇女干部,她无怨无悔地侍奉公婆,带好儿子,经常到桃花镇来看望韩六舟,洗干净衣服被褥,打扫干净房间,默默地做着她觉得应该做的事情。

一年前的某一个晚上,韩六舟在桃花源宾馆陪客人吃饭,因为谈成了一个大项目,心里高兴,多喝了些酒,醉了,倒在宾馆房间里被服务员发现,去叫来了宾馆客房部经理艾红。

艾红是桃花镇人,上过旅游学校,毕业后回到桃花镇,在桃花源宾馆做了客房部经理。

韩六舟醉意蒙眬中紧紧拉住艾红的手，说，我高兴，我心里高兴，我高兴。但是在艾红听来，韩六舟却像是在哭诉，艾红的心，被一个男人沉重的内心世界所打动。

是不是当艾红出现的那一刻，韩六舟的劫数又开始了呢？

一个叱咤风云的成功的企业家，却绕在感情的线圈中过不去了。

一封封人民来信送到平江市纪委，送到平泽县纪委，纪委十分重视，企业家的婚变，已经成为一个带有普遍性的现象，许多乡镇企业家尽管有不同的出身不同的经历不同的性格，但最后竟然走上一条十分相似的路，苦干——发家——情变——婚变——家破人亡——事业失败——一无所有，艰难困苦多少年，最后落下个伤人又害己的结果。

王菊香作为一个妇女干部，平时处理最多的事情，也就是夫妻间的感情问题，现在轮到她自己了，她非常伤心。但是她没有大吵大闹，她仍然默默地做她认为应该做的事情，当韩六舟试探地向她提出离婚的意思时，王菊香说，六舟，我不离婚。

韩六舟再也不回自己的家了。

舆论站在了王菊香这一边。

韩六舟既是全县出名的企业家，他的感情问题也就不是他一个人的问题了，也可能韩六舟自己尚未明白发生了什么，大家却已经在议论韩六舟如何养小老婆的事情。

影响很大，也很坏。

项达民找韩六舟谈过，韩六舟不吭声。县纪委也来人和韩六舟谈心，韩六舟仍然不吭声。韩六舟只是以自己仍然和艾红来往、仍然和艾红同居的行动回答大家。

县纪委做出决定，有两条路给韩六舟选择，或者离开艾红，或者离开隆飞翔集团。

现在，面对项达民，韩六舟除了双手抱头，再没有别的办法。

在项达民的内心深处,非常非常想像韩六舟一样,双手抱着头,什么也不听,什么也不管,如鸵鸟般把自己藏起来,可是项达民不能,他必须面对所有的一切。

韩六舟终于抬起头来,红红的眼睛看着项达民,嘴唇抖动了一下,终于说出话来:"我决定了。"

项达民已经从他的口气中得到了答案,但是他不甘心,死死盯住他:"你要走了?你真的舍得离开隆飞翔集团,像离开你的亲生儿子一样?"

韩六舟低声说:"我,我没有办法。"

项达民说:"她对你真的比什么都重要?"

韩六舟微微地点了点头。

项达民长叹一声,知道事情已经无可挽回。过了一会儿,说:"你打算怎么办,到哪里去?"

韩六舟说:"我已经答应香港朱先生,他在平江为我开设了一个办事处。"

项达民摇头说:"你替他打工?"

韩六舟说:"我只能这样。"

项达民说:"六舟,你从来都是宁做鸡头、不做牛尾的人,想不到一次小小的感情冲击,把你变成这样。"

韩六舟说:"我对不起你,我对不起桃花镇,但是……"

项达民摆了摆手,说:"别说了,六舟,我对你非常失望!"说罢,开了门走出去。

从韩六舟家出来,项达民心情无比沮丧,刚上汽车,突然腰间的呼机响了起来,项达民一看,是柏森林打来的,一般的,没有紧要的事情,柏森林很少打项达民的呼机,项达民心头突然掠过一丝不好的预感,将手机打开,给柏森林回电话。

柏森林告诉项达民,就在半个多小时前,平江新闻播出了桃花镇拖欠集资款的报道,并说了说报道的内容,柏森林现在正在办公室,已经有不少人打电话来询问怎么回事,镇政府门口也围了不少人。

项达民心里"咯噔"了一下,说:"哪天来采访的,我怎么不知道?"

柏森林说:"就是前天吧。"

项达民又说:"怎么搞的,谁搞的鬼?怎么突然来这一手?"

柏森林说:"我已经做了初步调查,是魏半城写信到平江电视台的,来的那个记者,叫卢狄,是个角色,难缠的,和魏半城搅在一起,是会很热闹的。"

项达民说:"有没有谁把节目录下来,我要看看。"

柏森林说:"没有想到,事先谁也不知道会来这么一下子。"停顿一下,又说,"九点钟的晚间新闻也许还会重放一遍。"

项达民看了一下手表,对柏森林说:"你等着我,我马上过来。"关了手机,心里稍有点乱,想了想,又开了手机,从身上摸出一个电话本,找到平江电视台马路家里的电话,打过去,说人没到家,又打马路的手机,不通。车已经到了镇政府,项达民急急赶到办公室,柏森林、常金鹏、小钱都在,项达民进门就说:"事先你们谁也没有听到一点风声?"指着柏森林,"记者找你没有?"

柏森林说:"没有找我,我正和小钱说这事,小钱说,卢狄那天晚上找过你。"

项达民说:"我已经想起来了。"

常金鹏涨红了脸,说:"那个家伙是个什么东西,有什么背景?"

柏森林说:"背景好像也没有什么背景,却是个很难弄的人,前不久因为出团市委的洋相,批评他们搞的什么希望工程,马台长叫他看几天人民来信,不要上电视,哪知他偏偏就看到了魏半城的信。"

常金鹏说:"妈的这个魏半城,怎么老是缠住不放,自己屁股上一屁股的屎,哪天小心落到我手里……"

柏森林像是想制止常金鹏的话,摆了摆手,说:"常总……"

常金鹏一脸恼怒,说:"怎么,不许我说话?"

气氛压抑而紧张,大家都沉着脸,如丧考妣,突然项达民笑了起来,向大家摆了摆手,提高嗓音说:"有这么严重吗?"停顿一下,又说,"没什么了不起的,我们现在要讨论的不是已经发生的事情,即使这件事情使我们非常难堪非常被动,明天的党委会,提前,现在就开,主要人物已经都在了,小钱,你去通知其他党委成员,马上来开会。"

党委会主要讨论电厂的事情,在桃花镇建立一个日发电量三千千瓦的火力电厂,这个基调是项达民定的。

在一个只有两万人口的镇上,建这么大的电厂,到底有没有必要?

项达民说,有必要!

会议只进行了一个小时,电厂筹备申报的决定就做出来了,正是九点钟,项达民站了起来,打开会议室的电视,一直看到电视新闻结束,也没有看到关于桃花镇拖欠集资款的那条新闻。显然,已经有人说了话,只是不知是谁,平江晚间新闻里,掐掉了关于桃花镇拖欠集资款的那条新闻。

桃花镇党委一班人的心里,都有一丝说不清的滋味。

三

作为始作俑者,魏半城没有看到平江电视台的新闻,当时他正在镇卫生院陪着小秀花。

小秀花是魏半城老婆娘家村上的一个十岁的小女孩,半年前得了一种怪病,脱发,浑身皮肤溃烂,先只是在手上脚上有一些小块,后来面积越来越大,发展到脸上都是,家里人着急了,带着到医院看,也看不出名堂,父母都是农民,也不知道该怎么办,以为老师见多识广,便找到魏半城家,求助于魏半城。

魏半城的家,本来就够狼狈,妻子瘫痪多年,领养的女儿魏莉刚刚参加工作,家里都是靠魏半城一个人张罗忙碌。小秀花来到魏半城家时,头上包着一块花头巾,盖住大半边脸,露出乌黑闪亮的眼睛,等到解下头上包着的花头巾时,大家都愣住了,小秀花呜呜地哭了。

从此,魏半城就承担了替小秀花治病的艰巨任务,他带着小秀花四处求医,又多次来到小秀花的村里查访原因。

小秀花家的那个村子,办了一个日用化学品厂,替上海某化工厂生产日用化学品,主要是化妆品。魏半城经过调查,认为小秀花的皮肤溃烂是环境污染所致,于是向村里提出这个问题。村支部书记说,怎么可能呢?我们这个厂也不是今年刚办起来的,再说了,村里上千号人,要污染,怎么只污染她一个人呢。魏老师呀,你行行好吧,我们村,就靠这个厂,全村人的收入都从这个厂里出来,你叫我停掉这个厂,全村人要骂死我的。

魏半城写信给镇党委,没有得到答复。他又给县环保局写了信,环保局派人下来调查,结果还没有出来,但是魏半城已经被小秀花村里的人恨透了,连小秀花的父母亲也义无反顾地把小秀花从魏半城这里接走,不再理睬他。

小秀花回去以后,病情更加严重,开始发高烧,被送到桃花镇卫生院,魏半城听说后,赶到卫生院去看望小秀花。

镇卫生院的治疗方案就是吊盐水,小秀花的母亲陪着小秀花,看到魏半城,无话可说,不由掉下眼泪来。

魏半城皱着眉说:"这样不行,要到大医院去看,去治疗。"

小秀花的母亲摇了摇头,说:"魏老师,你是知道的,半年来,前前后后花了多少医药费,家里,再也拿不出钱来了。"

魏半城不知说什么好,他呆坐了一会儿,突然站起来,跑到医生办公室借电话。

项达民办公室的电话响了很久,在隔壁会议室开会的项达民隐隐地听到好像有电话铃声,有点走神。常金鹏连忙站起来,替项达民去接电话,一听,是魏半城的电话,一头的恼火,说:"又是你,你捣什么蛋?你身为桃花镇人,尽出桃花镇的洋相,你知道电视这么一曝光,有多恶劣的影响?"骂了一句粗话,又说,"魏半城,我告诉你,别以为你的事情早已经过去,再抓不到你什么了,你还是少开臭口,好好反省自己的过去!"

魏半城说:"我不和你说,我找项达民。"

常金鹏说:"党委正在开会,没有空闲时间跟你纠缠!"

魏半城说:"我也没有时间和你们纠缠,你告诉项达民,叫他一定要到卫生院来看一看。"

常金鹏挂断电话,回到会议室,没有向项达民说是谁来的电话,项达民也没有问,他们之间,有一种心照不宣的默契,该当着别人面说的话,常金鹏自然会说,不该当着别人面说的,常金鹏就不说,项达民也不会问。

一直到会议结束,人都走了,常金鹏才告诉项达民:"魏半城要你到卫生院去看看,也不知又要惹什么是非、搞什么鬼花样,别理他。"

项达民点了点头,说:"好吧。"

项达民没有直接回家,他来到镇卫生院,向值班医生打听了一下,便往小秀花的病房来,到病房门口,他站住了。

背对着病房门的是魏半城斑白的头发、微驼的背、干瘦的身形,而此时此刻,项达民眼前晃动的却完全是另一个魏半城,一个在项达民心目中如《青春之歌》中的卢嘉川、如《红旗谱》中的运涛那样的魏半城。

那时候项达民还是个中学生,一次参加县中学生运动会,来到县城平泽,正是"文化大革命"风起云涌的时候,项达民看见文质彬彬的魏半城,戴着黑框眼镜,穿着中山装,围着米色的围巾,站在

县城运动场的高台上振臂高呼为真理而斗争!

多少人跟着魏半城振臂高呼,他们不仅愿意为真理而斗争,甚至愿意为真理而牺牲自己的生命!

那一瞬间,项达民真的以为魏半城就是卢嘉川就是运涛,那正是项达民做着英雄梦的年龄,他的空洞无着落的英雄崇拜和英雄向往,就在县城的那一瞬间从魏半城身上得到了极大的抚慰和满足,这一特定的情景,永远永远地定格在项达民的记忆深处。

魏半城是平泽县造反总部副总司令,风云一时的人物。

几年以后,魏半城被判刑,前妻上吊自杀。魏半城刑满出来后,和家乡的一个寡妇结婚。婚后不到一年,妻子就得了病,一病不起,魏半城只得领养了一个女儿,取名魏莉。

生活磨蚀了魏半城英雄的外表,他已经是一个很衰老的人了,但是在魏半城的内心,仍然激荡着生命的活力,尽管他不再可能站到县城的高台上振臂高呼为真理而斗争。

项达民突然犹豫起来,他本来是想找魏半城谈一谈,开诚布公地听一听魏半城的想法,可是现在他却退却了,项达民悄悄地退出来,回到医生值班室,向医生询问了魏半城陪伴的小病人的情况。

四

柏森林开完镇党委会回到家里,心情有些异样的激动,他坐到写字台前,摊开信纸,开始写信。

家里静静的,柏森林的妻子一直住在平江,不愿意住到镇上来,柏森林也从来没有勉强她住过来,比较起来,他更愿意一个人孤身奋战,少些牵挂。

柏森林的信,是写给平江市新上任的市委书记闻舒的。

柏森林是一个特殊的乡镇干部,他和许多像项达民这样从基层做起的乡镇干部不一样,柏森林没有更多的实践经验,他没有种过田,也没有在乡镇企业里跌打滚爬过,他从校门到校门,前前后后竟读了二十多年书。

柏森林学的是经济管理,四年本科,毕业后,考上外贸专业的硕士研究生,研究生毕业,分配到平江市政策研究室工作。此时的柏森林已经读了十八年书,好像还没有读够,一边工作,一边又考上了中央党校的研究生班。从中央党校回来,市里征求柏森林的意见,柏森林毫不犹豫,他希望能到乡镇去工作,最理想的是去桃花镇。

柏森林如愿以偿。

项达民有几次问过他,为什么愿意到基层来工作?柏森林毫不含糊地说,我如果不到乡镇工作,我这么多年的书算是白读了。

项达民哈哈一笑,说,有志气,希望你的书不要白读了。

柏森林握笔的手微微颤动,他是在北京中央党校读书的时候,认识闻舒的。闻舒是中央党校聘请的兼职老师,给柏森林他们这个研究生班上过课,闻舒的课给柏森林和他的同学们留下了极其深刻的印象。柏森林曾就平江乡镇企业的许多现象向闻舒提出过疑问,闻舒请柏森林课余时间到他办公室,或者到他家里去坐坐,聊聊天,闻舒说,你提的问题,正是我的兴趣所在。

从此,柏森林和他的一个同学、现在的平江大学社会管理学院教授、全国最年轻的博导杨东,经常出入于闻舒的办公室和他的家,他们成了无话不谈的知己。他们谈乡镇企业,谈国际国内形势,谈百姓关心的话题,个人之间的感情也越来越深厚。在柏森林即将毕业回去前的某一天,柏森林忍不住对闻舒说,如果您能到平江来当书记就好了。

当时大家一笑,觉得全无可能。

并不是柏森林有什么先见之明,有未卜先知的能力,完全是感情因素,谁知竟让柏森林一语说中。

柏森林和闻舒已有三年未见了,现在柏森林面对着信纸,千言万语,实在不知从何写起。

这时响起一阵让人惊心的敲门声,柏森林开了门,是明星村的支部书记兼明星化工厂厂长项小龙,一看到柏森林,项小龙张口就说:"柏镇长,救救我们厂!"

柏森林说:"项厂长,进来坐,有话慢慢说。"

项小龙摆着手,说:"来不及了,来不及慢慢说了,银行的人已经来了,明天早晨就……"

柏森林说:"已经有了谈判意向?"

项小龙摇了摇头,说:"还能有我什么意向?还能有我说话的余地?他们这回来,我知道的,他们横下一条心了,要谈资产抵押。"

柏森林顿了顿,说:"资产抵押在我们桃花镇还没有先例,项厂长,你要慎重!"

项小龙说:"柏镇长,我不能卖厂,我决不能呀!我宁可拿我的命去换……"

柏森林盯着他。

项小龙带着哭声说:"柏镇长,我不行了,我,我要垮下去了,我,我真的支持不住了……"

柏森林脸色大变,怒道:"项小龙,你这是什么话?桃花镇上大项目的企业多的是,为什么别人能干好,你却垮了?"感觉到口气太严厉,缓了一下,又道,"不说这个了,既然已经垮下来,就像个男子汉,把担子挑起来,我最恨的就是软弱,出了问题,厂子垮了,人的精神不能垮!"

项小龙说:"我难道不想做个挺直腰杆的男子汉?可是,两千万呀!不是二十万!若是二十万,我把自己家的房子卖了,我还!两千万!你叫我怎么办?"

柏森林说:"该怎么办就怎么办,还不出钱,资产抵押,这就是经济规律,谁让你失败,失败就是这个滋味!"

项小龙指着自己的心,痛心疾首:"柏镇长,我舍不得呀!柏镇长,我今年才三十三,你看看我的白头发,就是办化工厂的这几年生出来的。这几年,我平均每天只睡三四个小时的觉,我千山万水地走过来,我千难万险地闯过来,我什么苦都吃了,什么罪都遭了,不就是想把化工厂办好吗?我把我的全部生命都扑进化工厂了呀,它比我的儿子还亲,比我的儿子还重要,现在叫我把化工厂抵押给别人,我、我实在舍不得呀!"

柏森林也有些动容,但他控制了一下,说:"项厂长,也许,可以由镇上出面,再和银行方面谈一谈?"

项小龙说:"就是这个意思,如果能再宽延我一段时间,我尽量把积压的产品销出去,情况也许会好转,至少我能先把利息还了。"他越说越激动,"只要厂还在,我就有希望,我总有一天能翻身,我就不相信天生就该我倒霉!"

柏森林说:"是哪家银行?"

项小龙说:"平江市农业银行。"

柏森林说:"是沈行长那里。"

项小龙说:"我知道,我哥和沈行长很熟。"

柏森林说:"项书记确实和沈行长很熟,只是,现在这样的时候,项书记哪能去找沈行长开这个口,不正是送上门去让他逮个正着?"

项小龙仅有的一线希望也已经破灭,好不容易集中起来的神情又有些涣散,目光又开始游离。

柏森林说:"你和你哥详细谈过了?"

项小龙愣住了,两眼红红的,过了半天,说:"没,我没找他,我没脸找他。我,我对不起他,我辜负了他……"

柏森林深知项达民和项小龙兄弟间的感情有多深,项达民和项小龙从小没有了父母,项达民独自一人把弟弟拉扯大。柏森林也深深理解项小龙此时的心情,他对项小龙说:"这样吧,明天上午我见到项书记再说。"

项小龙说:"抵押是他们提出来的,他们大概早有打算了。"

柏森林摇了摇头,说:"你以为银行愿意接收抵押?不,银行才不欢迎。接收抵押也是他们最后一着了,银行当然愿意你能生产,能销售,能挣几个钱出来,哪怕先把他们的利息还了,他们也好做账,也好交代……"

项小龙说:"我跟他们说,请求再放我一段时间……"

柏森林又摇头,说:"时间也是有限度的,银行也不能无限期地放你下去。他们也看你到底还有没有希望,如果他们看得到希望,索性再给你钱,让你转产,或者想别的办法,这不是帮你,是帮他们自己,但是现在,连这一点他们也做不到了,所以他们只有接收资产抵押了,再不走这一着,怕是什么也拿不到了。"

项小龙说:"我知道。"

"所以,项厂长,我劝你还是要正确对待,我们都要做好心里准备,在评估审计的时候,能争取的,还是要争取。"

项小龙此时已全无意志,叹息道:"已经这样,还有什么可争取的。"

柏森林说:"项厂长,你不能这样,老实说,当初你当村支书的时候,我还没到桃花镇,但是情况我后来都了解。你知不知道,项书记让你到全镇最差的村去,是因为什么?"

项小龙根本不想再提往事,往事对他来说,如一把往伤口上撒的盐。

柏森林继续说:"因为什么你自己最清楚,所以,我再跟你说一遍,越是困难的时候,人越是要有精神。"

项小龙说:"我不是没有碰到过困难。"

柏森林说:"那就是了,一方面呢,我明天碰到项书记,再和他谈一谈,农行方面,能做的工作还是要做到底。另一方面,你回去,做好抵押谈判的准备工作,有些事情,可以先考虑起来,争取谈个好价钱。"

项小龙半天没有作声,最后慢慢地站起来,说:"只有这一条路可走了?"

柏森林张了张嘴,欲言又止。

项小龙告辞以后,柏森林重新坐下来面对空白的信纸,思绪却有些乱了。他点了一根烟,抽了几口,让情绪平静下来,给远在平江大学的老同学杨东打电话。

杨东接了电话听出是柏森林的声音,第一句话就说:"你什么时候到平江来?"

柏森林说:"最近很忙,不一定有时间,"顿一顿又说,"杨东,你和闻书记见过面了?"

杨东说:"没有,没有机会。"笑了一下,说,"我们高校,与政界远隔千山万水,一个大学老师无端地跑到市委书记门上,大有巴结领导的嫌疑。"

柏森林也笑了,说:"不说高校向来是世外桃源吗,怎么还在意这东西?"

杨东说:"你说准了,学校里的人,其实是最在意这个的。"又一笑,说,"不说这些,你怎么样,有什么难题了?"

柏森林一时却不知怎么说好了,便觉得有千言万语却又无从说起似的。

杨东说:"你们得罪平江电视台了?他们出你们的洋相,拖欠集资款的事情曝光了。"

柏森林说:"你看电视了?"

杨东说:"我没有看新闻,家里人看到,叫我看的时候,已经过去了,等晚间新闻,却已经掐掉了。柏森林,你们的项达民,确实不同凡响呀,能够操纵平江的宣传喉舌?"

柏森林说:"晚间新闻掐掉与项达民无关,这事情我清楚,项达民根本不知道有这回事,他也和我们一起等着看晚间新闻,不

知道是谁让掐掉的,我估计是市里哪位领导。"

杨东"嘿"了一声,说:"柏森林,你年轻呀。"

柏森林说:"你老了?"

他们一起笑了起来,杨东说:"需要我做什么,说吧。"

柏森林犹豫了一下,说:"也许,我们应该去看看闻书记。"

杨东说:"你不怕你们项达民知道?"

柏森林说:"这和项达民没有关系,闻书记初来乍到,他需要尽快地熟悉了解平江的情况,我们能够出力的地方,为什么不出力?"

杨东说:"柏森林,跟我也来这一套,你最想谈的恐怕不是什么平江不平江,你大概想说说你们桃花镇的情况吧。"

柏森林坦然地说:"有这个意思。"

杨东说:"这也很正常,尤其是桃花镇,是颇具代表性的,窥一斑见全豹,桃花镇面临的问题,正是平江面临的问题。"

柏森林说:"怎么,杨东,你真的以为桃花镇问题很严重了?不就是拖欠集资款吗,现在经济发展快的地方,都拖欠集资款,只有不发达的地区才不拖欠集资款。"

杨东说:"怎么,柏森林你一下子退化成存在主义了,这就是你立志干一番大事的口号?"

柏森林笑笑说:"我无所谓退化不退化,也无所谓口号不口号,我又不竞选市长,口号是你所需要的东西,不是我要的。"

杨东说:"闻书记来平江,我竞选市长的美梦怕是难以实现。"

柏森林知道他的意思,笑了一下,正要继续说话,手机响了起来,柏森林对杨东说:"改日再说吧。"

手机是项达民打来的,问柏森林睡了没有,柏森林说没有,项达民说:"那你马上过来!"

柏森林下意识地看了一下时间,已经十点多,问道:"到哪里?"

项达民说:"镇卫生院。"

柏森林吓了一跳,还要再问清楚,那边项达民已经挂断电话,因为时间太晚了,柏森林也不好再叫司机来开车,便骑了自行车,往镇卫生院去。

项达民在医生值班室等着柏森林,柏森林一到,项达民就把他带到小秀花的病房里,魏半城已经回家,小秀花的母亲仍然陪着女儿,柏森林一看小秀花的样子,心里已经猜到了几分,问:"是哪个村的?"

小秀花的母亲说是哪个村的,柏森林回头对项达民说:"他们那个日化厂是有问题。"

项达民说:"你别看着我,环保是你抓的,出了问题你负责!"

小秀花的母亲惊恐地看着他们,低声插嘴道:"不一定,不一定是,因为医生也说不一定,不信你们可以问医生。"

项达民走出病房,柏森林也跟出来。

项达民说:"县环保局正在做测定,结果还没有出来,我们得有思想准备,结果一出来,马上关停。"

柏森林说:"我做过全面调查,党委会上汇报过,也有书面材料,全镇环保不达标、污染严重的化工、皮件、造纸、印染等中小企业,共有十七家,多半是村办企业,合计一年总产值五千万,利润将近五百万。"

项达民朝柏森林看了看,愣了一下,立即口气强硬地道:"我管不着那么多,我只有一句话,污染的问题处理不好,你下台!"

柏森林并不如项达民那么激动,他停顿了一下,过了一会儿,指指病房,说:"不管怎么样,我明天先到他们村去。"

项达民缓缓地说:"柏镇长,过去有句话,山雨欲来风满楼,我怎么会有这种感觉?"

柏森林说:"这是必然。"

项达民点了点头,说:"你说得对,这是必然。既是必然,也就没有别的话好说,我们该干什么还干什么。"

柏森林说:"是的。"

他们走出医院,踏着夜色分头回家去。

他们并没有想到,当他们离开医院的时候,有一个人追着他们的脚印走进了医院,他就是记者卢狄。

柏森林回家后,一直面对空白的信纸坐着,坐到深夜,终于还是没有写成这封信。

深夜时分,四周一片寂静,电话铃突然响了起来,柏森林抓电话的时候想,这时候,还会有谁打电话来呢?

五

闻舒到平江上任后,晚上有时间,必看平江新闻。

桃花镇拖欠集资款的报道一出来,立即引起了闻舒的警觉,正好晚上他约了市委副书记楚平,想等楚平到了,了解一下桃花镇的情况。

楚平也是看过了当天平江新闻的,到闻书记这里的时候,楚平的情绪还很激动。

楚平在平江市是位资格比较老的书记,他是从平泽县出来的干部,对家乡多少有些偏爱,和项达民的关系也很好,一看到电视台曝光,楚平很生气,马上给电视台打电话,批评他们不负责任。马台长不在,楚平叫值班编辑转告马台长,立即给他打电话。临出门时,又把闻书记的电话留给家人,说如果马路有电话来,叫他往这个号码打电话。

楚平没有想到,一到闻书记这里,闻书记就问起桃花镇的事情。楚平把桃花镇的情况简明扼要地说了,最后表明了自己的态度,认为电视台这样做,是极其不负责任的,根底浅薄好出风头的年轻记者现在最拿手的就是这一招。

树一个典型难,毁一个典型易。

闻舒同意楚平的看法,虽然现在还很难说他已经了解了桃花镇,闻舒问楚平:"现在桃花镇的书记是谁?"

楚平说:"项达民。"

闻舒将这个名字想了想,没有印象,又说:"你和项达民熟悉,能不能介绍介绍?"

楚平本来是为项达民抱不平的,现在要他说说项达民这个人,一时又觉得无从说起,想了想,说:"项达民,这个人,怎么说呢,是个毁誉参半的人吧。也或者可以说,是个优点和缺点同样突出的人……"又想了想说,"但是,不管别人说什么,不管别人怎么议论他,我只想说一句话,桃花镇离了项达民就是不行!"

闻舒笑起来,说:"看起来,死了张屠夫,大家都得吃带毛猪。"

楚平也笑了,感觉到自己的情绪有点激动了,平稳了一下,又把话说回来:"到底怎么样,闻书记你早晚会了解的,我只是说话不分场合,这是我的老脾气。或者说,我是对自己家乡,对家乡的干部更有感情罢了。"

闻舒说:"桃花镇是我工作过十年的地方,要说感情,我也同样是很浓厚的。"

楚平说:"打个比方,如果说现在平江这艘船已经到了风口浪尖,那么桃花镇呢,则已经被巨浪打离了水面,抛向空中,再落下来的时候,不知道它是船毁人亡呢,还是平安着陆。这样的关键时刻,我们做领导的,还有新闻媒体,不是要推波助澜,掀翻他的船,而是要竭尽全力帮助他与恶浪搏斗、平安着陆。"

闻舒若有所思地点头,说:"平江新闻九点钟还要播放一次,我还没太注意到,是不是播新闻联播的原样报道?"

楚平说:"重要新闻都是要播原样报道的。"说着就等闻舒的态度,等了一会儿,闻舒没有说话。楚平又说:"我已经叫人找马路,叫他给我来电话。"看了看时间,有些着急,"怎么还没联系上？我打电话问问。"他将电话再打到台里,值班编辑已经听出是楚书记的声音,连忙说,马台长已经关照了,晚间新闻中已经掐掉了桃花镇的内容。

楚平说:"他怎么不给我打电话?"

值班编辑说:"他正在路上,手机没电了。"

楚平说:"手机没电了怎么能给你们打电话,打到我这儿,就没电了?"挂断电话,将情况告诉了闻舒,松了一口气。

闻舒说:"一方面,我们确实应该慎重对待典型,不要轻易就毁掉一个典型。但是,桃花镇的问题,我们也不应该忽视,如你所说,项达民既然正处在浪尖上,我们就把他的前因后果弄清楚。桃花镇是平江的典型,是全省的典型,也是全国的典型,对桃花镇的解剖,会对平江,甚至对全国都有非同一般的指导意义。"

楚平的心里突然就像压上一块石头似的沉重起来。

闻舒不再谈论桃花镇,和楚平聊了一些其他话题,闻舒感觉到楚平有点心神不宁了。

楚平走后,闻舒往北京家里打了个电话,问了问家里的情况。胡萍说一切都正常,她关心的是她的工作问题什么时候能够解决,老这么挂着等,难受。闻舒说,快了,再耐心等几天吧。

和胡萍通过电话后,闻舒重新泡上一杯茶,拿起茶几上搁着的几份内参看,其中有一份就是关于各地拖欠集资款的情况汇报,闻舒看着那个触目惊心的数字,才发觉自己的思路仍一直绕在桃花镇,没有走出来。

闻舒拨通了平江大学杨东的电话,杨东接电话时没有听出闻舒的声音,一直到闻舒报出了自己的名字,杨东大吃一惊,十分激动,连说:"想不到,想不到闻书记是您!"

闻舒说:"还没有睡吧,你们这些大知识分子,都是夜猫子。"

杨东说:"我算什么大知识分子,闻书记才是真正的大知识分子。"

闻舒说:"怎么样,如果现在不想睡,能不能放下手里的大作,到我这里来聊聊天?"

杨东说:"好的,我马上过来。"

闻舒说:"我叫司机去接你。"

杨东犹豫了一下,说:"不用了吧,我自己过来。"

闻舒说:"你在家等着,小许一会儿就到。"

果然过了一小会儿,杨东楼下便响起了汽车喇叭声,杨东下楼来,许飞说:"杨教授,上车吧。"

杨东说:"你认识我?"

许飞一笑,说:"你们都是平江市的知名人物,怎么不认识。"

他们很快就来到闻舒的住处,杨东见到闻舒,倍感亲切。

闻舒说:"杨东,我一到平江,就听说你打算竞选副市长呀,怎么,做学问做烦了,想从政了?有没有这回事?"

杨东一愣,想不到闻舒这么快就了解了情况,想了想,说:"是有这个想法,但仅仅只是个想法而已,也不知怎么已经流传了。"

闻舒说:"流传好呀,造舆论,造声势,好事情。"

杨东说:"什么好事情,如果在未发生之前就流传出去的话,这事情十有八九准会泡汤,尤其适用于干部问题。"顿了顿,笑着道,"如果原来我的竞选还有百分之五十的希望,现在恐怕只剩下百分之十了。"

闻舒马上明白杨东的意思,说:"为什么?因为我来了?"

杨东点头承认。

闻舒说:"杨东,既然想从政,就要对政治充满信心,"停顿了一下,说,"这个话题,我们另找时间聊。杨东,你和柏森林一直有联系吗?"

闻舒一问柏森林,杨东便知道闻舒今天不是专门找他的,闻舒是要找柏森林。杨东敏感到这可能和平江电视新闻对桃花镇的曝光有关系,他说:"我刚和柏森林通过电话,我们很想来看望您,只

是,怕您不方便。"

闻舒说:"有什么不方便,约定时间就行。柏森林怎么样?"

杨东说:"他在平泽县的桃花镇做镇长。"

闻舒说:"我知道,他到基层去,我是极力主张的,他到桃花镇也有两年多了吧?"

杨东说:"三年了。"

闻舒说:"杨东,关于桃花镇,你能说些什么?"

杨东考虑了一下,说:"柏森林到桃花镇三年,等于零。"

闻舒说:"噢?是不是偏激了一点,三年等于零,柏森林若是听到你这样的评价,会怎么想?"

杨东说:"这不仅是我的评价,更是柏森林自己的看法。"

闻舒笑了笑。

杨东说:"只要项达民在桃花镇一天,桃花镇就永远不可能有别人的世界,桃花镇的一切,都是项达民的,没有柏森林的份!柏森林只有两条路,要么做桃花镇的书记,要么走人,否则,柏森林也就完了。"

闻舒说:"你这么悲观?"

杨东说:"不是我悲观,是柏森林悲观。"

闻舒说:"怎么,你对项达民有什么看法、想法?"

杨东说:"我们搞经济建设,目的是什么?是要把我们的社会推向更民主、更合理的阶段,项达民的做法,也许看起来确实是把经济搞上去了,但是离我们的目标只会越来越远。他的做法,与更民主、更合理的阶段是背道而驰的。"喝了一口水,又继续激动地说,"树项达民这样的典型,树桃花镇这样的典型,其实是一种倒退。更可怕的问题还不在于桃花镇,现在的问题是,桃花镇就是平泽县,平泽县就是平江市,平江市就是……"突然停下来。

闻舒说:"说呀。"

杨东说:"我也许完全脱离了现实,脱离了实际,在空谈,但是共产主义不也是一种空谈吗？"

闻舒说："是理想。"

杨东说："退回到十年前，甚至五年前，我不会说这样的话，在乡镇企业起步的时候，我们无法避免小农意识，我们这些人，包括项达民，也包括柏森林，包括我，本身都是小农意识的载体，所以我们无法超越小农意识搞经济、搞建设。但是现在不同了，社会进步了，物质发展了，我们仍然停留在从前的境界，这就注定要失败，注定要走弯路。到了今天，我可以坦率地说，在平江，缺少一大批具备搞现代化建设的优良素质的干部！如果把未来的希望寄托在项达民们身上，我看不到希望、看不到前途！"

闻舒平和地说："但是你不能否认项达民是一种成功，你不能否认桃花镇是一种成功吧？"

杨东完全能够感觉到闻舒其实非常愿意听他讲，于是继续说："项达民的成功，是他懂得抓时机，懂得钻空子，也正是利用了社会改革还没有完善时的机制上的矛盾和漏洞，这并不能证明甚至完全不能说明项达民是能够承担将改革进行到底重任的人选，他的思想，他的方式，都无法与进步的社会接轨。所以，他会有今天的困境，有今天面临崩溃的危险！"

闻舒说："这是你的想法，还是柏森林的想法？"

杨东说："我不知道柏森林到底在想什么，他很狡猾，从来不和我谈项达民。"

闻舒说："我倒很想听听柏森林的想法，杨东，你替我联系联系柏森林。"

杨东回到家，已是深夜，他给柏森林打电话，说："柏森林，今天晚上该你失眠了。"

柏森林平静地说："我从来不失眠。"

第 5 章

一

这个冬天可说是平江电视台的一个多事之冬,对于已经发生的事情,马台长是有心理准备的。如果说电视台播出的桃花镇拖欠集资款的新闻引起了震动,那么,在晚间新闻中掐掉这条新闻也一样引起震动,它的程度,也许并不亚于新闻播出的本身。

楚平书记的态度,当天晚上就由值班编辑告诉了马路,当时马路正在回平江的路上。其实,即使楚书记不打电话到台里,马路也都清楚地知道每个有关人员对这件事情的态度,只是楚书记更直爽一些,性子也比较急,对项达民、对桃花镇的感情更深一些。

马路并不是个胆小怕事的人,如果是一般的新闻曝光,即使引起很大反响,马路不必也不会这么沉重、这么紧张,这一次不同,这一次他们曝光的是项达民,不是别人。

果然是一石激起千层浪。

平泽县委书记吕正打来电话,开口就说:"马台长,怎么回事?"

马路哭笑不得,按道理,作为电视台长,出了问题,他不能推卸责任,他不能向大家解释说自己不在家卢狄和周主任搞的名堂,但是马路能够感觉到吕正很关心新闻背后有什么背景,这是最要命的事情。严重的问题还在于曝光以后大家的猜测、大家的疑虑,是不是桃花镇真的出了大问题,是不是项达民真的出了大问题,一两天以后,也许就会传出项达民被抓甚至项达民自杀之类的民间新闻来,连平泽县县委书记话中都带有这种意思。当然,吕正的意思与民间的猜测完全不同,马路知道,吕正是想了解一下关于桃花镇的新闻曝光与市委有没有关系,尤其是在受中央和省委重托的新的市委书记刚刚上任的敏感时刻,事情就更重大,所以这时候的马路,迫不得已要做一回小人,把部下出卖一回了,否则的话,说不定会把项达民害得更惨。

马路把卢狄的情况向吕正说了说,也就等于告诉吕正,新闻曝光完全没有任何背景。

吕正听了马路的话,稍停顿一下,笑着说:"马台长,想不到你和项达民关系这么好。"

马路也笑了笑,说:"他是我们的衣食父母呀。"

吕正说:"这样我就放心了,"停了一下又说,"晚间新闻里已经掐掉那一条,相信大家会明白你的意思。"

马路咧了咧嘴,他心里明白,无论如何,这一次,项达民是饶不过他的了,这和团市委五位书记兴师问罪可不是一回事。

项达民当然不会轻易放过马路。

新闻曝光的第二天一早,马路刚到台里上班,项达民的电话就追过来,说:"马台长,我现在在桃花饭店。"

马路说:"这么早就到了?"

项达民说:"你不也早早地就上班了。"

马路说:"正奇怪昨天怎么没有你的电话呢。"

项达民说:"昨天晚上我哪有时间给你打电话,电厂的事最后决议,关键时刻嘛。"

马路说:"今天一早杀过来了。"笑了笑,又说,"项书记,昨天晚上可是有不少电话来为你说话呢。"

项达民说:"为我说话的人也许有几个,可是不会多,桃花镇被曝光,恐怕是个大快人心的事情吧。"

马路说:"见了面再说吧,我现在就过来看你。"

项达民说:"你以为我是为你到平江来的,你自我感觉不要太好。你中午来吧,一起吃饭,上午我有个大项目要谈,没时间陪你。"

快到中午时,马路来到桃花饭店。

桃花饭店是桃花镇在平江市建造的一座综合性饭店,虽然规模不算很大,但规格很高。

马路找到项达民的房间,是个大套间,项达民正和柏森林说话,门开着,面对外坐着的柏森林一眼看见马路,站起来说:"马台长来了。"

项达民和马路握了握手。

马路说:"谈判结束了?"

项达民说:"一上午还不结束,马拉松呀?"

柏森林说:"外商上午十一点的飞机,赶在他们上飞机前把拖了一年多的事情解决了。"

他们来到餐厅,点了菜,满上酒,项达民端起酒杯说:"喝酒。"

马路喝了酒,咂了咂嘴,说:"项书记你这是鸿门宴。"

项达民说:"那是当然。"

柏森林也和马路喝了几杯,眼看着酒已经下了不少,却谁也不提新闻曝光的事情,马路有些不安,但又不便自己先提出来,只是看着项达民,项达民向柏森林看看,说:"柏镇长,你说还是我说?"

柏森林说:"还是你说吧。"

项达民说:"好,那就由我来说。马台长,柏镇长和我,今天找你,是要商量一件事情。"

马路觉得有些奇怪,等着项达民的下文。

项达民一直有个想法,想和电视台联合搞一次大活动,以宣传桃花镇的乡镇企业新产品为主要目的,今天就是为这个活动的具体落实来和马路商量的。

在项达民说话的时候,马路心里已经翻了几番,起先他很感动,想不到项达民在新闻曝光后的第二天来找他只字不提电视台出桃花镇洋相的事情,却在这个大家关注的时刻要和电视台搞活动,如果搞活动,电视台就有了向桃花镇表示点什么意思的机会,至少可以在曝光以后,重新再为桃花镇树立新的形象,这事情马路愿意做,心里便很感激项达民能为他提供这么个机会。再往下想,又觉得有点不对劲,项达民的手腕,马路多少了解一点,马路突然想,项达民宣传桃花镇新产品是真,但是为什么偏偏选这个时候呢?很明显项达民是想借这个机会,敲电视台一竹杠,本来电视台和别人联合搞活动,电视台总是要向主办单位狮子大开口,狠狠刮一层油下来,现在电视台得罪了项达民,便有口难开了。马路想着,不由地佩服项达民的策略。

项达民最后说:"至于具体的形式,活动怎么搞,要请马台长多多指点,你们是专家,我们是外行。"

马路先顺着项达民的思路说:"项书记你们有没有什么初步的设想,可以提出来,再讨论。"

项达民说:"比如,搞个有奖竞猜,行不行?将我们需要宣传的产品,先在广播电视报上发出通知,将竞赛的要求写明,到时候,搞一台大型文艺猜奖晚会,将竞猜活动和文艺演出穿插进行,请名歌星来唱歌,请著名小品演员演小品,小品内容最好与我们桃花镇的新产品有关。"

马路不由自主地被项达民牵着走,听到这里,又不由自主地打断项达民的话,说:"小品演员不难请,但是好脚本,尤其是要宣传桃花镇新产品内容的小品脚本到哪里去弄?总不能弄成像从前的快板书之类,打竹板,敲竹板,听我把桃花镇来宣传?"

项达民说:"你手下的那些能人呢?像卢狄,他不是挺能折腾吗,叫他写就是了。"

马路说:"卢狄是记者,不是编剧,写不出这东西来。"

项达民说:"我以为他什么都来事呢,马台长,你放心,好脚本由我来提供。"看马路发愣,又说,"怎么,不相信?不相信我能弄到好脚本?"

马路说:"相信,项书记要做的事情,哪有不成之理。"

项达民说:"那么马台长是认可了有奖竞猜这个活动了?"

马路说:"你打算多大的范围,是在电视台的演播厅搞还是在别的稍大一点的地方?"

项达民手一挥,说:"平江体育馆!"

马路深知项达民的脾气,更深知在平江体育馆举办的这个竞猜活动是不搞也得搞了,心里叫苦不迭,又狠狠地骂卢狄,给他惹是生非,这一下子,电视台至少要赔进去多少个万。看着项达民和柏森林交换着得意的目光,马路实在不甘心,咬了咬牙说:"项书记,这么大一个活动,我们电视台一家可是难挑起来。"

项达民说:"我知道,电视台从来是刮进不刮出的,我已经算清了这笔账。"说着从口袋里摸出一沓纸,交给马路。

马路一看,是一笔竞猜活动明细账,包括前期宣传的费用都算进去了,心里踏实多了,说:"既然项书记都算清楚了,就好。"

项达民说:"你要桃花镇出多少?"

马路知道项达民杀半价的风格,想了想,心里又算了算,说:"至少得给我八万。"

哪知项达民笑起来,手摆了摆,说:"马台长,这可不是你平时的风格,怎么只能开八万?要不就是你心虚理亏,要不就是你太小看我们桃花镇。"

马路呆呆地看着叫人捉摸不定的项达民。

一直没有开口说话的柏森林开口了,说:"我们的意思,是由我们桃花镇全部承包活动费用。"

马路看看柏森林,再看看项达民,有点不相信。

项达民说:"是这样,租场的费用,演员的演出费、奖品,所有的开支,都由我们桃花镇出。"说着指了指马路,说,"你也不要高兴得太早,门票收入,也全部归我们所有,这是理所当然。"

马路暗暗地又算了算,觉得门票收入无论如何也不可能抵掉实际的开支,项达民也许自我感觉太好,错误地估计形势了。马路不动声色并故作心疼地慢慢地点头,说:"好吧,门票收入这一块,很可观的,我们电视台就忍痛牺牲了。"

项达民说:"广告问题,我们分头联系,你联系到的归你,我联系到的归我。"

又给马路一个震惊,从来电视台搞活动,广告都是电视台自己做的,但是项达民提出来各做各的,马路却不好和他计较,毕竟如项达民所说,他欠了桃花镇,欠了项达民的,心虚理亏,底气不足。虽然祸事是卢狄惹出来的,谁让他马路是台长呢,马路点了点头,又退让了一步。

项达民却步步紧逼,说:"最后,场内广告,全部做桃花镇新产品广告……"

搞这类大型活动,场内广告应该是最肥的一块,如果项达民把这一块也抢去,那么,电视台在整个活动中,只能是白忙一场,马路被逼到墙角了,再也无路可退,终于忍不住说:"项书记,我虽然是电视台台长,但是电视台不是我个人的。"

项达民笑着拍了拍马路的肩:"马台长,你误会了,场内广告,虽然全部由桃花镇的企业来做,但是收入,和其他广告收入一样,我们两家对半分。"

马路又是一个大震惊,对项达民打你一下、再抚摸你一下的作风,更有了进一步的了解,不由苦笑起来。

项达民向柏森林说:"马台长笑了,看起来事情是可以决定了。"伸手从马路手中的那沓纸中抽出后面一张,对马路说:"马台长,这是奖品情况,你看看,有没有意见。"

桃花镇新产品有奖竞猜奖品介绍:

特等奖一名,奖桃花镇桃花苑别墅区别墅一幢,价值:五十万元;

一等奖二名,奖桃花镇万里集团生产的万里牌轻骑一辆,价值:一万五千元;

二等奖十名,奖桃花镇隆飞翔集团生产的隆飞翔牌服装一套,价值:八百元;

三等奖五十名,奖桃花镇王桃食品厂生产的王桃牌系列食品一套,价值:一百元。

……

项达民说:"马台长若是没有意见,就这么决定了。"回头向柏森林说,"柏镇长,今天回去就起草合同,明天你就来和马台长把合同签了。"又向马路说,"具体的事宜,由柏镇长和你们商量。"

马路说:"晚会的主持人非常关键。"

项达民说:"主持人我来请。"

最后项达民和柏森林送马路到饭店门口,就在握手的一刹那间,马路突然明白,自己又着了项达民的道儿,项达民一定会利用这次活动,得到名利双收的结果,否则,项达民也就不是项达民了。

二

送走马路,项达民立即赶回桃花镇,被项达民从上海虹桥机场追回来的港商吴楚雄还等着和他谈新桃花苑小区的开发,吴楚雄已经因为项达民耽误了他的时间而发火离去一次,项达民决不能让他再离去第二次。

吴楚雄有晚睡晚起的习惯,每天不到中午十二点不起床,项达民就是利用吴楚雄还没起床的上午时间,赶到平江谈了一个项目,又和马路把有奖竞猜的活动谈定,再急急地赶回来,正好和睡足以后神清气爽、心情愉快的吴楚雄接上。

柏森林没有和项达民一起回平江,他留在平江,因为晚上要去看望闻舒,心情有些紧张,他回到饭店的房间给自己泡了一杯茶,让情绪稳定下来。

闻舒主动提出要见见他,大概不会只是因为想叙叙旧而找他,闻舒是从桃花镇出去的,桃花镇又是平江的典型,如今平江又面临着这么一个关键时刻,闻舒一定无法摆脱他对桃花镇的重视,柏森林的心正因为这个而纷乱了,如果闻舒只是想叙叙往事,柏森林完全可以从从容容。

但是现在,柏森林无法从容无法镇定,他甚至不知道自己该如何面对今天晚上的见面。

这种纷乱,在柏森林的一生中很少出现。

闻舒想听什么呢?

他能说什么呢?

无疑,闻舒是要听桃花镇的情况。

这怎么可能只是一场随随便便轻轻松松的聊天,简直是一场人生考核,这场考核,很可能就会成为柏森林生命的新起点,成为柏森林为自己设计的人生路线的关键一步。

柏森林慢慢地喝着茶,看着茶水的热气慢慢地向空间腾升。

一下午,柏森林没有走出房间一步,到下晚的时候,柏森林感觉到自己的心情已经平静下来,纷乱的思绪已经理清,他清楚地知道自己应该怎么面对新上任的市委书记的第一次谈话,所以,此时此刻柏森林突然感到浑身轻松起来,什么包袱也没有了,什么负担也没有了。

吃过晚饭,就有电话来了,柏森林接了电话,是杨东打来的,告诉柏森林,他晚上不能陪他到闻书记那里去了,省高教委有领导下来检查工作,学校里连夜开会。

柏森林一听就知道杨东玩滑头,说:"杨东你什么意思?"

杨东说:"我这是让你和闻书记说说心里话,我在场,你不方便。"

柏森林说:"我的心里话你还能不知道,有什么不方便。"

杨东说:"不和你开玩笑,晚上真的有事,当然了,晚上即使没事,我也不会来,即使你对我在场无所谓,可闻书记也许想单独和你聊聊呢。"

柏森林说:"你知不知道他想和我谈什么?"

杨东狡猾地一笑,说:"怎么,柏镇长也心神不宁了?其实,闻书记还是闻舒,不会做了闻书记就不再是闻舒了。"停一停,又说,"柏森林,我给你打电话,就是为了再提醒你一次,这样的机会千载难逢,你千万不要犹豫,不要错失良机呀!"

柏森林没有说话,他对杨东的友谊和关心十分感动,但是他不会轻易听从杨东,他是柏森林,不是杨东。而且,杨东虽然和他很熟悉很密切,但是杨东并没有真正了解他。

等到快八点钟,离和闻舒约定的时间还差半小时,柏森林一个人走出饭店,来到街上,拦下一辆出租车,直奔南平饭店,靠着路标的指点,很快找到了闻舒住的楼。闻舒房间的门开着,已经泡好了茶在等他,见了面,柏森林叫了一声"闻书记",喉头竟有些哽咽的感觉。

闻舒握住柏森林的手,在这个寒冷的冬夜,柏森林感觉到闻舒的手很暖。闻舒说:"柏森林,怎么来的?"

柏森林说:"打的来的。"

柏森林没有用镇上的车,这份用心,闻舒是明白的,他笑了一下,说:"自己没学开车?"

柏森林说:"学了,去年就拿到正式驾照了,但平时一般不自己开。"

闻舒说:"这也是你们做基层工作的有利方面,像我,也早想自己开车,哪里允许,不如你们自由自在。据我所知,现在平江乡镇一级的年轻干部中,掌握了外语、电脑、开车这三方面基本功的还不少呢。"

柏森林说:"也是一种时髦现象呢。"

闻舒说:"好,柏森林,我和你开门见山,今天请你到我这里来,就是想听听桃花镇的情况,我这次受中央和省委的重托,到平江来,你一定清楚是针对什么而来,我也不向你隐瞒什么,我现在最急于想了解的就是乡镇企业的真实现状。"

柏森林点了点头。

闻舒继续说:"本来我还拿不准应该从哪里下手解剖麻雀,桃花镇拖欠集资款的问题电视曝光,使我找到了切入点。"

柏森林说:"无论从哪个角度看,桃花镇都应该成为切入点。"

闻舒说:"柏森林,我相信你不会有什么顾忌。"

柏森林当然是有顾忌的,他不能没有顾忌,说到底,说桃花镇,就是说项达民,说项达民,就是说桃花镇,也就是说平泽县,就是说平江市,柏森林一下子觉得自己的舌尖沉重得转不动了。

闻舒也不催他,他知道柏森林心里一定是千言万语,虽然柏森林到桃花镇做镇长不过三年时间,闻舒想,他的收获,他的长进,恐怕要远远地多于二十几年的读书时间。

柏森林终于说话了,这是他经过一个下午的反复思考,又经过刚才短时间的最后决定而想出来的,他说话的主要内容,就是强调"没有项达民书记,就没有桃花镇的今天"。柏森林从八十年代初桃花镇的落后状况谈起,谈到黄朴老先生的文章,正是在那一年项达民做了桃花镇的党委书记,项达民怎么样在短短的十年时间里,把桃花镇托了起来。柏森林还具体谈了桃花镇几个令人瞩目的大项目的建设过程。

最后柏森林说:"我不是说桃花镇已经好得不能再好,我也不是说项达民从来没有失误,以我的看法,桃花镇面临的问题相当严重,比如,污染问题,比如电视台曝了光的负债问题等等。从项达民作为一个决策人来说,也有许多项目是属于决策错误,比如说,相当于三星级规模,过大过高规格的桃花源宾馆,年平均开房率只有百分之二十,建桃花源宾馆总投资近三千万,如今,回收问题已经成为焦点……"

闻舒打断柏森林的话,说:"我听说,你们桃花镇建了一个大型游乐场……"

柏森林说:"这也正是我要说的,我认为游乐场是桃花镇在经济发展过程中由于决策错误所产生的最严重也是最典型的后果。"

闻舒说:"哦,有这么严重?"

柏森林说:"游乐场游人寥寥无几,项达民搞得很狼狈,凡有外来客人,他必亲自带着大家去玩游乐场,所以在老百姓中大家笑话说,要找项达民,就到过山车上找。"

闻舒笑了起来,说:"有意思,有意思,一个镇党委书记,每天坐过山车过瘾,很有讽刺意义嘛。"

柏森林说:"我倒觉得更有一种悲剧意义。"停了停,又继续说,"也许,更具悲剧意味的是它的二期工程。"

闻舒有些意外地"哦"了一声,说:"还有二期工程?"

柏森林说:"规模不小于一期工程,要增加三个分馆,总投资两亿元。"顿一顿,有些无可奈何地笑了一下,"我是工程总指挥。"

闻舒接上他的话:"但你是持反对意见的,是不是?"

柏森林说:"是的。"停顿一下,又继续说,"不过,不会因为游乐场的问题而影响我对桃花镇的看法和评价,我们在改革过程中无可避免地要犯错误,无可避免地要走弯路,无可避免地会陷入尴尬境地,但是这些都只是改革过程中的障碍,我们早晚能够清除克服它,所以,我始终认为,尽管桃花镇有许多失误,有许多盲目上马的项目,但是谁也无法否认桃花镇的巨大成就。"

闻舒意味深长地看着柏森林,说:"柏森林,杨东基本上没有变,可是你变了。"

柏森林没有说什么,他承认自己是变了。

闻舒说:"项达民看起来是个人人关心的人噢,他怎么样,有些什么经历,过去是干什么的,哪里人?"

柏森林说;"他是桃花镇流水村人……"

"流水村?"闻舒的心弦突然被这个村名拨动了一下。

柏森林说:"流水村离桃花镇不远,是全镇最早发展乡村企业的一个村,也是最早成为亿元村的村子,省十优产品王桃牌系列食品就是流水村生产的。"

闻舒的思绪,不由自主地飞回到二十年前,流水村产桃季节满地烂桃的情景重又浮现在他的眼前,流水村开始发展村办企业,闻舒的文章"现场会在哪里开"以及因此而带来的许许多多的事情,一一浮现出来。

他们一直谈到很晚,最后闻舒十分欣慰地握住柏森林的手,说:"柏森林,不管今天你所谈的是不是你心里最愿意谈的话,我都非常高兴,因为,第一,我知道你说的都是真实的情况,是事实;第二,我感觉到,你更成熟了。"

柏森林显得有些不好意思地笑了笑。

柏森林走出南平饭店,饭店门口就有好几辆出租车,但是他没有上车,而是慢慢地沿着大街往前走,在寂静的夜色中,柏森林任凭思绪自由驰骋。

三

和马路谈话后的第三天,项达民就让柏森林到平江电视台,把竞猜活动的正式合同签下来,自己坐车去上海找徐晶。

徐晶是当前最当红也是最出色的电视节目主持人,一般来说,年轻漂亮往往和深厚的内涵是剥离的,但在徐晶身上,这两种同样珍贵的内容却显得一样突出、一样耀眼、一样令人折服。

徐晶所在的上海五星电视台,一年前曾经和桃花镇共同举办过一次大规模的活动"桃花雨",非常成功,特别是主持人徐晶小姐,她的风度、气质、机智、应变能力,她的内在的优秀的素质,给所有电视观众留下极其深刻而美好的印象。

当年,徐晶被评为十大青年节目主持人。

徐晶于是有许多机会拍电视、拍电影、做广告,但是徐晶一概谢绝,她专心地做节目主持人,时时处处注意提高自己的素质和修养,增加内涵,专家和观众都对她十分看好,认为她不是那种昙花一现靠年轻和美貌的主持人,她的主持人生涯将会比别人长得多,也丰富得多。

其实,主持人的形象,只是徐晶的一种面貌,徐晶更多的事情都做在舞台的下面和背面。甚至可以说,作为主持人的徐晶,虽然获十佳称号,但她所达到的层次,恐怕远远不如不做主持人的徐晶。

在公众视线看不到的地方,徐晶完全是另外的一个徐晶。

项达民是在举办"桃花雨"的活动中,和徐晶结识,并且开始认识和了解徐晶的,他所了解的徐晶,当然不仅仅是具有主持人形象的徐晶。

同样,项达民给徐晶留下深刻印象,也是源于那次活动。作为一个著名的节目主持人,徐晶接触的乡镇企业家也不少,但是没有一个能够在徐晶心里像项达民这样打下深深的烙印。

项达民和马路将事情谈妥,从平江回到桃花镇,就给徐晶打了电话,告诉她将要举办一次大规模的有奖竞猜活动,准备隔一天到上海去找她,有许多事情要和她商量,请她出主意,徐晶一口答应。

这天一早,徐晶便来到台里,等候项达民,上午九点多,项达民的车就到了,一见到徐晶,项达民就说:"徐小姐,上车吧。"

徐晶说:"到哪里去?"

项达民说:"到桃花镇呀,我是专程来接你的。"

徐晶颇觉意外,说:"你昨天电话里没有说叫我到你们镇上去。"

项达民说:"我们要搞的活动,都是宣传我们自己的产品的,你这位主持人,哪能一点不了解,至少得亲眼看一看这些产品是怎么生产出来的吧。"

徐晶笑起来,说:"你真是自说自话,怎么我已经成了你的主持人了?你怎么知道我就愿意做你的主持人?你这个人办事,从来都不和人商量,从来不征求别人的意见?"

项达民说:"只要我认为是能够办成的事。"

徐晶说:"你凭什么认为我会同意做你的主持人?你大概把我也当成你们桃花镇的一分子了吧,你把我当成你的俯首帖耳、唯命是听的臣民了?"

项达民说:"你当然是桃花镇的一分子,我这次请你去,就准备在全镇宣布,你是我们桃花镇的荣誉乡民。"

徐晶捂着嘴大笑,说:"我有什么资格做你们的荣誉乡民?"

项达民说:"就凭你两次成功地为桃花镇主持大型的活动,给桃花镇带来了良好的社会效益和巨大的经济效益。"

徐晶说:"两次成功?你真是个革命的乐观主义者,第二次在哪里,还在天上飞呢,你已经拿来算数了。"

项达民说:"天上飞的东西,只要你抓住它,它就是你的。"

徐晶说:"万一抓不住呢?"

项达民说:"我想抓的东西,我一定能抓住。"盯着徐晶,看到徐晶又笑,也跟着笑了一下,说:"口气大吧,为什么我想抓的东西一定能抓到呢?是因为我知道抓不到的东西,我就不想去抓它。"

徐晶说:"这世界上也有你认为自己抓不到的东西吗?"

项达民的目光变得有些蒙眬、有些恍惚了,过了一会儿才说:

"有的,月亮我就抓不到它。"

徐晶"嘿嘿"笑了一下,眼睛却不由自主地避开了项达民的目光,说:"走吧,跟你去桃花镇。"

以徐晶现在的名声地位以及她自己对自己艺术生命的爱护,平时已经很少有人能够随便请动她,除了台里的任务她必须完成,一般的外边来请,徐晶基本都是谢绝的。

徐晶并没有准备到桃花镇去,她也弄不清楚自己怎么会被项达民一说就愿意跟他走,往一个与她的生活并没有密切联系的乡镇去,似乎项达民身上有一种无形的吸引力。徐晶去向部主任请假时,部主任说:"项达民?哪个项达民?"

徐晶说:"平江桃花镇的党委书记。"

部主任"噢"了一声,说:"那个阿乡面子很大嘛,我们徐小姐什么时候这么好说话。"

徐晶平时在台里素有不怕辩、辩不怕、怕不辩的美称,可是这会儿部主任说了这话,徐晶张了张嘴,却再没有说出什么来。

车上了路,徐晶说:"项书记,听说平江电视台曝了你们的光。"

项达民说:"你也知道了,"侧过脸来看了徐晶一眼,又说,"你对我们桃花镇很关心呀。"

徐晶指着前面的路说:"你小心开车。"又问,"怎么,是不是你得罪平江电视台了?"

项达民说:"我得罪了他,他也不敢。再说了,马路是我的哥们儿,他若是在家,不会出这样的事情。"把事情经过说了。

徐晶说:"这叫人算不如天算,谁让你平时太招摇,树大招风。"

项达民说:"小事一桩。"

徐晶说:"嘴上说小事,这么急急忙忙要办有奖竞猜,说明你并不认为这是小事一桩,连我这样的不关心政治的人,都知道你是急于想挽回影响。"

项达民突然不作声了,自从平江电视台曝光事件以来,项达民在任何场合甚至在妻子田金秀面前,都表现出对这件事的轻视态度,可是现在,项达民内心强硬的东西,却一下子松软下来。

徐晶也沉默了一会儿。

过了好一会儿,项达民说:"徐晶,我不瞒你说,虽然只是在平江电视台上了一条几分钟的新闻,并且只播放了一次,影响确实不小。"

徐晶说:"现在是最敏感的时期,哪里经得住几分钟的考验呢。"

项达民说:"就在新闻播出的第二天,原来预订了我们几个小区的别墅和公寓的人,竟有十几个来退房。"

徐晶说:"这和买房子有什么关系?"

项达民说:"首先是我们失去了信任,同时,记者在拍摄中,还将几个小区新建的房子的质量问题顺带着拍了进去,墙上的裂缝啦、漏水啦……"

徐晶见项达民停住了话头,便接上去说:"这我们都知道,英雄也怕人揭短。"

项达民说:"徐晶,所以我今天来请你,一来是想商量竞猜活动的事情,有些歌星、名演员,恐怕得由你出面帮我请。"

徐晶说:"这没问题。"

项达民说:"另外,关于我们的房子,我还想加大在上海方面的广告力度,无论如何,上海是我们的大市场,而且,平江新闻对上海的影响不像在本省本市那么大,在上海做广告,我想听听你的主意。"

徐晶"哦"了一声,想了一会儿,说:"现在的广告做得太滥太平庸,大同小异的东西太多。就说房产方面,和桃花镇类似的乡镇,类似的情况也是铺天盖地,形式上也是老而又旧,已经无法再给人耳目一新的感觉。"

项达民说:"徐晶,你应该有好主意的。"

徐晶犹豫了一下,说:"既然你这么信任我,我觉得我应该替你们出些好主意。"

项达民从徐晶的话中似乎感觉到了什么内容,他估计徐晶其实已经有了好主意,不由又侧过脸来看了徐晶一眼,徐晶两眼正视着前方,从侧面看,徐晶的美丽又是另一种感觉,项达民不禁心里一动。

徐晶心里确实有想法。

"可是,"项达民自嘲地笑了笑,说:"前一轮我们在上海电视台做广告,每次三十秒,做了半个月,化了五十万,房子呢?看了我们的广告来买房的,有几个?"

徐晶看着项达民。

"一个也没有。"项达民"嘿"了一声。

徐晶说:"做电视广告,次数少了没有用,几次,十几次是不行的,至少三十次,才可能给观众留下较深刻的印象。最主要的,是要跟好片子,跟没有影响的片子,跟蹩脚片子,适得其反。一定要跟好片子,跟打得响的片子,收视率是非常重要的。"

项达民说:"徐晶,最近有好片了?"

徐晶点了点头,但是没有马上说话。

就在几天前,一位权威人士向徐晶透露了一个消息,上海电视台马上要独家首播一部三十集的电视连续剧《罗锅宰相》,据圈内人士预测,这部电视剧将会在全国引起轰动,如果能够做上跟片广告,效果绝对不会差。

徐晶说:"三十集的电视剧,每天一集,播三十天。"

项达民说:"要七十万?"

徐晶摇了摇头,说:"七十万拿不下来。"考虑了一下,还是将情况告诉了项达民。

内部消息早已经走漏,目前想做跟《罗锅宰相》片广告的企业蜂拥而至,由于跟片广告时间有限,电视剧播出时间尚未最后确定,而跟片广告却已经做满了。

如果这时候要帮助项达民挤进去,就得挤掉其中某一家甚至两家的广告,而这些已经落实了广告的企业,又有哪一家不是声名显赫实力雄厚,那些企业家们,又有哪一个不是三头六臂出类拔萃的人物,要想挤掉他们中间的任何一个,可不是一件轻而易举的事情,这已经不仅仅是钱的问题。

更不可能办到的原因是,他们的合同都已经签了,作为一家正规的电视台,无论如何不可能做出撕毁合同的事情。

所以徐晶犹豫不决。

要办成这件事,即使对徐晶来说,也是很难很难的。

为了项达民?为了一个与她的生活与她的人生完全没有关系的乡下人?

项达民说:"徐晶,这件事情,就交给你办了。"看徐晶面露难色,他又以一种不容商量的口气说,"徐晶,交给你了,你一定要办成!"

徐晶不由自主地点了点头。

徐晶想,我竟然听他的指挥,竟然愿意为他去办这么难办的事情,奇怪!徐晶自己笑起来,又想,我也把自己想象得太高尚了。

车子很快就进入了桃花镇的区域范围,项达民将车停下来,下了车,徐晶也跟下来。

沿着大路的一片紧连一片的是桃花镇一个连一个的花园别墅小区,有的小区已经建成,有的小区正在建设中,也有的小区刚开始建设,更有一大片地方,只是圈了地,围了简易围墙,还没有启动。

徐晶放眼看着望不到边的别墅区,听到站在身边的项达民轻轻地叹息了一声,虽然这声叹息不易被觉察,但徐晶还是觉察到了。

他们两人都没有说话,重新回到车上,项达民从车前部的小抽斗里拿出一份制作精良的售房宣传画册,给徐晶看。

画册上写满了天堂里的花园、依湖傍水、聘请名家设计、套型新颖多样、选择余地广泛、一方乐土、玲珑剔透、欧美风格、典雅华贵、现代功能、一流水准等用语,看得人眼花缭乱。

徐晶看了一会儿,刚想说什么,项达民抢先说:"是不是觉得这个宣传画册很平庸,没有特色?"

徐晶说:"是的,现在到处都是大同小异的售房宣传册,没有一种能让人过目不忘的,无法给人留下深刻的印象。"

项达民说:"可是我们在别墅小区中投下去的钱以及必须继续往下投的钱,可不平庸。"

说话间,已经到了桃花源宾馆,走进大堂,总台小姐告诉项达民,陶作家陪着一位客人刚到,在308和310房间。

项达民让总台给徐晶安排一个房间,让徐晶去房间休息一会儿,他自己在总台往308房间打电话,果然陶李接了电话,高兴地说:"项书记,你回来了?我还怕你今天不回来呢,问了几个人,也不知道你到哪里去了。"

项达民说:"我刚从上海回来,徐晶也来了。"

陶李说:"徐晶,上海的节目主持人,十佳的徐晶?"

项达民说:"是的,我马上过来看你们。"

项达民放下电话,来到308房间,和陶李及未来出版社的钟社长见了。

陶李说:"钟社长已经看过我的小说初稿,感觉怎么样,叫钟社长自己说吧,我说了,有王婆卖瓜的嫌疑。"

项达民说:"你这句话本身就在卖瓜了。"

钟社长一拍巴掌,向项达民道:"太好了,这个陶李,一张嘴,厉害得很,现在看来,也有能治她的人。"

陶李似笑非笑,说:"我现在靠项书记吃饭,挣稿费、出名,在人屋檐下,哪能不低头。"

钟社长说:"书稿我看了,我很满意,也没有什么大的修改意见,就是想来看看你。"

项达民说:"陶作家到底把我写得怎么样,我也不知道,反正小说我也不看,不知者无罪,对吧?"

陶李说:"向你说实话,钟社长来主要是想听听你的意见,对这种有原型的文学创作,现在你也知道的,文艺界纠缠不清的官司太多,劳民伤财。"

项达民说:"也有的人就是靠打官司出名得利嘛。"

陶李说:"大多数人不愿意,钟社长开始听我说你没有时间看这部书,他就急眼了,我跟他说没事,他直摇头,说许多事情都是事先说不碍事,到后来就难说,所以一定要来当面和你谈谈。"

项达民笑起来,说:"怕我告你,还是怕我告出版社?如果是这样,是不是要我立个字据,保证什么?"

陶李也笑了,说:"那倒不必,也不至于,只是钟社长不怎么相信我对你的评价罢了,要亲眼看一看,才能放心。"

项达民说:"怎么,钟社长会看相?"向钟社长笑。

钟社长也笑起来。

陶李说:"跟着感觉走嘛。"

正说笑着,陶李就看到蒋月仙笑眯眯地站在门口,陶李"咦"了一声,站起来说:"蒋月仙来了。"

蒋月仙走进来,走到项达民身边,站住,苗条而又不失丰满的身材让屋里所有的人眼睛一亮。

项达民说:"到了,住下没有?"

蒋月仙笑眯眯地盯着项达民,说:"还没有,常总在安排,我听说陶作家来了,先上来看看,我们前两天在'蓝月亮'做美容碰到过,还说起你。"

陶李说:"项书记,看起来今天镇上又有什么重大活动了吧,徐晶来了,蒋月仙也请来了。"

项达民:"游乐场二期工程今天下午正式签约。"

陶李向钟社长说:"钟社长,我们赶巧了,正好可以看看他们的排场,很耀武扬威不可一世的。"

项达民说:"你在小说里不会也是用的这种词语吧。"

陶李说:"这是褒义词。"

项达民看了看表,说:"陶作家,你们先稍等一下,一会儿常总陪你们,蒋月仙,还有徐晶,一起到镇上走走。"说着和钟社长握了握手,说,"我先走了,那边澳洲刘先生还等着。"

一会儿常金鹏敲门走进来,说:"陶作家、钟社长,怎么样,我陪你们出去走走?"

三人一起下楼来到大堂,蒋月仙已经在大堂等候了,徐晶还没有下来,等了一会儿,仍不见徐晶下来,陶李说:"我上去看看她。"

常金鹏说:"陶作家认识徐小姐?"

陶李说:"上回搞'桃花雨'活动时见过,印象很深。"说着便坐了电梯往楼上去,到徐晶房门口,听了一下,徐晶在打电话,陶李敲了敲门,徐晶说:"请进。"

陶李走进徐晶房间,徐晶一边抓着电话,一边站起来和陶李握了握手,捂着电话说:"陶老师,你坐。"一边对电话那头说,"老陈,这件事,我就拜托你了,全靠你大力帮忙了。"

电话那头叽叽咕咕。

徐晶说:"我知道有难度,而且难度很大,如果不是有难度,我也不会找你是不是,我知道你的能耐。"

电话那头仍然叽叽咕咕。

徐晶又说:"老陈哎,你说说,我求过你什么事情,我什么时候求过你,你见了我就说我不找你办事是看不起你,现在我求你了,你又说难办。是的,这件事情确实难办,所以,我不找你找谁呢?"

电话那边的人笑了起来,徐晶也笑了,又说:"老陈,我跟你说,这回桃花镇房地产公司的广告一定要跟片,其他片不行,一定跟《罗锅》。是的,一定要跟《罗锅》,你把其他片说得再好我也不要,我就要《罗锅》。"听那边说了几句,徐晶又道,"实在不行,你就替我搞插片!怎么,为什么不能搞插片?是的,现在插片是少了,但是好片子,仍然是可以插的,你不是说《罗锅》绝对能打响吗,既然绝对能打响,就搞插片!"那边又是一阵叽咕,徐晶说,"是的,我现在在桃花镇,可能明天回上海,一回去我就找你。"徐晶终于搁下了电话,向陶李笑。

陶李说:"是给桃花镇做广告?"

徐晶简单地说了说情况,陶李也没有再多问,但是她对徐晶这么尽心尽力地帮助桃花镇,感觉有点奇怪,有点不解,她朝徐晶看了一眼,徐晶正笑盈盈地面对着她,陶李从来以为自己看人能够看穿五脏六腑的,但是在徐晶面前,她却反觉得自己被徐晶看透了五脏六腑似的,她避开了徐晶的目光。

陶李想,我可能是无法了解你了,你和我,无论从年龄上,从人生经历上,还是从其他什么方面,都应该算是两代人了。

四

为庆祝桃花镇游乐场二期工程正式签约,项达民在桃花洲举行大型晚会,由徐晶小姐临时担任主持人,著名评弹演员蒋月仙和桃花歌舞团表演节目。

桃花歌舞团的前身是平江市歌舞团,由于长期亏损,入不敷出,连演职人员的工资都发不出来,几近解散。一个偶然的机会,项达民了解到他们的困境,伸出了支援的手臂,当然,并不是无偿支持,项达民的唯一要求,就是将平江歌舞团改名为平江市桃花歌舞团。

这件事情曾经引起很大的争议,一个乡镇,买下一个文艺团体,这到底是件什么事情?对这种现象,众说纷纭,褒贬不一,最后,以歌舞团接受项达民的条件而告结束。

从此,平江歌舞团变成了平江市桃花歌舞团,只要这个名字出现,大家就会想起桃花镇,想起曾经在电视上对这个事件发表过看法的项达民。

项达民的目的达到了,他要的就是这个效果,虽然他出了不少钱,而且今后得继续不断地出下去。

晚会前,徐晶和蒋月仙都在稍做准备,项达民满面春风,和陶李在一边说话,陶李说:"看起来,二期工程签约很顺利。"

项达民说:"顺利?今天没有时间详细和你谈了,哪天空儿了,我跟你说说二期工程签约过程中惊心动魄的斗争。"

陶李说:"是最丰富的小说素材。"

项达民说:"比小说惊险得多,复杂得多。"

陶李点点头,说:"你其实说出了一个文学创作中深刻的理论问题,生活本身常常蕴含着比文学作品更丰富的内涵和哲理。"

项达民说:"我成了文学理论家了。"

大家一笑。

陶李说:"我这部小说,要写上下卷,现在完成的是上卷,还有下卷,在写上卷的时候,我已经开始考虑下卷的写作。"

不知为什么,陶李的话,在项达民内心深处引起一种隐隐约约的不安的感觉,但他没有说话。

陶李把徐晶替房地产公司联系广告的事情告诉项达民,末了说:"项书记,徐晶对你不错。"

项达民一笑,说:"怎么,你对我不好?"

陶李一愣。

项达民把有奖竞猜活动的设想向陶李说了,并且请陶李动笔,替著名的小品演员写几个小品脚本,内容是宣传桃花镇乡镇企业新产品的。

陶李怎么也想不到项达民会向她提这样的要求,愣了半天,不由道:"项书记,我是写小说的,我从来没有写过剧本,更何况小品。我这个人的文字,就是缺少幽默感,这是我最大的毛病,我写不出小品来。"

项达民说:"跟你说老实话,你送给我不少书,我看得很少,那些书,我是装点门面的,所以我不知道你的文字特色到底是幽默还是不幽默,但我相信,你能够拿出好本子来。"

话都被项达民堵住了,陶李无话可说,项达民的任务,看起来是推不掉的,想了一想,说:"我能不能请别人写,请会写小品的人写?"

项达民看了看陶李,说:"我不管你自己写还是你请别人写,但是一定要写好,我这次打算请最好的小品演员来演,一定要让观众留下最深刻的印象,像《超生游击队》那样,一提起来人人皆知。报酬问题,在全国最高标准的基础上,再加百分之二十。"看陶李仍然在犹豫,又说,"没有时间犹豫了,至多一个星期就要拿出本子来。"

说着话,时间已经差不多,大家就座了,徐晶光彩照人地走上台去,全场响起热烈的鼓掌。

项达民也来到台前,接过徐晶手里的话筒,全场安静下来,项达民把桃花镇大型游乐场二期工程今天下午已正式签约的消息向大家宣布,并将投资老板澳洲的刘董先生也请上台,请刘先生讲话。

陶李却再也坐不住了,项达民竟然要她给桃花镇的乡镇企业产品写小品剧本,陶李实在有些哭笑不得,但是陶李知道,这在项达民看来,没有什么奇怪的,也没有什么大不了的,他说出来的时候,很自然,很平常,就像吩咐谁去谈一个项目似的,一切理所当然,按规矩办事。

许多不可行的事情,到了项达民这里,就变成了可行的。

许多无法操作的事情,到了项达民这里,就操作起来了。

许多不可思议的事情,项达民就将它们干成了。

所以项达民觉得请陶李写几个小品剧本也是一样地轻而易举。

项达民根本连想也没想过陶李是否会拒绝他。

陶李受到侮辱似的,心里十分窝囊,她坐在席位上,感受着闹哄哄的场面,看着台上的项达民,真想跑上去大声地告诉他,我不理睬你!去你的小品,去你的乡镇企业产品,去你的桃花镇,去你的项达民,你以为你是谁?

可是陶李不会这样做。

陶李慢慢地抚平心里的不平衡,她其实很明白,无论她心里有些什么想法,无论她对项达民的做法和态度有什么不满,她都得帮助项达民做好这件事。

陶李冷静下来,细细地考虑了一下,很快便想到一个人:银狐。

银狐是陶李的一位作家同行,多年的老友,擅长写剧本,语言生动,文字幽默,是最合适的人选。银狐是他的绰号。

陶李给银狐打电话,银狐正好在家,听陶李一说事情,立即高声叫起来:"太好了!太好了!"

陶李说:"这样的本子,你能写?有把握写得好?"

银狐依然大叫,说:"陶李你也太小看我,以我这样的水平,难道天下还有我不能写、写不好的本子?"

陶李笑了一下,说:"我知道你的水平,只是,这和文学创作不完全是一回事,但却又要弄出个文学创作的样子来,是宣传乡镇企业产品的。"

银狐说:"宣传什么都行,只要给钱,我还替人家筹划过烧死人的宣传呢,照样搞得轰轰烈烈。"

陶李说:"需要三个本子,一个星期要拿出来的,你如果愿意写,马上就得过来,不能耽误了。"

银狐说:"过来?过到哪里来?"

陶李说:"过到哪里来?桃花镇呀,我现在就在桃花镇给你打电话。"

银狐古怪地笑了一声,说:"你真想得出来,我还真奔到乡下去看什么乡镇企业产品?写几个小脚本,用得着吗?这样吧,你马上把他们关于产品的宣传材料快件寄给我,我接到材料就动手,三个本子,三天。"

陶李犹豫,她知道银狐是个快手,也知道银狐善编善造的本事,但是这一次不同,这一次的对象是项达民,项达民可不是个好糊弄的人物。

见陶李不说话,银狐说:"陶李哎,别优柔寡断了,你这个人,今天怎么搞的,怎么,你真的很怕那个项达民?"

陶李说:"你不来看看他们的东西,你怎么写,怎么有感觉?"

银狐说:"不是时间很急嘛,我再来一趟,再慢慢地看,哪里还有时间写本子。陶李,就这样吧,一个本子一万块,一本万利的事情,碰上了可千万别轻易放过。当然,我不会独吞,事情是你介绍的,材料也由你提供,我动笔,我们三七开,我拿七,你拿三。"

陶李说:"你只玩现的。"

银狐说:"那当然,在当今社会,不玩现的,怎么活,老婆孩子喝西北风?"干笑一声,声音变严肃起来,说,"陶李,我知道你的脾气,所以有必要提醒你,你马上就把事情办了,再告诉我,否则我不会写的。"

陶李一时没有明白,说:"什么事情办了?"

银狐说:"合同呀,你今天就把合同签了。"

陶李说:"签什么合同,项达民对我说的话,不会不算数。再说,我们也算是老朋友了。"

银狐说:"老朋友,老朋友能卖几个钱?陶李,我跟你明说,你若不签合同,我不会写的。"

陶李说:"即使签合同,也只能签我的名字,你不信任别人,倒信任我?不怕我贪你之功为己有?"

银狐说:"你不一样,因为在我的心目中,你不是人,是神,女神。"

陶李说:"去你的,不说了,明天一大早我就把材料给你用快递寄去。"

银狐说:"还有合同。"稍一停,又补充道,"不是还有合同,主要是合同。"

陶李搁了电话,笑起来,她不会去找项达民签什么合同,当然也就不会给银狐寄什么合同,银狐收到材料找不见合同,他会不会写呢,当然会的,这一点陶李有把握。

陶李心事放下了一大半,重新回到餐厅,正听到项达民说:"十天后,桃花镇将在平江体育馆举办一次大型有奖竞猜文艺晚会,以宣传桃花镇乡镇企业产品为主要内容,主持人已经确定——十佳青年节目主持人徐晶小姐。"

大家热烈鼓掌。

徐晶说:"谢谢,谢谢桃花镇,谢谢项达民书记对我的信任!"

项达民用非常郑重的声音宣布:"为感谢徐晶小姐对桃花镇的大力支持和帮助,桃花镇将以最优惠的价格,向徐晶小姐出售一套湖滨别墅!"

全场先是一片安静,稍过片刻,重又热闹起来,许多人鼓掌,更多的人议论纷纷。

最优惠的价格?

什么是最优惠的价格?价格在项达民嘴里。

项达民并不是小气,也不是送不起一套别墅,因为向歌星影星赠送别墅及其他昂贵物品的行为,在普通百姓中反应很坏,所以项达民不送房子给徐晶,而是出售,以最优惠的价格出售。

一、如果你们都能为桃花镇做贡献,你们就都能享受最优惠的价格。

二、连远在上海的徐晶都到桃花镇来购房,桃花镇的房子,还愁卖不出去?

三、相信徐晶的眼光,就相信桃花镇的别墅。

……

当然这只是一般人的思路,项达民到底是怎么想的,徐晶是怎么想的,实际情况又是怎么样,现在还不知道。

徐晶从容不迫地接回项达民手里的话筒,平静中透着激动,说:"我虽然只来过桃花镇三次,但是桃花镇在我的心中,早已经如我自己的故乡一样亲切而温馨,所以我希望在桃花镇有一幢房子,没有居所的故乡,是漂浮不定的故乡,现在桃花镇在我心里,已经不再漂浮,我已经落叶生根了。"

徐晶的话总是恰到好处,听了让人心里很舒服。徐晶是站在一个很难的位置上,她是得利者,很容易造成逆反,引起大家的忌妒和敌意,但是徐晶没有,徐晶虽然得到了很大的利益,但是仍然被大家所接受。

钟社长向陶李看了一眼,说:"陶李,他怎么不向你以最优惠的价格出售一套别墅呢?难道你的贡献不如徐晶大?"

陶李心情复杂,过了一会儿,说:"一呢,我的贡献是不如徐晶大;二呢,即使他向我提供最优惠的价格,我也买不起。"

钟社长叹息一声,说:"唉,文人。"

项达民回到自己的座位上,下面的事情就是徐晶的了。项达民归坐后,大家开始吃喝,到蒋月仙开始演唱时,刘先生的注意力全部集中过去。项达民过来和钟社长换了个位子,坐到陶李身边,说:"陶作家,刚才的话题还没有说完。"

陶李一愣:"什么话题?"她仍然陷在徐晶的别墅问题里,所以脱口道,"别墅?"

项达民笑了,说:"陶作家,你觉得我们的话题应该是别墅?"

陶李一时有些尴尬。

项达民说:"你知道别墅事情是个什么样的事情。"

陶李说:"你可以让人抓住这个事情,炒一炒新闻。"

项达民说:"这早已经不算是什么新闻了,旧闻也算不上了,这种事情给人带来的只能是反感,只能是失衡。"

陶李说:"那你为什么?"

项达民微微地摇了摇头,说:"陶作家,以后你会明白的。我们还是谈我们的话题吧。"

陶李这才想起,说:"小品剧本?"

项达民点了点头,说:"一会儿,这里散了,我让会计给你送钱过来。"

陶李说:"什么?"

项达民说:"重赏之下,必有勇夫,先付钱,后交稿,免得你的同行朋友不放心,怕遭遇骗子,白写了。"

陶李惊讶地张了张嘴。

项达民说:"陶作家,我知道你不会自己动手写这种东西。"

陶李也就不客气地说:"项书记,你说对了,现在愿意写这种东西的人,多半是冲着钱。"

项达民说:"所以我把钱准备好了,还算是领行情的吧。"

陶李说:"若是拿了你的钱,不能按时写出满意的东西,怎么办,退钱?"

项达民说:"我没有这种思想准备。"

陶李无话可说地摇了摇头。

陶李现在感觉到,她的小说,即将出版的上卷,远远没有写好。

好在,她还要写下卷。

第 6 章

一

经过短时间全方位铺天盖地狂轰滥炸地宣传,平江城乡掀起了一股桃花热,走在大街小巷,一时间,平江人满眼睛看的,满耳朵听的,满世界感觉的,都是桃花镇,都是桃花镇的乡镇企业产品,隆飞翔牌服装、王桃系列食品等产品在平江的销量直线上升。

与此同时,有奖竞猜晚会也紧锣密鼓地进行着,一切顺利,一路绿灯。

平江市报业的三巨头:《平江日报》《平江晚报》《平江广播电视报》都增加版面,宣传桃花镇。

紧接着试卷也出来了,发行二十万份的《平江日报》,三十万份的《平江晚报》和六十万份的《平江广播电视报》,每份报纸附一份试卷,向平江全市范围,发出了一百多万份试卷。

平江城乡的老老少少兴致勃勃地参与了桃花镇的活动。

平江电视台现场直播了晚会全过程。

晚会的第一个节目,就是蒋月仙的评弹。

蒋月仙穿了一件紫红色的旗袍,身材丰腴,目光流盼,抱着琵琶,她演唱的是长篇弹词《珍珠塔》中的片段。

弹词节目有唱有说，蒋月仙演出的这一段，先唱，再说，最后以一长段唱词结束，就在最后的唱段快要结束时，蒋月仙拖长的唱腔突然中断了，中断得那么突兀，那么令人惊心，片刻的静场，把大家的心都吊了起来，全场鸦雀无声。

倒嗓子！

靠嗓子吃饭的演员最最恐惧最最担心的事情突然间就在蒋月仙身上发生了。

蒋月仙怎么也想不到，自己演艺几十年，什么样的大世面都经历过，什么样的大码头都跑过，怎么难的戏都唱过，但她无论如何也没有想到，最后竟然在她最愿意演唱的场合，在她最愿意演好的时候，倒了嗓子。

事情发生得那么突然！

场上混乱起来。

蒋月仙泪流满面。

最先反应过来的是项达民，他从离舞台最近的座位上站起来，迅速走到蒋月仙身边，和徐晶一起，将蒋月仙扶下台来。

徐晶冷静地重返主持人的位子，向全场说："蒋老师太激动了，我相信，此时此刻，不仅仅是蒋老师，我们每一个参加晚会的人，和我们电视机前的每一位电视观众都被桃花镇人为社会做出的巨大努力和贡献所感动！"

会场上的气氛果然被扭转过来，大家笑了，被徐晶的机智所感动，也感动于蒋月仙平素的人品艺品，不仅没有发生不愉快的事情，大家还用热烈的掌声安慰蒋月仙。

晚会继续进行到第二轮，揭晓二等奖，各奖励一套隆飞翔牌服装，出现了晚会上的第二次混乱。

领奖后，徐晶正要继续下面的节目，观众席上突然有人站起来，大声道："能不能把话筒给我，让我说几句话。"

徐晶反应灵敏，立即用眼睛向项达民请示，项达民微微点了一下头,徐晶马上说:"好的,请您上台来好不好?"

观众一跃,上了台,这是一位三十来岁的男子,身着笔挺的西装,头梳得光滑,上了油,在灯光下闪闪发光。他很从容,从徐晶手里接过话筒,先向全场一鞠躬,然后慢悠悠地说:"如果有评选最次产品的活动,我投隆飞翔牌服装一票。"

全场再次哗然。

对各种突发事件都能应对自如的徐晶也有些慌乱起来。

突然,体育馆的通道上,响起一阵叫喊:"拦住他,他是个疯子,刚从医院里逃出来!"

有两个人快速地向舞台奔来,手指着那个上台说话的男子,一转眼,他们已经将他架住,那男子倒也不挣扎,只是紧紧地抓住话筒不肯放,说:"你们让我再讲一句话,我就跟你们走,不要拉拉扯扯,也免得你们多费力气。"趁那两个抓他的人发愣,疯子抓紧时机说道:"你们千万别以为我和桃花镇有什么过节,我和桃花镇没有过节,我甚至不知道桃花镇算什么东西,但是我对乡镇企业的产品了解得太清楚了,假冒伪劣,以次充好,坑蒙拐骗,就是他们做的事情!"

疯子被架走了,项达民平静地走到台上,接过徐晶手里的话筒,说:"对不起,晚会出现这样的情况,是我们工作上的失误,请大家原谅。"说着笑了起来,又道,"但是,我们若能从另外一个方面看问题,事情就不一样,就成了一件大好的事情,想想,连精神病人也来关心我们的乡镇企业,我们乡镇企业,大有希望呀!连疯子也来关心我们桃花镇,我们桃花镇大有希望呀!"

场上许多人笑起来,有人觉得项达民很有大将风度,处惊不乱,遇事不慌。也有人觉得项达民很阿Q,出个大洋相,自我安慰。更多的人则没有什么明确的想法,只是觉得晚会有点乱,思路与众不同的人说,这是媒子,什么精神病人,什么从医院里逃出来,肯定是项达民做好的圈套,现在这社会,说好话不如说坏话效果好,一个人出了本书,怕没有影响,叫几个人骂一骂,就出名了。一个演员也一样,出不了名,弄个什么事情罢演啦逃税啦被批一下,名气就出来了。被疯子一骂,隆飞翔牌服装不就名扬千万里了吗。

晚会最后的高潮来到了。

特等奖的揭晓。

获特等奖的那位下岗工人,在晚会前只是被通知得奖了,请他参加晚会,并没有告诉他得的是什么奖,随着晚会的节目一轮一轮地进行,三等奖没有他,二等奖没有他,一等奖也没有他,他的心情越来越紧张,最后当他被主持人徐晶小姐请上台来,站在平江市体育馆的中央,在几千双眼睛的盯注下,他已经有点支撑不住了,他承受不了了。

徐晶兴奋的声音在他耳边响起:恭喜你,获得了本次竞猜活动的特等奖,奖励价值五十万元的桃花镇桃花苑别墅一套!

他的大脑里"轰"的一声,随即一片空白,天旋地转,他想扶住什么,但周围什么也没有,只有徐晶,一手抓着话筒,一手捏着那张决定他命运的纸,向他笑着,他想去抓住徐晶,可是未等手伸到徐晶面前,人已经倒下了。

晚会上出现第三次也是最大的一次骚动。

电视台现场直播晚会,将这令人心惊的场面送到了千家万户,也将徐晶的声音送到了千家万户:"亲爱的观众朋友们,特等奖获得者是平江市的一位下岗工人,突如其来的喜讯,使他太激动了!"

获奖者已经被扶起来,人也已经清醒,徐晶将话筒伸到他面前,说:"请您向在场的观众和电视机前的观众说几句话。"

获奖者泪流满面,说不出话来,憋了半天,仰天长叹一声,道:"我应该说声谢谢,可是我说不出来。"

满脸的泪水,印入了千千万万人的心中。

在千万个城市,流传着一个相同的故事:一对下岗夫妇,只有三块钱给孩子买肉,想要一块好一点的肉,被斩肉师傅羞辱,回家抱头痛哭,双双服毒自杀。

许多的人都说这是发生在自己城市的事情。

这位获得了特等奖的下岗工人,是否也听说过这个故事,现在,当五十万元的巨奖突然从天上掉下来,掉到他手里的时候,他在想什么呢?

正坐在电视机前的平泽县委书记吕正,突然说了一句:"项达民过分了。"

项达民曾邀请吕正参加晚会,吕正没有答应,但是他对晚会十分关心,本来晚上有个会议,吕正特意建议改期,吕正要看一看项达民的晚会到底怎么样。

现在涌动在吕正心头的感觉更强烈了:项达民太狂妄、太张扬。

吕正的妻子孔雪杉是平泽县检察院的检察官,一直对项达民印象不错,吕正看电视的时候,她正在一边翻看案卷,听到丈夫这么说,正要说话,电话铃响了,是闻舒打来的,闻舒告诉吕正,他明天一早就往桃花镇去,最后道:"吕书记,我知道你这一阵很忙,明天你不用去了,周秘书长他们都很熟悉桃花镇。"

吕正第一个感到突然的是,闻舒到平泽县的乡镇去,不用他这个县委书记陪,这使吕正有些捉摸不透,也有些不太好的预感。他愣了愣,立即联想到刚结束的桃花镇的大型晚会。吕正猜测不出闻舒有没有看项达民的晚会,在电话里明显有点担心。自从桃花镇集资款问题曝光后,他还没有和闻舒直接联系过。对于老一班的市委常委班子的人,他们对这件事情的态度,吕正不用了解也能知道,但是闻舒他摸不透。吕正试探地问:"闻书记,今天晚上桃花镇正在平江市体育馆举行大型晚会……"

闻舒说:"我听说了,只是没有赶得上看到全部,刚打开电视,就看到特等奖的情况,好家伙,奖励一套别墅呀!"

吕正听不出闻舒的话是贬是褒,也就无法就这个话题往下说,便道:"闻书记,今天项达民估计会住在平江,是不是我通知他一下,让他明天早晨陪您去桃花镇?"顿一顿,怕引起闻舒的其他想法,又补充说,"项达民是个坐不住的人,不事先通知,不一定能找到他。"

闻舒也明白吕正在试探他,笑了笑,说:"没关系,你通知项达民也行,不通知他也行,我新来乍到,下面的任何情况对我都是重要的,我只是随便走走,走到哪里是哪里,看到什么是什么。"

闻舒把球又扔回给吕正,吕正接住球,球是圆的,经验丰富的吕正一时也找不到切入口,挂了电话后,琢磨着闻舒的话,揣测闻舒的心思,有些发愣。

吕正虽然没有作声,但他身上的信息,传入孔雪杉的感觉,她从案卷中抬起头来,看看吕正。吕正说:"闻书记明天要去看桃花镇。"

孔雪杉脱口便道:"那你不通知项达民?"看吕正犹豫,突然有些想法,说,"是不是闻书记不希望告诉项达民?"

吕正摇了摇头,说:"也没有不希望的意思。"顿一顿又说,"但好像也没有希望我通知的意思。"

孔雪杉也摇了摇头,说:"整天生活在犹豫中,永远要靠揣摩领导的心思来确定自己的行动,辛苦啊。"指指自己的心窝,又说,"心,苦啊。"

吕正对孔雪杉的话付诸一笑,他找出项达民的电话号码,打项达民的手机,反复听到"对不起,您所拨打的电话暂时无法接通,请稍后再拨"。吕正说:"这个项达民,你找他永远找不到,只能由他来找你,主动权永远在他手里。"

孔雪杉说:"你大概也不一定想打通他的电话吧。"

吕正坦率地说:"是的,我心情复杂。"思路突然一跳,说,"尤敬华那里,捏了他一大沓的告状信,三天两头来找我,追问怎么办。"仍然不放心,想了想,找出柏森林的手机号码,给柏森林打电话,通了,问柏森林在哪里,柏森林说他还在平江市体育馆处理晚会后的一些杂事。不等吕正再问,柏森林就告诉吕正,项达民已经赶回桃花镇了,他们已经知道明天一早闻书记要到桃花镇去。

项达民永远消息灵通!

二

桃花镇迎来了一个寒冷的早晨。

项达民很晚才迷迷糊糊入睡,很早就醒来,听着远处的鸡叫,思绪不由有些涌动,突然就回到了流水村,他自己的家。

考虑了一晚上没有答案的问题突然就有了结果。

他将在桃花镇的什么地方、什么样的情形之下迎接闻书记,或者,换个角度,闻书记到桃花镇来,最先会出现在哪里,他最想看的是什么?

答案突然出现了。

到流水村去。

项达民一翻身,发现妻子不在床上,才想起她这个星期值夜班。项达民起来,看到桌上放着妻子隔夜做好的泡饭,放到炉子上热了一下。

早饭后,项达民来到流水村王桃厂,厂长兰桂花正在大发火,指着财务部的经理大骂饭桶,一眼看到项达民站在办公室门口,张着的嘴收拢不来,突然对着项达民说:"项书记,你来得正好,这厂长,我不干了!"

项达民冷冷地盯着她,说:"你不干谁干?"

兰桂花仍然张着大嘴,却再也说不出第二句话来。

项达民说:"一帆风顺的时候,你怎么不说不干,困难的时候你想撂挑子?你是兰桂花吗?"

兰桂花突然"哇"的一声号啕大哭起来,连哭带喊:"我不是兰桂花,我不是兰桂花,我不是兰桂花……"

任兰桂花怎么骂都不动声色的财务部经理也不理会兰桂花的哭,只是从兰桂花的桌子前稍稍移开一点,站到稍边上的地方,静静地看着兰桂花,他的冷静和平和,使兰桂花像个小丑,又像个天才的演员。

项达民坐下来,点了一根烟,等兰桂花平静,兰桂花哭了一阵,果然平静下来,抹了抹脸上的泪,突然又笑起来,说:"项书记,没有事。"

项达民说:"我知道你没有事。"

兰桂花说:"就是想哭一哭,哭一哭就什么都好了。"

项达民说:"我有时候也想哭一哭,可是怎么也哭不出来,挤也挤不出眼泪来。"

兰桂花说:"那是,男人的眼泪金贵,哪能像女人的眼泪这么便宜、不值钱。"

项达民说:"那倒不一定,我也见过会哭的男人,一点小委屈就掉眼泪,达不到自己的目的也哭。更有甚者,想害人害不成他也哭。"

财务部经理重新又站到兰桂花桌前中央,兰桂花说:"你看什么?看戏呀?"

财务部经理说:"兰厂长,我不看戏,我只是要和你说清楚,无论你怎么骂,这笔账我是不能走的。"

兰桂花挥了挥手,说:"你先忙你的去,这事回头再说。"

财务部经理却执拗地不肯走。

兰桂花说:"我怎么找了你这么个铁公鸡做财务部经理?"

财务部经理仍然站着。

兰桂花说:"好吧好吧,以后再说。"

财务部经理说:"不能以后再说,现在就说定了。"

兰桂花说:"你是厂长?"

财务部经理说:"你是厂长。"

兰桂花说:"我怎么觉得你是我的厂长,件件事都要照你的规矩。"

财务部经理说:"不是照我的规矩,是财务制度。"

兰桂花终于叹息一声,说:"我弄不过你,算了算了,这件事我再也不跟你说了,我就是上街讨饭,也不再跟你要钱。"

财务部经理这才露出一丝丝笑意,走了出去。

项达民看了看兰桂花,说:"像他父亲,他父亲就是这脾气。"

兰桂花说:"是的,犟得很。"

项达民笑了笑,说:"你很喜欢他?"

兰桂花脸一红,说:"项书记,你是书记,话不能乱说。"

项达民说:"我还不了解你,你什么时候不是要自己说了算的,哪里能够容得下这样的人做你的财务部经理。"

兰桂花说:"这次的事情,是我理亏。"

项达民也不问她是什么事情,总之,知道是兰桂花要违反财务制度用一笔钱,财务部经理坚持原则不同意,这种情形,在乡镇企业几乎没有,项达民说:"就这次你是理亏的?以前你从来没有理亏过?哪里能像现在这么忍让?"

兰桂花再次红了脸,赶紧转移话题,说:"项书记,你来得正好,有个事情我要向你汇报……"

正在说着话,常金鹏突然奔了进来,看到项达民在和兰桂花说笑,急得大喊:"项书记,市委闻书记今天要来桃花镇,柏森林好家伙,昨天晚上就知道了,瞒着不告诉,到今天早晨才说出来,说晚上找不到你,这家伙别有用心!"看项达民一点不着急,常金鹏才意识到什么,说:"怎么,你已经知道了?"

项达民没有说自己是不是已经知道了,只是笑了笑。

兰桂花说:"常总,现在知道闻书记要来,太迟了,什么也来不及准备了。"

常金鹏发现兰桂花和项达民交换着会意的眼光,明白过来,说:"早就做好准备了?"

兰桂花说:"是很早了,什么时候?就是闻书记到任后没几天,项书记就来布置过了。"

常金鹏骄傲地说:"所以我说嘛,柏森林怎么玩得过项书记!"摸了摸头皮,突然想到了什么,说:"对了,我想起来,河边的杨树已经好多年没看见了,光秃秃的,怎么突然栽了这么多杨树,刚才看见了,心里还奇怪呢。"

兰桂花说:"闻书记是有眼光、有大气魄、要干大事业的领导,不是鼻孔锈烂泥的乡下人。"

常金鹏说:"不对吧,是不是因为当年闻书记在我们这里的时候是有杨树的?"

项达民笑道:"你们两个,越说越离谱,难道我们的工作只是为闻书记做的?"

兰桂花说:"至少今天是为了闻书记。常总,你还没见到厂里的产品陈列室,新列出二十年前最早的产品,甘草桃片,闻书记写那篇文章时,尝过甘草桃片。"

常金鹏说:"你连我也骗不过,怎么骗得过闻书记,食品哪能保存那么长时间,二十年?"

兰桂花说:"我是专门找出当年的配方,特意生产的。"笑了笑,又说,"怎么样,这马屁高级吧,能算杰出马屁了吧。"正笑着,脸色突然变了变,口气里有了些挖苦嘲讽的意思:"这个甘草桃片的保质期真是很长了,二十年,"停了一下,似笑非笑地咧了咧嘴,又说,"若是我们的产品都能保质两年,那我们的日子就要好过多了。"

一般的蜜饯类食品,保质期都是一年,王桃厂的产品,原来也都是保质期一年的,后来项达民提出,将一年的保质期改为八个月,从信誉上为竞争再夺一分,兰桂花一千个不愿意,一万个做不到,但顶不过项达民的压力,还是改成了八个月。从此,王桃产品在同类产品中更有了自己独特的一招,开始的时候,确实是被市场看好过一阵,但这一招没有管上多长时间,很快就被淹没在产品推销的千奇百怪的花招中。

兰桂花没有经过项达民的同意便将保质期改回一年,被项达民知道后,狠狠地批了一顿,命令马上改回来,并派了镇工业公司的人来王桃厂监督,兰桂花无奈,只得又将保质期改了过来,但心里一直窝着一肚子怨气。

看项达民自顾抽烟,不理她的茬儿,兰桂花耐不住性子了,说:"项书记,现在竞争这么激烈,你却要我在不平等的基础上和别人竞争,我现在这样,一年中生产和销售的周转时间,硬是要比别人少四个月,少了三分之一呀!"说着眼睛又红起来,"项书记,我兰桂花没有三头六臂,不比别人多一个脑袋,你以为我是谁呀?"

项达民听到兰桂花最后这一句话,来了精神,笑着道:"这个问题问得好,你是谁?你是兰桂花。你确实没有三头六臂,你也不比别人多一个脑袋,但你是桃花镇流水村王桃厂的厂长。你不是别人,你不能拿自己和一般的人比,我更不允许你拿自己同一般的人比。王桃是个老牌产品,有实力,有影响,要创名牌,就要有与众不同的东西!"

兰桂花快要哭出来,说:"商家根本不在乎你的保质期,他们在乎的是差价。"

项达民毫不客气地说:"你错了,商家是在乎差价,但他们也一样在乎保质期。因为消费者在乎保质期,商家就不能不在乎保质期,尤其现在的食品市场,鱼龙混杂,保质期至少是消费者的一种自我心理保险。"

兰桂花嘀咕道:"什么保质期,现在还有谁会把保质期当真,都是假的,六月份出厂的东西,三月份就能在市场上买到,这样的事情多得是,根本大家瞎搞,我们这样子,永远也别想搞得过人家。"

项达民说:"兰桂花,你真有出息,就想在这方面竞争?"

兰桂花一时再无话可说了。

三个人一时都沉默下来,电话铃响起来,是柏森林的电话,告诉项达民,市委办公室来电话,省委来了人,闻书记在平江接待省委领导,今天不来桃花镇了。项达民问有没有通知什么时候来,柏森林说他没有问,市委办公室也没有说。

话说完了,项达民要挂电话,却感觉到电话那头的柏森林有不想放电话的意思,项达民稍一等待,柏森林仍然抓着话筒,项达民说:"柏镇长,还有什么事?"

柏森林好像很为难,顿了一下,说:"项书记,有个人一大早就从平江赶来,要见你。"

项达民说:"谁?"

柏森林又停顿一下,说:"这个人的名字你不一定知道,叫慕小麟。"

"慕小麟?"项达民将这个名字念了两遍,似曾相识,但最终还是没有想起他是谁,便问道:"他是谁,找我什么事?"

柏森林停顿了一会儿才说:"等你回来让他和你说吧。"听得出柏森林是不好将事情从自己嘴里说出来。

项达民说:"你没有告诉他我在流水村,有事情。"

柏森林说:"我跟他说了,他说,今天不见到你,决不走。"

三

慕小麟一夜未合眼。

蒋月仙从晚会上回来,进门就看到丈夫白皙的脸涨得通红,蒋月仙估计慕小麟已经从电视上看到她的狼狈了。

蒋月仙努力地笑了笑,用沙哑的声音说:"没事,休息几天就会好。"

慕小麟死死盯着她,眼睛里冒出火来,咬着牙一字一顿地说:"好?好了怎么样?好了再为项达民去唱戏?"

蒋月仙不同他计较,没有接他的话茬儿,走进卫生间。

慕小麟却不依不饶,追进卫生间,说:"你怎么不说话了,你心虚了,你心里有鬼!"

蒋月仙说:"我心里有什么,你最清楚。"

慕小麟听到蒋月仙这话,先是一愣,有些感动,有些兴奋,但随即又泄了气,语言复又激烈,说:"我清楚什么?我一点也不清楚你心里到底是怎么回事。老天太不公平,我和你结婚这么多年,到如今,竟然不知道老婆心里想的什么,也不知道老婆心里的人到底是谁,说出去,我慕小麟的脸往哪里放?我慕小麟还做不做男子汉?"

蒋月仙本来心里已经够难过了,她对自己突然哑了嗓子的情况多少知道一点,恐怕不是如她劝慰慕小麟那样,休息几天就会好的,很可能,她这一辈子就再也不能上台演出。回到家来,本来是想从慕小麟这儿得到些安慰,哪想到慕小麟根本不提她倒嗓子的事情,却醋意大发,纠缠不休。蒋月仙被他惹得有点生气,说话也不好听:"男子汉?你知道什么叫男子汉?像你这样鸡零狗碎纠缠不休的就是男子汉?"

慕小麟抓住蒋月仙的话不放,说:"我知道,我早就知道,你根本看不起我,你认为我不是男子汉,谁是男子汉?你别以为我不知道,我不是呆子、傻子,我有眼睛看得见,我有耳朵听得见,我有感觉感觉得到!"

蒋月仙哭笑不得:"你瞎说什么?"

慕小麟说:"我瞎说?你自己心里有数。"

蒋月仙走出卫生间,到床上躺下,说:"我累了。"

慕小麟又追过来,坐在床边,看着蒋月仙,说:"累?怎么累的,还不是为人家累的,你什么时候为我累一累,我死也甘心。"

蒋月仙闭了嘴,闭了眼,决定不再理睬慕小麟。

慕小麟又说了许多话,见蒋月仙不再回嘴,自己也有点无趣,也脱了衣服,在蒋月仙旁边躺下,伸手去搂蒋月仙,说:"我知道,你没有睡。"

蒋月仙往床边上让了一下,说:"小麟,我真的很累。"

慕小麟忽地坐起来,把蒋月仙扳过来,继续盯着她,说:"你给人家捧场的时候,你对人家笑的时候,怎么不累?回家来,看到我,你就累了,你什么意思?"

蒋月仙说:"时间不早了,你明天还要上班。"

慕小麟说:"我上班,我上什么班?我再不管这件事情,老婆都要给人拐跑了,我还上什么班?"

蒋月仙也翻身坐起来,说:"慕小麟,你到底要怎么样,胡说八道,还有完没完?"

慕小麟见蒋月仙回了嘴,立即来了精神,继续纠缠:"你若是心中没鬼,你怎么会怕我胡说八道?"

蒋月仙说:"也都三十好几的人了,烦不烦?"

慕小麟斗志昂扬:"三十好几的人就不要爱情了?就可以随便自己的老婆和别人怎么样?"

蒋月仙说:"你说话要负责任,你老婆和别人怎么样,你有什么证据?"

慕小麟说:"人心就是最好的证据。"

蒋月仙说:"你要是看得见我的心,倒好了,也没有这么多废话了,可惜你看不见!"说着觉得一阵心酸,眼泪忍不住要淌下来,连忙又躺下去,不让慕小麟看见。

慕小麟听出蒋月仙后面半句话带着哭腔,又见她急急躺下,凑过去,看到蒋月仙脸上有泪,在灯光下闪烁,心里一酸,软了,连忙说:"月仙,别哭,别哭,是我不好。"

蒋月仙不吭声。

慕小麟说:"月仙,我对不起你,你倒了嗓子回来,我不但没有安慰你,却和你闹,我对不起你,你骂我打我,都可以,你别哭,你哭了我心里难受。"

结婚十多年,蒋月仙早已经习惯了慕小麟一会儿风一会儿雨的脾气,所以仍然不搭理他。

慕小麟叹息一声,说:"你不原谅我?"

蒋月仙忍不住又开了口:"我原谅你,睡吧。"

慕小麟终于住了口。

两人躺着,谁都没有睡,各想各的心思,过了好半天,慕小麟还是忍不住,又坐了起来,说:"不行,不能这么便宜他。"

蒋月仙一时有些发愣,没有转过弯来,不知慕小麟又是哪根神经搭错了,又牵上什么人了,问道:"你说谁?"

慕小麟说:"我说谁,你不知道?装什么假!"

蒋月仙赶紧闭嘴,却已经来不及了,慕小麟的一根筋又吊住了,说:"我明天去找他,把事情说说清楚,他算什么东西,蒋月仙是著名的评弹演员,平江市的领导也不能随便请得动,凭什么被他一个乡下人差来差去,听他调遣,凭什么要为他唱戏,现在倒了嗓子,看他怎么说。"

蒋月仙明白慕小麟说的是项达民,她也估计慕小麟不会真的去找项达民,但心里难免有些紧张,不由地说:"不许你去找项达民!"

慕小麟第一次听到蒋月仙说出项达民的名字,情绪亢奋到顶点,眼睛闪闪发亮,盯着蒋月仙,说:"我偏要去,明天一大早就去!"

蒋月仙慌了,不知说什么好,慌乱之中,说出一句话:"你要是去找他,我就——"说了一半,突然停下。

慕小麟却穷追不舍:"你就什么?你就什么?你说呀,你不敢说,你就什么？"

　　蒋月仙的脾气,算是比较温和的,但这会儿被慕小麟逼急了,也顾不上考虑更多,脱口而出:"你要是去找项达民,我就和你离婚!"

　　慕小麟万万没有想到,蒋月仙竟然会说出离婚两个字,这两个字,对慕小麟真是如雷击顶,把他打蒙了,呆呆地张着嘴,再也没有说出一句话来。

　　慕小麟不再说话,蒋月仙的心情慢慢地平静下来,睡着了。

　　慕小麟却一直没有睡去,他辗转反侧,夜不能寐,越想越怕,越想事情越严重,感觉到自己再不重视,事情将无可收拾了,到时候,如果蒋月仙真的提出离婚,他一点办法也没有。好不容易熬到天亮,趁蒋月仙还没有醒,他偷偷地溜了出来,直奔长途汽车站。

　　慕小麟到桃花镇政府办公室,见到了柏镇长,自我介绍是蒋月仙的丈夫,要找项达民说话。柏森林说项书记忙,今天恐怕没有时间来镇上办公,恐怕等不到他。慕小麟说,我不着急,我等他,他忙,我不忙。我们评弹团,现在什么也没有,只有一样东西多的是,那就是时间。我可以等他,等不到他,我决不回去。

　　项达民从流水村回来,走进柏森林办公室,柏森林说:"人在会议室里。"

　　项达民到会议室看看,没有人,又回过来问。

　　柏森林说:"怎么会呢,我叫他在会议室等的,他说不等到你决不回去,我看他那样子,确实是那种一根筋吊住了不肯放的人,所以才告诉你,叫你回来见一见。"

　　边说边和项达民一起到会议室,果然没有人,又在镇机关找了一圈,仍然没有找到。

　　项达民说:"到底是谁？"

　　柏森林没有直接说他是蒋月仙的丈夫,只是说叫慕小麟,平江市评弹团的,从前也是演员,现在搞行政。

项达民"噢"了一声,想起来了。

柏森林注意了一下项达民的神态,但是他看不出有什么特别的意思,项达民知道来人是蒋月仙的丈夫,但他不动声色,一点儿也不动声色。

慕小麟到底没有敢见项达民,他中途逃走了。

四

田金秀本来已经要走了,她上夜班,等上白班的医生护士来了,她就可以交班了。

正要下班的时候,突然送来一个危重病人,抢救室的护士还没有到,田金秀就留了下来。

如果田金秀没有留下来代别人的班,她一早回家去,也就不会知道蒋月仙的丈夫竟然从平江市赶到桃花镇来找项达民。

消息是从镇政府传出来的,慕小麟刚到没多久,已经就有许多人知道蒋月仙的丈夫来找项书记了,消息传得很快,这边医院里危重病人的抢救还没有结束,消息就已经传到了医院。田金秀在手术室做助手,迟到的那个护士走进来,咬着田金秀的耳朵说出来。

这个消息以及由这个消息引开去的可能出现的许多难听的话和许多让人难受的眼光,使田金秀心情烦躁,但是在手术室里她不能做什么事情,也不能说什么话,田金秀对工作从来都是全心全意,她没有什么文化水平,没有正式学过护士,只是从前在乡下的时候,跟村里的赤脚医生学过打针,项达民调到镇上做干部,她也就调进了镇卫生院做护士。

田金秀对工作极其负责任,待病人如亲人,医院门口常常有大红纸写的感谢信。她的业务水平提高得也很快,三年后,做了护士长。医院里的人,关系复杂,叫田金秀做护士长,很明显有院长拍项书记马屁的嫌疑,但是大家对田金秀的工作却挑不出半点刺来,所以众人心情复杂,对这件事情却无从说起。

田金秀在医院里是个"人人怕",医院领导怕她,恐怕更多的是因为项达民。医生护士怕她,是因为田金秀不仅自己对工作极其负责,也容不得别人对工作马虎,只要被她撞见谁对病人态度不好,或者工作上拆烂污,她会毫不客气,无一例外骂个狗血喷头,再报告领导。

危急病人的手术终于做完了,田金秀憋了一肚子的气,走出手术室,追到告诉她消息的小护士面前,也不管在场的还有其他人,便指着小护士的脸,说:"你什么意思,你告诉我这个事情,什么意思?"

小护士本来是想讨好田护士长的,知道田护士长喜欢道听途说,喜欢家长里短,喜欢嚼舌头。又因为自己迟到,让护士长代班,怕护士长问罪,赶紧把上班路上听到的消息告诉她,想讨个喜,这会儿看到护士长出了手术室,直奔自己而来,一脸兴师问罪的样子,害怕起来,结结巴巴地说:"我,我没有什么意思……"

田金秀冷冷地哼了一声,说:"我知道,你们都等着看我们项书记的好戏,是不是?"

小护士说:"没,没有,我没有,我只是在上班的路上,听到有人说,我才告诉你的……"

田金秀不听她的解释,自顾自说:"你们想得美,我们项书记,没有戏让你们看的。怎么,蒋月仙的男人来了,就了不起?"

小护士赶紧把话题引到别人身上,说:"蒋月仙的男人听说也是个唱评弹的,我听说,是个白脸小生,娘娘腔。"

田金秀高兴了些,说:"娘娘腔的男人,算什么男人,他来找我们项书记,不要被我们项书记三句话就弹回去!"

小护士说:"那是肯定的。"

田金秀说:"别说蒋月仙的男人,蒋月仙又算什么,一天到晚媚着一张脸,就靠这个呀,我们项书记,才不要看这种女人!"

小护士忍不住要笑出来,赶紧背过身子假装做什么事情,嘴里说:"那是当然。"

田金秀又补充道:"我们项书记说,他这一辈子只有我。"

小护士说:"那是当然。"回头向另外几个也同样强忍住笑的护士挤眉弄眼。

田金秀说:"你们都背过脸去干什么,要笑,回过脸来,当着我的面笑。"说着自己也忍不住先笑起来。

小护士们一个个笑弯了腰。

田金秀说:"当面装得像怕我的样子,背后还不知怎么笑话我。我跟你们说,你们怎么笑话我都无所谓,不许你们说我们项书记半句!"

小护士憋着笑说:"我们哪里敢。"

田金秀说:"得了吧,当面一套,背后一套,就是你们这种人,别以为我不知道,桃花镇奖给徐晶一套优惠价的房子,你们说了多少难听的话,不是说我们项书记的?"

小护士说:"我们是说徐晶的,没有说项书记。"

田金秀"呸"了一口,说:"屁话!"说着又生起气来,骂道,"全是没良心的东西,我们项书记,为桃花镇,为你们大家吃了多少苦,受了多少累,你们呢,一天到晚在背后造谣中伤陷害,恨不得他马上倒台,你们才高兴!"

小护士们见田金秀火真的上来了,都不敢吭声,更不敢笑了。

正说着话,走廊里闹哄哄的,有一群人走到护士值班室门口,向里看着,其中一个问:"田护士长在吗?"

田金秀站在角落里,听到有人找她,走了出来,到门口时,一群人突然就齐刷刷地向她跪了下来。

田金秀不知所措,说:"你们做什么?你们做什么?"

一群人中的一位老人,双手捧着一面锦旗,递给田金秀,嘴里喃喃道:"田护士长,你胜似我的亲娘,田护士长,你胜似我的亲娘……"

以这个人的年龄,至少比田金秀大二三十岁,却口口声声叫田金秀亲娘,叫得情深意切,让大家想笑却又笑不出来。

这位老人,半年前害了一种古怪的病,浑身长了许多流脓的疖子,连家里人看了都嫌恶心,没人肯侍候,送到镇卫生院,已经病得奄奄一息。田金秀一点也不嫌脏、不嫌臭,精心照顾,整整半年时间,终于将怪病治好。老人回到家,越想越感动,买了锦旗,叫上儿孙,到卫生院来感谢田护士长。

田金秀说:"我们项书记,再三跟我说,我们都是农村出来的人,不能忘记农村的父老乡亲,天下的农民,都是我的亲人,我都把他们当亲人一样对待,是我们项书记教我的。"

小护士们又要笑,笑意却被田金秀一眼瞪了回去,知道田金秀平时可以开开玩笑,说到项达民,她是开不得玩笑的。

感谢田护士长的一群人走后,平静下来,田金秀重又回到开始的话题,问小护士:"你从哪里听来的消息,蒋月仙的男人来找我们项书记,是不是谁造的谣?"

小护士说:"我也不知道是真是假,说昨天晚上的晚会上,蒋月仙唱戏倒了嗓子。"

田金秀大大地松了一口气,说:"唱戏唱倒了嗓子,怪不到我们项书记。"想了想,又说,"他找我们项书记干什么,笑话了!"

小护士:"会不会叫项书记赔偿什么损失?"

田金秀说:"岂有此理,我们项书记又不是保险公司,要想敲竹杠就敲竹杠?自己为什么不来,要派丈夫来?"

小护士回答不出了。

田金秀不放心,下了班,没有直接回家,绕到镇上,到了镇机关门口,却又不大好进去,项达民曾经再三关照过,不要到镇机关去找他,有重要的事,可以打电话。田金秀正犹豫着,看见项达民和柏森林一起从镇机关走出来,心中一喜,赶上前,说:"是不是蒋月仙的丈夫来找你?"

项达民猝不及防,立即冷下脸来,说:"和你有什么关系?"经过田金秀身边往前走,再没有看她一眼。

柏森林回头看了看田金秀,看到田金秀眼睛里汪着两眶泪水,没有流出来,柏森林的心,被触动了。

五

柏森林跟在项达民后面上了车,感觉到项达民身上有一股逼人的气势,车开动后,项达民始终阴沉着脸,一言不发。

柏森林觉得自己完全能够体会项达民此时的心情,晚会,慕小麟,田金秀,这三壶,够项达民喝的,柏森林想,项达民若是问他对晚会的想法,他怎么说呢?

柏森林想,我要说出我的真实想法,一定要说了,早就应该说了。

到项达民脸上的阴云散开,开口说话的时候,柏森林才知道自己又错了,项达民满脑子想的不是晚会,也不是慕小麟,更不是田金秀。

"你是总指挥,"项达民侧过脸来看看柏森林,柏森林也正注视着项达民,两人的目光相遇,交锋了几秒钟,谁也不肯先让开。"我对游乐场二期的设计,有点新的想法,得先听听你的意见。"项达民说。

"什么?"柏森林猜不到项达民的新想法是什么。

项达民说:"游乐场二期完成后,我们将是华东地区规模最大设施最新的主题乐园,我考虑了很长时间,总觉得我们还缺一点什么……"

柏森林想了想,乐园中,包括了水上世界、惊险世界、恐怖世界、微缩世界景观、未来世界、海底世界、太空世界和机器人世界,别说在华东地区,即使在全国,也算是相当全面相当完满的了,还缺什么呢?盯着项达民的脸看了看,柏森林心头突然闪过一道光亮,他想明白了。

"缺少我们民族的地方的内容?"柏森林说。

项达民非常高兴,回头又看了看柏森林,说:"柏镇长,不愧是我们桃花镇的镇长!"

柏森林说:"再搞一块古典园林建筑?"

项达民摇了摇头,说:"古典园林,平江城里桃花镇上都保存得很好,看真迹比看模仿之作要有意思得多。我的想法,是搞一个平江庙会,现在已经不复存在的,再现历史悠久的传统的平江民间文化。"

柏森林没有说话,跟项达民跟了三年,对项达民任何时候产生的任何突如其来的想法,他早已经习惯,再也不会感觉到突然,再也不会认为不可思议。项达民一旦认定的事情,总是能做成的,问题在于,柏森林内心,怎么给项达民认定的事情定位、下判断。

项达民沿着自己的思路继续说:"我特意翻了翻书,许多书上对传统的平江庙会都有详细的记载和描述,这件事情,我们能够办成,搞一个水上庙会,独具风味的,以后,我们请评弹演员、昆剧演员坐台演唱,甚至可以寻找一些吴歌手来唱吴歌,将民间传统工艺,拿来现场表演,销售、刺绣、捏泥人,都可以来到现场。饮食方面,一方面是平江传统小吃,同时供应一年四季平江自产的瓜果茶,平江城里不是有个四月初四轧神仙吗,我们桃花镇,要叫大家每天都来轧神仙!"

柏森林终于忍不住地摇了摇头。

项达民说:"你别先摇头,最后事情还要在你手里搞起来。"

语言的缝隙中渗透出来的霸气,让柏森林很不舒服,但他没有动声色,说:"先不管这个设想本身怎么样,现在二期工程的设计已经基本完成,澳洲专家一两天内就要回国了,现在提出要增加这么大一块内容,他们未必能接受。"

项达民胸有成竹,说:"我想,刘先生会接受的。"

也许项达民早已经和投资方的刘董先生协商妥了,再来征求柏森林的意见,柏森林有一种被人耍弄的感觉,但他并不气恼,有时候,柏森林甚至觉得自己和项达民磨合了三年,已经磨得没有自己了。

当然,那只不过是柏森林一瞬间的动摇和软弱。

柏森林永远只会是他自己,他不会被任何人磨合。

柏森林平静地说:"如果刘先生同意,我们再谈具体的问题。"

项达民哈哈一笑。

车到了游乐场,项达民和柏森林来到临时的简易指挥部,澳方的设计专家和中方的设计专家正在做最后的论证,刘董先生亲自参加他们的设计论证。

柏森林将图纸拿过来一看,便明白了,项达民在路上和他说的话,确实已经是马后炮,图纸上,已经完成了水上平江庙会这一块,柏森林心里再次掠过一丝不快,但也仅仅是掠过而已,不留痕迹。他笑了笑,将图纸递给项达民,说:"看起来,项书记和刘先生实在是心有灵犀!"

话音刚落,项达民和刘先生一起哈哈大笑起来,柏森林也跟着一笑。

刘先生拍拍柏森林的肩膀,说:"柏总指挥,下面就看你的了。"

项达民说:"今天我请客,慰劳专家们,大功告成,好好庆祝一下。"

往桃花源宾馆去的路上,仍然是项达民和柏森林同一辆车,柏森林对项达民说:"建筑工程队,我们实行公开招标。"

项达民不作任何表示。

柏森林还想说说目前建筑行业混乱的情况,不招标很难请到真正有水平有实力的工程队，游乐场这么重大的工程，一般的建筑工程队恐怕难以胜任。项达民知道他要说什么，他要说的，项达民也都清楚，所以项达民摆摆手，说："你先别做决定，我再考虑考虑。"

柏森林稍停了一下，见项达民没有再说别的，连忙说："项书记，电脑已经到货了，他们希望我们马上把钱划过去，钱一到，立即就过来替我们装配。"

项达民挖苦道："柏镇长，你是不是以为，我们镇干部，只要学会了电脑，就提高了素质，就具备搞现代化的条件了？"

柏森林说："但你不能否认这是提高素质的一个方面，而且，搞电脑办公，是大势所趋。"

项达民说："我不否认，在大城市，在大的现代化的企业，电脑是必不可少的，但是柏镇长，你别忘了，我们这是农村，乡下……"伸出自己的手指看了看，笑道："就这样的手，能搞电脑？"

柏森林以为项达民要赖掉曾经答应了的事情，有些急了，说："项书记，这是你答应的事情，党委也讨论过的……"

项达民说："我没有抵赖的意思，钱，今天就划出去，但是我告诉你，我能够划钱出去，决不意味着我赞成你搞电脑管理。我们镇上这些人，除了你柏镇长，其他还有谁，有足够的知识操纵电脑？常金鹏吗？小钱吗？还有，时间呢，哪来的时间？眼睛一睁，就是项目，就是钱，就是追债躲债，就是三陪五陪，一直忙到闭眼，哪有时间来学电脑？"

柏森林说："使用电脑管理，正是节省时间的好办法。"

项达民说："好吧，我就看看你怎么替我省出时间来。"突然话题一转，问道，"柏镇长，你对昨天我们晚会怎么看？"

柏森林在来的路上，倒是准备项达民问他的，却没有问，现在突然提出来，柏森林一时没有反应过来，愣了愣。

项达民说："你是不是觉得，我们犯了一个大错误，引起了许多人的反感？"

既然项达民提出这样尖锐的问题，而且，这个问题的答案是明摆着的，如果柏森林言不由心，项达民是完全能够听出来的，所以，柏森林也就坦率地说："我不了解别人的想法，至少我自己，对昨天的晚会，没有好感。"

项达民说："为什么？"

柏森林突然觉得有许许多多话涌到了喉咙口，急着挤着要奔出来，挤得他不由自主地呛了一下，来不及梳理思路，便说了一句："整个思路错了。"

项达民饶有兴趣："哦，你说说。"

柏森林不知从何说起。

三年了，柏森林一头扎在最基层，他看到的，听到的，想到的东西，太多太多。许多研究生，毕业后都想留在城市，在研究机关做学问，柏森林却反其道而行之，坚决要求到基层，三年的实践证明，柏森林的选择是正确的。柏森林是要干一番大事业的，但是现在他知道，他的收获不在于已经干成了多大的事业，而在于他的思想认识在实践中大大地提高了。

柏森林最大的收获就是他明白了，现有的乡镇企业干部，基本上已经完成了他们的历史使命，他们应该退出历史舞台了。

现在是不是已经到了彻底坦白地向项达民说出这个想法的时候呢？

柏森林终于努力将千言万语压了下去，理了理思绪，平静了一下情绪，说："我不是专指昨天的晚会。"

项达民说："无论你指什么，我很想听听你的想法。"

柏森林说："项书记，我一直就想和你谈谈，一直没有好的机会，我总觉得，我们现在的工作方法，大部分仍然是小农经济小生产的方式，缺乏远见，没有预见，更不要说远大的理想……"

"到底是研究生，"项达民笑道，"开口就是理想，闭口就是远大。什么是远大？什么是理想？在哪里？我怎么看不到？"

柏森林说："正因为我们看不到……"他是应该说正因为"你"看不到，但他犹豫了一下，没有说"你"，而是说了"我们"，"正因为我们看不到，我们的工作，就不可避免地陷入实用主义的泥坑，成为短期的经不起时间考验的行为。我们正在进行的建设，到底能给我们的后人留下多少有价值的东西？"

项达民点着头，见柏森林停下了，便接上他的话头，说："我明白了，你认为像昨天的晚会，宣传桃花镇的新产品，就是一种短期行为？"

柏森林说："我们所处的时代，已经是世纪末，我们所做的一切，考虑的不能仅仅是眼前的利益，我们要考虑到下个世纪！"

项达民说："果然是远大的理想。"

柏森林说："你也可能对我的话不以为然，我并不是说我们目前具体做的每一个事情，建的每一个厂，都是为下个世纪的，我并不是这个意思，我的意思是……"

"我知道你的意思，"项达民打断柏森林的话，说："你的意思是说，我们现在已经进入了新的时代，我们要靠高科技，靠现代化的企业管理，靠提高人的素质，靠新的机制，而不能再用老一套的方法，至少不能再沿用乡镇企业起家时的那一套方法。柏镇长，你说的话，我都同意，但是有一点，你别忘了，我们建设的，是有中国特色的社会主义，中国特色！"

柏森林想说，如果"中国特色"的"特色"成为小农经济封建文化的代名词，中国恐怕是没有希望了，但是他忍了忍，没有把话说出来。

项达民却有点激动起来，说："我们无论如何离不开我们脚下的这片土地，这是中国的土地，这是有几千年历史的土地。几千年的历史是什么？是我们的骄傲，也是我们的包袱。我们接受了骄傲，同时也就接受了沉重的包袱。两样东西，我们同样甩不掉！我们不可能摆脱了历史文化的包袱进行现在的建设,有许多人,包括我,也包括你,都试图尝试,或者曾经尝试过摆脱这个包袱,但事实证明,我们无法摆脱。柏镇长,你有没有统计一下,我们桃花镇所有的大大小小的合同,有多少是在酒席上谈定的?"

柏森林说:"这是不正常的。"

项达民说:"如果都按照正常轨道,根本就没有我们的今天!"

柏森林说:"我要说的正是这个问题,在我们的乡镇企业刚刚起步的时候,我们确实利用了许多空子,没有'中国特色'四个字,确实不会有今天的成就。但是现在不一样了,现在不再是二十年前,也不再是十年前,乡镇的发展,已经到了必须提高素质的最后时刻,这一步上不去,全盘皆输!"

柏森林没有把更多的话说出来,不仅是因为车子停了下来,项达民下车了,即使车子仍然在开着,柏森林恐怕也不会再往下说,项达民不会把柏森林的话当一回事。

对桃花镇面临的困难,柏森林内心的焦虑,决不亚于项达民。

但是,他是镇长。

而且,他是项达民做书记的桃花镇的镇长。

一刹那间,柏森林的脑海里闪过杨东的话:做一把手,或者,离开桃花镇。

第 7 章

一

闻舒到平江市上任后,陆陆续续召开了全市各个界别的系列座谈会,开到后来,也有些疲沓了,甚至有些厌倦了,也发现自己原先对座谈会的期望过高,想在座谈会上听一些平时难以了解的内容,看起来,这个设想是没有能够实现。座谈会犹如一辆惯性极强的列车,加足马力沿着习惯的轨道直往前奔。先是领导汇报,接着是先进代表发言,最后由闻舒做些总结。闻舒很不喜欢这种座谈会形式,几次会上也曾经想将惯性的列车拉过来,沿着自己需要的轨道前进,但是考虑再三,自己新来乍到,大家对自己的每一句话都很在意,甚至过于在意,在意的他作为一个市委书记,都不好随便说话了,也不好在座谈会上随意地打断下属的发言。

如此开了三次,闻舒就不想再开下去,但是市委更多的人认为,既然原先决定要开系列座谈会,都已通知各单位做好准备,如果下面的会突然取消,会引起种种多余的猜测,最好还是把座谈会开完,时间上可以短一点,有些相近的单位部门可以并成一次开。

这样,本来要分成三次开的新闻、文化、理论三个界别的座谈会就并成了一次。

会议仍然是一辆惯性的列车,各报社的老总、广电局的局长、电视台长、文化局长、文联主席等等坐了一大排,一一等着汇报工作。

闻舒终于耐不住了,脸上挂着笑,心里却烦得很,打断了工作汇报,向老总局长们一指,说:"你们各位,今天能不能不讲了,我和你们,有的是机会见面,你们的汇报,我看看材料也行,今天的机会难得,是难得在我能够见到这么多平江市的专家、作家、艺术家、理论家、教授、编辑、记者,这都是我平时难见到的专家,你们能不能让我听听他们的想法?"

老总局长们掠过刹那间的尴尬,都笑了起来。

闻舒也笑了笑,向主持会议的副书记说:"这是我的责任,我事先没有说清座谈会的目的和要求。"目光很温和地向会场扫了一下,看到陶李坐在前排,向她点了点头,说:"这位是陶李吧,著名作家。"

陶李很奇怪闻舒怎么会认识她,稍一犹豫,闻舒又说话了:"我读过你的作品,其中有一部印象很深,是写平江一个大家族的变迁的,文章不长,题目记不起来了。"

陶李说:"是个中篇小说。"她的好奇心很快就被冲淡了,既然闻舒能够在众多的参加座谈会的人中认出她来,那么闻舒能够说出她的某一部作品也是正常的,不值得惊讶。

副书记趁这机会说:"陶李,既然闻书记点了你的名,你就先谈谈吧。"

陶李没有什么思想准备,她也不需要有什么思想准备,从来都是想到什么说什么,所以她不假思索便说:"我以前从来不参加这样的座谈会,我这个人说话不太好听,说出来领导也可能不高兴,但我还是要说我自己想说的。为什么从来不参加?是对座谈会的失望,没有兴趣。兴趣到哪里去了呢?便是开会开掉了。也就是说我并不是天生的不愿意参加座谈会,从前我也很积极地参加,结果呢,开会把兴趣全开没了,把希望也开没了,所以就再也不来开会了。今天怎么又来了呢?大家也许会想,大概是因为新换了一个书记,是的,有这层因素,对新书记的新希望吧。但是更主要的,不是因为新书记,而是为了我自己。我是个很现实的人,我是有目的的,我正在写一部大部头的反映现实生活的小说,已经完成了上卷,现在进入到下卷的创作,上卷只是局限在一个乡镇,下卷恐怕要写到比较高的层次,比如市委书记,但是我怎么写得出市委书记呢,我平时从来不接触市委书记,也没有机会接触,接到会议通知,一想,这是个机会……"

闻舒笑着插话说:"原来你是来参观我的。"

大家都笑了,气氛活跃多了。

陶李接着说:"曾经有个评论家,对我的作品研究过一番后说,你的作品里,没有一个人物是处长以上的。"

闻舒又笑了,说:"你讨厌当官的。"

陶李说:"谈不上讨厌,也说不上不讨厌,我不熟悉他们,不了解他们,无从谈起。"

闻舒说:"你这部作品里的人物,可以一下子连跳几级了,我是市委书记,局级呢。"

大家又笑起来。

陶李说:"好了,言归正传,虽然我今天是抱着实用的目的来参加座谈会,本来是不想说话的,为什么?因为我们的话,纯属废话,既是废话,不说也罢。但是现在我的想法改变了,至少是您这位书记,让我觉得,我说出来的话,不全是废话。"她喝了一口水,紧接着往下说,"说什么呢,真是千言万语呀,我给自己定个大而无当的题目,平江往哪里去?"

有人偷偷一笑,觉得陶李有些人来疯,而几个新闻部门的头头却有些紧张,陶李的一张嘴,大家早有领教,怕她在新来的书记面前,出他们的洋相。陶李也知道他们的心思,回头一笑,说:"我只说宏观,不谈具体。"让他们放心,看到电视台记者把摄像机镜头摇过来,便笑了笑,说:"先说几段这几年在百姓中广泛流传的民谣,说起来,我的感觉,恐怕历史上任何一个时期都赶不上现在这个时期的民间流传,那么丰富,那么完整,那么全面,那么深邃,那么幽默,那么系统……"说着自己又笑起来,"我这是厚积而薄发,平时开会开得太少,突然来开这个会,便觉得一张嘴不够用了,听一听这段:宣传部长、组织部长和市长三人一起吃饭,宣传部长说,我宣传过的人千千万,被我宣传的人万万千,有没有一个是真实的,一个也没有;组织部长说,我提拔的人千千万,被我提拔的人万万千,有没有一个是合格的,一个也没有;市长说,请我吃饭的人千千万,被我请吃饭的人万万千,有没有一个是自己掏腰包的,一个也没有……"

有人插嘴道,多呢,哪止三个人吃饭,还有妇女主任,还有公安局长,还有纪委书记,每人都有一套。

陶李说:"再说一段,打开车门往里看,个个都是贪污犯,先枪毙,后审判,保证没有冤假案。"

大家又笑。

陶李却不再笑了,面部表情严肃起来,顿了顿,才说:"可笑吗?我觉得不是可笑,是可悲。可悲在哪里?最严重的问题在哪里?"自问自答道,"最严重的,在于人人这么说,人人反对这种现象,而恰恰每个人都是这种种现象的参与者、制造者,谁也逃不了。"顿一顿又说,"包括我。"

会场的气氛有些严肃了,主持会议的副书记有些尴尬,向闻舒看了看,闻舒还没有说话,杨东已经抢先来调节气氛,说:"陶李,我也给你现编一段,你写的文章千千万,被你写的文章万万千,有没有一篇是白写的,一篇也没有。"

哄堂大笑。

陶李说:"是的,我没有一篇文章是白写的,都要稿费,而且还希望给高稿酬,所以我说包括我,什么好事我也要沾,什么好处也不肯放弃,嘴巴还凶,正如民谣中有一条,只用理论要求别人,不用理论解剖自己……这是什么?这就是我们平时常挂在嘴上说的民族劣根性。如果到了现在,我们对这种民族劣根性,仍然麻木不仁,我们就看不到希望。看不到未来,根本就没有希望,也没有未来。所以,把话题回到一开始的题目上来,平江往哪里去?我觉得,平江要发展要进步,首要的任务,是提高人的素质,而不是今天上了几个合资企业,明天又开了多少大商场。我认为,平江经济发展的停滞,主要原因就在这里。看一看我们的平江人,找一找我们的平江干部,数得出几个能够担当历史交给我们的重任?有吗?有几个?"

杨东大声连说几个"No",打断了陶李的发言,说:"陶李,我同意你对民族劣根性的批判,但是我不同意你这种悲观论调。我认为,就目前来讲,我们已经具备了有相当素质、能够领导人民搞现代化建设的优秀、合格的干部,问题只是,这些具备了条件的人,是不是真正到了位,有没有把干事情的权交给他们,他们是不是仍然被埋没,被客观环境所淹没,甚至被自己对自己的模糊认识所淹没。他们的才华被埋没,他们的先进思想被埋没,最后的出路,仍然是循入旧的轨道,成为新一代的老人。据我了解,现在在我们平江,无论是市区,还是郊县,都有这么一批难能可贵的干部,他们读了许多书,见多识广,有眼光,有理想,对现代化建设有一套完整的先进理论,也有可以付诸实践的具体方案,可是,他们更多的是无法施展自己的才华,他们所处的位子,不能允许他们有所作为。所以,我想,我们的关键在于,怎么及时发现、大胆起用这样的干部,关键在于,我们对干部的任免,能不能真正做到优胜劣汰!"

大家以为杨东只是随口说来,以为他只是在讲一个普遍的情况,并不知道他是有所指的,只有闻舒和陶李心里明白,他说的是谁。

闻舒在这个座谈会上,真正体现出他的领导艺术来,他不动声色地操纵会议的进展,把握会议的气氛,并且让所有到会的人都觉得心情舒畅,受到重视,大家争相发言,不再觉得自己的话是废话,画家谈书画界的情况,演员谈演员的困惑。最后闻舒说话时,说了一句发自内心的感想,他说:"一开始陶李就说,要提高素质,我今天,真正感觉到大家给我上了一堂课,上了一堂提高素质的课!"

会后,照例是闻舒代表市委请与会者共进晚餐,自助餐,不排位子,随便坐,主持会议的副书记宣布以后,气氛热烈,把会议推向高潮。

走出会场时,杨东走到陶李身边,说:"陶李,今天这个马屁拍得高明,把闻书记说得像伟大领袖似的,带领平江人民提高素质。"

陶李说:"我说闻书记是伟大领袖了?"

杨东说:"除了闻书记,过去哪位书记你希望他们提高平江人民的素质了?"

陶李说:"杨东,说话注意,你这话,有离间的嫌疑,老书记们还都在台上,我倒无所谓,你别离间了新老书记的关系。"

杨东说:"我只是对你有了些新的认识罢了。"

陶李说:"我真有拍马屁的嫌疑吗?不过杨东你尽管放心,我不和你争宠,我再争,也争不过你在闻书记心中的地位。"

杨东说:"那可不一定。"

陶李说:"衣不如新,人不如故,况且闻书记是个重感情的人,他和你、和柏森林的感情,非同一般。"

杨东没想到陶李竟然了解得这么清楚,脱口道:"陶李,你是作家,还是克格勃?"

陶李说:"作家就是人生的克格勃,不会做克格勃的人,当得了好作家吗?"

杨东说:"你和项达民很熟,你把我和柏森林同闻书记的关系告诉项达民了?"

陶李说:"为什么?为什么要告诉他?杨东,你问这样的问题,说明你不了解我,也同样不了解项达民。"

杨东松了一口气。

陶李说:"我今天倒是又做了一回克格勃,发现了一个早已存在的新闻,你和柏森林的关系,不,应该说个人感情,有多深。"

两人说着来到餐厅,迟了一点,看到许多人已经落座,只有闻舒那一桌,空空的,除了市里两位领导,没有其他人,陶李向杨东说:"这就是知识分子,怎么呢,不敢和闻书记坐一桌,怕闻书记吗,才不是呢,是怕自己,怕自己被别人说话,怕自己给人留下拍领导马屁、和领导套近乎的嫌疑,这就是知识分子。"

杨东说:"你也是知识分子,你过去坐吗?"

陶李说:"我当然。"说着向闻舒这一桌走来,果然餐厅里很多人看着。

因为是自助餐,先要去挑选食物,回头再坐下来的时候,人便多了些,除了陶李和杨东,又来了一位画家和一位演员。

席间,闻舒说:"陶李,果然文如其人。"

陶李说:"会场上您一下子点了我的名的时候,我倒被您吓一跳,后来一想,明白了。"

闻舒说:"明白什么,认为我是有备而来,事先都一一看过你们的材料,对过你们的照片了?"

陶李说:"也不一定那么周全,但至少不是毫无准备。"

闻舒笑了笑,说:"你别忘了,我也是大学中文系毕业的,我也做过作家梦,难道我做了市委书记,就不再有资格做个普通读者了?"

陶李终于哑了口,不过她也不尴尬,笑了笑,指指杨东,说:"我和杨东,还有一个人,电视台的记者,是平江有名的三张臭嘴,闻书记对我们的话,姑妄听之。"

杨东说:"你别把我扯进去。"

闻舒说:"电视台那个记者,是不是叫卢狄?"

杨东说:"正是他,今年是他的风头年,做一个希望工程的报道,出了名。又做了一个桃花镇的曝光,更出了名。不过,在电视台日子可不太好过了。"

闻舒又转向陶李,说:"陶李,你谈到你手头刚完成的这部小说,什么题材?"

陶李说:"大致上可以说是写平江乡镇企业的,当然小说的面可能更广泛一点,用乡镇企业四个字概括,可能不太合适。"

杨东说:"她是以桃花镇为背景的,吹捧项达民。"

闻舒"哦"了一声,说:"被陶李吹捧?难得难得,你是不是认为这个项达民已经具备了你所说的良好的素质?"

一向快人快语的陶李却犹豫了,过了一会儿,才含含糊糊地说:"不……我并不这么认为。"她想得更复杂一些,她对项达民的认识,也是有一个过程的,有一个相当大的起伏,当她萌发要为项达民写书的时候,她确实认为项达民具有一般人身上所不具备的良好素质,但是随着了解的深入,随着自己思想认识的提高,她非常担心、非常害怕的一个事实正在越来越逼近她,那就是她对项达民的重新认识和不断认识。

杨东有些奇怪地看了看陶李,说:"怎么,对项达民的看法改变了?"

陶李说:"我对项达民的看法,你怎么知道?"

杨东说:"你对项达民的看法,何止是我知道,在平江,在桃花镇,众人皆知。"

闻舒显得颇有兴趣,注意听着他们俩的对话,说:"哦,看起来,项达民果然不一般,陶李,能说说项达民吗?"

陶李还没有来得及说,杨东又抢了先,说:"用一两句话概括出一个人来,这不正是作家的本事吗,我来替陶李概括项达民吧:有魄力有远见一呼百应的成功改革家。这就是陶李眼中的项达民,不过,我要毫不客气地补充一点,一个人说了算,不是科学,不是进步,不是现代化的要求,是小生产,是小农经济,是退步!"

陶李不得不承认杨东的话有道理,但她内心替项达民不服,激烈地反驳,言语中也有了些火药味:"杨教授,看人挑担不吃力,你坐在书斋里研究理论问题,发表你的高见的时候,有没有想一想肩挑重担的项达民们面临的是什么?他的周围是什么?他每跨出一步要受到多大的阻力?他每干一件事情要付出多大的代价?"

杨东向闻舒说:"闻书记,听出来了吧,说她吹捧她还不承认,这会儿急眼了。"

陶李却继续着自己的话题说:"为什么难?说到底,话又回到我开头的意思,素质,民族劣根性,许许多多的项达民,他们是在一个大烂泥坑里搞他们的事业,他们浸在大染缸里,他们被网在网里,他们拼命挣扎,身心交瘁……"

"好!"杨东忍不住又打断陶李的话,说:"好,问题来了,问题在于,他们的明天?他们的未来?你说他们在大泥坑里,在大染缸里,在网里,最后怎么样?"

陶李默然。

这正是陶李顺利地创作出这部小说的上卷后,突然产生的巨大沉重的疑问,是对项达民的疑问,也是对自己的疑问。

闻舒想,这个星期要排出时间来,到桃花镇去。

二

厂办主任气喘吁吁地奔到兰桂花家来的时候,平江市委书记闻舒已经坐在兰桂花的办公室里了。

兰桂花平时上班都很早,在家被称为"一坐一躺",一坐是早晨坐着吃顿早饭,一躺是晚上回来躺下睡觉,家里的一切都由丈夫朱贵承担,不用她操半点心。朱贵比兰桂花大五岁,把兰桂花和家里照顾得熨熨帖帖。

兰桂花在女儿刚满周岁那年担任王桃厂副厂长,以后又做了厂长,全身心都扑在厂里。女儿已经十岁了,兰桂花和女儿见面的机会却很少,早晨起来,朱贵已经把女儿送到学校,晚上回家,女儿多半已经睡熟,兰桂花只有在女儿脸上亲一下的机会。女儿在睡梦中,能够感觉到有人亲她,但是女儿认为那是爸爸,女儿在梦中喃喃地叫着爸爸,兰桂花心里酸酸的。夜晚躺在床上,也曾有过种种念头,可是到了第二天,她照例又急急地奔到厂里,忘记了女儿。

从前的流水村,因为穷,能让孩子读书上学的人家不多,村上的男孩子能够读到小学毕业就算是知识分子小秀才了,上初中的很少很少,高中就更是绝无仅有,在一段时期内,全村只有两个人上过高中,一个是项达民,一个是朱贵。他们两人的情况大相径庭。项达民从小父母双亡,留下兄弟两个相依为命。项达民完全是凭着自己的超常的努力,不仅养活了自己和弟弟,兄弟两人还双双念了高中。朱贵的情况不一样,朱贵家是村里比较富足的人家,家中就朱贵这么一个儿子,从小受宠,无忧无虑,一直读到高中毕业。

镇上村里对高中毕业的男孩子都格外重视,有好的单位,总是先安排他们进去,朱贵很快就从流水村出来,进了桃花镇最早办起来的也是最大的企业玻璃厂,做会计兼统计工作,每天骑一辆新自行车从流水村到桃花镇,再从桃花镇到流水村,别说一路上村里的姑娘看了心跳,就连桃花镇上的女孩子,暗暗倾慕的也不少呢。

朱贵却看中了兰桂花,兰桂花比他小五岁,那时候天真烂漫,像个男孩子似的性格开朗,脾气直率,在村里的王桃厂做工,按条件,她没有哪一方面能够比过朱贵,可是朱贵就是喜欢她,也算是命中注定。

结婚不久,兰桂花做了车间主任,恐怕也是命运的缘故,王桃厂的产品突然走红市场,厂里为增加生产,每天加班加点,兰桂花作为车间主任当然是以身作则。一天镇党委书记项达民来检查工作,兰桂花已经几天没有好好休息,却仍然精神抖擞,项达民问她有什么要求和想法,兰桂花毫不犹豫地说,这还用问,不利用这么好的时机扩大生产,还等何时?同时又提出了一系列经过深思熟虑考虑的具体方案。

那是王桃厂发展的一个重要契机,也是兰桂花人生道路的一个重要转折。一个月后,兰桂花被任命为王桃厂副厂长,不多久,就担任了厂长。

这个结果当然是皆大欢喜的,朱贵也很高兴,妻子能干,妻子有发展,哪个做丈夫的不高兴呢,但是这个结果,同样也是朱贵始料未及的。

兰桂花责任重大,而且责任心又特别强,她太忙了,不可能再有精力照顾孩子、料理家务,怎么办呢,只有朱贵做牺牲了,他辞了镇办企业的工作,回到家里,自己培育、出售苗木,这样就有更多的时间可以用在家庭里。

朱贵虽然不是那种口齿伶俐能说会道的人,但因为口才好,说出话来,字字句句掷地有声。随着日子一年一年、一天一天地过去,四十岁的朱贵对自己的未来早已经没有想法。他天生性格温和,而兰桂花的脾气,正好相反,逞强好胜,在厂里,她一人说了算,在家里也事事要她做主。朱贵对兰桂花,可说是百依百顺,在家里,在外面,根本就没有了朱贵的声音。

大家说,兰桂花呀,幸亏你当初嫁了朱贵,你看如今,朱贵哪是你男人,跟你爹似的,若没有朱贵,你的日子有这么好过?

兰桂花发自心底地说,是的。

这天早晨和平常不大一样,兰桂花早晨起来,发现女儿还没有上学,想了想,今天不是星期天,觉得奇怪,看了看朱贵。

朱贵要到平江去谈一点苗木销售的事情,女儿想跟他去,朱贵说:"小芬长到十岁了,还没有走出过桃花镇。"

兰桂花想说不行,不上学到城里去玩,老师知道了怎么办?但她看到女儿期盼的眼神,心里不由一软,点了点头,说:"你帮她到老师那儿请个假。"

朱贵说:"已经请过了。"

女儿搂着朱贵的脖子,在父亲脸上亲了一下,又亲了一下,兰桂花说:"小芬,怎么不亲妈妈?"

女儿小心地看了看兰桂花,想了想,才犹犹豫豫地走过来,很机械地在兰桂花的脸上亲了一下。

正在这时,厂办主任奔了进来,慌慌张张地说:"兰厂长,不好了,不好了!"

兰桂花以为厂里出了什么事,但她能沉得住气,说:"慌成这样?这么沉不住气,怎么了?"

厂办主任急不择词地说:"那、那个书记、书记来了!"

厂办主任的失态让兰桂花感觉到这个书记不是项达民,也不像是吕正,心中突然猛烈地一跳,脑子里闪过一个念头,已经知道是谁来了,嘴上仍然问道:"哪个书记?"

厂办主任说:"新来的,新来的平江市委书记,闻、闻书记……"

兰桂花来不及向朱贵和女儿再说什么,拔腿就跑。

兰桂花跑进厂办公室,厂办主任紧跟在她身后,顾不得喘气,向闻舒介绍:"这就是我们的兰厂长。"

兰桂花说:"我叫兰桂花。"

闻舒笑着握了握兰桂花的手,说:"想不到你这么年轻,你是流水村人吗?"

兰桂花一看情况,发现平泽县和桃花镇没有一位领导陪着,看起来闻书记是突然袭击,心里更加慌张,支支吾吾地道:"是的,是的,是流水村……"

此时闻舒的思绪已经走得很远很远,走到往事里去了。

兰桂花看起来三十多岁,那么,当年,闻舒在流水村采访、写出那篇著名的"现场会在哪里开"的文章时,她还是个孩子,最多才上初中,不知道十多岁的孩子,对那件事情有没有印象?她现在已经是这么大厂的厂长了,王桃厂的产品,也已经很有点名气了。闻舒回想往事,唯一遗憾的,就是当年竟然几次和那位颇具勇气和眼光的年轻厂长失之交臂,没有见上一面,事隔二十多年,连那个厂长的名字也记不起来了。

兰桂花见闻舒不作声了,更加紧张,不知说什么好,想了想,才突然想起一件重要事情,项达民!

兰桂花脸色都有点变,赶紧把厂办主任拉到外面,让他立即去通知项书记,看着厂办主任急急而去,自己回进办公室,想着该怎样尽量拖延时间,她对闻书记说:"闻书记,您先喝点茶。"

闻舒却站起来,说:"兰厂长,看看你们的生产情况。"

兰桂花见无法拖延,只得带领大家去参观王桃厂的生产车间。流水线上,各种蜜饯食品,散发着诱人的香气,闻舒看了看食品的包装,注意到包装袋上生产日期的标号,微微笑了一下,向兰桂花说:"兰厂长,我好像有个印象,一般蜜饯类食品,保质期都是一年,你们怎么只保八个月?"

兰桂花心里跳了一下,前不久还和项达民、常金鹏争过这个问题,想不到闻书记会注意到这样的细节,马上回答说:"我们是从研究消费者的心理角度出发的,现在市场上,以次充好假冒伪劣商品太多,一般的保质期已经不能让消费者放心,我们只保八个月,希望王桃产品能够在消费者的心理上争一分。"

"好,想法很好。"闻舒赞许地点着头,说:"但是,人家保一年,你们保八个月,从生产周期上看,你们硬是比别人少了四个月,一年时间,整整少了三分之一,你们怎么想的?"

兰桂花心想,这正是我的委屈之处,闻书记的问题提到我的心坎上,恨不得就说,是的,我想不通,我不想这样做,我有苦说不出,我已经将保质期改成一年,又迫不得已地改了回来,但是她嘴上说出来的,却是另外的话:"我们的产品因为在保质期上胜人一筹,销售工作就顺利得多,销售顺利,更促进我们的生产。"嘴上说着这套嘴不应心的话,心中竟然也被自己的话感动,暗想,原以为项达民坚持要求保八个月是完全没有道理也没有作用的,哪里想到市委书记竟然会注意到这个问题。兰桂花不知道项达民是有心栽花还是无心插柳,但不管怎么说,兰桂花对项达民更多了一层佩服。

闻舒又看了看食品包装袋,又发现了一个特别之处,指了指生产日期的标号,说:"这个不错,生产日期标得清清楚楚明明白白,让人一眼就能看见、看清。"

兰桂花想不到在一个小小的普通的包装袋上,受到闻舒两次表扬,心情轻松多了,说:"我们考虑,市场上的绝大部分食品包装,在包装袋上印上生产日期见封口的字样,而打在封口上的生产日期,往往看不清楚,有等于无,就失信于消费者。我们坚持打清生产日期,决不给人蒙混过关的感觉。"

闻舒说:"事情虽小,看得出你们是下了一番功夫的,也看得出你们的经营方针是对头的,竞争这么激烈,只有心想市场,心想消费者,才可能有我们的出路。"

出了车间,来到仓库,仓库里产品不多,闻舒说:"看起来你们的销售情况不错?"

兰桂花点点头,但不知怎么不敢直视闻舒的盯注,说:"我们的产品销售周转比较快,所以积压不多。"

闻舒说:"你们在产品销售上,有些什么好点子?"

兰桂花愣了一下,有点有话不好说、说不出口的样子。

闻舒也没有追根问底,笑了笑说:"一言难尽是吧,销售学可是一门大学问。"

从仓库里出来,最后来到产品陈列室,闻舒在陈列着的上百种王桃产品中,一眼就看到了二十年前的甘草桃片,心中突然起了一阵荡漾,不由向兰桂花要了一片,放进嘴里,顿时,旧日的感觉通过舌尖清晰地浮现出来。

甜、酸,略带些苦涩,仍然是从前的滋味,仍然是从前的感觉,但闻舒心里清楚,二十年前的甘草桃片早已经一去不返,这只是一种模仿,只是一种再现,而且,这种再现是有代价的,也许并不太大,但他知道兰桂花早已经做好了他旧地重来的准备,兰桂花是有备而待的。

闻舒不想点穿兰桂花的刻意准备,很随意地说:"二十年前,我来过流水村,我尝过当年的甘草桃片,我还替甘草桃片写了篇大文章。"

周怀记得当年的事情,说:"'现场会在哪里开'。"

闻舒说:"是的,小小的桃片,做成一篇大文章,我自己也想不到。"

大家跟着笑笑,兰桂花想说几句拍马屁的话,但是一接触闻舒的目光,不知怎么心里就有点慌,平时很能说会道,这时候却不知道怎么办才好,想了半天,才说:"闻书记,当初如果没有您,没有您替我们宣传,没有您的支持,我们王桃厂恐怕也很难有今天的发展。"

此时,项达民已经得到厂办主任送去的消息,及时赶过来,在停车的地方找到了许飞,丢了根烟给许飞,说:"许飞,突然袭击,也不透个风。"

许飞说:"这回真的不知道,对我也是突然袭击。本来我今天中午还约了人吃饭,不信你问沈可他们,我也是一早到机关,闻突然说要下来,还不知道到哪里呢,上了路,才说是到桃花镇,哪里来得及通风报信。"

项达民说:"上回呢,弄个假情报,这回干脆没有了。"

许飞说:"看起来闻对你们桃花镇真是情有独钟,昨天还在开座谈会,本来今天还有会,不开了,跑到你这里来。项书记,有你的戏了。"

项达民说了一声"我苦了",就往厂里去。

许飞在背后悠悠地抽着烟,悠悠地偷笑。

产品陈列室里,闻舒正要说话,突然发现兰桂花的眼光转向门口,而后突然一亮,闻舒顺着她的目光看去,门口站着一个人。

闻舒想,这就是项达民。

项达民跨进门来,闻舒便伸出手去,说:"是项达民吧。"仔细打量项达民,觉得有一种似曾相识的感觉。

项达民对闻舒能够猜出他来,并不感到奇怪,但表情上却做出一点惊奇的样子,说:"闻书记,您认得出我?"

闻舒说:"我在电视上见过你,你们的有奖晚会上,有你的形象。"

项达民说:"您都看了?"

闻舒摇了摇头,说:"没有,我只看到结尾的高潮,也不错,用最少的时间,看到最精华的部分。"

大家笑起来,周怀说:"闻书记来到平江,对平江情况的了解和熟悉非常之快,电视倒真是帮了不少忙。"

并没有因为项达民的到来影响闻舒的参观,从厂里出来,闻舒绕村子转了一圈,心中感慨甚多,走到一户农民的洋楼前,停下来,想进去看看。

兰桂花伸手旁边指指,说:"闻书记,参观农民住房我们都安排了,请这边走。"

闻舒笑笑,指指眼前的这一家,说:"怎么,这一家有我不该看的内容?"

兰桂花的脸顿时红了,下意识地去寻找项达民的暗示,项达民却只作不知,把难题抛回给兰桂花。

闻舒说:"当然,入乡随俗,到了你们村,我听村领导的。"话里柔中带刚,有一种让人不得不折服的力量。

兰桂花再次把求助的目光投向项达民,项达民也知道闻舒早已经注意到兰桂花看他眼色的情形,知道躲避不过,便对兰桂花说:"兰厂长,这是德才家吧,德才是最好客的,怎么不能进去?"

德才家没有任何不能让人看的东西,一切正常,内部装修,家具摆设,都是最豪华的。闻舒边看心里边有些奇怪,刚才兰桂花明明是不想让他进这一家,为什么呢?因为事先已经有安排,不能随便打乱?不像,兰桂花看起来也不是那种死板板的人,不会灵活处理吗?在犹犹豫豫的心思中,参观完了德才家,一行人走了出来,闻舒注意到德才家和许多人家的房屋建筑有个共同的特点,每家都造了一个车库,闻舒问兰桂花:"流水村有多少农民家里买了车?"

兰桂花说:"没有。"

闻舒指指德才家的车库,说:"这是三年早打算?"

兰桂花说:"是的,早晚可能买车,免得到时候买了车没地方停,他们建房子时,都已经建了车库。"

闻舒点着头,走到车库门口向里看了看,兰桂花的脸色变了,紧张地看着项达民,项达民摇了摇头。

德才家的车库里,堆了半车库的王桃产品。

闻舒看了看,退出来,没有说话,也没有去注意项达民和兰桂花的表情,脸色很平和。

走出一段,闻舒口气和缓地问:"兰厂长,多少人家的车库里有?"

兰桂花说:"有一半人家。"这次再也不敢说假话。

闻舒点点头,又说:"刚才听你介绍,王桃产品的市场覆盖面大,你们厂月生产量好像是一万标准箱?"

兰桂花说:"是的。"

王桃厂到底有多少库存积压,已经是明摆着的事情了。

闻舒看了看兰桂花,兰桂花心里非常难过,脸上红一阵白一阵。

闻舒说:"销售上有困难?"

兰桂花点点头。

闻舒说:"目前还有多少积压?"

兰桂花张了张嘴,说不出来,数字之大,使她无法开口。

闻舒没有就兰桂花分藏库存的事情说一句话,既没有批评,更没有指责,他心里明白,这种事情,恐怕不是兰桂花一个人的主意。很明显,项达民早就料到闻舒会到桃花镇、会到流水村来。

换一个人做桃花镇的党委书记,也一样会料到,一样会做准备的,这不用怀疑。

闻舒突然想起昨天的座谈会上,陶李和杨东争论的问题,陶李的小说,到底把项达民写成什么样?还有,陶李还要写下卷,她的下卷到底会怎么写?

闻舒想,有机会,看看陶李的小说。

从闻舒脸上,看不出他对这件事的态度。

往桃花镇去的路上,闻舒让项达民上了他的车。项达民心情懊丧,精心准备了一切,却被闻舒在不知不觉中识破,他苦着脸向许飞暗示事情不妙,许飞却笑了笑,还做了个鬼脸。

开车后,闻舒看着路两边的景色,感叹道:"二十年,变得不认识了,变化非常之大呀!"

项达民一直等着闻舒问王桃厂的事情,闻舒叫项达民上他的车时,项达民就估计到闻舒是不想当着兰桂花的面刮他,多少给他留一点面子,心中有种说不出的滋味。同时准备着如果闻舒批评或者问什么,他当然要承认一切都是他安排的。

谁知闻舒却不说王桃厂的事情,项达民反倒有些失措,不知该怎么接上闻舒的话题。

闻舒侧过脸向项达民看了看,说:"项书记,你是桃花镇人?"

项达民说:"是的。"

"哪个村的?"

"流水村。"

闻舒"哦"了一声,心头再次掠过一种特殊的感觉,他又侧过脸看了看项达民,正想往下说什么,突然发现迎面来了一辆车,开到他们的车前,突然停了下来,许飞也赶紧停了车,说:"是吕书记的车。"

果然,吕正从对面的车里下来,走过来。

闻舒和项达民也都下了车,大家握过手,闻舒说:"怎么,追来了?不放心?"

吕正多少显得有点紧张,闻舒来到平江后,千头万绪,和几个县的县委书记虽然都有所接触,但毕竟互相所知的还很少,吕正对闻舒的了解,根本还没有开始,心中没底,心情就紧张,注意观察闻舒和项达民的脸,能够从项达民的脸上看出些懊丧,从闻舒脸上却丝毫看不出什么。

吕正便实实在在地说:"如果不知道闻书记来,也就算了,知道您来了,我不赶过来,总是有点于心不安。"

闻舒说:"有项达民这样的党委书记,你这个县委书记大可不必多操什么心。"

吕正听不出这话是正话还是反话,不知道闻舒看流水村看得怎么样,也就无法接着闻舒的话题说项达民。

闻舒让周怀和吕正对换了一下,吕正也上了闻舒的车,开车后,吕正问闻舒:"闻书记,看过流水村了?"

闻舒说:"项书记连二十年前的甘草桃片都准备好了。"

项达民尴尬地一笑。

现在吕正多少能听出来一点了,闻舒对流水村的印象并不算太好。

闻舒继续说:"王桃厂这一点很不容易,二十年前的配方居然还留着,这一点,很不简单,像是有眼光、干大事的样子。据我了解,这种保留从前配方的做法,一般只有一些大城市的大食品厂才能做到,他们专门有管食品配方档案的人,我以前接触过一位师傅,就是专管月饼配方的,几十年下来,月饼的配方居然可以开个小档案馆。想不到王桃厂一个村办企业,也能做到这一点。"

吕正看了看项达民,心想,你的马屁确实很独特。

闻舒口气一转,说:"只是,我还不太清楚,重新生产二十年前生产过的产品,现在的产品生产怎么办,要停下来?"虽然是看着项达民,向项达民提的问题,但不等项达民回答,自己像自嘲般地一笑,说:"那也值得,是吧?只要给新来的市委书记留下好的印象,停止生产算不了什么。"

吕正再又看看项达民,心想,项达民你一贯是聪明过人,竟然也有马屁拍到马脚上的时候,内心深处,既有替项达民担心的成分,又有一种说不出的快感。

闻舒又参观了隆飞翔集团和另外一个企业,最后来到游乐场。

游乐场根本不是平时冷冷清清的样子,游人很多,十分拥挤。吕正一看,先是一愣,随后马上明白过来,不由得又看了看项达民,心想,项达民,你不要玩火自焚呀。

参观结束后,闻舒说:"今天也是个难得的机会,镇干部在不在家?大家见见面吧。"

在家的镇干部到齐后,项达民一一向闻舒作了介绍,最后说:"我们的镇长柏森林,今天到平江去办事了,不在家,其他主要领导都在这里了。"

闻舒向大家致意,说:"大家想说什么,随便说说,我听听情况,什么情况都行。"

没有人说话,冷了一会儿场。

闻舒充满期望地看着大家,大家却都看着项达民,项达民不说话,别人都不会说话。

闻舒当然能够感觉到这种气氛,但他只作不知,宽松地笑了笑,说:"都不熟悉,是吧?一回生两回熟呀。"

仍然没有人说话。

闻舒说:"怎么,是不是我这个市委书记很凶,使人害怕?"

大家不由得笑了笑,但笑得很勉强。

吕正坐不住了,向项达民暗示,项达民点了点头,说:"闻书记,我们这些乡镇干部,平时恐怕很难见到您,我们希望听听您的指示,机会难得,最好您先给我们说说。"

闻舒笑着说:"我这个指示,等于是我自己讨来做的了。"

大家又紧张地笑了笑。

闻舒说:"好吧,我先说说,今天我到桃花镇来,来得确实比较突然,昨天的这时候,我还在市里开一个座谈会,也还不知道今天自己的行动。座谈会后,我突然就想到了流水村,想到了桃花镇,所以,你们也许认为我给你们来了个突然袭击吧?"

闻舒一开始说话,气氛就松弛多了,大家听了闻舒的话,发出的笑声,也不再紧张不再勉强。

"其实,我也不是突然袭击,"闻舒说,"我没有丝毫袭击你们的想法,我只是回我的家来看一看,如果说是袭击,那也是我自己对自己的袭击。桃花镇、流水村,是我的,怎么说呢,第二故乡?好像也不太准确,总之,这么多年来,我的心里始终被桃花镇被流水村占了一大块地方,二十年间,也有许多次的机会可以回来看一看,但每次都失去机会,一直到今天,我才回来,是晚了一点……我今天非常高兴,看到流水村今天的变化,看到桃花镇今天的变化,我想,无论是谁,都会为之振奋,为之高兴的。"

大家被闻舒的情绪所感染,紧张的空气已经一扫而光。

最料想不到的是项达民,他默默地注视着闻舒,心潮起伏,在从流水村往镇上来的路上,若不是吕正的车正好赶到,按照闻舒和他谈话进行的方向,闻舒很可能就会问他一件事情,问他一个人,项达民曾经想过好多回,闻舒如果问他,他该怎么回答,闻舒如果不提这件事,不问这个人,他又该怎么样,主动提起还是耐心等待,项达民始终没有拿定主意。

幸好吕正的车及时赶到。

闻舒继续说:"我今天来,不是来检查工作的,不管你们各位,吕书记、项书记,不管你们怎么想,我可以告诉你们,我今天确实是兴致所至,突发奇想,突然想家了。总不能说,一个人做了官,当了市委书记,就不能想家吧?"

大家又笑起来。

"我若是想了解桃花镇、想了解流水村,凭我这两个小时走马观花,能看到什么?能了解到什么?恐怕难。你们对我说的话,也未见得全是实话吧?"说着向项达民看看,只有项达民能够体会到里边有一种意味深长的意思,"所以,我今天也许无法对你们桃花镇、对流水村发表什么看法,这并不是说我今天白来了,没有感受,我是有感受的,而且感受很深很多。但我今天的全部感受,是在和二十年前的对比中产生的!"突然加重了语气,"所以,我想留两个问题请大家思考,我希望大家都能想一想,看看自己能不能回答这两个问题:第一,桃花镇怎么会有今天?第二,桃花镇的明天是什么样子?"

大家立即开始紧张地思考这两个问题。

闻舒说:"在座的都是在最基层,搞实际工作的,是实干家,满脑子考虑的恐怕是数字、合同,满眼睛看到的是房子、票子,对于这种大而无当的很空泛的问题,你们恐怕从来没有想过,所以,我也不勉强你们,这不是我出的一张必答的考卷,只不过是一个从实际出发而又离开了实际的思考题罢了,有没有答案无所谓,你们中间有兴趣的,可以想一想,没有兴趣的,就当我没说过。"

镇干部们大大地松了一口气。

闻舒最后说:"今天县委吕书记也在,我这两个问题,不仅仅是请桃花镇的干部考虑,也请平泽县委考虑,请吕书记带到县委常委会上,也请平泽县的领导们,考虑一下。"

吕正反复体味着闻舒的意思,一直笼罩在心头的疑云,渐渐地散开了,但与此同时,一个新的念头渐渐地浮起来,越来越清晰。

三

平泽县委常委会有些反常,会议开始了半个多小时,常委们仍然显得心不在焉,会议室里却已经烟雾腾腾,咳嗽声不断。

吕正明白,常委们的心思,都集中在一个问题上了。

桃花镇。

与其说这是平江市委书记闻舒考察过桃花镇后留给平泽县委一班人,尤其是给吕正的一个难题,还不如说是一个早已经存在的难题。

桃花镇怎么了?

桃花镇怎么办?

问题太大,便显得有些空泛,有些不着边际,闻舒并没有就桃花镇的工作发表任何判断性评价性的意见和看法,他像一个极其冷静的旁观者,感情零度介入,倾向性等于零。

其实,从来就没有什么零度介入,从来就没有零的倾向。

闻舒提出的这个问题本身,即是充满热度,也是充满感情的。

所有的人,至少所有关心桃花镇的人,都能感觉到闻舒的这种热度,这种感情。

更何况,闻舒是身负重任,从中央来到平江,闻舒所提出的问题,不仅是桃花镇的问题,也不仅是平江的问题。

对于桃花镇、对于项达民的想法,吕正可以说是了如指掌,而吕正对桃花镇、对项达民的态度,大家也一样心中有数,所以,现在吕正仍然希望在常委会上听听大家怎么说,更重要的似乎已经不是对桃花镇,而是对吕正的态度了。

吕正清了清被烟熏哑了的嗓子,说:"既然大家关心桃花镇,我们就先讨论桃花镇的事情。"停了一下,看起来他并不很在意常委一班人的反应,继续说,"今天的会,重点研究桃花镇的问题,我确定主题,但是不定调,大家可以随便谈,关于桃花镇,有什么想法就说什么。"

这也是桃花镇的集资问题被平江电视台曝光后县委常委会第一次专门讨论桃花镇的问题。

没有人说话,只有烟雾升腾。

过了好一会儿,县长平家川开口了,他有些激动,喝了一大口茶,看得出在尽量地抑制自己的情绪。

在县委常委一班人里,平县长是公认的忠厚人,大家喜欢平县长的风格,这种风格正好和吕正的"顺我者昌,逆我者亡"的强硬风格形成鲜明对比。当然,大家心中也都明白,做县委一把手的更应该是大家不怎么喜欢的吕正,而不是大家都喜欢的平家川。

"是的,"平县长努力使自己的口气平静些,"大家都知道,桃花镇有许多问题,我不说你们也都清楚。有哪些问题,若是一二三四五排出来,恐怕是有一大串,问题严重,天要塌下来了?"突然抬高了声音,"不,决不会,即使天真的塌下来,我相信项达民也能把它顶住!"

吕正皱了皱眉,想说什么,却没有说出来。

平县长继续说:"事实上,天并没有塌下来,桃花镇的天塌不下来!"终于抑制不住自己的激动,有一肚子的话,却说不下去,道:"我最后只想说一句,同志们,大家想一想,十年前的桃花镇是个什么样子?今天的桃花镇是个什么样子?项达民容易吗?!"

平县长的话音刚落,县委刘副书记开了口:"我同意平县长的看法,我只补充一点,项达民纵有千错万错,但是项达民不是为自己!"

张副县长也紧跟着说:"前几天市委楚平书记见到我,跟我说,现在是项达民最困难的时候,我们大家都要帮他一把,而不是推他一把。"

其他常委也七嘴八舌地表示了自己支持桃花镇、支持项达民的态度。

吕正有些尴尬,会议的方向突然被扭转了,也许平县长是无意识的,但是吕正没有把好舵,没有能使常委会这条船沿着他指定的航向直走,走歪了。当然,吕正也只是稍有些尴尬罢了,他并不着急,也不担心,他有足够的力量使走歪了的船很快回到正道上来。常委会的航船早晚会沿着他设定的航线前进,沿着他定下的调进行下去。真正使吕正担忧的倒不是大家对桃花镇、对项达民的态度,而是在平县长盲目地发言之后,大家这么快就呼应了,这多少能够反映出常委一班人对一把手的某种隐约的不满,想到这里,吕正突然说:"大家已经知道,闻书记看过桃花镇后,没有表态。"

平县长敏感地接过吕正的话题,紧接着说:"没有表态,不能说明什么问题,不是对桃花镇的评价。"

吕正不像平县长那么紧张,松缓地笑了一下,但是口气中毫不相让,说:"并没有谁说闻书记对桃花镇有所评价,闻书记对桃花镇也确实没有任何评价。"

平县长闷闷地说:"但是大家心中有数。"

吕正手向在场的常委们一划:"我们这班人,谁对桃花镇没有数?谁对项达民没有数?"

平县长不吭声了。

吕正稍等了一会儿,抓住时机,说:"我已经考虑过桃花镇的问题,县委派一个调查小组,尤敬华做组长,再另外抽两个人。"

平县长又忍不住,说:"调查组?调查什么?"

吕正说:"别紧张,调查桃花镇的全面情况,中性。"

平县长激动起来,说:"什么叫全面情况?什么叫中性?你在这时候派调查组,会有什么影响,吕书记你最清楚。"

吕正仍然沉住气,面带笑容,但话中已经有骨头:"怎么,我一个县委书记,不能对下面的乡镇做一点调查?"

平县长又无法吭声了。

刘副书记咳嗽了一声,过了好一会儿,才犹犹豫豫地说:"尤敬华做组长?"

谁都听得出刘副书记暗示自己支持吕正。

吕正说:"尤敬华不合适?"向刘副书记看看,"你这个纪委书记,对你的副手不信任?"

刘副书记说:"不是不信任,我是考虑工作上的事情,我在县委这一头,纪委那头的事情,主要是尤副书记管的,他一走……"

吕正说:"时间不会长的,又不是叫他到桃花镇打万年桩,这段时间,纪委的事情你多管着点。"

刘副书记点了点头。

吕正说:"另外两个人,我还没有考虑好,你们提提看,谁比较合适?"向组织部长指指,"老田,你那边也出一个人。"

组织部长说:"我们的老董是老调查。"

吕正说:"行。"再指指宣传部长。

宣传部长也报了一个人,吕正认可了,会议在不知不觉中被吕正扭了过来,仍然是吕正一锤定音,平县长脸有些发红,想说话,却不知说什么好。

吕正说:"就这样,常委会后,我就找尤敬华谈,你们部里的人,你们先和他们谈一谈。"

组织部长和宣传部长都有些茫然不知所措,互相看看,都没有说话。

吕正说:"调查组的最终任务,就是写一篇调查报告,报告桃花镇经济发展的全面情况。"

两位部长松了一口气,大家也都松了口气。

会议结束,大家陆续走出去,平县长留在会议室,吕正说:"平县长,有什么话你说。"

平县长说:"你叫尤敬华做组长,尤敬华这个人!"

吕正说:"尤敬华是个工作认真负责的同志,现在这样的同志可不好找,不多呀。"

平县长忍不住说:"吕书记,你到底想干吗?"突然想到什么事情,情绪更紧张,问道:"是不是闻书记有什么想法?"

吕正说:"闻书记若是有什么想法,恐怕也轮不到我派调查组,闻书记恐怕要自己派调查组了吧。"说着笑了笑,"平县长,你是向我要个底是吧,我在会上没有说,你就这么不放心?给你个底吧,调查组归桃花镇党委领导,尤敬华列席镇党委会,你要的就是这个底。"

平县长这才点了点头。

"另外,"吕正考虑了一下,又补充道:"也不叫调查组,叫调研组。"

平县长紧张的神情松弛了。

吕正回到自己的办公室,尤敬华已经在等候了,吕正简明扼要地把工作任务向尤敬华交代了一下,要求尤敬华对所有的调查情况,无论大小,只能向吕正一个人汇报,他这个组长,只对吕正负责。

尤敬华走后,吕正到县宾馆陪同中央的一位副部长吃晚饭,晚饭后,吕正回家,孔雪杉说尤敬华来过两次电话找他,吕正"嗯"了一声。

孔雪杉看看吕正,有些奇怪,说:"尤敬华不是纪委副书记吗,要提拔了?"

吕正说:"没有的事。"停了停,又说,"我倒向组织部提过,组织部不喜欢他。"说着又自嘲地笑了一下,说,"这个人,除了我喜欢他,还有谁喜欢他?"

孔雪杉说:"算了吧,你要真喜欢他,组织部怎么可能不喜欢他。"

吕正说:"知夫莫如妻也。"

孔雪杉说:"但是这一回你的算盘恐怕打错了。"

吕正立即反应过来,说:"你已经知道调查组的事情了?"说完又自嘲地一笑,"错了,不是调查组,是调研组。"

孔雪杉有些生气,话锋很尖利,说:"项达民没有政治野心,他不想做县委书记。"

吕正却不生气,反问道:"你认为政治野心是个贬义词?没有野心怎么搞政治,不搞政治怎么为民众做事?"

孔雪杉不理睬吕正的调侃,说:"你心里始终有一个问题想问项达民,在平泽县,到底谁大?我大还是你大?当然你大,你是县委书记,他只不过是镇党委书记。当然你大,你心虚什么?"

吕正自嘲地一歪嘴,说:"我大吗?我怎么老觉得他比我大?"

孔雪杉说:"这就是你心里不舒服的原因,你老觉得项达民和你过不去,你不批给他的东西,他到市里跑关系跑成了,你心里不舒服。项达民可不和你来这一套,他才不和你意气用事。"

吕正说:"你以为我的心事一天到晚盯在项达民身上?"说着不堪重负似的摇头,"我这县里,有多少个桃花镇,有多少个烂摊子,不说别的,就抗洪大堤这件事情,两年时间,哪一天停止过麻烦,现在都快完工了,麻烦还不断,还不知道闻书记什么态度,我哪来那么多时间和精力专门放在项达民身上?再说了,你真以为我不了解他,不理解他?就一个平泽县,多少干部碰到困难扬长而去,丢下一屁股债,像项达民这样,坚持在自己岗位上的,不多呀,我能不明白?"

孔雪杉说:"既然你都明白,你派尤敬华到底想干什么?"

吕正说:"刚才平县长也问了我相同的问题,你和平县长都是项派,我成了不得民心的反项派。"

孔雪杉说:"你这样做,正好印证了许多人的想法。"

吕正说:"什么想法?"

孔雪杉说："你不喜欢项达民,变着法子要整一整他。"

吕正说："大家都这么想,那么你呢?"

孔雪杉说："你这个人,城府深呀,我和你一起生活这么多年,也看不穿你,但是你也不要把自己打扮成心胸宽广的人。"

吕正说："我心胸很狭窄?"

孔雪杉说："看对什么人,你对尤敬华,心胸就不狭窄。"

吕正说："对项达民,就狭窄了?"

孔雪杉说："但是有一点,我不相信你想叫项达民下台。"

吕正说："当然,还是那句老话,知夫莫如妻,这么能干的人,我怎么会叫他下台。"

孔雪杉问："是不是市委有什么压力?"

吕正说："恰恰相反,以我的看法,闻舒是相当喜欢相当欣赏项达民的。项达民几多聪明几多狡猾,他当然心中有数,他当然傲气十足,尾巴翘到天上去,牛得不得了。"

孔雪杉说："项达民天生就是那样一个人,别人不了解,你还不了解?"

吕正说："我怎么会不了解,我对他太了解了。说穿了,我就是看不惯他的永远正确的样子,我不是要让他下台,我只是要让他看看自己的缺点,让他认识到自己也是有问题也是有毛病的。问题在哪里,叫尤敬华去找,与市委的看法没有关系,是我自己的事情。我要让他知道,一个人不可能样样都行,事事都对,处处都赢!是的,我吕正承认你项达民能干,但是,你项达民有许多问题!"吕正向孔雪杉摊开两手道,"捉到我心中的魔鬼了,你满意了吧?"

孔雪杉说："我满意了。"但随即又探究地盯住吕正,"你真是这么想的,你真的不怕他夺了你的县委书记宝座?"

吕正脸上掠过一丝不置可否的尴尬。

电话铃又响了,是尤敬华打来的,向吕正汇报,调研组三个人已经开过会,准备工作已经做好,明天一早就奔赴桃花镇。

第 二 部

第 8 章

一

吴明康已经有好些日子没有回家,每天只是给家里打个电话,和老婆孩子互道个平安,弄得像搞地下工作似的,又像一条丧家之犬,有家不能归,狼狈不堪。

追讨工程款和拖欠工程款犹如一场旷日持久的战争,谁也无法预料这场战争将持续到什么时候,将以什么样的方式结束。终于,战争的一方,民工们,好像也已经疲惫,失去了激情,失去了最初那种追不到款拿不到钱决不罢休的坚定不移的信念,他们仍然做他们的工作,建房子,修路,不再追着吴明康的屁股。

吴明康终于可以松一口气了,他给老婆打了个电话,告诉老婆他今天要回家了,叫老婆弄几个好菜。老婆疑虑地问:"怎么,事情解决了?"

吴明康说:"大家都累了,都想歇一歇了。"

其实吴明康错了,只是吴明康自己想歇一歇罢了,没有追讨到钱款的民工,他们决不休息,决不会停下来喘一口气,也不会让吴明康喘一口气。

酒足饭饱,老婆洗刷碗筷,儿子自觉地到自己屋里做作业,吴明康满意地打着饱嗝,剔着牙,打开电视机,正是新闻联播开始的时候,吴明康感觉到家里飘荡着温馨的气息。

突然,从外面,从似乎很近又好像很远的地方传来一声叫喊:"吴明康!"

吴明康初听到这一声叫喊时,没有在意,他以为是自己的幻觉,笑了笑,点起一根烟来抽。

第二声叫喊紧跟着传来了:"吴明康,你出来!"

从厨房里出来的老婆也听到了,她看着吴明康,没有说话,吴明康这才明白确实是有人在叫喊,喊着他的名字。

吴明康从老婆眼睛里读出了某种担心和害怕,吴明康笑了笑,宽慰老婆,但是他知道自己笑得很勉强,一种说不清的气氛压抑过来,弥漫在温馨的家里。

吴明康从沙发上站起来,走到窗前,撩开窗帘。

窗外没有人。

空空荡荡中却酝酿着让人透不出气来的危机。

一声巨响从天而降,一块石头砸碎了吴明康家的玻璃,玻璃碎片散在吴明康脚下。

吴明康愣住了。

紧接着,又一声巨响,再一声巨响,玻璃一块接一块地粉碎,每一下都砸在吴明康的心头上。

吴明康老婆呜呜地哭起来。

吴明康抓起手机就往外跑,老婆吓坏了,一把拉住他:"你,你到哪里去?"

吴明康说:"没事,他们不敢砸我,我到公司找人开会商量。"

吴明康在路上用手机通知了公司的几位副总,他先到达公司,刚坐下来,考虑着怎么说话,电话响了,是项达民打来的。项达民已经知道了刚才发生在吴明康家门口的事情,问了问情况。

吴明康说:"没什么,只是来要钱罢了,正常的,我正打算开个会,再商量一下。"

项达民说:"你先别开你那个会了,马上过来。"

吴明康愣了一下。

项达民说:"现在党委正在开会,讨论你们公司的事情,你马上过来。"

吴明康放下电话,正好一位副总经理到了,吴明康让他通知大家会议改期,自己急急赶到党委会上。

吴明康还未进门,就听项达民说:"吴明康到了。"

大家的目光盯住进门的吴明康,吴明康苦笑了一下,找个空位子坐下。

项达民看了看他,向镇上总会计说:"老周,把好消息先告诉他吧。"

周会计从眼镜片后面向吴明康看了看,似笑非笑,说:"吴总,新桃花小区的前期资金到账了,今天下午刚到的。"

吴明康"啊"了一声,一下跳了起来,又一屁股坐了下去,一股热浪再次冲击着他,抑制不住地想掉眼泪。吴明康不知自己怎么突然变得这么脆弱了。

有钱了。

但是,这钱,犹如一只小羊落入虎群,哪有眨眼的余地。

新桃花小区既然前期资金到位,就得按合同开始启动;

锦花苑已经停工待料一个多月;

锦绣小区中方资金再不到账,外方就要撤资;

桃花苑别墅区的质量问题被曝光后,必须马上采取补救措施,甚至返工;

……

要钱,要钱,要钱。

四处告急,要钱!

项达民说:"吴总,你是福将呀,这半个多月来,几乎没有资金到位,你的新桃花小区才签了几天,钱就来了。"

常金鹏插嘴笑道:"一笔写不出两个吴字嘛,人家吴楚雄先生,想认吴明康做干儿子呢。"

大家笑了笑,但很快又严肃起来,大概所有人的心思,都被这刚刚到位的资金牵动了,谁不想在里边分一杯半盏?

一分钱逼死英雄汉。

何止是一分钱,要许多许多钱!

项达民当然清楚大家的心思,说:"你们别心存幻想,这钱与你们无关,钱是吴明康的!"

吴明康心中一块石头落地,偷偷地出了一口长气,心中狂喜,但表面不动声色。

有项达民这句话,其他人也就收起了非分之想,只剩下羡慕吴明康了。

项达民向吴明康看着,有一会儿没说话,吴明康被看得心里又有些发虚,等着项达民发话。

项达民说:"吴总,今天把你叫来,有件事情要落实,我前些时和你说过的,售房广告的事情。"

吴明康暗叫不好,但仍然沉住气,说:"我们在平江电视台的广告一直没有停过。"

项达民摇了摇头,加强语气说:"我们别墅区的主要对象不在平江,在上海!"

吴明康急了,说:"上海电视台的广告我们也做过几次,没有效果。"

"做几次有什么用,"项达民说,"要做就大做,大规模大气派才可能有大影响大收获。"说着朝大家看看,"听说过一部电视连续剧,叫《罗锅宰相》吗?"

没有人听说过。

项达民继续说:"三十集,这一次我们的售房广告,就是跟这部片子。"

吴明康脸涨得通红。

项达民继续说："一部好的片子,收视率能够达到百分之四十,上海电视台观众的覆盖人数算五千万吧,就可能会有两千万人看片子,我们的广告跟着片子走,也就会有两千万人看我们的广告,相当于一般广告的两百倍。"稍停了一下,又补充道,"是徐晶替我们办成的,跟片广告早已经排满了,徐晶帮我们搞到了插片广告,电视台为我们桃花镇破了一次例,我们一定要抓住这个机会!"

吴明康胆战心惊地问："要多少钱?"

项达民说："片子三十集,每天一集,插播三十次,每次三十秒,总共需要九十万。"向大家看了看,又说,"是的,我们没有钱,现在谁也没有钱,在没有钱的情况下,要掏出九十万元做广告,确实非同小可,所以今天我在党委会上提出来,就是想听听大家的意见。"

项达民的意思是明摆着的,这件事情能做,而且,是一定要做的。

只是,九十万元,从哪里来?

吴明康苦着脸,低垂着眼睛,但是他躲避不了项达民的盯注,项达民说："吴明康,你别躲避,躲避是没有出路的。"

吴明康躲避不过,说："项书记你不会是要我出钱吧?"

项达民说："羊毛出在羊身上,我是替你房地产公司做广告的,你不出钱,难道叫我出?"

吴明康差不多要哭出来,说："项书记,你要逼死我了。"

项达民说："你死不了,新桃花小区到账的钱,先拿出来做广告。"

吴明康又摇头,又摆手,急不择词："没有的,没有的,没有的……"

项达民笑了笑,说:"不急,不急,好好说,什么没有的。"

吴明康仍然摇头摆手:"不行的,不行的,不……"被唾沫呛了一下,咳嗽起来。

项达民说:"咳嗽也无济于事。"

吴明康说:"这笔钱,我是下了决心要付拖欠的工程款的,再不付款,我无法过日子了,老婆孩子都不敢出门了。"

发生在吴明康家门口的事情大家都已经知道,听了吴明康这话,都有些动容,只有项达民毫不动情,说:"那是你自己的事情,与我无关,九十万广告费,你明天就给我汇出!"转向总会计师说,"老周,你把电视台的账号交给他。"

吴明康可怜巴巴地将参加党委会的人一一看过,却没有人吭声。

有一个人要说话了。

他就是第一次参加镇党委会的县委调研组组长尤敬华。

对于项达民的作风,尤敬华早就有所耳闻,捏在他手里的状告项达民的来信,有相当一部分就是针对项达民的"一言堂"的,不过,一直到尤敬华参加这次党委会之前,尤敬华对项达民的了解应该说还只是停留在理性的认识上,现在不一样了,现在尤敬华有了切身的深刻的感性的了解,他才真正知道什么叫"一言堂",什么叫敢怒而不敢言,什么叫老子天下第一。

这使尤敬华激愤,尤敬华不能不说话了,不吐不快。

但是他的口气还是比较克制的,尽量平和地说:"项书记,在这么困难的情况下,这么多集资款没有还,这么多工程进行不下去,却要花九十万做广告,是不是有点不切实际? 九十万哪!"

会场的气氛明显有些紧张起来,过了好一会儿,项达民慢悠悠地道:"尤组长,你能说说什么是桃花镇的实际吗?"

尤敬华噎了一下,说:"经济滑坡,就是桃花镇目前的实际。"

项达民说:"尤组长,你搞过几年经济工作?"

有人忍不住"扑哧"一笑。

尤敬华并不生气,但也毫不客气,说:"我虽然没有直接参与过经济工作,但是在纪委副书记的位置上,我搞经济案件搞过不少,我清楚地知道,许多经济案件是怎么发生的!"

尤敬华的言外之意大家都能听懂,最先急起来的是吴明康,他站起来说:"尤书记,在上海电视台做这么一次跟片广告,正常收费要高出百分之三十,我做过广告,做过上海电视台的广告!"

大家听了吴明康的急话,都笑起来,项达民说:"吴总,你这是此地无银三百两呀。"

尤敬华也笑了笑,说:"我不管你的广告费用,对这件事,对项书记的决定,我持反对意见。"

项达民说:"尤组长,幸好你是列席会议。"

尤敬华说:"对,列席会议没有表决权,但是有发言权,我是平泽县委领导下的纪委副书记。"

项达民开玩笑说:"现在在我的领导下。"

尤敬华说:"不是你,是桃花镇党委的领导,不是你个人。"

一直没有机会说话,已经憋得难受的常金鹏终于抓住了机会,说:"尤书记,桃花镇从来只听项书记的!"回头向柏森林说,"柏镇长,你说?"

柏森林笑了笑,说:"说这些有什么意思,我认为,广告是应该做的,不仅应该做,而且应该大张旗鼓地做,越是在困难的情况下,越是不能丧失斗志,做广告,做好的广告,常常是能鼓舞斗志的!这几年,我们确实有头脑过热的问题,房地产盲目上马,造成现在的被动局面,怎么办?房子已经建了,钱已经投下去了,退路是没有了,只有一条路,主动进攻,想一切办法把房子卖出去,才有可能扭转被动局面。"

常金鹏说:"说得好!"

尤敬华也笑了笑,说:"看起来在你们的党委会上,我是绝对孤立!"

大家又笑起来,但气氛并不轻松。

项达民说:"广告的事情就这么定了,吴明康你明天就汇钱,不许再拖时间,电视剧马上就要播放,误了事我找你!"

接下去讨论其他事情,没有吴明康的事了,可是吴明康却磨蹭着不肯走,项达民知道他有话要说,站起来,向大家说:"你们先讨论,我一会儿就回来。"向吴明康招招手,两人一起出来,站在走廊上。

吴明康苦着脸。

"说吧。"项达民用笑脸对着吴明康的苦脸。

吴明康说:"项书记,你总不能真的要我那笔钱吧。"

"那你说怎么办?"项达民说,"广告费我是不可能替你出的。"

吴明康说:"你再替我推销几套别墅,桃花苑小区的。"

项达民说:"几套?"

吴明康看到一线希望,急忙说:"五套。"

项达民说:"你会赚钱了,跟谁学的这么斤斤计较讨价还价?"

吴明康看到了更大的希望,笑起来,说:"跟你学的。"

项达民挥了挥手说:"五套就五套,我反正也是虱多不痒债多不愁了。"说完便回会议室去了。

吴明康慢慢地走出镇机关大楼,刚出门,就听到尤敬华在背后喊他,他心里又暗暗叫苦,却不得不站住了。

尤敬华其实很清楚,吕正交给他的任务,是个吃力不讨好的任务。五十出头的尤敬华,工作了三十多年,做的工作,永远都是吃力不讨好的,但他工作得无怨无悔,兢兢业业。

来到桃花镇三天,尤敬华慢慢地清理着自己的思绪,要对一个镇的经济情况做一个全面的了解,可谓千头万绪,从哪里入手,调查从什么地方开始呢,尤敬华心里是有谱的,问题从什么地方暴露,他就从什么地方入手。

集资。

房地产。

三天里,尤敬华给桃花镇房地产公司总经理吴明康打过不下十次电话,也直接到公司去找过,但始终没有见到。

现在吴明康总算出现了。

尤敬华说:"追出来和你说两句话,怕一放你走,又找不到你了,我来了三天,到处找你找不到,你躲着我?"

吴明康说:"躲你干什么?"

尤敬华直截了当道:"吴总,我们约个时间,聊聊。"

吴明康说:"聊什么?"

尤敬华愣了愣,随即说:"可以聊的事情很多,比如说吧,"他想说广告的事情,但转了一下念头,改了口,"比如说吧,集资问题电视曝光后,你们有什么打算?"

吴明康耸一耸肩,说:"借钱还钱,还能有什么打算?"

尤敬华说:"到哪里去借钱?"

吴明康说:"尤书记,您这个问题提得好极了,这正是我希望能够得到您支持的事情。您是县里的干部,关系多,希望您能替我们牵线搭桥,帮助我们渡过难关。办法有两种,一是替我们贷款借钱,二呢,就是替我们推销房子,有百分之十的推销费用,合法的,县委制订的政策。"

吴明康说话呛人,但是尤敬华并没有往心里去。尤敬华觉得自己完全能够体谅吴明康的困难处境,谁处在这样的境地,说话也不会好听。尤敬华通情达理地说:"吴总,我知道,现在大家都很难,已经面临深渊,越是这样的时候,越是要冷静,不能再盲目。我们应该回过头来,认真总结一下,好好想一想,我们怎么会走到今天这一步,在什么时候迷失了正确的方向,我们要好好地找一找原因。"

吴明康跟着说:"找到了原因就能把我的房子卖掉,把钱收回来?"

尤敬华说:"吴总,我知道你心情不好,我还得进去开会,我们另找个时间慢慢谈。明天下午怎么样?"看吴明康犹豫,又说,"早晚我们得谈谈吧,我的意思嘛,晚谈不如早谈,你看怎么样?"

吴明康说:"你要谈就陪你谈吧,"想了想,心犹不甘,说,"尤书记,你到底要什么东西?"

尤敬华说:"我要的东西就是调查的结果。"

尤敬华说话间,吴明康已经迈开步子走了,没有再搭理尤敬华的话。

尤敬华在背后说:"吴明康,明天下午几点?"

吴明康回头冲尤敬华笑了一下,只作没有听见他的话,也就不回答他的话。他向尤敬华挥了挥手,姿态很潇洒,完全不是在党委会上的那张苦脸了。

二

好吃好住好玩,别的,不理他。

这就是项达民对尤敬华的态度。

尤敬华完全能够预料到项达民的态度,他并不觉得意外,尤敬华所处的特定的位置,他所从事的特定的工作决定了他永远是一个不受欢迎的人。

尤敬华具有丰富的工作经验,到桃花镇来了不几天,他就明白要从党委班子里突破是比较困难的,尤其是班子里的三巨头:项达民、柏森林、常金鹏,这三个人虽然分别扮演着三个不同的角色,但他们配合默契,从三个不同的角度,齐心协力驾驭着桃花镇这驾马车。

尤敬华不着急,工作是一个目标,要达到目标,有许多条路可以走。尤敬华办事情,从来也不是一帆风顺,这条路走不通,退回来走另外一条。

尤敬华回到事情的开头,有一个人一直在事情的开头等着他。

魏半城。

一想到魏半城,尤敬华心头就会涌起一股说不清道不明的滋味。

三十年前,当魏半城在县城里振臂高呼为真理而斗争的时候,他的斗争对象,正是尤敬华。

尤敬华是另一个组织的头头,两个组织针锋相对,斗得你死我活,两败俱伤。

以后,尤敬华只是不断听到关于魏半城的消息,却再也没有机会见过他,一直到魏半城被判刑、出狱、回桃花镇。有时候尤敬华在夜深人静的时候,也会突然想起那个时代,想起魏半城,想起他身着中山装,戴着眼镜,振臂高呼的样子,心里便有一种奇奇怪怪的感觉。一方面觉得这辈子恐怕是不会再有机会和魏半城打交道了,另一方面又始终有一种若隐若现的感觉,好像魏半城一直在等着他,以魏半城的固执,以魏半城不折不挠的性格,在某个地方,在历史的某个阶段等候着他。

历史的这个阶段果然来到了。

若隐若现的感觉清晰地迭现出来了。

尤敬华将和魏半城重逢。

尤敬华来到桃花中学,看到冷冷清清的校园,才想起这一天是星期天。再找到魏半城家里,仍然没有见到魏半城。瘫痪在床的妻子也说不清魏半城到哪里去了。

这时候,魏半城和项力,一人骑着一辆自行车,正往小秀花家的村子去。

项力在大学读书,这学期是他们的实习期,实习结束,就提前放假了。从大学放假回来,每天项力都很早起来,但是仍然赶不上父亲的脚步。项力有些遗憾,回家三天了,父亲只是拍了一下他的头,就再也没有时间和他说话。

项力回来后,走到哪里,大家都说起他的父亲,对他父亲的评价都非常之高,耳边一片赞美声。项力回家问母亲,母亲说:"这有什么好奇怪的,像你父亲这样的干部,一天到晚都扑在工作上,心里只有桃花镇,说什么好话都不过分。"

项力仍然奇怪,不解地说:"一个干部,无论他的工作做得怎么出色,也难保没有人说几句坏话。大概他们不敢当着我的面说?"

母亲激动起来,说:"哪个敢说你父亲的坏话,我让他吃不了兜着走!"停了停又说,"上回医院里一个护士,也是听来的,瞎说了两句,被我骂得哭起来,下回叫她再也不敢乱嚼舌头!"

项力觉得无法跟母亲交流,在家乡,除了父亲,最能和项力沟通的就是他中学时的班主任语文老师魏半城。

魏半城乍一见到项力,脱口道:"项力,我以为你不会来看我了。"

项力说:"为什么?"

魏半城说:"你不会不知道,你妈没有告诉你?前不久,桃花镇拖欠集资款的问题被电视台曝光,信是我写到电视台的,你不生我的气?"

项力说:"魏老师,我想,你做事情一定有你的道理。"

魏半城说:"可是你父亲不这么想。"

项力说:"我父亲怎么想?"

魏半城摇了摇头,说:"这么多年来,我一直以为我是很了解项达民的,可是现在我发现我不了解他,我不知道他怎么想,我不知道他的思路。就拿桃花镇来说,何止是被曝光的集资问题,房地产过热、乡镇企业的产品质量、不正之风、行贿受贿、腐败、好大喜功、哗众取宠,一个两万人口的小镇,需要建三千千瓦的电厂吗?游乐场一期已经投入两千万美元,现在二期又开工,又是两千万美元,还有……"

项力说:"这都是我父亲的失策?"

魏半城说:"既是你父亲的失策,又不是他一个人的失策,这些事情,一时是说不清楚的,如果你想听,我慢慢和你说,现在我要走了。"

项力说:"你到哪里去?"

魏半城说:"杨湾村。"

项力说:"我跟你去看看。"

魏半城犹豫了一下,看项力坚决的态度,最后说:"好吧,去看看也好。"

他们出了镇,骑车走在乡间的小道上,天开始下雨,起初雨很小,下了一会儿,雨大起来,路上的泥泞泛滥起来,到杨湾村村口的时候,自行车轮子被泥塞满了,再也骑不起来。魏半城和项力把车子停放在村口,向村口小卖店的人说了一声,请他代看着点。

他们一起踩着泥泞,来到小秀花家,站在门口时,小秀花的母亲正在堂屋里擦桌子,抬眼朝他们看了一下,没有反应。

魏半城说:"我是魏老师,不认识我了?"

小秀花的母亲仍然面无表情,又低下头去擦桌子。

魏半城也不计较她的态度,自己走进屋来,说:"我来看看小秀花,她人呢?"

小秀花已经听到了魏半城的声音,高兴地从里屋奔出来。

项力无法把那声清脆稚嫩的声音和眼前这个秃头的脸上满是疤痕的小女孩联系在一起。

小秀花扑到魏半城怀里:"魏老师。"

眼泪在魏半城眼角闪烁,魏半城无言地掏出假发套,替小秀花戴上,小秀花先是一愣,不由自主地摸了摸假发,一时不知怎么好了,想了想,转身跑到镜子前照了一下,好像吓了一跳,躲开了,过了一会儿,又忍不住去照了一下,认出了自己,咧开嘴笑了一下,随即又捂住了自己的脸,并不哭,也没有声音。

魏半城说:"好孩子,别哭,头发会长出来的,会长得比这假发还黑,还长!"

魏半城正想再说什么,小秀花的母亲把小秀花的父亲喊来了,他们突然发现女儿变了样,一阵惊喜,但最终的失望很快笼罩了他们,他们一起站在门口默默地注视着魏半城,仍然无言以对。

杨湾村的化学品厂已经被关闭,断了全村的生财之路,小秀花的父母,满脸写着"你说怎么办"?

魏半城说:"我正在托人联系平江一位老中医,治秃发很有名的,联系上了,我马上带小秀花去。"

小秀花的父亲终于开口了,说:"魏老师,求你了,你帮我们把厂再办起来吧,我的脊梁骨要给骂断了。"

魏半城想说什么,小秀花的父亲一把从小秀花头上摘下假发套,扔给魏半城,说:"你拿走,我们不要。"

小秀花可怜巴巴地说:"爸爸,我要。"

小秀花的父亲说:"不要他的!"

魏半城看看项力,项力听到此,也已经猜出事情的大概了,对魏半城说:"魏老师,我们走吧。"

魏半城点点头,他们在小秀花父母的注视下,走出小秀花的家。魏半城解嘲地说:"我是个不受欢迎的人。"

项力说:"当然,你砸了他们的财神。"

魏半城说:"他们明明知道我救了他们的命。"摇头,又说,"严重的问题在于教育农民,这句话,真是一点也没有过时。"

魏半城带着项力踩着烂泥来到关闭了的化学品厂,从外面向里看了看,里边一团糟,积压的伪劣化妆品堆了一车间,厂前的小河里,流淌着颜色古怪瘆人的水。

魏半城说:"据统计,全桃花镇,像这样的企业,仍然在生产的,还有二十多家,其中有化工、造纸、印染、皮件……"

项力说:"都不符合环保标准?"

魏半城说:"至少百分之五十不符合。"

项力说:"不能关闭?"话一说出来,知道自己其实也是明白的,又说,"当然,都关闭了,从哪里出产值,更从哪里出效益?"

魏半城说:"项力,你小心,说话开始像我的口气了。"

项力说:"魏老师,你放心,我不会像你的,我是我父亲的儿子,要像,只能像我父亲。"

魏半城和项力一起来到村口,却找不到自行车了,问小卖店里的人,小卖店里的人没好气地说:"我没有义务替你看自行车。"

项力眼尖,指指村口的水塘,果然两辆车都被推倒在水塘里。

虽然水塘不深,但是天气太冷,他们踩着泥水把车子拉起来,冻得直抖。魏半城说:"看起来,我还不是一般地不受欢迎呢。"

魏半城一身泥水,推着无法骑的自行车,在街头和同样狼狈的项力道别后,往家去,走到巷口,听得有人疑疑惑惑地说:"你,是魏半城?"

魏半城抬头,雨水的雾气迷蒙了眼镜片,透过模糊不清的镜片,看站在面前的这个人,一张不熟悉的脸,但是不知为什么,在这短暂的一瞬间,在魏半城心灵深处,有一个声音在说,他不是陌生人,我认识他。

尤敬华笑了,说:"到底老了,认不出来了。"

在尤敬华和魏半城曾经打交道的那段日子里,几乎没有笑的时间,没有笑的机会,至少,当他们互相出现在对方面前的时候,他们不笑,不可能笑,也不能笑,是你死我活的斗争,是紧紧绷着的阶级斗争的弦,他们根本不知道对方是怎样笑的,不知道对方的笑是个什么样子。

时隔三十年,魏半城竟是从对方的笑意中认出他来,心底深处的声音再次冒了出来:"尤敬华!"

其实尤敬华也已经认不出魏半城了,他完全是凭感觉猜出魏半城来的,魏半城的变化,使尤敬华的吃惊非同小可,他愣了好半天,万般感叹,说:"魏半城,三十年了。"

魏半城说:"准确地说,是二十八年,二十八年前,也是夏天,我离开了平泽。"笑了一下,又说,"是仓皇逃走。"

尤敬华说:"那个时代,人人都很仓皇。"

他们共同回想起那个时代,对于那个时代,几乎只剩下可笑的回忆了。

"你知道我到桃花镇来了?"尤敬华问。

"知道,桃花镇是个小地方,有个风吹草动,谁都知道。"

尤敬华说:"想不到我会来看你?"

魏半城说:"想得到。"

从前的一对冤家,现在却有一种心心相印的感觉。尤敬华说:"知道我到桃花镇来的目的?"

魏半城说:"知道。"

三

隆飞翔集团年轻的总经理韩六舟最终还是选择了那条不可思议的路走了。

项达民曾经说过不接受他的决定,韩六舟没有再征求项达民的意见,他留下一份辞职报告,带着艾红,离开了桃花镇。他不要他的隆飞翔集团了,他不要他的事业,也不要任何一切的东西。

世界不复存在,只有一个艾红是真实的?

夹在辞职报告中一起上交的是一封给项达民的很短的信。

项书记:

我虽然离开了桃花镇,但是我的心仍然在桃花镇,仍然在隆飞翔集团,我仍然会为桃花镇、为隆飞翔集团做出我的努力。

"狗屁!"项达民怒不可遏,将韩六舟的信撕了,又揉成一团,用力向门口砸去。

常金鹏正好走进来,纸团滚在他脚边。常金鹏捡起纸团,扔进废纸篓,有些不知所措地看着正在发闷火的项达民,心里很难受,项达民的脸苦苦的,所有心里的东西都写在脸上了。

项达民并没有掩饰自己的失态。

项达民从来不在常金鹏面前掩饰自己的真实感情,他向常金鹏看了看,说:"金鹏,回来了,情况怎么样?"

常金鹏刚刚从没有了董事长总经理的隆飞翔集团过来,不问也知道,肯定是一团糟。常金鹏想了想,只有照实说,他摇了摇头,心情沉重地道:"乱了。"

项达民当然知道隆飞翔集团目前是个什么样的状况,隆飞翔集团的情形,项达民是烂熟于胸的,但是他实在不甘心,他不甘心韩六舟就这么走了,更不甘心隆飞翔集团就这么葬送了。他毫不客气地将常金鹏的话顶回去:"乱什么,少了张屠夫,不吃带毛猪。少了他韩六舟,隆飞翔就不隆飞翔了?"

除了在常金鹏面前,项达民很少说这样的赌气话。同样,也只有常金鹏能在项达民说赌气话的时候,将他顶回去。常金鹏也毫不迟疑地说:"隆飞翔集团真的少不了韩六舟!"

一个单位的一把手若是太能了,离了他,单位就要垮,这到底是谁的责任呢?隆飞翔集团如此,那么整个桃花镇呢?常金鹏说:"现在厂里人心惶惶,什么话都有。"

项达民说:"有什么话,骂韩六舟?"

常金鹏说:"说厂要关门,集团要倒闭,说韩六舟是知道情况不妙,抢了钱逃跑了。"

项达民忍不住又骂了一句:"狗屁!"停了停又说,"也难怪他们,韩六舟早就魂不附体,根本没有心思在生产上了,滚他妈的蛋也好!"

常金鹏说:"隆飞翔的产品,半年前就开始接到退货,这是从来没有过的,工人哪能不知道。"停一停又说,"工资也停发了两个月。"

项达民沉默了,有好一阵不说话。

常金鹏着急道:"今年能够维持水平的企业不多了,也就剩隆飞翔了,怎么办?"

隆飞翔集团撑着桃花镇的大半边天。

项达民说:"你是总经理,你问我?"

常金鹏说:"我不问你问谁?问柏森林?笑话!"

在桃花镇的班子里,也只有常金鹏能这么跟项达民说话,当然,这只是在私下,只有他们两个人的时候,项达民从来不在意常金鹏的口气,在公众场合,甚至只要有第三个人在场,他们就不是这种关系。其实项达民和常金鹏,谁也没有对两人的关系有过什么规定或约束,但到了不同的场合,两人都会自动配合,十分默契。

项达民又沉默了一会儿,才说:"金鹏,隆飞翔集团的产品退货主要是什么问题?"

常金鹏说:"恐怕是质量问题吧。"

其实项达民对一切都很明白,隆飞翔集团的情况,项达民要比常金鹏更清楚、更了解,此时此刻,项达民一一向常金鹏打听,只不过是想听听常金鹏的意见,在新的隆飞翔集团总经理人选的问题上,先于党委一班人和常金鹏达成统一。

项达民说:"你跟张建伟谈过了?"

常金鹏说:"谈了。"

项达民感觉出谈话效果不好,说:"怎么,他不愿意干?"

常金鹏点点头:"不愿意。"

项达民说:"什么理由?"

常金鹏说:"他说他承担不起。"

项达民说:"他倒有自知之明。刘方呢?"

常金鹏说:"刘方不行。"看项达民要说话,不等项达民说出来,抢着说,"金也不行,毕更不行。"

项达民说:"就是说,没有人能够干隆飞翔集团的活?!"

常金鹏说:"你知道的,有人能干,韩六舟!"

项达民气不打一处来:"屁话!"

常金鹏想,你现在骂人有什么用,当务之急是马上决定叫谁当隆飞翔集团的总经理,心里想着,张了嘴便要说出来,项达民却摆了摆手,说:"你还有什么话说,找个张建伟谈个话都谈不起来。"

常金鹏不服气,我找张建伟谈不起来,你找张建伟就谈得起来?你即使能谈起来,他能做隆飞翔的总经理吗,他有那能耐吗?

项达民对常金鹏的心思一清二楚,也不和他再啰唆,打个电话给秘书小钱,说:"小钱,马上走路。"

小钱从隔壁办公室过来,问:"到哪里?"

项达民说:"隆飞翔。"

小钱说:"尤书记中午要听我的汇报。"

项达民说:"那你正好溜走。"又说,"就推到我头上,我叫你走的。"

常金鹏突然警觉起来,说:"不好,这几天尤组长到处乱找人谈,一会儿你们走了,看见了我,要把我抓住了,我赶紧也走人。"说着便移动脚步往门口去。

常金鹏走后,项达民收拾一下桌子,和小钱一起出来,上了车,往隆飞翔集团来。

走进隆飞翔集团办公大楼,里边乱哄哄,每个屋子里都有人在乱窜,每个屋子里的人都在七嘴八舌大声议论什么,韩六舟在时的那种井然有序的气氛荡然无存。

项达民在心里叹了一口气,想不到韩六舟才走了几天,一个庞大的纪律严明的集团已经变得街市般嘈杂。

项达民走进总经理办公室,这里曾经是韩六舟的总指挥部,韩六舟就是在这里,指挥着隆飞翔这艘航船,乘风破浪,驶向高产值高效益的前方。

墙上挂满了锦旗,特制的柜子里也放满了各种奖杯奖牌,这是隆飞翔集团的过去。

未来呢?

隆飞翔集团的几位副总经理正在开会,看到项达民走进来,大家站了起来,项达民说:"开会?"

张建伟说:"常总叫我们先开个会,商量生产上的事情。"

项达民正要说话,便听得大楼下面一阵吵闹,往窗下看去,只见楼下一大群人围着一间办公室。

小钱说:"是财务科。"

项达民回头看看几位副总,大家脸色都很尴尬,张建伟苦着脸说:"也难怪他们,两个月不发工资了,他们要工资。"

项达民"哼"了一声,说:"隆飞翔集团的人就高人一等?有的企业一年没发工资了,也没见像你们这样的。"

副总们面面相觑。过了一会儿,刘总阴阳怪气地说:"隆飞翔集团的职工都是宠宝宝、惯宝宝嘛。"

张建伟脸有些涨红,说:"隆飞翔集团的人贡献也是大的!"

项达民瞪着张建伟,说:"现在是你评功摆好的时候?"说话间注意到小钱在看他,也意识到自己有点意气用事,缓了缓口气,问张建伟:"生产情况怎么样?"

张建伟向另外几位副总看了看,指了指刘总,说:"刘总,你说说,你负责生产的。"

刘总摇了摇头,说:"是韩总一手抓的,我说不好。"

项达民压了压火气,又问张建伟:"销售情况怎么样,有大量退货？"

张建伟又向金总看看,金总刚要开口,项达民已经抢先道:"销售也是韩总抓的,你也不清楚吧？现在韩总不在了,怎么办,是不是要我来替你们做总经理？"

副总们无法回答。

项达民说:"我也不需要你们回答,但是我要告诉你们,隆飞翔是在你们手里建起来的,又是在你们手里开始走下坡路,不会有人来救你们,只有你们自己救自己！"

大家的脸更苦了。

项达民说:"国不能一日无君,家不能一日无主,张建伟,从今天起,由你先代理总经理。"

张建伟欲言又止。

项达民盯了他一眼,说:"张建伟,现在我不要你说什么话,俗话说,兵败如山倒,我的感觉,你现在的隆飞翔就有点如山倒的意思,你们都想倒了,是不是？"他目光尖锐地看着大家,说,"没那么容易,谁给你们的权利,这么大的一个企业,怎么才有了今天,没有你们的功劳？没有你们的苦劳？你们舍得让它倒了？"

张建伟说:"项书记,我们……"

项达民摆了摆手,不让他说,继续说:"你们不想干也得干,我告诉你们,摆在你们面前的只有一条路,齐心协力,继续干下去！"

张建伟终于顽强地插上了话,说:"项书记,隆飞翔集团是在我们手里搞起来的,我们怎么舍得丢弃它,怎么忍心让它垮在我们手里？只是……"话说了一半,又停下来,对下面要说的话,犹豫不决,不知道说还是不说。

项达民说:"我知道你要说什么,你以为我对隆飞翔不了解？隆飞翔集团是墙内开花墙外香,空架子,上去了下不来,内亏严重,问题既然存在,早晚要暴露的,如果韩六舟不走,也许还能再拖一段时间,空架子还能再架一阵,韩六舟的肩膀比你们硬一点嘛,所

以,韩六舟一拍屁股,你们就觉得天塌下来了。能不能从别的角度考虑一下问题呢,也许是件好事,如果韩六舟不走,隆飞翔这条船的漏洞会越来越大,总有一天,遇上风浪,就会沉没。现在,韩六舟自己出了问题,连带着暴露了企业内部的实质问题,既然早晚要暴露,那么,当然是晚不如早,暴露得早,还有挽救的可能,还来得及补船洞,甚至来得及重造新船。"

张建伟说:"项书记,你说的这些我们都明白,可是,我的能力……项书记,我确实是心有余而力不足!"

项达民的眼睛一一从刘、金、毕三人身上扫过,刘和金都避开了他的盯注,只有毕奇迎着他的目光,但毕奇的目光也是那么的软弱无力。项达民说:"好吧,张建伟,本来我想把你按在茅坑上,现在看起来,逼人占茅坑是不对的,逼人拉屎更不对,这样吧,隆飞翔总经理的人选,最后还得由镇党委讨论,一旦镇党委决定了,是改变不了的。"他手向在座所有的副总一指,"你们几位,都要有足够的思想准备。"

说完,向小钱道:"小钱,我们走。"

副总们要送项达民出来,项达民说:"免了吧,讨论你们的生产吧。"

上了车,看小钱不吭声,项达民说:"这个张建伟,这么软,韩六舟在的时候,他好像还能干点事情,怎么韩六舟一走,他就像换了个人似的。"

小钱说:"摊子太大呀。"

项达民说:"看起来,张建伟是真的不想干,恐怕也是真的不能干,刘和金也是一副半死不活的样子,只有毕奇了。"

小钱连忙说:"毕奇恐怕不行,这个人不是个干事情的人。"

项达民说:"那只有叫常金鹏兼了。"

小钱不由笑了一下,说:"常总要跳脚了。"

由小钱的笑,项达民也联想到常金鹏如果听到要他兼隆飞翔集团总经理的决定,他可能表现出来的表情,项达民也不由笑了一下。

车到项达民家门口,项达民说:"我下去,今天中午有时间和儿子一起吃顿饭了。"

田金秀这天休息,看到项达民这么早回家,有些奇怪,说:"有什么事?"

项达民说:"人回家来,就说明没有什么事,你怎么反过来问。"

田金秀向屋里指指,说:"你赶得巧,儿子今天有客人。"

项力神采飞扬,正在和一位与他年龄相仿的女孩子说笑,说话的神态,与平时又是大不一样。

项力看到了父亲,高兴得跳起来,冲到门口,说:"爸,回来了!"

项达民说:"有客人呀?"觉得女孩子的脸很面熟,但一时又想不起来是谁。

项力说:"你不认识她?魏莉。"

魏莉,魏半城的养女,和项力中学时同学。项达民稍一愣,立即说:"噢,是魏莉,真是女大十八变,从一个黄毛小丫头,长成这么漂亮的大姑娘了。"

一句话说得两个人都很开心。

项力情绪十分激昂,他正向魏莉介绍他在学校参加的一次辩论的情形,那次辩论的题目是"大学生经商",项力在反方,最后反方获胜。项力说:"真带劲,辩方几个,都是我们学校出名的老铁嘴,久经考验的,最后还是没有辩过我们,输了!"

魏莉说:"你们应该称作小铁嘴了,后起之秀。"

项力的得意之色毫不掩藏。

项达民见他们聊得开心,便说:"我先去把酒杯摆起来,今天陪你老爸喝两杯。"

田金秀已经把饭菜准备好,项力和魏莉也出来坐下,项达民先把酒杯摆上桌,拿了酒瓶给自己的杯子先加满了,端起来闻了闻酒味,没有喝,放下酒杯问项力:"儿子,这几天到哪里跑了跑,有没有到处看看?"

项力说:"我到杨湾村去看了看。"

"杨湾村?"项达民先是一愣,随即便想起杨湾村了,说:"是魏老师带你去的?"

项力说:"我们的自行车被他们村里的人扔到河里。"

项达民哈哈大笑起来,说:"应该,应该,这就是老百姓,这就是农民,爱憎分明!"

项力说:"什么爱憎分明?"考虑了一下,又说,"爸,我听魏老师说了电视曝光的事情,你对魏老师怎么看?"

项达民仍然笑眯眯的,说:"怎么,怕我给你的魏老师穿小鞋?也太小看你爸的水平了吧。再说了,魏老师是做老师的,我不能不许他做老师吧,我能拿他怎么办,他又不想做官,他穿不上我的小鞋,他不必怕我。"

项力说:"魏老师并没有怕你。"

项达民说:"那是你代替魏老师怕我?看起来,你对你爸的了解,还不如你们魏老师。"

项力笑了笑,向魏莉说:"我爸才是一张铁嘴。"

魏莉抿着嘴笑了一下,没有说话,也不怎么敢直接盯着项达民看。

项力突然来了情绪,说:"爸,我想问你一个问题。"

项达民说:"什么问题?"

项力说:"爸,你现在真的感到很轻松,没有压力?"

项达民仍然笑眯眯的,说:"和儿子在一起,当然很轻松,很愉快。"

项力却被自己的问题弄得严肃起来,说:"爸,我不想和你开玩笑,我这次回来,接触的人,了解的事,并不多,就已经感觉到问题不少!"

项达民颇感兴趣,说:"噢,看到问题,说明你进步了。说给我听听,看看你的观点、你的想法在不在点子上?"

项力却犹豫了,想了想,说:"从前我知道,大家都认为魏老师是戴着有色眼镜看这个社会的……"说了一半停下来。

项达民说:"现在发现并不是魏老师戴着有色眼镜,而是这个社会本身色彩丰富。项力,我只是希望,你能够学会用自己的眼光看社会,而不是借别人的眼镜看社会。"

项力说:"现在的许多问题,谁看不出来,用不着借谁的眼镜,都能看出来。"终于把魏半城的观点一一说了出来,集资款、房地产过热、乡镇企业产品质量和竞争力、投入过大与产生的矛盾等等。最后,项力说:"这一切的问题,都不是现在才产生的,有因才有果,若不是当初那么盲目,那么头脑过热,也不至于有今天的困境。"

项达民一直面带微笑耐心地听着,等到项力说出"困境"两个字,项达民突然变了脸色,盯着项力,大声道:"困境?你懂什么叫困境?"

项力被项达民突如其来的变化弄蒙了,一时不知怎么办,张着嘴,呆呆地看了看父亲,又回头看了看魏莉。魏莉暗示他不要再说了,但是项力怎么咽得下这股气,心里一激动,回嘴道:"什么叫困境?困境就是你盲目的结果,就是你独断专行的结果!"

"啪!"清脆脆的一声,项达民抬手抽了项力一个耳光。

项力捂着自己的脸,在魏莉惊恐的注视下,站起来,向门外奔去,撞上了正端着菜过来的母亲,将母亲手中的盆子撞翻,菜汤撒了一地……

魏莉起身追了出去,在背后大声喊:"项力……"

项力却再也没有回头。

在魏莉面前,他这个脸实在丢得太大太大,大得也许会影响他的一生,影响他尚未开始的人生道路!

从小到大,父母没有打过他一次,他无论如何也想不到,在他已经年满二十岁的时候,却被父亲当着自己喜欢的女孩子的面打了一个耳光。

被宠惯了的孩子项力,今天才第一次知道,父亲也是会打他的!

田金秀拕挚着两手站着,着急地问:"他跟你说什么了?"

项达民没有回答,他根本没有想到自己会打儿子一个耳光,更不知道自己出手会如此之快如此之狠。

过了很长很长时间,慢慢地,项达民好像恢复了正常,眼睛里的血色也退了,他将加满了酒的酒杯端起来,轻轻地抿了一口,品了品酒味,笑了笑,说:"嘿嘿,什么叫困境呢……"

第 9 章

一

蒋月仙六岁开始跟父亲学评弹,从敲扬琴开始,七岁就上台唱开篇,挂出的牌子上写的是七龄童,嗓子又清又糯又响,很受听众欢迎。

三十年后,蒋月仙在她最辉煌的时候突然跌落,当医生告诉她嗓子很难再恢复的时候,蒋月仙已经欲哭无泪了。

长期以来一直被生活中的各种烦恼所困扰但始终觉得很丰满很踏实的蒋月仙,直到这时候,才突然发现自己错了,她的心像被掏空了似的,被无边无际的空虚淹没了。

现在,这一切都已经成为过去,被过去的所谓艺术追求掩盖了的一切问题,清晰地迭现出来。

一个不能上台演出的演员,过去的辉煌同样等于零。现在摆在蒋月仙面前只有两条路,一是去评弹学校做老师,二是自寻出路,一切重新开始。

蒋月仙曾经代表了一个城市的艺术传统,所以在许多重要场合,都有蒋月仙的表演,因此蒋月仙认识了平江市的许多政府官员和各界知名人士,他们也都因为自己和蒋月仙熟悉而感到自豪。

当蒋月仙不再出现在各种场合的时候,他们会问一句,蒋月仙怎么没来?当他们被告知蒋月仙的情况后,都扼腕叹息,但很快就会有新的蒋月仙,更年轻的蒋月仙,更出色的蒋月仙代替从前的蒋月仙,这一切都很正常。

如果蒋月仙到评弹学校做老师,她便可以将自己的追求转移到她的学生,将自己的学生送到自己原来的位置上去。

大家都认为这是蒋月仙比较理想的归宿。

但是蒋月仙突然厌倦了,她想远离,但是她不知道自己要到什么地方去,也不知道自己要远离什么。

蒋月仙和慕小麟商量,慕小麟说,你什么也别干,就在家里待着,我养活你。

蒋月仙心情沮丧,跌入人生的低谷。

慕小麟跟团到外地演出去了,蒋月仙面对空空荡荡的家,夜已经很深了,她却辗转反侧,难以入睡。

突然,电话铃惊心动魄地响了起来,把蒋月仙吓了一大跳,她抓起电话听到"喂"的一声,就听出是项达民的声音。

项达民说:"蒋老师,打扰你休息了。"

蒋月仙说:"我还没睡呢。"

项达民说:"我今天来平江办事,一直忙到现在才空下来。"

蒋月仙不知说什么好。

项达民说:"蒋老师,明天中午我请你吃饭。"

蒋月仙说:"你事情多,太忙,就免了吧。"

项达民说:"我有事情和你商量。"不容蒋月仙问什么事情,又说,"就这么定了,我知道你这段时间没事情,明天上午十一点,我去接你,你在家等着就是。"

挂了电话,缠绕着蒋月仙的无边无际的空虚好像渐渐地散去,心突然就充实起来,找到了着落点,很快也就有了睡意。

第二天,项达民自己开了车来接蒋月仙,车子没有往桃花宾馆去,蒋月仙有些奇怪,说:"你不是规定桃花镇到平江来办事的人,请客吃饭都要在桃花宾馆吗?"

项达民一笑,说:"我今天不是公事,是私事,我单独请你。平江的饭店酒楼,你任意点一家。"

蒋月仙不好意思地笑起来。

他们来到嘉裕楼,饭店不大,两层,上了楼,人不多,找个角落坐下,点了菜,项达民说:"你喝不喝点酒?"

蒋月仙说:"喝。"顿一顿又说,"从前保护嗓子,不敢喝,现在也用不着保护了。"

说得有些辛酸,两人一时都没了话。

菜很快就上来了,项达民说:"吃吧,边吃边谈。"

蒋月仙却吃不下去,说:"你要和我说什么?"

项达民说:"开服装店的事情。"

蒋月仙突然愣住了,过了好一会儿,才说:"服装店,谁的服装店?"

项达民说:"你的。"

蒋月仙没有说话,慢慢地,眼睛里涌出眼泪来,她任凭眼泪流下来,没有用手去擦,也不管服务员怎么惊讶地看着。

如果说,作为一个功成名就的演员,另外还有什么梦想的话,蒋月仙的梦想,就是开一家属于自己的服装店。在蒋月仙的演艺事业如日中天的时候,她也许曾经随意地说过自己的这个看起来是大可不必去实现的理想,也许谁也没有在意,谁也不可能在意,但是项达民听见了,并且记住了。

项达民说:"吃过饭,我陪你去看看门面。"

蒋月仙说:"为什么,为什么你要这样?"

项达民没有回答蒋月仙的问题,他只是沿着自己的思路往下说:"本来是王桃厂要开个门市部的,他们在平江已经有三个门市部了,效益这么差,这么不景气的厂,要那么多门市部干什么,我叫他们让出来……"

蒋月仙慌忙地摆手说:"不行,不行,怎么能让给我,怎么能……"

项达民说:"你别以为我会白送给你,了解我的人都知道,我项达民从来不干白送的事情。王桃厂即使留了这个门面,也挽救不了它的命运,与其让这么好的市口浪费了,分文不入,不如动员他们卖给你……"

蒋月仙又吓了一跳:"卖?能卖吗?"

项达民说:"为什么不能卖?效益不好,自己又搞不下去的东西,就应该让别人去搞。当然,至于买这个门面的钱,等你挣了钱,再还不迟。"见蒋月仙愣着不说话,又道,"这个门面市口不错,离市中心很近,是做服装的好地方,一会儿你去看看,如果满意,就定下来,开店还缺多少钱,告诉我。"

蒋月仙说:"你这么肯定我会做这件事情?"

项达民点了点头,说:"吃吧,菜凉了。"

吃过饭,项达民陪蒋月仙去看门面,蒋月仙说:"太突然了,我的生活轨道出现这么大的转折,我不可能马上做出决定。"

项达民说:"这是你的事情,门面归你了,不过你也不要高兴得太早,门面好,说明房钱不会低,我可不会替你交房子钱的。"

他们一起上了车,项达民问:"你现在到哪儿,回家?"

蒋月仙心里有些乱,她有些害怕那个死气沉沉的没有一点声音的家,想了想,说:"你把我送到'蓝月亮'吧。"

项达民说:"看到尹老板,替我问声好。"

蒋月仙走进"蓝月亮"美容院,总台的白小姐将她迎进美容室,江燕等几个人都很惊讶,也很高兴。江燕说:"蒋老师,你很长时间没来了,听说你到海南岛做生意去了?"

蒋月仙哭笑不得,说:"我哪里能去海南岛做生意。"

白小姐说:"怎么不能,演员下海可是最容易发财的路。"

蒋月仙摇了摇头,坐上江燕的按摩床,脱了鞋,说:"我现在是下岗女工。"

大家笑,江燕说:"我们都觉得你下海肯定能成功。"

蒋月仙说:"江燕,我正想来和你商量商量。"把门面和开服装店的想法说了说,但没有说是项达民提供的门面。

江燕没听完就说:"这么好的事情!我提个建议,千万不要搞大路货的东西,要搞就搞得有品位有档次,甚至可以专营世界名牌,不说是中国的贝内通,至少也做个平江的贝内通。"

蒋月仙说:"什么贝内通,没听说过。"

江燕夸张得眉毛都竖了起来:"哎呀呀,开服装店,做服装生意,连贝内通都不知道,是不是只知道皮尔卡丹花花公子?告诉你蒋老师,贝内通是四兄妹,他们在服装界别出心裁的东西,就是最后一刻染色,蒋老师,我的意思,你要么就别搞服装,要搞就搞出点名堂来,独辟蹊径。"

蒋月仙摇了摇头:"你说得轻巧,独辟蹊径谁不愿意?首先一个,要投入,投入太多,我承受不了。"

江燕说:"蒋老师,你不用发愁,有人会帮助你。"

蒋月仙不由有些紧张:"谁?"

江燕一笑,没有说谁。

江燕并没有恶意,但是蒋月仙却有了一种不太好的预感。

二

卢狄自从将桃花镇拖欠集资款的事情曝光后,不知怎么便觉得自己和桃花镇结下不解之缘了。

卢狄当记者好些年,被他曝过光的单位和部门也有不少,但没有哪个能像桃花镇这样让他牵肠挂肚。现在卢狄对桃花镇、对项达民的兴趣越来越大,一心想去做更全面更深层次的了解,欲罢不能。

吕正派出调研组的事情,卢狄并不知道,他也无从知道,在平江市,关于桃花镇的消息,马路一向是比较关心的,消息也比较灵通,但是现在马路和卢狄几乎翻了脸,除了工作中的事情,马路不再和卢狄多说什么话,卢狄心中暗暗好笑,原来那个大气的、心胸开阔的马台长,对卢狄厚爱有加的马台长,遇到了桃花镇的事情,遇到了项达民的事情,突然就变得这么狭窄,这么小气,竟然不和部下说话了。

马台到底是怕项达民还是喜欢项达民?

这也是卢狄颇有兴趣非常想了解的一件事情。

如果马台是怕项达民,卢狄就要想,项达民到底有什么可怕的? 如果马台是喜欢项达民,卢狄就要想,项达民到底有什么让人喜欢的?

总之,马路越是表现出他反对卢狄缠住桃花镇,卢狄呢,就越是要缠住桃花镇不放,牛屎里追出马粪来。

项达民资助蒋月仙开服装店的事情,卢狄是从江燕嘴里听到的,江燕也算是个灵通人士,虽然蒋月仙并没有将事情的前前后后都告诉她,但时隔不几天,当蒋月仙的服装店正式开始筹备的时候,江燕就已经基本了解了事情的全过程。

卢狄当即说:"项达民资助了八万? 他拿公家的钱资助蒋月仙私人开店?"

江燕说:"和你有什么关系?"看卢狄皱着眉头,江燕心里倒有些紧张起来,连忙说:"算我多嘴,算我多嘴,你只当我没说过这件事,你只当没听过我说话。"

卢狄说:"你既然已经说了,我既然已经听到了,我怎么能够假作不知?"

江燕见软求不行,口气硬了些,说:"蒋老师对桃花镇也是有贡献的,项达民能优惠给徐晶一套别墅,为什么就不能资助蒋月仙开店? 蒋月仙的嗓子,就是在桃花镇举办的活动中倒掉的。再说了,也说不定是投资入股呢,你少惹是非!"

卢狄说:"第一,项达民优惠给徐晶一套别墅的做法,是失民心的,现在下岗工人那么多,经济萧条,许多人生活有困难,项达民所作所为,引起很多人的反感;第二,既然你说到惹是非,我就说一说我的想法,既然做了记者,就是要惹是非的。我当初进电视台,就是做好了惹是非的打算和准备的,只要是为老百姓说话,是说真话,惹再大的是非我也不怕。"

江燕有些生气了,口气更凶了一点,说:"你知道什么,你了解情况吗?你不过凭自己的主观臆断罢了,你不过是对项达民先入为主,看不惯罢了,你有什么资格说三道四,说不定这钱,是项达民自己的钱,你管得着吗?"

卢狄接得快,马上说:"如果是项达民私人的钱,那也有问题,项达民是廉政标兵,作为先进人物宣传过,我记得,每年年终县委奖给镇党委书记的奖金,如果超过镇干部的平均数,他都是全部上交的,你给他算一算,他是拿工资的干部,每个月多少工资,加上年终奖金,他怎么可能有那么多钱?"

江燕说:"你怎么好意思说这样的话,你一个记者,关心到别人的钱包里去了?如此鸡零狗碎,我都替你丢脸!"

卢狄说:"要知道项达民不是一般的别人,他是先进,他是大家要学习的榜样,他的钱包,当然是我们需要关心的事情,当然是大家应该了解的事情!"

江燕还想再说什么,卢狄已起身走了出去。

卢狄直接来到项达民为蒋月仙提供的店面,这里果然大兴土木,正在装修。蒋月仙也在现场,看到卢狄,愣了一下,起先觉得眼熟,再想了想,认出卢狄,蒋月仙的神色便有些不自然了,似笑非笑地点了点头,走开去。

卢狄也不计较,笑了笑,跟上前去,说:"蒋老师,开服装店啦。"

卢狄主动讲话,蒋月仙倒也不能真的不理睬他,便不冷不热夹带些骨头地说:"艺术生涯结束了,人总得活下去呀。"

卢狄说:"蒋老师,您的店大概什么时候开张,到时候,别忘了通知电视台,我们来做个新闻。"

蒋月仙摆了摆手,淡淡地说:"没有必要,我不过重新找碗饭吃罢了。"

卢狄说:"那不一样,您是名人,名人和普通百姓不一样,名人有名人效应,办事情,总比普通百姓有影响、受重视。"

蒋月仙面露愠色,说:"名人和普通人不一样,这更多的是你们宣传出来的结果,在我这个被你们认为是名人的人心中,我就是一个普通的人。你可以不承认,但是有一点我想说,名人也是人,不是别人砧板上的肉,也不是别人用来达到自己目的的跳板!"

卢狄倒显得比蒋月仙沉得住气,笑笑,说:"听起来蒋老师是对谁有点意见呀,凭良心讲,平江的新闻媒体,对您蒋老师一直是很尊重的,也从来没有和您过不去吧。"

卢狄见蒋月仙不说话,也没有更多的耐心了,便把话题引到他关心的事情上,说:"蒋老师,听说,您的服装店是桃花镇资助的,如果是和桃花镇联营办店,这倒也是个好的新闻点。"

蒋月仙说:"看起来卢记者确实很关心桃花镇,但这一次你恐怕要失望。我的服装店,与桃花镇没有关系,如果说有关系,也只是开始之前的关系,你恐怕也早已经打听到了,这个店面,原来是桃花镇王桃厂打算开门市部的,因为王桃厂在平江已经有三家门市部,所以这个店面他们不打算再开门市部,正好我想开店,就这么谈下来了。其他,恐怕再没有什么值得你感兴趣的了。"

卢狄说:"就凭这么一层关系,我已经很感兴趣了。"

卢狄从蒋月仙的店出来,到电视台,同事说有个人在会议室等他,等了有半小时了。卢狄问是哪里的,同事说,他不肯说是哪里的,好像很神秘的样子,像搞地下工作的,说得卢狄笑起来,说:"我现在难道不像地下工作者,我们马台见了我,像见了阶级敌人似的。"边说边往会议室去,听到同事在背后说:"听口音,像平泽县的人。"

卢狄想着平泽县谁会来找他,肯定不是卢子瑜,卢子瑜来是用不着这么繁文缛节的,直接会去办公室,卢狄若不在,他也会坐在卢狄的位子上,和卢狄的同事吹吹牛。他边想着,边来到会议室,看到有个中年人正站在会议室里,反背着双手,认真地看着墙上的各种锦旗。卢狄走进去,说:"请问,是你找我吗?"

来人这才回过头来,向卢狄伸出手,自我介绍:"我叫尤敬华。"

卢狄并不知道尤敬华是谁,但是尤敬华知道卢狄的大名,尤敬华知道他的调查任务,就是从卢狄的新闻开始的,如果没有卢狄曝光一事,恐怕也就不会有他的调查任务。

当然,尤敬华并不在意派他到哪里工作,尤敬华是个工作狂,他永远是要工作的,恐怕即使退休也是不能阻止他工作,只有生命终止,方是他工作的终结,他不到桃花镇来工作,也会在别的地方工作。

既然县委和吕正书记交给他这个任务,尤敬华会尽自己最大的努力把工作做好,这和他在接受任务之前对项达民有什么看法并无多大关系。我只是工作,他想,我只是要实事求是地做好自己的工作,但是项达民和桃花镇的绝大多数人不这么看,他们虚与委蛇。

尤敬华需要的是真话和真实情况。

所以,尤敬华利用到市里开会的机会,专程到电视台来找卢狄。

卢狄因为不知道尤敬华是谁,有些发愣,尤敬华看到卢狄却是非常高兴,他紧紧地握住卢狄的手,连声说:"你就是卢狄!你就是卢狄!"

卢狄被尤敬华的举动搞得有点莫名其妙,尽量在脑海里搜索尤敬华这个名字,但是想了半天仍然想不起来尤敬华是谁。

尤敬华激动了一阵以后,才想起虽然他知道卢狄,但卢狄并不一定知道他,连忙说:"我是平泽县的。"

卢狄点点头,说:"听口音听得出来。"

尤敬华说:"我是平泽县委书记吕正派到桃花镇的调研组组长尤敬华。"

卢狄又是一愣,卢狄是个思维敏捷反应很快的人,今天却两次发愣,说:"调研组,什么调研组?"

尤敬华原以为卢狄早就知道调研组的事情,以为会有卢狄热烈的反应,现在见卢狄反应不过来,才知道根本不是这么回事,高昂的情绪无形中受到些抑制,说:"原来你还不知道调研组的事情,记者都是很敏感很灵敏的,我以为你早就知道了呢。"

卢狄笑了笑,说:"你们吕正书记,想干什么?"

尤敬华不太习惯卢狄这种调侃的口气,但是仍然说:"解剖麻雀。"

卢狄说:"桃花镇可不是一只小麻雀,那是只凤凰!"

尤敬华说:"不管它是麻雀还是凤凰,我都要解剖它。"

卢狄说:"尤组长,你来找我,是不是想看看当时我拍录的带子?"

尤敬华说:"正是。"赞赏地看了看卢狄,说,"同时,我也想听听你的意见和建议,桃花镇的摊子太大,我的调查真有些无从入手,便想到你,你拍的那个新闻,关于集资款的问题,是个好的切入口,既然你能从这个口子切入,我打算把我们调查的切入点,也定在这个口子上,所以想看看你的原始带子。"

卢狄说:"台里有规定,要看原始带子,要有一级组织的介绍信。"

尤敬华说:"这我倒没想到,我只是想,找你,大概不会有什么问题。"

卢狄笑了笑,说:"调查组,哦,不叫调查组,叫调研组,你们的调研组,下去多长时间了?"

尤敬华说:"十来天。"

卢狄说:"十来天,还摸不着头脑,不会吧?"意思是说,像你尤敬华这样的人,有经验,有激情,哪能十来天毫无进展。

尤敬华是打算和卢狄精诚合作的,所以有些话也不瞒他,说:"我们初步排了排,至少有七大问题。"

卢狄来了兴趣,两眼炯炯有神,这正是尤敬华需要的,卢狄说:"噢,有七大问题,哪七大问题呢?"

尤敬华没有回答哪七大问题,却笑了笑,看了看手表,说:"事情还没做,肚子倒饿了,怎么,卢记者,管不管饭?"

卢狄说:"走吧,到对面小酒馆,请你喝酒。"

电视台对面,有一家不大的酒馆,名叫好再来,档次虽然不高,但经济实惠,是平江电视台一帮喜欢热闹的同仁经常光顾的地方。

卢狄带着尤敬华进来,漂亮的女老板就迎上来,说:"卢记者,来客人啦。"

卢狄说:"与其说是我的客人,不如说是你的客人。"

女老板笑眯了眼,说:"一样,一样,你的客就是我的客,我的客就是你的客。"引两人到靠窗的座位坐下。

卢狄向店堂看看,没有电视台其他人,心里正在奇怪,就看到女老板满脸笑着向门口迎去,再一看,是马台长带着几个人进来了。

真是冤家路窄。

马台长几个人从卢狄身边经过,往里边一张桌子去,卢狄向他们点了点头,笑了笑,也没介绍尤敬华,尤敬华却认得马台长,主动站了起来,老熟人般地对马台长说:"马台长,你好!我是尤敬华。"

马台长也记不起谁是尤敬华,只是应酬道:"哦,尤敬华,久仰久仰。"

其他几个台里的哥们儿,知道马台长应付,卢狄也知道,都差一点笑出来。卢狄忍住笑,想他们寒暄一句就完事的,哪知偏偏尤敬华不肯就此罢休,笑着向马台长道:"马台长,你嘴上说久仰久仰,其实你根本不知道我是谁,对吧?"

马台长反倒有些尴尬了,说:"我这个人,记性实在是差。"

尤敬华却不计较,说:"我是尤敬华,平泽县纪委的……"

话未说完,马台长已经想起来了,说:"是纪委尤书记。"

尤敬华说:"尤副书记。"

大家跟着一起笑了笑,马台长再和尤敬华握了一次手,卢狄想这下可以过去了,哪知尤敬华仍然没有完,又说:"现在是县委调研组组长。"

这一说,马台长立即明白了,也联想起来了,他一个星期前就听说了平泽县委吕正书记往桃花镇派调研组的事情,但不知道谁是组长,现在听尤敬华一说,才知道吕正原来是叫尤敬华做组长,看起来吕正是另存了一份心思的,想着,心里隐隐地担心起来,再细细想去,却又不知担心的什么。

马台长朝卢狄看了看,卢狄也不解释什么,只是说:"台长,您既然认识尤书记尤组长,今天的客,还叫我请呀?"

马台长说:"只要你们不觉得我们妨碍你们说话,并桌子吃也罢。"

尤敬华说:"不妨碍不妨碍。"边说着,边自己动手把桌上的碗筷移到马台长一桌上,神色自然,一点也不在意马台长卢狄们的尴尬。

坐下来,和马台长一起过来吃饭的电视台的杨编剧,开始一直没有说话,这时候咳嗽了一声,说:"桃花镇怎么啦?"

尤敬华饶有兴致地盯着杨编剧,说:"你熟悉桃花镇?"

杨编剧说:"本来也谈不上熟悉,看了陶李的书,算是了解一点了。"

尤敬华听不懂,他也许听到过作家陶李这个名字,但不知道陶李与项达民、与桃花镇有什么关联,更不知道陶李写了一部以项达民为原型的长篇小说。

卢狄是知道的,所以他一听杨编剧的话,就问:"怎么,陶李那本书已经出来了?"

杨编剧说:"她前天送给我的,写得很不错,又好读,我一个晚上就读完了。"尤敬华听出些意思来,问卢狄:"是什么书?"

卢狄指指杨编剧:"你问他,他看过。"

杨编剧说:"你可能不感兴趣,或者要感冒的,是专门为项达民歌功颂德的。"

尤敬华说:"我为什么不感兴趣,我对桃花镇的一切都感兴趣。"

马台长皱了皱眉,说:"酒上来了,喝吧喝吧,说些别的话题好不好,我们的酒,不是为项达民喝的,也不是为桃花镇喝的。"

整个吃饭过程,尤敬华和卢狄都有点心神不宁的感觉,好像哪里有根绳子牵着心思老是往外面跑,等到吃完了饭,大家散了,马台长一行人仍然往台里去,尤敬华和卢狄站在街头互相看看,心照不宣的样子,尤敬华说:"我想到新华书店看看。"

卢狄说:"我也是。"

他们来到新华书店,一打听,果然陶李的新作已经到货,请营业员拿出来一看,装帧十分精美,卢狄说:"真快,一个月前听说还没有审稿呢。"

营业员说:"现在出书是很快的。"

卢狄点了点头,说:"是的,快慢都在人手里,人要它慢,它就慢,人要它快,它就快。"掏出钱来,买了一本。

尤敬华说:"我也要一本。"

这本书的书名叫《热土》。

三

未来出版社和平江市文联联合举办陶李长篇新作《热土》的讨论会,出版社的钟社长一行人以及从北京、上海等地请来的文学评论家,因为路途比较远,提前一天都已经到达,吃住都安排在桃花宾馆,会议也在桃花宾馆召开,安排两顿宴请,一切免费,也算是项达民对讨论会的支持。

会议安排一天,上午是领导讲话,专家代表发言,下午自由讨论,项达民的讲话,是上午的压台戏,不能不唱。

卢狄得到消息也到了,手里提着个小型摄像机,进来后,陶李只是和他点点头,没有说话。

卢狄主动向陶李说:"陶作家,你出了新书也不想着送我一本。"

陶李说:"你卢记者什么水平,我怎么敢送你。"

钟社长不认识卢狄,由陶李介绍了,知道就是那个出桃花镇洋相的记者,和卢狄握手时说:"如雷贯耳!如雷贯耳!"

卢狄说:"未来出版社不是在省里吗,我的名字怎么跑了几百里路,贯到你们耳朵里了呢?"

钟社长说:"卢大记者的大名,不仅在平江,即使在省城,也应该是家喻户晓的呀!"

陶李指指卢狄手里的小型摄像机,说:"卢记者,会明天才开,你明天上午九点钟来也不迟。"

卢狄说:"我不是来拍新闻的,我读了你的大作,对桃花镇对项达民的兴趣更浓了,特意过来看看。"

陶李正色道:"我写的是小说,不希望有人对号入座。"

卢狄说:"小说也是作家对生活的感受,作家没有这块感受,怎么写小说?什么是生活的感受呢,不就是作家在生活中接触了人接触了事以后产生的喜怒哀乐吗?"

陶李说:"卢记者既然不是拍新闻,跑到会上来干什么呢?卢记者不至于去搞花边新闻了吧。"

卢狄说:"也无所谓,只要有观众,只要受欢迎,花边新闻也不妨搞一点嘛。"看到房间里堆着一大堆《热土》,便将摄像机打开,拍下来,一边说:"如果内容充实,我打算做一个专题。"

陶李说:"我看过你给'蓝月亮'做的专题,实话实说,不敢恭维。"

卢狄说:"陶作家你放心,我若给《热土》做专题,决不会敷衍了事。"

陶李心想,你对《热土》的兴趣也许确实大大超过你对"蓝月亮"的兴趣,心中不快,恨不得说,你干脆连敷衍了事也不必了,但毕竟不大好拉破脸皮,便在嘴上应付道:"但愿。"

卢狄说:"我有信心的,因为呢,其实陶作家你也知道的,因为我对桃花镇有感情!"

陶李毫不客气地反驳:"这种感情,难道超过你对江燕的感情?"

卢狄毫不犹豫地点头,说:"可以这么说。"

陶李反倒没话了,愣着。

卢狄乘胜追击,问陶李:"陶作家,我能不能就《热土》向你提几个问题?"

钟社长说:"对不起,卢记者,我和陶李正在商量明天开会的事情,这会儿没有时间。"

卢狄笑着说:"那没事,我到外面等着,你们总有商量完的时候,我有的是时间,不怕等。"

陶李向钟社长摆了摆手,意思是说,你不让他把话说了,他不会让我们太平的,回头对卢狄说:"卢记者,你有提问的权利,我没有回答的义务,所以,你提的问题,我也可能不回答。"

卢狄潇洒地点点头,说:"不回答其实也就是一种特殊的回答,既然这个问题你不能回答,或者不便回答,那至少有几种情况,一、你很为难,不好回答;二、你很气愤,不想回答;三、你很紧张,不敢回答;四、你很……"

钟社长忍不住笑了。

卢狄也笑了,说:"好吧,我不啰唆了,第一个问题,我想问一问,小说中的丁向君,我从她身上看到你的影子,请问,你在写这个人物的时候,是不是从你自身的感受出发的?"

陶李无论如何想不到卢狄首先就提这个问题,《热土》中的丁向君,是位女研究生,和主人公有一段贯穿始终的情感纠葛。

在生活中,许多男人认为,女人有思想是件很可怕的事情,而男主人公偏偏爱上了有思想、对许多问题有自己独特见解的女研究生。

同时,许多女人则认为,男人如果太重名利,同样是件很可怕的事情,而淡泊名利的研究生丁向君,却也偏偏喜欢一心扑在事业上的男主人公。

更何况,这是婚外恋。

于是,产生出许多痛苦,许多矛盾。

于是,有了小说中的一条重要线索。

其实即使卢狄不提这个问题,许许多多读了《热土》并且认识陶李也认识项达民的人,都会产生这样的想法,陶李和项达民,到底怎么样?

这是陶李自己找来的麻烦。

陶李在写作之前和写作过程中又何尝没有考虑过这个问题,又何尝没有为这个问题痛苦过、犹豫过、斗争过,将稿子一改再改,但是最终,艺术的良心胜出了,世俗的看法永远存在,即使陶李在小说中不写这条线索,不写这些故事,人们照样会有种种猜疑,既然世俗的看法无法避免,那么就让他们去看吧。

应该说陶李是有思想准备的,包括面对丈夫,她也能做到心地坦白,问心无愧。

现在看起来,陶李的思想准备是不足的、不够的,陶李至多认为会有人在背后有些议论,她想不到一个电视台的记者,第一句话,就将这个问题抛到她面前。

卢狄有话在先,她是很为难呢,还是很气愤,或者是很紧张?一时进入僵局,钟社长说:"卢记者,你的专题片做得这么细致,连小说中对每个人物的把握你都要做进去?"

卢狄从容道:"不是每个人物,是重要人物,特别是我关心的人物!"

陶李已经平静下来,情绪也镇静了,缓缓地说:"卢记者,你的问题,应该属于文学评论和文学理论的范畴,你如果真的很想了解,我建议你明天参加一天会,尤其是下午,评论家们肯定会谈到这个问题,他们会有完满的有理论高度的答案给你。"

陶李的态度是卢狄早就预料到的,所以他一点也不在意,笑着说:"其实,我也用不着去了解评论家理论家们的看法,多此一举嘛,现成的答案早就有了,套用陶作家的名字,桃李无言,下自成蹊,《热土》这部小说,就是最完满的答案。"

陶李淡淡地说:"谢谢。"

他们说话的当口,钟社长出去了,一会儿又回进来,向卢狄说:"卢记者,这次来开会的评论家里有两位是全国著名评论家,莫怀和叶杰明。"

卢狄说:"莫怀和叶杰明,我知道的。"

钟社长说:"这两位,一般的会议还请不到呢,来平江市更是不容易,怎么,卢记者不想趁这个机会采访一下?"

卢狄想了想,说:"也好,既然陶作家此时没有兴趣,我就先采访别人,回头再找陶作家慢慢聊。"

钟社长将卢狄领走,陶李松了一口气,但是心里明白,以后的麻烦恐怕还多着呢。

第二天就出了个说大不大说小不小的事情。

上午的会议，项达民没有到。

市委管文化的张副书记，开始让大家再等一等，说项达民是主角，不能少，等到九点半，仍然没到，打手机也打不进去，打到家里，没有人接，打到镇委，镇委办公室也没有人接，再打到其他办公室，接电话的人都不知道项达民在哪里，这边会场上，大家心焦了。张副书记笑笑说，也好，也好，主角不到场，增加点神秘色彩，指指来采访的记者，说，你们记者，也可以多一点想象，你们的笔下，便多一份意味了。

四

项达民原来是要到平江来出席作品讨论会的，哪知早晨刚起来，还没来得及吃早饭，电话响了起来，清早的电话声惊心动魄。

流水村的王桃厂出事了！

死了人。

项达民立即打电话给柏森林，要柏森林马上出发，一起去流水村。

柏森林不知道出了什么事，也没有再多问。

五分钟后，柏森林走出家门，果然项达民的车子已经到了，他上了车，项达民说："死了个上海来的采购员。"

昨天下午，上海福荣食品公司来了两个采购员到王桃厂看货，其中有一位姓李的采购员是新近才进入业务科的，情况不太熟悉，只是跟着老采购员，让干什么就干什么。晚饭后，王桃厂销售科的科长和一位业务员陪他们打麻将，一直打到后半夜的时候，李采购员赢了一把大牌，输赢都是现钞，李采购员暗暗算了一下总账，想不到自己已经赢了上万元，他是刚刚做采购员，第一次出门办事,当然也是第一次赢这么多钱,抑制不住地欣喜,喜形于色,从前虽然也听说过采购员有种种好处,个个肥得流油,但又哪里想得到油水竟然这么足,何况,这仅仅是他的第一次呀,仅仅是一个开头呀,想着,实在忍不住了,突然"哈哈"大笑一声。

这一声,便笑掉了他的命。

李采购员当场脑溢血,倒在麻将桌上。

大家慌了手脚,忙着送到镇卫生院,医生翻了翻眼皮,听了听心脏,向他们横了一眼,说:"你们送来干什么,已经死了!"

有两个陪打麻将、在一边侍候着茶水点心的女孩子,也一起跟到医院看情况,这会儿听说人已经死了,当时就吓得哭起来。

销售科长急忙往兰厂长家里打电话,语无伦次地把情况说了一下,兰桂花一听出了人命,先问:"是不是已经没救了?"

科长说:"医生说送来的时候就死了。"

兰桂花还比较能沉得住气,说:"既然已经死了,先抬回厂里吧,我从家里直接到厂里去。"

兰桂花赶到厂里,死人刚好抬回来,大家神色惶遽,手足无措,兰桂花指挥着把死人安放好,由死人的同事陪着,兰桂花立即把厂里在场的知道事情经过的人召集起来开会,问道:"有没有外人知道是打麻将时倒下的?"

科长向业务员指了指,说:"他嘴快,医生问的时候,他说出来了。"

业务员很害怕,支支吾吾地说:"我是怕医生不清楚情况,不好救人,才、才、才说的。"

兰桂花皱了皱眉,但并没有怪罪那个业务员,只是说:"到此为止,现在我们统一口径,不许说是打麻将出的问题!"回头看看那两个女孩子,又强调一遍,"你们两个,听见了没有?"

两个女孩子点点头,不敢说话。

科长犹豫了一下,说:"要是有人问起来,我们怎么回答?"

兰桂花毫不犹豫地说:"你就叫他们来问我,你们一概把事情推到我头上,叫他们来找我。"

大家面面相觑,说不出话来。

兰桂花想了想,问道:"这个人,怎么搞的?"

科长说:"他是个新手,第一次有这么大的赢牌,太激动了,邱采购就和他不一样,人家那是老资格、老经验,比他赢得多,一点也不动声色。"

兰桂花说:"我是问你,这个人,是不是本来就有病?"

科长摇了摇头,停顿了一下,觉得只是摇头不行,又说:"我可以去问问邱,他应该知道的。"

兰桂花沉吟一会儿,说:"还是我来找邱谈一谈吧,邱现在是个关键的人物,最关键的人物!"

正说着,办公室主任也来了,兰桂花说:"你们和主任一起商量后事怎么办,我去看看老邱。"

兰桂花来到停放死人的屋里,邱失魂落魄地坐在那里发呆,看到兰桂花进来,他连忙站起来。虽然邱和王桃厂已经有多年的关系,但平时来往中,也很少见到兰桂花,但他心里却是明白,他们从王桃厂得到的好处,当然都经过兰桂花的批准,兰桂花是他们的财源,虽然平时见不到,心里一直是存着一份敬意的。邱是个经验丰富的人,若在平时,见到兰桂花,他肯定很亲热,但这会儿,他心情沉重,见到兰桂花,竟说不出话来,只是点了点头。

兰桂花说:"邱师傅,换个人守,你到我办公室坐坐。"

换了厂里一个人来陪着死人,邱跟着兰桂花来到她的办公室。这时候,天已经大亮,邱看了看窗外的蓝天,心里一阵难过,两个人一起来到桃花镇流水村,回去的时候,只剩下他一个人了,他长长地叹了一口气。

兰桂花给邱泡上茶,说:"邱师傅,一夜没睡了,我们稍微聊几句,然后你去休息一会儿。"

邱又是一声长叹，说："哪里睡得着。"

兰桂花说："既然事情已经出了，人死不能复活，我们就只有做最坏的打算了。"

邱说："是的。"

兰桂花说："我考虑，主要有三方面要交代，一是家属，二是你们单位，三是我们的上级主管。"

邱摇头说："你们上级主管我不了解，但是家属这一头和我们单位都很难弄的。尤其是家属，老李的家属，我是知道的……"又摇头，不往下说了。

兰桂花说："这也是我们应该预料的情况，所以，邱师傅，我特意请你过来，就是想听听你的意见，我们王桃厂，多年来，虽然也经过风雨见过世面，但这样的事情，毕竟还是第一次碰到，应该怎么处理后事，我很想听听你的意见。"

邱一时没有回答，他还得好好考虑，虽然李一出事，他就开始考虑这个问题，但到现在仍然没有考虑成熟。他还不能肯定自己应该以什么样的态度和什么样的立场出现。

兰桂花又说："死的人已经死了，活着的人得好好地活下去，邱师傅，你说对不对？"

当然是对的。

邱当然是个精明的人，对兰桂花的意图他很清楚，兰桂花是来和他统一口径的，对于她手下的人，她是有把握的，能够控制得住，在所有知情者中，只有邱是个身份特殊的人，兰桂花的难度也就在邱身上，从某种意义上讲，邱也许就能决定她兰桂花的命运。与此同时，邱又很清楚地知道，兰桂花的命运也就是他自己的命运，他们的命运是紧紧连在一起不可分割的，所以，从兰桂花不亢不卑的态度中，邱完全明白，兰桂花只是尽量争取他，她并不怕他。

邱当然愿意继续经营已经经营了多年的生意，唯一不安的是良心，他要违背自己的良心说谎，兰桂花说，死去的人已经死了，不可能复活,活着的人得好好地活下去。

人无欲则刚,但是邱是有欲的,而且他的欲还很强,这三四年来,他从兰桂花这里,从王桃厂得到的,远远超过他半辈子的努力。公司曾经有意要调换邱的工作,派到别的地方,邱却死活不肯调走,最后终于坚持下来了,没有走。

邱终于做出了决定,他对兰桂花说:"兰厂长,据我所知,李师傅在家里从来不打麻将。"

话说到此,意思都在里边了,兰桂花的目的也达到了,她点了点头,说:"那我们就开始通知各方人士,你通知你们单位和李师傅的家属,我呢,我们这边的主管领导,我还不知道怎么向他们交代呢。"

邱走后,兰桂花抓着电话,却迟迟没有打出去。

第一个电话,是要打给项达民的,她可以和自己厂里的人统一口径,也可以和邱达成一致,但是面对项达民,兰桂花却犹豫再三,她该怎么向项达民汇报这件事情?

对项达民决不能说假话,那是自找没趣,自找麻烦。

半小时后,项达民和柏森林到达王桃厂,兰桂花汇报了事情发生的全过程,最后说:"项书记、柏镇长,我们在通知上海方面时,没有说明死因。"

项达民马上就明白了兰桂花的意思,向柏森林看看,柏森林未置可否。项达民说:"兰桂花,你是王桃的法人,在王桃发生的事,你有权做出决定。"

兰桂花说:"我已经和上海的另一位采购员谈过,我们的想法还是相当一致的……"什么想法,兰桂花没有说出来,但是项达民和柏森林应该都能听懂。

这确实是个棘手的问题。

厂方为了推销自己的产品,给采购方的采购员高额回扣,这早已经是公开的秘密,在乡镇企业,这种现象在近几年恐怕已经达到了巅峰状态。至于为了遮人耳目,为了做账,为了逃避法律制裁,为了其他种种不可公开的目的而采取的提供高回扣的方式和手段,那真是千态万状,无奇不有,闻所未闻。打麻将只是其中最为平庸也最为普遍的一着罢了。

需要推销自己产品的一方,陪采购方的人员打麻将,陪麻将的人是要有一定水平的,输钱,但不能输得太滥太简单,不要使对方失去争强斗胜的兴趣和乐趣,要让对方觉得,自己赢在本事上。至于输赢的大小,当然是与交易量的大小成正比,大多现钞付清,像邱和李在王桃厂的赢钱,恐怕也只能算是小敲小打,因为他们至少还能算清自己赢了多少,一万,或者两万,都有个明确的数字,输赢大的,根本你就无法知道自己输赢的准确数字,用尺来量百元大钞,更有甚者,只需用手大概地比画一下,钱来得如此容易,如此轻松,如此愉快,怎么能不让人上瘾,怎么能不挑起人的强烈欲望?

死在麻将桌上的李采购员,被一个算不了什么的数字害了一条命去。

如果他能够渡过这一次的关口,那么,以后,慢慢地,或者迅速地,他就会变成邱,会和邱一样有经验,和邱一样不动声色地将大把的钱收入自己的口袋。

但是李死了,没有了生命,也就没有了一切,和生命比起来,钱又算得了什么呢?

他在临死前赢到了一万多块钱,也许是他有生以来第一次挣到的最大的一笔钱,李的福分真是太浅太浅。

这笔钱,该怎么办呢,交给家属吗?

如果家属较真,就会问一问,这是什么钱,从何而来?

怎么回答呢?

这就是公开的秘密。

公开的秘密,虽然大家都心照不宣,人人心里明白,但是一旦拿到桌面上,一旦真的公之于众,那就会带来许多问题。

比如,政策问题。

比如,党纪问题。

比如,法律问题。

兰桂花能不能向社会公开承认,上海的李采购员死于王桃厂行贿的麻将桌上?

那就等于兰桂花承认违法违纪。

兰桂花和王桃厂就要受到法律的制裁。

当然不能。

兰桂花正等着项达民的回答。

项达民神色凝重,说,"兰桂花,世上没有不透风的墙。"

兰桂花欲言又止。

项达民向她摆了摆手,意思是他并不一定要她现在说话,再回头看看柏森林,说:"柏镇长,你看呢?"

柏森林想了想,说:"我同意你的看法,若要人不知,除非己莫为。"停了停,又说,"事情是很麻烦,要看怎么处理。"

兰桂花看到财务经理在门口晃了一下,想出去,又怕项达民和柏森林不高兴,犹豫着。

项达民说:"你去看看什么事情,不一定告诉大家我和柏镇长都来了。"

兰桂花应声走出去。

项达民说:"兰桂花闯祸了。"

柏森林说:"看怎么处理,我认为,打麻将本身并不是什么违法行为,应该算是正常的娱乐活动。"

柏森林的话也是很明显的,死在麻将桌上,这是一个铁的事实,要想否认,恐怕比较难,弄得不好,反而坏事,不如承认这个事实,至于这麻将活动是否厂方安排,那则是另一回事。

项达民点了点头,突然想起陶李作品讨论会的事情,一看时间,早已经过了,自己的手机是一直关着的,也不知陶李他们在怎么找他。项达民往家里打了个电话,没有人接。再打到医院叫田金秀听电话,问有没有人找他,果然田金秀说,陶李的电话一直追到医院来了,她告诉陶李项达民今天不会去平江了。

田金秀说:"我已经听说了,上海的一个采购员死在麻将桌上了,现在大家都知道了,都在传。"

项达民搁下电话,回头对柏森林说:"镇上已经传开了。"

柏森林说:"好事不出门,坏事传千里。"

项达民说:"纸包不住火,纸想包火,结果就是自己被烧成灰。"

兰桂花走了进来,一脸的激动,身后跟着财务经理,看起来兰桂花极不愿意他进来,挡着,向他说:"金纯,没有你的事。"

财务经理却执拗地走了进来,说:"项书记、柏镇长,打麻将的事情兰厂长不知道,钱是从我手里出来的。"

兰桂花发怒了,厉声道:"金纯,你瞎说什么?什么麻将,什么钱,哪里的事情?你搅什么百叶结?你懂什么?"

财务经理仍然固执地说:"兰厂长,瞒天过海是自己害自己,违纪违法都是我的事情,与你无关。"

兰桂花突然哈哈大笑起来,说:"金纯呀金纯,你这么个谨慎小心一步三看树叶掉下来怕砸破头的人,说你违纪违法,鬼相信。"突然停止了笑声,手向外一指,更加厉声说:"金纯,你给我出去!"

财务经理神色坦然,说:"我可以走,但是事实你是不能改变的!"说着退了出去。

项达民回头看兰桂花,看到她脸上红一阵紫一阵,想开个玩笑,却没有开得出来。

柏森林仍然看着门口财务经理消失的地方,说:"他姓金?我怎么觉得很面熟呢?"

兰桂花的情绪仍然很激动,没有说话。

项达民说:"他父亲就是从前镇机关的老金头,一个倔老头,他退休的时候,你来了没有?"

柏森林说:"我来了不到半年他退休的,虽然只有半年之交,印象却非常深,这个金纯和他父亲很像呀。"

项达民说:"脾气更像。"

兰桂花赌气道:"小抠。"

柏森林说:"我倒想起许多事情来,一次我从传达室拿一张旧报纸擦鞋,被骂了一顿,他要拿报纸卖旧货的,抠门得很,不许人随便拿。"想了想有些不明白,说,"老金头的儿子好像在平江工作的,怎么跑到村里来做事了?"

兰桂花说:"他是学财经的,大学毕业后,本来留在平江哪个机关做会计,两年前,有一次回桃花镇,不知听什么人说我们王桃厂虽然名声在外,但实际上内部管理很混乱,尤其是财务制度一团糟,他就自告奋勇来了。"

柏森林说:"也是怪人一个。"感觉到把话题扯远了,便又收回来说,"兰厂长,镇卫生院那头,都已经把事情传开了。"

兰桂花向项达民看了看,项达民点点头,说,"是的,我给田金秀打电话,田金秀说大家都在谈这件事。"

兰桂花叹了一口气,说:"我明白书记镇长的意思,"想了想,又说,"那只有一个办法了,把事情推到死人头上。"

项达民和柏森林一时都没有说话。

兰桂花看出他们的意思,又说:"这样,既没有隐瞒事实,又回避了重要的问题,同时也免去了家属方面可能提出的无理要求。若不是死在麻将桌上,像这样出差途中去世的,至少要算个因公殉职,家属提起要求来,也是无法估计的。"

项达民和柏森林仍然没有说话,兰桂花的话说得太明白太直接,使他们无法曲折地表示自己的想法。

兰桂花当然清楚项达民的难处,更直接地说:"这事情就让我来处理。"看着项达民的脸,又补充说,"只要项书记信得过我。"

到了项达民应该说话表态的时候了,项达民也确实想说什么,但是仍然找不到最合理的方案,话还是说不出来。

兰桂花把上海另一位采购员邱师傅的情况向项达民、柏森林说了说,看得出项达民的脸色好了些,邱的情况让他多少放了点心,正说着邱的情况,有人敲门,兰桂花过去开门。

是尤敬华。

第 10 章

一

虽然几经拖延,明星化工厂还是没有能逃脱它被抵押的厄运。

谈判一直进行到深夜十二点,项小龙颤抖着手,在抵押协约上签下了自己的名字。

明星化工厂从此不复存在,没有厂长了,也没有工人了,什么也没有了,项小龙和全厂职工多年的辛苦劳累,转眼付诸东流,他们付出了那么大那么多的努力和辛苦,得到了什么呢?

得到了一张废纸。

项小龙接过这一张薄薄的却又是力重千斤的纸,墙上的时钟开始敲响,整整敲了十二下。

参加谈判的人,无论是哪一方的人员,脸色都很难看,谈判成功,并不等于喜悦,他们一个个神情疲惫、情绪低落地走出会议室,项小龙留在最后,他要最后一次把会议室的门关紧,将钥匙交掉,他还要最后看一眼他的工厂。

项小龙走到窗前,关窗,这是他多年的习惯,厂里的一草一木一砖一瓦,他都小心维护,每次开会结束或者下班,都是项小龙自己关窗,这许多年来,厂里大大小小的玻璃窗,没有因为刮风下雨而损失过一块。多少回,当项小龙的手触摸到窗户的时候,他心里总是涌起一股自豪,总是腾起一种激情,为自己的工厂,也为自己的事业。

今天却不一样了,项小龙的心里,再也腾不起激情,他已经失去了事业,失去了工厂,失去了能让他自豪的资本。站在窗口面对着黑黝黝的厂区,他心头一阵阵地抽痛。

项小龙下楼来,夜色漆黑,人都已经走光了,他的车还在。项小龙摸了摸锃亮的车身,叹息了一声,无论如何,这车他是不能再坐了。

项小龙突然发现,黑暗中,有个人在等他。

项小龙知道是谁。

"小龙,上我车吧。"项达民走近来,关心地看看弟弟,"小龙,你没事吧?"

项小龙慢慢地摇了摇头,说:"哥,你让我一个人走走,我想一个人走走。"

项达民犹豫了一下,说:"好吧,有什么事,随时给我打电话。"

项达民心头涌起千语万言,但不知从何说起。他也知道,在这个时候,弟弟情绪异常,说什么他也听不进去,只有等他情绪平稳些再慢慢说。

项小龙注视着哥哥的车远去,盯着那道光亮一直到看不见,他心里反反复复说着一句话:哥,我对不起你!哥,我对不起你!

项小龙踏着夜色,慢慢地走回家,妻子付英还没有睡,项小龙一言不发,付英也不用问什么,从项小龙的脸上,就能看出事情的结果。其实,即使她不看项小龙的脸色,也能知道结果,这个结果是早就存在了的,决不是这一个晚上才出来。

付英说:"肚子饿了吧,我把饭菜热一下。"

项小龙仍然沉闷,过了一会儿,说:"我想喝点酒。"

付英犹豫了一下,她想说已经快一点了,但是想了想,没有说出来,只是点了点头,到厨房去拿了酒瓶和酒杯,无声地给项小龙倒了一杯酒。

项小龙喝着酒,始终没有一句话,付英很是担心,几次想引他说说话,但又不知道这时候说什么话题为好,说工厂的话题吧,那无疑是在项小龙受伤的心上再加一刀;说其他话题吧,又觉得做妻子的太不关心丈夫的工作,丈夫的工厂被抵押了,妻子竟然连问也不问一下。付英左右为难,不知从何处说起,只好默坐在一边,看着丈夫喝闷酒。

项小龙眼睛红起来,蒙蒙眬眬含含糊糊地看着付英,仿佛又回到多年前,他刚刚担任明星村的支部书记,那时候,明星村不仅是全镇最穷最落后的村,在平泽县,提起贫困村,也总少不了明星村的大名。

项小龙高中毕业后在桃花镇供销社工作,有一天,项达民突然来找他,神色很凝重,说,小龙,知道明星村的情况吧?

项小龙马上明白了哥哥的用意,他点了点头。

项达民说,小龙,你知道我为什么找你吗?

项小龙又点了点头。

第二天,项小龙就到明星村,接替了老支书。

项小龙满腔热情,一腔热血,而且,信心十足。

项小龙开始了他的艰苦的创业史。

……项小龙现在回想起来,当初是怎么跨出第一步的……虽然哥哥是镇党委书记,但是项小龙认识的人不多,不认识人,怎么拉关系,怎么走路子,项小龙是硬着头皮出发的。

他来到镇上,找到一个熟人小董,希望小董能介绍点关系给他。项小龙说,小董,我知道你是见过世面的人,外面关系一定多,帮我们介绍介绍。

小董想了想,说,人倒也是认识几个,不过,关系也算不上怎么密切。

项小龙说,只要认识就行,关系是可以发展的。

小董说,好吧,我替你联系联系试试看。

项小龙说,那就拜托了,过一日,我来听你的回音。

小董说,过一日?恐怕没有这么快,这样吧,你先回去等着,我一有消息,就来告诉你。

项小龙就回去等小董的消息,只过了两天,小董就过来了。小董来的时候,项小龙正在村里检查农田排水情况,村办有人过来叫他,项小龙赶到村办,看到小董,竟有点意外,原以为小董也只是嘴上说说的,不会很认真地当回事,哪想到小董过了两天就来了,项小龙抱着满腔的希望和热情看着小董。

小董告诉项小龙,事情有眉目了,联系上了外经委的陈科长,陈科长手里,捏了一大把外资项目呢。

他们一起坐车来到县里,摸到了陈科长的门,陈科长很热情,笑眯眯地说,你们要来找我,老赵已经和我说过了。

项小龙和小董心中暗喜,可是喝了半天茶,抽了几根烟,陈科长始终不说正题,项小龙有些着急,再三地看小董,小董则看着陈科长。

陈科长说,你们二位,来找我,有什么事情,说吧,别拘谨,到我这儿来的人都像自己家的人似的,随便一点好了。

项小龙这才知道陈科长并不清楚他们的来意,连忙将事情的前前后后说了。陈科长很耐心地听项小龙说,一句也没有插嘴,脸上也看不出有什么表情。一直到项小龙说完,小董又补充,陈科长仍然没有说话。小董也说完了,大家静下来,项小龙和小董眼巴巴地盯着陈科长的嘴,好像陈科长的嘴里能蹦出个合资项目。

陈科长咧嘴笑了一下,嘴里黑洞洞的,没有合资项目在里边。陈科长笑着说,你们呀,搞错人了。

小董一急,说,你不是陈科长?

陈科长说,我是陈科长,可是我不是你们要找的陈科长。

小董很尴尬,说,奇怪了,怎么会呢,老赵明明要我来找你的,地址也是他告诉我的,要不然怎么正好找到你家来呢?

陈科长想了想,说,要说错也没有全错,你们要找的是外经委的陈科长,我呢,是多管局蚕桑科的陈科长。老赵说你们要来找我,也没说什么事情,我一想嘛,桃花镇也是有蚕桑的地方,也许是有关养蚕的事情来找我吧。

项小龙和小董你看看我,我看看你。

陈科长倒很善解人意,说,这也没什么,像你们这样,从乡下出来找外经委陈科长,找到我这儿的,还真有不少。外经委的陈科长我也认识,你们真要找他,我也可以给你们介绍,不过,这样就绕得远一些了。

项小龙和小董仍然没有回过神来。

陈科长继续说,不过,以我的看法,你们找那个陈科长也不见得有什么用。

小董说,听说他手里外资企业项目很多呀。

陈科长说,说说的吧,哪里来?陈科长也不开工厂生产外资项目。

小董张着嘴愣了半天,才回头问项小龙,项支书,你看,要不要请陈科长介绍去找那个陈科长?

项小龙说,当然,当然,请陈科长介绍去试试,只要有百分之一的可能,就要争取。

陈科长说,既然如此,我替你们联系试试看。说着就过去拿电话打,抓起电话,愣了愣,说,呀,电话号码忘记了,停一停,又说,我笔记本上有他的号码。放下电话,去找笔记本,找到笔记本,查了一会儿,说,怎么的呢,明明我记得有他的电话号码,这会儿找不到了,怎么会呢?歪着头想了想,说,有办法了,我找我们单位小刘,小刘和那边陈科长的爱人是同学,好像关系蛮密切的,试试。

小董和项小龙等着陈科长试试。

小刘不在家,小刘的丈夫接的电话,说小刘母亲生病,回娘家看母亲去了,也许一会儿就回来,也许晚上不回来,说不准。

陈科长对小刘丈夫说,如果小刘回来,让她马上来个电话,有人等着,小刘丈夫应了,搁了电话,陈科长抱歉地向项小龙和小董笑笑,说,不巧,你们若是等不及,先回家去,我有了消息会告诉你们,你们若是急等消息,只有在县里住一住。

小董说,我住不成,我家里还有事情。

项小龙说,我住下等等看。

正说着,小刘那边电话倒来了,项小龙和小董一听陈科长说,是小刘呀,心里一喜,重又看见了曙光。

小刘告诉陈科长,她也没有外经委陈科长的电话。陈科长说,你不是和他爱人同学吗,不是蛮熟的吗?小刘说,熟什么呀,人家现在眼睛长在额头骨上,认得我们是谁呀。陈科长有些发愣,小刘又说,陈科长如果一定要打听,我可以帮你打听。陈科长说,那就谢谢了。放了电话,等了一会儿,小刘电话来了,打听到了。陈科长拿起纸和笔记下了电话号码,向项小龙和小董说,有了,电话号码有了,拿那张记着电话号码的纸向他们扬了扬,就给外经委的陈科长家去电话。是陈科长的爱人接的,说,你是谁?陈科长说,我是陈兵扬。那边想了一会儿,说,陈兵扬,哪个陈兵扬?陈科长说,我是多管局的陈兵扬,和你们老陈,熟悉的。那边说,老陈不在家。陈科长问,上哪儿去了?那边说,不知道上哪儿去了,你有什么事情跟我说也一样。陈科长犹豫了一下,就把事情说了,一边说一边向项小龙、小董看着,神情有点紧张。说完了,那边陈科长的爱人一阵大笑,这笑声连坐在一边的项小龙和小董都听得很分明,笑了半天,终于是笑完了,说,你们怎么搞的,糊里糊涂,我们老陈早已经调出外经委了,你们这是哪年的年历呀?

陈科长说,对不起,对不起,我们信息也太不灵通了。挂了电话,转向项小龙和小董说,县里干部调动得真是快,我们在一个机关大院里也搞不太清楚。

项小龙说,没事,没事。

陈科长说,喝茶,喝茶。

项小龙和小董就喝茶,喝了些,陈科长又加满了,又喝了些,但是再也没有很多话说了。

他们又稍坐了一会儿,最后陈科长送他们到门口,向他们挥了挥手。

回家的路上,小董说,怪我,怪我,怪我没有弄清情况。

项小龙说,哪怪你,现在外面办事情是难,你已经出了很大的力,我们不会忘记的。

到了该分手的地方他们就分了手,各自回去……

被酒精的作用牵入往事的项小龙突然笑了起来,那场误会,现在回想起来,实在是一个大笑话,但,那毕竟是项小龙迈出的第一步呀,以后许许多多踏实的脚步,恰恰是从这不踏实的一步开始的。

一双脚,踩遍了千山万水。

一双眼,看遍了种种人物。

一张嘴,说尽了天下好话。

两只耳,听够了世间信息。

结果呢?

项小龙的笑越来越激烈,他又喝酒,又开始大笑起来。

付英害怕起来,颤声说:"你别吓我,你别……"

项小龙的思维已经有点混乱,一把抓住付英的手,捏得紧紧的,说:"付英,付英,厂没有了,厂没有了……"

付英说:"厂没有了,人还在,只要人还在,就会有一切。老话不是说,留得青山在,不怕没柴烧。"

项小龙血红的眼睛里淌出两行滚烫的眼泪,口齿含混地说:"没有青山了,没有青山了,没有了厂,人活着还有什么……"

二

　　项小龙精神抑郁导致神智错乱,每天出门,路上不管遇到谁,拉住了说一番明星化工厂的事情,从投资办厂开始,一直讲到资产抵押,整个的抵押过程也一一说来。开始的时候,大家还有耐心听一听,也看不出他有什么不正常,但等到说得太多太多,重复再三讲,大家就难免有些疑惑,只道是项小龙对工厂太执着的缘故,现在厂已经没有了,他爱讲就由他讲吧。再到后来,情况越来越不对头,项小龙只要发现听讲对象没有耐心,他马上痛哭流涕,向人下跪,哀求别人听他诉说。

　　项小龙疯了,医生说,是一种间歇性的精神分裂。

　　项达民是桃花镇最早得知这个消息的人,生龙活虎、精力旺盛的弟弟,转眼间成了祥林嫂,项达民默默地坐在自己的办公室里,一阵一阵地感受着心里的疼痛。

　　从前以为,心痛是一个空洞的概念,无非是小说家词库的一个词语而已,这会儿,项达民突然真正体会到什么叫心痛,心痛一点也不空洞,它实实在在地存在他的心间。

　　当项达民在医院里见到项小龙的时候,这种感觉更加强烈而真实。

　　三十刚出头的项小龙,已经半头白发了。

　　三年前,项达民和项小龙一起,为明星化工厂的奠基铲动第一块泥土的时候,项小龙是多么的意气风发,多么的斗志昂扬。项小龙说,哥,你放心,没有这个化工厂,我项小龙不敢说大话,现在有了这个化工厂,你叫我上天屠龙我也敢!

　　三年后,项达民和项小龙一起,参与抵押资产的谈判,由他们亲手建起来的明星化工厂又由他们亲手拱让出去,最后签约的那天晚上,项达民和柏森林都在场,项小龙在谈判结果出来后表现出来的平静,使项达民心中隐隐不安起来。

但是,他无论如何没有想到,弟弟竟然疯了。

坐在精神病院长椅上的项小龙,一看到项达民,暗淡的眼睛立即有了光彩,走上前和项达民握手,说:"项书记,你来了。"想了想,问道:"项书记,你来了,我哥怎么没有来?"

项小龙不认识项达民是他的哥哥了。

他却知道他是项书记。

项达民心如刀绞,他抑制着自己的情绪,点了点头,说:"小龙,我来看你了。"

项小龙向项达民身后看着,好像在找人,口中道:"咦,周立怎么没来,说好了周立要来的,周立怎么没来……"眼睛仍然到处寻找。

项达民心里一阵酸楚,周立是项达民引荐给项小龙的,如果当初项达民没有把周立介绍到明星村去,项小龙的今天会是什么样呢?

四年前的春天,项达民在省里参加人代会,有一天小组讨论的时候,有人说,有人在外面找项达民。项达民出来一看,走廊里果然站着一个人,年纪很轻,戴着一副高度近视眼镜,文质彬彬的样子。见项达民从会议室出来,他走上前来,向项达民伸出手,自我介绍,他是省城化工学院的精细化工系教授周立,边说边掏出工作证给项达民看。

项达民被他的书呆子气逗笑了,说:"我又不是查户口的,你给我看工作证干什么?"

周立也不好意思地笑了笑,说:"是的,工作证其实也证明不了什么。"

项达民一下子对这位年轻的看起来有些木讷其实充满智慧的教授有了好感,他请周立到他的房间,慢慢地聊起来。

周立和项达民谈的主要话题是化工研究和化工生产之间的关

系，桃花镇也有几家化工厂，项达民多少也懂一点化工生产的情况，所以也还能和化工专家周立说上几句。谈了大约有半个小时，周立越说越兴奋，从沙发上站了起来，一改文静的样子，激动地说，项书记，我相信我没有找错人！

项达民已经敏感到周立手里恐怕有什么好东西，他也兴奋起来，说，你找我，是绝对错不了的！

周立果然是有几个专利。

项达民并不是他找的第一个人。

在找到项达民之前，他已经通过熟人或其他什么关系，联系过好些国营的大厂，但是，周立说，我不信任他们。

人代会结束，周立就跟着项达民来到桃花镇，项达民考虑再三，把周立介绍给明星村的支部书记项小龙。

胳膊肘朝里弯，桃花镇许多村支书为这件事情酸溜溜的，甚至有人写信告到县委，说项达民利用职权，营私舞弊。

当时项小龙也刚刚从省城回来，他和所有钻天打洞到处寻找合作伙伴的乡镇厂长一样，已经把目光从原来的厂与厂的联营扩大到高校，进入高校找人才、找项目，可惜的是，项小龙虽然有和别的乡镇厂长一样的信心和努力，但是他没有他们所具备的条件，所有的对象一听说明星村的现状，没有不摇头后退的。项小龙绕了一大圈回来，心情沉重，正在这时候，项达民来了，带来了周立。

初到明星村，周立是很不满意的，明星村的基础太差太差，村里唯一的企业是一座破破烂烂的不足二百平方米的饼干厂。当项小龙请周立尝他们生产的饼干时，周立都不敢往嘴里放。

在明星村待了两天，周立对项小龙有了一个全新的了解，项小龙的作风和项达民不一样，项小龙给人的感觉很软，但却很坚韧。

周立的项目是个专业性很强的项目，名称叫作HYB4，是用于化工生产的一种添加剂，这种添加剂，国内目前还没有开始生产，国际生产量又极小，需求量却越来越大，而且发展十分迅速，周立打了个比方,如果国内的需求量是十,而整个国际上的产量目前只有六,国内的生产是零。

就凭这么一个数字,哪个能不动心?

项小龙动心了。

项达民也动心了。

但是,从动心到实施方案,中间的距离太长太长,其中的风险也太大太大。

周立说,不瞒你们说,在找你们之前,我已经找过好几家,都是产值几千万以上的国营大厂,他们有实力、有条件、有基础,但是,他们没有胆魄,没有眼光,更没有只争朝夕的精神!

人是要有一点精神的!

项小龙就是凭着这种精神,开始了他的艰苦卓绝的创办明星化工厂的事业。

项达民给了项小龙最大的支持,为了慎重,项达民让项小龙通过关系,向省城化工学院了解周立的专利 HYB4 的情况,得到的答复是,化工学院精细化工系,确实有此专利,据说想与他们合作的人很多。

项小龙整整三天三夜没有休息,将这个复杂的、他原本一窍不通的化工生产全过程搞清楚了,和周立及周立的一位同事一起讨论出可行性方案,召集了省市的化工生产和研究方面的专家,请来了平泽县分管乡镇企业的领导以及银行、供电、消防、公安、工商、税务等各方人马,进行快速论证。

其实在可行性论证中已经露出许多问题的端倪,一些专家对这个项目提出了毁灭性的意见。

但是,项小龙没有将这些情况告诉项达民。

项小龙急于求成。

项达民也脑袋发热。

那些激烈的反对意见,项小龙也不是没有犹豫,但是怕赶不上形势,怕辜负哥哥期望的迫切心情,使他不再冷静。为了尽快干出成绩来,他向项达民隐瞒了许多不利因素,立项通过了,整个过程,是名副其实地一路绿灯,保驾护航。

接下去的事情就是跑钱。

有一千万元的贷款,是项达民担保,向平江市农行借来的,低息,两年期。签贷款协议时,沈行长对项小龙说,项厂长,在这么短的时间内,决定向一个村办厂放贷一千万,这在我们农行史上,恐怕还是首创,两年到期,你若是还不了钱,我可没法向上上下下交代呀!

项小龙说,还不出钱,我从这楼上跳下去。

项小龙果然没有能还出钱来,不仅还不出本钱,连利息也付不出来。不仅还不出向农行借贷的一千万,也同样还不出在其他地方借贷和集资的另外的一千万。

项小龙在说我从这楼上跳下去的时候,他是有百分之百的把握的,他决不会从楼上跳下去,他决不可能还不出贷款,他不仅要在两年时间里还清贷款,他还会在两年时间里,打一个彻底的翻身仗。

项小龙那时候怎么能想到,他们的信息是错误的,至少是落后了的,所以,他们的决定,他们的行为全部失误。

一直到事后,情况才明朗,当周立介绍 HYB4 在国内尚未有生产厂家,而国际生产量太大少于需求量的时候,国内其实已经有不少厂家开始生产 HYB4。HYB4 是一种用量很小的添加剂,也不像周立所说,在国际市场上也根本没有供不应求的情况。

一年后,当明星化工厂的厂房刚刚建设好,成套的、专门为生产 HYB4 而请生产厂家特制的机器设备刚刚运来尚未安装完成的时候,国内市场已经开始大量投放供应 HYB4。

项达民得知这个消息时,只觉得心往下一沉,沉到自己也摸不着感觉不到的深渊里去了。

面对项小龙探询的目光,项达民再次感觉到自己肩头的分量,但是项达民终究没有退缩,他没有说话,只是做了一个手势,在进退两难的时候,项达民从来是选择进而不是退。

项小龙硬着头皮继续投入,他有一个坚强的信念,不管别人生产不生产 HYB4,只要我能占领市场,我的生产就有活路,我就能赢利。

项小龙又错了。

在可行性报告中项小龙的计划是:正式投产后,两年还本,三年赢利。

项小龙的可行性报告中,似乎漏掉了最关键的一环:销售。

生产是手段,销售才是目的,没有销售,就没有一切。

在工厂开始生产 HYB4 的同时,项小龙则开始了他的千山万水推销产品的行程。

项小龙走到哪里,只要他一说自己是搞化工生产的,立即被人打听要不要 HYB4,项小龙哭笑不得,才两年时间,HYB4 已经铺天盖地。

这么过了一年,结果是项小龙的工厂仓库里 HYB4 堆积如山,一再地被消防、公安、环保等部门处以罚款和警告。

项小龙再一次面临进退两难的境地。

既然投入了没有收获,明显是不能再投入了,那么,如果不再投入,结果是什么呢?结果就是眼睁睁地看着已经投入的钱连水花也没有溅起一点便悄没声息地落入了无底洞。

那么,再咬着牙继续投入呢?

当然更不行,继续投入的结果就是继续把钱糟蹋掉。

两千万的借贷时间早已经到期。

项小龙真的走投无路了。

项小龙找农行的沈行长,沈行长不见他。他又找信贷科的科长,科长说,找我也没有用,钱是一定要还的,连本带息一分也不能少。项厂长,你也不能怪我们心狠手辣落井下石,说到底,市场经济就是竞争,竞争失败,就是这样,就是落井下石,没有办法。你越是发展得好,越是有钱,我们银行就越给你钱;你越是亏损,越是发展不起来,我们越是不能给你钱,还越是要逼你还钱。

这就把项小龙逼到了抵押的最后一步。

项小龙没有从楼上跳下去,项小龙没有死。

但是,他现在这么活着,又比死强多少呢?

项达民盯着项小龙由于服用镇静药而显得苍白的脸,心里一阵阵疼痛,他欲言又止,不知向项小龙说什么好。过了一会儿,护士过来说:"项小龙,又有人来看你了。"

项小龙茫然地看着护士。

项达民向外一看,是个年过七十的知识分子模样的老人,穿着中山装,项达民觉得有点面熟,一时却想不起来他是谁。

来人也没有认出项达民,他倒是认识项小龙,所以就先走到项小龙身边,和他握手,说:"项厂长,我是秦一和。"

项小龙仍然很漠然,他认得出项达民,却认不出别的人,两眼直瞪瞪地盯着秦一和。

项达民听到秦一和这个名字,突然想了起来,秦一和是省城化工学院精细化工研究所的主任、HYB4 的真正发明者。

秦一和几十年来一直把自己关在实验室里,基本上没有出过校门,近些年来,秦一和研究试制出过许多化工方面的新项目,都是由他的年轻同事周立拿出去申请专利、推向生产、推向市场,所得到的利润,由周立交给秦一和,秦一和再用于下一轮的新的研究,周立为此还在学校成立了一个科技成果咨询公司,专门为生产厂家介绍学校一些专家的研究成果。至于周立在代表秦一和走出校门、走向市场经济的过程中,到底是怎么做的,秦一和从来不问,他是一个典型的两耳不闻窗外事的书呆子,而周立则是另外一回事。

项达民知道秦一和的名字,是同周立建立了良好的关系以后。有一回偶尔听一个在省教委工作的熟人说起化工学院精细化工系的秦一和,是个什么样的人,建议项达民可以找他看看有没有合作的可能。事后项达民向周立打听秦一和,周立马上说,我正要告诉你,这个 HYB4 的专利,就是秦先生的,我其实只是秦先生的代理人。

过了几天,周立听说项达民到省里办事,立即把秦一和拉来,见了面,一起吃了一顿饭,秦一和亲口说了自己将一切事务委托周立办理,周立看着项达民笑,项达民的心里,却隐隐地有了一种不太好的预感,但是已经为时过晚。

项达民和秦一和就有了那一次的一面之交。

现在秦一和突然出现在项小龙的病房里,来看望项小龙,很明显,秦一和已经知道了明星化工厂的悲惨结局。

虽然项小龙认不出秦一和,但秦一和却仍然紧紧抓住项小龙的手,一迭连声地说:"项厂长,项厂长,是我害了你,是我害了你!"

原来,明星化工厂的事情,在化工学院也已经传开,但秦一和是不知道的,他从来不爱听研究课题以外的事情,甚至不许研究所的人员在上班时间谈研究课题以外的事情。秦先生将研究课题以外的事情一概称之为街谈巷议,嗤之以鼻。明星化工厂的事情,最后还是在自己家的饭桌上从老伴的嘴里听说的。

秦一和起初死活不相信,HYB4 是他十年前的发明,他不相信周立会拿十年前的东西去骗人,秦一和的老伴见秦一和如此固执,也生气了,说:"你不相信就到平江市精神病院去亲眼看看,那个年轻的厂长是不是住在精神病院。"

秦一和是属于那种思想不会转弯的人,老伴虽然说的是气话,但哪里想到,她这么说了,秦一和果真觉得有这个必要,果真就一个人来了。

秦一和在护士值班室打听到有项小龙这么个人,就已经跺脚捶胸了,再一进病房,看见项小龙果然病得厉害,心里更难受,紧紧抓住项小龙的手不放,说:"怎么可能呢,怎么可能呢,HYB4是我十年前的发明,早在五年前就有人开始投产,怎么可能呢,怎么可能呢……"

护士上前说:"这位老先生,请你注意。"将他的手拉开。

项达民将秦一和请到一边,说:"秦先生,我是桃花镇的书记,我叫项达民,几年前,在省里,我们一起吃过一顿饭。"他没有提周立的名字。

秦一和突然老泪纵横,仍然一迭连声地说:"我想不到,我想不到,周立是我看中的人,周立是我看中的人……"

项达民正要说话,那边项小龙却过来了,眼睛闪闪发光,说:"周立,周立在哪里,我要和周立说话。"咽了一口唾沫,又继续说,"周立是不是带了新的科技成果来了,交给我,明星化工厂被银行收走了是吗,那没关系,银行不能从事金融以外的生产,他到底还是要找人买厂的,找谁买,找我买,我重新再把它买回来。"说着,他激动地抓住项达民的手,说:"项书记,再给我一次机会,我一定能够干好的,哪里跌倒就在哪里爬起来。项书记,你一定要相信我能够爬起来。项书记,你给我哥哥带个信,我没有搞好工作,我对不起他,但是我一定能够弥补……"

护士追过来,向项达民和秦一和说:"对不起,你们不能再待下去了。"

项达民和秦一和向项小龙告别,项小龙隔着铁栏杆向项达民挥手,大声喊:"项书记,我等你的回音啊!"

项达民点着头,也向他挥着手,眼里止不住淌下两行热泪。

秦一和连声道:"太惨了,太惨了,太惨了……"

项达民因为心里难受,也不想再和秦一和多说什么,秦一和却拉住项达民,说他是怎么看中周立的,说周立显得有多老实,又说

周立现在已经不在学校了,也不知跑到哪里去了。项达民说:"大概又到别的地方成立咨询公司去了,要不然,你们这些专家,发明了成果到哪里去卖钱?"

秦一和根本听不出项达民话里的含义,连连点头,说:"你的话很有道理,很有道理,他跑不远,离开这个行业,他能到哪里去,他除了能干这个,别的懂什么?我一定能把他找出来,我在全国各地有很多学生,我发动他们帮我找。"

项达民对这位老知识分子一点办法也没有,看他年纪一大把,白发苍苍的站在寒风中于心不忍,说:"秦先生,是不是到我们桃花宾馆歇歇。"

秦一和一愣,想了想,说:"不歇了,我这就到平江大学去,平江大学化学系有我的学生。"说着就往公交车站走去。

项达民追上去,说:"秦先生,我有车,送送你。"

秦一和直摆手:"不用,不用。"车来了,秦一和腿脚利索地上了车,项达民站在路边,看着公交车摇摇晃晃地远去。

项达民来到桃花宾馆,已是下午五点,柏森林正在等他,一见了面,就告诉他市委楚平书记正在办公室等他的电话,说项达民一到,他就过来。项达民给楚平打电话过去,楚平说:"到哪里去了,等你半天了。"

项达民犹豫了一下,没有说是到医院去了,含糊过去。

楚平说:"好呀,现在也开始向我保密了。"笑了一下,又说,"这样,你别走开了,我马上过去。"

项达民说:"我过去看您吧?"

楚平说:"不用你来,是我嘴馋了,好久没吃到家乡的扒蹄了,今天来杀一杀馋虫。"

放下电话,项达民把项小龙的情况向柏森林说了说,正说着,楚平已经到了,进来问:"你们在说什么,脸色这么严峻?"

项达民也隐瞒不过,只好照实说了。

楚平也已经听说明星化工厂的事情，但情况不是很清楚很确切，这会儿听项达民说项小龙住进了精神病院，不由长叹一声，过了半天，说："既然这个倒头产品不行，为什么不马上转产，等死啊？"

项达民和柏森林都不作声。

楚平又说："有许多厂，也是面临崩溃，下个狠心，再担一次风险，再投一笔钱，看准市场转产，马上就活了，别人能活，为什么明星厂就不能活？"

项达民过了好半天才说："明星厂和人家不一样，明星厂的机器设备，是专门为生产HYB4而生产出来的，无法转产生产别的产品，叫他们转产，等于叫他们另建一个厂了。"

楚平皱着眉头，说："当初论证的时候，你们就没有想到这一点，这么绝门的东西，你们也敢要？"

项达民说："要的就是它的绝门，它要是真的绝门，也就成了，可惜！"

楚平说："我早就跟大家讲过，从科研单位出来的研究成果，毕竟还只是科研成果，不是生产实践。有时候，小批量在实验室生产是可以的，到了工厂，大批量生产就不行，就有问题。也有的，试产的时候很好，正式投产了仍然不行。这样的事情，我们见多了，你们也不是没碰到过，怎么不小心？"

项达民说："明星厂不属于这类情况，主要是没有吃准市场，没有了解市场情况，HYB4早在明星厂开始生产的时候，市场已经开始饱和，一下子产品积压，加之产品质量不是很理想，竞争不过国营大厂的质量。"

柏森林看楚平的脸色越来越难看，便道："这是上了高校捐客的当，前几年，许多高校里都有这么一批人，后来被称之为高校捐客，他们不敢到国营大厂去行骗，便跑到乡镇企业来，我那天听平泽乡镇局局长说，光平泽一个县，这样的事例就有二十几家。"

项达民也说:"周立就是这样的人。"顿一顿,又说,"真正有水平,真正能够发明些东西的人,往往对社会上的情况一点不了解,走出高校就两眼一抹黑了,他的发明,怎么推上社会,这就产生出高校掮客来,倒卖科技成果,用过去的一句话,叫作应运而生。"

楚平点着头,说:"那是,大头的钱,大概都被他们赚去了。"

柏森林说:"我最近看到一个报道,一个数字,惊人的。最近在北京搞了一次全国性的科技成果拍卖会,事先估计这项活动一定会火爆北京,那是由国家正式举办的,有国家认定的三千多种科技成果参加,结果呢,冷冷清清,成交率出奇的低,只有百分之九,办会的人都不敢相信。为什么?大家被吓怕了,大中型企业呢,根本不敢花大价钱买科技成果,怕得不偿失。原先购买科技成果的大户,就是乡镇企业,这几年被科技倒爷搞惨了,再也不敢问津。其实,拍卖会上,确实有许多有生产价值的成果呀,就像嫁不出去的姑娘。"

项达民也应声道:"一朝被蛇咬,十年怕井绳。哪怕这井绳是根金绳,也没人敢走近了。"

楚平开始还认认真真地听着,听到后来,脸色变得更难看,指着项达民和柏森林厉声说:"照你们的说法,明星厂的问题,就是因为上了人家的当,一切归罪于什么高校掮客就行了?"

项达民和柏森林互相看了一眼。

楚平继续激动地说:"你们自己呢,一点责任也没有?都是人家的责任?你们仅仅是上当受骗?"停了一下,又继续道,"就算你们只是受骗上当,为什么你们会受骗上当?你们主观上没有问题?"

项达民和柏森林都不吭声,楚书记的脾气他们都清楚,他发火的时候,千万别顶着他,得让他说完,说完了,他的火气也就自动降下了,可是今天楚平却越说越激动,停不下来,火气也降不下来了。

"项达民,别说有项小龙这样的事情发生,即使没有项小龙,没有明星化工厂的事情,我也要找你!吕书记派尤敬华到你们镇去,你冷言冷语,什么意思?"

项达民笑了笑,说:"冷言冷语,只要不是冷粥冷饭,言语又不当饭吃,冷就冷一点吧。"

楚平说:"项达民,尤敬华这个同志我是了解的,是个好同志,一心为工作的。"

项达民说:"尤组长到您这儿来哭诉了?"

楚平严厉地盯着项达民,一字一句:"项达民,小心最后哭的是你!"

项达民依然笑嘻嘻的,指了指饭桌,说:"楚书记,家乡菜来了!"

一盘晶莹红润的冰糖扒蹄端上桌来,散发着诱人的香味。楚平忍不住抢先尝了一口,大加赞赏道:"好,好,味正,味正!"

项达民向站在一边的桃花宾馆总经理说:"你听着,要让楚书记说声好,可不是容易的事情,楚书记是美食家,哪次吃饭,能得到他'还可以''还说得过去'几个字,就已经很了不起了,平江几家大饭店的厨师,哪个不怕楚书记的嘴!"

楚平说:"何止是嘴,你们以为吃东西只是用嘴?"

大家一笑。

项达民说:"你们听清楚了,今天楚书记连称两遍味正。"

楚平说:"味正,这是起码的要求嘛,一个饭店,若是连味正也做不到,还开饭店干什么?"

柏森林说:"可是据我们了解,楚书记每一次吃过饭,最多指一个菜说,这道菜,勉强还能算个菜……"

大家又笑。

楚平说:"啊?我在大家眼中就是这么个好吃的形象呀?"

吃过扒蹄,楚平脸上的笑意又渐渐退去,向项达民看看,说:"别以为我吃了你的扒蹄,就不说你的坏话。"

项达民说:"扒蹄哪能封住楚书记的嘴!"

楚平说:"我听说,你打算在桃花镇建一个三千千瓦的电厂?"

项达民看了柏森林一眼,说:"报告正在省里论证,看起来……"

楚平打断项达民的话,说:"看起来什么?看起来你的胃口确实越来越大了,胆子很不小嘛!"

项达民说:"只要吃得下,身体就好。"

楚平说:"你吃那么多,不怕不消化,不怕撑死?"

项达民说:"撑死鬼总比饿死鬼强。"

楚平说:"我告诉你,你别在这里跟我绕口舌,你的报告报上去的时候,市委没有认真讨论,当时如果市委常委会讨论你的电厂,我肯定投反对票!"停一下,又说,"老虎吃天了,一个不过两万人口的小镇,建三千千瓦的电厂,你知道三千千瓦的含义是什么吗?"

项达民知道楚平是认真反对了,一直挂在脸上的笑意也渐渐地退去,说:"三千千瓦意味着我们桃花镇用电将进入一个自由王国!"

楚平冷着脸说:"自由王国?你以为桃花镇是你的王国?"

三

项达民的可行性报告,已经被省电管部门迅速地在最短的时间内驳回了。

通知正放在吕正的办公桌上。

理由有三:一、从华东地区来看,根据国家有关部门报告,三年内,华东地区用电可以得到缓解,华东地区已经有部分城市向市民许诺,明年开始,不再停电。也就是说,用电的紧张状态,确实有希望尽快解决;二、从平江市范围看,平江市已经决定在古渡口建八千千瓦的水电站,计划建成时间是三年。也就是说,即使现在平江市范围的用电还比较紧张,那么,三年后,古渡口电厂建成入网后,平江市的用电也就不用再愁;三、从桃花镇本身看,目前的用电情况确实紧张,因为桃花镇乡镇企业发展速度快,建厂多,其他公用设施也超过一般乡镇,用电量要比兄弟乡镇多得多,如果三年以后华东地区和平江市的用电都不能缓解,那么,桃花镇现在筹备建电厂无疑是个有魄力有胆识的壮举。但是,如果同意桃花镇自己建电厂,最快的可能也要三年时间,三年后,华东地区和平江市的用电都已经缓解,到那时候,桃花镇电厂发的电,能不能被允许入电网,还是个大问题,电这个东西是不能储存的,够用的时候,多一度也嫌多,不够用的时候,少一度也嫌少,像桃花镇这样的乡镇建的电厂,只有在电力普遍缺乏的情况下才可能被允许入网,所以,桃花镇建电厂,实属冒险;四、也是最关键的,建一个三千千瓦的电厂,耗资大约两个亿,别说桃花镇,即使交给平泽县,目前看来,也没有那么足的经济实力。

专家们的态度是十分明确而强硬的,不可行!

消息是下午才传到吕正这里的,由市电管办转来省电管办的一份传真,白纸黑字,告诉吕正,桃花镇的电厂没戏了。

从吕正的内心,是愿意项达民搞电厂的,所以,现在,他面对这张否决票,紧张地思索着,下一步该怎么办?

在项达民折腾着要办电厂的整个过程中,吕正从来没有明确表态,吕正作为平泽县的一把手,不能太明显地表现出自己对项达民的超过水平线的支持,在他手下,还有和桃花镇一样的三十多个乡镇,都是他的子女,他不能表现出自己的偏袒。

项达民只有一个,但是在平泽县,想在自己乡镇建电厂的乡镇党委书记恐怕不只一个。吕正任平泽县委书记多年,对乡镇干部一个最深切的体会就是,这些人,哪个不是拼命三郎?

吕正内心有点焦急了,他得赶快把这个消息告诉项达民,要想办法,要找路子,要开后门,得由项达民自己出面。

吕正的电话追到项达民的时候,项达民刚刚送走楚平,刚有时间问一声柏森林:"你今天怎么出来了?"

柏森林说:"我是专门追到平江来找你的。"

桃花镇游乐场二期工程,根据合同,对用料的要求非常高,有些高标准的材料,平江地区根本就很少见,比如工程用水泥,必须是800标号的,负责进货的工地负责人,因为一时进不到这种标号的货,就自作主张降低了标准,已经开始使用,被柏森林发现,命令立即停工。他赶到平江,就是来找关系,联系进800标号的水泥。

项达民话中夹音地说:"800标号水泥好进,人的思想难通啊。"

柏森林当然明白项达民所指。

对于游乐场的二期工程,柏森林始终是持反对意见的,一旦党委定下来,任命他担任总指挥,他便毫不犹豫地承担起重任来。但是在柏森林的内心深处,似乎随时隐伏着二期工程下马的感觉,所以在具体工作中,柏森林钱抠得很紧,每次进建筑材料,都是黄泥萝卜吃一段揩一段,只进很少一部分,而且迟迟不付款。

这个情况,项达民早就听常金鹏汇报了,今天才有机会敲他一下。

柏森林还没有来得及解释什么,宾馆总经理迎面跑进来,说:"项书记,吕书记的电话。"

项达民说:"吕书记的电话,追到这里来了?"

项达民去接了电话,吕正在电话中把电厂的事情告诉了他。

项达民应该是早就作好思想准备的,尽管如此,听到被否定的消息,他还是愣住了,他并没有想为什么被否定,为什么通不过,而是和吕正一样,想,下一步怎么办?

吕正说:"喂,你在不在听?"

项达民说:"我在听,吕书记,你得帮忙!"

吕正说:"我帮不了忙,省里驳回了,你再回头去找,恐怕也是自找没趣,要找就应该找在前面,现在就被动了。"

项达民当然听得出吕正的话外之音,马上说:"省里驳回了,那就找中央!"

吕正说:"你口气大,找中央,要不要找江总书记?"

项达民说:"我听你吕书记的。"

吕正说:"你听我的有什么用,我又不认识中央什么人,电力部的大门朝东朝西我也不知道,你找我无用。"

项达民几多聪明,马上又听出了吕正的意思,说:"闻书记在北京待了许多年,他一定认识。"

吕正见自己的暗示起了作用,便松了一口气,说:"那是你自己的事情了。"挂断电话。

项达民回头向柏森林把情况说了一遍,说:"我想马上到闻书记那里去,你去不去?"

柏森林显出些犹豫,说:"我这边水泥的事情亟待解决,我就不去了。我到建材集团去,你先替我打个电话。"

项达民给建材集团老总打过电话,把事情简要地一说,道:"我们的柏镇长马上来看你,由他详细向你汇报。"

柏森林走后,项达民让自己的情绪稳定了一下,给周怀秘书长打了个电话,问闻书记今天晚上在不在家,周秘书长好像愣了愣,说:"你找闻书记?"

项达民也不瞒周怀,说:"我的电厂报告,省里没有通过。"

周怀说:"今天中央芭蕾舞团在平江首场演出《天鹅湖》,闻书记去看演出了,在平江剧院。"

项达民问:"几点开始的?"

周怀说:"好像是七点四十五分。"

项达民挂了电话,看看表,时间已经是晚上九点,估计演出到十点多钟也该结束了,便开了车往平江剧院来。到剧院门口,冷冷清清,还没有散场,项达民将车停在一边,坐在车里耐心地等待。

刚等了一会儿,突然有人敲他的车窗玻璃,项达民往外一看,外面光线暗,起先没有看清是谁,开了门,才发现是闻舒的司机许飞,两人高兴地互相一拍巴掌。

许飞和项达民也算是老熟人了,桃花镇是典型,没有哪一届市委领导不常常往桃花镇跑,市里有什么活动,要开什么现场会,要总结哪方面的问题,要调查了解哪方面的情况,往桃花镇跑得是最多的。此外,省里来了人,中央来了人,也都领着往桃花镇来看,所以许飞和项达民熟悉,老朋友似的,见了面很亲切。

许飞说:"项书记现在也玩洋的了,看芭蕾舞来了?"

项达民说:"很想见识见识,可惜没有时间。"

许飞其实早明白他是来找闻书记的,说:"你的情报网,很得力呀。"

项达民点了点头,说:"没见你之前,心里还不踏实,不知道情报准不准。见了你,心里便踏实了。"

许飞说:"你的情报还愁不准?"

项达民说:"我又没有你提供的情报,你若给我提供情报,那一定是准的了。"笑着又问,"你怎么不看?"

许飞说:"这是高雅艺术,在里边不许抽烟,我受不了,宁可不高雅,出来了。"

项达民又笑了笑,说:"看到报纸上介绍,说不能乱鼓掌的,不要热情过头,芭蕾舞演出什么时候该鼓掌,什么时候不该鼓掌,是有讲究的,这么一说,叫人真不敢去看,太高雅了。"

许飞说:"狗屁了,鼓掌本来是一种自发的情绪,什么时候鼓掌了,就说明观众真的喜欢你这段演出了。鼓掌还要受到控制,这真是笑话!报纸上的文章有时候也是颠来倒去,过去说一张嘴皮,翻来翻去都有理,现在是一支笔,写来写去都有理。"

项达民说:"我看平江人,不是热情过头,而是太缺乏激情!"

许飞说:"一点不错,前几天电视台搞的那台活动你看了没有,虽然场面小了一点,人少了一点,但人家请的都是很有实力的艺术家,一点也不卖狗皮膏药,一点也不玩假的,全是货真价实的演唱,水平确实高,非常感人的,可是我们的观众呢,从前排就座的市领导到挤得满满的市里一大批知名人士、大企业家,他们怎么样,我在电视机前看着,都为我们平江人丢脸,掌声稀稀拉拉,面部表情呆板,笑也是硬挤出来的笑,哪里像是在看文艺演出,明明是在听政府报告的样子,怎么,这就叫文明?笑话!"

项达民颇有同感,正要往下说,就看到开始有人从剧院大门里出来了,项达民手一指,说:"是不是散了?"

许飞看看表,说:"差不多了吧。"

果然是散了,人群往外拥,项达民想迎过去,许飞说:"不着急,闻书记还要上台与演员握手祝贺,不会提早出来。"

又等了好一会儿,才看到闻舒从台阶上走下来,项达民迎了上去,闻舒一眼就认出了他,说:"项达民,你也来看演出?"

许飞说:"项书记是来等你的。"

闻舒哈哈一笑,说:"你这是瓮中捉鳖呀。"走到项达民的车边,看了看,说,"你这车好呀。"

项达民的车是日本本田公司的雅阁车,米黄色,尾巴短一点,闻舒说:"怎么,你自己开车?"

项达民说:"我自己开,方便些。"

闻舒回头向许飞说:"小许,你直接回去吧,就让我喜新厌旧一回,坐项达民的车,也看看他的车技如何。"

闻舒坐在项达民车上,项达民心里多少有点紧张。闻舒说:"没事,不就是一个市委书记嘛。"

项达民的心情松弛了些,将车开起来,很平稳地上了马路。

闻舒说:"你早一点来找我,我就劝你一起看看演出了。"

项达民说:"演得怎么样?"

闻舒好像仍然有点沉浸在其中的样子,说:"是艺术享受呀,难得的。在平江能看到这么高水平的演出,恐怕也是不多。"

项达民说:"好像中央芭蕾舞团是第一次来平江演出。"

闻舒说:"以后有机会应该多请这样的艺术团来平江。"说着自己却又摇头,说,"唉,可惜,剧场太差劲,舞台太差劲,我这个平江市委书记都觉得丢人,一边看,一边提心吊胆,怕台子塌下来呀!"

项达民不由地说:"平江剧院还是(二十世纪)二十年代造起来的吧?"

闻舒说:"是三十年代初造的,那么小的舞台,叫人家演员怎么跳,跳着跳着,就撞到一起,我看着,心里实在是不好受。他们跟我汇报,不久又想请俄罗斯的芭蕾舞团来,我跟他们说,你们等一等吧,再熬一熬吧,平江大会堂明年就能建成使用了,熬到明年请吧,像这种世界级的高水平的艺术团体,你一辈子,也不过请它一两回呀,让他们的高水平有个可以尽情发挥的天地,也让人家对平江留个好印象,得让他们看看我们平江同样具有世界水平的演出场地!"不等项达民说什么,闻舒又说,"他们如果不听我的建议,仍然要在这么小而破旧的地方请人家演出,那就对不起了,我不看了,是不敢看了,怕出洋相,我这市委书记的脸,可真是没地方放。"

闻舒的一番话,完全就是把项达民当成自己非常熟悉的人非常亲切的人来说的,所以,到这时,项达民的情绪已经彻底平稳下来。车在夜深人静的马路上无声地滑行,显出车的良好的性能。

闻舒指指车上的音响设备,说:"听说雅阁车的音响很好,听听看。"

项达民打开音乐,果然,音响效果极佳。闻舒笑起来,说:"日本人是会做生意,是精明,项达民,你知不知道你这个牌号的雅阁车,日本人是根据什么标准生产的?"

项达民不太清楚,丰田公司当然是知道的,丰田的车当然也了解一些,但这个挡位的雅阁车,到底根据什么标准生产,项达民却没有留心过,便摇了摇头。

闻舒说:"它是根据我们对领导干部坐车标准确定的。"

项达民"哦"了一声,说:"我们的坐车标准?它就是根据我们的标准来的?怪不得,它设计了2.2不超标。"

闻舒说:"哪里是等我们的标准出来后呢,恐怕我们的标准还在酝酿中,他们就得到信息,开始生产了,等到我们的标准一公布,车已经上了我们的市场。这是什么?这就是商战,这就是信息时代,这就是做生意。"

项达民说:"不得不佩服小日本的厉害。"

闻舒又说:"他说是2.2,其实你看看它的内部,哪一个硬件不是豪华型的?"

项达民说:"现在这车在中国市场很好销。"

闻舒说:"那当然,凡是被标准规定的干部,都愿意坐这车呀。听说我们自己也在生产一种,奥迪系列的,多少标准?2.43,嘿,好一个2.43。"

项达民说:"这叫上有政策下有对策。"

闻舒又笑了。

很快到了闻舒住的南平饭店,车一直开到闻舒的小楼前,闻舒一边往里走,一边对项达民说:"你是为电厂的事情来找我的吧?"

项达民吃了一惊,马上想到是不是吕正已经告诉了闻舒,闻舒却像是看透了他的心思,说:"你别乱想,不是你们吕书记告诉我的,我的消息来源,也许和你一样多呢。"

项达民有些不好意思,但他听得出闻舒的口气比较松缓,心里既紧张又兴奋,觉得电厂的事情仍然是有希望的。

坐下来,闻舒说:"省里否决的理由你不用说了,我已经知道。你说说你的理由,既然省里已经驳回,你还来找我,说明你有比他们更好的理由,你有更具说服力的东西。"

项达民当然知道闻舒不会凭他项达民所说的话去判断是非,但他同样明白,自己在这时候说的话,是至关重要的。项达民想了想,理了一下思路,很快清晰了。

一、在二〇〇〇年以前,虽然华东地区和平江市的电力情况会有所好转,但是有一点不能忘记,电力在增长的同时,生产也会持续发展,生产发展的水平不会低于电力发展的水平,所以,电力紧张将是一个长期的问题。

二、普遍认为建电厂的投入过大,无利可图,但是对桃花镇来说,只要有电,就有利润,只要工厂不停电,就有利润。

三、即使再过几年,电力紧张状况真的缓解,我只要在目前的几年中,把我的乡镇企业推上一个新的台阶,到了那时候,即使真的不再需要我的电厂,我也无所谓了,因为我的目的已经达到。我建电厂的目的,就是要促进我的企业的发展。

四、杜绝和制止不正之风,以目前的状态,我们要用电,到处求爷爷告奶奶,请客送礼,搞不正之风,我也不想搞,不搞怎么办,工厂停产呀,我自己有了电,万事不求人,也就没有不正之风。

闻舒插嘴道:"你这最后一条,很冠冕堂皇呀。"

项达民说:"闻书记,这些年,为了电,苦呀!当然,苦的也不是我一个人。可是我们桃花镇,用电量确实是比别人多,老是把一个孩子的食量分配给一个成年人,饿虽饿不死,却也饿得大伤元气,哪还有什么力量搞建设。"

闻舒说:"怪不得有人认为你口气大,果然嘛,怎么,人家乡镇就是小孩子,你是大人?"

项达民说:"我现在是自己为自己想办法,也没有向上级伸手要钱,自力更生解决自己的困难。"

闻舒说:"你现在说得好听,一旦真的批准了,你会不找上级要钱?你做得到?"

项达民被闻舒点穿,不好意思地笑了笑,有点像小孩子跟大人耍赖皮似的,而桃花镇这些年的发展,也就是这么走过来的。

闻舒说:"我听了听你的想法,也没有什么特别的地方嘛,很一般嘛,这笔账谁不会算,你就想凭这个过关?"

项达民赶紧说:"所以来找闻书记。"

闻舒说:"我揣摩你的意思啊,你是要我到电力部说说话?"

项达民说:"是的。"

闻舒说:"你以为我会去替你说话?"

项达民说:"是的。"

闻舒说:"你是不是经常做强人所难的事情?"看项达民有点紧张了,又笑了笑,缓了缓口气,"你是火力发电,平江市打算在古渡口建的是水力发电,水电和火电,看起来是水火不相容呀,有了古渡口的电厂,就不可能再有你桃花镇的电厂,有你桃花镇的电厂,那就不可能再有古渡口的电厂。"

项达民点点头。

闻舒又说:"而古渡口的电厂,你应该知道的,已经酝酿了几年,可行性报告也通过了,已经到电力部备案,不大可能改变。从目前平江的经济来看,不可能在短期内同时建两个电厂。"

项达民说:"有一个办法可以改变,把古渡口的电厂,搬到桃花镇来,建火力电厂!"

闻舒紧接着他的话:"凭什么?"

项达民说:"闻书记,就凭您来平江做书记!"

闻舒语塞了,半天没有说话。过了好一会儿,他慢慢地道:"你的电厂报告,我刚到平江正好看到,因为情况不明,所以当时市委也没有认真讨论。我当时的态度是,先报上去,能够通过,那是平江的大好事,现在被驳回了,回头再来,从头做起,我们就要按规矩来,先要在市委常委会上讨论。"

项达民心里的一块大石头扑通落地,只觉得一阵轻松,随即想起楚平书记说的,如果市委常委会讨论,他一定投反对票,楚平怎么会投反对票呢,项达民想到这儿,不由偷偷笑了一下。闻舒注意到了,说:"你笑什么?"

第 11 章

一

评弹团开码头开到平江市下面各个县、乡镇,这一趟要走近一个月。慕小麟才去了几天,记挂蒋月仙记挂得不行,每天打电话回来,蒋月仙几次想把筹备服装店的事情告诉他,但每次话到嘴边,又咽了下去。

事情的进展却是出人意料地快,店面确定后,项达民又介绍了平江最有名的金凤凰建筑工程队,很快就进场装修,动作非常之快,这时候,蒋月仙再不能不告诉慕小麟了。

如果不把事情的前因后果说清楚,慕小麟早晚会知道,现在的隐瞒,等于是埋下一颗炸自己的定时炸弹。

如果蒋月仙不提项达民的帮助,慕小麟也决不会相信蒋月仙在短短的时间内,能够操纵起一家服装店来。

慕小麟在电话里听到这个消息,敏感的神经立即绷紧了,说:"为什么?"

蒋月仙知道慕小麟的为什么是问项达民为什么要帮助她,一时难以说清,便说:"小麟,现在我有事情做了,我有了我的新的事业,这难道不是最重要的?"

慕小麟说:"不明不白的事情,我们不做。"

蒋月仙有点生气了,说:"什么不明不白?慕小麟,我干什么事情你都要反对,你到底存的什么心?"

慕小麟说:"你倒来问我存的什么心,我还要问问他到底存的什么心?"

蒋月仙一气之下,挂断了电话。

慕小麟再打电话来,蒋月仙死活不接,知道评弹团的演出还有几天,趁慕小麟还没回家,抓紧时间做事情,哪里想到,慕小麟第二天就赶了回来。

蒋月仙正在店里和木匠谈墙门构思,一眼看到慕小麟站在门口,心里咯噔一下,说:"你这么关心我,工作也不管不顾,跑回来?"

慕小麟说:"自己的老婆自己不关心,让人家去关心?"

蒋月仙怕他嘴没遮拦,当着别人的面乱说,连忙拉到一边,说:"你老婆想做点事情,你怎么样,泼冷水?找碴儿?"

慕小麟两眼闪闪发亮,情绪十分亢奋高昂,说:"我昨天想了一夜,今天回来的路上又想了一路,他为什么,他是不是说你是为他的晚会唱倒了嗓子,所以要关心你一下,帮你个大忙?"

蒋月仙说:"随你怎么理解,只是你别以小人之心度君子之腹。"

慕小麟说:"怎么,自己的男人是小人,人家的男人是君子?"

蒋月仙甩开慕小麟的拉扯,又要往外走,慕小麟在背后嘀嘀咕咕道:"这个人,怎么这样,我都已经到桃花镇去了,意思还不够明白?他还拎不清?"但是话一出口,就知道自己说漏了嘴,想收也收不回了,万分紧张地盯着蒋月仙,希望蒋月仙没有听清他的话。

但蒋月仙偏偏听得很清楚。

她猛地停下了脚步,退回来,死死盯着慕小麟,说话声音也有些颤抖:"慕小麟,你真的去了桃花镇?"

虽然声音很弱,但在慕小麟听来,却如同响雷一般,慕小麟有些慌了,支支吾吾地说:"去,去是去了,可是我,我没有,我没有……"

蒋月仙追问:"慕小麟,我再问你一遍,你到底有没有到桃花镇去?"

"去了。"

蒋月仙说:"我曾经跟你说过,如果你去桃花镇,去找项达民的麻烦,我就和你离婚,我说到做到!"

慕小麟慌了,脸色煞白,说:"你听我说,你听我说……"

蒋月仙冷冷地说:"没有什么好说的了,你看着办吧,我们是上法院还是进民政局,由你决定!"

慕小麟可怜巴巴地看着蒋月仙,说了实话:"我虽然去了桃花镇,但是我并没有找项达民。我在镇上等他的,等到他快来的时候,我走了,我没有敢见他,真的,我不说谎,我如有半句假话,你就和我离婚!"

蒋月仙知道慕小麟没有说谎,稍稍地松了一口气,但不再和慕小麟说话。

慕小麟又说了许多道歉的话,蒋月仙仍然绷着脸。慕小麟说:"月仙,你别不理我,你千万不要不睬我,你骂我打我都可以,你和我说话呀!月仙,我也是为你好呀,我没有别的心思,我是为你好呀,我是为我们两人呀……"说到后来声音都哽咽起来,但是蒋月仙仍然不理他,慕小麟停顿了一会儿,突然忍不住发起火来,咬牙切齿地说:"蒋月仙,你听着,没什么大不了的,大不了,我们同归于尽!"

蒋月仙心里抽搐了一下。

慕小麟越说越来劲,继续道:"谁不让我过好日子,他也别想过好日子,我和他拼到底!"

蒋月仙向慕小麟看了一眼,看他气急败坏的样子,简直不敢相信自己的眼睛。

这就是和她恩爱十多年的丈夫？

这时候，木匠突然跑了过来，问蒋月仙："蒋老师，进门左边那个角，到底怎么弄，我们等着做活了。"

蒋月仙一时没有从情绪中出来，好像没有听懂木匠问的什么，倒是慕小麟很快就进入了新角色，说："我过去看看。"跟着木匠一起到店堂里去了，好像根本没有和蒋月仙发生过争执，蒋月仙愣了好半天，才慢慢恢复过来，也走了进去，发现慕小麟正指点着木匠。蒋月仙仔细听了听，发现慕小麟的想法，和她的想法如出一辙，看着慕小麟兴致勃勃的样子，蒋月仙真是哭笑不得。

尽管慕小麟嘀嘀咕咕，一千个不愿意，一万个不舒心，但并不妨碍他积极地投入服装店的筹备工作。他专门到团里请了半个月的假，来做蒋月仙的帮手，从装修到跑执照，事无巨细，都承包了。蒋月仙省事多了，只用了很短的时间，服装店的准备工作全部完成，一切就绪。

蒋月仙为自己的服装店取名"雪白"。

雪白服装店开张，蒋月仙没有搞什么复杂的形式，不开会，不请吃饭，也没有请领导剪彩，只是在《平江晚报》上登了一条小小的消息，也没有再另外通知什么人，基本上是悄没声息。

雪白服装店店面约有二百平方米，在平江的个体服装店中，算是有规模的。蒋月仙经销的服装，都是中档水平的名牌服装。蒋月仙的指导思想就是服装既有相当的品位，有较独特的个性色彩，价格又比较适中，有钱人愿意常来光顾，工薪阶层也敢问津，这种开店的指导思想，与她一贯做人的指导思想也是颇为统一的。

店面里外的装修，也处处体现了蒋月仙的想法，清新自然中透出深深的意韵，店招"雪白"两字，是通体雪白的，镶嵌在深红的底色中，显得特别宁静，特别素雅。

蒋月仙事先没有大张旗鼓地宣传，便也没有指望开张的时候会怎么热闹，她只是想踏踏实实、更长久地做生意，不在乎一时间的繁华和喧嚣。这天一早，蒋月仙身着紫红色的旗袍裙，站立在店门口，笑意盈盈地迎接着第一批顾客。

最先赶到的是卢狄。

早在蒋月仙筹备开店的时候，他就说过，开张的时候他要来的，今天果然没有食言，一早就赶来了。

蒋月仙想不到第一个见到的就是卢狄，心里不怎么高兴，但是不管怎么说，卢狄也是来为她庆贺的，扛了摄像机，气喘吁吁的，蒋月仙倒不好意思给他脸色看，便将卢狄请进店来，说："喝口水吧，我什么也没有准备，水还是有得喝。"

卢狄好像有些意外，接过矿泉水，打开，喝了一口，抹了一下嘴，慢慢地打量着店堂内外，点点头，显得很内行似的到处看，蒋月仙以为他会说说服装店的品位规格之类的话，或者说说服装的品牌，哪知卢狄却说："蒋老师，以你在平江的名望，你的店开张，请些市领导、请些知名人士，是没有问题的。"

蒋月仙淡淡一笑，说："有那个必要吗？"

卢狄说："当然有必要！大有必要！看得出，蒋老师对服装、对服装的经营是有自己独到见解的。目前服装业，确实存在两极分化，走到两个极端，一方面，一味讲究高档，唯名牌是瞻，只要是名牌，不管货真不真，价实不实，拿来就是，盲目崇拜，一味豪华；另一方面呢，又过于低劣，如一些服装批发市场，价钱固然便宜，但那些服装实在太不入流，档次太差，下岗女工也不愿意穿，连农村市场也打不进去了。这种非左即右、非右即左，便是我们的老习惯了，蒋老师大概是想从这种混乱中辟出一条自己的路来。"

蒋月仙对卢狄的话不由有了点兴趣。

卢狄又说："你是想从清新自然出发，又不失华美的品质，这种追求，市场覆盖面就大，消费对象面就广，清新自然是青春女孩的天性,华美的品质又符合有一定身份地位年龄层次的中年以上的女顾客的要求……"

蒋月仙不由得笑起来,说:"卢记者什么时候开始研究服装了?"

卢狄也听得出蒋月仙是半带嘲笑的,他也笑了笑,说:"我这个人的最大缺点就是定不下心来,所以从来也不能研究什么,万金油,你干什么,我都能和你说上几句。言归正传,蒋老师,我对你这种不宣传不做广告的经营方式是不太理解的,你也许是想保持你的清高?"

蒋月仙说:"我从来不觉得我清高,一个演员,又是在商品经济社会,清高得起来吗?"

卢狄说:"这是相比较而言,比较起来,你蒋老师算是清高的,但是,经商不行的,要清高就不要经商,要经商就不要清高,那么多文人下海,成功的有几个?我们看到的个个狼狈不堪,呛个半死逃上岸来,为什么?文人拉不下面子呀,文人心肠太软呀,文人要人性,要良心,要友谊,要义气,又要这个又要那个,对不起了,钱当然就要不到了……"一口气说了一大串,换了口气又说,"其实,这些你比我更清楚,除非……"

说到一半停下来,这在卢狄倒是不多的事情。

蒋月仙说:"除非什么?"

卢狄说:"除非你开店并不想挣钱,除非你有本钱够赔。"

蒋月仙脸色不太好看了,说:"卢记者,这世界上难道有人做生意是为了赔本?"

卢狄说:"大概没有吧,所以我说我不能理解你,该宣传的就要宣传,该做广告就要大做广告。另辟蹊径,独创,只是在形式上罢了,内容只有一个,目的也只有一个:挣钱,而不是赔本,所以……"

卢狄滔滔不绝的话语被突然拥进店来的一群人打断了,是蒋月仙评弹团的小姐妹,有的是蒋月仙的师姐师妹,有的是她的学生,她们叽叽喳喳嘻嘻哈哈拥进店来,向蒋月仙祝贺。

跟着她们到来的是江燕和"蓝月亮"美容院的几个美容师,江燕一见到卢狄,皱了皱眉头,说:"卢狄,你凑什么热闹?你不是最讨厌风花雪月服装化妆的吗?"

卢狄说:"但是我不讨厌新闻,只要有新闻的地方,我就喜欢来。"

蒋月仙说:"我这里没有新闻。"说着和大家一起走到柜台边,一一介绍各种品牌的服装,江燕很快就看中一件"蜜雪儿"紧身毛衣,摸了摸,感叹说:"到底不一样,手感真好。"

女人们一看到衣服,马上就目中无人了,蒋月仙借这个机会,便和大家一起看衣服、谈衣服,把卢狄晾在一边,卢狄也不在意大家的冷淡,说:"蒋老师,你忙你的,我拍我的。"

蒋月仙说:"这又不是三年五年前,演员下海还能引起点轰动,我这已经是旧闻了,没有什么意思了。"

卢狄说:"那不一定,旧闻中也许突然就冒出个新闻眼来呢,比如一会儿说不定某位重要人物到场,或者有什么神秘人士送来花篮之类,都是很有意思的呀。"

蒋月仙再也没有搭理他的话。

刚刚从外面进来的慕小麟听到了卢狄的话,脸色很不好,但是控制着没有说什么。

卢狄等了一会儿,只等到一些顾客,卢狄想等的人,一直没有来,时间转眼到了中午,卢狄终于没有耐心了,临走时,向蒋月仙说:"蒋老师,有什么用得着我的地方,给我打电话。"递上名片。

卢狄走后,慕小麟脸色阴沉地问蒋月仙:"刚才那个记者,说话什么意思?"

蒋月仙说:"他说话什么意思,你怎么不问他?"

慕小麟说:"因为你心里明白。"正说着,眼睛向店门口看着,脸色突然变了变,笑了起来。

蒋月仙一回头,发现站在她背后的竟是项达民,心里突然紧张起来。

项达民笑着说:"蒋老师、慕老师,祝贺你们。"引着蒋月仙到门外,慕小麟也笑眯眯地跟着,一看,门口站着一只比人还高的大花篮,蒋月仙心里一热,一时不知说什么好。

慕小麟代她说了:"谢谢您项书记,没有您,就没有这个店。"

蒋月仙万万想不到慕小麟对项达民如此客气有礼,呆呆地看着慕小麟。

慕小麟要给项达民泡茶,项达民说不喝了,有急事等着他,马上要赶到古都饭店找人。

慕小麟说:"项书记,你们聊吧,我单位还有点事,我先去了。"往外走的时候,又回头说,"再次谢谢您,项书记。"

蒋月仙过了好一会儿才想起告诉项达民,进货的渠道解决了。

项达民说:"噢,我说的那个老丁,管用?"

蒋月仙点点头,说:"事情都是老丁做主的,现在我从他那里进货,一来,可以保证质量,现在中档名牌的假冒伪劣品是最多的,他那里,这一点可以保证;第二,他对我特殊照顾,让我不付钱先进货,这样,我的资金周转就轻松多了……"

项达民说:"到底名演员,人家看面子。"

蒋月仙笑了笑,项达民介绍她去联系的这个人,当然是看项达民的面子,至于她,虽然是个演员,可是,在商场上,演员算什么,人人平等,不过蒋月仙也没有去纠正项达民的话,她要把想说的话说出来,项达民是坐不住的,说走就会走,再说话也来不及。

蒋月仙将声音稍压低些,说:"项书记,我算了算账,由于老丁这样的优惠条件,我现在进的货,只要一出手,钱就能收回来,我想,三个月后,就能把你的钱还了。"

项达民说:"怎么,我是来要钱的呀?"

蒋月仙没有接项达民的玩笑,按照自己的思路说:"房租我已经和王桃厂谈过,他们同意我拖延几个月再交,所以……"

项达民打断她,又开玩笑道:"你是不是看出来我在急等钱用呀?"

蒋月仙犹豫了一下,过了一会儿轻轻地说:"今天卢狄又来了,坐了半天才走。"

项达民扬了扬眉,说:"你是怕我犯错误?"

蒋月仙没有说话,不知为什么,自从她开始筹备开服装店,自从项达民出钱资助她,每次见到项达民,她既高兴,同时又隐隐约约有一种说不清的担忧。

见蒋月仙不说话,心事重重,项达民又说:"蒋老师,你不知道每天从我手上进进出出的钱有多少,数字有多大,若我要犯错误,嘿嘿,枪毙十个我也不够呀。"边说边笑,见蒋月仙仍然展不开眉头,便站了起来,到货架上拿了衣服看看,说:"有没有适合田金秀穿的,你替我找一件。"

蒋月仙挑了一件春装,雪青色,给项达民看。

项达民说:"号码怎么样,田金秀你见过的,她的身材穿这件可以?"

蒋月仙说:"这里的衣服都是均码的,田金秀的身材适中,这里的衣服应该都能穿。"

项达民说:"那我回去告诉她,让她有机会多来雪白走走。"停一停,又四周看看,说,"有没有我儿子能穿的,他……"

蒋月仙笑起来,指指店门上的字,说:"你忘了,我这是女装店,只经销女性服装。"

项达民抓起给田金秀买的衣服,说:"多少钱?"

蒋月仙说:"三百五十元。"

项达民付了钱,说:"来不及了,我走了。"

蒋月仙送他出来,项达民说:"我还以为你不收我的钱呢。"

蒋月仙说:"你不会让我不收钱的,与其假模假样假客气,还不如老老实实收下。"

项达民说:"也不打点折?"

蒋月仙说:"到换季的时候可以考虑打折。"

项达民走到自己车边,说:"好,蒋老师,你已经开始具备经商的初步条件了。"说着钻进车去,向蒋月仙挥手告别。

蒋月仙回味着项达民的话,不由笑了笑,一笑,才发现脸上的肌肉竟然有点紧张了,才想到自项达民进来后,她就一直很紧张。

项达民没有发动车,却打开车窗,从车里向站在外面的蒋月仙说:"蒋老师,慕老师对你很不错。"

蒋月仙突然有些不好意思。

项达民走后不久,慕小麟就回来了,蒋月仙愣愣地看了他一会儿,说:"小麟,谢谢你。"

慕小麟说:"你是不是怕我当场给项达民下不来台?"

蒋月仙没有表态,但看得出这正是她所担心的。

慕小麟说:"你真傻。"说着笑起来,过来双手环住蒋月仙紧紧一搂,说,"你不愿意我做的事情,我怎么会做?"

几个年轻的店员并不知道他们夫妻在说什么,看到慕小麟当着大家的面搂住蒋月仙,她们忍不住笑出声来。

二

古都饭店是平江最豪华的中外合资酒店,平江共有三家四星级宾馆,古都就是其中之一。韩六舟来到平江后,就由港商朱先生替他包了房,和艾红一起住在古都。

那一天,韩六舟和艾红走进朱先生为他们包租的套房,不由对视了一眼。

朱先生一一指点着房内的陈设和用具,问他们是否满意。

韩六舟犹豫了一会儿,终于忍不住,以很诚恳的口气说:"朱先生,

其实,没有必要住这么好,这太过豪华了。"

哪料朱先生却脸色一变,说:"谁说没有必要,我做任何事情,都是必要的,不必要的事情,我不会做。"

韩六舟愣了愣,艾红悄悄地退到一边。

朱先生继续说:"韩六舟,你现在已经不是桃花镇的乡镇企业经理了,你是我的代理,你是代表我们朱记公司的,你是朱记公司的雇员,你以为这房间是给你住的?你错了,这房间是朱记公司的脸面!"

韩六舟只觉得一股热浪直往头上冲,他忍了忍,没有接朱先生的话,韩六舟和朱先生的接触,已经不是一天两天,他们合作做过许多事情,合作一直很愉快,也很顺利。朱先生对韩六舟一直是很尊重很客气的,朱先生本人,给人的印象也从来都是不亢不卑,有理有节,韩六舟曾经和许多人说过,朱先生是他所接触的外商中素质最好的商人,若不然,韩六舟决不至于答应朱先生来做他的代理。

朱先生还在继续自己的话题:"这是代表我们朱记公司的身份的,你要记住了,不是你韩六舟的身份,是我的身份,是我朱记公司的身份!"

韩六舟从来没有见过朱先生用这样的口气说话,终于忍不住道:"朱先生,你是不是觉得我不适合做你的代表,是不是觉得我不够资格?"

朱先生说:"不,我恰恰认为你是最合适的人选,所以我才会找你、聘你、用你。"停顿一下,又说,"但是,你必须明白,最合适也只是一个动态词,只是过程中的一段,它会发生变化,如果过一段时间,我发现你不再是最合适的,我会毫不客气地炒你的鱿鱼!"

韩六舟说:"这个我明白,同样,如果我觉得你不合适做我的老板,我也会毫不客气地炒你的鱿鱼!"

朱先生"哈哈"大笑起来,用力拍着韩六舟的肩膀,说:"好,好,这才是韩六舟!这才是从前我认识的那个韩六舟!"

韩六舟冷冷地说:"不再是了,韩六舟再也不是从前的韩六舟,从前的韩六舟,是隆飞翔集团的总经理。更重要的,他是自己的主人。现在的韩六舟,不再是自己的主人!"

朱先生的态度好多了,口气却仍然厉害,说:"怎么,我才说了几句话,你就赌气了,这哪像是雇员的样子,这样绝对不行,韩六舟,你的脑筋要彻底地转变过来!是的,我很器重你,很欣赏你的才能,我也很喜欢你的性格,但这不等于你我之间就没有差别,没有距离,不,韩六舟,我们之间的距离和差别是永远不可能消灭的!"

韩六舟说:"我承认!"

"好!"朱先生说,"我就是欣赏你的这种性格。好了,再说报酬的事,按我们先前说定的,不变,你有没有其他意见和想法?"

韩六舟慢慢地摇了摇头。

朱先生给韩六舟的报酬,是一般人难以想象的高,年薪二十万港元,一开始朱先生说出这个数字的时候,韩六舟以为自己听错了,愣了半天,朱先生知道韩六舟感觉意外,他一点也不惊奇,问道:"韩六舟,你觉得报酬过高了?"

韩六舟点点头。

朱先生却很不满意,直摇头,说:"韩六舟,想不到二十万港元就把你吓倒了,以我的想法,你应该充满激情,想,怎么去努力做事,怎么使自己心安理得地得到这个报酬!"

韩六舟说:"按照聘用合同上的规定,我即使一年做不到一笔生意,也不存在退、扣报酬的问题?"

朱先生点点头。

"为什么?"韩六舟问,"这不符合你们香港人做事的规矩,万一我真的做不出来,你打算白白地付出二十万港元?"

朱先生说:"既然已经有合同,我当然不能毁约,即使你一年中一分钱也没有为公司挣到,我仍然是要付你二十万港元报酬的！"

韩六舟说："你这么信任我？"

朱先生笑了，说："你这话说对了。"

事情在当时就这么说定了，合同也经过公证，但是韩六舟心里一直不踏实，这太违反商场规矩，与朱先生一贯的做法也有很大出入，朱先生为人再厚道，再器重韩六舟，再信任再喜欢韩六舟，也不至于拿二十万港元去押宝吧！

现在朱先生又提此事，韩六舟有一肚子的想法，但是无法说出来，朱先生明白韩六舟的心思，向韩六舟说："你其实大可不必猜疑什么，给你二十万港元的报酬，在某种程度上讲，和给你住四星级宾馆也有相似的用意，我朱记公司的雇员，年薪若是很低，是谁的损失？当然是我的损失，是我信誉上的损失，是我名望上的损失，也就等于是我生意上的损失。二十万港元，小意思嘛，从哪里不能挣回来？韩六舟，你正式作为我的代理后，我就要回香港去，以后，平江的所有生意，包括全省的许多生意，都要由你出面，现在开始，你就是我了，我能让一个一年只挣几万元的人代表我吗？"

虽然朱先生的话已经说得够明白，但韩六舟心中的疑虑仍然无法消除，不过，朱先生这一番话，说得很中肯，韩六舟内心是很感动的，他知道朱先生信任他，正如朱先生说，以后朱记公司在平江的发展，在中国的发展，都寄托在他韩六舟身上了。

韩六舟应该有一种能够大显身手的激动和冲动，他心里也确实涌动着这种感觉，但内心深处，隐隐地横着一个杠。

现在，朱先生早已经回香港，朱记公司在平江的业务已经迅速发展，这一点朱先生是看得准而且充满信心的，他非常清楚他用二十万港元买来的是什么，并且将继续地买回什么。

夜已经很深很深，四周十分安静，只有送暖的中央空调，发出极轻微的像催眠曲似的轻柔的声音，韩六舟听着这声音，却越来越烦躁，他躺在松软宽大的床上辗转反侧，怎么也不能入睡，艾红躺在他身边,不吭声,他不知道她是睡了还是和他一样无法入睡。

渐渐地,韩六舟迷迷糊糊地回到了过去的某一个与现在十分相似的情景中去了……

躺在床上的韩六舟翻来覆去睡不着,王菊香不吭声,也不知她是睡了还是醒着,远处有狗叫,邻居的猫也怪声怪气地叫着,韩六舟终于忍不住推推王菊香。

王菊香说,我没睡。

韩六舟说,你也睡不着?

王菊香不作声。

韩六舟说,菊香,我好像听你说起过,有个人叫纪建成,是不是?

王菊香仍然没有吭声,韩六舟等了好一会儿,刚要再问,王菊香却说话了,听声音好像有些不自在,说,是有个纪建成,是我们家的亲戚,你怎么想到他?

韩六舟说,我听你提起过他,他是你表哥?

王菊香说,是的。

韩六舟来了精神,问,在县里哪个银行,好像管钱的?

王菊香说,我们有两年没来往了,也不太清楚。说着侧过头朝韩六舟看看,你要去找他?

那时候,韩六舟刚刚调任卫星丝织厂厂长,心事重得连王菊香也无法安宁。

王菊香犹豫了,过了一会儿才说,最好,你不要去找他。

为什么?

不为什么。

韩六舟发现王菊香有点不太自然,突然笑起来,说,我明白了。

王菊香说,你知道什么,你什么也不知道。

过一天,韩六舟到县里去找纪建成,找了几家银行,总算问到有一个叫纪建成的,告诉他说是工商银行的,韩六舟再找到工商银行,又说我们这是个办事处,纪建成在行里办公,再找到工商银行分行办公处,已经下班,要下午上班时才能见到。

韩六舟在县城里逛荡,找个小饭店吃饭,要了一瓶啤酒,慢慢喝着,耗着时间,看着外面街上行人来来往往,心里突然生出一点感伤,想大家匆匆忙忙,不知道要赶到哪里去,赶到那里去又干什么呢。

但是这种油然而生的小小的一丝感伤并不影响韩六舟的行动,他吃了饭,看时间差不多,又来到工商银行,终于打听到是有个叫纪建成的在这里做信贷部的信贷员,心中一喜,看到了曙光。

被人指点着找到了纪建成的办公室,递上介绍信。

纪建成不认识韩六舟,看看他的介绍信,说,韩六舟,名字倒蛮有意思的,你是谁?

韩六舟说,我是明月乡卫星丝织厂的。

纪建成说,这我知道,介绍信上写着,我认识字,韩厂长。

韩六舟说,我们厂亏欠七百万了,想请纪信贷员帮帮忙。

纪建成奇怪地说,你们乡镇企业怎么也找我,你们不归我管呀,你怎么来找我,我认识你吗?

韩六舟顿了顿,说,王菊香是我老婆。

纪建成好像不明白的样子,说,什么,王菊香是你老婆?你说什么?什么意思?

韩六舟说,我老婆就是王菊香。

韩六舟以为他说了王菊香的名字,纪建成会有恍然大悟的样子,可是纪建成并没有那种样子,他想了一会儿,将王菊香的名字在嘴里念了念,没有念出印象来,显得有些抱歉,说,对不起了,王菊香,我实在想不起来了。

韩六舟仍然有信心,说,王菊香,三横王,菊花的菊,香,就是香,想起来了没有?

纪建成又想了一会儿,仍然没有想起来,摇头,说,我这记性,大概是很不行,王菊香,她说和我很熟的吗?

韩六舟说,她是你的亲戚。

纪建成说,噢,亲戚,是娘家的还是婆家的?

韩六舟看不出纪建成是真的不知道还是装傻,压住心头隐隐的不快说,是娘家的,若是婆家,那就是我家了。

纪建成说,那就变成我是你的亲戚了,说着笑了起来,又道,现在来认我做亲戚的人还真不少。

韩六舟心里已经很窝火,但还是勉强地跟着也笑了笑,说,王菊香娘家是明月乡湾头村的,她父亲叫王……

没有等韩六舟说出王菊香父亲的名字,纪建成又奇怪地晃了晃脑袋,说,那就不对了,我们家在明月乡好像没有亲戚呀,也可能,你们的王菊香,是叫王菊香吧,记错人了。

韩六舟叹息了一声,说,可能是搞错了。

纪建成说,不管王菊香什么香吧,你来找我借钱,真是天方夜谭,你知道我是谁?我是我们县里出名的铁公鸡,上千人的大企业来找我借钱,我照样给他们个冷钉子。

韩六舟说,我也是病急乱投医,就找来了。

纪建成板了脸,说,那你是投错了,不可能的事情,你如果投资什么大的项目,如果又有可靠的可行性报告,我们还有考虑的余地,你一个什么亏损的乡办厂,来找我贷款,说笑话了。

韩六舟说,我也是刚刚从文化站调出来搞经济,不晓得里边的规矩。

纪建成说,那你就回去吧,不可能的事情。

韩六舟慢慢地走出了纪建成的办公室,不知为什么他心里仍然对纪建成存有一点幻想,正犹豫着是再进去呢,还是转身离去,突然有人拍了拍他的肩,说,你还没走呀?

回头看,正是纪建成。

韩六舟说,走了走又回来了。

纪建成说，还是来找我，或者想找别人试试？

韩六舟说，还是想找你。

纪建成说，因为我和王菊香是亲戚？

韩六舟说，你说不是的。

纪建成说，你是不是觉得我还有希望？

韩六舟说，是的。

纪建成盯着韩六舟看了看，说，韩六舟你这个人很固执，你什么情况也不晓得就跑来找我，你知道我是谁？

韩六舟说，我以为你是王菊香的亲戚。

纪建成说，就算是王菊香的亲戚，你就能从我这里借到钱？

韩六舟说，我希望能够。

纪建成说，嘿嘿，见韩六舟又要说话，将手一挡，说，你要多少吧？

韩六舟说，五十万。

纪建成"哈"了一声，朝韩六舟看着，说，你开玩笑？

韩六舟不知道纪建成是觉得他要得太多还是要得太少，犹豫了一下，说，我不开玩笑，又将丝织厂的情况说了说。

纪建成叹息一声，说，这些我都知道，就给你五十万吧。

韩六舟有点不敢相信，说，你肯借钱给我们？

纪建成终于笑起来，说，就算是为了王菊香吧，三横王，菊花的菊，香的香。

韩六舟说，你晚上有事吗，我请你吃饭。

纪建成说，请我吃饭的人排着队在等。

韩六舟说，我只是想，表表心意。

纪建成说，他们也都是想表表心意。不如这样，你跟了我去吃，我呢，就当是你请的我，你呢，也省了一笔开销。

韩六舟张了张嘴，觉得有话要说，却又不知怎么说。

纪建成说，我晓得你，心里嘀咕，怎么这个人大发慈悲了呢，这和别人形容的他不大一样呀,是不是?

韩六舟说,是有一点。

纪建成说,你就当我是你们家王菊香的亲戚,就当我和你们家王菊香还有过一段感情纠葛吧,从小青梅竹马之类,后来没有成为两口子,就算是我欠了你们家王菊香的债,现在来还债,这样,你心里就不会再嘀咕了。

韩六舟也笑了,他跟着纪建成来到县里的一家大饭店,请客的人已经在翘首待望,站在门口等着。见了纪建成,像见了亲人似的亲热,搂着肩往里走,到一个包间,里边服务员小姐已经齐齐地站成一排在等了。纪建成招呼韩六舟坐,大家便向韩六舟看,不知道这是何方神仙。纪建成说,我的朋友,说得既含糊又亲热,大家将韩六舟当作自己人。

上了最好的白酒,纪建成却不喝酒,给烟,也不抽,请客的人不无遗憾,过意不去,不知除了烟酒还能怎么向纪建成表示感情,坐立不安起来。

纪建成说,我不来吧,又不能让你们心安,所以我就来,谁请我都来,但酒是不喝的。硬要我喝酒吧,就是和我过不去,我这一喝酒就过敏,没有办法。

请客的人说,怎么办呢,那怎么办呢?

纪建成说,没事没事,你们喝,我虽然不喝酒,但是我最愿意看人喝酒,有朝一日等我闲下来,没事情做了,我就要写一篇看人喝酒的文章,这些年,我看酒可是看得多了,极有意思。

大家笑了,说,那我们这些人以后都到你的文章里去了。

纪建成说,很有可能,只是怕我一支秃笔,写不出你们的丰富形象呀。

酒席开始了,请客的人盯住韩六舟,说既然是纪建成的朋友,纪建成不能喝酒,他的那一份酒,当然是朋友来代替啦。

韩六舟因为借到了钱,心里一块大石头落了地,放松了,高兴,也不推辞,有敬必喝。看到纪建成笑眯眯地看着他,心里总有些奇怪,这个人,怎么就无缘无故地肯借给他钱,怎么就和他坐到一起吃饭喝酒来了,怎么就生出一种好像相识相知多年的感觉来。

韩六舟喝醉了,糊糊涂涂地也不知后来怎么样了。

醒来的时候,已经是第二天早晨,发现自己睡在一个旅馆的房间里,衣服什么也都脱了,怎么也回想不起昨天晚上的事情。正发着愣,服务员敲门进来了,说,你醒啦,还好吧?

韩六舟知道自己昨天醉得不轻,说,是谁把我送到这里来的?

服务员说,是纪建成。

韩六舟说,你认识纪建成?

服务员说,纪建成谁不认识,这里的人都认识他。

韩六舟起身洗漱完了,到服务台要结房费,服务台说不用结,纪建成的客人不付钱。

韩六舟说,住旅馆不付钱?

服务台说也不是不付钱,是由纪建成到时候统一来结,有时候是一年一次,有时候是半年一次。

韩六舟出了旅馆,来到纪建成上班的地方,却不见纪建成,问办公室里纪建成的同事,只是说纪建成今天一早出差了,要好几天才回来。说话的人朝韩六舟看看,问他是不是姓韩,是不是明月乡丝织厂的,韩六舟连忙说是,纪建成的同事就让韩六舟办了贷款手续,说是纪建成走时关照好的,韩六舟心里一阵感动。

……

艾红在旁边翻了个身,轻轻地推了推韩六舟:"你还没睡?在想什么?"

韩六舟说:"我想起从前的许多事情。"

卫星丝织厂的新生便是从纪建成这里开始的,所以,从某种意义上说,纪建成是韩六舟人生道路上关键的推动力。

以后的日子里,韩六舟一心扑在厂里,埋头抓生产,连喘气的时间也没有,一直到许多日子后的某一天,韩六舟终于觉得自己可以喘口气了,他第一个想到的,就是纪建成。

韩六舟带了些礼物来到纪建成家里,是纪建成老婆开的门,韩六舟自我介绍了一下,说来看看纪建成,纪建成的老婆木然地看了看韩六舟,挡在门口,不让韩六舟进屋,也不说纪建成在不在家。韩六舟说,我没有别的事,就是来看看他,表示一点感谢,从前他对我们的帮助……

纪建成的老婆说,你真的不知道纪建成的事情?

韩六舟心里猛地一刺,急忙问,怎么?纪建成呢?

纪建成的老婆慢慢地摇了摇头,始终面无表情,说,你去问他们单位里的人吧,便退了进去,关上门。

韩六舟忐忑不安地来到工商银行,一眼就看到,纪建成的办公桌前,已经换了另外一个人。韩六舟站在门口,心情紧张地问,纪建成在吗?

纪建成被逮捕了!

受贿,正等着宣判。

韩六舟打听到纪建成关在什么地方,去看他,却没有被允许探望。韩六舟从拘留所大门走出来,两个荷枪实弹的警察警惕地瞪着他,韩六舟也向他们看看,心里泛起一阵阵的寒意……

韩六舟一直关心着纪建成的事情,知道他后来被判了十五年,屈指算来,事情已经过去七年,不知纪建成如今怎么样了,是不是减刑了……韩六舟突然翻身从床上坐起来,艾红吓了一跳,开了灯,看着他,韩六舟说:"我要去看看纪建成。"

纪建成关在平江市第一监狱,七年过去,他怎么样了?

脸色苍白,比七年前显得清瘦,筋骨却挺结实,目光也更敏锐,韩六舟握着纪建成的手,摇着,忍不住热泪盈眶。

纪建成笑呵呵地说:"说有人来看我,我猜不出是谁了,早几年,还常常有人来看我,后来大家也就不再来了。"

韩六舟说:"我不会忘记你的。"停了停又说,"我一直记得我第一次闯到你那里去找你借钱。"

纪建成说:"我装聋作哑,说什么王菊香……"

说到王菊香三个字,纪建成突然停下了。

韩六舟愣了一下,他想不到连纪建成也知道了他和王菊香的事情,不由地说:"你也知道了,我现在在平江……"

纪建成口气有些变了,说:"我听说你在做港商的代理,但是我不相信。"

韩六舟发现自己竟然没有勇气向纪建成承认,他有勇气最后做出离开隆飞翔集团离开王菊香的决定,却没有勇气面对纪建成的疑问。

纪建成叹息一声,摇了摇头,说:"其实我知道这是真的,世间的事情,难预料啊。"指指自己,"就像我。"

韩六舟也摇了摇头,没有说话。

纪建成说:"前一两年,常常在报纸上看到你们隆飞翔集团的消息,连我都为你振奋、高兴。"

韩六舟硬撑着说:"你不太清楚详情。"

纪建成说:"也许吧。"顿了顿,说,"到底是怎么样的一个女人,你宁愿为了她……"下面的话没有再说。

韩六舟低垂着头。

整个有点错位的感觉,好像犯罪服刑的不是纪建成而是韩六舟,韩六舟抬不起头来见纪建成。

纪建成见韩六舟如此,便道:"不说你了,说说我吧。韩六舟,告诉你个好消息,我前天被通知,又减了两年刑,去年减过一次,两年,今年又减两年,共减了四年,如果明年能争取再减两年,我明年年底就能出去了。"

韩六舟点点头,说:"有希望?"

纪建成说:"有希望,人活着就是希望。"

韩六舟想了想,问道:"家里还好吧?"

纪建成说:"没有家了,老婆跟人了,也难怪她,十五年,哪个能等那么长时间。"

韩六舟心里又是一阵酸楚,说:"到时候,一切从头开始。"

纪建成情绪很好,说:"是的,一切从头开始,说出来也不怕你笑话,如果可能,我还是想回金融系统,从头干起。也许你觉得可笑,许多人都认为这是不可能的事情了,但我会向这个目标努力的……"

韩六舟愣愣地听着纪建成谈他关于未来的设想,感觉到自己心里涌动着一股强烈的激情,他仔细体味,这种激动,这种感觉,已经久违了!

这种激情决不是为器重他重用他给他高薪报酬的朱先生而生!

韩六舟到这时候,突然明白了一个道理,他从来没有离开过桃花镇,没有离开过隆飞翔集团!

韩六舟告别了纪建成,从监狱大门走出来,突然,他愣住了,心脏猛烈地跳动起来,马路对面,停着一辆车,有个人站在车边向他看着。

是项达民。

三

回到古都饭店的包房,艾红正在接电话,随着房门打开,她一眼看到跟在韩六舟后面的项达民,十分意外,内疚的情绪油然而生,神情很有点尴尬,她对电话那头说:"好的,等他回来我让他给你打电话。"

艾红挂断电话,韩六舟正要介绍一下,项达民说:"不用不用,我们认识。"上前和艾红握了握手,感觉到艾红的手冰凉冰凉的,艾红的脸色也很苍白。

艾红向韩六舟说:"省纺织品总公司小董的电话。"

韩六舟点点头。

艾红替项达民和韩六舟泡上茶,说了声你们谈,自己就进了里间,随手自然地带上了门。

项达民在沙发中放舒服了自己的身体,四周看看,说:"六舟,条件不错呀。"

韩六舟不说话,闷着。

项达民说:"怎么想到去看纪建成?心里不平衡了?"

韩六舟一方面感动于项达民对他的了解,另一方面,又觉得项达民的气势过于逼人,好像别人什么事情他都了如指掌、都能看穿似的。韩六舟说:"我没有什么不平衡,我现在工作得很舒心,效益也非常好。"

项达民点头说:"那当然,你这样的人放到哪里不是一流水平的!听说朱先生对你不薄?"

韩六舟说:"他对我是不错,可以说,很好。"

项达民说:"阿Q一下,这也是我的骄傲呀,不管怎么说,你是我们桃花镇的干部,你是隆飞翔集团的老总,是代表我们桃花镇出去替人干事的,你能干,不是我们桃花镇的光荣吗?"

韩六舟心里不舒服,又不想说话了。

项达民喝着茶,站起来,走到窗前,楼层很高,从这里向远处眺望,几乎可以看到平江市的全景。项达民看了一会儿,面向着外面说:"住在这样的地方,能够使人心胸开阔。"说着又回头看看韩六舟,"还记得吗,有一年我们一起去香港,也住在一个高楼上,那天晚上我们在窗前看香港的夜景……"

韩六舟是记得的,但是他摇了摇头,不知为什么,他似乎在极力抵抗着某种来自项达民的强大的吸引力,他的内心有两种声音在激烈搏斗,一种声音说,迎上去,去接受项达民的召唤,让你的激情重新燃烧起来;另一种声音说,别理他,你已经走过了那一段,不必也不能再回头了!

前一种声音是一个人发出来的,这个人就是他自己。

后面的声音是两个人的,他和艾红。

两个人总是应该战胜一个人的。

韩六舟轻轻地叹息一声,套房里间的门关着,韩六舟看不到艾红此时此刻的表情,但是他能够感觉得到。

项达民回到沙发上,默默地盯着韩六舟看了一会儿,说:"六舟,隆飞翔最近的情况,你也了解一点吧?"

韩六舟仍然是摇头,说:"我不了解,也不需要我了解什么,我早已经离开了。"

项达民说:"你真的离开了？你的心真的离开了隆飞翔?"

韩六舟说:"不管怎么说,这是事实,我现在是香港朱记公司驻平江的代理,我为香港老板打工。"

项达民说:"很理直气壮嘛。"

韩六舟说:"为什么不？我凭本事挣钱,年薪二十万!"

项达民"哼"了一声,说:"二十万,身价真不低呀!"

韩六舟知道项达民是讽刺,干脆顺着他的话锋说:"是不算低,我要对得起这样的报酬,我正在努力工作。"

项达民冷冷地说:"那是,你很努力,努力把应该由隆飞翔集团挣的钱,送到港商口袋里去。"

韩六舟再次表现出沉默,不回答项达民的追问。

项达民被韩六舟的态度惹得有点火起来,说:"一边,隆飞翔集团面临灭顶之灾;一边,你却在这里住豪华楼,开豪华车,拿二十万港元的报酬,过豪华生活,无忧无虑,旱涝保收。韩六舟,这是你吗?"

韩六舟对隆飞翔集团的情况当然是一清二楚,隆飞翔集团投资不断增加,规模也不断扩大,但是销售收入不仅没有增幅,反而大幅度滑坡下降,在短短的时间里,创造了乡镇企业灿烂辉煌的隆飞翔集团,全线溃退,几乎全军覆灭。

项达民死死盯着韩六舟:"韩六舟,你服吗?"顿一顿,又道,"你走的时候,给我写的几句话,你不记得了?"

韩六舟说:"项书记,事过境迁,我现在已经进入国际贸易的轨道,已经是两股道上跑的车了。"

项达民忽地站起来,想转身就走,但是站起来后,却没有动弹,停了停,说:"韩六舟,现在是毕奇在做总经理。"

韩六舟点了点头。

"毕奇是做总经理的人吗?"项达民盯着韩六舟,"你还好意思点头,表示你知道了?"

韩六舟突然双手抱住头,把脑袋压得很低很低,闷声不响,过了好久好久,才慢慢地抬起头来,这回他再也不回避项达民的盯注,直视着项达民的目光,说:"隆飞翔的问题,不是一天两天了。"

项达民知道韩六舟终于要说话了,心里稍稍松了一口气,说:"我让毕奇他们全面调查了一下,隆飞翔产品在市场上的信誉,简直让人不敢相信,平江有个商店的营业员,有个顺口溜,就是说隆飞翔服装的,一水妈妈穿,二水女儿穿,三水洋娃娃穿……如此的质量,还有什么竞争力?"

韩六舟说:"质量问题和产品的市场竞争力,还只是个表面现象,其实,隆飞翔的内亏是早几年就存在了,因为从那时候起,我们开始坐享其成,很快成了井底之蛙……"

项达民注意到韩六舟房间里没有烟缸,估计韩六舟是戒烟了,便自己摸出烟来,点了一根烟,没有给韩六舟,拿茶杯盖反过来当烟缸。

韩六舟向他看了看,伸手也要了一根烟,抽起来,继续说,"我们的眼睛看不远了,只看到短时间内国内市场的效益,看不到长远的国际市场情况。"说着停了下来,猛吸几口烟。

项达民说:"看起来,替别人打打工也有好处呀。"

韩六舟说:"是的,我也是离开了桃花镇,离开了隆飞翔集团,替朱先生做国际纺织品贸易以后,才慢慢开阔了眼界,才知道自己只不过是个瞎子、聋子、傻子,国际丝绸市场和国际纺织品市场,哪里像我们想象的那样,哪里像我们宣传的那样,哪里像我们的良好自我感觉那样!"

项达民毫不掩饰自己对韩六舟的欣赏,他看着韩六舟,说:"是的,国际丝绸市场和国际纺织品市场,可以说是真正的名副其实物美价廉,我们的出口产品,哪里竞争得过人家!"

韩六舟说:"这是问题的一个方面。另一个也是更重要更主要的方面,就是市场需求量,我们根本就没有想过,没有了解过,市场的需求量到底是多大,我们这许多年来,只要看到哪个产品在国际上有一点市场,立即蜂拥而上,拼命地不加节制地大量生产,大量投放市场,不知道市场早已经饱和,在市场饱和的情况下,再加之没有竞争力,我们怎么可能再站得住脚?"

项达民说:"我们许多人一味强调客观原因,客观原因是有的,但是一味强调客观原因,只是推卸自己的责任罢了。我最近看到一个资料,是对维生素生产的情况报道,前一阵子,由于生产维生素的附加值太低,国际上生产维生素的几个国家,都降低了维生素的生产量,大量从中国进口,一下子我们国内就上马了无数家的专门生产维生素的工厂,国际市场的需求量是十,中国却占了七,结果呢,当然是引起市场下跌,工厂亏损,做了大赔本的买卖。"

韩六舟说:"国际丝绸市场的份额比率也是这样,八比六了,中国竟然有六,还有日本呢,印度呢,都是丝绸大国,欧洲的丝绸也很强,我们实在太盲目,实在太无知,怎么可能不摔跤,怎么可能不吃苦头!"

韩六舟的声音越来越大,越来越激昂,艾红大概在里屋不放心,轻轻地开了门,向外看了看,韩六舟背对着里屋坐着,没有看到艾红,项达民看到了,笑了笑,说:"没事,我们正在谈国际大事呢。"

韩六舟转过头去向艾红看看,又回过头来,继续说:"还有一点很重要的,我们的科技水平太落后,带来质量问题,也带来周转速度缓慢的问题,国际市场瞬息万变,我们赶不上呀!"

艾红过来给他们的杯子加满了水,站了一会儿,像有话要说,韩六舟却没有注意到,仍然继续着自己的话题。

艾红终于忍不住,打断他的话,说:"六舟,下午四点,你约包先生在咖啡厅的。"

韩六舟看了一下时间,没有吭声。

项达民说:"你有生意要谈,我不能妨碍你做生意,我这几天一直在平江,办些事情,也看了看和桃花镇有关系的一些人,包括你……看起来,你们也已经适应了。"说着想站起来。

韩六舟没有动,但是伸手一挡,对项达民说:"你等一等,我还有话没说完,我们的企业,它的生存和发展的力量在什么地方?一个企业,如果没有足够的企业力,怎么谈得上生存?更不要说发展!"说得激动了,站了起来,继续说:"瞄准市场,满足社会需要,只是第一步,这一步,我们是做到了的。商品的竞争力和好的营销手段,这只是第二步,我们在第二步上就迈不出坚实的步子,就打了败仗,何谈迈向第三步。在信息时代,塑造企业形象,是至为关键的,在现代社会,企业的差别和竞争,更多地表现在信息传递的强弱上,而这个信息,也就是企业形象的信息,企业形象在消费者心目中的地位如何,决定了这个企业的生死存亡呀!回头想一想我们的隆飞翔,我们在打品牌的时候,有自己的独特形象,但是后来呢,现在呢,生产出来的服装,一水妈妈穿,二水女儿穿,三水洋娃娃穿,我们无脸面对曾经信任过我们、支持过我们的消费者呀!"

项达民盯着韩六舟看了半天,说:"你一直在考虑?"

韩六舟说:"考虑归考虑,这已经不是我的事情,我是,提供给你参考……"

项达民忽地站了起来,说:"韩六舟,我告诉你,我早就想告诉你,你是个懦夫、逃兵,看起来,你做了个爱情的勇士,实际上,你心里明白,事业上——"

韩六舟说:"我知道,事业上,我是逃兵!"

艾红走过来,听到了韩六舟的话,脸色苍白,她犹豫了一会儿,再一次暗示时间到了。

韩六舟送项达民乘电梯到一楼,送到门口,韩六舟好像有什么话要说,项达民却挥了挥手,说:"下次见面时说吧。"

韩六舟回到楼上房间,艾红看了看他的脸色,说:"六舟,四点已经到了,包先生是个时间概念很强的人。"

韩六舟突然大声道:"去他妈的包先生!"

第 12 章

一

由徐晶建议并帮助在上海电视台播放的电视连续剧《罗锅宰相》做的插片广告,收到了意想不到的效果,电视剧播出后一个星期,陆陆续续便开始有了咨询电话,打听什么的都有,问到桃花镇怎么走,坐什么车,多长时间能到;问房子的户型怎样,面积多大,结构如何,地理位置,交通情况。最多的当然还是问价格,许多电话是从上海打来的,也有平江的电话,也有平泽县的,也有其他县市的,一时间,桃花镇房地产公司像开了锅似的,成了全镇的最热线。

总经理吴明康精神抖擞了,不再见他倒挂着眉毛,见了人,也不再哭丧着脸摇头叹气,只要哪个说一声听说情况不错,电话很多?他便两手一抱拳,说托福托福,脸上忍不住绽开了灿烂的笑意,也算是恶狠狠地出一口憋了很长时间的鸟气。

镇机关的电话也忙起来,打到镇机关来询问售房事宜的,多半是熟人,或者是谁的朋友,知道镇上的电话,或者认得镇委镇政府哪位领导,所以便直接打过来。镇机关的正常工作被搅得有些乱,平泽县一位性子比较急的副县长,有要紧事情打电话找柏森林,柏森林的电话占线居然近一小时没打进来。副县长一气之下,招呼司机,马上走路,冲到桃花镇来看个究竟,想兴师问罪一下,结果发现镇机关大家欢欣鼓舞的样子,才知道电话都是询问售房的。有细致的咨询者,一直打听到卫生间有多大,浴缸是什么品牌的,瓷砖是多少厘米乘多少厘米的等等,副县长知道这情形,当然也就转怒为喜,当天回到县里,正赶上开县长办公会,副县长在会上把桃花镇的情况一说,县长们都很高兴、很振奋,议论起广告问题来。

桃花镇房地产公司在资金紧缺、工程下马、长期拖欠工程款等的严重情况下,拿出一大笔钱做广告,这件事,在县委也曾引起争议,但是因为吕正始终没有表态,所以别人在公开场合也就不便多说,现在看来,项达民一把宝是押准了,赌赢了,至少说项达民运气不错,正好跟上《罗锅宰相》这么个十年也难得出一部的好戏,也应该他走运。谁也搞不清楚项达民外面到底有多少关系,中央、省、市、左右邻居,京、津、沪,政界、经济界、新闻界、理论界、文艺界,看看,全国十大杰出青年节目主持人徐晶也是他的朋友。

柏森林一早到机关上班,碰到镇文化站的站长老汤,抱着一大堆乱七八糟的东西,从胸前一直堆到下巴,见了柏森林,连头都点不起来,只能用眼睛示意打个招呼,柏森林伸手替他接过一些东西,看了看,是一台旧纺车的配件,柏森林说:"老汤又收破烂了。"跟着老汤到办公室放下东西,老汤的办公室里,已经堆得走不进人,一股霉湿气,文化干事小管的办公桌已经搬到隔壁去了。

老汤喘了口气,说:"柏镇长,我正要找你汇报,我这里,收藏的旧物,实在堆不下了,我家三间房也都堆满了,镇上能不能腾一间房给我?"

柏森林笑道:"收藏这些东西,是无止境的,给你腾一间,再多了怎么办,再腾一间,最后整个办公楼都给你?"

老汤说:"柏镇长,这可是你的主意。"

柏森林惊讶道:"怎么是我的主意,大家都知道你老汤是个破烂王,怎么赖到我头上?"

老汤说:"我这个破烂王也是在你的启发下才干起来的,哪知越干越有味道,欲罢不能了。你记不记得,三年前,你刚来桃花镇,我陪你下乡去,你看到农民在劈一辆旧水车,你说的什么?"

柏森林依稀记起来,他好像是说,我们不能将历史一刀劈了,在桃花镇这片土地上,每一块砖,每一片瓦,都有着悠久的历史,连泥巴里,都散发着江南文化的气息。

老汤说:"我就是从那时候开始,收藏这些旧物的。"

柏森林心里一动,问:"收了多少了?"

老汤说:"上千件都不止了,品种也有数百种。"

柏森林点头说:"好,把旧办公大院的四间房都给你。"

老汤喜出望外,搓着手连连道:"太好了,太好了。"

柏森林从文化站出来,到自己办公室,坐下来,打开电脑,自己设计的"祝你愉快"四个字出现在屏幕上,顿觉身心愉悦,刚想调出篇文章来看看,突然看到一个十多岁的孩子站在门口向他招手。

柏森林说:"你是谁?"

孩子不说他是谁,仍然招着手,要柏森林跟他走。

柏森林便跟着孩子来到会计办公室,走进去一看,电脑开着,上面是电脑游戏刺杀希特勒。柏森林说:"你在玩电脑?"

孩子点了点头,说:"叔叔,到了这一步,下面我就玩不下去了,你教教我。"

柏森林哭笑不得,说:"你怎么来找我教你?"

孩子说:"这里只有你在玩电脑。"

柏森林说:"你是谁家的孩子,周会计的?"

孩子突然警惕地闭了嘴,不说话了。

柏森林来了气,到门外叫了一声,周会计应声来了,柏森林说:"这是你的孩子?"

周会计说:"不是。"听得出他不愿意说是谁家的孩子。

柏森林更生气："是谁家的？"

周会计只得说："刘委员的儿子。"

柏森林说："怎么搞的，上班时间，让小孩子来玩电脑，不像话。"

周会计没有接嘴。

柏森林又说："你们自己，电脑到底掌握到什么程度了？"

周会计说："我是会了，财务方面的东西，都输进去了。"

柏森林说："其他人呢？"

周会计说："其他人我不清楚。"

柏森林往其他办公室看了看，果然如刘委员的儿子所说，没有一个人在用电脑，柏森林在心里叹息一声，回到办公室，先前的喜悦全没了，闷坐了一会儿，电话响起来，柏森林接了电话，一听，是杨东，有些意外。

杨东说："柏森林，你的别墅，现在很吃香呀。"

柏森林不由说："怎么样，杨东，你也想买我们的别墅？"

杨东说："想，当然想，连做梦都想！"

柏森林知道他是反话，便也顺着他的反话说下去："想，就来买一套，住在桃花湖边，钓鱼，游泳，空气好呀。"

杨东说："啊？凭我和你的关系，你竟然开口叫我买一套，至少应该奖励我一套。"

柏森林笑起来，说："奖励你？凭什么奖励你？"

杨东毫不犹豫地说："就凭我对你们桃花镇的关心。我跟你说，这可不只是帮助贷多少款，拉多少项目，推销多少产品，引见几个外商，那都是有形的有限的，我对你们桃花镇的关心，可是无形的，因而也就是无限的，我关心的，是一切之本，人！"

柏森林说："那我得代表桃花镇谢谢你。"

杨东说："谢应该有实际行动嘛。什么叫实际行动？奖励一套别墅嘛。你们不是奖励给徐晶一套吗？"

柏森林说:"话得说清楚,我们给徐晶的房子,不是奖励,是优惠价供应。你要想优惠,我一样给你。"

杨东怪笑了一下,说:"优惠?你的优惠值多少,项达民的优惠值多少?你们一样?"

柏森林说:"这不用说,当然不一样,要不怎么一个称书记,一个称镇长,两个称呼就不一样嘛。"

杨东又笑了一声,说:"柏森林,我死活不相信你这么潇洒,你若真的这么潇洒,你到桃花镇去干什么,平江市委政策研究室主任的位子你不坐,跑到乡下小镇去被项达民管?"

柏森林笑道:"燕雀安知鸿鹄之志哉!"

杨东大叫一声:"好!终于暴露了!终于说真心话了!"

柏森林说:"你少来这一套啊,有什么事,说吧,我这几天,成了房地产公司的电话秘书了,天天替他们接咨询电话,你这时候也来凑热闹,不会也是为房子的事情吧。"

杨东说:"你说对了,正是为房子的事情,我们系里,有位老教授,平时从来也不看电视,别人说起电视,他就生气,这些日子,不知怎么的,迷上了《罗锅宰相》,见了鬼!"

柏森林说:"你也看了《罗锅宰相》?"

杨东说:"我看了几集,不想看,那东西,好什么好,还不就是青天大老爷那一套的戏路?"

柏森林说:"青天大老爷好呀,老百姓喜欢,为民做主,说老百姓心里想说的话。"

杨东突然重重地叹息一声,说:"柏森林呀柏森林,当初我叫你不要到乡下去,你偏要去,果然,果然毁了你呀。柏森林,我看你是不能再在那里待下去了,再待下去,就没有你柏森林了。或者说,就不再是高水平的连我杨东这样的人都佩服的双料研究生,再也不是对社会有自己独到见解的柏森林了!"

柏森林说:"你觉得我变了?"

杨东大叫:"何止是变了,简直,简直是大踏步地后退,简直是堕落,后退到把希望寄托在青天大老爷身上的地步,堕落到只求老百姓叫声好的地步!"

柏森林笑着摇了摇头。

虽然杨东在电话那头看不到柏森林摇头,但是他能够感觉到,说:"柏森林,你别摇头,你心里对我说的话,是很听得进去的!"

柏森林说:"哎呀,杨东,你就别绕那么大的圈子了,你们老教授要买房子是不是?"

杨东却不依不饶地缠着柏森林,继续说:"柏森林,教授买房子的事情,小事一桩,等一会儿再说也不迟,你的事情可是事不宜迟。你还记不记得,我们在中央党校读书时,请来几位专门针砭时弊的报告文学作家座谈,其中有一位作家,就是写了一部歌颂某位县委书记是青天大老爷的报告文学,轰动了全国,得了全国奖,作家本人,和那位被写的县委书记,几个月时间,收到全国老百姓成千上万的信,请求作家和青天县委书记到他们那里去工作,到他们那里去主持正义!"

柏森林说:"我记得的,那次座谈很热烈,你一个人抱着话筒不肯放,差点变成你的专场演出了。"

杨东说:"哪里,你根本记错了,那一次,最精彩的就是你的发言,当时,几乎所有的人,都对作家表示敬意,对县委书记更是崇敬,称他们是人民的作家、人民的书记,是中国的希望,是中国的未来,你却站了起来,观点鲜明地说,我不同意!"

"哈!"柏森林说,"我也有那样的时候?"

杨东说:"你不会忘记,这是你生命中的重要阶段,是最亮的闪光点之一。你不会忘记,我到今天仍然记得很清楚,你说,诚然,我同意你们大家的看法,我们的作家是有良心、有责任感、敢于为民说话的作家,而作家笔下的这位县委书记也确实是敢于为民做主的书记,是人民的好书记,是我党的好干部,你们对作家对县委书记的评价,我基本同意。但是根本的一点,我不能认同,也就是对于什么是中国的希望,对于未来的看法!"

柏森林说:"我说过我对未来的看法吗?"

杨东说:"你别装蒜,你激昂地说,我的看法,像这位青天大老爷似的县委书记,这样的干部,只能在现阶段、在一个短时期内存在,应该很快被淘汰!在场的人都有些发愣,一时不知道何所指,你说,中国的希望在于提高整个民族的素质,在于让老百姓认识到自己的命运一定要掌握在自己手里,而不是别的任何人手里,即使他是好官,即使他是包青天!如果一个民族,到了二十世纪九十年代,仍然期盼由好官来拯救他们,我认为,这个民族,恐怕是真正失去了希望,也失去了未来!我们中华民族是个有脊梁骨的民族,我们有自己独立的个性,为什么我们不能自己站起来,要靠人扶着,靠人拉着,靠人撑着?我们中国人民有自己独立的人格,为什么不能自己走自己的路,而要有人领着、搀着、指引着?你发言后,全场一片肃静,过了好一会儿,突然响起雷鸣般的掌声……"

柏森林说:"杨东啊,你可以改行做文学院的教授了,那么多形容词,随手拈来,脱口而出呀,雷鸣般的掌声。"

杨东像是沉浸在往日的激动中,不理会柏森林的嘲笑,说:"柏森林,我今天重提旧话的意思,你应该明白!"

柏森林说:"我明白的,但是现在我实在太忙,你听,那边一个电话又响了,我感觉到那像是我们老板的电话……"

杨东从电话里确实听到柏森林办公室的另一台电话在拼命地叫,这才说:"你们项达民老板真的这么有个性,连电话铃也响得和别人不一样?"

柏森林说:"你也可以换一种说法,是我对我们老板特别敏感,从电话铃中就能听出他的气息来,嘿。"

杨东说:"柏森林,我佩服你,我先挂了,一会儿再给你打,你先去应付一下。"

柏森林接了另一个电话,果然是项达民打来的,项达民在平江待了几天,刚刚回来,现在在隆飞翔集团听汇报,问问柏森林镇上有没有特殊情况。柏森林说了说房地产广告收效的情况,项达民说他已经听说了,柏森林从电话中感觉不出项达民的情绪如何,项达民让柏森林在镇上等他,中午要和他商量些事情。

刚挂断电话,杨东电话就来了,说:"看,我时间掐得很准吧,说明我对你、对你和你们老板的关系,了如指掌。"

柏森林说:"说了这么多废话,正题还没开始,你们的老教授,要买什么样的房子?"

杨东说:"我们这位老先生从来是两耳不闻窗外事的,突然看起电视来,要说看《罗锅宰相》看得魂不守舍那也就罢了,他老先生竟然对《罗锅宰相》的跟片广告也大感兴趣起来,就这样盯上你们桃花镇的房子了。"

柏森林说:"那就介绍他过来看看,保证满意,保证老先生流连忘返。"

杨东说:"那当然,在高校里待久了的人,满眼的学问,满眼的人际关系,到秀丽的湖边,当然流连忘返,老先生已经追过我几次了,也不知谁告诉他我认得桃花镇的镇长。"

柏森林说:"好事情,你介绍成功,我们给你奖励。"

杨东说:"奖励什么呢,奖别墅里的一间厕所?"

柏森林说:"折算下来差不多吧。"

杨东又和柏森林胡扯了一通,说定过两天就陪老先生过来看房子,这才意犹未尽地挂了电话。

柏森林对着电话出神,好像电话就是杨东的嘴,这张嘴,永远是尖厉的,既无遮拦又无城府。但也奇怪,柏森林可以不把别人的话放在心上,但每次和杨东说过话,总是在他心里掀起一股浪潮,翻来滚去。

常金鹏走了进来,随手把跟在身后的一个人拉进来,又往柏森林面前一推，说："他是总指挥，你和他说。"

进来的是游乐场二期工程的工地承包负责人，被常金鹏推到柏森林面前，却不吭声。

柏森林说："水泥的问题解决了吧，还有什么问题？"

常金鹏说："他要毁约！"

柏森林说："为什么？"

工地负责人说："柏总指挥，我不推卸责任，合同是我签的，现在我要求更改。我承认，主要责任，在我方，但是我考虑，与其到时候出问题，还不如早一点把问题提出来。"

柏森林说："是什么问题？"

工地负责人说："时间。"

常金鹏气哼哼地插嘴道："他说明年十月不可能完成。"

工地负责人说："柏总指挥，我说了，主要责任在我们，由于我们没有搞游乐场所建设的经验，对工程的进度把握不住，当时签约的时候，急于要接下这个大工程，各方面的准备都不充分，在一切进入正常轨道后，我们才发现，我们犯了大错，对工程的难度和工作量估计严重不足。"

柏森林想了想，说："如果推延日期，你看要到什么时候？"

工地负责人说："至少要到春节。"

常金鹏说："不可能，决不可能，明年国庆，我们有好几项工程同时竣工开业，到时要搞大型庆典活动，不能因为一个游乐场，拖整个桃花镇的后腿！"说着转向柏森林，说，"柏总指挥，你说呢？"

柏森林还没有说话，常金鹏又抢着说："项书记一再强调过这个问题！"

工地负责人看着柏森林，柏森林说："是的，等项书记回来，我向他汇报。"

工地负责人走后，常金鹏说："柏镇长，你不要上他的当，这家伙老奸巨猾。"

柏森林笑了笑,说:"他也不老,充其量是个小奸巨猾。他小奸巨猾也好,忠厚老实也好,如你所说,一切由项书记决定。"

常金鹏说:"那是我堵他的口,而且我们也不能把所有的事情都推到项书记头上,我们两个总指挥,应该先商量个意见。"

柏森林说:"我们也不用商量意见,你不同意,我也不同意,既然签了约,怎么能随随便便轻轻巧巧就毁约,天方夜谭。"

常金鹏松了一口气,笑起来,说:"好你个总指挥,当面会做好人,刚才听你的口气,我还以为你同意他呢。"指指柏森林又说,"你刚才若是说同意的话,我可不跟你客气。"

柏森林说:"怎么,你要和我吵架?"

常金鹏说:"事情也不能做得太过分,当初你引他们来谈承包的时候,我就看出这家伙狡猾得很,我是看在你的面子上,许多方面都让他一马的,换了别人来谈,哪可能这么便宜!"

柏森林说:"常总什么时候肯给我面子?"

常金鹏也就毫不客气,说:"那是,我为什么要给你面子,是项书记关照的,项书记叫我听你的,我才听。"

柏森林心里掠过一丝不快,但他没有表露声色,只是淡淡地笑了一下。

常金鹏却得理不饶人,还想继续往下说,柏森林向他摆了摆手,意思是你不用多说了,我没兴趣听你讲。

常金鹏自讨没趣,心想,你别装得没事似的,你心里想的什么,项达民一清二楚,别说项达民,连我都清清楚楚。

其实常金鹏错了,此时此刻,柏森林想的什么,他是无从知道的。

承包游乐场二期工程的工程队,是项达民介绍给他的,项达民曾暗示柏森林,希望柏森林不要让常金鹏知道工程队是他介绍的,柏森林就承担了这个名义,说是自己联系来的。但柏森林始终认为常金鹏是知道内情的,他以为项达民不希望他告诉常金鹏只是项达民的一个手腕。一直到工程进展了一个多月,到今天,柏森林才发现常金鹏确实还不知内情,还一直以为工程承包者是柏森林的什么关系,所以说话中,时时处处带着些要挟的意味,好像抓着他柏森林什么把柄短处似的。柏森林想着常金鹏的样子,不由觉得好笑。

你抓错了人,柏森林脑海里满是笑意地想。

承包者是平江市委一位已经退居二线的老书记老家的侄子,就是那个被常金鹏认为老奸巨猾的人,年纪并不大,但是很显老,三十几岁的人,看起来倒像四十多岁奔五十的样子,与他的老成,办事稳重大有关系,换一个人,说不定早就暴露出他与老书记的关系了。

二

项达民中午吃饭前回到镇上,见了柏森林和常金鹏,难得中午没有客人,项达民提议三个人一起吃顿便饭。坐到饭桌上,项达民说:"也不过到平江去了三天,怎么感觉就像去三年似的漫长?"

三人一起笑起来,项达民又说:"像这样三驾马车单独自己为自己吃一顿饭的机会,好像很少呀。"

柏森林说:"我来了三年,这是第一次。"

常金鹏说:"你三年算什么,我跟项书记十年,也没有过。"

项达民说:"我刚才从吴明康那儿路过,想进去看看,再一想,算了吧,今天去找吴明康,显得我去敲他竹杠似的,有嫌疑。"

常金鹏说:"吴明康这小子,这两天乐死人了,不敲白不敲。"

柏森林说:"项书记,我正在想,教育上,缺一点钱。"

项达民说:"缺什么钱?"

柏森林说:"加工资,六个月前补起,要补发六个月的工资,有个缺口,财政上一时拿不出那么多,能不能叫吴明康先拿点出来,哪怕先垫上,以后再还。"

项达民"啊哈"一声,说:"卫生院叶院长刚才已经电话追到我了,要进几台医疗器械,也想打吴明康的主意,吴明康这会儿要哭了。"

大家哈哈笑起来。

有柏森林的电话,柏森林出去接电话的时候,常金鹏把游乐场工程的事情告诉了项达民,最后道:"项书记,这个口子你得把紧,柏镇长也许嘴上说不同意,但我知道他心里是向着那家伙的。那家伙,也不知是柏镇长的什么关系,要不,能这么猖狂?"

项达民脸色稍有点变。

常金鹏却没有看出来,又说:"想毁约?哪有这么容易的事!他以为有个后台是镇长就可以为所欲为了?"

项达民半天没有说话,神色犹豫。

常金鹏说:"你犹豫什么,有什么好犹豫的,他柏森林要是敢坚持,我就揭穿他的脸皮。"

项达民厉声道:"你给我少说几句,瞎搅和!"

常金鹏更加不服,赌气道:"我怎么瞎搅和,我又没有拿人家的好处,我心不虚,我不过就是说话难听,我说真话,总归是难听的!"

项达民严厉地瞪着他,说:"你不能不说?"

常金鹏说:"我不能不说!我不明白,你项达民什么时候怕起柏镇长来了,叫我跟着你丢脸!"

"丢脸"两个字,被走进来的柏森林听到了,笑着问:"丢脸?谁丢脸,丢什么脸?"

常金鹏扭着脸,不说话。

项达民冷冷地看着他,也没有说话。

柏森林知道项达民和常金鹏两人之间有什么不可向他说的事情,便故意把话题引到自己身上,说:"嘿,我现在成了吴明康的推销员了。"

项达民想了想,游乐场二期工程的事情,柏森林果然守信没有告诉常金鹏,常金鹏一直蒙在鼓里。项达民本来的意思,是怕常金鹏嘴不牢靠,到处乱讲,对老书记不利,才瞒着他的。但现在事情出现意想不到的转向,常金鹏把应该是他项达民和老书记的事情推到了柏森林头上,一张嘴开始乱讲,一旦以为自己有了什么根据,会不停不息地纠缠下去,常金鹏对柏森林一直有一种天然的不喜欢。自从柏森林到桃花镇后,常金鹏就开始明里暗里地和他作对,项达民心里也有数,常金鹏把柏森林当成了项达民的假想敌,以为柏森林的出现,是对项达民的一个最大的威胁。项达民非常清楚,常金鹏决不是自己想坐镇长的交椅,他是怕柏森林抢了项达民的书记的交椅。

常金鹏和柏森林的这一对矛盾项达民是喜欢的,他愿意有这对矛盾的存在,但是现在有些麻烦,涉及到市委老书记。

项达民考虑了半天,决定把事情告诉常金鹏,他对柏森林说:"柏镇长,关于游乐场工程承包的事情,常总有点误会,你能不能把真实情况告诉他?"

项达民心里的一番盘算,柏森林多少也能猜测到一些,他以为项达民会自己把真实情况告诉常金鹏,让常金鹏闭上他那张惹是生非的嘴,却想不到项达民要叫他说出来。柏森林心里飞快地闪过一些乱七八糟的念头,但很快控制住了自己的胡思乱想,不动声色地道:"真实情况?你指的什么?"

项达民说:"常总对工程承包商很有看法,认为他老奸巨猾,其实他年纪不大,才三十刚出头吧。"

柏森林说:"是的,三十三岁,沈书记的侄子。"

常金鹏张了张嘴。

柏森林说:"他来找我的时候,我不相信,以为是个骗子,后来知道真是沈书记的侄子,嫡亲的。"

常金鹏听到"嫡亲的"三个字,说:"不对!他不姓沈!"

柏森林向项达民看看,没有说话。

项达民也没有说话。

常金鹏喃喃地说:"为什么不告诉我?怕我怎么样啦,这么长时间,也不告诉我,就瞒着我一人……"

常金鹏说了几句,见项达民和柏森林都不吭声,也觉得自己没有意思,不说了,一时间三个人都闷头吃饭。过了一会儿,还是耐不住,问项达民:"你们什么意思,同意他撕毁合同?"

项达民说:"事情也未必有那么严重,柏镇长,你只要口头上和他们说一说,改合同是很麻烦的事情,时间上,我们可以放宽些,看情况再定。"顿一顿,又说,"另外,资金上,我们支持的,支持他们,我估计,问题不在时间,主要是他们的资金周转不过来。"

柏森林说:"好的,我尽量吧。"

常金鹏一肚子气,不再吭声。

饭桌上正有些冷场,党委秘书小钱进来了,一看,说:"正好,仨头头都在,上海来了两个人,要找镇领导。"

柏森林问:"什么事?"

小钱说:"是看了广告来看房子的,我叫他们到房地产公司找吴明康,他们非要见镇领导,要见项书记。"

项达民说:"估计是熟人介绍来的。"说着站起身往外走。

项达民来到办公室,果然有一男一女两个人等着他,年纪都有五十出头了,估计是一对夫妻。项达民自我介绍后,两个人也自我介绍了一下,都在区里工作,多年来攒了点钱,想买一处安静宽松些的住处,在上海工作几十年,被挤怕了,想退休后有个好地方安享晚年,最后说到是看了《罗锅宰相》的插片广告才来桃花镇的,知道项达民是桃花镇的一把手,所以也没有到房地产公司,直接过来找项书记。

项达民正奇怪他们怎么知道他的名字,夫妇俩又说,去年他们

区和桃花镇搞过一次联谊活动,他们虽然没有到桃花镇来参加,但是听同事回去讲了活动情况,尤其提到桃花镇的项书记,大家一致认为项书记为人豪爽,办事也爽快。项达民说:"欢迎欢迎!你们怎么来的?"

男的说:"本来单位有车的,说好了的,早晨临出发时,突然另有任务,我们是坐长途车来的,所以晚了一点。"

女的说:"路倒不远,路况也很好,不到一小时就到了。"

项达民说:"还没有吃饭吧?"

夫妇俩听项达民问,一个连忙摇头,另一个却点了点头,项达民笑起来,说:"这时候长途车刚到,哪里可能吃过饭呢,到了我们桃花镇,总不能让上海客人饿肚子吧。"

吩咐小钱带他们到餐厅去,点几个菜吃。

客人走后,柏森林过来了,说:"项书记,游乐场工程上的事情,你看怎么办?"

项达民说:"合同是有法律保证的,经过公证的合同,决不可能随意改动,这你知道的,哪怕改动一点点一句话一个数字,都要推翻一切从头来。"

柏森林说:"不理睬他?"

项达民说:"当然不能理睬!"

柏森林犹豫了一下,好像有点怀疑项达民这么坚决的态度,停了停,说:"如果他再来找呢?"

项达民说:"你叫他来找我!"

柏森林说:"他会不会动员老书记来说话?"

"不可能!"项达民说,"老书记根本就不知道他的侄子在我们的游乐场搞承包!"

柏森林内心不得不佩服项达民的坚硬,同时也对项达民大包大揽的做法不无想法。项达民真是太能了,真好像天塌下来他也能顶住。其实呢,天若是真的塌下来,他能顶住吗,顶不住的,天塌下来，谁也顶不住！"

项达民调转了话题，说："柏镇长，这几天可能会有不少人来看房子，我们尽量待在家里，目前，这是我们的头等大事。"

柏森林说："我在平江有几个朋友过两天也要来看房子。"

项达民想了想，说："干脆，叫小钱发个通知，这一段时间，凡是来桃花镇看房子的，坐长途车来的，我们一律派小车送回去，另外，免费招待一顿饭。"

柏森林走后，项达民打电话把吴明康叫过来，问了问情况，那对上海来的夫妇也已经吃了饭，跟着小钱过来，项达民说："走吧，我和镇房地产公司的吴总一起陪你们看看房子。"

出了门，车子便往桃花湖边过来，桃花苑小区是桃花镇别墅小区中最高档次的小区，这里的别墅，面临桃花湖，三层，三百五十平方米，售价四十二万元。

看房子的时候，这对夫妻的话明显地少了，面部表情也很单调，基本上看不出他们的态度，看过桃花湖小区后，他们又提出要到其他小区看看，前后共看了四个小区，高中低档的都看过了，最后回到房地产公司，坐下来休息，仍然不出声，不表态，吴明康有些着急，说："怎么样，看中哪一套？"

夫妻俩对视一眼，很含蓄的样子，还是没有说话。

吴明康又追问："你们说说，怎么？不满意？"

终于男的开口了，说："满意是非常满意，太理想了，可惜，我们是工薪阶层，住不起呀。"

知道这是开始杀价了，大家都有心理准备。

项达民不作声，由吴明康和他们谈。

他们看中的是一套中档的售价二十八万的二层别墅，一开口就从二十八万杀到十三万，低于半价。

吴明康一听这个数字，嘴张得大大的笑起来，盯着他们看了看，说："你们开玩笑！"

女的说:"我们不开玩笑,我们这么远的路坐长途车赶来,不是来开玩笑的,我们商量了三天,是诚心诚意来买房子的。"

吴明康说;"那你们就好好开价,这样野豁豁,叫人觉得你们不诚心。"

女的笑起来,说:"你们广告上说的,价格面议,现在我们来面议,你又说这样的话,到底是谁不诚心?"

吴明康说:"你给十三万,我连成本也收不回来,我不能做赔本生意吧,我那么多银行贷款,那么多集资款等着我卖了房子去还,还有许多房子,等着我卖了再去建,我若连成本也收不回来,我还做什么房地产公司经理,买块豆腐撞死算了。"

说着笑起来,却笑得很心酸。

这对夫妻互相看一眼,两人像商量好了似的,同时斩钉截铁地说:"就是这个价了。"

吴明康说:"你们真的要我赔本?"

女的和男的一起笑起来,一副对行情了如指掌的样子,女的说:"你少跟我们来这一套呀,我们也是吃这碗饭的,你这一套房子成本是多少,我们心里能没有数?没有数我们敢来买你的房子?"

吴明康说:"你们有数就好,做生意嘛,你赚我赚大家赚一点,大家高兴,便宜了你一家,我去喝西北风呀?"

男的说:"你哪里能喝西北风,就我们十三万买你这一套,够你吃香喝辣了!"

吴明康做了个痛下决心的手势,道:"十八万!一锤定音了,十八万!"

男女两人齐齐地用英语连说几个"No",倒让人吃不透他们到底是什么人,是干什么的。

项达民一直是稳坐钓鱼船的,听了半天,见他们滴水泼不进,终于也有点急了,说:"我来做个中间人吧,也不要十八万,也不要十三万,取个中间数,十五万。"

吴明康大叫:"十五万,项书记你要我的命了,你割我的肉呀!"

与吴明康大叫的同时,这对夫妻又不约而同地用英语说"No",说了一串的"No"以后,男的说:"不可能,我们只出十三万。"

吴明康说:"你如果只有十三万,那就换锦花苑的一套。"

男人和女人又否定了这个主意。

僵持了半天,吴明康终于失去了耐心,说:"你们十三万想买这样户型的别墅,我这里是没有了,你们另谋别处吧。"

夫妇俩大概是做好了充分的准备来的,没有想到吴明康很快就败下阵去,不想谈了,两人倒有点失落似的,无话可说了。过了一会儿,男人说:"我们是诚心诚意专门赶来买房子的,我们连定金也带来了。"

吴明康脸色很难看,说:"你们要买的房子,对不起,我们桃花镇没有。"

吴明康的几句话,很硬气,连项达民听了也觉得解气,确实如吴明康所说,桃花镇的房子,虽然难卖,但从来没有被人如此大幅度地压价,幅度大到令人难以置信。前两年,房地产看好的时候,买房子的讨价还价,都不超过万元,只在数千元内上下徘徊罢了,买主能压掉三五千块钱,已经是大喜过望了,想不到如今,竟是这般情形,被人这么作贱。

夫妇俩又互相看看,然后问吴明康:"吴总,十三万不卖?"

吴明康坚决地摇头,气鼓得足足地说:"从前我们种西瓜,西瓜卖不出价,老子就不卖,回来自己吃,吃不了的,做肥料。"

夫妇俩又僵坐了一会儿,眼看着没有希望,脸色颇尴尬,最后终于慢慢地站了起来,男人口气十分遗憾地说:"那是买不成了。"

女的说:"唉,白跑了一趟。"

两人慢慢地向外走,期望着吴明康叫一声"十三万卖了",可是吴明康始终没有出声,呆呆地看着他们走出去。

两人出门时,吴明康死死地盯着项达民,看到项达民稍稍地点了一下头,吴明康一跺脚,追到门外,叫住了夫妻两人。

夫妻俩眼睛亮亮地盯着吴明康。

吴明康痛苦不堪地点了点头。

"十三万卖了?"夫妻两人不约而同地问。

"卖了。"吴明康如丧考妣,神情低落。

夫妻俩同时愣住了,他们脸上并没有出现压价压成后的那种欣喜,却有些茫然似的看着吴明康和后面跟出来的项达民,两人又反复地说着这个数字:"十三?十三?"脸上渐渐地开始出现怀疑的意思。

吴明康说:"我说十三万卖,就十三万卖,怎么,我总经理说话不算数,你们不相信我的话?"

夫妻俩对视了半天,男人犹犹豫豫地向女人说:"我们怎么办?"

女人想了想,也犹犹豫豫地说:"我们再到小区看看。"

吴明康说:"刚才都已经带你们看过了。"

项达民说:"他们要看,还是再带他们看一看。"

一行人再又来到桃花苑小区,一连看了几套,夫妻俩一改第一次看房时的态度,不住地摇头,指责这里不行,批评那里不对,吴明康虽然心里憋着气,但看在售房的面上,一一将难听的话咽下去。

终于让他们看完了桃花苑小区所有的房子,吴明康说:"怎么样,我们回公司签合同,今天先交定金,百分之二十。"

夫妻俩听了吴明康这话,神色突然慌张起来,妻子紧紧护住随身背着的包,好像怕人抢钱似的。

吴明康见他们不说话,又追了一遍。

终于,夫妻俩一齐开口说:"我们不买了。"

吴明康的脸由红变紫,又由紫转青,气急败坏地瞪着他们,一时竟说不出话来。

夫妇俩看吴明康这种神态,都害怕起来,一边往后退,一边说打扰打扰,拔脚就走。

项达民心里,窝着一把火,他真想把这把火放出来,把桃花镇卖不掉的房子烧它个干干净净,白茫茫一片。

项达民只觉得心里这把火在五脏六腑间乱窜,五内俱焚,他不能让这火蹿出来,他得把它熄灭在自己心里。项达民看着这对特意从上海赶来的夫妇,真想追上去捶他们一顿,或者破口大骂一场,但是,他不能这么做。

桃花镇还有那么多房子没有卖掉!

项达民点了两根烟,一根递给吴明康,他指指那对夫妻,他们正连奔带跑地离去,项达民向吴明康说:"用你的车,送他们回上海。"

吴明康愕然,闷着头不肯。

项达民又说了一遍,语气更重,不由得吴明康不服从。

吴明康上了车,片刻间追上了那对夫妇,夫妇俩吓了一大跳,却听吴明康说,有车送他们回上海,在惊愕之中,被吴明康送上了车,车很快开动,他们回头看时,项达民和吴明康正站在桃花苑小区目送着他们,在项达民和吴明康背后,是一大片新建的无人居住的别墅洋房……

三

到桃花镇来看房子的人确实不少,但是多半有如上海那对夫妇,看的多,问的多,讨价还价的多,到了最后要他们掏钱的时候,一个个就犹豫了,缩退了,最后成交的很少很少。

只有杨东带来的那位平江大学的老教授很爽快,看了看房子,就签了买房合同,交了定金,但是人却站在桃花湖边大发感叹,不肯离去了。

老教授一个人对着桃花湖大发感叹的时候,杨东告诉柏森林,前不久,闻舒在平江召开了一系列的座谈会,新闻文化理论界开会的那次,出乎意料的,陶李也来了,因为平江许多人都知道陶李平时不愿意参加这类官方活动,杨东一边说着,一边注意柏森林的态度,柏森林脸上却没有什么反应。

杨东推了他一下,说:"柏森林,别装模作样,其实你心里很想听听关于陶李的事情吧,陶李写了部小说《热土》,你不会没有看过吧?"

柏森林说:"看过,她写小说,到我们桃花镇来过好多次,是以桃花镇为背景的。"

杨东说:"你觉得书写得怎么样?"

柏森林想了想,说:"这可能不是陶李的最好作品。"

杨东来了兴趣,盯着柏森林看了看,说:"噢,为什么?"

柏森林说:"好像,她的思考、沉淀,还不够。"

杨东说:"我倒以为,并不是陶李思考不够,沉淀不够,我感觉是陶李笔下留情。"

柏森林说:"陶李这样的作家,宁可不当作家,也不会笔下留情。"

杨东摆了摆手,不同意柏森林的看法,但他也没有马上说出自己的想法,向仍然站在湖边的老教授看看,才回头问柏森林:"你觉得你了解陶李吗?"

柏森林一时说不清楚,乍一想,好像就看到陶李站在眼前,伸手可触,再一想,陶李却又离得很远,中间好像隔着层纱,看不分明,柏森林摇了摇头。

杨东说:"对她,我有两句话:深刻而尖酸,头脑清醒却又自以为是。"

柏森林一听,笑了起来,不得不佩服杨东的概括能力。

杨东说:"看起来,你是同意我对陶李的评价了。好,那么我再问你一个问题,陶李对项达民的看法究竟如何?"

柏森林笑了笑,说:"这是本小说,不是报告文学,小说主人公也不叫项达民。"

杨东说:"我不是问你小说中的人物,我是问你生活中的项达民,陶李对他到底怎么看?"

柏森林想了想,反问道:"是不是在座谈会上陶李发表了什么高见,使你觉得困惑?"

杨东说:"柏森林,你仍然是从前的柏森林,你怎么想得到是在座谈会上陶李发表了高见使我困惑的呢?"

柏森林说:"如果仅仅从《热土》这本书来看,我觉得不大可能使你困惑,除非在另外的场合,陶李说了另外的话,与这本书不完全一致,至于另外的场合是什么场合呢,你平时又有什么机会和陶李碰面呢,大概就是那次座谈会了吧?"

杨东说:"以我的看法,陶李的前后不一致,正说明陶李也在不断地进步,不断地认识事物本质。"

柏森林向老教授指了指,笑着说:"杨东,天冷,湖边风大,别把你的老教授冻坏了,我们回镇上去吧。"

杨东说:"柏森林,你到底什么意思?你到底是狡猾呢还是完蛋了?我刚刚开始接触事物的本质,你又王顾左右而言他!"

柏森林说:"事物的本质?什么是事物的本质?"

杨东说:"按照陶李的高见,就是劣根性,这一点,《热土》中也有所描写,陶李认为,像项达民这样的人物,为什么干事业特别艰难,就是因为,在他的身边,在他的四周,处处埋伏着巨大的阻力,他的双腿双手,他的心,被无数绳索所捆,走一步,干一件事情,都会被这些绳索牵扯着,难以向前。这绳索是什么?是民族的劣根性,是嫉妒,是腐败,是不正之风,是亲情关系,是……"

柏森林点了点头,说:"这是事实,干事情的艰难,应该说陶李了解得比较深、比较透了……"

杨东"哈哈"一笑,说:"柏森林呀,柏森林,你不知道你的位置在哪里? 你难道看不出来,你也是捆住项达民的一根绳索? 而且是一根最结实最粗的绳索!"

尽管杨东一再指戳这个问题,但是柏森林毫不在意,笑笑说:"如果从根本上说,真正能够捆住一个人手脚的最结实最粗的绳索,不是别人,恰恰是他自己。"

杨东一拍巴掌,说:"柏森林,我建议你,和陶李多聊聊。"看了看柏森林,自己先笑起来,说,"不过,我也能估计到,陶李到桃花镇来,更多的恐怕是要和项达民说话,轮不到你,是不是?"

柏森林说:"是。"

杨东说:"柏森林,别那么悲观,现实如果不如人意,我们就改变它!"

柏森林含糊地笑了一下。

杨东说:"你笑话我? 要知道,这话是你自己说的。"

柏森林说:"我一点也没有笑话你,我们现在所做的一切,不都是在改变现实吗?"

杨东说:"柏森林,你应该充满信心,我相信,如果陶李继续对你们桃花镇有兴趣,那么,要不了多久,她就要不断地来找你,而不是死盯着项达民了!"

柏森林不置可否地摇了摇头。

杨东谈兴不减,继续说:"我知道,柏森林,你根本不在乎一个陶李,一个陶李,算得了什么,她吹捧项达民也好,批判项达民也好,根本不在你眼里,你在乎的是闻书记,是闻书记的态度!"

柏森林简直不知道拿这个老同学怎么办,只有对他苦笑,说:"杨东,干脆你来当桃花镇的镇长吧。"

杨东表情夸张地说:"我的妈呀,打死我也不敢,我可没有你的涵养,我在项达民手下,别说三年,三天也难待下去。"

柏森林说:"你倒把我们项书记看得很高呀!"

杨东听了柏森林这话,突然住了嘴,意味深长地盯着柏森林看了一会儿,慢慢地点了点头,却没有说话。

杨东不说话,倒叫柏森林奇怪,也向他看了看,问道:"杨东,你见过项书记没有?"

杨东说:"除了在电视上。"

柏森林说:"对一个连面也没有见过的人,你倒能够对他说三道四、评头论足?"

杨东说:"你错也,秀才不出门,便知天下事,诸葛亮运筹帷幄,就是本事!"

杨东的谈兴是从来没有止境的,柏森林看了看时间,已经到了中午,说:"一会儿,到饭桌上再继续说吧。"

和杨东一起,扶了老教授,来到桃花源宾馆,进了餐厅,柏森林就对杨东说:"杨东,你想见的人今天也在。"

杨东说:"谁?"话一出口,立即想到了是谁,"项达民?"

他们入了座,刚开始吃,项达民就从另一桌举着个酒杯过来了,先向老教授敬了酒,又向杨东敬酒,说:"杨教授,久仰你的大名。"

杨东想不到项达民知道他是谁,有些措手不及的感觉,眼睛不由自主地向柏森林看了一眼。

项达民继续说:"你是全国最年轻的博士生导师,不简单呀,这么年轻,我拜读过你的著作《新阶段》。"

这更是杨东料想不到的,他一直以为,对项达民来说,他是一个在暗处的人,他可以游刃有余地观察项达民,而项达民,则是暴露无遗的,哪知项达民对他,似乎早已经了如指掌。杨东不由地又去看柏森林,心想,好你个柏森林,着实厉害,竟然把我的情况早就告诉项达民了,我还在你面前大谈特谈项达民呢!

柏森林从来没有向项达民提起过杨东,一直到杨东陪老教授来买房,柏森林也只是说自己的一个老同学,并没有说出杨东的具体情况,所以,现在杨东感到惊讶的事,他也一样感到惊讶,在惊讶的同时,心头升起一股隐隐的不安,一刹那间,柏森林脑海里,转过千念万念,但是他一点也不露声色,笑眯眯地看着惊讶不止的杨东。

项达民"咕嘟"一声干了自己杯中的酒,将酒杯杯底侧给杨东看看,说:"喝酒要做青蛙声,喝完要做探照灯。"

杨东也"咕嘟"一声喝干了自己的酒,同样将酒杯杯底侧给项达民看看,说:"大学老师也懂。"

项达民满意地笑了,说:"杨教授,连你也来替我们桃花镇推销房子,看来,我们桃花镇确实是有吸引力!"

杨东一语双关地道:"那是当然!"

项达民手向另外几桌指了指,说:"我还有好几桌客人,不能专门陪你们,柏镇长代表我,多敬几杯。"

项达民走后,杨东说:"好哇,柏森林!"因为桌上还有其他人在,不便把话说得太明白,杨东只说了半句。

当然柏森林是能够听明白的,说:"杨东,你理解错了。"

杨东也听懂了柏森林的半句话,想了想,说:"那就是说,我们都理解错了?"

柏森林向他摇了摇头,暗示他别再多说。

杨东憋着,看柏森林席间去卫生间,连忙跟出去,追着叫了一声:"柏森林!"

柏森林又摇了摇头,厕所里也有人。

杨东凑到柏森林耳边,说了两个字:"轻敌?"

柏森林没有说话。

杨东注意到柏森林的脸上,有一种排泄时的痛快。

四

常金鹏本来也是要到桃花源宾馆陪客人吃饭的,因为在镇上谈一个事情,耽误了,会谈结束,刚要出门,才发现门口竟然站着一个人。

是徐晶。

常金鹏看到如天使般高贵漂亮站在门口的徐晶,却犹如看到了地狱来的魔鬼,吓了一大跳,语无伦次地说:"徐,徐小姐,你,你来了?"

徐晶灿烂地一笑,说:"常总你这是什么话,我不来,难道站在你面前的是鬼?"

常金鹏这才意识到自己有点失态,稳定了一下情绪,说:"徐小姐,你来桃花镇,怎么事先也不告诉我们一声,我们应当去接你,你是我们的功臣!"

徐晶仍然笑着,说:"我这个功臣,恐怕让你们害怕吧。"

常金鹏假痴假呆地说:"害怕,怎么说得上害怕,我们欢迎你还来不及呢。"

徐晶说:"我事先打了不下上百次电话,找不到你们,你们若不是害怕,躲着我干什么?项书记从来是个敢说敢当的人,泰山压顶不弯腰的,怎么也躲避起来了?"

常金鹏说:"项书记从来不躲避,他是忙!"

徐晶说:"不管忙不忙吧,反正我已经来了,我要找项书记谈谈什么叫信誉?"

徐晶替桃花镇房地产做《罗锅宰相》的插片广告,另外是有条件的,徐晶在上海是个四通八达的人物,有几个专做广告生意的朋友,托她到桃花镇做些产品广告,项达民当时由于急于想做成《罗锅宰相》的广告,答应了徐晶的条件,广告也都已经做了出去,但是钱一直没有汇到上海的账上。徐晶在上海一等不来钱,二等不来钱,不断打电话过来催,但是十有八九找不到人,项达民好像消失了似的,徐晶一气之下,追来了。

这一切,常金鹏都知道,徐晶的话他也都明白,但他仍然只作不知,嘴上说着假客气的话:"徐小姐,你当然应该来,应该多来,你在桃花镇是有别墅的,你不来,别墅不是白白浪费了吗?"

常金鹏提到别墅,徐晶的脸色更不好了,说:"既然常总说到别墅,这也是我今天来的目的之一,我上了你们的当!"

常金鹏说:"徐小姐,花十万块钱买一套价值七十万的别墅,还说上当,人可不能太昧良心!"

徐晶说:"值七十万?常总你自己心里有数,值那么多钱吗?"

常金鹏说:"你现在觉得不值了,当初怎么眼睛发亮?你知不知道,为了你这套房子,我们项书记承担了多大压力,外面说什么话的都有,告状告到平泽县委、告到平江市委去了!"

徐晶说:"这是另外一回事,与我无关,我的十万块钱,没有了!"十分痛心的样子。

常金鹏说:"什么没有了?你的别墅不是好好地在那里?"

徐晶说:"对我来说,在桃花镇有一幢房子和没有房子是一样的。从前我想错了,以为节假日可以像外国人那样,来桃花镇度假,住在自己漂亮的别墅里。我真的很傻!你到我的别墅去看看,什么样子,已经破败不堪了,哪里能够住人!"说着激动起来,眼泪都汪在眼眶里了,"不再花几十万装修,没有人长年替我管理,哪里能够住人!我太傻,所以上了项达民的当,十万块钱,存在银行里,每年还能多少拿点利息。房子放在那里,有什么用,只有一年比一年旧,最后旧到不值一分钱!"

常金鹏见徐晶很激动,一时不知说什么才好,愣了一会儿。

徐晶说:"所以我是一定要来了,项达民答应过我,如果房子不理想,可以再代我卖掉。"

常金鹏说:"现在我们正是卖房最困难的时候,已经卖出的,决不可能再退回来!"

徐晶说:"你们做了《罗锅宰相》的广告,行情看好,别以为我不知道,仅我认识的上海方面的朋友,来你们桃花镇看房子的就有好几个。"

常金鹏说:"他们只是来看房子,来折腾我们,谁买了?你见到你的朋友们,有谁买了?"说着气就不打一处来,"要说上当,是我们上了你的当,什么狗屁插片广告,九十万!徐小姐,你知道我们是在什么样的情况下付出这九十万的?你说说,到底是谁上谁的当?你的十万块钱,不管怎么说,现在还在这里,我们的九十万呢,拿钱打水,还有个水花呢,我们九十万呢,哪里还有踪影?还有,你强加的那些附加条件!"

徐晶说:"条件是双方都接受的,不是谁强加的。"

常金鹏说:"不是强加,难道我们这些厂,愿意做你那些挂羊头卖狗肉的狗屁广告?"

徐晶说:"厂方愿不愿意做,是他们的事情,但是既然做了,就不能不给钱。"

常金鹏说:"他们没有钱。"

徐晶冷冷地说:"常总,你认为拿'没有钱'三个字,就能赖掉一切债务?"

常金鹏一想到这些面临瘫痪的企业,心里一阵阵疼痛,话也更厉害,说:"徐小姐,你对企业的情况,也不是一无所知,你知道现在我们的企业有多困难?"

徐晶说:"你困难,难道我就不困难?不困难我会赶到你桃花镇来?"

常金鹏被惹得有些火了,说:"你的困难和企业的困难一样吗?企业的困难,是成千上万的工人,要生存,要吃饭,要活下去;你的困难,只不过是自己口袋里少灌了几个钱。"

徐晶也很生气，说："常总，你说话要负责任！"

轮到常金鹏冷笑一声："我当然负责任，你替广告公司拉广告，白拉？你活雷锋？"

徐晶说："我拿的是合理的正常的介绍费，问心无愧。"

常金鹏说："你问心无愧？我常金鹏还不敢说自己问心无愧呢！"停了一下，觉得气氛太过紧张了，弄得像敌人似的，到底徐晶是有一定身份的人，他常金鹏不管心里有多少气，还是得忍耐下去，所以口气和缓了些，又说："再说了，若是没有项书记帮你，你从哪里拉到这些广告？我们项书记对谁也没有对你这般，你这样追来兴师问罪，算什么？"

徐晶说："本来我也不想撕掉面子，既然你说话难听，也就别怪我说话不好听，我和你们桃花镇，和你们项书记，只不过是互相利用罢了，谈不上什么好不好。"

常金鹏说不过她，嘀咕道："不管怎么说，你今天来，钱恐怕是拿不到的，不是我们不想给你，是没有钱给！"

徐晶再也没有兴趣和常金鹏说话，对他摆了摆手，说："我要找项达民，我只和他谈。"

常金鹏说："对不起了，你来得不巧，项书记今天出门了，不在镇上。"

徐晶说："那我就在镇上等他，一直等到他回来。"

常金鹏听出徐晶今天不达目的是决不肯罢休了，只好跑到桃花源宾馆来找项达民。

项达民在餐厅敬了一圈酒，刚回到自己桌上，常金鹏急急地跑进来，凑到项达民耳边，告诉他，徐晶来了。

项达民有点意外，皱了皱眉头，说："在哪里？"

常金鹏说："在镇上等着。"

项达民的脸色不太好，冷冷地说："你为什么不说我不在？"

常金鹏说："她到镇上之前，已经来过餐厅，看到你了。"

项达民说:"我这里还没有完,先走不礼貌,你先去替我抵挡一阵,注意,别乱说。"

常金鹏说:"在这个女人面前,我怎敢乱说。"

项达民说:"徐晶这时候到,大概也没吃饭吧,你干脆把她叫来,一起吃过饭再说。"

常金鹏去叫了徐晶来,餐厅里各方客人,有认识徐晶的,都显得很兴奋,平时只能在屏幕上看看徐晶,现在真的徐晶来到自己身边,当然是很荣幸的。有人过来和徐晶握手,有人说在哪里和徐晶一起吃过饭,都是很崇拜的样子。

徐晶眼里却只有一个项达民,常金鹏偏偏不想让她和项达民靠近,叫服务员添一把椅子,放在离项达民较远的位子上,哪料徐晶却指着项达民身边说:"正好,这里有个空当,加在这里吧。"很自然地就坐到项达民身边。

因为桌上都是远道来的客人,徐晶比较注意自己的形象,只字不提她来桃花镇的事情。

徐晶一到,饭桌上的中心就转到她身上了,大家谈论的仍然是徐晶和桃花镇的特殊的良好的关系,是那套别墅,是《罗锅宰相》的插片广告。懂行的人说,能做上《罗锅宰相》的插片广告,是要有很大力道的,现在多半的电视剧已经不做插片广告,除非少数特别卖座、收视率特别高的电视,大家说话时,徐晶注意着项达民的表情,项达民始终很高兴,情绪没有半点低落的意思。

饭后送走客人,项达民回过来对徐晶说:"徐小姐,上车吧。"

徐晶想问问到哪里去,却没有问出口,和常金鹏说话,她什么话都能说,甚至互相对骂也可以,到了项达民面前,却觉得有许多话是说不出口的。

常金鹏也上了车,他也不知道项达民要带徐晶到哪里去。

车子开到镇皮件厂,常金鹏对徐晶说:"也好,徐小姐不相信厂里没有钱,亲眼看一看厂里的情况就知道了。"

项达民却摆了摆手,说:"皮件厂虽然困难,做广告的这点钱,不至于拿不出来。"

不仅常金鹏,连徐晶也有点意外,他们跟着项达民来到厂长办公室,厂长先见到项达民,显得很高兴,马上站起来迎接,跟着看到项达民身后的徐晶,脸色突变,不再看徐晶,转过脸来,可怜巴巴地盯着项达民。

项达民说:"看起来你们都已经知道对方了,我也不用介绍了,王厂长,今天账上有多少钱?"

王厂长说:"没有,一分也没有。"

项达民说:"不可能吧,明天你们要进货,没有钱,怎么进货?"

王厂长说:"现在进货,都是先提货后付款的。"

项达民笑了笑,说:"王厂长是善于打埋伏的,其实我们是有备而来,我事先已经向你的会计打听过了。"

王厂长快要哭出来了。

徐晶和常金鹏都知道项达民在讹诈王厂长,但两人的愿望却大不一样,常金鹏希望王厂长识破项达民的诡计,徐晶则希望项达民成功,大家都很紧张。

项达民说:"不就三万块钱吗,逼不死人,王厂长,伸头也一刀,缩头也一刀,总是要痛一痛的,晚痛不如早痛。"

王厂长勉勉强强地站起来,说:"我到会计那里看看,有没有,有的话,我也不会赖账的。"

项达民向徐晶、常金鹏招了一下手,说:"我们跟王厂长一起去看看。"

王厂长却站着不肯走,说:"这是我们明天去进原料的,不进原料,厂里就要停产了!"

项达民说:"你不是说,现在进货,都是先提货后付款吗?"

王厂长再也无法可想,眼睁睁地看着会计开出一张三万块钱的支票。徐晶收起支票,对项达民说:"谢谢项书记。"

王厂长眼中对项达民的敬畏,渐渐地变成了怨恨,变成了深深的怀疑。

项达民走出财务科,徐晶也跟出去。

王厂长死死地盯着常金鹏,眼睛血红,问:"到底为什么?就为这个女人替桃花镇主持了一次被大家臭骂一顿的晚会?"

常金鹏心情复杂,从内心讲他恨不得和王厂长一起痛骂徐晶一顿,但是他不能,他从厂长的目光中,看到了一种可怕的东西,这种东西不是冲着他的,是冲着项达民的。

这么多年了,常金鹏从来没有见过桃花镇的任何厂长,会用这样的眼光看项达民!

常金鹏的心不由地抖动了一下,一种不祥的感觉隐隐出现,他定了定神,对王厂长说:"王厂长,要干大事情,就要有大的眼光,项书记是有眼光的。"

在王厂长气愤的疑虑重重的目光中,常金鹏也觉得自己说的这一段话简直就不是人话,他在内心狠狠地抽了自己一个耳光。

项达民仅用了半个小时的时间,就用同样的方法,从三个厂里拿到了支票,交给徐晶,最后又派车送徐晶回上海。

看着送徐晶的车子开远去,项达民重重地叹了一口气。

一直跟在一边的常金鹏不满地说:"我想不通。"

项达民说:"我们不能有时有人无时无人,我们有用得着人家的时候,就不是这副嘴脸了。"

常金鹏说:"用得着,我们用得着她什么啦,什么有用的东西,主持个晚会,搞成那样,人人骂。"看项达民要说话,连忙手一挡,"你别说了,还有那个什么陶作家,哪次来我们没有好好招待她?我们替她出的钱少了?她从我们桃花镇挣的钱少了?写的什么东西,那本书,我看不懂,到底算是吹捧你,还是批判你?我看不懂!"

项达民说:"你看不懂,就别说话。"

第 13 章

一

上海福荣食品公司这一年算是交了霉运,连续两次进了大批伪劣商品混入市场,想来个鱼目混珠,夹在好商品中蒙混过关,哪知如今的消费者,自我保护意识越来越强,人人要做王海,才上市两天,就被揭露出来。事情是区消费者协会闹出来的,惊动了工商、税务、政府领导,最后严肃处理,总经理记过一次,罚款二十万,真是三魂罚掉两魂,大伤元气。紧跟着,又出了李采购员的事情,这事情更大。

李采购员死在乡下的麻将桌上。

李采购员死在受贿的过程中。

食品公司和王桃厂达成协议,向外一律不说具体情况,做工伤处理,这样一来,家属却不肯罢休了,一而再再而三地集合了大批人马闹到公司,提出要追认为烈士,提出公司补偿二十万再加一套住房,提出子女今后的升学、工作安排等要求。

万般无奈之下,只得将真实情况告诉了家属,家属当然不肯承认、不肯相信,又跑到桃花镇流水村去调查,前前后后折腾了好一阵,最后事情才摆平了,家属方面,因为知道了事情的真相,也不能再提过多无理要求,适可而止了。

事情总算闷住了。哪料,还没等福荣公司的头头们缓过气来,半道上又杀出个程咬金。

尤敬华到上海来了。

第一次上门,福荣公司的总经理屠强有些紧张,吃不透他是什么来头,平泽县委派到桃花镇做调查研究的调研组组长?屠强想不明白,调研组算个什么东西呢?屠强一时竟不知如何和尤敬华对话,犹豫了半天,突然想起问一问尤敬华做调研组长前是干什么的,尤敬华说是平泽县纪委副书记,屠强"噢"了一声,再不多说什么,尤敬华问什么,他答什么,与王桃厂厂方的回答如出一辙,竟无半点出入。

尤敬华走后,屠强立即给兰桂花打了个电话,兰桂花只在电话里说了七个字:放心,小心,别理他。

果然过了一天尤敬华又来了,屠强只作糊涂道:"咦,尤组长,你不是回去了吗,怎么又来了?"

尤敬华说:"我的工作还没有开始,怎么能走呢?"

屠强笑了笑,说:"你工作,我也要工作,你是一个三人组的组长,我呢,官虽不大,到底也管着几百人的嘴,实在对不起,恕我没有时间陪你,你自己工作吧。"

尤敬华说:"屠总经理,我们都为了自己的工作,希望我们能够互相理解,互相配合。"

屠强属于那种脾气黏糊的好性子的人,如牛皮糖似的,你急他不急,他对尤敬华十分客气,但客气中又毫不客气地夹着一种敬而远之的冷冰冰的意思,既软又硬,既热又冷,使尤敬华左右为难,就像面对一个长满刺的果子,急于想咬一口,又无从下嘴,干瞪着眼。

尤敬华走出屠强的办公室时,听到他和秘书哈哈大笑。

屠强说到做到,他去忙他的工作了,从此不再来过问尤敬华,好像根本就没有出现过尤敬华,偶尔在公司碰见了尤敬华,屠强便笑着点点头,问一声吃过啦,打个招呼,匆匆而过,而屠强手下的人,像和屠强是同一个模子里浇出来的,连脾气都很像,对尤敬华都客客气气,但是对尤敬华想要了解的情况却一概不知,只听得他们左一声对不起,右一声对不起,弄得尤敬华哭笑不得,也不好批评指责他们,也不好发火。

如此周旋了两天,尤敬华明白自己在食品公司是找不到什么了,但尤敬华是百折不挠的,此处天不亮,自有天亮处。

尤敬华在上海的各个商场和食品商店转了一天,搞清楚哪些店经销王桃产品,尤敬华自有尤敬华的办法,他是一根筋罩到底的,你越是不配合、反对他的工作,他越是有干劲,越是要把工作做得更出色。

这天一早,食品店刚开门,尤敬华就来到销售蜜饯食品的柜台,细细地看起来,果然,在许多品种中,有王桃产品,品种还不少,王桃怪味橄榄、王桃霸王桃片、王桃新创意杨梅、王桃打嘴不放话梅、王桃怕不辣姜片……营业员刚来上班,还没有从早晨的忙乱中恢复,显得有些烦躁,见尤敬华一声不吭,戴着眼镜看商品,冷眼向尤敬华看了看,不说话。

尤敬华看了个够,才问营业员:"同志,请问你们这里王桃产品销售情况怎么样?"

营业员是位年轻的小姑娘,听到尤敬华喊她同志,一听口音,再一看模样,知道是乡下来的,一脸的鄙夷之色,尖嘴利牙地反问:"同志,请问你买哪一种,买多少?"

尤敬华说:"我不是来买东西的,我只是来问问。"

营业员毫不客气地说:"我这里不是义务咨询台。"

尤敬华赔着笑脸说:"请你帮个忙,我只是想了解一下王桃食品的情况。"

营业员尖酸地说:"我帮你,谁帮我?你了解王桃食品,是不是给我们加奖金?"

尤敬华语塞了,但他并不在意,他这大半辈子,走东走西,都是要碰钉子的,他早已经习惯,并且处之泰然,无论碰上多硬的钉子,他也决不后退。

尤敬华仍然笑着,说:"同志,我是王桃产品家乡来的人……"

营业员的心被尤敬华这句话触动了一下,眼睛一亮,问道:"你是来推销的?"话语中充满热切的希望。

尤敬华说:"我不是推销,我是了解一下情况。"

营业员的脸马上就变,说:"你了解情况,找我们柜台组长,找商场经理,找公司总经理,找我一个小小营业员干什么?你找错人了,我什么也不知道的,只知道叫我卖什么,我就卖什么,叫我卖多少钱,我就卖多少钱,别的一概不知!"说着,竟然来了情绪,继续说:"一天站到晚,腰也站得断,腿也站得断,才给我们几个钱?家里上有老下有小,死鬼男人下了岗还赌,不输个精光不回家……"

尤敬华不得不打断她的话,说:"据我了解,王桃厂的产品经销中有些不太正常的手段,你们是商场第一线的,也许知道一些……"

营业员的脸突然通红,大怒道:"放你妈的屁,乡下瘪三!"

尤敬华说:"你怎么这么不文明,开口就是粗话,上海是国际大都市,你这样的素质,能配得上上海市民的称号吗?"

营业员说:"我配不上上海市民?你是上海市民?你算老几?乡下人!"边说边向附近几个柜台的营业员说,"今天是什么日子?倒霉日子!从哪里蹦出个神经病来?乡下人!"

附近柜台的营业员也都鄙夷地笑了。

尤敬华估计和这种人谈不出个所以然来,又不甘心,又在柜台边磨了一会儿,无奈,才慢慢地离去,快到门口时,忽然听到有人用压低的声音叫谁:"喂,师傅,师傅。"

尤敬华停下来四处看看,只见靠门边角落里有个柜台,柜台里有个中年的女营业员,正在向他招手,尤敬华指指自己:"你是叫我？"

中年女营业员点点头。

尤敬华走了过去。

中年女营业员神神秘秘地四处看看，又往角落里靠了靠，这样，从卖蜜饯的柜台那边，看不到这儿，女营业员压低声音说："你是来调查李采购员的事情吧？"

尤敬华大吃一惊，看着她，意思是说你怎么知道？

中年女营业员狡猾地"嘿"了一声，说："你也别管我怎么知道，反正我知道，早晚会有人来调查，死在麻将桌上，你知道，那天晚上，他赢了多少？"表情夸张到极点。

"多少？"尤敬华也知道李采购员是死在麻将桌上，也知道用麻将的方法行贿是王桃厂的惯用手段，但只是苦于没有证据，知情的人，都不愿意跟他说什么，所以，具体的情形，比如赌资到底有多大，他是无从得知的。

中年女营业员伸出一只手，张开五指，在尤敬华眼前晃了晃，很快翻了一番，又翻了一番，连翻几番，翻得尤敬华眼睛发花，着急问道："你说多少？"

女营业员说："这也看不明白，十八万！"

"不可能吧。"尤敬华脱口而出。

中年女营业员有些不高兴了，说："你是来听情况的还是为他们辩解的？"

尤敬华说："这个问题我会调查清楚的，我今天来，是想了解了解，王桃厂产品经销的过程和方法……"

不等尤敬华话说完，中年女营业员已经性急地插嘴说："方法，嘿嘿，方法可多了，王桃是很会来事的，要不然，凭它那几种乡下产品，能在大上海这么多店里站住脚？休想！"身子凑近尤敬华，"我告诉你，他们的好处，一直给到营业员，所以，"手指指蜜饯柜台，"她们那几个，还叫苦呢，好意思叫得出口，我们这商场，数她们几个最肥,油水最足。"

尤敬华不太明白,说:"营业员自己又不能直接进货,她们得什么好处?怎么得?"

女营业员撇了撇嘴,好像说你连这也不知道,便说:"告诉你吧,他们在包装箱中夹好处的,"边说,边用脚踢踢脚下的一只空纸箱,"比如这般大的箱子,他们在箱子两头,用纯毛毯包起来,中间夹的才是王桃,营业员每卖掉一箱王桃,就能得两条毛毯,当然卖力推销啦!"

尤敬华说:"你说话当真?"

女营业员说:"我们都是亲眼看着她们拆箱的,哪能有假。"

尤敬华说:"如果我过去问她们,她们会不会承认?"

女营业员说:"要看时间巧不巧,前些时,你不问她们,她们自己会说出来,烧包呀,现在不肯说了。"

尤敬华说:"为什么?"

女营业员说:"死人了,李采购员死了,公司就下了命令,谁说出来公司就炒谁的鱿鱼,吃了豹子胆她们也不敢!"

有顾客来买东西,女营业员过去接待,对尤敬华说:"你可别把我卖出去。唉,我为这张嘴,吃了多少苦,还是改不了,若不是这张嘴,凭我的工作表现,我现在做个店经理,也是可能的。唉,唉,熬不住呀!"

尤敬华站着想了想,觉得这位女营业员的话确实有点夸张,一箱王桃能卖多少钱,夹两条纯毛毯又是多少钱,这么干,王桃还盈什么利?但是尤敬华相信这样的事情是一定有的,无风不起浪。而且,也只有她们营业员之间,才真正清楚这些事情。

过一天,尤敬华又来到福荣食品公司,见到了屠强,把中年女营业员说的情况说了说,以为屠强会有所惊慌,哪知屠强听罢哈哈大笑,说:"尤组长,那些营业员的话,你也听得?"

尤敬华说:"我相信她不会无中生有。"

屠强说:"事情呢确实是有过这样一件事情,只不过和你说的出入太大,我们经销王桃,已经十年,十年来,经我们的手卖出去的王桃何止成千上万箱,在好几年前,曾经有一次,有个营业员开箱的时候,开出一条毯子,这里面有几点出入我可以向你说明一下:一、毯子是铺在上层的,是一条,不是两条夹住上下;二、是一条当时价值二十元的毛巾毯,而不是纯羊毛毯;三、开出这一条毯子后,从此再没有发现过一条;四、这条毛巾毯,最后是归了那位发现毯子的营业员,但不是她个人私吞,是作为商场奖励,这个营业员,工作积极,应该奖励。"

尤敬华被屠强不假思索就说出来的一二三四说愣住了。

屠强突然叹了口气:"记得当年,为了这条只值二十元钱的毛巾毯,影响了那个商场甚至影响到全公司,营业员工作积极性大增,大家争着要上蜜饯柜台,甚至大家自己掏钱买王桃,动员亲朋好友买王桃,一时间纷纷扬扬,后来甚至传出更大的笑话,说卖一箱王桃能得一件金首饰……"屠强脸上的笑意渐渐地消失了,长叹一声,最后说,"为什么呢? 都是些生活不富裕,甚至生活条件很差的营业员,普通的劳动人民,若是有钱人,谁会在乎一条毯子一件首饰?"

尤敬华想了半天,才说:"屠总经理,希望你不要误解我的来意,我并不是来检查你们福荣食品公司工作的。"

屠强说:"如果尤组长有这个权力,我们欢迎。"

尤敬华说:"正因为我没有,我是在平江市的桃花镇做工作调研,没有倾向性,你们不必紧张。"

屠强摸了摸自己的脸,好奇地道:"紧张? 我紧张了吗?"

尤敬华说:"我想了解的情况,是乡镇企业经营方式的问题,不一定够上纲上线的,我特别希望我这一次的调查研究,能给乡镇企业的发展指点一个正确的方向。什么是正确的方向? 我们先得弄明白什么是不正确的方向和手段。"

屠强笑着说:"尤组长的意思,是不是我们公司和王桃厂之间,经营手段不正当?行贿?受贿?挪用?贪污?"

尤敬华说:"这正是我要了解的。"

屠强仍然和和气气地说:"尤组长,我可以不厌其烦地再告诉你一遍,我们的手段很正当,我们都是合法经营,如果我们违了法,自有司法机关立案审查。"话语中带着硬骨头,你尤敬华算老几,怎么轮得上你来烦我们,但因为屠强态度和缓,叫尤敬华难以跟他认真,更不好跟他翻脸。

尤敬华终于百折而回了。

但是屠强却万万没有想到,他的这句堵尤敬华嘴的话,无意中却预言了一个即将发生的悲剧。

二

悲剧的发生也许只是在一瞬间,但悲剧的酝酿却是早就开始了的。

福荣食品公司的邱采购员因为嫖娼被派出所抓获,本来罚点钱也就算了,只要多出点钱,甚至连单位也可以不通知,钱能消灾,钱也能保住一个人的名声,偏偏邱采购员禁不起吓,派出所也只是例行公事,问些普通的问题,邱采购员却原原本本将自己的受贿情况交代出来。

派出所参加审问的警察也有些发愣,歪打正着,居然抓住一只大老虎,这是料想不到的好事。

他们根据邱采购员的主动交代,在邱家找出一本记事本,这位邱采购员,字写得像狗爬,还偏偏喜欢记日记,至于从哪个单位受贿多少,哪个单位收礼几件,也一一写明,无一遗漏。

警察们看了,面面相觑,终于忍不住大笑。

一个邱采购员,把福荣食品公司上上下下几十人牵连进去。

屠强首当其冲，当区检察机关向他宣布正式立案的时候，屠强不由想起不久前对尤敬华说过的那句话。

邱采购员受贿的主要来源就是王桃厂，上海检察机关立即派人赶到王桃厂取证。根据法律规定，如果王桃厂方面，再有吃回扣中回扣的现象，可能立为同案对象，那就麻烦了。

兰桂花面临重大危机！

做厂长十年，兰桂花第一次不到晚饭时就回了家，看着神情恍惚的兰桂花，朱贵小心翼翼地替她拿来拖鞋，问她饿不饿，可是任朱贵怎么问，兰桂花也不吭声，她的眼里，哪里还有朱贵。

朱贵早已经习惯了兰桂花的态度，悄悄地走开，兰桂花眼前不见了人影，心里又空得慌，追到厨房门口，伸手指着正在忙饭的朱贵说："朱贵，你是不是以为我出事了，怕了，躲着我？"

朱贵没有回嘴，仍然做着事情。

兰桂花见朱贵不作声，更来火了，说："朱贵，我还没被抓呢，你就不敢理我了，你就这样对待我？"

朱贵仍然不吭声。

兰桂花涨红了脸还要再说什么，一直在自己屋里做功课的朱芬走了出来，走到妈妈身边，说："妈妈，你不讲道理！"

兰桂花愣了愣，把女儿一推，说："你走开，没你的事！"

朱芬却不走，眼里含着泪，又说，"我不希望我的妈妈是你！"

"什么？"兰桂花好像没有听懂女儿说的什么，"你说什么？"

朱芬强调了一遍："你不是我妈妈，我不要你这样的妈妈！"

兰桂花涨红的脸慢慢变得煞白，嘴唇也有些哆嗦，看着女儿，说："你怎么说得出这种话，要是没有妈妈，你能有今天这样的生活？要是没有妈妈，你什么也没有！"

朱芬固执地摇了摇头，说："我宁可不要这样的生活，我宁可什么也不要，我只要一个真正的妈妈！"

兰桂花气急，抬手给女儿一个耳光。

女儿的眼泪在眼眶里打转,但没有掉下来,脸上通红的五个手印,她也没有用手捂着脸,却很镇定很冷静地看着妈妈,一字一句地说:"这更能证明,你不是我的妈妈。"

兰桂花举手又要打她但是被女儿冰冷的目光盯得心里有点发怵,收回了手,说:"你不承认我是你妈妈?那好,你给我滚出去!"

朱芬不动,说:"这不只是你一个人的家,也有爸爸的份,也有我的份,你没权叫我滚出去!"顿一顿,又说,"如果说这个家里有个人该滚出去,那不是我,是你!你应该滚出去,因为你从来没有把这个家当作你的家!"

兰桂花傻了,在她心目中,女儿一直是个连说话也轻声轻气、软弱无用的小女孩,哪里想到女儿竟然能说出这一番话来。

朱芬见妈妈愣住了,继续道:"我早就想和你说了,你对爸爸,什么态度?爸爸不如你官大,是不是?爸爸不如你出风头,是不是?爸爸不如你会挣钱,是不是?可是你有没有想过,没有爸爸,哪里有你的今天!如果以后你再对爸爸无理,我决不再叫你一声妈!"

兰桂花和女儿对话的时候,朱贵一直埋头做事,没有掺和进来,一直到兰桂花动手打女儿,他仍然没有作声,听到女儿说"决不再叫你一声妈",朱贵忍不住了,说:"小芬,你别说了,你太过分了!"

朱芬回头扑到朱贵怀里,痛哭起来。

朱贵如果不插嘴说话,兰桂花沉浸在和女儿斗嘴的激烈情绪中,一时倒也把他忘记了,他一开口,再加上眼看着女儿扑到爸爸怀里委屈地哭,兰桂花真是火上加油,她怒不可遏地道:"好啊,你们父女俩,早已经把我当外人了!"朱芬说:"不是我们把你当外人,是你把我们当外人,你……"下面的话,被朱贵用手堵住了。

兰桂花冷笑一声,说:"朱贵,你不必猫哭老鼠假慈悲,女儿才几岁,她能说出这样的话来?不是平时你向她灌输,她能说出这样的话来?打死我我也不信!"

朱贵张了张嘴,不知说什么好。

朱芬却说:"你心里的我,还是多少年前的小孩子,我现在已经长大了,你却不知道,为什么?因为你心里根本没有我!"

兰桂花心里塞满了委屈,忍不住"哇"的一声大哭起来,边哭边说:"你们知不知道我今天的心情,上海福荣食品公司出了问题,上海检察院的人来了,我还不知道怎么办,你们对我,内外夹攻,是要逼死我,逼我走绝路……"看朱贵和女儿都不吭声,她继续说,"你们不知道我有多难,我哪里还有时间来照顾家,原以为别人不能理解我,家里人总能理解我,哪里想到,家人比外人更……"

朱芬又想说话,被朱贵挡住。

兰桂花铁青着脸,手指指到朱贵脸上:"朱贵,你真的打算永远不再和我说话?"

朱贵脸上毫无表情。

兰桂花哭道:"我知道你对我有意见,却想不到你的怨恨这么深,是我不要家庭生活?是我不爱女儿?希望失去女儿的爱和信任?"

朱贵闷声闷气地终于说话了:"不全是你的责任,项达民有大半的责任!"

兰桂花猛地停止了哭声:"你说什么?你说什么?"

朱贵说:"要怪,只能怪项达民!"

兰桂花连连责问:"怎么能怪项书记?怎么能怪项书记?怎么能怪项书记?"

朱贵看起来并不激动,平静地说:"兰桂花,你想想你自己,你凭什么认为自己能够当好这么一个大厂、一个大公司的一把手?你以为光有干劲,每天不回家,陪人喝酒就能成事?项达民凭什么认为你能干好?你没有那么大的能力,也没有那么高的水平,这个厂长,并不是你自己要干的,是项达民叫你干的,他认定你能干好,可是,他错了,他看错人了,他只看重虚表,哪个敢咋呼,敢表态,敢说大话,敢和人拼酒,敢训人,敢一人说了算,他就提拔哪个,这样用人,必垮无疑!"

兰桂花目瞪口呆,朱芬能够说出那些话来,她已经够惊讶,想不到平时老实巴交,三棍子打不出个闷屁来的朱贵,居然也滔滔不绝起来,而且,也不能说他说得完全没有道理,兰桂花再一次盯着他。

朱贵说:"我说的话,有没有道理,你细细想想,总之,我认为,不仅是你一家王桃厂,这样下去,桃花镇恐怕要出大问题,项达民,也许他的气数尽了!"

兰桂花大喝一声:"朱贵,你住嘴,不许你胡说!"

朱贵说:"你可以不许我说话,但是你改变不了事实!"

兰桂花急火攻心,骂道:"朱贵,瞎了你的狗眼,什么是事实?你看不见什么是事实吗?事实就是桃花镇再也不是从前的桃花镇了!事实就是没有项达民,就没有桃花镇,只有瞎了狗眼的人才看不到这是事实!"

朱贵长期积压着的情绪发泄出来,突然变得能说会道,振振有词:"你们这种论调明明是把历史的进步归到一个人的头上,归于一个人的功劳。"

兰桂花气急败坏,说:"朱贵,你终于暴露出来,你忌妒项达民。你们两个,从前的情况差不多,都是高中生,现在你们的距离拉大了,你就忌妒他。你从来不睁着眼睛看事实,你从来都没有对项达民有过公正的评价。朱贵,你虚伪!"

朱贵说:"我不会忌妒项达民的,他不值得我忌妒,我早看在眼里,有你的今天,也会有项达民的明天。"

兰桂花真正怒不可遏,冲到朱贵身边,抬手想打朱贵,朱贵不经意地往边上一让,兰桂花收不住脚步,往前一栽,栽到墙上,脸撞在墙壁上,回头看看朱贵,朱贵却低下头去,继续择菜,等于在告诉兰桂花,我不与你一般见识。

兰桂花犹豫片刻,转身向门外冲去,冲到门口,她并没有回头,只是大声地说一句:"朱贵,你不要后悔!"

兰桂花冲了出来,往前奔出一大段路,她料定朱贵会来追她,心中酸酸的,软软的,想朱贵这么多年也不容易,自己无论在外面有多少困难委屈,在家庭里,她是没有尽到一个妻子一个母亲的责任,如果朱贵追来,她决不再和他闹,一定跟他一起回去。可是走出一大段路,也没有听到身后有人的脚步声,不由停了下来,向后看看,哪有朱贵,只有黑夜。

兰桂花想哭,却哭不出声来,想大声地叫几声,也叫不出来,朱贵根本就不想来追她回去。

是我把朱贵的心伤透了?

或者朱贵心里根本就没有我?

兰桂花一个人站在黑夜中,觉得自己是那么的孤独,那么的无助,心里是那么的空洞,一切的往事,急速地从眼前走过,她想抓住它们,伸出手去却只抓到个空,忙忙碌碌,辛辛苦苦,到底为了什么,到头来,竟然失去了一切?留下什么?什么也留不下。

兰桂花漫无目的地向黑夜中走去。

渐渐地,眼前出现了一幢幢的黑影,是她的王桃厂。

兰桂花睁着肿胀的眼睛向厂区看去,漆黑之中闪烁出一片光亮,是财务部的办公室,兰桂花心里突然一跳,是金纯?

金纯已经连续加了好多天班,兰桂花也已经发现,想知道他到底做什么账,金纯只是说"财务上的事情由我负责",一句话就把兰桂花顶了回去。

兰桂花来到财务部,金纯正专心做事,没有听到脚步声,兰桂花站在他背后,默默地看了一会儿,不由叹息一声,说:"金纯,不用做手脚了,做手脚也来不及了,上海检察院方面的人,明天就要来看账目。"

金纯回过头来,才发现兰桂花眼睛又红又肿,失魂落魄,不由愣住了,想问什么,却问不出口。

兰桂花见金纯胡子拉碴的,知道他好几天没有好好休息了,不由得有些心疼,说:"金纯,算了吧,不用弄了,该怎么样就怎么样吧。"意志全失。

金纯担心地看着她,仍然不问什么,但从他眼睛里流露出来的全是问号。

兰桂花说:"我们现在心中没有数,不知道他们到底掌握了多少情况,跟我们有关系的有多少。"

金纯终于忍不住问道:"你从家里来?"

兰桂花开始还勉强一笑,说:"没事……"但是在金纯的追问下,紧绷的神经一下子松垮下来,不由淌下两行热泪,说:"他们不要我了。"

金纯一时没有明白兰桂花说谁不要她了。

兰桂花突然哭着说:"朱贵和女儿,他们不要我了!"

金纯不由笑了一下。

兰桂花心如刀绞,说:"金纯,你还能笑出来,我为了这个厂,把什么都丢了,我什么都没有了,丈夫怨我,女儿恨我,"说着顿了顿,口气更加沉重:"眼前的事情,还不知道能不能过关怎么过关呢。"

金纯看了兰桂花一眼,平静地说:"眼前的事情,我已经全部处理好了。"

兰桂花说:"金纯,你做了什么?"

金纯说:"我没有做什么,我只是告诉你,厂里所有违反制度的开支,都是经我的手出去的,你没有签过一个字,你不必承担任何责任!"

兰桂花惊呆了。

金纯将兰桂花经手的事情,全部揽到自己身上。

兰桂花不知道他是怎么做的手脚,但她相信金纯一定能把事情做得滴水不漏。也就是说,如果行贿的事情被查出来,如果有刑事责任,那么吃官司的将不是兰桂花,而是金纯。

兰桂花尽力平静情绪,但口气仍然很激动:"金纯,难道你以为我会同意你这样做?我会让你顶替我的罪责?"

金纯毫不留情地道:"决不是我顶替你什么,该你做的你就自己承担,是我做的就由我来承担!"

金纯是个极其认真的人,考虑问题极其缜密,做事极其慎重,在他做这件事的时候,他已经前前后后左左右右全部考虑过了,考虑成熟了,知道万无一失了,他才会去做,所以,金纯所做的事情,别人是很难扳倒他的。

兰桂花含着泪问:"金纯,为什么?"

她以为金纯会说因为王桃厂离不开你之类的话,却不料金纯挥了挥手,根本不理睬兰桂花的询问,说:"没有为什么,只不过是我自己出来承担我的责任罢了,没有别的为什么。"

金纯的嘴已经被他自己封死了,谁也别想从他嘴里得到改变之前的事实真相。

兰桂花无计可施,泪汪汪的两眼巴巴地看着金纯。

金纯心里突然一阵抽搐,他掩饰着自己的激动,说:"兰厂长,我们的厂还是有希望的。"

兰桂花控制不住自己,她真想突然走上前,抱住金纯大哭一场,但是她没有动,只是定定地看着金纯。

金纯也很想抱住兰桂花,轻轻地抚摸她的头发,但他也和兰桂花一样,没有动作。过了半天,兰桂花听到金纯的声音像是从很遥远的地方传过来:"还记得,我第一次见到你是三年前,那天我从平江回桃花镇来,在桃花源宾馆吃饭,旁边一桌,就有你在,你当时是在宴请一些客商。我永远也忘不了那样的场面,你已经醉了,但是客商们还缠住你喝酒,他们说,兰厂长,你再多喝一杯,我们就多订一箱王桃,你多喝两杯,我们就增加两箱。你果然就喝了,喝了一杯又一杯,最后连几个客商也害怕起来,劝你别再喝了,你睁着血红的眼睛,说,怎么,你们出尔反尔了,说话不算数了?客商们说,我们说话算数,你兰厂长的真心诚意,我们都很感动,也别一箱一箱地增加了,干脆,我们再翻加一倍的订量。你举着酒杯说了一声谢谢,突然就直通通地倒下去了……"

兰桂花突然显得有些难为情了,说:"金纯,女人在酒桌上逞能,男人看了,很讨厌吧?"

金纯慢慢地摇了摇头,缓缓地说:"有的人确实是让人讨厌,但是你不,而且……我对你的敬佩和喜欢就是从那一天的酒桌上开始的,你的坚强意志和毅力,你的顽强精神,你的忘我无私的行为,深深打动了我。我当时想,这个女人,她到底是为什么呢?她已经不行了,还死死地撑着,还在喝,她不是要出风头,更不是为中饱私囊,她是为了王桃厂呀!我从来没有见过这样的女人,也从来没有什么事情能够让我的心受到如此大的震撼!"

兰桂花说:"不就是喝几杯酒嘛,乡下人,又没有别的本事,靠什么拉住客商呢,他们愿意你喝,就喝吧,也没什么大不了的,不就是不怕辣,一闭眼,也就下去了。"

金纯说:"我喜欢你,更敬佩你,所以,后来我下决心来了……"

兰桂花心慌意乱地避开了金纯的眼睛。

金纯陪着兰桂花回家,屋里一点动静也没有,估计朱贵和女儿都已经入睡,兰桂花站在门口,默默地看着金纯的背影消失在黑夜里,她想,金纯,我怎么会让你来承担我的责任?

满天满地,都是浓郁的夜。

空气像是凝结住了,如一块冰,压在人的心头。

三

孔雪杉上午上班时,碰到检察长,检察长告诉她,上海某区的检察院今天有人到,由孔雪杉接待一下,他们要了解什么情况,我们积极配合。

孔雪杉到办公室不久,正在看材料,接待办的小刘果然引着三个上海人走了进来,给孔雪杉看了看介绍信,才知道是要往桃花镇去调查王桃厂的。孔雪杉没动声色,将上海人引到会议室坐了,泡茶拿烟,一套忙过,寒暄几句,互相认识了,知道一个年长些的是老姜,检察官,另两个年轻的是小张和小袁,都是书记员。上海人很着急的样子,喝了两口水,就坐不住了,要往桃花镇去,问县检察院有没有车送一送。孔雪杉犹豫了一下,说检察院的车都出去了,要不要请桃花镇来车接一接。老姜和另两个同志互相看看,摇摇头,说:"我们就坐长途车去吧。"顿一顿又问,"此地到镇上,多少路?"

孔雪杉说:"不远,汽车不到一个小时。"看老姜他们站起来要走,孔雪杉又说,"都已经到了吃饭的时候,在县上吃了饭再走,也许一会儿我们的车回来能送一送你们,到桃花镇的班车,一天也不过三四班,万一赶得不巧,要等两三个小时。"

上海人又互相看看,老姜点了点头,说:"那要给你们添麻烦了。"

孔雪杉说:"一家人说什么两家话,我们也有麻烦你们的时候。"

既然留下吃中饭,也不急着走了,又坐了坐,聊了聊双方工作上的情况和福利待遇之类,孔雪杉心神有些不宁,但是不便表现出来。上海方面的几个人,嘴都很紧,没有向孔雪杉透露王桃厂的情况,孔雪杉也不便主动问起。

孔雪杉领着上海人往县宾馆来,刚到门口,就看到项达民笑眯眯地迎面站着,远远地就走上前来和孔雪杉握手,笑道:"孔检察官,今天有客人呀?"

孔雪杉也笑笑,心想,你必定是得到消息特意赶来的。

项达民知道孔雪杉的意思,心照不宣地眨了眨眼。

孔雪杉回头向上海人介绍了项达民,上海的三个人同时"哦"了一声,都向项达民看着。

项达民和他们一一握过手,说:"巧了巧了,我今天在宾馆订了一桌,客人飞机晚点,要到下午才到,正要退桌子,你们赶得巧。"

孔雪杉说:"那好呀,正好省我们检察院饭钱。"

项达民向老姜说:"这可不是我们桃花镇挖的陷阱呀。"

老姜也是宽厚地一笑,说:"我们从来不怕陷阱。"

一群人说说笑笑,向餐厅里去。项达民订的是一个小包间,到包间一看,常金鹏已经在里边等候,又介绍了。老姜说:"你们今天的客人,看来来头也不小呀,书记总经理双双作陪。"

项达民说:"我们的客人都是常来常往,也不新鲜了,倒是接待姜检察官,觉得是千载难逢的好事情。"

在说说笑笑中落了座,冷菜已经上好,色香味都是很讲究的,酒杯则是大中小三种俱全,小姐过来问喝什么酒,项达民看了看老姜,用目光征求意见,老姜摆了摆手,说:"我们三个,都不会喝酒。"

小张和小袁也应声道:"我们不会喝酒。"脸上看不出有什么表情,言谈举止之中,总是有一种距离感。

项达民也不与他们争什么,向小姐说:"既然几种杯子都搁着,几种酒都上一点,五粮液,干红,再来啤酒,要什么饮料,自己向小姐说。"

小姐倒酒的时候,老姜捂住小酒杯,说:"我不要白酒。"

项达民笑了笑,说:"姜同志,满一满杯子,放着看着,喝不喝随你。"

老姜只好松开了手,另外两位同事也一样,让小姐将三个酒杯都上满了酒,脸上则是一种反正我不喝的表情。

项达民举了白酒向大家敬酒,说:"我干了,你们,白酒不喝,啤酒能喝吧,喝啤酒吧。"说着自己先喝干了白酒。

老姜和小张、小袁面面相觑,小张说:"我们叫小袁做代表吧,我们这里小袁能喝的。"

老姜也点头,说:"小袁,小袁。"

小袁说:"既然项书记真心诚意,我们也不好意思,我代表吧。"将啤酒喝了。

吃了些菜,常金鹏站起来了,也和项达民一样的一套,老姜和小张又看小袁,小袁又喝了啤酒,喝过后,喘了口气,说:"其实,我们三人中我是最不能做代表的。"

项达民高兴地说:"好,好,内讧了,内讧了。"

老姜和小张、小袁都笑。

第二轮是单打独斗,项达民向老姜敬酒,老姜说:"项书记,你别敬了,我又不喝酒,你喝我不喝,这多不礼貌。"

项达民说:"那你就喝一点。"

老姜说:"我白的肯定不行。"

项达民说:"那你就喝红的。"

老姜拗不过项达民,喝了半杯干红葡萄酒,脸一下子红了,说:"你们看看,我不能喝吧,我的脸已经红了。"

常金鹏说:"老姜你若是怕脸红你就喝白酒,红酒是到血液里的,所以脸红。白酒是到胃里的,胃可能会红,反正看不见。"

大家又笑。

孔雪杉也拿了白酒敬老姜,老姜有些慌,说:"孔检察官,我们是自己人,你怎么来敬我?"

孔雪杉说:"今天都是自己人,哪里有外人呢。"说完也喝了一杯下去。

老姜说:"女人要么不喝酒,要喝起来,那是不得了的,我不敢和你喝。"回头向小张、小袁看看,说:"小张、小袁,我们是不是太被动了,你们主动敬敬酒呀。"

小袁说:"小张小张。"

老姜也说:"小张小张。"

小张向老姜笑笑,说:"我不揭发噢,其实我们三人中,谁最能喝呢?"其实是已经揭发了。

又在说说笑笑中,大家都喝了酒,老姜、小张、小袁,也都已经有白酒下肚,气氛和情绪不一样了,距离感也消失了。

折腾了两个多小时,才将一顿饭结束,项达民吩咐常金鹏留在县里等候客人,自己陪老姜他们回桃花镇。

临上车前,孔雪杉想和项达民说些什么,但又不知道说什么好,王桃厂到底出了什么事,她并不很清楚,也无法提醒项达民什么。

项达民知道孔雪杉的心意,他向她挥了挥手。

车上路后,老姜、小张、小袁三个酒意冲头,睡意浓浓,一觉醒来,项达民手向窗外一指,说:"已经到桃花镇的地盘了。"

放眼向窗外望去,一座崭新的小镇已经到了眼前,街道宽敞,干净整洁,沿路别墅小区成片,小张脱口道:"这就是桃花镇的别墅小区,我在上海电视上看到过广告。"

小袁也说:"桃花镇的新城镇建设和老镇保护,都是很好的,我们那儿有人双休日到桃花镇来旅游。"

老姜没有说话,酒意退后,意识清醒了,多少有点后悔,但没有表现出来。很快到了桃花源宾馆,老姜看看宾馆的环境,说:"这里的房间多少钱一天?"

项达民说:"你们办公事的,我们都给优惠,放心,不会宰检察院同志的,要宰,当然宰老板们。"看老姜仍然犹豫,又说,"镇上另外有个招待所,条件太差。"

老姜说:"条件差一点无所谓。"

项达民说:"其他倒也无所谓,只是国内长途通不起来,你们要和单位联系工作不太方便。"

老姜想了想,说:"那就住这里吧,不过,我们的住宿标准很低。"

项达民说:"先住下再说吧。"

四

金纯交给老姜的王桃厂的全部账目,清清楚楚,几乎没有一点可疑之处,老姜心里一笑,想,这蒙不过我,老姜是有经验的,账面上的绝对干净,往往预示着账面背后的龌龊,何况,这一回,老姜是有备而来,他心中有数。

但是老姜看过账目以后,有些奇怪,账目上王桃厂付给邱采购员的回扣,居然和邱采购员自己交代的不差分毫,而且,所有的手续,都是王桃财务部经理金纯直接过手,与任何人没有关系。

取证工作完成得很顺利,但以老姜的经验,像王桃厂这样的企业,财务上的黑洞肯定很多很多,老姜相信自己能够查出王桃厂行贿邱采购员以外的问题,所以,在取证结束后,老姜他们又在王桃厂多待了几天。

老姜却一无所获,老姜知道对手的分量,至少,他们早已经有了充分的准备,只得鸣锣收兵。

老姜他们终于要回去了。

有人敲了敲门走进来,是桃花源宾馆的总经理,恭恭敬敬地对老姜说:"听说你们要走了?"

老姜说:"是的,今天下午回上海。"

总经理好像犹豫了一下。

老姜看出他的犹豫,问道:"有什么事吗?"

总经理说:"你们的账,怎么办?"

老姜愣了愣,说:"账?照结。"

总经理说:"好的,我叫总台结了账,账单给你们送过来。"

总经理刚走一会儿,总台小姐就进来了,拿了一张账单交给老姜,老姜接过来一看,开始没有看明白,再一定睛,发现上面写的总数是九千元,下面有一笔一笔的明细账目,老姜脑袋里"轰"的一声。

小张和小袁看出老姜有些失措,拿过账单一看,也愣住了。

总台小姐笑眯眯地说:"请问你们哪位跟我去开发票?"

老姜说:"九千?平均每人花了三千?怎么可能?"

总台小姐始终微笑,说:"你们住了七天,一个房间一天是三百五十元……"

老姜说:"三百五十元?"

总台小姐说:"我们宾馆是按三星标准的,但房价比三星宾馆便宜三分之一。"

老姜三人面面相觑,还有伙食费,还有其他开销,光电话费就近一千元,账单是不会错的,错的是他们的判断和轻信。

老姜又愣了半天,心里窝火,但又无从发作,面对笑眯眯的总台小姐,脱口说:"你们项书记没有关照?"

总台小姐说:"关照什么?"

老姜又哑口无言。

老姜说:"能不能请你们总经理来一下。"

总台小姐仍然态度和蔼,说:"请你们稍等。"飘然而去。

过了一小会儿,总经理应声而至,只作不知发生了什么事,眼巴巴地看着老姜,说:"您有什么事找我?"

老姜说:"我们的账,能不能等项书记回来后再结?"

总经理似乎有些茫然,说:"项书记回来?项书记到哪里去了?"

老姜听出什么来,问道:"项书记在?你见到项书记了?"

总经理说:"项书记一早上就来我们宾馆,现在正和外商谈判。"

老姜"噢"了一声,想说什么,却又不大好说出口,总经理向老姜手上的账单看了看,做出恍然大悟的样子,说:"噢,我明白了。"脸上笑着,又说,"没事,没事,请你们稍等。"

总经理一走再没有过来,一会儿总台小姐又来了,向老姜收回账单,很不好意思地说:"对不起,是我搞错了,你们的账,已经结清了。"

老姜当然明白一切都是项达民做好的圈套,但是他只能心里窝囊,却是有口难言。

由桃花镇的车把他们送回上海,临上车,看到项达民急匆匆地从宾馆里奔出来,说:"怎么走了呢,我刚刚把外商打发走,就是为了中午来陪你们喝酒的。"

老姜话中带刺道:"这一顿中饭要用多少钱呢?"

项达民假痴假呆,笑道:"我请客我请客。"

老姜说:"下次吧,留在下次。"向项达民挥挥手,又说,"也许你们不欢迎我们再来,但是我很愿意再来,因为桃花镇太吸引人了。"

大家哈哈一笑,老姜他们上了车,车刚刚启动,项达民走到车窗边,告诉老姜:"对了,我倒差点忘记了,常金鹏给你们备了点礼物,在车屁股后面放着。"

老姜"哎"了一声,车子已经开去一大段,回头看时,项达民正笑着向他们挥手告别。

五

上海方面的人来查王桃厂的行贿案,桃花镇上,人人以为是尤敬华去告的状,叫尤敬华哭笑不得,只好说,不管是谁告的状,我看,这状告得对。这么说了,大家更认定非他莫属。尤敬华在桃花镇的名气更大了,讨厌他的人更讨厌他,欢迎他的人则更加欢迎他,尤敬华走在桃花镇街上,常常有人在背后指指点点,说,喏,这就是尤敬华。

尤敬华依然我行我素,他按照自己的思路,做自己该做的事情,只要吕正不叫他回去,他会待在桃花镇不走。

至少在目前,吕正还没有叫尤敬华回去的迹象,尤敬华回县里汇报过一次,想探探吕正的口气,却没有探出任何信息,吕正只说了六个字:好的,你继续吧。

上海检察院的同志走的那天,尤敬华正在镇办皮件厂了解情况,电话追到皮件厂来了,说党委有个会议,请他参加。

尤敬华赶到镇上,会议还没有开始,项达民看到尤敬华进来,才说:"尤组长到了,我们开会吧。"

专门等尤敬华到了才开会,这在尤敬华来到桃花镇后还是第一次,但尤敬华是能够做到处变不惊的,他看到兰桂花也在会上,便估计这个会和王桃厂的事情有关。

项达民果然说:"尤组长,告诉你一个好消息,是有关流水村王桃厂的。"

尤敬华从容一笑,说:"我已经听说了,上海的人走了。"

好几个人都笑起来,是充满着对尤敬华嘲笑的那种笑,项达民说:"尤组长,你的消息落后了,我们今天开会,确实与王桃厂有关。事情是这样的,前几天上海检察院来人调查情况时,正好平江市委宣传部也来流水村做调查,他们是调查精神文明建设的,正好碰上检察院的同志,听说在流水村查了一个星期,什么问题也没有查出来。市委宣传部的同志很激动,马上来跟我联系,说是查问题查出一个先进典型来的事情也是常常有的,他们叫我们搞一份材料,立即报上去。"

会议上闹闹哄哄。

项达民接着说:"我考虑,因为时间比较紧,这份材料也很重要,是不是请尤组长帮忙搞一下。"

尤敬华说:"你们的宣传委员,你们的秘书呢,应该他们写。"

项达民说:"小钱和沈委员都在外面跑项目,实在没有时间。再说,他们的笔头子,哪里比得过尤组长。"

尤敬华说:"我有我的工作。"

项达民说:"这也是你的工作,难道尤组长以为,只有调查问题才是调研吗?宣传好的东西不是你的工作?"

尤敬华一时语塞,想了想,说:"如果这是镇党委交给我的任务,我当然要去完成。"

项达民说:"如果尤组长同意,兰厂长马上就可以向尤组长介绍情况,希望你们抓紧时间,宣传部要材料很急。"

兰桂花站起来,向尤敬华说:"尤组长,我陪你到村里去,我们已经组成了一个汇报小组。"

开会的人都忍不住要笑。

尤敬华却神情平和,他永远是软硬不吃,冷嘲热讽不怕的,心想,你们以为检察院的人走了,就天下太平了?错了,只要你有问题存在,天下永远不会太平。既然查问题能查出先进来,那么树先进也可能树出问题来,关键看你自己过硬不过硬。

走出会场,尤敬华就问兰桂花:"兰厂长,你真觉得王桃厂能够成为先进?"

兰桂花说:"王桃厂已经先进了好多年。"

第 14 章

一

宁江高速公路上的沃尔沃大客车,性能良好,设备豪华,人坐上这样的车,心情也会跟着好起来。卢狄上车后,就很想和同座的人聊聊天,不料那是个沉默严谨的人,只是在挤进座位时向卢狄似笑非笑地点了个头,坐下后,两眼紧紧盯着前方,嘴角紧闭,再也没有说过一句话。卢狄几次侧过身子看看他,笑一笑,或者咳嗽一声,想勾出什么话题来,同座却始终只作不知,卢狄无奈,只得闭了眼睛。

此时卢狄的脑海里不断浮现着已经被他盘得熟透的他所拍摄制作的电视内容。

仍然是桃花镇。

自拖欠集资款曝光后,卢狄一不做二不休,先后又到桃花镇做过好些次采访,有些内容,相当精彩,从新闻角度看,是非常难得的好题材,可是遭到马台长一再的否决。

卢狄咽不下这口气,和在省台工作的老同学联系上,老同学并不明白平江的事情,只知道卢狄请他帮忙,哥们儿义气一来,说,好,你来一趟,把片子带来我们看看。

卢狄第二天就携带着他的作品上路，来到省电视台，老同学谢简在台里等着他。时间已经下晚，卢狄要谈正事，被谢简挡住，说："你也难得来省里，我今天还叫了几个同学，一起吃晚饭，玩玩，他们马上就到。"

正说着，果然来了一大群在省城各个部门工作的同学，相见之下，都很兴奋。其中有一个在校时还和卢狄有点意思，后来被江燕取代，大家没有忘记拿他俩开了一会儿玩笑。一群同学一起进电视台自己开的饭店，喝酒吃饭，期间，大家也问卢狄来干什么，卢狄简单地一说，同学的书生义气就上来了，一个个好像都要替卢狄伸张正义似的，谢简笑着摆手，说，关你们什么事？

吃过饭出门来的时候，卢狄突然发现，陶李也正从饭店出来，两人打了个照面，卢狄有些尴尬，陶李却笑着说："世界真小。"

陪着陶李的电视台节目部主任说："我们听说陶李今天来省城，请她来帮助做一档节目，陶李最近出的一部新书《热土》，农村题材的，读者反映很好，请她在'书人书语'节目中谈谈体会。"

卢狄说："陶作家，听说你正在写《热土》下卷？"

陶李说："我这次来省里，就是想听听省里几位农村经济研究专家谈谈他们对平江乡镇企业的看法。"

卢狄说："怎么，仍然对项达民有兴趣，仍然写项达民？"

陶李说："应该说，仍然是写乡镇企业。"

卢狄说："你是不是对《热土》自我感觉良好？"突然一挥手，"我毫不客气地说，《热土》是一部失败之作！失败在于你写了一个政治符号。不瞒你说，你花了许多精力写的这个主人公，我看了，不仅喜欢不起来，甚至很厌恶，很瞧不起他！"

陶李压住心头的不快，说："你大概对号入座了吧，你把主人公当成生活中某个你不喜欢的人来读，当然只能厌恶他。你读书时，恐怕主观意识太强，感情作用太大！"

卢狄还想接着说,电视台节目部主任说:"对不起,我们要请陶作家上电视了。"

陶李冲卢狄一笑,说:"卢记者,不好意思啊。"说着和主任一起进了电视台的大门。

谢简带着卢狄到电视台的招待所住下,卢狄说:"你明天一早就替我看看片子,我只请了一天假,不能多待。"

谢简说:"你这件事情,我考虑了很久,恐怕比较麻烦。"

卢狄立即激愤起来:"怎么,你害怕?"

谢简说:"我害怕什么,是你平江的事情,又牵连不到我头上。但是我考虑,桃花镇是全省的先进典型,要在省台随便曝它的光,绝非易事,台长那里,恐怕就通不过。你们的台长和他们的书记是哥们儿,难保我们的台长和那位书记没有什么关系,据我的看法,像这样的党委书记,通常是四通八达的,人情关系早就做在平时的工作中了……"

卢狄生气地说:"早知道你这种态度,我还来干什么?"

谢简说:"你别着急,并不是无法可想,我先问你一个问题,你的目的,到底是要扳倒这位党委书记呢,还是只想出出他的洋相?"

这个问题,卢狄从来没有想过,这半年来,他只是凭着自己对本职工作的认真,凭着一腔正义感,深入了解桃花镇,了解项达民,至于了解以后怎么办,他却从来没有想过,所以当下愣住了。

谢简说:"你看看,自己也没有个明确的目标,你到底要干什么,你都不知道,叫我怎么帮你?"

卢狄想了想,说:"我的目标,也许不只是针对某一个具体的人某一个具体的地方,我的意思……"

谢简摆了摆手,说:"我明白了,你的意思,是要给乡镇企业指点迷津,给大家指明方向。"说着自己先笑起来。

卢狄却没有笑,他有些激愤地说:"我就不相信他能够一手遮天……"

谢简拍了拍卢狄的肩,说:"好了,好了,今天先休息,我把你的带子带回家,晚上开个夜工看看,明天来和你商量。"看卢狄情绪不高,又说,"放心,看在我们上下铺四年的份儿上,我也会让你满意而归,你相信我有这个能耐,我现在奉行一条,有权不用,过期作废。"

谢简走后,卢狄打开了电视,情绪仍然处于兴奋激动之中,看了看桌上的电话服务指南,发现可以直拨打长途,抓起电话,想也没想,便拨到桃花镇尤敬华的房间去了。

电话一直没有人接。

二

尤敬华到平江去了。

尤敬华是去看望项小龙的,项小龙和明星化工厂也是他此番调查研究的重要对象,但是尤敬华还没有来得及和项小龙接触,项小龙就疯了,住进平江的精神病院。明星化工厂的高大的厂房虽然还矗立着,但是它已经没有了生命力,就像它的厂长,虽然人还在,却已经失去了一切的活力。对明星化工厂和项小龙的调查研究,也许已经成为一种永久的遗憾了。

项小龙一见到尤敬华就问他周立找到没有,尤敬华已经听说过周立的事情,不由说:"那个高校掮客,骗子。"

项小龙连连摇头,说:"错了错了,你肯定搞错人了,周立不是骗子,周立是研究精细化工的大学教授。"

尤敬华说:"他若不是骗子,明星化工厂也不会有今天。"

项小龙一听这话顿时紧张起来,盯着尤敬华问:"你的话什么意思,明星化工厂今天怎么啦,明星化工厂出了什么事?"

尤敬华这才想起项小龙是疯了的,自己怎么把他当成个正常人,好像项小龙给人的感觉一点也没有不正常之处。

项小龙见尤敬华不回答他的问题,便追着问:"明星化工厂怎么啦?我出来的时候,明星化工厂好好的呀。"

尤敬华心里很难受,摇了摇头。

项小龙见尤敬华难受,连忙劝他道:"没事,没事,我的病是小病,过几天就能出院,医生也说我好多了,我出了院,就回去,看看厂里到底怎么了,这几天有人来看我,就说厂里的事情,又不说明白,倒弄得我不放心了,但是我估计不会有大问题的,明星化工厂,两千万的投资,不可能有问题的。"

尤敬华见项小龙有点激动,赶紧换了个话题,说:"项小龙,你哥常来看你吧?"

项小龙说:"我哥?我哥?你是说我哥?"皱着眉,好像在想"我哥"是个什么人。

尤敬华见他想不起来,连忙说:"我随便说说的。"

项小龙说:"我知道,你怕我说我哥从来不来看我,其实,他真的没来看过我,他老是派一个人来看我,帮我换衣服,帮我整理床铺,陪我说话,唱歌给我听。"

尤敬华觉得奇怪,说:"派一个人?是谁?"

项小龙说:"他说他叫项达民,我怎么也想不起来谁是项达民,我从来没有听说过这个名字。"

尤敬华感伤不已,说:"你不记得了,项达民就是你哥,你叫项小龙,他叫项达民,你们同一个姓。"

项小龙愣了一下,随即哈哈大笑起来,说:"你又来骗我了,我才不上你的当,刚才说周立是骗子,现在又说项达民是我哥,我才不上你的当。"

尤敬华叹息了一声。

项小龙看看他,说:"你别难过,我知道你是好心,你怕我对我哥不满意,怪他不来看我,所以骗我说项达民就是我哥。我不怪你的,我知道你一片好心,我很感激你的。其实,我也不怪我哥,我知道他忙,他要是有时间,一定会来看我的。我哥很忙很忙,我和我哥一年也说不上几句话的。"

尤敬华点了点头。

项小龙又说:"我哥对我很好很好,也许一般的人表面上看不出来,但是我心里明白,我们明星化工厂就是我哥帮我搞起来的。"说着,慢慢地回想着什么,突然失声痛哭起来,"怪不得我哥不来看我,他生我的气了,我对不起他,我对不起他,我把他的两千万扔到水里去了,我,我,我……"

尤敬华害怕起来,连忙说:"你别着急,厂还在那里,厂还在!"

项小龙却止不住自己的哭声,像个孩子似的呜呜地哭着。

护士走过来,对项小龙说:"项小龙,别闹了,你嫂子来了。"

尤敬华回头一看,果然是田金秀。

田金秀乍一看到尤敬华,先是一愣,随即气得脸都红了,指着尤敬华,气愤地说:"尤敬华,你真能做出这种事?"

尤敬华不解,说:"什么?"

田金秀说:"你对一个病人也不肯放过,你!"她又气又急,一时说不出话来,愣了半天,说出三个字:"你有病!"觉得不解恨,又说了三个字:"你疯了!"

项小龙听到田金秀这话,突然又笑起来,笑得肚子痛,捂着肚子蹲下去,边笑边说:"人家都说我疯了,你怎么说他疯了,你怎么说他疯了……"

田金秀对项小龙说:"小龙,我给你带好吃的来了,你先吃,我出去一会儿,马上再来看你。"

尤敬华身不由己地跟着田金秀走出来。

走到走廊上,尤敬华说:"田护士长,你别误会,我没有别的意思,我没有别的意思……"

田金秀脸通红,说:"你没有别的意思?你的意思,谁不清楚,你就是想搞垮我们项书记,竟然在一个病人身上打主意。我告诉你,我们项书记,搞不垮的……"

尤敬华说:"你听我解释,我是县委吕书记派来搞调研的,不是专门要搞垮哪个人。再说了,一个人,被别人搞是搞不垮的,如果他自己有问题,他早晚会垮……"

田金秀越发来气,说:"尤组长,我不明白,你为什么总是希望人家有问题,希望人家垮台?我告诉你,我们项书记不怕你,我们项书记怕你这么个小人物?笑话了,我们项书记什么大人物没见过,别说是你,就是吕书记,也要让着我们项书记三分,吕书记派你来调研,调什么研?就是吕书记忌妒我们项书记,我们项书记比他能干,名气比他大,他就难过了,他就出骨头了,告诉你,所有事情,都被我们项书记看得清清楚楚!"

尤敬华被田金秀一口一个"我们项书记",说得浑身难受,只好说:"田护士长,你们多心了,你们考虑太多了。"

田金秀说:"谁多心?谁考虑太多?是谁在找麻烦?是我们项书记,还是你们?是谁杀上门来的?是我们项书记,还是你尤组长?"

尤敬华说:"怎么说是杀上门来,是正常的工作嘛,哪个县哪个市不搞调查研究?"

田金秀说:"你是搞调查研究吗,你自己问问自己,你是鸡蛋里面挑骨头,你挑得出来吗?"

尤敬华到桃花镇以后,虽然也已经对田金秀的性格有所耳闻,但眼下毕竟是头一次正面接触,才算是真正开始领教,面对田金秀的质问,他无言以答,哭笑不得。

田金秀并不管尤敬华的态度,她只顾自己说:"别以为我不知道,你来看项小龙,安的什么心?你以为,项小龙做明星村的支书,做明星化工厂的厂长,是我们项书记的私心,是我们项书记的问题,是不是?你想错了,我们项书记叫项小龙做明星村支书的时候,明星村穷得什么样子,你自己去打听打听,谁肯到明星村去?

谁也不肯去,我们项书记把最重的担子,最艰苦的任务交给他弟弟……"声音语调之中,少了些激愤,多了些伤感。

尤敬华说:"田护士长,你真的误解了,我并不是来找项小龙……"

田金秀却不让他说下去,说:"你让我把话说完,我不能不说,我们项书记是帮助项小龙搞了一个化工厂,两千万呀,从哪里去弄来,你以为容易吗,他们弟兄俩多少个日夜没睡觉,你知不知道?两千万……"神情沉重,声调变了,头也低了下去,"要不是这两千万,小龙也,也不至于……"

尤敬华说:"这些我都知道。"

田金秀突然抬起头来,盯着尤敬华,说:"你们这些人,实在是没有良心,睁着眼睛说瞎话!"

两边病房的精神病人探着头,互相挤着,好奇地看着他们,有嘻嘻笑的,也有一脸悲壮的,有的捂着脸不敢看,却又从手指缝里偷偷地看,尤敬华觉得十分尴尬。

护士走过来,对田金秀说:"医生要和你谈谈项小龙的情况。"

田金秀跟着护士走开时,回头对尤敬华说:"尤组长,一天到晚找别人的不是,你的日子,难过不难过?"

尤敬华张了张嘴,看着田金秀的背影消失在走廊尽头,一时心里竟涌出一种说不清的滋味。

尤敬华没有赶上回桃花镇的末班车,只得坐了到平泽县的车,先回家去,在家里吃了晚饭,想和妻子说说桃花镇的事情,妻子听了几句,就开始打哈欠,尤敬华知道她不爱听,兴致便也没了。过一会儿,妻子就喊困,先上床睡了。

尤敬华坐在书桌边,从包里取出下乡调研近一个月的收获,一沓厚厚的原始材料,翻看着,不由思绪万千,他取了纸笔,工工整整地写下"桃花镇经济发展调查报告"几个字。

其实,在尤敬华调查的过程中,也有许多经济发展之外的内容,但是尤敬华严格按照吕书记的要求,只作经济发展情况报告,不言其他。

面对稿纸,尤敬华眼前又浮现出项小龙苍白的面庞,他的心隐隐作痛,他为项小龙难过。当初,项达民叫自己的弟弟去担任明星村的支书,到底有没有私心,尤敬华无从知道,也无法推测,但是两千万的投入泡了汤,项达民是逃脱不了重大责任的。尤敬华认为,项小龙可以一步一个脚印,带领贫困村走向富裕,而不是一步登天,也就不至于到最后出现一个如此惨重的结果。

急于求成、好大喜功、盲目乐观的毛病,是项达民传染给项小龙的,项达民已经将这个病传染给了桃花镇的许多人、许多企业。尤敬华经过几个月的调查研究,认定,桃花镇的经济发展,是病态的,是畸形的,是要引起各级领导重视的!

尤敬华激动不已,奋笔疾书。

桃花镇的问题,在他头脑里,已经乱成一团,涌成一堆,在每一个问题之下,尤敬华都罗列出一大堆的事实材料,整理成文后,尤敬华仔仔细细看了一遍,做了些文字上的改动,再看一遍,倍感振奋,突然想起另一个和他做着异曲同工的工作的人:卢狄。

卢狄这段时间以来一直在搞他的桃花镇专题,这事情尤敬华是知道的,但尤敬华不清楚具体的进度怎样,有没有障碍,马台长的态度如何,尤敬华也不太清楚卢狄专题的具体内容,这时候,面对自己整理成文的桃花镇经济发展调查报告,尤敬华突然非常想和卢狄沟通一下。

尤敬华抓起电话,突然才想起,这时已经是凌晨了。

天亮的时候,尤敬华最后在调查报告上写上了自己的名字,长长地出了一口气。

妻子被满屋的烟呛得从梦中咳嗽醒了,她睁开眼看到一屋子烟雾,吓了一大跳,以为着火了,从床上跳了起来,说:"你怎么搞的?"

尤敬华笑了起来，说："开了个夜车。"

妻子这才发现天已经亮了，说："你没有睡觉？"

尤敬华说："我把报告写好了。"

妻子盯着尤敬华血红的眼睛看了一会儿，摇了摇头，不以为然地说："现在的社会，竟然还有你这种人，神经有问题。"

尤敬华一夜没睡，却毫无倦意，精神振奋，对妻子说："你给我弄点吃的，一会儿到上班时间，我找吕书记汇报。"

妻子说："人家吕书记，天晓得想不想听你的汇报。"

尤敬华说："他想不想听是他的事情，我汇报得有没有水平是我的事情。"

妻子说："你水平高，你可以指导吕书记。"

尤敬华说："别的事情不敢说，关于桃花镇经济发展的情况，其中的问题，我敢说，吕书记不如我了解，这是大事情，我有责任向吕书记汇报。我调查了解到了许多问题，都是事关桃花镇、事关乡镇企业生死存亡的重大问题！"

妻子撇了撇嘴，说："虚张声势什么，乡镇企业的问题，谁不知道，皇帝不急急煞太监。"

尤敬华既然不怕别人冷嘲热讽，对妻子的冷嘲热讽自然也无所谓，他笑笑，说："我天生是个急性子，大众肩膀似的人物。"

妻子更加不以为然："你还大众肩膀？你能扛起什么？你做做大众屁股还差不多，大家都恨不得把你坐在屁股底下呢。你和其他什么人作作对，查个什么不正之风，也就算了，你偏偏去找项达民的麻烦，项达民是什么人物，你不知道？你这是自找没趣。"

尤敬华说："我没有自找没趣，我这是吕书记交代的任务。"

妻子"哼"了一声，说："你倒开口一个吕书记，闭口一个吕书记，真把他当个书记。人家对你呢，把你当什么呢？"看尤敬华还要争辩，摆了摆手，"不和你啰唆了，时间还早，你先睡一觉，再说。"

妻子上班后,尤敬华只是稍稍打了个盹儿就醒了,吃了点东西,就给吕正打电话。吕正一接电话,听出是尤敬华,说:"是尤敬华,你在桃花镇?"

尤敬华说:"我在家里,调查报告已经完成了,你今天有空的话,我过来汇报。"

吕正好像犹豫了一下,说:"你要来马上就来,一会儿我还有个会,现在正好有点时间。"

尤敬华也犹豫了一下,看了看表,想在短时间内谈清楚桃花镇的问题,是绝对不可能的。尤敬华说:"吕书记,如果今天你没有时间,我们改日,等哪天你有时间,我再详细汇报。"

吕正说:"你过来再说吧。"

尤敬华赶到县委,先到文印室将调查报告复印了一份,到吕正办公室,有两个人坐着,都是县里的局长,见尤敬华进来,吕正指一指沙发,说:"你先坐一坐。"两位局长也向尤敬华点点头,继续谈工作。

尤敬华心里有点着急,但又不便催促他们,一直等到两位局长告退后,吕正向尤敬华说:"尤书记,调查报告写好了?"

尤敬华把调查报告原稿拿出来,交给吕正,吕正看了看第一页的字,笑道:"尤书记,你的字不错。"

尤敬华说:"我昨天开了一个夜工,写出来的。"

吕正将报告搁在桌上,说:"辛苦辛苦。"

尤敬华见吕正没有打算和他谈话的意思,也知道时间来不及了,便主动说:"吕书记,我是先回桃花镇呢,还是在平泽等,我想我的汇报,至少需要一整天时间。"看吕正有些惊讶的样子,补充道,"至少也得有半天。"

吕正指了指厚厚的调查报告,问:"这是写的什么?"

尤敬华说:"根据你的要求,桃花镇经济发展的调查报告,全面的。"

吕正笑了笑,说:"既然报告里都写全了,我有时间看看报告再说吧。"

尤敬华大觉意外,脱口道:"怎么,不听汇报了?"

吕正说:"我当然想听听,可是……"面露难色,"这一阵,实在太忙。"看了看工作台历,指了指,"你看看,都排满了,连星期天也都满满的。这样吧,你先回纪委上班,等我有空,我会找你聊聊的。"

尤敬华更是大吃一惊,愣了半天才问:"我回纪委?桃花镇那边,怎么办?"

吕正像是没有听明白他的话,说:"什么,桃花镇那边什么?"

尤敬华重复说:"我不再去桃花镇了?"

吕正说:"调查报告不是已经写出来了吗?"

尤敬华的心往下一沉,整个感觉都错了位,但他不知道是自己搞错了,还是吕正搞错了,在尤敬华看来,桃花镇的事情还刚刚开了个头,他的工作还刚刚有了一点点眉目,他是做好了充分的准备打持久战的,一篇调查报告,只是排列出一些问题的表面现象,问题的背后呢?问题的解决呢?

吕正的意思,是不是对桃花镇的调研到此为止了?

吕正正是这意思,但是没有直接说出来,他用一连串的温和的反问终于让尤敬华明白了他的意思,使尤敬华目瞪口呆。

尤敬华觉得不可理解,他察言观色,想看看吕正是不是另有原因,比如受到什么压力之类,但尤敬华也明明知道这不可能,在平泽县,谁是压力?谁是最大的最后的压力?当然就是吕正自己,只有吕正可以使其他人感受到压力,其他人是无法给吕正施加压力的。

尤敬华既然无法替吕正找到原因,他的犟劲冒上来,不服,对吕正说:"吕书记,我这个人,干任何工作,最后习惯向领导有个完整的交代,桃花镇的调研,如果就此为止,我认为是半途而废,甚至是前功尽弃!"

吕正笑着抓起调查报告向尤敬华扬了扬:"前功尽弃?不见得吧,这是什么?这不就是功劳吗?"

尤敬华说:"许多内容,报告里写不下。"想了一下,说,"这份报告,我昨天晚上才写出来,文字上还没通顺,调研组另外两位同志也还没有看过,我想收回去,请他们看看,再修改补充一下。"说着伸手想取回报告。

吕正用手压着报告,说:"怎么,舍不得给我了?我先看看,有什么想法,我会抓紧时间告诉你,你一并再修改。"

尤敬华无法,又愣了一会儿,仍然于心不甘,又再重复了一遍:"吕书记,我不再去桃花镇了?"

吕正说:"你再去一趟,向项达民和镇党委打个招呼,也仪式一下,表示感谢,算是有头有尾,善始善终吧。"

尤敬华喃喃地说:"我没有想到,这就算为止了……"

吕正说:"我已经和项达民说好了,他们要给你们开个欢送会,再吃一顿饭。"说着,突然站起来,"我又迟到了。"

尤敬华走出吕正办公室的时候,心里一片乱糟糟的感觉,找不到头绪。

三

尤敬华回到县纪委的办公室,在一个多月没有坐过的位子上坐下来,定了定神,将调查报告的复印件拿出来翻了翻,心中十分感慨。纪委办公室贾主任见尤敬华来,也不知道具体情况,过来看了看,问尤敬华有没有什么事要他办的,尤敬华告诉他,他在桃花镇的工作已经结束,明天开始,回纪委上班了,贾主任也没有多问什么。

纪委另外三位书记都不在家,尤敬华心里空落落的,仍然神魂不定,他知道仍是桃花镇的事情缠着他,无法摆脱,现在看来,桃花镇那边,是一定要离开的了,既然肯定离开,晚走不如早走,告别的事情,早一点了结了,也就算了,组里另外两位,一直就是单位、桃花镇两头跑的,从来没有把心真正放在桃花镇过,现在他也可以告诉他们,以后不必心挂两头了。

尤敬华临出门时,下意识地回头看了看他的办公室,看了看办公桌,厚厚的调查报告复印件孤零零地躺在桌上,像一个没人理睬的弃儿。

尤敬华本来可以向纪委要个车送他到桃花镇去,但他没有这么做。对吕正来说,让尤敬华就此结束对桃花镇的调查研究也许并不突然,但对尤敬华来说,却是一个突如其来的决定。他甚至有些措手不及的感觉,心里涌满了遗憾和不解。桃花镇,有那么多的东西有待他去了解、发现,有那么多的问题有待他去调查、解决,他无论如何不可能在这时候就撒手不管了的。

但是他必须离开桃花镇,尤敬华是个组织纪律性极强的干部,县委书记的话,县委书记的命令,他不可能不听。

尤敬华来到平泽的长途汽车站,平泽县的长途汽车站,是新建起来的,因为平泽县的地理位置十分重要,地处交通要道,它的汽车站,也就成为南方公路网中的一个重站,不仅通往自己县里各乡镇的长途车从这里始发、经过,许多通往外省外县的车,也都要在这里中转、换班,新建的宽敞气派的车站,应该说配得上重站的称号,候车大厅冷暖空调,禁烟,十分现代化。虽然免不了拥挤着四乡的农民,也拥挤着农民们随身携带的行李杂物,但毕竟有了全新的感觉。

尤敬华坐在候车室里,满眼是绕来绕去的农民,满耳是他们发出的嘈杂之声。在候车大厅一角围成一圈,人群挡住了尤敬华的视线,他看不见圈子里是什么,见有人从圈子那边过来,尤敬华问那里在干什么,这人说了"骗子"两个字,就走开了。

尤敬华起身走过去看看,有几个人蹲在地上,玩扑克押大小,十块钱押一次,许多人上当受骗,有苦说不出。有更多的人不服,正在继续押钱。尤敬华大声道:"别上当,他们是骗子。"

骗子起了身,恶狠狠地瞪着尤敬华,其中一个,上前拉尤敬华的衣襟,骂道:"你活够了?"

另一个手摸向腰间,不知是不是要掏凶器。

尤敬华毫不畏惧,喝道:"你们这些人还活在世上,我怎么能活得够!"

围观的人,有的吓得退到一边,有人嚷嚷,只听有人喊,警察来了,两个骗子一慌,放开尤敬华,拔腿就溜。

尤敬华四处看看,并没有警察,倒是过来一位老人,老人身后,跟着一个年轻人,从他们的衣着气质上,看不出是干什么的。

老人向尤敬华竖了竖大拇指,说:"这位同志!"

尤敬华突然觉得眼前这位老人,很面熟,想了半天,想起一个人来,但是又不敢相信,再仔细看看,便犹犹豫豫地说:"您很像我见过的一位首长,很像……"

老人笑了笑,说:"我像个首长吗?"

尤敬华说:"像,像……"那位首长的形象在他脑海里越来越清晰,尤敬华忍不住说,"就是您,您是杜老?"

老人哈哈大笑,说:"唉,还是逃不过群众雪亮的眼睛呀!"回头向一直跟着他的年轻人说,"小丛呀,我输了,我认输。"

小丛也笑了,说:"我说您要输的吧。"

老人向尤敬华说:"你这位同志,在哪里工作的?"

尤敬华果然认出了杜老,很激动,说:"杜老,我和您是同行呀,我是平泽县纪委的,副书记。"

杜老后退了一步,仔细朝尤敬华看看,突然眼睛一亮,回头向小丛笑道:"不对,小丛,我没有输,他本来就认识我的。"

小丛也笑,说:"杜老向来会耍赖。"

杜老说:"怎么是我耍赖,我们说好是不被人民群众雪亮的眼睛发现,他又不是人民群众,他是干部。"

小丛说:"您这是狡辩。"

杜老高兴地笑着说:"你不得不承认我没有输。"回头向尤敬华问,"你姓什么?"

尤敬华说:"我姓尤,尤其的尤,叫尤敬华。"

杜老说:"好,好,尤,小尤,好名字,小尤。"

尤敬华有些不好意思,说:"我怎么是小尤,我已经五十出头了。"

杜老说:"怎么不是小尤?既然你这个纪委副书记已经认出我来了,我也就不瞒你了,我这次和小丛商量好,出来看看,谁也不打招呼,谁也不告诉,无非嘛,是想看一点真实的情况吧。"

正说着,尤敬华看到办公室贾主任急匆匆地奔进汽车站候车大厅,四处张望,尤敬华急忙喊了他一声。贾主任一见到尤敬华,松了一口气,奔过来说:"尤书记,幸好你还没有走。"

尤敬华急忙问:"怎么了?"

贾主任说:"今天省纪委有领导下来,但是不知道是谁来,也不知道具体什么时间来,今天三位书记都不在家,万一真的来了省领导,没有人接待怎么办,赶紧来追你,幸好你还没有走。"

杜老向小丛一看,笑起来,说:"不用着急了,已经到了,就是我。"

贾主任以为是尤敬华接到的,说:"尤书记也不告诉我一声,把我们急的,办公室里的几个人,正在到处找几位书记。"

尤敬华向杜老说:"杜老,既然您已经暴露,就彻底暴露一下吧。"做了个有请的动作。

杜老摇了摇头,说:"我的想法,正好和你相反,我这次和小丛出来,已经半个月了,跑了不少地方,人也很累了,我就要回省里,有个会要参加。"

贾主任说:"这怎么行,连茶也没有喝一口,怎么能算到过平泽呢?"

杜老说:"怎么,我这不算到过平泽?"

贾主任说:"您一定要走,我回去叫车来送您。"

杜老说:"我这次出来,半个月没有坐过公车,感觉不错嘛,你就给我个善始善终的机会吧。"

贾主任不知所措了,盯着尤敬华。

尤敬华说:"听杜老的。"

杜老说:"我也不到你们纪委去了,我们要坐的这班长途车,还有三刻钟才开,你们要是来得及,回单位看看有没有什么我感兴趣的现成材料,拿来,我带在路上看看。"

贾主任说:"我马上回去找一找。"

尤敬华留在车站陪着杜老和小丛,杜老向尤敬华看看,说:"小尤,你怎么也到汽车站来坐长途车?"

杜老一语既出,引得尤敬华心潮翻滚,恨不得把心里涌满的事情一一向杜老诉说,但是他没有这样做,他只是含糊了一下,说:"现在班次多了,坐这车也很方便。"

杜老又问:"你打算到哪里?"

尤敬华稍一迟疑,说:"到桃花镇去,一个月前,吕书记让我担任桃花镇调研组组长。"

杜老好像挺有兴趣,问道:"调研?调研什么?"

尤敬华说:"经济发展方面的情况。"

杜老点了点头,随即又摇了摇头,说:"调研经济发展,让纪委书记带队,嘿嘿,你们这个吕正,就是鬼点子多。"

尤敬华勉强一笑,说:"已经结束了,我今天去,就是去向镇党委告别的。"

下面的话还没有来得及再说,贾主任已经急匆匆地赶回来了,手里捧着一堆材料,小丛接过去,贾主任说:"我也没有来得及整理,反正都是些现成的材料,几位书记吩咐搞的。"

杜老说:"好,好,材料嘛,一般来说,好看的不多,但是看看总比不看的好,看看你们的材料,我大概就能知道你们的工作是实的还是虚的。"

贾主任倒显得有点紧张了,连忙解释说:"杜老,我拿来的这些材料,有些我也没来得及看,是刚刚报上来的,不知道里面有什么⋯⋯"

杜老"哈哈"大笑,看时间差不多,可以上车了,尤敬华和贾主任送杜老他们上车,一直看到车子开走,才松了一口气。

尤敬华向贾主任说:"好了,没事了,你回去吧,我坐下一班车到桃花镇去。"

贾主任说:"尤书记,刚才我回去找材料时,发现所有的材料都是薄薄的一点点,这些家伙笔头子懒得很,写东西永远也写不长,拆烂污,我怕杜老看了不高兴,找了找,想找几份厚实点的材料,看到你桌上有一份很厚的,也就拿了来,刚才一起交给杜老了,事先也没来得及跟你说一说。"

尤敬华开始还没有理会到贾主任从他桌上拿的是一份什么材料,也没有在意,说:"拿就拿了。"话一出口,觉得有什么问题,头脑一紧张,突然想到了,一把拉住贾主任,"你拿了我的调查报告?"

贾主任见尤敬华神色不对,有些慌张,说:"我也没有看清楚是什么,只知道是份复印件,你一定有原件的,需要的话,我再帮你复印就是。"

尤敬华心里,涌动起许许多多感觉,紧张、兴奋、担心、痛快,觉得方寸已乱,又有跃跃欲试的冲动,各种各样的感觉交织在一起,绞成一股不可名状的滋味。

到达桃花镇的时候,种种感觉仍然在尤敬华内心深处纠缠着。

时间已经是中午,尤敬华到镇党委看了看,党委秘书小钱正在等他，让他马上赶到桃花源宾馆，项书记柏镇长常总他们都在那边，今天是镇党委欢送调研组，组长不能不到。

尤敬华赶到宾馆一看，组里另外两位已经先到了，也不知道是谁通知他们的，正和镇上一班人说说笑笑，十分融洽，见到尤敬华，项达民大声道："尤组长，迟到，罚酒。"

大家都说："罚酒，罚酒。"

尤敬华说："我紧赶慢赶，刚刚赶到，不能怪我。"

常金鹏说："尤组长是我党好党员，廉政好干部，你看看，你的两位组员都是小车送来的，偏偏你要坐长途车来，不能搭一搭他们的车？"

大家又笑，尤敬华正被大家灌酒，餐厅服务员过来叫尤敬华接电话，尤敬华奇怪，问："谁的电话追到这里来了。"放下筷子，站起来跟着服务员去接电话，那边的人问："听出我是谁吗？"

尤敬华努力想了想，想不起来是谁的声音，说："我听不出来。"

那边的人说："刚刚分了手，就听不出来了？"

尤敬华仍然想不起来刚刚分了手的是谁，他没有和谁分手。

那边的人嘀咕了一句骂人的话，接着说："小尤啊，你怎么这么笨！"

一听"小尤"两个字，尤敬华脑子里"轰"的一声，是杜老！

杜老说："怎么，还不知道我是谁？"

尤敬华连忙说："知道，知道，我听出来了。杜老，是您，我，我听出来了。"他突然间听到杜老的声音，就像听到亲人的声音一样，心情激动，说话也有点语无伦次。

杜老说："小尤你紧张什么？"

尤敬华说："您已经到省里了？"

杜老说："没有到呢，我现在在高速公路服务区给你打电话，这电话，效果不好，你马上给我赶到省里来！"

尤敬华以为自己听错了，重复一遍："马上到哪里？"

杜老说："马上到省纪委来！"

尤敬华吓了一大跳，说："马上，到省纪委？什么事，杜老，出什么事了？"

杜老的嗓门越来越大，说："你废话这么多，叫你来，你就来！"

尤敬华不知所措了，紧张地一考虑，说："杜老，我还得向纪委办公室说一声，要不然，突然走了，他们万一有事找我，找不着，以为出什么事情了。"

杜老不高兴了，说："你的事情，一概由吕正负责，你别管！"顿了一下，又说，"叫你到省里的事情，其他人，你一概不说！"尤敬华心中一动，说："杜老，您已经和吕书记说过了？"

杜老很生气，在电话里大声嚷："尤敬华，你这个人，怎么这么啰唆，这么婆婆妈妈，搞什么搞？"

尤敬华心里乱成一团糟，但不敢再多嘴。

杜老说："就这样，我等你！""啪"地挂断电话。

尤敬华紧紧地抓着电话一时竟忘记搁下，电话里嘟嘟嘟的忙音敲击着他的耳膜，他也无所察觉，愣愣地站了一会儿。餐厅服务员走过来，见尤敬华发呆，问了一声，尤敬华这才回过神来，挂好电话，心绪更加纷乱，慢慢地回到餐厅来。

餐厅这边，大家正热热闹闹地喝酒、说笑，看到尤敬华进来，神情有些散乱的模样，大家都盯着他笑，常金鹏问："谁呀，一个电话，叫尤组长魂飞魄散了，哈哈哈。"

尤敬华脸上努力堆出点笑意来，却不敢随便开口。

四

杜老在往省里去的长途汽车上，翻看了尤敬华写的关于桃花镇经济发展的调查报告，越看越激动，激动之时，竟忘记了自己是坐的长途客车,对身边的小丛说:"马上调转车头,我回桃花镇去!"话一出口,才发现自己犯了昏,但仍沉浸在激动中,说,"可惜,可惜!"拍拍尤敬华的调查报告,连连说,"小丛,一篇好文章,提出了许多重要问题,重大问题!马上给尤敬华打个电话。"说着又知道自己错了,说,"又是我的事情,手机不肯带,现在知道不方便了。"

小丛说:"快了,还有几十公里的路吧。"

杜老说:"不行,几十公里也等不及的,前面是不是还有一个服务区,你叫司机停下来,说我们要方便。"

小丛和司机说了,司机嘀咕了一声:"刚才已经停过了,你们怎么不方便?"

杜老说:"功到自然成,刚才功尚未到。"

乘客都笑起来,司机也笑了笑,说:"就你们屎尿多。"到了服务区,还是将车开进去,停了。

小丛赶紧找电话,忙了半天,先打听到吕正的电话,打过去,吕正还在办公室,一听是杜老,立即说:"杜老!您现在在哪里?"

杜老说:"我在路上,高速公路上。"

吕正说:"杜老,我已经知道了,您来过我们平泽,可是您居然过门不入,一定是我们的工作让您不满意了。"

杜老说:"你这个吕正,我也不是不了解你,什么时候变得假里假气起来?"

吕正说:"在杜老面前,哪敢有半个假字,连一丝丝假的念头也不敢生呀。"

杜老哈哈一笑:"吕正呀吕正,三日不见,当刮目相看喽,越来越会说话了嘛。"

吕正说:"杜老,上午他们告诉我您来过了,我想追您,哪里还追得上,杜老的步子之快,是出了名的。"

杜老说:"吕正,少给我套高帽子,我找你说话,你们那个小尤呢?"

吕正已经听纪委贾主任汇报过平泽车站的事情,知道杜老嘴里的"小尤"就是尤敬华,便说:"他今天到桃花镇去了。"

杜老说:"我知道他到桃花镇去了,我给你打电话,是要和你商量个事情,我想叫小尤马上到省里来一趟。"

吕正一愣,不知道杜老是什么意思,也不知道尤敬华在车站和杜老说了什么,隐隐的有点不安,一时没有说话。

杜老紧追不放:"怎么,不说话,转什么鬼心思?"

吕正赶紧说:"我马上通知尤敬华。"

杜老说:"用不着你通知,我自己跟他。你呢,给我派辆车,马上出发,到桃花镇接上他,送到省里来!"

吕正还想打听些什么,杜老已经挂了电话,吕正放不下心来,赶紧打一个电话到纪委,了解上午的情况。

贾主任想了想,说:"对了,杜老要了些材料去,说路上看看。"

吕正追问:"什么材料?"

贾主任有些紧张,说:"都是些一般的材料。"

吕正说:"都是你经手的?"

贾主任说:"大部分是我经手的,我看过,也有几份,对了,有尤书记桌上的一份,是桃花镇的,我没有看过,是一份复印件,我就一起收来交给杜老了,这事情我也向尤书记汇报过。"

吕正心里"咯噔"了一下,说:"就这样吧。"放下电话,从桌上一大堆文件材料中,找出尤敬华的那份调查报告,只翻看了一两页,不知怎么的,心里忽悠忽悠生出了山雨欲来风满楼的感觉。

下晚时分,尤敬华到了省城,找到省纪委办公室,办公室根据杜老的意思,让尤敬华先到招待所住下。

天将黑时,电话突然响了,尤敬华接过电话,听出是小丛的声音。小丛说,车子已经在招待所门口等着了,尤敬华跟着小丛上了车,小丛并不吭声,尤敬华憋了一会儿,忍不住问上哪儿,小丛说:"杜老请你到他家吃饭。"

尤敬华"啊"了一声,说:"这,这……"

小丛始终没有回头看尤敬华,也没有接尤敬华的话头,在平泽车站的时候,小丛笑眯眯的,这会儿,却脸板板的,不苟言笑,说一句话都嫌多似的,尤敬华不知什么原因,也不敢贸然说话。

杜老住的地方,是一幢老式的小洋房,独门独户,有个小院子,院子里有些花花草草,还有几棵树,老房子虽然几经重修装修,但仍然免不了露出它的衰破。

尤敬华跟在小丛后面,无声无息地跨上小院的台阶,杜老已经听到声响,迎了出来,说:"进来,进来。"

小丛在门口停了脚步,说:"杜老,我就不进去了。"

杜老点点头。

跟着杜老进了客厅,客厅布置很朴素,挂了些字画,灯光不太亮,隔着距离远远的也认不出是哪些名家的手笔,杜老见尤敬华如此,便笑了笑,说:"你能看得出出自哪些名家之手?"

尤敬华摇了摇头,有些不好意思,说:"我对书画,不太懂。"

杜老说:"只有一位名家,就是他。"指指自己的鼻子。

尤敬华想说些恭维的话,却说不出口,他对书画之类确实所知甚少,不敢随便乱说。

杜老说:"到我家来的人,多半要说说我的字怎么好,我的画怎么好,你不说,是因为你不懂,还是你谦虚?"

尤敬华老老实实地说:"我真的不懂。"

杜老说:"好嘛,不懂就不懂,这态度很好,实事求是。"

客厅一角在一张很大的旧桌子上,摊满了笔墨纸砚,杜老自嘲地一笑,说:"我是附庸风雅。"

尤敬华不知道杜老的底,不了解他的脾气,更无法猜测杜老把他从平泽叫到省里,到底有什么事情,仍是不敢随便说,嘴上含糊道:"哪里,哪里。"

杜老也不再跟他说书画的事情,叫保姆摆了桌子,开了一瓶叫

"五泉"的白酒,闻了闻,尤敬华从未见过这种酒,甚至连听也没有听说过,杜老说:"小尤啊,这是我的家乡酒,很不错的,我不请你喝茅台五粮液,你没有意见吧?"

尤敬华说:"茅台五粮液假的多。"

杜老说:"真正喝酒的人,无所谓名酒不名酒,也不讲究价格,价格算什么,算酒的身价?到底什么是身价,谁能说得清?真正喝酒的人,讲究一个正字,味正,就行。"

酒杯摆上来,只有一只,放在尤敬华面前,杜老替尤敬华加满了酒,说:"你喝。"

尤敬华奇怪,说:"怎么,杜老,您不喝?"

杜老说:"我从来不喝酒。"

尤敬华心里更是大奇,看杜老闻酒的样子,听杜老对酒的评价,以为杜老一定好酒,不由惊讶地看着杜老。

杜老狡猾地一笑,重复说:"我从生下来,到今天,没有喝过一滴酒。"

"但是……"尤敬华不知说什么好,"但是……"

杜老说:"但是,看我的样子,我是会喝酒,爱酒的,是不是?"

尤敬华点头。

杜老说:"爱酒,这一点是肯定的,但是爱酒并不一定非要自己喝,你同意不同意我的观点?"

尤敬华"嘿嘿"一笑。

杜老看看他,说:"你不同意也无所谓,我只要自己认为自己是爱酒的,就行,我不需要别人来承认我。我爱酒,从不喝酒,但是我看酒,每酒必看,我喜欢看人喝酒!"说话间,神情中流露出一种深深的浓郁的对酒的向往。

尤敬华终于找到了比较轻松的话:"所以杜老今天也看我喝酒?"

杜老说:"正是,一会儿,你就知道我是不是真的爱酒,这是一；另一个问题,我能不能喝酒。至于这个问题,我不想给予证实,只要我一天不喝酒,谁也不能对我的酒量下判断,是不是？我说我有二斤酒量,你能否认吗？你无法否认,谁也无法否认,是不是？我狡猾不狡猾？"杜老说到这里,又孩子般地笑起来。

杜老看着尤敬华喝了第一杯酒,神色严肃地说:"小尤,你有没有想过,我为什么把你从平泽叫到这里来？"

尤敬华揣摩道:"您看过那份关于桃花镇的调查报告了？"

杜老盯着尤敬华看了一会儿,气势逼人地说:"小尤,你老实告诉我,你的这篇调查报告,都是真实的情况？"

尤敬华郑重地点了点头:"是我自己近一个月调查的结果,没有一句假话,我都有原始材料。"

杜老指指尤敬华的酒杯:"喝,再喝,说话不耽误喝酒。我再问你,你们吕正,对这份报告怎么说？"

尤敬华说:"吕书记大概还没有来得及看,我早晨刚交给他,他说等他有空看了再和我谈。"

杜老感叹道:"小尤啊,经济上去,精神滑坡,不是小事！"

尤敬华说:"老百姓说,大楼造起来,干部倒下去。"

"说得好！"杜老一拍巴掌,把尤敬华吓了一下,"现在群众中,关于干部的民谣,遍地都是,说明什么,说明我们的干部失去了民心！我们共产党人,靠什么打下天下来的？就是靠的群众支持！"越说越激愤,站起来,在屋里走来走去。

尤敬华说:"我们的调研组,就是因为群众来信太多,吕书记才派出来的。"

杜老说:"你看看,你看看,一个党的书记,和群众对立成这样！"

保姆走过来,说:"杜老,七点了。"

杜老"噢"了一声,打开了电视,说:"我每天要看新闻的,不碍事,我们边看边聊,你说什么照说,不影响啊。"

第 三 部

第 15 章

一

杜老突然来到桃花镇。

从省里出发时,他没有通知任何人,一直到车进入平江地区,杜老才分别给闻舒和吕正打了电话,希望他们当天赶到桃花镇,他有事情找他们。

闻舒接电话时,没有听出是谁,杜老生气地说:"我姓杜。"

"是杜老?"闻舒心里打了个疙瘩。杜老在省里是位老资格的干部,做过省委副书记、省纪委书记,是个铁面无私的包公,杜老办过不少大案要案,杜包公全国闻名。闻舒在省委工作的时候,一直跟着谢老,由于谢老和杜老的密切关系,闻舒和杜老便也多了一份交往和感情,后来闻舒跟着谢老到北京,一直在中央工作,没有直接受过杜老的领导,但是现任的省委书记、省长以及省里许多领导干部,从前都是杜老的部下,杜老培养他们,提拔他们,重用他们,因此,杜老虽然离休多年,但在省里的位置,一直很特殊。

闻舒稍一犹豫,只是片刻没有接上话头,杜老在电话那边重重地咳了一声,问道:"闻舒,你还记得有这么个姓杜的人?"

闻舒和杜老,算起来恐怕有好多年没有见面,亦无任何信件往来,当然,互相的关心,从侧面了解情况是免不了的。闻舒到平江上任后,几次到省里开会,始终没有碰见杜老。

现在,突然听到了杜老的声音,闻舒很激动,但是,从电话里传过来的杜老发出的气息和信号,又使他心里隐隐有些不安。杜老虽然铁面无私,但并不是个没有感情的人,他和闻舒多年不见,头一次通电话,口气如此严厉,闻舒知道杜老是为什么事情生气了,为什么?肯定和平江有关系。

闻舒说:"杜老,我到平江后,您一次也没来,您是对我有意见?"

杜老闷声闷气地说:"我是对你有意见,我问你,你那个桃花镇,是怎么回事?"

闻舒心里再次打了个疙瘩,感觉到杜老对桃花镇有什么想法,但不知事情从何而起,到底看法如何,严重不严重,杜老对桃花镇的了解到底有多少,程度有多深,闻舒都不清楚,在杜老猛烈的攻势之下,闻舒十分被动,只得含糊地探问:"杜老,您是不是想到桃花镇去看看?"

杜老大声说:"闻舒,如果你心里还有我这个老人,我请你,今天下午,赶到桃花镇,我在那里恭候。"刚要挂断电话,又想起什么,补充说,"另外,我叫吕正也去。"

闻舒放下电话,心中的不安更明显了,他想了想,把周怀叫进来,问周怀楚平书记今天在哪里活动,周怀说楚书记到县里去了,说定要下晚才回来。闻舒说:"你马上找到他,叫他中午前赶回平江,有要紧事情商量。"

闻舒到平江后,无论碰到什么难处理的事情,从来都是从容不迫,颇具大将风度的,对这一点,市机关的干部有口皆碑,都是很服帖的。周怀头一次看到闻舒露出焦虑的神色,急忙应声而去。闻舒又喊住他交代:"中午十二点半,我和楚书记一起到平泽去。"

周怀到自己办公室迅速通知。

中午前,楚平果然赶到了,踏进闻舒的办公室,说:"闻书记,下午到平泽?"

闻舒说:"楚书记,杜老现在已经在桃花镇了。"

楚平一愣,问:"杜老突然来的?"

闻舒说:"好像是突然来的,事先一点也没听说,刚刚给我打个电话,叫我下午到桃花镇见他,也叫了吕正,口气里,很严厉的意思。我想,你在平泽干过好多年,对桃花镇比我了解得多,请你回来,一起去。"

楚平说:"估计是什么事?"

闻舒摇了摇头,不无担心地说:"不知道,杜老这人,你们都知道的,说不准。"

正当闻舒和楚平对杜老的突然袭击捉摸不定揣摩不透的时候,在平泽县委,吕正的心也乱了。

尤敬华的那份报告,曾经被他随手丢在一边,后来却阴差阳错地到了杜老手里,在杜老突然通知尤敬华到省里去那天,吕正当场就把报告找出来,仔仔细细看过,所以,吕正和闻舒楚平不一样,他对杜老的突然行动已经有所预感,但内心深处仍然存有一线希望。

早晨接到杜老的电话,听到杜老沉闷的声音说:"我姓杜!"吕正感觉到自己的一颗心,突然地往下一沉。

吕正马上把平县长从县政府的一个会上叫出来,平县长说:"今天我是主持。"

吕正说:"顾不上你那边了!"

这才把事情的原原本本向平县长说了,边说,心里也是很窝囊,说到底,派调研组的事情是他想出来的,平县长是反对的,现在回想起那次县常委会,吕正心里不由泛出种种滋味。那次会上,吕正还没有开口说什么话,就由平县长带头,一班人,人人替项达民说话,像真的形成一股势力似的,现在吕正回想,如果当初平县长不是那么激动,不为项达民说那么多好话,会是一个什么样的结果呢？如果平县长带头，大家一起说项达民的坏话，要齐心协力把项达民赶下台，最后会是什么样呢？最后他还会向桃花镇派调研组吗？还会派尤敬华去做组长吗？

吕正回答不出自己给自己提的问题。

当然这已经是过去的问题，对现在的事情，已经于事无补，平县长听吕正说话，一句话也没有插，吕正最后说："平县长，跟你说实话，我现在心里也没有底，想听听你的想法。"

平县长说："尤敬华的报告，到底写了什么？"

吕正说："他调查了桃花镇经济发展中的一些问题，相当严重。"

平县长说："就是说，杜老也并没有深入到桃花镇亲自走一走、看一看，只是看了尤敬华的报告？"

吕正说："是的，"口气沉重起来，"但是，现在他已经在桃花镇了，他能够亲眼看，亲自调查了。"

平县长不作声了，过了好一会儿，既像自言自语，又像和谁争辩道："他能亲眼看一看，最好，他就知道桃花镇是什么！"

吕正对平县长的话不能赞同，他不无担心地说："尤敬华排列出的问题以及许多现象都是事实，我们不能否认桃花镇存在这些严重的问题。"

平县长激动起来，说："今天下午，我和你一起到桃花镇去，我去见杜老，我去和他说！"

吕正说："你难道认为杜老是一个仅靠两只耳朵活着的人？"

平县长说："那，尤敬华的话，他也不应该完全听信。"

吕正说："所以，他来了。"

平县长突然眼睛一亮，说："杜老是来看桃花镇，来印证尤敬华报告中的事情，如果我们能够……"突然站起来，"马上通知项达民！"

吕正摇了摇头，长叹一声，说："来不及了，杜老已经在桃花镇了。"

二

桃花镇镇党委会议室,从来没有出现过这么紧张的气氛。

几小时之内,突然来了这么多重要人物,任项达民再胸有成竹、泰然自若,此时也有点措手不及了。

上午项达民在隆飞翔集团,集团下属的中外合资锦盛服装厂的外方老板,突然提出中止合同,毕奇处理不了了,请项达民过去商量,项达民刚到隆飞翔集团,还没有开始谈判,小钱急急赶来,告诉项达民,尤敬华又来了。

项达民说:"他来他的。"

小钱说:"不是他一个人,他是陪着一位老同志来的。"

项达民仍然没有在意,随口道:"老同志?谁?老县长?"

小钱说:"我也不认识,到镇上,我接待他们,也没有向我介绍。"

项达民说:"噢,来头不小是吧,连镇党委也不放在眼里?"想说"管他呢",但稍一考虑,却问道,"怎么样一个人,多大年纪?从哪里来?"

小钱说:"我看他们的车牌,是省里的车,年纪大约有七十出头了,但身体很健壮,脸板板的。"

项达民心里飞快地转了一圈,潜意识中似乎有个声音在提醒他什么,却又不很明显,心下有些嘀咕了,又问小钱:"姓什么?"

小钱想了想:"好像听尤敬华称他顾老,或者是杜老?我没听清楚,他们只在镇上转了一小会儿,就走了。"

项达民重复着小钱的话:"顾老?哪个顾老?杜老?哪个杜老?"嘴里嘀咕着,潜意识里的东西慢慢地清晰起来,越来越清晰,后来,一下子,突然跳到眼前来了:"是杜老?!"

小钱也是知道杜老的,但是一直没有朝那上面靠,根本没有联想到,这会儿见项达民面色大变,心里一下子明白了,吓了一大跳,说:"你是说,杜老?那个杜老?"

项达民说:"省里来的杜老,除了那个杜老,还会有哪个杜老?"说话间,从小钱的神态上,也感觉到自己有些失态,杜老是谁,杜老又不是老虎,干吗如此紧张,当下笑了笑,说:"杜老能来我们桃花镇,好事情,大好事情,请他多看看。"

小钱说:"我要陪他们看看,他们不要,说自己会看。"

项达民慢慢地点了点头,预感到有些什么问题,他估计到杜老一定是突然袭击,如果杜老从市里、县里,一级一级下来,无论如何,项达民事先总能得到些风声,既然事先毫无消息透来,说明杜老的行动十分快速而且隐秘,项达民对小钱说:"你不知道他们到哪里去了?"

小钱说:"他们不要我过问,我也不好多问。"

项达民想了想,回头到隆飞翔集团会议室,让毕奇先和外商谈,毕奇苦着脸,问:"我怎么谈?我怎么谈?"

项达民没理他,走了出来,向小钱一挥手,说:"走,我们找他们去。"

小钱说:"说了,让你别去找他们,下午两点,在镇会议室开会。"心里很不服气,又说,"奇怪,也不告诉他是谁,就让人等他开会,就算他是杜老,也可以告诉我一下嘛。"

项达民听小钱这么一说,更加认定是杜老到了,这种作风,除了杜老,不会是第二个人。

尤敬华陪着杜老来,一切都是未知数,是尤敬华到省里去请来的,还是杜老下来视察提出要到桃花镇看看?杜老是有目的而来,还是随意地看看,和尤敬华的调查有没有关系?一切都是谜。

项达民和小钱一起回到镇上,已是将近中午时分,项达民告诉了柏森林和常金鹏。柏森林什么话也没有说,常金鹏则骂起人来:"他妈的尤敬华,自己捣来捣去还没捣够,去把老人家捣来,吓唬谁?"

项达民说:"一会儿他们来了,你就免开尊口吧。"

常金鹏说:"对不起,我想说我就说,为什么不许我说话?"

项达民不和他多说,转向柏森林问道:"柏镇长,以你的看法,杜老突然下来,会不会和尤敬华的调查有关系?"

柏森林想了想,摇了摇头,他说不准,又想了想,说:"你有没有给吕书记打个电话,也许吕书记知道情况。"

项达民二话没说,抓起电话就打,县委办公室主任一听是项达民,开玩笑道:"项书记,这么等不及呀,吕书记已经出发了。"

项达民不明就里,说:"已经出发?出发到哪里?"

办公室主任说:"项书记你开什么玩笑,吕书记和平县长到你那里,你会不知道?你不知道他们去,怎么这会儿打电话来问?"

项达民放下电话,向柏森林看看,说:"他们来了。"

柏森林说:"吕书记?"

项达民说:"还有平县长。"

常金鹏有些紧张,说:"是不是出什么事了?"

项达民摆了摆手,说:"肚子饿了,天塌下来,也要先吃饭。"

三个人吃过饭回到镇上,小钱迎上来,压低声音说:"来了。"

项达民问:"人呢?"

小钱指指会议室:"这会儿正趴在桌子上打瞌睡。"

项达民说:"尤敬华呢?"

小钱正要说话,尤敬华已经听到声音,轻轻地从会议室里出来,向项达民柏森林常金鹏点点头,示意他们走开说话,免得影响杜老休息。

大家来到办公室,项达民说:"尤书记,怎么回事?"

其他人都紧张而激动地盯着尤敬华。

尤敬华却平平静静,说:"我的调研报告,杜老看过了。"

项达民皱了皱眉头,说:"你的调研报告,不是给吕书记了?"

尤敬华不动声色："我有复印件。"

常金鹏脸涨得通红，正要说话，大家都听到楼下汽车声由远而近，走到窗口一看，吕正和平家川到了。

刚刚将吕正和平家川迎上来，吕正才说了一句"闻书记马上也来"，汽车声再次响起。

闻舒和楚平也到了，大家和项达民握了握手，心情都很紧张，不知道说什么好，吕正向闻舒和楚平伸了一下手，指了指隔壁房间，引着闻舒和楚平到隔壁去说话。

项达民的心一下子踏实多了。

隔壁房间，吕正只来得及简要地说了大概情况，才说到一半，突然听到门口一声笑，回头一看，杜老站在那里，笑道："哈，我不过闭了十分钟眼，你们就偷偷地商量起来？"

大家在会议室里坐下，谁也不知道该由谁来主持这个会，按惯例，得先介绍到场人员，但是由谁来介绍呢，谁是主人呢？

杜老"啊哈"一笑，说："不必很多繁文缛节，我认识的，就不必介绍。"指着自己认识的人一一说过来，"闻舒，认识的，早就认识了，二十年前吧？"

闻舒说："整整二十年。"

杜老又指指楚平："楚平，认识的，从平泽县出去的，所以今天闻舒把你叫来了。"

楚平略有些尴尬地一笑。

杜老又说起吕正，在什么场合见过，当时情形，记得一清二楚，平家川没有见过，由吕正介绍了平家川，杜老说："怎么，今天都是双挡？"

下面就是镇上的干部了，由吕正介绍了项达民和柏森林、常金鹏，最后杜老向大家一环顾，说："互相都认识了吧？"

只有闻舒不认识尤敬华，但他事先已经听吕正说到这个人，估计就是他了，向尤敬华点点头，问："是尤敬华？"

尤敬华起身向闻舒致意："闻书记。"

杜老说："好了，仪式过了，我们言归正传。今天把各位，从百忙之中请到这里来，想请大家听一个汇报，不过，我提醒大家注意，这不是我的调查报告，这是小尤的报告。"说着向尤敬华点点头，说，"你可以说了，他们这些人，都早已经猜到是由你做汇报，也不必我多嘴。"

尤敬华清了清嗓子，说："杜老叫我汇报，我就汇报了，主要，是这一个月，在桃花镇作调查研究……"

杜老做了个手势，说："小尤，你先停一下，我还是要多一句嘴，把话说在前面，免得他们这些人，心里犯嘀咕，骂我霸道。"说着回头向大家说，"我只是希望你们各位，暂时忘记自己是市的、县的、镇的一把手，不管小尤说什么话，你们得让人家把话说完。"

没有人作声，只有闻舒微微笑了一下。

尤敬华开始汇报，他讲的主要内容就是他的调研报告，并且毫不客气地指出镇党委主要负责人存在的问题。

常金鹏脸一直涨得通红，按照他平时的脾气，早就大怒发火了，但今天的场合毕竟和平时太不一样，常金鹏到镇上工作多年，还从来没有见过这样的场面，看看项达民的脸色，常金鹏再不敢有开口的念头。

柏森林的脸色表面看起来始终很平静，无论尤敬华说什么，即使尤敬华在讲话中直指他的问题，他也始终没有反应，但是此时此刻，柏森林的内心却掀起了滔天的波澜，波澜猛烈地撞击着他的心脏，使他的心脏有一种承受不了的感觉。

项达民气得几次想打断尤敬华的话，但都被吕正的眼色阻挡住了，他注意到不仅吕正平家川楚平的神色都很沉重严肃，闻舒也一样认真专注地听着尤敬华发言，一字一句也不让漏过。

倒是不许别人打断尤敬华、不许别人说话的杜老自己先忍不住了，当尤敬华说到桃花镇全面工作中华而不实的问题时，杜老打断了尤敬华的讲话,说:"我们的干部,放卫星、搞浮夸,是有悠久历史的,我看到一个消息,某市半年引进外资一点八亿美元,报道的时候,却声称十八亿美元,同志们,这里面,差的什么,差的仅是一个小数点吗?"抑制着自己的激动,说,"我不说,还是让小尤说。"

尤敬华又谈了几个问题,乡镇企业财务管理上的不规范,基建工地缺乏监督,许多企业白条入账现象严重,三只烟囱,用餐、用烟、用车,毫无节制,尤敬华念出一个数字,去年一年,桃花镇请客送礼的费用,数额高得如天文数字。杜老又控制不住了,突然站了起来,激动地说:"一年!一个天文数字!同志们,这还是共产党吗?"

没有人敢接杜老的话,全场一片肃静,杜老一口气往下说:"同志们,你们知不知道,共产党的天下,是怎么打下来的?你们全都忘记了?你们开一个产品介绍会,到会者,每人受礼达三千元,这个厂,每年能赚多少?"

常金鹏实在憋得难受,说:"杜老,这个问题允许我解释一下,所谓的三千元,我们并不清楚尤书记是怎么得出来的,"眼睛横着尤敬华,"可能是将礼品作价的吧,但是有一点必须说清楚,我们的礼品,都是我们自己的产品。多年的实践证明,这是一种行之有效的促销方法,如果连正常的促销手段都要上纲上线,我们还搞什么经济建设!"

常金鹏虽然有怨气,但口气是委屈而和缓的,并不强烈,哪知,杜老却勃然大怒,指着他说:"同志,正常的促销手段?你居然认为,你们这些严重的行贿行为,都是正常的促销手段?我倒想问一问,在这个桃花镇上,还有'正常'两字吗?"

尤敬华接着杜老的话,继续自己的汇报,说:"据了解,去年一年,桃花镇镇级单位以及大大小小的企业,共举办洽谈、招商、订货、交易等活动三百五十三次,会议费用……"

项达民第一次打断了尤敬华的话,说:"你有没有同时了解一下，这些经济活动给桃花镇带来的经济效益是多少？"

杜老说："项达民，你让人家说话！"

尤敬华继续说："这仅仅是许许多多活动中的公开的可以见人的一小部分，更多更大量的活动在背后、在幕后，在我们看不见的地方进行，每时每刻，由此，我不由想到一个严重的问题，我问自己，桃花镇怎么了？桃花镇已经虚亏到如此地步，不靠这些手段，已经无法支撑了？"

杜老激动地坐下去，又站起来，说："本人非常赞同尤敬华的观点！靠吃喝、回扣、行贿等不正当手段支撑着的，决不可能是一块欣欣向荣的经济！"

杜老中气十足，嗓音洪亮，声音久久地回荡在会议室里。

会议室里，静得让人喘不过气来，过了好半天，楚平终于忍不住开口了，声音虽然不大，但毕竟是会议开始以后出现的第一道比较有力的反对的声音，这声音轰然炸响在所有人的心里，楚平说："既然是这样，不如回到从前，回到'文革'去！"

杜老噔噔几步走到楚平面前，盯着他，说："楚平，你这是什么话，你认为我是老'左'？我告诉你，我在受'左'派整的时候，你恐怕还不知道'左'为何物！"

楚平说："您是老资格，我们都尊重您，是因为您最讲实事求是。"话中有音。

杜老说："怎么，你的意思，我现在不实事求是？"

楚平说："我没有这个意思。"

楚平和杜老接上火的时候，项达民注意地看了看闻舒的神态，从闻舒的表情上，项达民实在看不出市委书记心里在想什么，项达民想，在杜老面前，闻舒也是无法随便表态的。

闻舒也注意着项达民的神态，不由想，项达民，你是不是太自信了？

杜老向尤敬华一招手，向尤敬华要了他的汇报材料，举着，向项达民扬了扬,问:"项达民,你说,这个调查报告里,有没有半句假话,有没有凭空捏造,这些具体的数字,这许多情况,是不是事实?"

项达民没有直接回答杜老的问题,却说:"杜老,我希望您,能够在桃花镇多住些日子!"平静的口气中蕴含着激动。

杜老说:"我会住的!"转向尤敬华,"小尤,把你的话先说完,还有多少?"

尤敬华又谈了最后几点,讲得口干舌燥,喝了一大口水,说:"最后,我得出的结论是:桃花镇的领导班子,是一个不合格的班子,是一个严重失职、有严重腐败行为的不好的班子,这样的班子,我个人认为,无法担负起发展桃花镇经济的重大使命!"

紧接着尤敬华的话音,猛地一声巨响,"啪"!项达民猛烈地拍了一下桌子,这一声巨响,震得每个人的心都摇晃了一下。

由于震撼,桌上的一只茶杯被震倒,滚落下来,摔得粉碎,一片碎瓷片飞上桌来,飞到杜老面前。

所有的人都被项达民这一桌子拍呆住了。

过了好半天,柏森林慢慢地站起来,拿了扫帚,将地上的碎片扫起来,整个动作做得无声无息,会议室仍然一片死寂,其他人也都不看柏森林,不知道在看着什么,好像他们的眼前根本就没有一个人在扫地。

项达民感觉到手掌火辣辣的,在场所有人的惊呆,使他很快知道自己做了什么,同时他也知道自己错了。

但他并不后悔,如果事情重新来过,他仍然是要拍桌子的。杜老对桃花镇的看法,已经铁定,他拍不拍桌子,都无法改变杜老的想法,项达民最为恼火的是尤敬华在闻舒面前胡说八道!

闻舒平稳的声音响了起来,也许因为这是闻舒进入这个场合后第一次开口说话,他的声音竟有些遥远而飘忽:"有话好好说,有问题坐下来商量,拍桌子打板凳,不是我们应该做的事情。"

杜老是万万想不到项达民会当着他的面拍桌子,所以一下子也有些发愣,这会儿回过神来,更生气,脸涨得通红,说:"在这么多领导面前,你竟然拍桌子,市委书记、县委书记都在这儿,你竟然拍桌子?!"

吕正说:"项达民,你怎么搞的,杜老是老同志,你怎么能够……"

杜老说:"别说我,我不过是一个下了台的老人,无权无势,倒是你们这些当权者在场,他都不怕,平时的工作作风,更是可想而知。小尤的报告中,也涉及到这个问题,有人称之为土皇帝,今天我算是开了眼界,领教了什么叫土皇帝!"

楚平不服,说:"辛辛苦苦干工作,那么大的成绩你们看不到,最后得到什么,得到尤敬华那个评价?不合格的?严重失职的?腐败的?换了我,我也要拍桌子。"

杜老说:"你也拍桌子,他也拍桌子,怎么,你们拍桌子人家就怕了你们?你们平时的工作,就是拍桌子?"越说越来气,忍不住也激动地一拍桌子,虽然没有项达民拍得那么突然那么强烈,但毕竟也是在拍桌子,而且又是在批评别人拍桌子的时候,自己也拍了桌子。

吕正小心翼翼地看着杜老,又看看闻舒,尽量保持从容,慢慢地说:"其实,据我了解,项达民平时工作中,不拍桌子。"

常金鹏也跟着说:"我跟了项书记十年,他从来不拍桌子。"

杜老脸一冷:"那就是说,今天的桌子,是拍给我看的?"

大家又不吭声了。

吕正仍然试着要打圆场,脸上硬堆起些笑意,笑得很困难,干咳了两声,对项达民说:"你平时很有大将风度的嘛,今天怎么了,着急了?"

平家川早就想说话,但看这阵势,基本上没有他说话的资格,忍了半天,这时候终于也说了一句:"如果大家都能体谅做基层工作的同志……"说着,竟然觉得喉头有些哽咽,说不下去。

闻舒说:"项达民,无论怎么样,我们应该正确对待不同意见,要经得起考验,要经得起风浪。"说着,脸上有些自嘲的样子,又补充道,"当然,这些话,我不说,你也能做到,你是有丰富工作经验的基层干部,应该比我们更懂得怎么处理问题。"话中也有言外之意。

尤敬华朝杜老看看,杜老暂时没有反应,尤敬华张了张嘴,想说什么,但是到底没有说出来。

柏森林起身给大家的茶杯一一加满水,走到项达民跟前,说:"你的杯子打了,要不要替你重新泡一杯茶来?"

项达民说:"不用。"此时项达民的心里,不仅一点也不为拍桌子后悔,甚至有一些庆幸,从知道杜老突然来到桃花镇,一直到他拍桌子前,从闻舒到吕正,他们的态度都很暧昧,含糊不清,深深地隐藏在某个角落,他一拍桌子,却把他们的态度拍出来了,事情总有正反两方面的因素,所以从前人常说,祸兮福所倚,福兮祸所伏。

气氛看起来松缓了些,常金鹏点了烟抽起来,同时给在场的人一人扔了一支,除了闻舒,其他人都开始抽烟,一时间,会议室里就烟雾腾腾了。尤敬华透过烟雾,再三地向杜老瞄着,心下嘀咕,不知杜老怎么突然就不说话了,杜老不说话,尤敬华就不知道自己该怎么办。

杜老也抽烟,但是很快咳嗽起来,自己把烟掐灭了,说:"不行了,不行了,心有余而力不足了。熟悉我的人都知道我的理论,我是不主张戒烟的,但是现在我不得不把烟掐灭了,这可不是我的主观意识要戒烟,是我的身体开始排斥烟了。"

大家笑了笑,故作轻松,但互相都知道笑得不轻松,杜老突然把话题扯开去,谁也不知道是好事还是坏事。

果然,杜老掐灭了烟火,站了起来,向大家环顾了一下,眼光最后停落在闻舒身上,说:"你们大家的想法,我不敢说全部了解,但基本上是清楚的,有一点,我必须说明白,我这次临来平江之前,专门向省委负责同志汇报了……"他威严地再次环顾大家,一字一句道,"省委领导同志指示:不管是先进还是典型,有问题,就查,查清楚了,再解决,有利于工作!"

杜老的声音回荡在鸦雀无声的会议室。

杜老也需要尚方宝剑。

杜老自己就是一柄尚方宝剑。

但是杜老仍然求得了另一柄尚方宝剑。

杜老继续说:"所以说,我不是代表我个人来的!"说着停顿一下,眼光盯着吕正,"吕正,在这一点上,我们应该感谢你,你平泽县委派一个调研组到桃花镇,这是个好办法、好主意,你选的人,也非常对头,你是有眼光的县委书记,你的调研组的工作,是我们今后工作的一个良好的开端。"

吕正心里像吞了只苍蝇似的难受,脸上却不能表现出什么,他下意识地看了闻舒一眼,闻舒并没有看他,也不看任何人。闻舒正平平淡淡地盯着自己眼前的茶杯出神,吕正争取不到支援,心里难免有些慌乱,他能够掂出杜老这番话的分量,闻舒也一定掂得出。

坐在吕正身边的平家川不由地瞥了吕正一眼,但是现在说什么也已经迟了,怪吕正多事,怨吕正心胸不够宽,后悔当初没有在项达民和桃花镇的问题上和吕正争个高下、坚决不同意派调研组,后悔当初没有坚决反对尤敬华做组长,这一切的后悔,都已经为时过晚,平家川此时,肚子里积了满满的话要说,却不知道该说什么,也不敢随便乱说。

平家川虽然不吭声,但是从他身上散发出的信息,吕正是能够接收到的,他犹豫了一会儿,说:"杜老,我把我当初派调研组到桃花镇的意图,向您汇报一下。"

杜老摆了摆手,说:"你不是已经决定调研组的工作结束了吗?既然已经结束,先前的话也就不必多说了,我相信,不管你派调研组的初衷是什么,调研组的工作是成功的,是有成效的!"

杜老话音未落,项达民突然站了起来,并不看着杜老,却是向着闻舒和吕正说:"各位书记领导,关于桃花镇的问题,关于我个人的问题,你们慢慢商量吧,我那儿,有个外商等着谈判,错过这个机会,很可能就错过了一千万的投资,我不想错过一千万!"

话一说完,并不等大家有所反应,拉开门,扬长而去。

常金鹏毫不犹豫也跟着走了出去。

剩下的人,都盯着晃动的门发愣。

柏森林在项达民站起来的时候,也站了起来,现在项达民和常金鹏走了,其他领导都坐着,柏森林一个人站在会议室里,坐下也不好,不坐下也不好,显得很尴尬。

杜老向他看了看,说:"怎么,柏镇长,你也要走?"

柏森林说:"也许,你们商量问题,我不便听。"

杜老说:"既然你有这样的想法,回避一下也好。"

柏森林离开位子的时候,他的目光接触到闻舒的目光,他突然从闻舒的目光中读出了一种前所未有的希望,柏森林的心抖动了一下,他将闻舒的目光深深地吸进内心深处,将它藏在一个不可能遗失的安全的地方。

柏森林走了出来,在走廊里看到常金鹏,常金鹏说:"怎么,想赖着不走,被赶出来了?"

柏森林摇了摇头,没有说话。

常金鹏说:"你别假作沉重,你的心思,别人不明白,我还能不明白?以为有机可乘了,是不是?一颗心正激动无比、正心花怒放呢,是不是?"

柏森林平时从来不和常金鹏一般见识,但是这会儿,常金鹏的话,使柏森林不由自主地想起了闻舒注视他的目光,柏森林头一回很认真地对常金鹏说:"机遇是很重要的。"

常金鹏反倒一愣,想再嘲讽一句,却找不出合适的话来了。

柏森林回到自己的办公室,坐下来,他想整理一下自己纷乱的思绪,他此时的心情,虽然不像常金鹏说得那样心花怒放,但毕竟很激动、很冲动,长久潜伏在内心深处的欲望,开始活动了。

三

桃花镇的一二三把手刚刚走出去,杜老就"呵呵"地笑起来,说:"这个项达民,有个性,嘿嘿,像我年轻的时候。"

杜老的万丈怒火突然自动熄灭,实在让人不可理解,大家的感觉中仍然是刚才那个雷霆万钧的杜老,所以,杜老说项达民像他年轻的时候,谁也没有接他的话茬儿,只是等着他的下文。

杜老指了指吕正,说:"吕正,领导这么个人物,你的日子也不太好过吧?"

吕正没吭声,他无法表态,杜老的话不错,作为项达民的直接领导,吕正似乎永远处于一种尴尬的位置,此时此刻,吕正唯一的办法就是不吭声,但他却无法控制自己下意识地去注意闻舒的态度。

面对突然发生的杜老兴师问罪桃花镇的事件,内心震动最大的是闻舒。

闻舒受中央和谢老的重托来到平江,正是平江到处告急的困难关头,尤其是平江的乡镇企业,确实面临最严峻的时刻。中央关注平江的乡镇企业,不仅为平江一地,更是为全国的乡村、为全国的经济发展考虑前途,在平江四处烽烟燃起的时候,中央派闻舒来平江,不仅要他来救火,更是要他来找到火源,找到彻底解决、根除火种的办法。

根本的问题无疑是人。

项达民就是桃花镇的根本,没有项达民就没有桃花镇的今天,桃花镇的今天是什么样子呢,一方面,面貌日新月异,另一方面,危机四伏,随时都有天塌下来的可能。

即使没有杜老,闻舒也要考虑项达民的问题。或者说,从闻舒来到平江的那天起,他就开始考虑项达民的问题,考虑许许多多和项达民一样的,吃尽千辛万苦,为平江经济建设立下汗马功劳的乡镇干部。

项达民怎么了?

乡镇干部们怎么了?

如尤敬华的结论,他们不合格、没有资格再担负乡镇经济建设的重任?

桃花镇的天什么时候会突然塌下来,尤敬华调查报告中的那些问题,其中的任何一个问题,都足以使桃花镇彻底垮掉。

更为严重的是,项达民仍然乐观,他真的看不见已经埋在他脚下的万丈深渊?他仍然精神抖擞地签订合同,借贷资金,上马项目。

谁都无法否认,乡镇干部们,靠的就是不服输的精神,在从无到有的艰难进程中,这种精神支撑了他们,使他们成功,但是现在不一样了,现在已经不是从无到有,现在面临的是由盛而衰,仅靠"精神"两个字,能抵挡一切吗?

项达民当然认为,只要有精神,他就能抵挡一切。

闻舒早已经嗅出项达民身上的悲剧意味。

做出那么大的贡献,做出那么大的牺牲,最后仍然不可避免悲剧的结果,这将是闻舒不愿意接受但是必须接受的不可避免的事实。

如果项达民倒下了,谁来接替项达民?

闻舒的目光曾不由自主地一次次地越过项达民,停留在柏森林身上,虽然只停留了很短很短的时间,但在场许多人,都注意到了闻舒的目光。

选择柏森林替代项达民。

这同样是历史进展的必然结果。

柏森林具有较高的知识结构，有最先进的思想，有远大的目光。更可贵的，是他的扎根农村三年的实践，这是许多像柏森林这样的知识型的干部所缺少的。

这些，都是闻舒正在考虑尚未成熟的想法。

突然，杜老来了，猛地推了闻舒一把。

杜老爽朗的声音又响起来："我并不是瞎子，我也看得见，乡镇干部辛辛苦苦，但是有个问题我想不明白，大家一心扑在事业上，却出现那么多那么严重的问题，到底在哪里出了毛病，我来桃花镇，就是希望大家一起把这个问题搞搞清楚！"

闻舒说："这也正是我们大家都想要搞明白的事情。"

杜老眯着眼睛看着闻舒，说："闻舒，我今天给你出了个难题，我等着你的回答。"

其实难题并不是杜老提出来的，难题早已经存在，闻舒正是冲着这个大难题来到平江的，有没有杜老振聋发聩的一声大喊都一样，闻舒必须解决这个难题，为桃花镇，为平江，也为全国。

闻舒慢慢地点了点头，说："会有答案的。"

杜老说："好，那我就等着。"回头看了看尤敬华，"小尤，我不可能长期待在桃花镇，我不在桃花镇的时候，你坚守在这里，没有我的话，你不能走！"

因为第二天要开市委常委会，闻舒和楚平在桃花镇陪杜老吃过晚饭，就赶回平江去。

车开出一大段路，闻舒一直没有说话，楚平憋不住了，问道："闻书记，杜老到底什么意思？他真的要搞项达民？"

闻舒沉默了一会儿，才慢慢地说："看起来是有这个意思。"

楚平说："我们怎么办，就这么看着？什么话也不说？"

闻舒轻轻地叹息一声，说："楚书记，我们说什么？"

楚平说："告诉他，项达民这么多年来干了什么！"

闻舒说："杜老是有水平的，我们能够告诉他的东西，他都能看到,问题在于,我们不告诉他的东西,他也能看到。"

楚平听闻舒这话,心里暗叫不妙,忍不住说:"闻书记,你是否也认为,项达民……"说了半句,觉得不好再往下说,停了下来。

闻舒没有表态,但他内心的波动很大,他完全可以对楚平说,现在的问题不在于我的看法,而在于杜老的看法,闻舒当然可以把杜老的态度挡在前面,掩饰掉自己的真实想法,但他没有这么说,因为闻舒知道,自己的想法,早晚要让大家所了解,现在不说,是因为时机尚未完全成熟。

楚平心里气愤不平,说:"那我们就什么也不做,什么也不管?"

闻舒说:"既然尤敬华的调查报告已经到了杜老手里,我们说什么、做什么都已经被动。"

楚平说:"狗屁调查报告,也只有尤敬华那样的人弄得出来。"

闻舒说:"楚书记,刚才我抽空把报告翻了翻,写得还是很有水平的,若不是有一定道理,杜老也不可能随随便便就被打动了。"

楚平忍不住说:"闻书记,我有话在先,从一开始,我就是为项达民保驾护航的,不管碰到什么样的风浪,我都会为他保驾到底。"

闻舒也不软不硬地说:"我知道,在平江,在省里,为项达民保驾的人不止一二,"语气突然加重了,"许多人为项达民保驾,许多人亲手把项达民推向了悲剧!"

楚平听到"悲剧"两个字,心里一抖,侧过脸去看闻舒。

闻舒却又调节情绪,放松下来,说:"我们不可能也不必去和杜老据理力争,不如静观,以静制动。"

当然,如果闻舒仅仅是这样的意思,楚平是不会担心的,可是现在,楚平却忧心忡忡,他已经开始感觉到闻舒态度的微妙变化,闻舒对于项达民的信任,开始动摇,闻舒隐藏在暗处的疑虑,比起杜老的公开批评和不满,更使楚平担忧。

正当闻舒和楚平坐在车上各自想心思的时候,在桃花镇上,吕正和平家川来到杜老的房间。

杜老正在看电视,一见到吕正、平家川,说:"怎么,今天书记县长都不回平泽去了?"

吕正老老实实地说:"我不放心,项达民这摊子事不落实,我哪能安心回去?"

杜老不满的情绪溢于言表,说:"吕正,看起来,我到你们平泽来,我到桃花镇来,你们颇不放心呀!"

吕正说:"杜老,您能来,是我们最大的荣幸,我们请您还请不到!"

杜老说:"你那是请我来走马观花,过过场,说几句好话,这样的事情,我杜某人不干的,过去不干,现在不干,将来也决不干!"

吕正尴尬地一笑。

杜老继续说:"我要来查你们的问题,你就头痛了。吕正,我告诉你,桃花镇这个地方,我是来定了,你赶不走我!"

吕正知道再周旋也周旋不出名堂来了,干脆直截了当地说:"杜老,项达民是全国劳动模范,桃花镇是全国的先进乡镇……"

杜老挥了一下手,打断吕正的话:"怎么,是先进,是模范,就是老虎屁股了,摸不得了?"

吕正心里也来气了,但嘴上不敢硬顶,仍然谦恭地说:"我的意思,对于这样的人物,我们是否应该更慎重一些,典型的影响是无穷的,我们是否应该考虑……"

杜老又挥了挥手,说:"吕正,你作为一个县委书记,左一个考虑,右一个考虑,你都是考虑的什么东西?"

吕正张口结舌。

杜老说:"你考虑的,无非是桃花镇在你平泽县的经济发展中的作用、贡献,无非是它能在你的各种上报材料中增加一些可观的百分点,增加一些讨喜的阿拉伯数字……"

吕正实实在在地说:"是的,缺少了桃花镇,平泽县就像缺了一条腿！"

杜老说："吕正同志，你也太草木皆兵了吧，我又不是来拿走你的桃花镇。"

虽然杜老始终半开玩笑半认真，但吕正却笑不起来，说："即使尤敬华报告中列出的问题都属实，这些问题中，许多也只是属于经济建设中的决策失误。"

"决策失误？"杜老不再调侃了，有些气愤起来，语气也加重了，"决策失误？你轻飘飘的用四个字就能掩盖一切？你有没有想一想，为什么决策会失误？是偶然因素决定的，还是必然的结果？为什么桃花镇的决策失误如此之多？和一把手到底有没有关系？"停了一会儿，杜老又说，"我想直接和项达民谈谈。"

吕正说："您等着，我叫人去叫他。"

杜老摆摆手："不必，我可以去找他，看看他在干什么，看看他的工作环境。"说着也不看吕正，自顾走出房间，到隔壁尤敬华的房间，叫尤敬华领着去看项达民。

吕正跟杜老走出去后，平家川赶紧打项达民的手机，仍然是打不通，便打到常金鹏的手机上，问项达民在哪里，常金鹏说，这会儿正一起在宾馆的歌舞厅陪客人唱歌跳舞，平家川果然从手机中听到喧闹的音乐声，心中实在着急，说："你叫项达民听电话。"

不一会儿项达民接电话，说："平县长，你也过来唱唱，我们新进了些碟片，有许多老歌。"

平家川说："项达民，你真能沉得住气！"

项达民说："怎么呢，客人提出来要玩玩，我们这些人，本来就是三陪嘛。"

平家川说："杜老和尤敬华这会儿正往你那边过来，你不想惹老人家不高兴，就走开吧。"

项达民毫不犹豫道："那怎么行，一会儿我还和黄小姐对唱呢，点歌单已经送上去了，黄小姐你知道的吧，就是台商黄雅柏的千金,以后和他们雅柏公司的谈判,黄先生都已经交给黄小姐了。"

平家川心里又急又气,说:"你只知道谈判谈判,现在人家要来谈判你的问题了,你还黄小姐李小姐唱歌呢……"

项达民正对着手机说话,一眼看到杜老、尤敬华已经出现在歌厅门口,便笑了起来,对平家川说:"平县长,他们已经来了,一会儿我请杜老也唱一首。"将手机交给常金鹏,常金鹏又"喂"了一声,发现那边平家川已经挂断。

项达民满脸笑容地向杜老和尤敬华迎过来,做了一个有请的动作,与下午在会议室里恼火的表现大相径庭。杜老向尤敬华看了一眼,想,果然如你所说,这个人,很会变脸嘛,这么想着,脸上便也露出笑意,说:"项达民,兴致很高嘛。"

项达民正要说话,突然一看电视屏幕上显示出来的歌名,"呀"了一声,说:"轮到我了。"向常金鹏招招手,"给杜老尤书记泡茶。"说着便撇下杜老,走到黄小姐面前,请黄小姐上台演唱。

他们合作了一段样板戏。

黄小姐功底很好,婉转动听,项达民却唱得不怎么样,没有什么情趣,也不怎么会用嗓子,直通通的。

杜老问常金鹏:"这位小姐,哪里的?"

常金鹏说:"台湾客商。"

杜老笑了一下,问:"是来谈判投资的?"

常金鹏说:"黄小姐和她的父亲,在我们这里干了十年了,先后投资办了五家企业,和我们合作修了两条路。"

正说着,项达民又上前唱起来,杜老说:"表现欲还蛮强的嘛,怎么,又唱样板戏?"

常金鹏说:"我们项书记,只唱样板戏,其他不唱,还有语录歌,可惜语录歌没有 OK 带。"

这回项达民唱的是杨子荣的《甘洒热血写春秋》。

项达民刚唱完,便抓着话筒宣布:"今天,我们的歌厅来了一位特殊的客人,省里的杜老,我们用热烈的掌声欢迎杜老唱一首。"

杜老知道项达民出他的洋相,并不生气,只是摆了摆手。

项达民又大声说:"看起来,需要黄小姐的有请,杜老才肯上台?"

话音未落,黄小姐果然向杜老走过来,笑盈盈地向杜老伸出一只手,尤敬华有些紧张地挡住杜老,向黄小姐说:"对不起,杜老是来检查工作的。"

黄小姐仍然笑眯眯的,说:"检查工作?好呀,既然是检查工作,那自己就得会工作,自己不会工作,怎么检查工作呢,来吧,杜老,请吧,唱歌陪客,是很重要的工作呀!"

杜老说:"黄小姐,你对大陆的情况很熟悉?"

黄小姐说:"我对桃花镇确实很熟悉。"

杜老说:"能不能问你一个问题?"

黄小姐说:"请问。"

杜老说:"你到大陆投资,能说一件印象最深的事情吗?"

黄小姐不假思索,说:"印象最深的就是,我想不到大陆上有项达民这样的好干部!"

尤敬华迅速地瞥了杜老一眼,意思是说,这都是项达民安排好的节目,杜老微微一笑,并不觉得意外,接着说:"你能不能说说,你是从哪个角度看这个问题的?"

黄小姐说:"我当然是从我的角度,我父亲和我,愿意不断地来大陆投资,不断地到桃花镇来,完全是冲着项达民来的,没有项达民,我们决不会来!"

"为什么?"杜老紧追不舍。

"因为项达民会挣钱!"黄小姐一直笑眯眯的,说过之后,又补充说,"不仅他自己能挣钱,还能帮助我们在大陆挣钱,就凭这,我们就认定他是个好干部！"

杜老点了点头，说："实在话，很实在！"

项达民又在台上嚷了起来，要杜老唱歌，尤敬华说："项书记，你就别难为杜老了。"

哪料杜老却站了起来，走到台上，接过项达民手里的话筒，说："我唱的歌，你们这里没有的，我就清唱一首了。"回头对项达民说，"也许我和你有共同的东西，你只会唱样板戏和语录歌，我也是，我邀请你和我一起唱一首语录歌《我们共产党人好比种子》。"

"我们共产党人，好比种子，人民好比土地，我们到了一个地方，就要和那里的人民结合起来，在人民中间生根开花，在人民中间生根开花，在人民中间生根开花！"

常金鹏听了，大声道："这算唱的什么，像老和尚念经。"

大家笑起来。

黄小姐回味了一会儿，对项达民说："我听过几首类似的歌曲，你们称之为语录歌的，给我的感觉，就像一种宗教音乐。"

项达民笑了笑，说："各人的理解不一样。"

吕正走了进来，向杜老和项达民告别，他和平县长要回平泽去了，项达民送吕正出来，吕正见项达民不说话，说："怎么，没有话说了？"

项达民说："你们都走了。"话说得竟有些感伤的味道。

吕正说："事到如今，我也想不出什么好办法。"

项达民说："老人家到底要干什么？"

吕正说："你心里清楚。"

项达民说："他要在这里待多久？"

吕正摇了摇头，气氛有点沉闷。过了一会儿，吕正说："我会尽快把尤敬华要回去的，县里工作忙，离不了他。"

项达民说："杜老能同意？尤敬华可是得力干将。"

吕正说："县里正开始查人大一个副主任的经济案件，我提议县纪委要有人参加配合审查,这事情,非尤敬华莫属,他杜老,对这类案件,历来重视,不能不把尤敬华放回来。"

项达民说:"杜老这个人,不是靠一两个尤敬华工作的。"

吕正说:"那是第二步。"说着停了一下。

项达民看出吕正心里仍然有事,想了想,说:"吕书记,你是担心闻书记的想法?"

吕正不能不佩服项达民的精明,点了点头,说:"以我的感觉,闻书记的想法,已经起了变化。"

项达民问:"仅仅是在半天时间内?"

吕正摇了摇头,说:"不见得。"

项达民说:"不仅是闻书记的想法,连你吕书记的想法,也都起了变化,你心里也许正在想,这个项达民,我倒在杜老面前不管不顾一味地替他说话,万一他真的有事,我怎么兜得住他?或者,你正在想,这个项达民,琢磨不透他的,到底会不会有事,到底会有什么事?"

吕正被项达民说穿了心思,也不难堪,反而心情放松了些,说:"项达民,你既然明白,就好自为之呀。"

项达民却笑起来,说:"怎么啦,吕书记,已经交代后事了?还早着点吧。"

吕正却没有心思说笑,说:"项达民,你再好好想想,如果有什么话,不好跟别人说的,你来找我,我随时恭候。"

项达民说:"等我坦白交代啦?"

吕正说:"和杜老,不宜硬顶,这是我的劝告。"

项达民说:"我下午拍桌子,是拍尤敬华的,不是拍杜老的。"

吕正说:"你特别气愤他在闻书记面前胡说八道?"

项达民承认有这样的想法,点了点头。

吕正考虑了一下,还是把话说出来:"项达民,你的信息灵通,小道消息也多,有机会在楚书记那里打听打听,看看闻书记的态度到底如何。"说着自己先笑了一下,"我这也是多余,项达民用得着我关照?"

项达民没有说话,却紧紧地握住吕正的手。

吕正回到平泽的家里,已是晚上十点多,孔雪杉还没有睡。虽然吕正白天突然不告而别,并没有说明突然赶到桃花镇到底是什么事情,有什么重要人物来了,但此时,杜老突然袭击桃花镇的消息,却已经传遍了平泽,孔雪杉正在担心着。吕正尽量简要地把事情一说,孔雪杉说:"尤敬华报告的事情,你事先跟谁都没有提过,你的嘴可真紧。"

吕正没好气地说:"人人都会当现成诸葛亮、事后诸葛亮。"

孔雪杉也觉得这时候把责任推到吕正头上确实有失公道,她很清楚吕正此时的复杂心情,想了想,问:"项达民怎么样?"

吕正说:"他办法多,点子多,什么事能难倒他?"

孔雪杉摸不透吕正心里到底怎么想,话没有接上去。

吕正又"哼"了一声,说:"我早跟他说过,多行不义必自毙……"

孔雪杉说:"这叫什么话?项达民纵使有千错万错,也不会有一个是错在不义上。"停顿一下,不服道,"现在的干部,混得下去的,混得好的,不被人骂的,我看多半到是缺少一个'义'字。"

吕正说:"你不必跟我咬文嚼字,我只是打个比方,项达民今天竟然拍桌子,杜老很生气,认为是拍给他看的,以我的看法,项达民这桌子,可是拍出多层次的内容来了,他是拍给在场的每一个人看的。"

孔雪杉想象着项达民拍桌子的情形,不由得想笑一笑,但是忍住了。

吕正说:"尤敬华的报告中,引用有人背后骂项达民的话,说他是土皇帝,他这一拍桌子,正好和这个土皇帝合拍,项达民失策呀,大大的失策。"

孔雪杉说:"人气急了,气冲上来,拍就拍了,有什么大不了。"

吕正说:"别人我不敢说,我也不知道,但项达民我是了解他的,他不会随随便便拍桌子,你想想,杜老、闻书记、楚书记、我、平县长都在场,尤其是闻书记,到底是什么态度,他明白吗?他这桌子能随便拍吗?"

孔雪杉说:"你话说到这里,我正好有个事情告诉你,有人很愿意和你讨论项达民到底是怎么样一个人。"

吕正一愣,没有听懂孔雪杉的意思,看着她。

孔雪杉说:"今天晚上陶李来找过你。"

"陶李?"吕正想了想,"是那个女作家,给项达民写过一本书的?"

孔雪杉说:"《热土》。"

吕正说:"他们也给了我一本,我抽空翻过,好像,写得不怎么样。"

孔雪杉说:"我没有看,没有发言权。"

吕正说:"陶李找我干什么?"

孔雪杉说:"她想多侧面地了解项达民,你这个县委书记,当然是一个重要侧面。"

吕正想了想,说:"怎么,她要写下卷?"

孔雪杉说:"大概是吧,若不然,她了解项达民那么多干什么,她又不是组织部,又不是纪委。"停一停又说,"你不在家,她和我聊了聊,蛮健谈的,看问题也很深刻。"

吕正说:"她要了解项达民什么?她不是在桃花镇待过很长时间吗,材料还不够?"

孔雪杉说:"她不是要了解项达民什么内容,她也不是要关于项达民的材料,那些东西,她是足够了。"

吕正说:"那她要什么?"

孔雪杉说:"她要你的思想,她要平泽县委书记对项达民这样的乡镇企业家的看法,对乡镇经济建设的评判和预测,她要掌握平泽县委书记的灵魂。"

吕正说:"被你说得如巫婆似的,照你说来,她已经掌握了桃花镇党委书记的灵魂了?"

孔雪杉说:"至少她自己这么认为。"觉得话说得不妥,又说,"不,不是她自己觉得,这是事实。以我的看法,陶李确实非常了解项达民,而且,不仅了解项达民,也了解项达民周围的许多人,了解与项达民有关的一切人和事。"

吕正说:"包括我?"

孔雪杉点点头,郑重地说:"一点不错,她对你的情况也非常清楚,不仅包括你,也包括我,许多事情,她都知道。还有我们许多人对项达民的态度,她都了如指掌。"

吕正沉默不语了,过了好一会儿,他突然眼睛一亮,说:"也好,是个好事情,希望陶李尽快把下卷写出来,如果能请省委领导写个序之类,事情就好办多了。"

孔雪杉说:"你认为,陶李是替项达民吹喇叭抬轿子的?"

吕正说:"这个情况大家都清楚,陶李从来都是'歌项派'。陶李的作品,一向以对社会问题的尖锐批评著称,唯有对项达民不一样,从心底里发出赞叹,有人以此攻击陶李,认为陶李被项达民收买,或是迷惑,或是欺骗,失去了一个优秀作家的人格,陶李却毫不隐讳自己对项达民的好感。批评一个坏人和歌颂一个好人,都同样会受到社会的攻击,她说,我同样不动摇不犹豫不畏惧。"

孔雪杉说:"你好像很欣赏陶李?"

吕正说:"谈不上欣赏,虽然她的《热土》确实写得不怎么样,但这样的作品有它另外的作用,如果她能在这时候,写出项达民的下卷来,我们大家再一起做些工作,应该是很有帮助的。"

孔雪杉说:"这只是你的想法,只是一般人的想法,或者说是愿望。"孔雪杉说话时,不由流露出担忧,"如果陶李按照世人的想法和愿望写作,陶李就不成其为陶李了!"

孔雪杉话中有话,吕正不由看了她一眼,问:"你觉得陶李有什么想法?"话一出口,觉得问题太空泛,又说,"陶李是不是知道杜老到桃花镇的事情,还有尤敬华的调查报告,她知不知道?"

孔雪杉说:"她没有说,我也没有问,但是我想,陶李决不是见风使舵的作家,杜老对桃花镇的看法,对项达民的看法,不会影响她。陶李是用自己的头脑思考问题,用自己的眼睛看事实,用自己的感受去理解社会的。"

吕正却增添了一层心思,嘴上应付道:"但愿如此。"

吕正的心思,是由《热土》引起的。

当然,陶李可以说《热土》是小说。

但是,谁会把《热土》当成虚构的小说来读呢?

大家都把它当作项达民的故事来读。

第 16 章

一

睡在桃花源宾馆柔软的席梦思床上,陶李做了一个梦,梦见自己和项达民吵架,心里气愤得要爆炸,但是怎么也吵不过项达民。项达民完全是一副居高临下的模样,嘴角挂着一丝冷笑,从容不迫地一句一句对付她,她却声嘶力竭,气急败坏,累得几乎喘不过气来。突然一阵敲门声惊醒了她,一丝光线从没有拉严的窗帘缝里钻进来,天已经大亮了。

陶李套了外衣去开门,站在门口的是柏森林。

陶李有些意外,"哦"了一声,说:"柏镇长,是你?"

柏森林发现陶李还没有起床,有些尴尬,后退了一步,说:"哟,来早了。"

陶李意外的同时又有些奇怪,她到桃花镇前前后后来过许多次,柏森林从来没有单独找过她,至多项达民请吃饭的时候,柏森林在座,此外,陶李基本上没有什么机会和柏森林单独聊天,或者采访什么,即使陶李提出来,柏森林也总会找各种借口打发掉,既让陶李察觉他是有意识回避,却又无从对他不满和生气。柏森林对陶李既不冷淡也不热情,既不得罪也不讨好,不亢不卑,与他平时一贯的态度相符,陶李倒是比较欣赏这种态度的。

现在,这一大早,柏森林却来敲她的门,陶李心里飞快地闪过一个念头,随即向柏森林笑了笑,说:"柏镇长早,我们这些人,就是早晨爬不起来,懒。"

柏森林说:"不是懒,你们习惯夜作。"说着又后退一步,退到走廊上说,"陶作家,今天我陪你吃早饭。"

陶李惊讶地扬了扬眉。

柏森林说:"你不用惊讶奇怪,本来你来都是项书记接待的,项书记不在家,两天前到上海去了,当然我应该来看看陶作家,有什么要求,有什么需要我做的,尽管说。"

陶李说:"听说项书记到上海陪人看病?"

柏森林说:"是的,陪邵主任的父亲看病。"

陶李说:"哪个邵主任?"

柏森林说:"你知道的,我们新技术开发区,不是一直耽搁着没有批下来吗?省里管批项目的就是邵主任。"

陶李说:"他是桃花镇人?是平泽人?"

柏森林说:"是平湖县人。"

陶李说:"你们本事不小嘛,能够从邻县把邵主任的父亲挖出来,陪去上海看病。"

柏森林说:"这叫感动上帝,用现在的话说,叫作关系经济。"

陶李停顿了一会儿,想了想,说:"这个关系经济,恐怕正是目前中国市场经济中的魅力吧?"

柏森林说:"陶作家的话,一针见血,我们镇上,至少党委委员,每人都有一本熟人老乡关系账,凡是有权、有地位,特别是有作用的人,都列在上面,平时不忘加强联络,请来参加宴会,送礼,上门拜访……"

陶李说:"这是不公平竞争,有了这层关系,正常的经济原则就抛开不顾了,这是违背经济发展规律的。"

柏森林又笑了一下,没有再说什么,陶李知道他笑的意思,至少到目前,仍然有很大一块的经济是靠这种违背规律的东西支撑着的,今后会怎么样,柏森林也许有许多想法,但一时说不清。

柏森林看了看时间,说:"听说你今天上午打算到隆飞翔去?"

陶李点点头。

柏森林说:"正好我不忙,一会儿我陪你过去。"停顿一下,手指指楼下的方向,"我在餐厅等你。"

柏森林走后,陶李捉摸着柏森林什么意思,是不是有什么话要和她说,想来想去,觉得柏森林这个人捉摸不透,便也不再多想,穿了衣服,洗漱后,来到餐厅,柏森林果然在等候了,陶李看了看餐厅,人很多,说:"桃花镇宾客盈门呀,生意兴隆,客房也是满满的,晚上吵闹得很。"

柏森林苦笑了笑,说:"年底了。"

陶李说:"是讨债的人?离过年还有些日子呢。"

柏森林说:"有些人,一两个月前就来了,吃住在这里,不拿到钱不回家,每年年底都是这样,循环大讨债。"

两人边吃边聊了聊其他话题,陶李说:"柏镇长,是不是有点人心惶惶?"

柏森林说:"你是指杜老来?也不至于这么严重吧,至少我不觉得心里有什么惶惶的。"

陶李意味深长地一笑,说:"你不一样啊。"

柏森林并不否认,也笑了笑,说:"陶作家看问题向来尖锐,所以也就特别能理解人,能算个知音了。"

陶李说:"一个不敢,半个吧。"

柏森林说:"对项书记讲你是一个,对我只是半个?摆不平呀。"

陶李说:"我这个人,最不喜欢的就是摆平,我从来不讲中庸,最恨的就是中庸。"

吃到差不多时,柏森林在餐桌上用手机给隆飞翔集团毕奇打了个电话,告诉他,他们一会儿就到。

陶李说:"韩六舟现在怎么样?我在平江,也没见过他,不知日子过得如何?"

柏森林没有直接回答陶李的问题,却说:"是不是你的下卷缺了一个重要人物?"

陶李笑了笑说:"写书的人,永远不会缺少人物,韩六舟走了,不是有毕奇吗?"

柏森林好像想笑,却没有笑出来,咧了咧嘴,说:"走吧,去看看毕奇。"

隆飞翔集团下属的分公司、分厂共有二十七家,其中合资企业十二家,十二家中,又有十家是和台商合资的,首家合资的丝绸服装股份有限公司根据台湾老板的意思取名为锦祥,后来先后发展起来的九家与台商合资的服装企业,便都跟着取名为锦帆、锦绣、锦通、锦福等等,其中锦通和锦福的台方老板就是最早来桃花镇投资的台商孙福,另一家锦绣,则由孙福拉来的尹秀婷投资,这几家企业,前几年,都是颇具实力的,在一九九三年,仅锦绣一厂,就创汇二百万美元。

隆飞翔集团规模非常大,在全省乡镇一级的经济集团中名列前茅,总部和各分厂都集中在桃花镇东部,占地三平方公里,隆飞翔集团的前身——桃花镇隆飞翔丝织厂原先位于桃花镇老街中心,当年,韩六舟刚一接手隆飞翔厂,就开始大迁移,早早地就占下了桃花镇东部的这一大块土地,多年后的今天,站在某个制高点向东部眺望,隆飞翔集团的整齐划一的系列建筑犹如一条巨龙,气势磅礴,昂首面向东方,腾腾欲飞。

车很快到了隆飞翔集团,柏森林和陶李径直往总部的大楼去,毕奇正好从楼上下来,见到了,和陶李握了握手,含义不明地笑了笑,一边看着柏森林,好像没有柏森林的指示他不知道该怎么和陶李说话。

陶李前次来采访时,他不过是隆飞翔副总里最末的一位,哪里也轮不上他说话,什么事也轮不上他做主,现在已经成了隆飞翔集团代理总经理,样子却是没有变,仍是蔫吧拉叽,一脸愁容。

柏森林说:"你们以前见过面吧,陶作家……"

毕奇说:"见过,见过,陶作家到隆飞翔来过好几回。"

柏森林向陶李笑笑说:"桃花镇大概没有什么东西是陶作家不知道的了。"

陶李说:"不知道的东西多的是,比如,人心,我怎么敢说知道?你柏镇长心里想什么,毕总现在想什么,我可不知道。"

柏森林摇了摇头,说:"陶作家谦虚,陶作家是最能深入人心、最能了解人心的。"

毕奇看他们说笑,也跟着笑笑,两手拃挲着,不知是邀他们上楼好呢还是请他们看什么,只是将目光追随着柏森林,等待柏森林的明确指示,偏偏柏森林就是迟迟不给指示,不说他要干什么,也不说陶李要干什么,似乎存心要让毕奇难堪一回。

陶李心中多少有数,毕奇的为人,毕奇的能力等等,陶李从前也有所了解,项达民让毕奇做代理总经理,柏森林有不同想法是不足为奇的,别说柏森林,换了任何人,都会对这件事情有想法,陶李也很想不透项达民,要不就是隆飞翔的气数真的尽了,要不就是项达民另有打算。

无论项达民对隆飞翔集团有没有打算,让毕奇做隆飞翔代理总经理的结果,也就是让所有的人看到,没有了韩六舟,也就没有了隆飞翔!

难道这就是项达民的打算?

他要告诉大家,隆飞翔非韩六舟不行?

即便事实如此,又有何用,韩六舟已经不复存在,项达民的用心也许良苦,却只是唱了一出失败的空城计。

以陶李的看法,柏森林并不是个心胸狭窄的人,心眼也不小,有相当的气度,与项达民相比,他又是另一种风格,难说谁高谁低。可是眼下柏森林分明有意给毕奇点难堪,陶李很明白,柏森林大概不会把毕奇放在眼里当回事的,所以他大可不必给毕奇难堪,和毕奇过不去,柏森林是做给她看的,他要陶李知道,隆飞翔集团现在已经什么样了。像隆飞翔集团这么大规模的经济集团,桃花镇每年利税的数字,几乎有三分之二出自隆飞翔,如今却由毕奇主持、由毕奇领导,柏森林的意思很明白,陶作家,你看看,隆飞翔集团,已经到了什么样的地步?

柏森林是不是还有点弦外之音,你的《热土》还能继续往下写吗?

柏森林的想法和陶李的想法擦肩而过。

陶李再度来到桃花镇的动因,恰恰就是因为桃花镇的隆飞翔集团以及桃花镇和其他乡镇的许许多多不叫作隆飞翔的隆飞翔集团面临的危机,它们面临危机的原因,它们已经能够看到的失败的未来和可能拥有的灰暗的前途,是这一切,催动着陶李着力续写《热土》的下卷。

柏森林的思维,仍然停留在《热土》上卷。

不只是柏森林,其他许多人,都是这样思维的。

而陶李永远是逆向思维的。

只是,大家都知道陶李正在写下卷,但是究竟最后陶李会在下卷中写什么、怎么写,现在恐怕只有陶李自己心里明白。

或者,到目前为止,连陶李自己也尚未全部理清自己的思路。

从上卷的采访和写作,到下卷的准备,时间虽然只隔了一年多,但是,一切的变化,却是那么大,那么突然,那么令人措手不及,陶李任是见多识广,任是见怪不怪,任是处变不惊,恐怕也得有一个调整思想的过程。

而且,又来了一个杜老。

杜老批评桃花镇,会对陶李的写作,带来什么影响？

正因为柏森林的想法和陶李的想法交叉而过,所以柏森林想让陶李了解的现状,恰恰正是陶李最急于了解的东西,这是殊途同归,陶李想着,不由朝柏森林看了看。

毕奇始终拕挚着两只手,木然地看着柏森林,一直不见柏森林有所动静,便将目光又投向陶李,等着陶李开口。

陶李说:"毕总,听柏镇长说,今天有外商来谈？"

毕奇说:"十点钟到。"

陶李看了看表,说:"时间还早,我先到锦祥看看。"

毕奇脱口说:"看锦祥？"又看着柏森林。

柏森林伸手指指锦祥厂的方向,说:"走吧。"

毕奇没有动弹,又说了一遍:"看锦祥？"

陶李笑了笑,说:"毕总,锦祥有什么见不得人的东西吗？"

毕奇慌了,连连道:"没有,没有,没有的。"

柏森林似笑非笑地说:"恐怕不是有什么见不得人的东西,而是没有什么能够见人的东西了。"

毕奇尴尬地笑:"嘿嘿,嘿嘿。"

锦祥曾经是隆飞翔集团下属最大的一个企业,以生产外销丝绸服装为主,由于生产设备陈旧,技术不过关,产品缺乏竞争力,毕奇接手的时候,锦祥的台方老板,正在极力促成一项新的投资项目,建立一条从欧洲进口的新型流水线。毕奇上任刚三天,做的第一件事就是去欧洲考察机器产品,行程活动都是台商安排,回国后,又请专家进行了技术论证,很快机器设备到货就位。投入使用后,才发现机器设备是欧洲二十年前的淘汰设备,台方老板抓住中方对合同某些条款的违约,提出撤资走人,中方认为设备进口是台方的事情,应该由台方负全部责任,双方僵持不下,停了产。

毕奇苦着脸低着头在前面引路,柏森林和陶李跟着,来到已经停产的锦祥,厂里冷冷清清,门卫看到毕总来了,从传达室跑出来,脸上毫无表情地说:"毕总,后围墙的事情,怎么办?"

毕奇说:"怎么,他们没来修?"

门卫说:"谁来修,鬼呀?"

毕奇说:"我已经跟建筑队说了,叫他们派几个人来,又不是什么难事,不就是砌一段围墙吗?"

门卫说:"容易事做起来才难。"

毕奇说:"这个王工头,怎么搞的,嘴上应得嗷嗷的,一转身就忘记了?"

门卫撇了撇嘴说:"哪里会是忘了,不想干罢了。"看起来一点也没有对毕奇这个总经理惧怕的意思,又说,"那些外来工,天天爬进来,哪里是爬,根本也用不着爬了,就是大大方方地走进来,像个敞开的后门似的,多方便,见什么偷什么,你去追他们,他们就溜,你一回来,他们又进来了。唉,那也不叫偷了,就是拿东西罢了,反正敞开供应。"

话语中颇多不满。

毕奇有些不好意思地看看柏森林,解释说:"厂里也没有什么好偷的了,大东西他们也偷不走,拖不动的,也没有那么大的胆,捡一些破铜烂铁罢了。"

门卫却不同意,说:"什么破铜烂铁,有好多值钱的东西,毕总,围墙再不修好,东西丢光,我可不负责任呀。"

毕奇板了板脸,对门卫说:"围墙坏了,不等于你就不要负责任了呀。"

门卫还在嘀嘀咕咕,柏森林和陶李先往里走了,毕奇也趁机摆脱了门卫的啰唆,跟了进来。

精纺车间是半年前才新建起来的,现在还能够感觉到建筑时总经理的雄心、魄力和远大的眼光,因为车间的高大,便显得十分空旷,一排排生了锈的机器设备安安静静地躺着,一群麻雀在这里叽叽喳喳,有人进来,便一哄而起,留下一阵扑腾声在车间回荡。

陶李凑近了看看机上的钢印，打着"1994"的印记，柏森林说："这是改过后的钢印，原先的被烙模糊了，有几台能看清楚。"说着走向另一台设备，指了指模模糊糊的一块。

陶李仔细一看，果然是"1973"的印记。

毕奇说："周春祥是个老狐狸，骗了我们。"

柏森林盯了他一眼，说："你有你的说法，他有他的说法，以周先生的理由，是你们越过他直接去和德国人谈的。"

毕奇急了，脸通红的，急巴巴地说："柏镇长，你们做领导的，总不会不相信自己人而相信他人吧？"

柏森林没有回答毕奇，转身向陶李说："陶作家，你以前都采访过的，锦祥是隆飞翔的顶梁柱，周先生是最早和隆飞翔合作的台商，如果他有心骗我们，为什么到这时候才骗？"

毕奇说："那还用说，他好处捞足了，眼见着大势所趋，知道在乡镇企业里没有多少油水好榨了！"

陶李一笑，说："三十六计走为上策？"

毕奇以为陶李支持他的观点，连忙点头说："正是这样。你们可能不了解，我是领教够了，了解透了。"

柏森林不想和毕奇做无谓的争论，说："我们不能否认，周先生一走，动摇了不少人心！"

毕奇的脸复又苦了，一迭连声地说："是的，是的，是的……"

从空关着的精纺车间出来，陶李问毕奇："毕总，以你的看法，隆飞翔集团还有没有复苏的希望？"

毕奇苦着脸摇了摇头，也不知道他是不知道有没有希望呢，还是认为没有希望了。

正说着，门卫过来了，说有电话打到传达室，找毕总，毕奇过去听电话，柏森林向陶李说："这就是毕总了。"

陶李十分遗憾，说："隆飞翔原来的二把手张建伟还可以的，为什么不让张建伟当总经理？"

柏森林说:"死活不干。"停顿一下,认真地看着陶李,说,"你是不是认为,换了张建伟接替韩六舟,隆飞翔就维持得下去?"

陶李想了想,说:"我不是特别清楚,但至少要比这个毕奇强一些吧。"

柏森林说:"我的想法不大一样。"

陶李等着听他的想法,柏森林却不说了,说:"我们还是回总部,我请你看看隆飞翔集团的设计部门——隆飞翔服装研究中心。"

隆飞翔集团的服装研究中心,是韩六舟办起来的,进了一些先进的电脑设计设备,柏森林和陶李走进去时,门开着,里边没有人,毕奇四处看了看,说:"咦,陈工呢?"

柏森林指了指桌子上的烟缸,说:"人肯定没有走远,烟缸里的烟头还在冒烟呢。"

陶李环顾设计室,看得出在这里工作的人不多,好几台电脑都用布盖着,布上已经积了厚厚的一层灰。陶李问毕奇:"毕总,隆飞翔的研究设计人员有多少?"

毕奇愣了愣,想了一会儿才说:"具体的人数,反正,反正有,有,我也不是太清楚,具体的说不准,原来是很多的,现在,现在有多少,陈工是负责人,等陈工来了问问他。"

柏森林说:"看起来,陈工是唱独角戏的中心主任了。"

毕奇一心指望陈工快回来,好把话题丢给陈工,偏偏陈工不知去向。毕奇说:"我去把陈工找来。"便走了出去。

陶李回想当初韩六舟在时,她来隆飞翔采访,当时隆飞翔集团给人的感觉真是人心齐泰山移,想不到韩六舟一离开,隆飞翔的人心涣散得如此厉害,心中感叹万般,不由地说:"韩六舟不走,也不至于呀!"

柏森林却坚决地摇了摇头,说:"我不同意你的看法,第一,韩六舟是非走不可的,他不可能不走,这也是事物发展的铁一般的规律;第二,问题不在韩六舟身上,也不在毕奇或其他任何个人身上!"

陶李说:"你的意思,乡镇企业必然会有今天的低落?"

柏森林说:"是的。"

陶李说:"即使韩六舟仍然在隆飞翔,隆飞翔的现状也不可避免?或者,换个角度说,隆飞翔今天的严重问题,与韩六舟没有很大关系?"

和陶李的自我设问一样,柏森林的回答,与其说是说给陶李听的,倒不如说是分析给自己听的,柏森林也需要在分析中理一理自己的思路。谁的思想,也不会天生就是清清楚楚、有条有理的,常常有许多人会有相同的感觉,在开始做某一个事情的时候,心里并不是十分明确应该怎么进行,应该从哪里开始,沿哪条路发展,最后走到哪里,常常是在事情开始以后,一边走一边认清了自己应该走的路和应该做的事情。许多发言者有这样的体会,发言的过程是一个修改自己发言内容的过程,写作者也会有类似的感受,写作的过程,也正是不断认清自己的想法不断明白自己应该怎么写的过程。柏森林现在正是需要好好理一理自己整体思路的时候,他说:"当然不能否认有重要的个人因素,就隆飞翔集团这么个具体的企业来说,有韩六舟的重大因素,但是,如果就我们整个的乡镇企业来看,就我们平江地区的乡镇企业看,更主要的原因,我个人认为,不是某一个人,而是一大批人!"他在"某一个人"和"一大批人"几个字上加重了语气。

毕奇在门口探了探头,看到柏森林正在讲话,赶紧退了出去。

留在陶李印象中的一张苦脸,使得陶李实在忍不住要笑,却又有一种哭笑不得的滋味。

柏森林背对门坐着,并没有看到毕奇,他继续着自己的话题:"我们一味强调企业家个人的吃苦精神和牺牲精神,不重视高新科技,不是考虑怎么以先进的管理方法治厂,一个人太能干,说了算,其他人就变成无能之辈,成了弱智者,一旦这个人有个三长两短,企业就瘫痪,就死了。所以,说到底,我认为最严重的问题是人的思想,是人的观念。"这算不上什么深刻的新发现,所以话一出口,柏森林立即又补充道,"我是指,我们的乡镇干部,素质!"又态度坚决地摇头说,"可以说,绝大部分,绝大部分,不具备在乡镇领导现代化建设的素质!"

陶李以为他是指毕奇,不由笑了一下。

柏森林知道陶李笑的什么,摆了摆手,说:"你也许误会了,如毕奇这样,让他接替韩六舟,固然是个笑话似的故事,但是,韩六舟怎么样?陶作家是否认为韩六舟就具备了?不!"

陶李说:"韩六舟至少懂得科学治厂,至少知道什么叫现代化的管理,研究设计中心不就是他成立的?从上海,从平江,请来一批专家,韩六舟应该算是懂科学,尊重科学的吧。"

"韩六舟懂吗?"柏森林反问了一句,带着些嘲讽,但听得出并不是嘲讽韩六舟的,而是像在自嘲,"韩六舟是农民!"

陶李说:"乡镇企业,本来就是农民干的事情。"

柏森林点头说:"是的,这一点众所周知,只有农民,才可能开创乡镇企业这片神奇的世界,这方了不起的天地!为什么只有农民能够成功?因为对于搞企业来说,他们什么也不懂,一无所知,一无所有,没有经验,没有基础,什么也没有。正因为他们什么也不懂,什么也没有,他们才百无禁忌,想怎么干就怎么干。他们才可能打破常规,才可能大钻政策和制度的空子,才可能最大限度地发挥和运用他们自己的聪明机智和狡猾!"

这些话,陶李在这些年中,听过不止一回两回,但今天从柏森林嘴里说出来,却别具意味,陶李隐隐感觉,柏森林说话的语态,和从前很不一样,似有一种决绝的意思。决绝,和什么东西决绝,却是陶李暂时还未曾想明白的。

柏森林继续说:"今天回过头去看乡镇企业的发展,我们不可能否认农民的巨大作用,如果没有他们摸着石头过河,如果不是他们大着胆子冲破各种界限,如果不是他们顶风冒险,吃尽千辛万苦,苏南的农村,决不可能有今天的发展,平江的乡镇企业决不可能对社会的发展、对国民经济做出如此巨大的贡献!同样,如果没有乡镇企业的发展,恐怕到现在,农民还不能改变几千年面朝黄土背朝天的命运,苏南的乡镇企业,从根本上解决了几千年没有能够解决的农民的吃饭问题。更重要的,乡镇企业把世世代代困在农田里的农民带入了商品经济的轨道,乡镇企业功不可没!"

柏森林显出少有的激动,好像有谁要否定乡镇企业的功劳和贡献,他正在与之争辩,当然陶李心中是有数的,柏森林的中心话题还在后面,他要说的是事物的另一个方面。

果然,柏森林以一个"但是"把话题迅速地转入关键阶段:"乡镇企业的发展,利用的是三大优势,一是体制优势,二是政策优势,三是市场优势。当然,那是在市场经济刚刚起步的时候。现在不同了,我们已经失去了这三大优势,记得过去,靠国营企业的一点边角料,就能养活多少个乡镇企业,现在国营企业自顾不暇了,原有的政策优势也到了头,就说税收这一块,在强调市场经济的前提下,税收却仍然是计划经济的税收,我是镇长,我管交钱,我最清楚这一块,根本不看你的市场销售,只看你上一年的税额,每年都在上一年的基础上增加多少,少则百分之二十,多达百分之四十,所谓的鞭打快牛也就是从这里来的。而且,市场经济开始成熟,消费者收入的提高,市场的扩大,产品种类的增多,都使消费者有了越来越多的选择余地,对企业来说,皇帝的女儿不愁嫁的时代已经一去不返。再随着商品经济的进一步发展,消费形态日益追求精致优雅,向多元化的方向发展,商品的生命周期大大缩短,这对企业就提出了更高的要求,要求不断开发适应市场需要的新品。现有的乡镇企业行吗?不行!也就是说,经济发展到一定的程度,赤脚农民的那一套,再难行得通了!"

陶李掏出笔记本，说："柏镇长，很精彩，我记一记。"

柏森林笑了笑，说："陶作家拿我开什么玩笑，我说的这些，你恐怕都听得耳朵起老茧了。"

陶李说："关于乡镇企业，因为我要写小说，是看了不少具体事例，也听过一些分析，看过一些理论方面的文章，但是今天听你讲，特别有一种新鲜的感受。"

"为什么？"柏森林追问。

陶李说："可能因为你的位置和角度比较独特。你是镇长，是第一线的实干家，但你讨论问题、分析问题的出发点却不是拘泥于具体琐碎的事务。"

柏森林说："经济发展了，时代不同了，但是他们没有进步，在这样飞速发展的时期，不进步，就是退步，一个退步的人，怎么可能成功地领导企业发展？不可能！他们仍然用他们那一套，仍然是小农经济，不讲高科技，不讲科学管理，不是去了解市场，而是要市场接受他们，一味地闭着眼睛生产，把自己根本不知道市场需要不需要的产品硬推到市场上。卖不掉怎么办？违法乱纪，腐败就来了，害人呀，因为受乡下人的贿，被抓起来的城里干部多多少呀，被枪毙的！"讲得口有点干了，看了看桌子，茶几，没有茶杯，只好作罢，又说下去："仍然是小米加步枪，小米加步枪可以打土炮，甚至算它可以打飞机吧，但是，现在不是土炮和飞机了，是导弹、飞毛腿，还用小米加步枪，能打吗？"

毕奇终于把陈工找到了，领进来交差似的将陈工往柏森林和陶李面前轻轻一推，说："陈工来了。"

陈工不知道柏森林和陶李来干什么，又不好直截了当地问毕奇，便呆站着。

毕奇说："陶作家想问一问，研究中心有几个人？"

陈工摊开两手，做了一个无奈的表情，说，"人嘛，都走了，上海的、平江的几个专家都回去了，我是土生土长的，没有别的地方可以去,就留下来。"

毕奇显然不高兴陈工这么说话,但也不好批评他,苦着脸说:"你们聊,我去看看客人来了没有。"又逃也似的走了。

陶李说:"研究中心的工作,是开发新品吧?"

陈工说:"本来应该是这样。"

陶李指指蒙上了灰尘的遮盖着电脑的布,没有说出什么来。

陈工说:"是的,有很长时间没有开发什么东西了。"

陶李说:"多长时间?"

陈工说:"多长时间?"自己问自己,"多长时间?反正我到这里来以后,就没有开发过什么。"

陶李说:"有这么好的条件,为什么不能做点事情?"

陈工说:"搞不过人家,等我们的新东西出来,市场早就饱和,别说在国际上领先,就是国内市场,我们也是慢车。"

柏森林说:"其实,信息问题,并不算什么难题,但是如果我们的经营者,我们的决策者,不从根本上重视这个问题,信息就永远不会灵通,就只能永远落在人家后面。"

陈工挠了挠头皮,说:"说来实在是叫人生气,市场这东西,说不行就不行,快得叫你来不及眨眼。两年前,我们隆飞翔是个什么气候,那是了不得的,现在一下子就垮成这样。说出去谁敢相信,那么抢手的隆飞翔牌服装,成了什么?成了狗屎一堆,打对折再打三折也没有人要呀。那天到平江,满街的下岗女工扔着甩着叫卖,隆飞翔隆飞翔,跳楼价跳楼价,也不知哪个中间商捣鼓了她们去叫卖,听着,叫人这心里,唉,怎么说,柏镇长,你说说,这叫怎么回事?"

柏森林说:"竞争是无情的,市场经济就是优胜劣汰。"

陈工叹息一声,说:"哪个心里服呢,不服呀!"

柏森林说:"这就是规律。"

陶李说:"陈工,对于隆飞翔的跌落,你有什么想法,能不能谈谈？"

陈工茫然地摇摇头。

柏森林说："说到底，我还是我的观点，人，人的素质！"

陶李说："怎么说呢，在乡镇企业唱主角的，永远只能是农民，只能是农民出身的乡镇干部，这个位置，这个角色，是不可能调换的。"

柏森林说："角色不能调换，人的思想可以转变，不能转变的，对不起，请他开路，让开位子，让能干的人来干。"

陶李再一次从柏森林的话语中感受到与平时不同的信息。

二

走进会议室，外商已经到了，是个美国人，毕奇介绍称莱特先生。莱特个子特别高，和柏森林握手时，躬着腰，柏森林开玩笑说："真是居高临下。"

莱特张嘴想说什么，却突然停下来，向翻译歪了一下脑袋，意思要翻译翻出来给他听，翻译是个留美的中国学生，平江人，到了美国，边读书，边打工，不久发现还有一条生财之路，那就是为家乡的乡镇企业引进外资，于是开始筹谋，只可惜已经晚了一步，平江的乡村，外资合资企业早已经遍地开花，结了果，老外们有的摘了果子连树也搬回去了，更多的树只能收一次果子，老外们便摘了果子留下不再结果的树扬长而去，拜拜了。但是这位后来乍到的留学生不甘落后，动员了平江所有的亲友以及亲友在平江农村的所有可能的关系，撒出网去，终于有了回应。

留学生充当翻译，语言上没有问题，但充当这样的角色是头一回，不免有点怯场，看到莱特向他暗示，来不及思考，便急忙把柏森林的话翻译出来，莱特听了，立即满脸谦和，用中文说："你们居高临下，你们居高临下。"

柏森林和陶李忍俊不禁。

大家都注意到,莱特一口中文说得非常流利,普通话说得比留学生还好听。

毕奇介绍了柏森林,莱特这回不再等翻译了,立即向柏森林躬一躬身,说镇长能够亲自来关心谈判,非常感动,介绍陶李的时候,毕奇犹豫了一下,柏森林说,镇上领导,莱特又向陶李一躬身子,仍然是说感谢领导关心的话,看起来,这是个中国通,对中国官场一套,已是稔知,留学生在一边,只是个摆设了。

大家就座后,毕奇看着柏森林,柏森林摆了摆手,说:"我和陶李,都是来听的,不发表意见,我们也没有资格发表,你们谈你们的,如果影响你们谈,我们就走。"

莱特立即说:"不影响,不影响。"

谈判意向已经经中间人介绍过,毕奇是知道的,但是柏森林和陶李并不清楚,毕奇简单地向柏森林、陶李又说了一遍,柏森林只听了个大概,就知道这是个好东西。真丝免烫西装,无论在国际市场还是国内市场都应该是大有前景的,而且莱特的项目,与原来隆飞翔集团锦源公司的生产属于同类生产,只是在丝织过程中,加入莱特公司独家技术"IQ",织出来的面料,制作真丝免烫西装,适合春夏秋季穿着,如果合作成功,外销由莱特负责,国内市场由隆飞翔集团打开,凭柏森林的感觉,这是一个非常理想的合作项目。

趁留学生向莱特介绍宣传画册时,柏森林又向陶李说了几句,陶李对具体的生产过程中的东西不太感兴趣,也不懂生产技术性的东西,便随口问道:"'IQ'是什么?"听起来,好像希望谁介绍一下。

留学生并不知道陶李是个作家,以为也和柏森林一样是镇上的干部,这时听她问"IQ"是什么,心中暗暗好笑,想,人家莱特公司,不就是靠的这个"IQ"来中国挣钱吗,告诉了你,他还来做什么?你知道了"IQ",还需要美国人干什么,还能让美国人来抢你的钱吗？当然留学生也只不过这么想想，脸上并没有表示出什么，他是要靠这些没水平的乡镇干部挣钱的，所以也只是在心里暗笑了一下，莱特并没有在意，他也没有将陶李的问题说给莱特听。

陶李注意到柏森林的表情，明白自己问了一个外行问题，自嘲地说：“这大概等于向老中医要他的祖传秘方，向原子弹专家要他的方程式吧？”

柏森林又笑了笑。

莱特专注地看着宣传画册，宣传画册是中英文对照的，莱特能够看懂，但是看得出他不怎么满意。

毕奇拿出一沓纸，是事先准备好的，交给留学生，留学生又交给莱特，毕奇说：“关于我方的情况，都在上面了。”

莱特认真地看起来，留学生在边上指点、解释，莱特看着看着，就皱起了眉头，再看看，又开始摇头，再往下看，嘴里便嘟嘟嚷嚷地不断说着"No、No、No"。

毕奇说："我锦源公司，占地二十亩，厂房一千平方米，我只报了五百万，胃口算小的了。"

莱特又是一连串的"No"，然后说："你这是什么地，等于一块荒地，据我了解，现在大陆接受外方投资，早已经不是前几年，我在别的地方谈项目，人家提供的土地，有的都已经达到九通一平的水平了，至少也有六通一平，你这块地，连最起码的三通一平也没有做到。"

毕奇辩解说："谁说的，三通一平我是有的，通水，通电，通路，地面平整，都达到了，怎么说连三通一平也没有？"说着回头去看留学生。

留学生暗暗叫苦，关于锦源公司的条件，他一一都向莱特详细报告过，但是莱特不会只听他的一面之词，莱特的精明和狡猾，使他处于被动局面，有两面不讨好的可能，看毕奇盯着他，一时不知说什么好。

莱特说:"你这厂房,破破烂烂,还能继续使用?"

毕奇说:"怎么破破烂烂,我这厂房才建了三年呀。"

莱特说:"我不管你三年还是几年,我只看它还有没有利用价值。你这厂房,基本上是要推倒了重来的。"

毕奇张着嘴,说不出话来。

莱特说:"想不到桃花镇的条件这么不理想,你们平江市的新技术开发区招商,他们的条件,非常好,首先,土地条件,九通一平,通水、通电、通煤气、通通信线路、通有线电视线路,他们的下水道都已经分成两道,雨水道和污水道分开,甚至已经开始考虑互联网的问题。听说,他们的因特网,保密性能非常好,不受干扰,这样的条件,是相当诱惑人的呀!"

柏森林忍不住说:"莱特先生,能不能允许我说一点想法?"

莱特非常客气地做了个请的手势。

柏森林说:"我承认您说的,比如像平江新技术开发区,他们的条件是好,但是莱特先生您一定也很清楚,平江新技术开发区的条件好,地价怎么样?"

莱特愣了一下。

柏森林说:"据我了解,他们的地价,要比我们高出十倍。"

莱特点了点头,承认道:"是的,他们的地价是五万美金,"又十分坦率地说,"我正是冲着你们低廉的地价来的。"

柏森林说:"莱特先生,我想,这就是我们合作的基础了。"

莱特说:"应该是这样,"顿一顿,又说,"但是,柏先生,现在已经不是八十年代末,现在是九十年代后期,我们合作,各方面的条件,难道不应该比过去更成熟一些吗?"

柏森林说:"条件当然应该更成熟,但是基本的东西并没有变,一是中国的市场,这么大的市场,到哪里去找?我相信,全世界有眼光的商人,都会往中国来。记得早几年我看过一个消息,当初,耐克鞋的老板有意到中国发展的时候,有人担心这么昂贵的鞋价,七八百元一双,在中国能不能占有市场,耐克老板说,我不看重别的,我只看重中国人的脚,想一想,中国有二十四亿只脚,二十四亿呀,谁听到这个数字能不激动?!"

莱特不置可否地笑了一下。

柏森林继续说:"第二,中国的劳动力,实在太便宜,一个中国的乡镇企业工人一年的收入,只有美国同类企业工人收入的二十分之一!第三……"向莱特做了个对不起的表情说,"污染转移,也是你们往中国发展的一个重要原因,可能我说话不太好听……"

莱特听了柏森林这番话,不仅没有不高兴,相反却连连"Yes,Yes",说:"柏先生的话一点不错,污染转移,是我们的一个重要动因,这恐怕也正是你们现在正要做或者已经在做的事情,你们南方发展地区,不是正向北方落后地区转移污染和密集型生产吗？上海的五十万纺织大军,向西北等地转移了多少?"

大家都不得不佩服莱特对中国情况的了解,柏森林说:"所以,我认为,我们是有合作条件的,刚才说到厂房问题,我想,我们锦源公司的这些厂房,虽然外观看起来是破旧了些,但是骨架子还是很牢固的。况且,本来就是丝织车间,同类型产品生产,所以,厂房是有继续利用的价值的。"

莱特仍然是满脸疑惑,朝留学生看看。

柏森林回头向毕奇说:"毕总,看来莱特先生对锦源公司的情况并不很了解,双方的距离还比较大,正式谈判之前,可以请莱特先生再看看公司的情况。"

毕奇说:"好的。"

柏森林朝陶李看看,说:"陶作家,具体的,是不是我们就不再听了?"

陶李点点头,柏森林向莱特告了别,和陶李一起走出来。毕奇出来送他们,柏森林对毕奇说:"这个莱特,不是简单的人物,你要小心。招商引资是好事,但其中有许多事是需要小心对待的……"

毕奇连连点头,但是从他脸上看得出来,其实他并不清楚哪些事情是需要小心对待的。

柏森林说:"有些外商,目的只是推销自己的设备,而相当一部分都是已经淘汰的设备,这些人,一旦捞到钱,人就不见了,溜之大吉。不过,这位莱特先生倒不像是个国际骗子,但是他也许另有所图。"

毕奇问:"什么图?图什么?"

柏森林说:"我怎么知道?我只是提醒你,如果合同有缺陷,很容易让人钻空子。另外,在资产评估上,在销售权上,都要把握好。"

毕奇说:"是的,是的。"

柏森林向陶李说:"我不是专指莱特,我是说现在在我们的招商引资中,有许多问题,外商现在都熟透了我们的政策,知道我们的优惠,一到优惠政策时效期满,马上找各种借口中止合同,再到别处享受优惠,这对我们的企业,影响是很大的。"

毕奇又说:"是的,是的。"

陶李一直没有说话,她看看柏森林,看看毕奇,心里再次浮起奇怪的想法,项达民怎么会让毕奇当隆飞翔的总经理?

屋里,传出莱特和留学生大声说话的声音,莱特快意地大笑声,冲击着陶李的耳和心,也同样冲击着柏森林的心。

第 17 章

一

尤敬华敲了敲门,陶李还没有问谁,他就自报家门:"我姓尤,尤敬华。"

陶李过去开了门,人倚在门框上,说,"是尤书记。"

尤敬华说:"陶作家,不欢迎我进去坐坐?"

陶李笑了一下,将身子让开一点。尤敬华跟在陶李身边走进房间,往沙发上一坐,说:"听说你来了。"两眼闪闪发光,看着陶李,斗志昂扬的样子,说:"陶作家,你大概已经知道我又回来了,是杜老叫我回来的。"

陶李说:"听说了,桃花镇没有什么秘密。"

尤敬华说:"关于我的传说,很多呀,陶作家听到什么没有?"

陶李说:"桃花镇,传说是家常便饭,东边杀了一头羊,到西边就变成杀了一个娘。"

尤敬华笑起来,说:"陶作家对桃花镇的概括太生动、太形象了。"

陶李说:"这可不是我的概括,是桃花镇人自己的概括。"

尤敬华说:"我跟杜老来桃花镇后,吕书记想叫我回去,县里也有个重要案件,想叫我去挂帅,可是杜老不肯放我。"

陶李忍不住说:"尤书记很抢手嘛。"

尤敬华毫不在意她的嘲讽,笑着说:"我是听党的话,党叫我做什么我就做什么,党叫我到哪里我就到哪里。"

陶李说:"杜老也是党,吕书记也是党,你听谁的呢?看起来是听杜老的,哪个党大就听哪个?"

尤敬华说:"到底还是听顶头上司的,听吕书记的,吕书记叫我回去,我倒是打算卷铺盖走了,杜老很生气,对吕书记发了火,吕书记再通知我留下,我就留下了。"

尤敬华给人的感觉,似乎思维反应慢一些,不太灵敏,又像是有些做出来的呆、拎不清,其实,尤敬华每一句话里都夹有言外之意,这一点,陶李也是不得不佩服的。

陶李说:"尤书记找我,想了解什么?"

尤敬华反问道:"陶作家不想找我了解些什么吗?知道陶作家在写小说的下卷,我在桃花镇待了一个月,情况掌握,自认为比较全面,可以向陶作家免费提供素材。"

陶李不冷不热地说:"那好呀。"

尤敬华从随身带着的公文包里,取出那份调查报告的复印件,拿在手里扬了扬,说:"杜老就是看了我这份东西,才来的。"

陶李说:"著名的调查报告,全平江都广为流传。"

尤敬华很兴奋,说:"是吗,是吗,全平江都知道了?"

陶李咧了咧嘴,说:"看起来,尤书记很能投杜老所好。"

尤敬华只作不明白她的冷嘲热讽,顺着说:"我倒也没有特别地有意地投谁所好,也是巧了,杜老偏偏看重我。"

陶李说:"英雄识英雄。"

尤敬华"嘿嘿"笑了两声,说:"陶作家,我这一阵一直住在镇上,有什么情况你需要了解的,随时可以来找我。"知道陶李并不要看他的调查报告,边说边收了起来,又说:"我今天来看你,主要是因为你的《热土》。"

陶李对其他事情可以不屑一顾,但对自己的作品,却是要听一听的,便"噢"了一声,等待尤敬华的下文。

尤敬华自己站起来,泡了两杯茶,端一杯给陶李,自己捧着一杯,水太烫,喝不上嘴,又放下来,说:"你的《热土》,我拜读过,很受教育,很感动的,说实话,看到好几个地方,我都掉眼泪了。"

这倒是陶李的《热土》出版之后,很少听到的好话。《热土》不能算是陶李的成功之作,陶李很清醒,也很善于认识自己,解剖自己,但是再清醒的人,也都是愿意听好话的。陶李听了尤敬华的话,一边暗自嘲笑自己免不了俗,一边心里却是很高兴的。陶李从来都坦率地承认自己的这种双重心理,她曾经写过一篇小文章,题目叫作《镜子》,说女人其实也知道无论是谁的镜子,照出来的都是一个假我,奇怪的是,女人都希望这个假我比真我更美些,女人心甘情愿被骗,女人自己骗骗自己,然后女人就有了自信,这也挺好。不必勉强女人清醒并且深刻得像个哲学家,对着镜子里的美丽的假我呸一声,说,你是假的,女人完全不必这样。

其实,又何止是女人呢。

但是,陶李毕竟是陶李,她是个有思想深度的作家,对于尤敬华的话,她决不会盲目地去接受,只是因为一时捉摸不透尤敬华想干什么,陶李干脆不说话。

尤敬华十分真诚地感叹,说:"真的,很长时间,没有读到这么有激情的文学作品了。根本就没有这样的作品,作家们,好像一个个都把人生、把世界看得透透的,什么都没有意思了,什么都没有意义了,承认现实的缺陷,无奈,改变不了,无力改变,作罢了,这算是什么,是存在主义?"

陶李想不到尤敬华竟然也能对文学说出一二来,不由道:"尤书记对文学,很有研究呀。"

尤敬华连连摆手,说:"不敢,不敢,我正要请教陶作家,在文学作品中,作家怎么处理生活与虚构的关系?"

陶李一愣,感觉到尤敬华身上有一种逼人的气息传递过来。

尤敬华又接着解释一下:"比如说,你的《热土》,我听说,里边许多重要的内容都是真人真事。至少,主人公就是项达民吧?"

陶李毫不客气地说:"主人公怎么是项达民? 尤书记你到底读过小说没有,主人公是洪志远。"

尤敬华说:"项达民是原型。"

陶李说:"尤书记,我这是创作的小说作品,不是纪实文学,更不是报告文学,可以有原型,也可以完全虚构。"

尤敬华说:"这就是你的成功之处呀,所以感动人呢,大家看了,都一致认为就是写的项达民,一个作家能够做到这一步,要有很厚实的功夫才行,自己想写的东西,和写出来的东西达成一致,这是很不容易的。"

尤敬华的意思很明白,你想歌颂项达民,目的达到了,你成功了,话外音仍然十分丰富。

陶李倒无言以对,她正是本着这种目的出发,达到了这样的结果,宣传桃花镇、为项达民写书,这正是她要做和已经做成的事情,她为什么要否认呢? 她为什么老是觉得心中别扭呢?

陶李努力搜索着自己思维中的怪点,为什么别扭? 怕杜老和尤敬华对号入座,从中找出项达民的问题?

这确实是一个重要因素,所以陶李自觉不自觉地强调自己创作的是小说,是虚构的。

但是陶李心里明白,这决不是决定的因素。

尤敬华的问题更进了一步,具体到小说中的细节,说:"陶作家,小说中洪志远和丁向君的婚外情,倒是很像……"见陶李脸色不好,要说什么,连忙道:"陶作家,你别误会,我决没有说你的意思,谁都看得出来,这丁向君决不是你陶作家,倒是很像……"

陶李再次打断尤敬华,说:"尤书记,这是一个共产党的纪委书记该做的事情吗?"

尤敬华说:"我知道,我知道,连我自己也觉得我太琐碎,但是陶作家,有时候,生活小节也同样能说明一个人的本质。"终于等茶凉了,喝上了,咕咕嘟嘟喝下一大杯,又继续说:"杜老认为,我也有同感,像桃花镇这么重要的地方,怎么能交给一个个人品德有问题的人!"见陶李要说话,又连忙摆摆手,"你别再误会,我的意思,并不是现在就认定项达民个人品德有问题,我们现在,还在做深入调查的工作,陶作家,有件事情,你大概不会不知道,蒋月仙……"说了蒋月仙三字,停了下来,像是等陶李发问。

陶李却摇了摇头,没有发问。

尤敬华说:"蒋月仙开服装店,项书记资助了八万元。"

陶李是知道的,陶李感觉到自己无法对这件事做出评价,正因为无法肯定,陶李的内心是很波动的,对项达民做进一步了解的愿望也就更强烈。

尤敬华说:"这八万块钱,是个问题呀。陶作家你有没有想过,这钱,到底从哪里来的?"

陶李不置可否,她心里却有两个声音,既觉得像尤敬华这样,把别人的钱都盘算得清清楚楚,叫人说不出是个什么滋味,实在有些讨人嫌,同时又不得不承认尤敬华的话虽然听了叫人不舒服,但也不无道理,做尤敬华所做的工作,恐怕都得如此思考问题。

但是,陶李和尤敬华有一个根本性的区别,陶李决不怀疑项达民的个人品德,陶李思考这些问题,和尤敬华的思路,完全是两种不同的依据,不同的角度,不同的思维方式。

陶李的内心,隐隐在产生一种无名的恐惧,有一种巨大的力量在左右着她,她一方面要尽力抵抗这种巨大的力量,另一方面又迫切地想跟着这股力量往前走,去看个究竟,探个明白。

尤敬华探究似的又看看陶李,说:"陶作家,以前接触你,觉得你看问题很尖锐、很深刻,口才又好,能说会道,今天怎么了,不想说话,有心思？"

尤敬华装傻地明知故问,不免使陶李心里有些窝火,但她并不动声色,调节了一下情绪,平静地说:"你对桃花镇的了解,比我要深入得多,全面得多,应该多听你说,搞创作的人,透支了,就只能胡编乱造了,听尤书记说话,对我来说,是一笔难得的财富收入呀。"

尤敬华并不在意陶李的话里有几分真意几分嘲讽,站起来给陶李的杯子加满水,也给自己的杯子加满水。

电话铃响起来,陶李去接了,是柏森林打来的,问有没有什么活动要他安排,陶李趁机摆脱尤敬华,说:"尤书记,对不起了,我另外还有点事情。"明显有送客的意思。

尤敬华也没有一丝不高兴,说:"我改日再来拜访。"

陶李送尤敬华到门口,看着尤敬华迈着矫健的步子走到电梯口,等了等,看电梯不来,便朝楼梯走去,陶李在心里叹息了一声,刚要回房间,看到从走廊另一头,魏莉走过来,叫了一声"陶阿姨"。

陶李说:"是魏莉。"发现魏莉心事重重,说:"你找我？"

魏莉点点头,跟着陶李走进房间,陶李让她坐了,泡了一杯水,说:"魏莉,你今天不上班？"

魏莉说:"我特意请了假,来看您的。"

陶李预感到有什么事情,连忙问了一句:"怎么了？"

魏莉犹豫了半天,才下决心说:"是项力。"

陶李突然有些紧张,脱口问:"项力？项力出什么事了？"

魏莉摇了摇头,把项达民当着她的面打了项力一个耳光的事情告诉了陶李,陶李听了,愣了一会儿,虽然有些愕然,但并不很明白魏莉的意思。

魏莉说:"本来,我们俩的关系很好。"

陶李说:"这个大家都知道。"

魏莉难过地说:"自从那一次,他再也、再也没有主动找过我,我找他,他也不理我,基本上不再理我了……"

陶李想了想,对于项力,她多少了解一些,也算是个被父母宠惯的孩子,项达民竟然当着他的女朋友的面打了他的耳光,这对项力来说,也许确实是一次刻骨铭心的耻辱,但是,毕竟已经过去快一个月了,陶李慢慢地说:"项力是个要面子的孩子,这也是可以理解的,或者他和父亲较真、生气,也是可以理解的……"

魏莉说:"他如果真的不想再理我,也就算了,时间长了,我也会想开的,但是,但是……"

陶李追问:"但是什么?"

魏莉说:"他走了,回学校去了。"

陶李说:"年也不过就走了?"

魏莉神色更加不安,说:"他不仅仅是赌气提前回校,我、我专门追到他的学校去看过他,才发现……"

陶李紧追着问:"才发现什么?"

魏莉犹豫起来,说:"项力不许我说。"

这么一说,陶李更加紧张,紧盯着魏莉。

魏莉痛苦地捂着脸,过了半天,说:"但是我既然知道了,我不能不说,我不好直接去告诉他爸爸妈妈,知道您来了,我特意来告诉您,项力已经决定,要求毕业到西藏去工作!"

陶李张着的嘴合不来拢,呆呆地看着魏莉。

魏莉说出这话来,心情顿觉轻松,压在心头许多日子的重负减轻了,长长地嘘了一口气,说:"陶阿姨,我也不知道该怎么办。"

陶李想,现在轮到我不知该怎么办了。

魏莉又坐了一会儿,就走了,陶李却开始坐立不安,项力要到西藏去工作,这叫人说不出话来,按说,像陶李这样充满激情的人,应该为项力的激情而高兴,但是……

陶李往镇卫生院打了个电话,接电话的护士也没有问她是谁,就去叫田金秀,叫了半天,回过来说,田护士长说,她正忙着给病人换床单,这会儿没空接电话,等会儿再打。

陶李挂了电话,便往镇卫生院去,找到田金秀的时候,果然见她忙着一个病房一个病房给换床单、打扫卫生,天气虽然是寒冬腊月,田金秀却忙得一头大汗。

田金秀想不到陶李会跑到医院来找她,伸手和陶李紧紧握着,陶李感觉到田金秀的手又硬又粗,但十分温暖。

田金秀将陶李拉到护士值班室,看到一个小护士在里边,将她赶了出去,说:"你到病房去看看,等一会儿再进来,我有话和陶作家说。"

小护士走后,陶李笑了一下,刚要说话,田金秀就抢在前面,说:"陶作家,我听说你来桃花镇了,正要去找你说说话,你倒先来了。"见陶李要说话,却不容她说,抢着道,"陶作家哎,你不知道我有多少话要和你说。"见陶李不说话,又赶紧道,"有人以为那个什么杜老来了,就天下大乱了,我们项书记就要下台了,做他的大头梦啦。我们项书记,是那么容易被搞倒的?想搞倒我们项书记,哪有那么容易的事情?"换了口气,又紧接着说,"陶作家,换个人,我不会和他说这些的,你不一样,我一看你,就是个正派人,真的,你陶作家一看就是很正派的,不像那个什么唱评弹的,你看她对男人的那种样子,你看她看男人时的那种眼光,一看就是不怎么样的,什么素质,一点素质也没有,哪里能够和你比!陶作家,你是有素质的,我看得出来,我这双眼睛,你别小看我,还是很能够看人的,还竟然有人放屁说她和我们项书记怎么怎么,真是屁话,我们项书记哪里会看上她,真是胡说八道,我们项书记的眼界,很高的!"

陶李真不知如何才能和田金秀对上话,勉强应付一句:"是的,项书记是有水平的。"

田金秀兴奋起来,又说:"还有上海的那个主持人,自以为年轻,就了不起了。年轻有什么了不起,我看她,也就是凭一张脸蛋了,其他还有什么。我看她的肚子里,只有一泡水,哪里像你陶作家,是有肚才的,是有真才实学的,是读过许多书的,是写书的。那个什么主持人,自以为自己年轻,长得漂亮,还想花我们项书记,做梦了,她上当了,我们项书记,是有头脑的人,怎么会被女人骗?她不要搞错,以为我们项书记给她一幢优惠别墅就是看上她了,我们项书记,从来不做蚀本生意,优惠别墅,哪里是为了照顾她,那是为桃花镇做房产宣传广告呀……"

陶李心中暗暗叫苦,田金秀怎么评价蒋月仙和徐晶,就可能怎么评价她,现在虽然开口一个陶作家,闭口一个有水平,背后也不知怎么议论她的呢,这么想着,不由脸上有些发热,怕田金秀觉察,连忙遮掩起来,说:"田护士长……"

田金秀又抢过话头,说:"陶作家,你别叫我田护士长,你叫我金秀就是了,我们两个,像亲姐妹一样的,不分你我。"看陶李要说什么,手又挡了一下,"陶作家,说真的,能让我看得顺眼的人也不多的,你写的《热土》,我一字一句都看过的,写得真好,以我的看法,这就是给那些反对我们项书记的人,打了一个响亮的耳光,啪!嘿嘿!"

田金秀说的这些话,陶李无法判断到底是她自己的想法呢,还是和项达民多少有些关系,她虽然写了《热土》,但自己觉得,对项达民的了解仍然是很不够的,至少,对项达民和田金秀的关系,她很不清楚,这么想着,突然就联想到《热土》中关于主人公婚外感情的描写,正担心田金秀会提出叫人难堪的问题,田金秀果然就说了:"陶作家,许多人看过《热土》都来问我,洪志远和丁向君,是不是根据真人真事写的……"

看田金秀说了一半停下来,陶李心里不免有些紧张。

田金秀却笑起来,说:"这些人,真是外行,我跟他们说,你们怎么提出这样的问题,这是小说,小说就是编故事,编出来的嘛,他们就说不出话来了。"

陶李松了一口气,但同时又有一种芒刺在背的感觉。

田金秀说:"他们以为我这个人傻,没有头脑,想到我这里来骗点情况,嘿嘿,我呀,才不傻呢,我就是这样想,写得好的,都是我们项书记的真人真事,写得不怎么好的,就是作家编出来的,嘿嘿,是不是,陶作家?"

陶李咧咧嘴,说:"田护士长,项书记怎么说?他看了书没有,有什么想法?"

田金秀说:"你又叫我田护士长了。"

陶李笑了一下。

田金秀说:"唉,陶作家,不瞒你说,我们项书记,忙得根本没有时间和我说话,每天谈生意、陪客人,又要喝酒,回来都累瘫了,往床上一倒,就睡了。"脸上突然有些奇怪的表情,说,"陶作家,说出来也不怕难为情,我们都有很长很长时间,不过夫妻生活了。"说着,脸上奇怪的表情消失了,变成了愤怒,又说:"就这样为公家忙,人家还不让他太太平平地忙,那个什么尤敬华,写了个东西,居然说我们项书记有多少多少问题!"

陶李说:"好像是说桃花镇经济发展中的问题。"

田金秀说:"说桃花镇,不就是说我们项书记?桃花镇是我们项书记领导的,说桃花镇有问题,就是说我们项书记有问题。放他的狗屁,我们项书记有问题,天下的干部都可以拉出去枪毙!"

陶李便接着她的话问:"杜老来了后,情况怎么样?"

田金秀气鼓鼓地:"杜老怎么样,那是个象牙筷子上扳刺丝的人,就算如此,也不能把我们项书记怎么样,我们项书记说了,他不怕的,身正不怕影子斜!"

陶李看到小护士在门口探了一下头,没敢进来,便问田金秀有没有事情,田金秀说:"没事,有什么事情,她们会进来叫我的。"

绕了半天,陶李也没有说得上自己的来意,田金秀好像根本忘记了是陶李来找她的,倒好像是她请陶李来听她诉说的,滔滔不绝地替项达民抱不平。

陶李虽然对田金秀一口一个"我们项书记"感到很别扭,但是,田金秀诉说的内容,却引起了陶李的万千思绪。

项达民的难!

田金秀的话在她耳边回响:"我本来想去找那个尤敬华说说道理,实在气不过,后来想想,尤敬华怎么会到桃花镇来的,也不是他自己要来的,他自己要来,哪个理睬他?是吕正叫他来的,吕正,根本就不安好心,他叫尤敬华来干什么?不就是嫉妒我们项书记?"

陶李无法接她的话头。

田金秀又说:"杜老又怎么样,老了,退下来,怕大家忘记他,怕没有人睬他了,整个人,给大家看看,表示他还威风着,表示他还有权力……"

陶李终于忍不住说:"田护士长……"

田金秀说:"我知道,我这些话,也就跟你说说,其他人,我才不会说,我们项书记也不让我说。"

陶李在心里叹了一口气,田金秀能够和她说的话,肯定不知已经跟多少人说过,她全身心地维护着项达民,可是,到底能给项达民多少帮助,或者是帮倒忙。

陶李是来找田金秀说项力的事情,一直没有机会说,却被田金秀弄得心绪纷乱,思来想去,觉得项力的事情,不好直接告诉田金秀,还是等项达民回来,和项达民说。

陶李止犹豫着,看到小护士又在门口探头,陶李对田金秀说了,田金秀回头瞪着小护士:"什么事,非要这时候来捣乱?"

小护士说:"十八床的病人,死活不肯让别人打针,一定要田护士长打针。"

田金秀无可奈何地站起来,说:"陶作家,你看看这些护士,你等我一下,我去打个针,就来,我有好多话要和你说。"

陶李心里别别扭扭的,听田金秀说话,对一个写作的人来说,当然也是一种收获,但是陶李却不免有些心虚,好像有一种探听别人隐私的感觉,好像是她在有意识地引诱田金秀说那些话。与其说是探听田金秀的想法,不如说更是在探听项达民的想法。陶李有些坐立不安,和田金秀一起站起来,说:"我得走了,还有人在宾馆等着我。"

田金秀一脸可惜,说:"陶作家,你什么时候有空,我去看你。"

陶李说:"我们再联系吧。"目送着田金秀急匆匆地往病房去,陶李不由长长地嘘了一口气,心底里升起一股悲哀的感觉,这悲哀,是为项达民而生。

二

下晚的时候,柏森林给陶李打了个电话,告诉她,项达民回来了,镇上有几拨客人等着他,县土地管理局王局长等几个人陪着省土地局建设用地管理处的郑处长来了,要见项达民;平江精神文明办公室也有人在,由平泽县委宣传部陪着;再加上毕奇那边的莱特先生,项达民分身无术,让柏森林把陶李叫来,坐在哪一桌吃饭,由她自己决定。

陶李到了餐厅,一眼就看到项达民正在张罗着请人入席,心里突然莫名其妙地跳动了一下,隔着一个大厅,项达民也看见了陶李,稍稍一愣,便抬手招了一下,陶李走过去,项达民说:"你来了。"

陶李笑了笑,但不知怎么搞的,心里有些紧张,这是从来没有过的感觉,她分辨不出这种紧张从何而来,是从项达民身上传递过来的,还是自身散发出来的。为了掩饰,她咳了一声,项达民敏感地看了她一眼,但是没有说话。

陶李很快就为自己选定了目标:土地局那一桌。

莱特先生,陶李已经接触过;精神文明办公室的人,亦是经常来往,陶李当然选择自己最不了解的对象去接近他们。

由项达民引过来,向这一桌的客人介绍了,以前陶李来桃花镇,只要项达民请吃饭,陶李总是坐在项达民边上的位子上,她可以利用这个时机,和项达民聊聊,大家也都习惯,很自然地就坐下来,可是今天陶李不知为什么站着没有动。稍过了一会儿,她在小钱边上坐下来,正对着项达民。

大家开始举杯。

县土地局王局长对项达民说:"今天总算没有白等,等了一天,把你等到了。"指了指另一桌上的柏森林说,"幸好没有听柏镇长的话,他说你今天不回来。"

项达民说:"本来今天是不回来的,听说王局长陪郑处长来,我哪敢不回来。"半是开玩笑,半是当真。

王局长说:"郑处长百忙之中,专门为你们桃花镇来的。"

趁他们说话打哈哈的当儿,坐在陶李一边的小钱轻声地告诉陶李,桃花镇正在筹划建新技术开发区,规划中的土地占地约一百亩,在桃花镇南部,与桃花湖连成一片,因为占地面积比较大,县土地局无权批,报到平江市土地局,被否决退回,理由是桃花镇近几年的土地开发,大大超过了平江市全市土地开发的平均数,亦已经超过省局规定的极限,不能再批。桃花镇回头通过关系,又报到省局,希望省局能够裁决。事情到了省里,惊动得大了。

陶李说:"现在怎么样,批了没有?"

小钱摇了摇头,低声说:"郑处长就是为这事情来的吧。"

陶李说:"他们不是说一早就来了吗,来了一天也没有和你们谈谈情况?"

小钱心事重重,说:"看起来情况不妙,若是好消息,应该早告诉我们了,至少柏镇长那里,他们也会透点风声出来,不必一定等到项书记回来再谈。"

陶李不由看了项达民一眼,项达民已经将这一桌上的客人一一敬过来,嘴上说:"我的一梭子已经完成,古时所称的酒过一巡,大概就是这样吧。"

郑处长和王局长们都说,酒过一巡怎么能放得过你,至少酒过三巡。

项达民说:"没问题,让我先到那两桌去扫一梭子,回头再来。"说着端了酒杯到另外两桌去敬酒,那边立即热闹起来。

一会儿项达民回来了,脸已经很红了,眼睛也有些红,看到陶李正和郑处长说话,笑起来,说:"你们小心呀,作家的笔是不留情的。"

王局长开玩笑说:"陶作家的《热土》我们都看过,看着里边的主人公洪志远,很熟悉呀。"

项达民指指自己的鼻子:"像我吗?"

王局长故作恍然大悟状,笑道:"噢,原来是写的项书记呀,怪不得老觉得像谁呢。"

看过《热土》的人都会心地笑了。

郑处长说:"噢,有这么本书?让我也拜读拜读嘛。"

小钱说:"我办公室里就有,一会儿拿一本给你。"

王局长意味深长地看着项达民,说:"项书记,你不错呀,有个丁向君,是谁呢?"

项达民瞥了陶李一眼,笑道:"反正不是陶作家,陶作家是不会爱上我的。"

陶李在场面上经常碰到类似的玩笑,她从来不往心里去,不当一回事,即使在写《热土》的时候,她也心怀坦白,毫无疙瘩,可是不知为什么,这一次再来桃花镇,心里总是别别扭扭,好像做了什么亏心事,听项达民这么一说,脸上有些挂不住,嘴还必须硬一点,便道:"那也不一定。"

不料项达民只是张了张嘴,无言地笑了一下。

大家回过神来,都哄笑起来,郑处长说:"项书记,机遇难得呀,怎么不敢说话了?"

王局长也说:"项书记向来敢说敢做,原来只是个口头革命派。"

项达民嘴更硬,说:"你怎么知道我只是个口头革命派?"

大家再一次哄笑起来,甚至有人鼓了几下掌。

眼看着大家借着几分酒意,越说越肆无忌惮,陶李索性豁出去,只有比他们更厉害,才能堵住他们的嘴,但今天话含在嘴里出不了口,正犹豫着,常金鹏举着酒杯过来敬酒,多少解了围。

常金鹏先敬郑处长,说:"感谢省领导对我们的关心。"

郑处长笑着,却不肯喝,说:"你说错了,我不是省领导。"

常金鹏说:"那就是省土地局的领导对我们的关心。"

郑处长仍然不肯喝,说:"仍然有两点错误,第一呢,我也不是省土地局的领导;第二呢,关心说不上,至少这一次不敢说了。一会儿我把裁决结果告诉你们,你们就要骂我了。"

郑处长话一出口,大家就更证实了原来的猜测,知道新技术开发区的土地在省局也没有通过批准,一时有点冷场。

常金鹏举着杯,有些难堪,为了挽回面子,说:"我们和郑处长,自己人,好商量。"

郑处长喝酒的时候嘻嘻哈哈,一谈到正事,立即严肃起来,毫无商量的余地,说:"没有商量的可能了。"

常金鹏一开口就碰到很强硬的钉子,不由愣了愣,稍过一会儿,又说:"我们的理由……"

郑处长又摆手,说:"什么理由也不行,你们一个小小的桃花镇,这个区,那个区,已经建了多少区?"

王局长扳着指头数起来:"别墅区,风景区,游乐区,古镇区,新城区,公司……"

常金鹏说:"新技术开发区,是招商引资的重要条件。"

郑处长说:"你们不是已经有个工业区了吗,又要搞一个新技术区,到底有什么区别?难道你们工业区中的企业,都不采用新技术？"

郑处长的手势和话语都很强硬,和刚开始喝酒时判若两人,使在场的人都有些不舒服,项达民忍不住也强硬地说:"如果省土地局不能解决,我们只有找省长了。"

郑处长并不因为项达民拿省长来压人而生气,但态度却始终很明白,说:"你找国务院总理也没有用,国家没有那么多的土地给你们!"边说边拿出一个材料,向项达民扬了扬,"这是我专门替你们桃花镇整理出来的一张表格,你们自己可以看看,你们这几年占用土地的数字!"

气氛有些紧张,王局长出来缓和气氛,把话头一转,说:"其实,你们这个新技术开发区,就算土地能批下来,规划局恐怕也不可能同意。现在的规划口子,也是很厉害的,大到整体规划要管你,小到楼房的颜色也要他做主。我看过你们的规划,桃花湖是风景保护带,不可能让你们在桃花湖边建新技术开发区。你们的规划中,有几幢十几层的大楼,怎么可能?"

项达民说:"说依傍桃花湖,是广告用语,其实离桃花湖很远。"

郑处长半开玩笑半挖苦说:"你们真大牌,以为天下的土地你要干什么就能干什么呀,与其这样,不如把你的新技术开发区建到平江去,建到省城去。"

项达民"哈哈"一笑,说:"我还想建到美国去呢,只要克林顿肯批。"

郑处长也"哈哈"一笑,说:"名不虚传,都说项达民胃口大,胃口果然大。"半真半假地说着,既不伤和气,但又都带着些骨头。

平江精神文明办公室的牛处长拿着杯子过来敬酒,一屁股坐在项达民边上的空位子上,先和项达民叽咕起来,宣传部出了一本什么书,要桃花镇包销多少册,项达民问:"什么书?"

牛处长说:"我们部长是主编,闻书记写的序。"

项达民又问一遍:"什么书?"

牛处长说:"《新风赞》。"

项达民说:"我们买了这书,干什么呢?"

牛处长有些尴尬,说:"我们部长关照的,桃花镇来人多,送送客人也是好的。"

项达民说:"这些书,有谁看?"

牛处长的脸色难看起来,说:"项书记是不是有困难,如果有困难,我们就回去向部长如实汇报。"

项达民干笑一声,说:"谁说有困难?"

牛处长重又看到希望,便压下心里的不满,说:"那么项书记你看……"

项达民挥挥手:"买,你牛处长吩咐我们买多少我们就买多少。"

牛处长迅速从口袋里掏出一张纸,交给项达民,说:"项书记,这是我们的账号……"顿了顿,有些不好意思,解释说,"书还没有出来,我们的印刷费,还没有着落,所以,所以想请项书记先帮帮忙。"

项达民将账号交给常金鹏,说:"明天叫周会计划过去。"

常金鹏脸色很不好看,说:"总公司的账上没有钱,现在年底,钱能逼死人,你们到宾馆客房看看,都是住的什么人,一两个月前就来了,讨债的,逼钱的……"停顿一下,把话丢到牛处长身上,"反正,现在,大家都疯了,想尽花招捞钱过年!"

项达民脸一沉,说:"你啰唆什么,叫你划钱就划钱,明天就划出去。"

常金鹏还想说什么,看着项达民的脸色,没有再说出来。

项达民转而笑起来,举起酒杯对牛处长说:"牛处长,你一杯酒,端到现在还没有下去呀。"

牛处长说:"现在心里踏实了,有项书记的话垫底,敢喝了。"

说完一仰脖子喝干了杯中酒。

酒席闹闹哄哄一阵,晚饭终于结束了。

项达民站在宾馆外的空地上,客人都走完了,他仍然一个人站着,一动不动。陶李慢慢地走过来,站在他身边,项达民察觉到了,但是没有说话。

常金鹏也走过来,好像等着项达民的吩咐,项达民摆了摆手,说:"没事了,你也回去吧,我和陶作家,再谈谈。"

他们沿着桃花源宾馆的围墙,慢慢地走着,项达民的脚步有点乱,自己笑起来,说:"怎么的,酒量每况愈下,这么一点酒,就乱了方阵?"

陶李心里很沉重,没有说话。

项达民侧过脸看了看陶李,说:"陶作家今天怎么话这么少?"

陶李说:"新技术开发区的事情没有希望了?"

项达民说:"这个结果我早就知道了,报批的时候,就知道没有希望,决不可能。"

陶李说:"为什么还报?"

项达民说:"你以为我真的要再建什么新技术开发区,别人不了解我,你陶作家应该了解,应该知道。"

陶李点了点头,她明白项达民的用心。

项达民说:"我现有的情况已经很糟了,就拿隆飞翔来说,下属那么多的企业,一两年前还是生龙活虎,兵败如山倒呀,一下子,停产的停产,亏损的亏损。还有一块大头,我的房地产,你想想,我那么多土地都死在那里,哪里还有可能争取新的土地,我无非是想借新技术这个口号,吸引人来投资金,投技术,盘活我的存量土地,比如毕奇那里的那个莱特,如果能和他谈成,锦源就能复活了……"

陶李在心里重重地叹息一声,在桃花镇,何止是一个锦源需要复活?陶李再一次为项达民感到身心疲惫。

陶李虽然没有说话,但项达民能够猜到陶李的想法,沉闷了好一会儿才说:"这么多年来,我第一次感到力不从心了……我不明白,我仍然是从前的我,我的精神依旧,我甚至比从前更努力、更拼命、拼命,为什么从前能干成的事,现在却不行了?我怎么了?我的问题在哪里?"语调越来越低,"连我的亲弟弟,我都无力救他……为什么?"

陶李又沉默了一会儿,知道项达民在等她说话,便小心地选择着词语,慢慢地说:"今天上午,有机会和柏镇长聊了聊,他有许多想法……"

项达民却嘲笑般地说:"我们的柏镇长,从来都是擅长制造想法的,他是双料研究生,他没有想法,谁有想法?"停顿一下,又自言自语道,"我现在,急需的是想法吗?好像不是,我是个救火队员,或者说是桃花镇的救火队长,我没有时间坐下来慢慢地生产想法,我要救火,我东奔西闯,狼狈不堪……"

陶李说:"救火首先要有救火的方案,方案就是想法。"

项达民点头承认:"有了方案才能更快更有效地灭火……我为什么这么被动,如此狼狈,奔到东奔到西,我根本就不知道火源在哪里,我也不知道起火的原因……"说着说着,眼睛里慢慢地流露出一种从未有过的向往。

陶李并不很明白项达民在这短短的时间里内心所起的变化,她尚不知道,在项达民嘲笑柏森林的时候,在他内心深处,对柏森林有了一种重新认识的渴望,或者,还不只是认识,还有更多的东西。

项达民再次侧过脸来,看着陶李,说:"陶作家,你有心思,你想和我说什么?"

陶李鼓了鼓气,说:"昨天,魏莉来找我。"

项达民沉默了一会儿,慢慢地说:"怪我,项力是个极要面子的孩子,我不应该当着魏莉的面……"说到一半,停下来,过了一会儿,心情沉重地说,"他觉得在魏莉面前丢了面子,竟然从此不再理睬魏莉了,这孩子,连年也不在家里过了……"

陶李摇了摇头,说:"魏莉对这件事已经慢慢地想开了,她来找我,是告诉我一个消息……"

"什么?"项达民明显有些紧张。

陶李心中一阵难过,尽量口气平稳地说:"魏莉追到学校去看过项力,项力告诉她,他已经决定,要求明年毕业分配到西藏去工作。"

很长时间的一阵沉默,项达民一直没有吭声。

陶李说:"我昨天到医院找过田护士长,但是最终还是没有能告诉她,我担心……"

项达民紧皱着眉头,吐出两个字:"添乱。"

不知不觉,他们已经走出很远,走到了桃花湖边,天气很冷,寒气袭来,陶李不由地打了个寒战。

没有风,桃花湖面静静的,远远近近的灯光,反给它增添了一层神秘的色彩。

项达民站定了,叫了一声:"陶李。"

陶李一惊,项达民从来没有直呼过她的名字,一直是称她陶作家的,这一声"陶李",使她不敢相信,愣了一会儿,回头"嗳"了一声。

项达民说:"你开始写下卷了?"

陶李默默地点点头。

项达民说:"你变了。"

陶李下意识地摸了摸自己的脸,不知怎么回答。

项达民说:"是什么东西,使你变了?"

陶李却按照自己的思路说:"项力的事情,你打算怎么办?"

项达民说:"我相信,他会回来的,等他回来。"他也固执地要按照自己的思路说话,所以稍一停顿,又说,"不会是因为杜老和尤敬华他们的原因吧？"

陶李拗不过项达民，只得说："我感觉到你很疲惫。"

项达民突然间又恢复了玩笑的口吻，说："到底是作家，感觉灵敏，别人的感觉你也能体会得到。"

陶李心头一酸，双眼有点模糊，强忍着说："我希望我的感觉是错误的。"但是，她心里非常明白，她的感觉没有错。

在夜色中，陶李想，我的下卷，到底应该怎么写？

三

尤敬华连夜赶到平江，他要找闻舒汇报杜老回去后他在桃花镇所做的工作，在闻舒住的南平饭店，等了一个多小时，才看到奥迪车来了，估计是闻舒回来了，急忙跑到路中央招手。

许飞看到尤敬华挡在路中央，向闻舒看了看，由于天色很暗，闻舒起先没有认出尤敬华，许飞停了车，尤敬华激动地跑过来，在车窗外探头，可惜车窗玻璃从外面看不见里面，尤敬华着急地皱着眉，想敲玻璃，又有些顾虑。

许飞将车窗玻璃放下来，闻舒看清了尤敬华，这才想了起来："哟，是尤敬华。"

尤敬华冻得直抖，说话也结结巴巴的了："闻、闻书记，终于、终于等到你了，终于等到你了。"

闻舒说："上车吧，一起进去。"

尤敬华裹着一身寒气上了车。

闻舒说："等多长时间了？"

尤敬华说："还好，一个多小时。"

许飞回过脸来看看尤敬华，许飞给几任市委一把手开过车，还从来没有见到过尤敬华这样的人，没有约定就冲上门来找书记的，尤敬华恐怕是绝无仅有的，而且在天寒地冻中站了一个多小时，不由说:"如果今天闻书记不在平江,你也一直等下去?"

尤敬华充满自信地一笑,说:"我相信我会等到的。"

车很快到了闻舒住的小楼,闻舒对许飞说:"我今天晚上还要看几份材料,和尤书记的谈话不会很长,你稍等一下,一会儿送送尤书记。"

尤敬华说:"不会长不会长,汇报完我就走。"

到闻舒屋里,有暖气,又喝了热茶,尤敬华才慢慢地暖和过来,两只眼睛闪闪发光,充满期望地盯着闻舒。

杜老临回省里,给闻舒留下一个要求,他希望闻舒抽时间认真和尤敬华谈一次话,你会从尤敬华身上,得到许多东西,杜老说。

闻舒的工作,当然不受杜老指派,但是他会尽可能尊重杜老的意见,尽可能满足杜老的要求。

只是,平江的千头万绪,都等着闻舒去梳理、去解决,桃花镇,项达民,只是闻舒偌大棋盘上小小的一个子,虽然这个子颇具代表性和典型意义。

百年老厂平江纺织厂,平江工业的始祖,奄奄待毙,如果注入一个亿的资金,也许能够起死回生,闻舒怎么办?救,还是不救?救,一个亿从哪里来?

平江电器集团,家用电器产品曾经走红全国,现在却成为平江最重的包袱之一,职工每天辛苦劳动,制造出无数产品,但每生产一台家用电器,只赢利两元钱,入不敷出,数千工人,已有半年未领工资,未报医药费,这样的企业,如果不让它倒闭,有什么办法救活它?

旧城改造,平江历届领导,都有人倒在这个问题上,怎么改都是错的,谁改谁被骂,谁改谁倒霉,谁改谁下台。旧城改造的总体规划,早已经制订,中央也已经批准,但是谁敢干?现在闻舒来了,闻舒干不干?

何止是平江市里千头万绪,平江所属的六个县,哪个县不是万机待理,哪里没有急等闻舒调查了解表态的重大问题?平泽县吕正搞的沿湖四十公里抗洪大堤,从萌发意向开始,就有人告状,告状信一直写到中央,早在闻舒来平江之前,就已经听说这个事情。现在,吕正的大堤已经快要建成,反对的意见仍然大有骂倒大堤的气势,闻舒要表态,不先了解了情况,怎么表态?

闻舒几乎没有可能排出时间给尤敬华。

尤敬华的电话,却已经一而再再而三地追踪而至,紧跟着电话的是尤敬华的信,一封又一封,使闻舒无法再置他于一边了。

现在,尤敬华却已经等不及,追来了。

即使没有杜老的要求,即使没有杜老来平江这件事,即使尤敬华只是一个普通的县干部,与桃花镇、与项达民毫无关系,闻舒也不能置他于一边。

当然,一般的人,他们没有尤敬华那样的认真精神,他们缺少尤敬华那般的坚韧。

当闻舒坐在尤敬华对面,看着尤敬华的时候,闻舒内心深处突然波动了一下,我原来也是愿意听尤敬华谈一谈的。

尤敬华不慌不忙地掏出笔记本和材料,戴上眼镜,仍然将纸离眼睛远远的。

闻舒说:"你已经老花了?"

尤敬华说:"是呀,看字已经很累了。闻书记,我今天要汇报的内容有三大部分。"

闻舒笑了一下,说:"能不能不用汇报的形式,随便聊聊怎么样?"

尤敬华说:"好的,好的。其实,我的进一步调查还没有正式展开,所以,所以,我更想向您汇报的,是我的想法。"

闻舒说:"你说说。"

尤敬华说:"杜老这次来桃花镇,虽然事情出于偶然,但其实,是事物发展的必然结果,即使没有杜老,也会有张老李老王老站出来,把问题揭开来!"

闻舒说:"你认为,桃花镇的问题,关键在哪里?"

尤敬华毫不犹豫道:"人!"

一个字,说到了闻舒的心里。

尤敬华说了一个高度概括的字,却意犹未尽,又补充道:"三要素,物质要素,制度要素,人的要素,其中人是最关键的。我认为,桃花镇这副重担,像项达民这样的人,是挑不起来了,这个意见,那天在桃花镇的会上我已经说过了。"

闻舒说:"能说说你的理由吗?"

尤敬华说:"理由很多,但最主要的一条,我认为,项达民早已把我党的优良传统不知抛到了哪里,在他心里,在他眼里,哪里还有'党风'两个字?杜老再三强调,党风问题,是关系到我党生死存亡的大事。杜老再三对我说,大楼建起来,干部倒下去,是我们目前面临的最大难题呀!"

以尤敬华的口气,好像党风的重要性是杜老强调出来的,但是闻舒多少也了解尤敬华这个人,并不很在意他说话的习惯,倒是尤敬华"关键在人"这几个字,在他心里再次引起震动。

尤敬华见闻舒没有说话,忍不住又重复说:"我也是在现实中生活着的人,我承认现实中有许多难题,有些事情,不请客不送礼就办不成,但是我们不能因为现实中有难题,就丢了党风,就丢了原则,就丢了我们的远大理想!"

尤敬华滔滔不绝,像在作政治报告,闻舒却陷入了沉思,人的问题,再一次提到了最迫切最重要的位置上。

出发点是同一的:人。

但闻舒的思路却与尤敬华的思路不同。

尤敬华走后不久,电话响了,闻舒一听,是杨东,心里很高兴,说:"杨东,什么事?"

杨东说:"闻书记,我最近正在写一部伟大著作。"

闻舒说:"哦,能透露一点吗?"

杨东说:"我是反复揣摩了您的心思,才定下来的,投您所好,书名叫作《人的现代化》。"

闻舒笑了起来。

杨东说:"碰到难题了,想听听您的指点。"

闻舒说:"你过来吧。不过,小许这会儿好像不在。"

杨东说:"我打的过来。"

闻舒放下电话,站起来,直了直腰,慢慢地走到窗前,看着窗外的寒冷,心里,却涌起一丝暖意。

第 18 章

一

去年年底,尹秀婷回台湾,照例又到金半仙家里算了个命,金半仙掐了半天指头,直言不讳地说尹秀婷来年不利,是非多,破财,须小心处理。

尹秀婷心里一直疙疙瘩瘩的,但是很快,这一年也就走过来了,眼看就到年底了,尹秀婷长长地出了一口气,回想起算命先生的预测,心中不由有些感慨,也有些宽慰。尹秀婷一直是很相信算命的,但这一回,也许先生失算了。

无论怎么说,今年算是顺利的。

这一天,尹秀婷和往常一样,来到"蓝月亮"美容院,刚进办公室坐下,电话来了,尹秀婷一听到锦绣公司的总经理刘国平紧张慌乱的声音,心里突地一跳,一刹那间,算命先生的话突然就回响在耳边了。

由于印染水平问题,锦绣公司替日本生产的丝绸服装,出现色差,有一种颜色没有达到要求,日本方面要求全部退货。

锦绣公司接的这一批日本订单,犹如一架心脏起搏器,对锦绣的起死回生起到关键的作用,现在,突然,心脏起搏器要关闭了。

这将是十万美元的损失。

损失更大的,是日本方面本来可能发来的更多的订单。

刘国平还在电话里啰啰唆唆地解释:"尹老板,什么色差,基本上看不出来,日本人是存心挑毛病……"

尹秀婷说:"不用再说了,我马上过来。"

尹秀婷赶往桃花镇,在成品仓库,从日本过来验收的技术员山本铁青着脸,刘国平则哭丧着脸,大家不吱声,成堆的产品无言地堆放在尹秀婷面前。

一般加工服装,中方都希望能够做到岸生意,产品出来后,由中方负责运输,送到对方指定的港口,这样中方还能从运输费中再赚一点钱,但是这一批货,日本方面坚持要做离岸生意,由他们过来验收,自己负责运回日本。山本一到锦绣,就提出色差问题,拒绝签字,刘国平跟他磨了一天,软硬兼施,哪知山本软硬不吃,刘国平只得向尹秀婷汇报。

尹秀婷仔细看过这批货,正如刘国平所说,色差是有的,但不仔细看,是看不出来的,在诸多颜色中,有一道颜色,与样品有些差异,但差异不大,并不影响服装的整体效果,尹秀婷问山本:"山本先生的意思?"

山本口气坚决:"全部退货。"

刘国平忍不住叫起来:"不可能,你不能不讲理!"

尹秀婷做了个手势,不让刘国平再说话,她回头平平静静地对山本说:"如果你们坚持退货,我们同意。"

山本也愣住了。

刘国平跳起来,大声道:"尹老板,尹老板,尹老板……"情急之下,只会叫尹老板,不知道说什么好了。

山本愣了一会儿,说:"既然你们同意,我立即向公司报告。"

山本走后,刘国平想和尹秀婷争论,却又不大敢,不说几句,又心有不甘,憋得脸通红。

尹秀婷说:"刘总,我们不能因小失大。"

刘国平说:"小,这还小？十万美元,小？"

尹秀婷说:"我不能为了这一批服装,丢失其他的订单。我不能眼看着锦绣再度停产。不能眼看着我投入八百万进口的机器变成一堆破铜烂铁！"

刘国平几乎要哭了,说:"尹老板,日本人是铁石心肠,他们不会被你感动的,他们只会被钱感动！"

尹秀婷说:"我没有要他们感动的意思。"

刘国平一屁股坐下来,说:"我想不通,明明人家是讹诈我们,尹老板你怎么……"

尹秀婷手一挥:"你想不通就不要想。"话说出口发现自己也激动起来,将口气缓了缓,又说,"刘总,到了今天,我们再不能不吸取教训了,我们的锦绣,包括我们这么多厂,怎么会走下坡路,怎么会有今天的下场？"

刘国平说:"我们都已经尽力而为了,市场不景气,宏观控制,我们有什么办法？"

尹秀婷严厉地道:"我们自己没有一点责任？"

刘国平不吱声了。

尹秀婷说:"你还记得九三年飞燕羽绒服装厂出的问题？"

飞燕羽绒服装厂是桃花镇镇办厂,通过外贸部门联系替俄罗斯生产一批大号羽绒大衣,订量非常之大,结果却全部做成小号,那一年正好桃花镇农工商总公司组织经济团队到俄罗斯洽谈经济,在莫斯科,满大街看到有人叫卖小号飞燕羽绒大衣,俄罗斯人人高马大,根本穿不上,做童装,又嫌大,而且样式颜色都不合适,只得三钱不值两钱卖了,购买的人,竟然绝大多数都是中国人。

刘国平当时就是飞燕厂的厂长,现在听尹秀婷提起这事,颇不服气,说:"尹老板你可能不知道这中间的问题,外贸在中间扣了多少好处,逼得我非做赔本生意不可呀！我若不做小号,每做一件衣服,就赔三美元,我哪里赔得起?"

尹秀婷说:"既然是赔本生意,你为什么还要接下来?"

刘国平说:"尹老板,你以为是我想接?镇上要完成创汇指标,摊到我们厂的任务,我不能不完成。我赔三美元,镇上就可以多报十美元的数字呀。"

尹秀婷古怪地笑了一下,说:"也只有你们这里,会有这样的事情。"

刘国平说:"尹老板,你现在知道我们的难处了。"

尹秀婷摇头说:"主观上,仍然是有重要原因的,就不说你的飞燕厂,恒通电器厂,怎么回事?"

恒通电器厂一年前替美国生产一批三号线路板,结果全部做小了一号,就这一笔生意,便使恒通厂倒闭了,尹秀婷说起来,就觉得胆战心惊。

刘国平叹了一口气,说:"尹老板,你来我们这里也有几年了,但是我们里边的事情,你恐怕还不太清楚,难哪,做事情,太难,你若是叫恒通厂的厂长来,问问他,保证他也是一肚子苦水!"

尹秀婷说:"做生意永远是难的,不能因为难,就偷工减料,就投机取巧,就坑蒙拐骗,就不讲商业道德。"停顿一下,又说,"我的看法,现在乡镇企业的问题,与你们不讲商业道德,有极大的关系!"

刘国平说:"我是想循规蹈矩的,是想讲商业道德的,但是人家不讲,我一个人讲,最后怎么样?我死!"

尹秀婷直摇头:"正因为你们所有的人都这么想,事情就坏在这里。你不想想,骗人就是骗己,害人就是害己,你们这么多乡镇企业,今天到了这地步,自己害自己呀!"

刘国平守着堆成小山样高的成品,心里发急,忍不住问:"尹老板,这怎么办?出口转内销?三钱不值两钱!"

尹秀婷说:"能够转内销,销得掉,便不错了。"

说话间，山本走了进来，告诉他们，公司负责人明天就赶过来，商谈具体退货手续和赔偿问题。

尹秀婷说了一声："明天下午我在厂里恭候。"也不再和刘国平说什么，转身出来，上了车就走。

车一上路，尹秀婷就觉得心里一阵空荡荡的，好像缺损了一大块，又感觉十分疲惫，闭了眼睛想睡一会儿，可是脑子里却一分钟也休息不下来，胡思乱想着，车快到平泽县城的时候，她突然心里一悸，睁开眼来，向车窗外看看，问："已经过平泽了？"

司机说："还没有，马上就到。"

尹秀婷莫名其妙地紧张起来，锦绣的差错，使她突然变得胆战心惊了，似乎有什么不好的预感从心底里慢慢地升起并弥漫开来，她有点坐立不安，最后终于说："到平湖绕一下，去看看宝祥。"

宝祥皮鞋厂是尹秀婷投资在平湖县八垛镇的一家合资厂，平湖县虽然和平泽县只一县之隔，但却属两个地区，平湖县所属的地区是全省最落后的地区，八垛镇更是平湖县最落后的乡镇之一，宝祥皮鞋厂的前身是八垛鞋厂，因为经营不善，濒临倒闭，通过尹秀婷的侄儿尹宝祥的关系，和尹秀婷接上了头，尹秀婷看中它宽裕的占地和大量低廉的劳动力，同意合资，要求是在半年内全部完成改建厂房，更换设备，半年后正式开工生产，并且由尹宝祥担任厂长。中方接受了尹秀婷的条件，尹秀婷占百分之九十的投资资金很快就到位了。此后，一切的事情，交给尹宝祥负责管理。

尹秀婷来大陆，唯一能够联系上的亲戚，就是平湖县尹宝祥的父亲尹金桐，尹金桐是尹秀婷的堂兄，非常老实，当年尹秀婷找到他家时，尹金桐只会搓挲着两只手"嘿嘿"地笑，这一笑，使尹秀婷想起了自己的父亲，不由热泪盈眶，百感交集。再见到尹金桐的儿子尹宝祥时，也是尹家一个模子里出来的，一脸憨厚，跟他说什么话，也只会"嘿嘿"地笑。

当尹秀婷提出要将皮鞋厂交给尹宝祥管理，并且取名为宝祥皮鞋厂时，许多人不理解，认为尹宝祥太老实，一个农民，什么也不懂，尹秀婷说，至少，他不会骗我，不懂的东西可以学，尹宝祥老实，但是不笨，这我看得出来。

尹秀婷看得不错，尹宝祥果然不笨，一点就透，领悟能力强，尹秀婷资金到位后，一切就放心地交给尹宝祥了。

往宝祥皮鞋厂的去路，仍然和几个月前尹秀婷第一次来的时候一样，坑坑洼洼，高低不平，尹秀婷不由皱了皱眉，按照合同，现在尹秀婷看到的应该是全部修平的道路、改建结束的厂房和安装完毕的新设备。现在大陆上的人，人人知道一句话，要想富，先修路，她不明白尹宝祥为什么不修路？

车子一路颠簸开近宝祥皮鞋厂，厂门口停着一辆乌黑锃亮的高档轿车凯迪拉克，挂着黑牌照，本来尹秀婷也不会很在意这辆车，但因为它挡在门口，尹秀婷的车开不进去，司机按喇叭，那辆车的司机，只作听不见，不予理睬，尹秀婷便下了车，走过去，看到司机正闭着眼睛在听音乐，摇头晃脑，尹秀婷敲敲车窗玻璃，司机向尹秀婷瞥了一眼，他不认识尹秀婷，看了看停在尹秀婷身后的车，是一辆普通的已经很旧的桑塔纳，不屑地"哼"了一声，复又闭上眼听音乐。

尹秀婷再次敲窗，司机才摇下车窗玻璃，不耐烦地说："干什么？乱敲乱敲，你知不知道这是什么车，多少钱一辆？"

尹秀婷说："这是谁的车？"

司机翻了翻白眼，说："唏。"

尹秀婷压住火气，问："这是尹宝祥的车？"

司机仍然不屑于回答。

尹秀婷的司机下车走过来，见此情形，有些生气，说："你怎么搞的，尹老板来了，你竟然挡着门不让进去？"

司机说："尹老板？哪里又来一个尹老板？我只认识一个尹老板，尹宝祥，哪里还有别的尹老板？想假冒？"

尹秀婷大怒,手伸进车窗,一把拉住司机的衣襟,说:"你是什么东西,你给我滚出来!"

这时候便听到一迭连声地喊叫由远而近:"姑妈,姑妈,姑妈!"

尹宝祥连奔带跑迎出来,一脸猴急,气喘吁吁,结结巴巴地说:"姑妈,我、我不知道您来,姑妈……"

尹秀婷脸一冷:"我不是你姑妈,我是你老板!"

尹宝祥点头哈腰。

尹秀婷指着凯迪拉克:"这是你的车?"

尹宝祥不敢回答。

尹秀婷的司机向尹宝祥说:"你的人,太不像话,说我们老板是假冒。"

尹宝祥伸手把自己的司机从车座上拉出来,飞起来就是一脚,把司机踢翻在地,大骂道:"你个狗杂种,你他妈的瞎了你的狗眼,连我姑妈你都敢得罪,你有几个脑袋,你找死?"

把司机骂得趴在地上不敢动。

尹宝祥回头向尹秀婷打躬作揖,一声连一声地叫着姑妈,说着对不起对不起,尹秀婷皱了皱眉头,看司机仍然趴在地上,一身泥土,实在太不成体统,说:"你叫他起来。"

尹宝祥对准司机又是一脚,司机连滚带爬走开,一边还嘀嘀咕咕:"我怎么知道她是谁,一点也不像台湾老板嘛,怪我呀,我又不知道她是谁,我看不出她是老板……"

尹秀婷再看了一眼凯迪拉克,也没有再问车的事情,便往厂里去,尹宝祥慌慌张张地跟着,想挡住她,脸上笑着,嘴上说:"嘿嘿,姑妈,嘿嘿,姑妈,厂里正在搞基建,到处是砖头水泥,脏得很……"

尹秀婷回头疑惑地看了尹宝祥一眼,说:"怎么还在搞基建?按照合同,厂房应该已经完工了!"

尹宝祥不敢直接与尹秀婷的目光对视，支支吾吾地说："是完工了，是完工了，还有些收尾工作，乱七八糟的，姑妈您要是再过一个星期来，就全部好了。"

尹秀婷目光尖利地盯着尹宝祥："怎么，改建厂房我不可以来看看，我没有资格检查？"

尹宝祥又"嘿嘿"地一笑，说："姑妈，我们镇上领导，再三跟我讲过，只要姑妈一到，马上要通知他们，他们要接见您，我怕耽误了，现在先陪您到镇上去。"

尹秀婷不理睬他，执意往厂里去，一边走一边问："八十台机器，情况怎么样？"

尹宝祥说："姑妈您放心，您一千个放心，一万个放心，交给我的事情，不会出差错的。再说了，有姑妈您在我背后撑着，谅谁也不敢给我下眼药。"伸手又想挡住尹秀婷，却被尹秀婷拨开了，她一直向前走去。

尹宝祥跟在后面，脸色越来越难看。

尹秀婷终于停下了脚步，她简直不敢相信自己的眼睛，旧厂房改建的工程，根本就没有动作，只有三五个人在偌大的空厂房里转来转去，别说厂房改建，就连原来厂里的许多破烂都还没有清除掉，尹秀婷惊异地看着这一切。

尹宝祥走近来，凑到尹秀婷面前，"嘿嘿"地笑着，说："姑妈，对不起，我动作慢了一点，不过，他们已经开始在整理了，快的，快的，姑妈您别操心。"眼珠一转，又说，"而且，这几个月，我们也不是没有进展的，您介绍的制鞋流水线、切割机、成型机、缝纫机、装订机、上色机、磨光机、亚光机，总共一套八十台，我们全部进来了。"

尹秀婷心里突地一跳，问："在哪里？"

尹宝祥说："我们厂里不好放，放露天，要损坏，暂时存放在人家厂里。"

尹秀婷预感到不妙,说:"在哪里?我去看看!"

尹宝祥说:"离这儿很远,路又不好走,嘿嘿,姑妈,您信不过别人,还信不过我?您让我办的事情……"

尹秀婷气得抖起来,手向空旷的厂房一指:"这就是我让你办的事情,几个月了,你在干什么,你砌了一块砖,盖了一片瓦?"

尹宝祥说:"姑妈,您先别下结论,您到这儿来看看,这厂房后面是什么?嘿嘿。"

尹秀婷向后面一看,在原来仓库的位置上,翻建了一幢二层的小楼,马赛克墙面,在阳光下闪闪发光。

尹秀婷说:"这是什么?"

尹宝祥一脸得意,先不说这是什么,说:"姑妈,我陪您过去看看。"

尹秀婷跟着尹宝祥来到小楼前,便听到里边传出的迪斯科舞曲声,声音非常大,震得小楼一颤一颤的。

尹宝祥领着尹秀婷走进去,面露喜色地介绍说:"姑妈,这是我的综合娱乐楼,您看,这一楼,餐厅、舞厅……"

引到舞厅门口,里边有七八个年轻男女正在跳舞,有人分明看到尹秀婷和尹宝祥在门口往里看,也只作不知。

尹秀婷说:"他们是什么人?"

尹宝祥说:"他们都是厂里的骨干,这会儿,"看了看手表,说,"这会儿正是休息时间,放松放松。"又要引着尹秀婷上楼。

尹秀婷说:"你还想让我看什么?"

尹宝祥说:"楼上有两间房间,带卫生间的,条件不错。我是这么考虑的,到我们厂来谈判啦什么的,客人一定很多,要请他们喝酒,万一喝醉了,就可以在我们这里休息。另外,我还想搞个桑拿,不知能不能搞起来……"

尹秀婷再也待不下去,一转身,几步跨了出来,直喘粗气。

尹宝祥紧紧地跟出来,仍然凑在尹秀婷身边,小心地看着她,嘿嘿地笑着。

尹秀婷说:"你的八十台机器,在哪里,我要看一看。"

尹宝祥脱口说:"那个厂,今天厂休,没有人,进不了门。"

尹秀婷瞪着眼睛,张大了嘴,一股冷风呛进嗓子,呛得她咳起来,尹宝祥连忙替她拍背,尹秀婷咳了半天,才停下来,只觉得心里很慌乱,头也晕晕的,站立不稳。

尹宝祥扶住她,不再嘿嘿笑了,说:"姑妈,您脸色不好呀,怎么的,是不是病了?"

尹秀婷只能瞪着尹宝祥,话却一句也说不出来。

尹宝祥继续说:"姑妈,刚才进厂的时候,我看您脸色蛮好的,比上回又显得年轻了,怎么这一会儿就不行了?是不是有什么不高兴的事情,是不是我的工作您不满意?有什么不满意的,您尽管说,您是我的姑妈,又是我的老板,您怎么说我,我也不会有想法的……"

尹秀婷终于吐出一句话来:"我没有什么可说的!"

尹宝祥嘿嘿笑了,说:"那就是说,您对我的工作尚满意?哎呀,我一颗心,一直悬挂着,现在终于可以放下来了……"

尹秀婷径直往厂门口走,到了车边,也不说话,便上了车,尹宝祥在车外说:"姑妈,您到哪里去?姑妈您怎么走了?"

尹秀婷看了看仍然停在一边的凯迪拉克,对自己的司机说:"开车吧。"

车开动了,回头看看,尹宝祥一脸憨笑,正在厂门口向她挥手告别,尹秀婷感觉到一股血腥味直冲嗓门,差点吐出一口血来。

司机开了一小段,见尹秀婷不说话,问道:"到哪里?"

"到他们镇委去!"

车到了镇上,尹秀婷找到曾经接待过她的沈镇长,沈镇长一见尹秀婷,喜出望外,远远地就伸出手来,紧紧握住尹秀婷的手,一迭连声地说:"哎呀,哎呀,尹老板,尹女士,总算把你等来了!总算把你盼来了!"

尹秀婷说:"沈镇长,我刚才到宝祥皮鞋厂去过了。"下面的话没有说,想等沈镇长的态度。

沈镇长笑道:"太好了,太好了,尹女士投资宝祥厂的材料,我们已经报到上面去了,受到表扬了,非常感谢尹女士,非常感谢尹女士!"

尹秀婷说:"沈镇长有没有了解宝祥厂的情况?"

沈镇长又笑,有一种说来话长的意味,说:"是呀,是呀,当初尹女士要尹宝祥做厂长的时候,我们许多人,都是想不通的,但是现在事实证明,尹女士确实了不起,确实有眼光,有远见,尹宝祥,是个人才呀,难得的人才!"

尹秀婷气得忍不住"哼"了一声。

沈镇长接着说:"当然,尹宝祥的能干离不开尹女士的培养,尹宝祥现在是我们县的优秀企业家,他对我们镇的贡献是很大的。当然我们都知道,尹宝祥本来一无所有的,所有的东西,都是尹女士的,包括尹宝祥赠送给镇政府的一辆奔驰车,当然是尹女士的意思啦,所以,我今天见到尹女士,特别高兴,特别高兴,真的……"

尹秀婷的心脏一阵乱跳,有些控制不住的感觉。

沈镇长却毫无觉察,自顾兴致勃勃地说:"太好了,太好了,尹女士,你的投资,对我们八垛镇,实在有非同小可的意义……"

尹秀婷打断沈镇长的话,说:"宝祥进了流水线的八十台机器,我想……"

沈镇长也不等尹秀婷说完,再次连声感谢,说:"对了,还有机器的事情,尹女士真是大公无私,愿意把自己的机器提供给我们无偿使用……"

"无偿使用?"尹秀婷喃喃地道,"无偿使用?"

沈镇长到这时候才看出尹秀婷神色不对头,想了想,说:"是无偿使用,尹宝祥说这是你的意思,反正现在宝祥的厂房还没有完成,搁着也是白搁着,我们还有几家鞋厂,先使用一段时间,尹宝祥说向你汇报过,你同意的,怎么,他没有向你汇报?"

尹秀婷无言以对,突然,金半仙的预言,再次响在耳边……直觉眼前一黑,身子晃了晃,但她用力支撑住了,站起来,摇摇晃晃地走出门去,听得背后沈镇长惊讶万分地问:"尹女士,怎么啦?出什么事啦?"

尹秀婷上了车,司机看了看她的脸色,小心地问上哪里,尹秀婷闭着眼睛,说不出话来。

司机正为难,尹秀婷的手机响起来,是平江晶达眼镜厂的张厂长打来的,尹秀婷的心一下子收缩起来,抓着手机的手竟然有些颤抖。

尹秀婷投资办在平江市的晶达眼镜厂,正在与德国方面谈一个项目,已经大体谈成,定于后天正式签订合同,这样,晶达厂一下子就承接高档水晶片眼镜两万副,现在张厂长急于找她,是不是事情又有变化,她极力平稳着自己的情绪,问道:"张厂长,怎么了,有什么事?"

谈判中出现了变化,原来德国方面要求是三来一补,来样来料来订单,由晶达厂加工生产,但是由于德国国内水晶突然紧张,原材料提供出现了问题,德国方面希望晶达厂自己解决原料。

尹秀婷大喜过望,连声道:"太好了,太好了!"

张厂长说:"好是好,赚头是大了,可是,他们要求交货的时间又提前了,国内水晶市场最近也很紧俏,我已经打听了一下,只有东海县有现货,但一定要先付款后提货,订金也不行,我一时,手头哪来那么多资金?所以到处找你,尹老板,这是个好机会,大生意呀,你一定不能放过!"

尹秀婷说:"大概要多少?"

张厂长说:"八十万,最迟你这个星期内要给我!"

尹秀婷说:"你说得出,一个星期,我从哪里弄八十万?"

张厂长说:"那你能眼睁睁地看着煮熟的鸭子飞走?"顿一顿,又加重语气道,"尹老板,如果这几天内没有八十万,这笔生意,我怎么办?"

尹秀婷再也说不出话来,她无法回答张厂长的问题,过了好一会儿,才勉强吐出几个字,叫张厂长等着她,她立即想办法。

司机再次问尹秀婷往哪里去。

尹秀婷说:"桃花镇。"

尹秀婷又回到桃花镇,刘国平见了,奇道:"咦,尹老板,你怎么回来了?"

尹秀婷摇摇头,艰难地说:"刘总,你能不能倒杯水给我喝?"

刘国平一边倒水,一边说:"尹老板,晶达眼镜厂的张厂长打电话找你,说急需八十万,叫你一定想办法……"

尹秀婷无力地摆摆手:"我知道了……"她脑子里已经一片模糊,只听得张厂长的声音在不断地回荡,"一定啊,一定啊,一定啊……"一头栽倒在桌子上。

二

项达民听说尹秀婷在锦绣公司昏倒,吓了一跳,立即赶到镇卫生院,躺在病床上的尹秀婷,显得有点不好意思,说:"没有什么事,惊动得你也来了。"

项达民说:"怎么搞的,出了什么事?"

尹秀婷说:"检查结果还没有出来,可能是太疲劳了。"笑了笑,说,"我的身体一直很好的。"

项达民将尹秀婷打点滴露在外面的手臂盖好,问道:"锦绣碰到麻烦了?"

尹秀婷说:"项书记你不至于以为我是为这批货昏倒的吧?"

项达民很沉重地摆了一下手,说:"我们现在都碰到了很大的难题,这些麻烦,哪一个都能使我们昏过去,再也爬不起来,可是,我们仍然站着,仍然活着,仍然做着事情……"

尹秀婷的眼睛里,慢慢地淌下两行眼泪。

项达民没有说话,只是静静地等着。

尹秀婷抹了抹眼睛,说:"项书记,我累呀!我台湾许多朋友觉得我这是自找苦吃。他们的感觉没错,我确实是自找苦吃,这苦头,吃得真是,叫人说不出话来。"说着又忍不住流眼泪。

项达民缓缓地点点头,说:"你别说话了,休息吧。"

尹秀婷摇摇头,说:"你让我说,我心里积郁得太难过了。在台湾,我有相当舒适的生活,但是我不想平平淡淡过日子,钱放在家里干什么,要投资呀,台湾那么小个地方,再也投不下,大陆跟着就开放了……"说着激动起来,不挂水的一只手,伸出被子,做了一个画大圈的动作,"这么大的市场,可以说是无限大呀,这么廉价的劳动力,谁看着不眼红?到大陆后,一直听到你们说,台湾人太看重钱,我不明白,看重钱,难道是坏事?是丢脸的事?不看重钱,反而是光荣的事?我们虽然是同一个祖宗,想问题却有很大的差异,有钱才有光荣呀,有钱,证明你勤劳,证明你能干,证明你的人生价值!没有钱,只能证明你懒惰、无能,证明你的生命没有价值!"

项达民说:"这是有历史原因的,长期以来,我们所受的教育,都是另外一回事,要彻底扭转,恐怕还得有一段时间。"

尹秀婷说:"我丈夫根本就不赞成我来大陆,我只有靠我自己,为了能够安心在大陆干点事情,我把上中学的女儿也带来了,在平江买了房子。可是,不适应呀,女儿天天吵着要回台湾,生活上也是一塌糊涂,请过三个保姆,都无法相处,有一个还偷了东西走……"说话间,眼睛闪闪发亮,看得出对大陆真是充满感情的,继续说,"生活上的不适应,我并不很在意,能够过就这么过下去。可是,除了生活上的不适应,其他难以适应的事情,太多太多呀。

我来大陆已经有四年,已经几起几落,多少次,简直忍无可忍,实在待不下去,办一个证,要盖五十几个图章,每个章都要打点呀!我们过年回家,到大陆投资的人凑到一起就谈这些,唉!"

项达民想说但是你们还是不断地来,还是不肯走,这说明什么,说明虽然付出比较大的代价,但仍然是有利可图,但他没有说出来,只是宽厚地一笑。

尹秀婷基本上能够猜到项达民的笑意,说:"是的,你们都说,既然你台湾人说大陆难办事情,怎么还要来,怎么不回去?为什么?因为我们都是有事业心的人,挣钱,做生意,就是事业心。所以,我们不走,不仅不走,还有更多的人会来。"喘了口气,又接着说,"因为,我会告诉他们,在大陆,毕竟还有像桃花镇这样的地方,还有项书记这样的书记!"

项达民心里有些感动,笑了笑。

尹秀婷说:"我一直很混乱,在八垛镇宝祥皮鞋厂碰到那样的事情,我简直,简直……我不知道自己怎么会又回到桃花镇来了,昏昏然,但是刚才一看到你走进来,突然清醒过来,我现在急需要帮助,项书记,只有你能够帮助我。"

项达民开玩笑道:"原来说我好话是有目的的。"

尹秀婷把自己的处境告诉了项达民,项达民听了,立即摇头:"尹老板,这不可能,现在叫我拿八十万给你,绝无可能!现在是什么时候?年底!我放出去的讨债队伍,命令他们讨不到钱不许回家过年!"

尹秀婷的眼光立即暗淡了,过了半天,才失望地说:"在大陆,你若无法帮助我,恐怕是没有人能够帮助我了。"

医生走进来,说:"尹女士,你原来心脏有没有问题?"

尹秀婷说:"没有吧。"

医生说:"现在呢,也不算有什么大问题,但是以后你得小心一点,注意休息,不能太疲劳。"

尹秀婷苦笑了笑。

医生走后,项达民问尹秀婷什么时候回平江,尹秀婷说明天和日本方面谈定退货的事情就回去。项达民想了想,说:"我马上有个会议要开,这样吧,你明天等我的电话。"

尹秀婷点了点头,心里重新燃起了希望。

三

项达民匆匆来到办公室,要周会计看一看,镇农工商总公司账上还有多少钱,周会计应声而去,哪知不一会儿,就听到周会计在走廊里惊慌失措地大叫起来。

几乎同时,有几个用电脑的机关工作人员也奔了出来,乱七八糟地嚷着,说电脑出问题了。

项达民不用电脑,便跑到柏森林办公室看,柏森林正对着混乱的电脑显示屏发愣。

柏森林明白,是系统内错乱了,但是跟项达民说也没用,所以只是苦笑了一下,说:"出问题了。"

最痛苦的是周会计和小秦会计,两人急得乱跳脚,所有的账目全乱套了,两人奔到项达民、柏森林面前,说:"项书记,怎么办?柏镇长,怎么办?"

柏森林说:"你们别着急,先别乱动电脑,我马上请专家来看,内存如果没有被破坏,文件相信还在里边,只是暂时乱了。"

镇机关办公机构,人手一台486电脑,是柏森林力主添置的,柏森林在党委会上提出申请支出这一笔费用,项达民倒很干脆,只是觉得时机早了一些。柏森林认为,不仅不早,反而晚了,早就应该推广使用电脑管理,项达民点了头,党委会就通过了。

项达民看柏森林要给平江大学计算机系的老师打电话,在一边说:"柏镇长,不急着打电话吧。"

柏森林放下电话,看着项达民,等他的下文。

项达民犹豫了一下,说:"这批电脑,值不少钱。"

柏森林闪着警惕的目光,意思是说,你什么意思?

项达民长叹一声,说:"快到年底了。"

柏森林当然明白,快到年底,最尖锐最突出的矛盾就是一个钱字,他紧张地盯着项达民,怕从项达民嘴里吐出一个"卖"字,这许多电脑空置着,不如卖了,还能救救急。

一个"卖"字,确实已经到了项达民嘴边。

但是他到底没有说出来,是被柏森林急迫的目光盯回去了,或者是自己内心有股力量把它拉回去了。回到自己的办公室,周会计过来告诉项达民,农工商总公司账上,只有几千元了,项达民摆了摆手,说:"我知道了。"

尹秀婷还在医院里焦急地等着他的答复。

项达民考虑了半天,最后终于抓起电话来。

第二天下晚,项达民如约给尹秀婷打电话,尹秀婷一听到项达民的声音,立即说:"项书记,有没有希望?"

项达民笑起来,说:"尹老板,你也太性急了,你只给了我一天的时间呀。"

尹秀婷既着急,又内疚,她清楚地知道,此时的项达民,也正被钱逼得无路可走,却还在关心着她的事情,觉得很对不起项达民,但是听项达民轻松的口气,她感觉到项达民已经替她想到了办法,心中一阵激动。

果然,项达民说:"明天我们开始行动。"

第二天,尹秀婷和项达民在约定的地方碰了面,尹秀婷上了项达民的车,问:"带我到哪里?"

项达民只笑不答。

到了地方,尹秀婷才知道项达民带她来找市委楚平书记,不由有些紧张。

项达民却摇了摇头,叫她不必紧张。

楚平书记在市委宾馆等待一位外宾,外宾到达之前,楚书记照例给自己一点时间整修一下,洗头吹风,项达民利用这一点时间,把楚书记抓住了。

楚平正在吹风,一见项达民带着尹秀婷出现在他面前,说:"好你个项达民,真会钻空子,连这一点点时间也不给我留着。"说着又看看尹秀婷,说,"尹女士,我们见过。"

尹秀婷说:"楚书记好。"

楚平说:"尹女士对我们平江的贡献是很大的。"

项达民说:"楚书记时间紧,我们也不绕圈子了,尹女士对平江、对我们桃花镇的贡献,楚书记都很清楚,现在尹女士碰到点困难,可惜我们桃花镇这时候帮不了她。"

楚平说:"你来找我,必没有好事。"

项达民把尹秀婷眼镜厂的事情简要地一说,楚平为难地直摇头。

项达民说:"要的不多。"

楚平说:"多少?"

尹秀婷刚要开口,项达民抢在前面说:"一百二十万。"

楚平又摇头,说:"项达民你胃口越来越大,一百二十万,说要的不多?多少才算多?你以为我是谁?"因为说话摇头,理发师无法给他吹风了,只得停下来,楚平却说:"吹呀,吹呀,这会儿不吹好,一会儿外宾来了,像什么样子,出洋相呀?"说着闭了嘴,头也挺直了,不动。

理发师继续吹风。

尹秀婷说:"楚书记,我们只要周转两个月,两个月一定能还清!"

楚平正要说话,秘书急急地跑了进来,说:"楚书记,客人到了。"

楚平向项达民一摊手:"这不能怪我吧。"说着自顾跟着秘书走了。

尹秀婷失望地叹了一口气,看项达民的脸,却不失望,尹秀婷不解,项达民将尹秀婷送回家,尹秀婷临下车时,项达民说:"尹老板,明天晚上请吃饭。"

尹秀婷说:"请谁?"

项达民笑笑说:"请能够帮助你解决困难的人。"

项达民既没有明说,尹秀婷也不好追着问,她估计项达民正在努力做工作。

项达民送了尹秀婷,又再往市委宾馆来,楚平正在和宾馆工作人员说说笑笑,一看到项达民,楚平大笑,指着项达民,向其他人说:"这个人,我骗不了他。"又笑着向项达民,"项达民,你哪里来的这么灵敏的嗅觉,知道秘书报的是假情报?"

项达民说:"我的嗅觉,当然是跟楚书记学来的。"

楚平收敛了笑意,说:"项达民,事情我可以帮你做,你自己,头脑要清醒!"

项达民笑了一下。

楚平说:"这不是你笑的时候,尹秀婷的钱,和你有没有关系?"稍停一下,又说,"杜老在桃花镇怎么样?"

项达民说:"他干他的工作,我干我的工作。"

楚平忧心忡忡地说:"奇怪,杜老是个炮筒子脾气,有什么事是憋不住要说的,这一回,怎么不吭声?我问过闻书记,也没有和闻书记说什么,项达民,我的感觉不好呀。"

项达民说:"我怎么办呢,我只能继续干我的事情,我不能因为他,就停止工作呀。"

楚平说:"你这态度是正确的。"说过之后,仍然是放心不下,又说,"没有再发生拍桌子之类的事情吧?"

项达民笑了笑,说:"没有,杜老也从来没有找过我,也没有拍桌子的机会。"

楚平变了脸色,厉声道:"你什么意思,是因为杜老不来找你,没有拍桌子的机会才不拍桌子?如果杜老来找你,说话不好听,你又要拍桌子了?"

项达民说:"不会的。"见楚平把话题扯到这件事情上,远离了他来找他的目的,便执拗地把话题扯过来,说:"楚书记,尹秀婷的事情……"

楚平叹口气,说:"我已经给米行长打过电话。"

项达民喜滋滋地说:"明天晚上,请……"

楚平打断项达民的话,说:"明天我到省里开会。"

项达民愣了愣。

楚平说:"事情怎么安排,我已经和许飞说了,你再和他商量吧。"楚平刚说完这句话,秘书又进来了。

项达民目送楚平前去迎接外宾,心中不由一阵感慨。回头找到许飞,问许飞楚平明天是不是真的到省里开会,许飞说:"你管他真的还是假的。"

项达民说:"请米行长,楚书记到不到场不一样呀,楚书记不到场,米行长不一定肯出来。"

许飞狡黠地笑,说:"所以楚书记要交给我安排呢。"说着向项达民一挤眼,说,"米行长所好,你知道的。"

项达民有些犹豫,试探地盯着许飞。

许飞说:"你也不用想到歪道上去,尹老板那里,不是开了个美容院吗?她手下的小姐请两个一起来便是,不是有个白小姐吗?"

项达民说:"看来许飞你认识的人真不少呢,连尹秀婷那里的白小姐你都勾搭上了。"

许飞便吹牛道:"满平江,有哪个小姐你说出来我不认识?"边说,边给米行长打电话,米行长接了电话,许飞便朝项达民挤眼,说:"米行长,楚书记让我给您打个电话,明天晚上的事情,楚书记已经和您说了吧?"

米行长说:"噢,楚书记已经给我打过电话,说了。"

许飞说:"楚书记现在在陪外宾,他不放心明天晚上的事情,叫我再和您落实一下。"

米行长说:"明天楚书记来不来?"

许飞说:"楚书记怎么不来,楚书记请客,他自己怎么能不来?"

米行长那边停顿了一下,说:"对方是什么来头,来头蛮大的嘛,楚书记亲自为他们请饭?"

许飞说:"反正大概是蛮大的吧,我也不太清楚,只知道楚书记再三叮嘱事情要办好,我也不敢大意,所以再打个电话给您,明天见了就知道是哪方神仙。"边说边不停地向项达民挤眼。

米行长说:"楚书记请饭,我不敢不到的。"说话间仍然是有怀疑,又说,"不过我也有点奇怪,开口开得也不大嘛,要一百二十万,小数目,小意思,惊动了楚书记亲自陪饭,什么人物呀?"

许飞说:"到底是米行长,口大得了不得呀,一百二十万,小意思?"

两人又说笑了几句,才挂断电话,项达民向许飞说:"晚上有没有空,打保龄球去?"

许飞故作痛苦地长叹一声:"我哪有你潇洒,闻今天陪外宾看演出,我得侍候着。"

项达民说:"许飞你这个人物倒是越来越特殊了,人家首长,都是秘书跟着,我们的首长却都是要你跟着。听说闻和楚,还抢你呢,有没有这事?"

许飞做苦不堪言状。

项达民说:"你们的秘书长、主任、秘书,倒不吃你的醋?"

许飞说:"这些家伙,才快活,在背后偷笑,笑死了,我忙死,他们轻松呀,打百分打个昏天黑地也没人管他们。"

第二天晚上,尹秀婷带着白小姐和另外一位年轻漂亮的小姐来到饭店,项达民先到,许飞也到了,接着米行长准时到达,一进来,看到项达民,愣了一下,又看看尹秀婷,一脸上当受骗的样子,后悔不迭道:"项达民,是你呀。"没看见楚平,便有些心不在焉。

许飞说:"楚书记会议还没有结束,我们是等他呢,还是先开始?"

米行长急道:"当然等他。"

大家一起等楚平,米行长很着急,催许飞打电话问,许飞出去打电话,回进来说:"还有一会儿呢,叫我们先开始。"

米行长说:"那不行,楚书记是主人,我们怎么能反客为主?"

继续等待,过一会儿,许飞又要出去打电话,米行长拿出自己的手机说:"用我的手机吧。"

许飞按了号码,讲了几句,回头很抱歉地对米行长说:"还早着呢。"

米行长脸色有些变了,正要说话,尹秀婷带来的两位小姐走了进来,米行长一看漂亮的小姐,脸色也不便变坏,心情好起来,问:"这两位小姐,哪里的?"

项达民说:"是尹老板'蓝月亮'美容院的,这位是白小姐,这位是宋小姐。"

米行长眯着眼看着两位小姐,说:"好,好,白小姐。好,好,宋小姐。"

两位小姐也入了座,开始替米行长满酒,米行长不再说一定要等楚书记了,问白小姐:"白小姐,'蓝月亮'美容院,只为女士服务,是不是?"

白小姐很机智,说:"到目前为止是的,但是以后……"

尹秀婷接过白小姐的话,说:"我们正在考虑,扩大范围,也开辟为男士服务的业务。"

米行长说:"这才对嘛,爱美之心,人皆有之,男士也爱美呀。"

大家笑起来,说米行长真是潇洒人生。

米行长来了情绪,说:"从某种意义上说,男士的爱美之心,甚至超过女士,比如大家说我,一看见漂亮女孩眼睛就眯起来了,为什么呢?爱美之心呀。"

说得白小姐和宋小姐笑弯了腰。

米行长说:"我知道有人对我有非议,但是我理直气壮。我怕什么,有爱美之心是好事,难道不许大家爱美,让大家爱丑?"随手抚摸着白小姐的背,但丝毫没有亵渎的意思,只是一种仁厚慈爱的感觉。

晚宴就在谈论爱美之心的话题中开始了,米行长也知道是项达民和许飞给他一个套子钻,也知道楚平根本就没有打算来吃饭,但此时的米行长,已经钻得心甘情愿了。

席间,尹秀婷见项达民起身出去,便跟了出来,说:"项书记,有希望了,谢谢你。"

项达民说:"你不必谢我,楚书记说你对平江的贡献大,平江也应该帮助你的。"

尹秀婷说:"你要了一百二十万,多的四十万,我们两家对半分。"

项达民说:"那怎么行!你只能拿八十万,多一分也是我的。再说了,米行长决不可能给一百二十万。"

最后,米行长给了一百万,项达民拿走了二十万。

米行长醉眼蒙眬地看着项达民,说:"项达民,你借那么多的债,接你后任的人,倒大霉呀!"

项达民说:"只要我不想离开桃花镇,就不会有人来接我的任。而且,至少到现在,我没有离开桃花镇的想法。"

米行长摆着手,说:"项达民呀项达民,到了这时候,还在东奔西跑借钱,你还不替自己考虑后路?"

项达民正要说话,米行长却转过头对许飞说:"许飞,你欠我一笔。"

许飞说:"你记在账上就是,我以后还你。"

米行长说:"以后?以后恐怕来不及了,我马上要找楚书记,三槐路工程那笔贷款,我要向楚书记详细汇报。"说着竟掉下几滴眼泪来,又自言自语地说,"恐怕来不及了,三个亿,来不及了……"

项达民和许飞看着米行长跌跌歪歪地上了车,两人面面相觑。

第 19 章

一

闹钟响过好一阵,卢狄无可奈何地翻身坐起来,看看江燕,仍然蒙头熟睡着,自己爬起来到煤气灶上烧了泡饭,回过来,江燕仍然不醒,卢狄过去推推她,江燕翻了一个身,朝里又睡,卢狄凑到江燕耳边,大叫了一声,江燕吓了一跳,睁开眼睛,直愣愣地盯着卢狄。

卢狄说:"不上班了?"

江燕说:"不想去了,没劲。"

这离江燕进"蓝月亮"美容院还不到一年,又厌烦了,卢狄不由皱了皱眉,无话可说。

江燕的睡意被吵走了,干脆坐了起来,盯着卢狄说:"你皱什么眉头?像我这样,做了快一年了,算好的了,你到我们'蓝月亮'打听打听,有谁做满半年的,人像走马灯似的换,最多也不过做三五个月,少的,干两天就炒尹老板的鱿鱼。"

卢狄摇头,说:"女人,如今这么没有定性!"

江燕说:"这是现代社会的特征,节奏快,变化快。"

卢狄说:"我看着你这么折腾,替你感觉累。"

江燕说:"你替我累,我还替你累呢。你说我折腾,你不折腾?我的折腾,不过折腾我自己,你的折腾,却是折腾别人,你累不累?"

卢狄明白江燕指的什么,怕她没完没了,便不再吭声。

江燕突然又说:"我想搞服装设计。"

卢狄哭笑不得,说:"服装设计?江燕你可是大学中文系毕业的呀。"

江燕不理卢狄的挖苦,沿着自己的思路,兴致勃勃地说:"我在蒋月仙的服装店,看到那些进口的服装,那种设计,那种思维,那种感觉,简直,简直,简直……"简直怎么样,她找不到形容词。

卢狄说:"怪不得最近家里的衣橱都挂满了。"

江燕"哼"了一声说:"你也知道家里的衣橱挂满了,我还以为你根本不知道家里有衣橱呢。"

卢狄说:"既然你承认人家简直好得没法说,那种感觉,那种思维,那种什么,你还指望你能超过他们?"

江燕说:"我永远是革命的乐观主义,看到好的东西,就产生激情,就产生超过它的愿望,我已经和蒋月仙谈过好几次,我想和她合作,我设计,她销售……"

卢狄不由"哈"的一声笑出来,见江燕柳眉一竖,知道不妙,赶紧"拜拜"了。

江燕到"蓝月亮"上班,枯坐了半个上午,也没有来生意,向白小姐说了一声有事请假,往雪白服装店去。

雪白服装店虽开张不久,声誉却已经开始响起来了,蒋月仙的经营方针和经营思路,很能够被市民各阶层接受。加之蒋月仙多多少少的名人效应,在市场大气候不景气的环境下,雪白服装店的生意算是比较顺利的,一直到这时候,蒋月仙才开始在报纸电台做些不过分的广告。

蒋月仙的服装,以进口中档名牌为主,但是进口服装税收很高,刚刚步入商场的蒋月仙暂时还不可能有这个实力专卖税收昂贵的进口服装,第一次接触丁科长时,她就将自己的矛盾老老实实地告诉了丁科长,丁科长轻松一笑说,蒋老师,你要的东西,包在我身上。

丁科长的工作主要是给国内企业介绍国外服装来料来样加工,每次接活,都会有一些国外的样品进来,这些样品,按规矩是免税的,丁科长便将样品的一部分,直接放给蒋月仙的雪白服装店经营,蒋月仙的生意,主要就是依靠了这些进价便宜、售价可观并且数量稀少、几乎独此一件的服装,因此,蒋月仙更大的收获不在她的可观的营业额上,她的利润,达到了营业额的百分之八十。

虽然生意十分顺利,但蒋月仙内心却不安,每次见到丁科长,总是觉得欠了他许多,却不知如何回报。她也曾探过丁科长的口风,是否应该采取什么方法。丁科长却始终回避这个问题,最后蒋月仙只好直截了当地提出来,丁科长听了,仍然笑而不答。蒋月仙急了,说,以后我需要你帮助的时间还长得很。丁科长也直截了当地说,我听项达民的吩咐,他说过,你蒋老师的事情就是他的事情,他的事情也就是我的事情,难道自己给自己办事情,还需要什么额外的好处?

蒋月仙并不清楚项达民和丁科长之间到底是什么样的关系,她也不很清楚丁科长工作的具体内容和性质,虽然丁科长一再申明进口服装的样品他有权全权处理,蒋月仙却始终在内心深处隐着一份担心。

这一天,蒋月仙终于忍不住来到丁科长的办公室,丁科长说:"蒋老师,服装卖得怎么样?"

蒋月仙说:"非常好,许多人来订货呢。"

丁科长正要说什么,有人走了进来,脸色严峻地说:"丁科长,海关的人来了,在处长那里,处长叫你过去。"

丁科长向蒋月仙做了个抱歉的表情,跟着那人走了。

蒋月仙慢慢地走出服装进出口公司,经过传达室的时候,传达向她笑笑,说:"我正在听你的评弹呢。"

蒋月仙颇觉意外,一时说不出话来,没想到传达认识她。

传达说:"我喜欢听你的书,你的书,有韵味,现在年轻的演员,说不出那种味道。"

蒋月仙说:"谢谢。"

传达不无遗憾地说:"听说你的嗓子坏了?"

蒋月仙点点头。

传达说:"可惜呀,"看蒋月仙的脸色不大好,连忙又说,"不过,也可以了,很不错了。"指指桌上的小收音机,说,"你的东西,他们都替你录下来了,现在我们仍然能听到。"

蒋月仙有一种想哭的感觉,但是她却笑了笑,离开了服装进出口公司。阴沉的天色里,飘起了小雨,一路有出租车从身边开过,司机向蒋月仙看着,蒋月仙却不想打的,她一个人慢慢地在雨中走着。

到店里,江燕迎了出来,说:"蒋老师,今天迟了?"

蒋月仙说:"路上看了个人。"

江燕像个调皮的孩子似的笑起来,盯着蒋月仙,说:"我看你的眼睛,是恋爱中的眼睛,是不是他来了?"

蒋月仙心慌意乱地说:"谁来了?谁来了?你瞎说什么?"

江燕得意地晃着脑袋,说:"你心虚什么?"

蒋月仙拢了一下头发,搓了搓手,将话题扯开去:"天真冷,好几年冬天没有这么冷了。"

江燕看了看窗外的天,说:"紫色的天,是不是要下雪了?"

蒋月仙也看了看天,怀疑道:"下雪?"

江燕说:"天气预测,今冬可能有雪。下一场大雪也好,让我们这里的孩子,也见识一下什么叫雪。"说着,不再看天,拿出自己画的服装图纸,交给蒋月仙。蒋月仙接过去,心神不宁,勉强看了看,说:"你真的要干?"

江燕说:"蒋老师你难道一直以为我在和你开玩笑?"

蒋月仙说:"你想得太简单,事情不是那么容易的,就算有好的设计,谁做?我是不会做的,你做?"

江燕说:"叫你的项书记吩咐隆飞翔集团做一做,不是很简单?"

蒋月仙脸色有些变,没有吭声。

江燕注意地看了看蒋月仙,说:"蒋老师,先前和你说起来,你还兴致勃勃,说隆飞翔集团有的是好裁缝,怎么今天……你不会是因为杜老到了桃花镇,该做的事情就不敢做,该说的话就不敢说吧?"

蒋月仙一愣,问道:"杜老,什么杜老?"

江燕看得出蒋月仙不是假装,便说:"杜老你竟然不知道,我们省里原来的纪委书记,全国有名的杜包公。"

蒋月仙"噢"了一声,杜老的事情,报纸上常常有,她是有印象的。

江燕说:"杜老要抓桃花镇的典型,要抓项达民的典型了,正带了人,在桃花镇调查呢,蒋老师你怎么会不知道?"

蒋月仙说:"杜老怎么会跑到桃花镇去调查,调查什么?"

江燕说:"听说开始是平泽县吕书记派一个什么调研组去的,有个人叫,叫尤,尤……"

蒋月仙说:"尤敬华,我听说过的,是县纪委的副书记。"

江燕说:"就是他,写了一个调查报告,排了桃花镇许多问题……"

蒋月仙脱口而出:"调查问题?我听说,你们卢狄,也在搞桃花镇的什么问题。"

江燕脸色有些尴尬,说:"卢狄有病,一根筋搭错了,怎么也拉不回来,我跟他翻脸也翻过好多回,哪有用?"

蒋月仙想起卢狄给项达民制造的麻烦,气不打一处来,说话有些不好听:"大家喜欢卢狄是喜欢他仗义执言的勇气,但是也不能举着仗义执言的旗帜,乱咬人。他和项达民过不去,说明他根本不了解项达民,对一个自己根本没有了解的人,咬住了和人家过不去,这不是勇气,这是哗众取宠。"

江燕对卢狄揪住桃花镇项达民死缠烂打,也是有想法的,但她的内心很矛盾,她又非常希望卢狄能够出名。同时,对于卢狄的做法,她自己可以说他、指责他,甚至讽刺挖苦,但别人指责卢狄,心里就不舒服,扎了根刺似的难受。这会儿听蒋月仙毫不客气地说卢狄是虚张声势,哗众取宠,心中十分不快,又不好直接反驳,便道:"不过,你别误会,卢狄和尤敬华的调查报告毫无关系。"

蒋月仙脾气再好,这会儿也忍不住说:"巧呢,怎么都冲着桃花镇去。"想想放心不下,说,"江燕,杜老要干什么?"

江燕说:"调查吧。"

"调查什么?"

"腐败吧。"

蒋月仙不由皱了眉头,满心的疑虑和担忧,觉得有许多话急于要问江燕,但也明白江燕不见得能了解多少、了解多深,便半是说给江燕听,半是给自己鼓气,说:"项达民不会有任何问题,腐败两字,跟他不沾边。"

江燕未置可否,态度暧昧地一笑。

蒋月仙摇头说:"你,江燕,你们,都不了解项达民,你们真的一点也不了解他。"

江燕见蒋月仙心情越来越沉重,便轻松地开起玩笑来:"这么说来,蒋老师是最了解项达民的喽?"

蒋月仙脸有些红,犹豫了一下,正想解释什么,江燕笑着摆手说:"不用解释啦,我们都明白。"看了看时间,说,"蒋老师,中午了,今天我请你吃饭。"

蒋月仙说:"请什么饭?"

江燕说:"为我们今后可能的合作。"

蒋月仙根本没有心思,但被江燕硬拖着,哭笑不得来到街头一家饭店。江燕要喝啤酒,硬逼着蒋月仙也喝,蒋月仙拿江燕没办法,按照她对卢狄的气愤,她应该根本就不理睬江燕,但是江燕嬉皮笑脸,永远不和你认真,蒋月仙心肠也就硬不起来。

喝了啤酒,脸上发热,蒋月仙摸了摸脸,问江燕:"我脸红了吧?"

江燕说:"这样子最美,白里透红,要不然,就显得苍白了。"

吃过饭,江燕直接回"蓝月亮",蒋月仙回店里去,刚踏进门,慕小麟就从里边出来,盯着蒋月仙说:"喝酒了?"

蒋月仙说:"喝了一点啤酒,脸就红了。"

慕小麟说:"谁请你吃饭?"

蒋月仙说:"江燕。"

慕小麟一脸怀疑,又盯着蒋月仙的脸看了一会儿,说:"不会吧,江燕干吗要请你吃饭?"

蒋月仙不高兴,说:"奇怪,为什么江燕不能请我吃饭?"

慕小麟说:"你急什么,我随便问问,你心虚什么?"

蒋月仙说:"我心虚什么,你不信,问店里随便哪个,是不是上午江燕来的。"

慕小麟纠缠不休,说:"上午江燕到店里来,并不能说明中午是江燕请你吃饭。"

蒋月仙扭过脸去,不想和慕小麟啰唆。

慕小麟却来了劲,兴致勃勃,两眼闪闪发亮,说:"是不是有人又到平江来了?"

蒋月仙知道他指的是谁,心里十分气愤,说:"平江是你的,别人来不得?"

慕小麟眼睛越发地亮起来,说:"这么说来,真是来了,又请你吃饭了。我说呢,江燕请吃饭,也喝成这样,不像不像。"

蒋月仙生气地走开去,慕小麟却跟过来,继续说:"他为什么老是来找你?为什么每次来都要请你吃饭?"

蒋月仙恼怒得很,抓起电话,拨了"蓝月亮"的号码,交给慕小麟,说:"你自己问江燕。"

慕小麟却笑眯眯地将电话挂断,说:"我和你开个玩笑,你这么认真干什么吗?"

蒋月仙转身,慕小麟又转到她面前,说:"其他事情我都相信你,百分之一百地相信,可就是这件事情,就是这个人,我不能相信。"

蒋月仙怕店里其他人听到,压低声音说:"慕小麟,你有完没完?"

慕小麟说:"哪里有完,人活着一天,就要为自己的追求付出代价,永远没有完结的时候,除非生命完结,追求也才完结。"

蒋月仙气恼地说:"你追求你的,不要来烦我。"

慕小麟说:"对不起了,我追求的东西,偏偏和你连在一起,不能分离。"蒋月仙不作声。

慕小麟却滔滔不绝说:"月仙,其实,在我们两人的生活中,一片光明,这片光明就是信任,就是坦率,但是现在,这一片光明中有了一块阴影,你也明白,这块阴影,就是那个人,你呢,一说到那个人,一碰到那个人的事情,你就不坦然了,你就心虚了,你就发急了,你就对我说谎,你就骗我,所以,我不得不认真一点。"

蒋月仙说:"我什么时候说谎?什么时候骗过你?慕小麟,你说话要负责任!"

慕小麟说:"你也是个明白人,何苦非要我点穿了呢。"

蒋月仙说:"你点,你点,你点穿了最好。"

慕小麟伸出两个手指,做了个"八"字,一脸我什么都清楚的样子,看着蒋月仙。

蒋月仙却不明白,完全摸不着头脑。

慕小麟说:"你现在真会装蒜了呀,八,就是八万块钱,你开店的资金里,有八万块钱是他支持的,我问你,你为什么不告诉我?"

蒋月仙说:"我告诉过你。"

慕小麟冷笑一声,说:"你告诉我什么,你说是一个朋友的,什么朋友?你的朋友,我怎么不知道,能借给你八万块钱的朋友,我应该知道!"越说越激动,咽了口唾沫,又说,"你不敢告诉我钱是项达民的,为什么?你为什么不敢告诉我?"

蒋月仙说:"我为什么不告诉你?我怕你不高兴,怕你啰唆,怕你纠缠,怕你阻挠我开店。"

慕小麟直摇头:"我是那样的人吗?我是不讲理的人吗?我是个纠缠人的人吗?老婆开店,我会阻挠吗?外人都能支持你,我难道连外人也不如?笑话了!若不是卢狄告诉我,我还一直蒙在鼓里呢!"

蒋月仙一听卢狄,更加恼火,说:"你和卢狄那样的人,很投缘。"

慕小麟说:"卢狄那样的人,怎么样,好!我看,现在社会上,就是缺少几个卢狄,大家惧怕权势,如果人人都像卢狄那样敢于说话,敢于得罪权势,社会就不会如此腐败!"

蒋月仙脱口道:"卢狄还和你说什么了?"

慕小麟狡猾地眨了眨眼,说:"怎么,你怕他告诉我什么?我才不告诉你,你自己说,你有什么事情可以让卢狄说的,为什么来问我?卢狄能跟我说什么,你心里最明白,不是吗?"

蒋月仙讲不过慕小麟,躲又没处躲,一气之下,跑到柜台后面一个营业员身边,站着不动,慕小麟追过来,看到蒋月仙身边有人,一愣,随即笑起来,说:"月仙,我上班去啦,有什么事情,给我打电话。"向蒋月仙打个飞吻,在小姑娘们的窃笑中,走出店门。

慕小麟前脚出门,蒋月仙突然想到一件事情,连忙追出去,听到身后小姑娘们的笑声,蒋月仙在门口喊了一声:"慕小麟!"

慕小麟听到蒋月仙主动追来叫他,眼睛里闪烁着兴奋的光彩:"你叫我?"

蒋月仙怕店里人听到他们的谈话,快步走过去,说:"小麟,你有没有听卢狄说杜老在桃花镇的事情?"

慕小麟的兴奋光彩立即暗淡下去,沮丧地说:"你到底还是更关心他。"

蒋月仙说:"你好好的。"

慕小麟又抓住了把柄,说:"我好好的?那么说起来,他不好喽,所以你担心,你眉头皱得好像丈夫得了癌症。"

蒋月仙说:"你瞎说什么?"

慕小麟说:"如果我能得到你如此的关心,得癌症又有什么了不起!"

蒋月仙只得叫了一声:"慕小麟!"

慕小麟说:"好,好,我告诉你,卢狄确实跟我说过,杜老现在正在桃花镇调查项达民的事情。是不是项达民害怕了,叫你来打听消息?"

蒋月仙说:"你说得出来,就算项达民要打听消息,轮得到我帮他打听?我算什么?我到哪里去打听?"

慕小麟说:"你现在不是在帮他打听吗?你不是从我这里打听到了吗?你还想要听什么?听听项达民到底有没有问题?听听项达民到底有多大的问题?我跟你说,项达民栽在杜老手里,是没有活路的了!"

蒋月仙说:"杜老再厉害,也不能再制造冤假错案!"

慕小麟"哼"了一声,说:"冤假错案?卢狄说得不错,不说别的,别的我们不了解,也不敢说,就说他借给你八万块钱,是哪里来的?是他自己的收入?他哪来那么多收入?如果是公家的钱,他怎么可以拿公家的钱支持私人开店?就这一个问题,也够他项达民喝一壶的！"

蒋月仙想不到慕小麟会这么恨项达民，不由热泪涌上来，含着泪说："慕小麟，人不能没有良心，他是帮助我的呀！"

慕小麟说："他如果帮助别人，我才不管呢，别说八万，他拿八十万，也与我无关。或许还认为他够意思，够哥们儿。可是他支持我老婆，对不起，我就要问一问，我就不能放过他！"

蒋月仙强忍着不让眼泪掉下来。

慕小麟继续说："是的，凭我的力量，我也许动不了他一根毫毛，好在天下自有公道，多行不义必自毙，杜老来了！"

蒋月仙再也忍不住，泪水涌了出来，捂着脸，往店里奔去。慕小麟在后面惊慌失措地问："怎么啦月仙，怎么啦，好好地说着话，怎么啦？"

街上的人看着他们，笑道，小夫妻吵架了。

二

平江市人大副主任姜廉是个评弹迷，又特别喜欢听蒋月仙的演出，以前在市计委做领导时，虽然忙，但是只要有蒋月仙的演出，是每场必到的。那几年，市计委也着实给了评弹团许多帮助支持，主要是因为蒋月仙。半年前姜廉当了市人大副主任，比在计委时空闲些了，见了蒋月仙很开心地说，蒋月仙呀，这下子我有更多的时间来给你捧场了，哪知时隔不久，蒋月仙倒了嗓子，再也上不了台，姜主任听到消息，顿足不已。后来某一个场合上见到蒋月仙，说起来，仍然是满心的遗憾，再三和蒋月仙说，有什么困难一定找他。

接到蒋月仙的电话时，姜廉便犹豫了一下，说："蒋月仙，我现在是在人大了。"随即又说，"不管怎么说，你先过来也好，我们聊聊天，好久不见了。"

蒋月仙抱着希望到姜主任那里,姜主任问长问短,聊了半天,最后才说:"蒋月仙,实在对不起,我现在的工作你应该知道的,无法替你筹八万块钱。"

蒋月仙说:"姜主任,我并不是想向您借钱,我是想……"

不等蒋月仙说完,姜主任就点头,说:"我明白你的意思,你是觉得我原来在计委工作,下面的关系应该很多的。"停顿了一下,为难地摇着头,说,"蒋月仙,人走茶凉呀……"

蒋月仙从姜廉那里出来时,心里乱糟糟的,不知道是姜主任感叹人走茶凉呢,还是她自己在感叹人走茶凉。

蒋月仙又把目标瞄准了另一个熟人,平江市最大的一个建设财团,财团的董事长和蒋月仙也算是比较熟悉的,过去都是场面上的人物。蒋月仙没有打电话,直接来到建设财团找董事长,董事长正在开会,被叫出来,一见是蒋月仙,客气地握手、寒暄,因为在开会,他只能请蒋月仙到办公室坐了,问有什么事。蒋月仙便简单地说了一下情况,董事长听了,立即说了一声对不起,接着简要地介绍了财团今年刚定下的三条规定:一、不许向私营企业放钱贷款;二、不许向乡镇企业放钱贷款;三、不许向街道办企业放钱贷款。即使是董事长,也无权违反规定。

蒋月仙再也没有勇气和信心去走第三家了,她站在街头犹豫了一下,疲惫的感觉直袭而来,她没有再回服装店去。

家里冷冷清清的,快到中午,蒋月仙也没有心思给自己做饭,找到一包不知什么时候买的方便面,正要冲泡的时候,电话铃响起来,是慕小麟打回来的,听到蒋月仙的声音,慕小麟马上就说:"你刚才,到建设财团去了吧?"

蒋月仙因为到处碰钉子,心里窝火,反唇相讥:"怎么,你在盯我的梢,跟踪我?"

慕小麟说:"用不着我跟踪盯梢,若要人不知,除非己莫为,你做了事情,总会有人知道。"

蒋月仙说:"我做的事情,没有必要让人知道。我没有做亏心事,也不怕人知道!"

慕小麟说:"你在为他跑钱是吧,八万块钱,想赶紧垫上?来得及吗?"

蒋月仙说:"你瞎说什么?"

慕小麟说:"他害怕了?他也有害怕的时候?"

蒋月仙说:"你有没有事情,没有事情,我挂了。"

慕小麟说:"你着什么急,你是不是还要出去替他跑钱?"

蒋月仙挂断了电话。不一会儿,电话又响了,蒋月仙不接,但是电话铃不依不饶地响着,叫得蒋月仙心绪大乱,只得再接起来,说:"慕小麟,我不舒服,你别再烦人了,好不好?"

慕小麟狠狠地"哼"了一声,说:"你不舒服,哪里不舒服?心里不舒服。心里怎么不舒服?是不放心吧?你对我,怎么从来没有这么关心过……"说了半天,也不见蒋月仙回答一句,慕小麟连连"喂"了几声,那边仍然无声无息,慕小麟只得将电话挂断。稍过了会儿,再往家里打,却只有忙音了,慕小麟估计是蒋月仙有意不将电话挂好,让他打不进来,慕小麟自己笑了一下,就往家附近的公用电话打过去,叫公用电话亭的人去喊蒋月仙。公用电话亭的人奇怪道:"蒋月仙?蒋月仙家有电话的呀。"

慕小麟说:"家里电话坏了,麻烦你叫她听一下电话。"

公用电话亭的人去喊蒋月仙,过了好一会儿,才过来,气喘吁吁地说家里没有人应声,大概不在家。慕小麟说:"在家,在家,我一分钟前还和她通电话,她不可能放下电话就出门的。"

公用电话亭的人生气了,说:"既然你一分钟前还在通电话,怎么说电话坏了?你什么意思,捉弄我?"

慕小麟解释不清,只得央求道:"老师傅,帮帮忙,帮帮忙,再帮我去叫一叫。"

电话亭的人再不理睬慕小麟,挂断了电话。慕小麟不甘心,又往家里打,电话仍然是忙音。慕小麟正懊丧着,有人在楼下喊:"慕小麟,有人找。"

慕小麟出来,从走廊上朝下一探头,看到一个五十出头的人正向上望着,慕小麟说:"是你找我?请上来吧。"

来人踩着旧木楼梯吱呀吱呀地上来,向慕小麟伸出手紧紧握着,笑容可掬地说:"你就是慕小麟?"

慕小麟笑了笑,说:"如假包换。"

来人也笑了笑,说:"我是尤敬华。"

轮到慕小麟惊讶:"你就是尤敬华?"

尤敬华说:"如假包换。"

两人同时笑起来。

坐下后,慕小麟说:"尤书记,早就听说你了。"

尤敬华也说:"我也早就听说你了。"

慕小麟自嘲道:"那是因为我老婆吧,只有知道我老婆,才会知道我。"

尤敬华说:"慕老师客气了,你也是很有名气的,从前我们都听过你的大书,像《英烈传》《岳传》,都说得很有味道的。"

慕小麟也知道尤敬华是应付,但毕竟还有人想得起他从前说的书,心里总是高兴的,笑眯眯地给尤敬华泡茶。

尤敬华说:"我本来是来找蒋月仙老师的,她不在家,也不在雪白服装店,我又不知道你的电话,就贸然找来了。"

慕小麟问:"你什么时候到我家去的?"

尤敬华说:"大概半小时前吧。"

慕小麟心里好笑,半小时前,他正好在和蒋月仙通电话,蒋月仙不可能不在家,肯定是尤敬华想越过蒋月仙先找一找他,才说找不到蒋月仙,不过他也没有戳穿尤敬华,含糊了一下。

尤敬华说:"我今天来找你,也许你已经知道一些情况,省里的杜老,最近要在桃花镇搞一些调查研究,主要对象是桃花镇的党委书记项达民,我呢,是杜老点名一定要我参加的,算是副组长吧,因为杜老不可能一直住在桃花镇,他有很多重要事情要做,所以,杜老不在的时候,我就是负责人。"

慕小麟点了点头:"我已经听说了。"

尤敬华说:"好,这说明你是有思想准备的。项达民这个人,涉及的面很广,涉及的人很多,涉及的事情很多,据我们了解,蒋月仙老师和项达民也是很熟悉的……"

尤敬华的话才说到一半,慕小麟紧张而神秘地打断了他的话,问道:"尤书记,你听说什么?你知道什么?"

尤敬华觉得慕小麟有些不可理解,这是在说他老婆的事情,看慕小麟紧张兴奋的神情,倒好像是在说别人,说他的一个同事,或者说一个邻居,尤敬华倒吃不透他了,本来是想从慕小麟这里了解些情况的,哪知慕小麟比他还急于要了解情况,尤敬华想了想,才说:"慕老师,我今天来找你,是想通过你和蒋月仙老师,了解有关项达民的情况。据我们了解,项达民对蒋月仙老师是十分关心的,帮助很大。"

慕小麟说:"这倒是事实,连我们蒋月仙雪白服装店的进货,都是项达民帮助解决的。"说着颇为得意地一笑,"蒋月仙并没有告诉我,是我自己通过调查发现的。"

尤敬华对慕小麟这种小男人气的样子,实在有些不习惯,但是正因为慕小麟的这种样子,才可能使他的调查内容更丰富,如果慕小麟是个什么都无所谓什么都不计较什么都不在乎的大男子,恐怕尤敬华今天的来访就不会有什么收获了,故而尤敬华用充满期待的眼光盯着慕小麟。

慕小麟倍感鼓舞,说:"是平江市服装进出口公司业务一科的丁科长,他和项达民好像关系特别密切。另外,有八万块钱,是项达民提供的,但是不知道用什么名义。"

尤敬华在本子上记下了什么,说:"好,好,今天你证实了八万块钱的事情,好,好,太好了。"边说边向慕小麟点头,"慕老师,你是个非常正直的人,虽然事情牵涉到自己的爱人,但是你仍然能够坦诚相告,这是非常难能可贵的,有的人,说别人时可以很正直,说到自己,尤其是自己的爱人,就会躲躲闪闪,有所隐瞒⋯⋯"

慕小麟突然拉下脸来,毫不客气地指着尤敬华说:"你的意思,是在试探我们蒋月仙的问题?"

尤敬华被他突如其来的变脸弄愣了,脸上真诚的微笑一时僵住了,连忙解释说:"慕老师你别误会,你别误会,我绝没有怀疑蒋老师的意思,我只是调查项达民的情况。"

慕小麟说:"你把我当傻子?调查项达民,跑到我这里来做什么?"越说越激愤不已,"你是在暗示我,我们蒋月仙和项达民有什么问题,是吧?你这是在挑拨我们夫妻关系!"

尤敬华想不到慕小麟说话这么不顾场合,只得支支吾吾地说:"你完全误解了,你完全误解了⋯⋯"

慕小麟冷笑道:"我误解?你尾巴一翘,我就知道你拉什么屎,你尾巴不翘,我也知道你拉什么屎。"

尤敬华哭笑不得,但还得赔着笑脸。

慕小麟继续激情昂扬地说:"告诉你,我们夫妻关系好得很,任你们怎么挑拨,无用!"稍稍喘了口气,又神情严正地说,"我们蒋月仙心里只有我一个人,任何别人,都不可能进入她的心里,这一点,我绝对放心,所以,不管你们制造什么样的谣言,不管你们费什么样的心机,都无法离间我们的关系!"

尤敬华耐心地等慕小麟缓了缓情绪,才说:"慕老师,你尽管放心,蒋老师的为人,我们大家都很尊重的,绝对没有一丝一毫亵渎的意思,我今天来的目的其实很简单,就是八万块钱的事情,据了解,项达民个人存款没有这么多钱⋯⋯"

慕小麟说:"那他是拿公家的钱做好人?"

尤敬华说:"想了解一下,个人有没有好处,这个问题只有找你和蒋老师,才可能知道真相。"

慕小麟的思路却又跳回到他唯一关心的那个问题上,答非所问道:"我想不明白,他凭什么要支持我们蒋月仙?"

尤敬华却认为慕小麟的思路和他是一致的,点头道:"据我们的经验,像这种情况,一般有两个原因,一是感情因素,一是金钱因素。"看着慕小麟的脸,又急忙地说,"既然你认为感情因素不存在,那剩下来的就是金钱因素了。"

慕小麟摇着头,自言自语道:"我不明白,我想不明白,我不知道……"

尤敬华走后,慕小麟又抓起电话打回家,激动得连声音都颤抖了:"我告诉你,你的事情我全部知道了!"不容蒋月仙挂电话,又抢着说,"你听我说完,你就不会急着挂电话了。"

蒋月仙无声地听着。

三

陶李走进"蓝月亮"美容院,美容院里空空荡荡,白小姐尴尬地向陶李笑笑,陶李说:"看起来,我是最后的贵族了。"

白小姐说:"做不下去了,尹老板正在考虑盘店,谈了几个,差距太大,一直僵持着。"

陶李说:"还做不做美容?"

白小姐说:"做仍然是做的,有些买了年卡的,得给人家做完呀,要是做不完,还得退款。"

陶李说:"我又看到报纸上介绍,做美容对皮肤没有好处,说皮肤不能多碰,要让其保持自然,多揉多擦了,反而加速老化。"

白小姐苦笑笑,说:"现在的事情,真是搞不懂了。"

陶李和白小姐说了几句,正要往里边的按摩室去,隔着美容院的玻璃长窗,看到蒋月仙在马路对面朝这边张望,正要过马路,又因路上车辆多,不好过来,陶李走出去,隔着马路向蒋月仙招招手。

蒋月仙终于过得马路来,说:"陶李,我在找你。"

陶李说:"你知道我在这里?"

蒋月仙说:"我打电话到你家,没有人接,试着过来看看,你倒正好在。"

陶李说:"有事找我?"

蒋月仙说:"你有没有时间,我们找个地方说说?"

陶李手向美容院里指指:"她们里边有个接待室,坐坐?"

蒋月仙犹豫了一下。

陶李想笑笑,却没有笑出来,蒋月仙感觉到陶李也是满腹心事,只是不知道她的心事是什么。在蒋月仙的感觉中,陶李好像有点变了,从前的陶李,尖嘴利舌,尖酸刻薄,眼前的陶李,似乎已经没有从前的那种神态。

蒋月仙没有说话,向里看了看,接待室里没有人,整个美容院都冷冷清清,蒋月仙就跟着陶李往接待室来了。陶李问:"碰到什么麻烦了?"

蒋月仙脸上,就露出奇奇怪怪的表情,又焦急,又担心,又有些不好意思的样子,忸怩了好一会儿,才支支吾吾含糊不清地说:"陶李,我想问问,问问桃花镇的……陶李,你最近,有没有到桃花镇去?"

陶李明白蒋月仙的心思了,说:"我刚去过。"

蒋月仙说:"我听说,听说……"

"是不是听说杜老的事情?"陶李代她说了出来,"杜老带了几个人,在桃花镇调查。"

蒋月仙脸色很紧张,盯着陶李,说:"调查什么?"不等陶李回答,又紧追着问,"是不是调查项达民?"

陶李说:"能把他排除在外吗?"

蒋月仙急了,脱口道:"他有什么问题?他有什么问题?"

陶李摇了摇头,没有回答蒋月仙的问题。

蒋月仙更急了,说:"我开店,他借给我八万块钱,我正在想办法借来还他。"停了一下,又说,"还有一件事情,我一直不放心,服装进出口公司的丁科长,也是他介绍给我的,丁科长替我搞一些免税的进口服装样品,丁科长那儿,会不会有什么事情?我前些时去看他,好像海关在查他。"

陶李有些惊讶,说:"怎么,丁科长的事,你还不知道?昨天,丁科长被抓了。"

蒋月仙"啊"了一声,脸色煞白,目光呆滞地看着陶李,过了半天,才问道:"什么罪?"

陶李说:"骗退税。"顿一顿,又补充道,"数额很大。"

陶李的话使蒋月仙的心一直在往下沉,使她有一种托不住自己心脏的恐惧感,忍不住问陶李:"项、项书记,知不知道?和他有没有关系?"

陶李不置可否,脸色也很不好看,过了一会儿才说:"现在,丁科长都承担了。"

蒋月仙张着嘴,有一肚子的疑惑,却又问不出来,丁科长都承担了,意味着什么?

陶李好像不再愿意多说什么,进了按摩室做美容去了,蒋月仙往自己的服装店去,一进门,看到慕小麟又守候着,蒋月仙心情不好,说:"你又来了。"

慕小麟说:"怎么,许你去看别人,就不许我来看老婆?"

蒋月仙懒得和他说话,紧闭着嘴,走进里间,慕小麟跟进来,说:"最近你经常不在店里。"

蒋月仙来气,说:"我有我的事情要做。"

慕小麟说:"你有什么事情?你不就是守一个服装店的事情,你还有什么事情?"

蒋月仙说:"你要限制我的行动自由?"

慕小麟说:"我的感觉不好,我是非常相信我的感觉的,我总感觉到,有人又来平江了,若不然,平时你天天守在店里,这几天,怎么天天往外跑,也不告诉我到哪里去?"

蒋月仙转身要出去,突然桌上的电话响了,慕小麟抢着接起来,"喂"了一声,电话却断了,慕小麟对着电话叫了几声,那边已经是一片忙音,慕小麟满心狐疑地盯着蒋月仙看了一会儿,脸上似笑非笑,说:"找你的。"

蒋月仙心里有一种莫名其妙的紧张,脸不由自主地红起来。

慕小麟说:"你心虚什么?你脸红什么?找你的,听到是我的声音,就挂断,这种伎俩,也太拙劣了,想不到堂堂一个党的书记,也会干这种事情!"

蒋月仙又急又恼,说:"慕小麟,你头脑里是不是有一根筋搭错了?老实说,我在外面结识的人,不只一个两个,你为什么老是盯住一个人不放?"

慕小麟狡猾地一笑,说:"你也认识到这一点啦,你应该好好想想,为什么?不应该你问我,应该我问你。"

蒋月仙说:"你神经搭错了。"

慕小麟说:"骂人是解决不了问题的,我盯住一个不放,是因为我能看清你的内心世界。我知道你结识的人多,你认识许多优秀的男人,但是真正往你心里去的,却只有一个。"说着,满脸浮出洞察一切的怪笑,继续说,"怎么样,说到点子上了吧?"

蒋月仙涨红了脸,说:"慕小麟,你无中生有!"

慕小麟这会儿慢悠悠地说:"怎么样,是不是问题被杜包公查出来了,着急了,害怕了,来找你?找你有什么用?你又不是纪委书记,你又不是闻舒,就算是闻舒,就算闻舒保他,恐怕也无济于事了。杜老是何等样的人物,省委书记也要让他三分!这下子,有他的好看!"

蒋月仙说:"慕小麟,你实在太无心肝,人家现在碰到这么大的困难……"

慕小麟说:"你看看,你看看,说话间,从来就不敢说出人家的名字,难道项达民没有名字,就叫他,或者叫人家?"

蒋月仙被慕小麟一点穿,脸复又红了,但也顾不上了,说:"项达民是个什么样的人,你心里其实很清楚,现在项达民遇到困难,大家替他担心,大家希望他平安渡过,你呢,幸灾乐祸,希望他出事!你以前不是这样的人,到底怎么了?"停顿一下,索性把话说明了,"你心里也清楚也知道,你老婆和他根本没有事,你是绝对知道的,你为什么还耿耿于怀,纠缠不休?"

慕小麟听蒋月仙说"根本没事",心里一动,仍然狐疑地看着蒋月仙,嘴上说:"我不愿意我的老婆心里老是想念着另外一个男人,老是关心他,老是惦记他,老是把他放在心里最重要的位置。"

蒋月仙说:"我认识的人、朋友,碰到麻烦,遇到困难,我不可能不关心、不关注。"说着,便想到丁科长的事情,心情越发沉重,说:"服装进出口公司的丁科长,被抓起来了,主要是隆飞翔集团的骗退税。"

慕小麟一听,眼睛当即一亮,目光炯炯地"哈"了一声,说:"抓起来了?什么时候?"

蒋月仙说:"昨天。"

慕小麟得意扬扬地晃了晃脑袋。

蒋月仙从他的神态中看出了什么,紧张地追问:"慕小麟,你想说什么?"

慕小麟说:"丁的事情,我早就跟你说过,你没有忘记吧,我早就说过这个人是有问题的,那天尤敬华来找我,也问过我丁的事情。"

蒋月仙说:"你说什么?"脸色由红转青,由青转紫,"你向尤敬华揭发丁科长?"

慕小麟继续得意道:"揭发?揭发丁科长?也可以这么说

吧……"想了想,得意之色更加明显,"有可能,很有可能,尤敬华也许起先根本就不了解丁的情况,是假作掌握了一切来试探我的,也可能我的话给他提供了证据,如果真是这样,查出丁的问题,我是立大功的……"

蒋月仙压住喷出来的怒火,尽量平静地说:"慕小麟,你为什么这么做?"

慕小麟说:"我怎么做?你是指揭发丁科长?为什么?因为我不喜欢他。为什么我不喜欢他?你心里也有数。"

蒋月仙再也抑制不住,站起来,手指着门,嘴唇却抖得说不出话来。

慕小麟看了看她发抖的手,说:"干什么?你要干什么?"

蒋月仙差点喷出一口热血来,颤抖着声音说:"我要你从这里滚出去!"

慕小麟好像没有听明白,愣了愣,说:"月仙,月仙,怎么了,怎么了?我们不是好好地在说话?突然怎么了?"

蒋月仙实在不知慕小麟是装傻还是真的以为没有事情,她无法再和慕小麟在一个屋子里待下去,说:"你不走,我走!"

店里的营业员见蒋月仙脸色铁青地从里间出来,也不敢问话,又见慕小麟追出来喊着:"月仙,月仙,你等等,有话好好说呀。"边喊边追了出去。

四

蒋月仙写了份离婚协议书,慕小麟不知是什么东西,笑眯眯地接过来,看了看,脸色瞬时大变,绕到蒋月仙面前,盯着蒋月仙的脸,不相信地看着她,一迭连声地说:"离婚协议?离婚协议?离婚?你要和我离婚?"

蒋月仙沉着脸,既然决心已下,她也平静得多了。

慕小麟却激动不已，说："为什么？为什么？我不明白，到底为什么？"

蒋月仙冷冷地说："你少来这一套，你心里什么都明白。"

慕小麟赌咒发誓："月仙，我一点也不明白，我真的不知道，你到底为什么？你要告诉我，我死也要做个明白鬼，不能糊里糊涂死呀。"

蒋月仙说："我没有要你死。"

慕小麟急得扬着手里的离婚协议书说："你这还不是要我死？你这还不是要我死？"

蒋月仙说："我跟你说，我已经下定决心，无论你装什么假，无论你玩什么花招，我不再动摇，我要离婚！"

慕小麟张大了嘴，一脸惊讶得不知如何是好的表情。

蒋月仙说："我的想法，包括财产的分配都写在上面了，你有不同意见，我们可以再商量。"

慕小麟说："商量？商量什么？"

蒋月仙说："商量具体事项，我打听过了，如果到民政局办理，一切离婚方面的事项，得自己先商量妥，他们才发给离婚证。"

慕小麟继续犯呆。

蒋月仙说："当然，如果你不愿意，我只有告到法院，我们只能在法庭上见了。"

慕小麟说："你真的？"

蒋月仙坚定地点点头。

慕小麟好像有些茫然，喃喃地说："你要离婚？离了婚，我怎么办，我该怎么办……"

蒋月仙说："你找你妈、找你姐姐他们商量，怎么对付我。你也应该把你的心思，好好和你妈说说，免得老缠住我不放。"

慕小麟说："老人上了年纪，我不能拿不高兴的事情去烦她们。"

蒋月仙冷笑一声："不高兴的事情？你也承认有不高兴的事

情了?"

慕小麟突然就变了脸,几秒钟前还是苦苦哀求一脸痛苦的可怜样子,突然就双目圆睁,冒着一股杀气狠狠地盯着蒋月仙说:"你怎么了?是不是他来过了,你们商量好了?"

轮到蒋月仙愣住了。

慕小麟说:"妈的,我马上给他打电话!"

蒋月仙心里直抖,却不得不硬着头皮说:"你打!"

慕小麟说:"我不必直接给他打,我给他老婆打!"

蒋月仙急得无法,说:"你没有权利破坏人家的家庭!"

慕小麟见蒋月仙急了,知道计谋得逞了,暗自得意,但不露声色,继续发火说:"怎么,只允许他破坏我的家庭,不许我破坏他的家庭?"边说边到处找电话号码本。

蒋月仙心跳得差点憋过气去,无可奈何,跑了出去。

夜已很深,街上已经没有什么行人,蒋月仙又害怕又担心,不知慕小麟在家里到底有没有做出过分的事情,万一真的打了电话,怎么办?有个男人从对面走过,不怀好意地盯了她一会儿,蒋月仙赶紧往前走,男人倒也没有跟过来。蒋月仙刚松了一口气,又看到一辆三轮车过来,三轮车夫吹着口哨,说:"喂,上来吧。"

蒋月仙摆了摆手。

三轮车夫说:"这么晚了,一个人在街上走,不害怕?有坏人呢,还是上我的车,安全。"

三轮车紧随着她,蒋月仙紧张地指指前面的房子,说:"我到了。"

三轮车夫又吹了声口哨,说:"怕我是坏人?"笑着,唱着什么歌,蹬着三轮车远去。

蒋月仙胆战心惊地在外面绕了一圈,总以为慕小麟会突然从后面追上来,总是下意识地往后面看着。又担心万一慕小麟见她不回,出来找她,找不到,他也会很着急的。或者慕小麟一气之下,走了,一夜不归,她反过来又为慕小麟担心,这么胡乱想着,不知不觉走回家来。用钥匙开门的时候,没有听见里边有动静,心里一阵紧张,以为慕小麟出去追她了,走进卧室,才发现慕小麟正呼呼大睡。

蒋月仙一屁股坐下来,心里忐忑不安,不知道慕小麟到底有没有打电话,右眼皮直跳,看看时间,已经十二点多,不敢给项达民家里打电话。不打吧,又不得安生,便试着往项达民的手机上打过去,一打,竟通了,项达民说:"蒋老师,这么晚了,你还没睡?"

蒋月仙看了看慕小麟,慕小麟正发出均匀的鼾声,蒋月仙说:"你怎么知道是我的电话?"

项达民说:"这是我新近换的手机,我这手机,能反映出来电的号码。"

蒋月仙问:"你在桃花镇?"

项达民说:"我在家里,今天回家早,正在看电视。"

蒋月仙支吾道:"刚才,刚才,往你家打电话,没有人接……"

项达民说:"噢,电话没有响呀,我刚才还和田金秀说,今天晚上很奇怪,出奇的安静,电话铃居然一次也没有响过。你打过?会不会电话坏了……"

蒋月仙松了一口气。

项达民说:"蒋老师,有事吗?"

蒋月仙说:"没事,没事。"

项达民停顿一下,说:"是不是因为丁科长?"

蒋月仙慌乱地说:"不是不是,我改日再和你说吧。"放下电话,看了床上的慕小麟一眼,这一眼,看得她简直魂飞魄散,慕小麟正睁着眼睛,笑眯眯地看着她。

蒋月仙说:"你一直没有睡?"

慕小麟说:"你说得出,你跑出去了,我却在家里睡大觉,我还是人吗?"说着狡猾地一笑,"其实,你一出门,我就跟出去了,一路

上我一直跟着你,你根本就没有发现我,是不是?"

蒋月仙直发愣。

慕小麟继续说:"发现你想回来了,我就赶紧先回来,装睡。"

蒋月仙实在不知道慕小麟哪句话是真哪句话是假,想想自己和这个人结婚已经十多年,竟然一点也不了解他,根本捉摸不透他,不由为自己的无用长长地叹息一声。

慕小麟突然从床上跳起来,紧紧搂住蒋月仙,亲着她的脸、眼睛,蒋月仙挣扎着,无奈被慕小麟紧紧箍住,怎么也挣脱不了。蒋月仙心头一酸,两行热泪不由自主地淌了下来,慕小麟一见,大惊,连连道:"月仙,怎么啦?月仙,我弄疼你了?"边说边用嘴唇去吸蒋月仙脸上的泪。

蒋月仙用尽全身力气把慕小麟猛地一推,慕小麟猝不及防,一屁股坐倒在床前的地上,身子一歪,脑袋正好撞在床头柜的角上,他"哇"地大叫一声,用手捂住了头。

蒋月仙急忙凑上去看撞伤了没有,哪知慕小麟根本没有受伤,就势猛地搂住了蒋月仙,蒋月仙气得大叫:"慕小麟,你怎么变得这么无耻?"

慕小麟说:"是我无耻还是你无耻?我又没有深更半夜给别的女人打电话,鬼鬼祟祟的,是谁?"

蒋月仙挣脱出来,说:"既然如此,慕小麟,我们就认真考虑离婚的事情吧。"

慕小麟冷冷地"哼"了一声,说:"离婚?有这么便宜的事情给他!"

蒋月仙更急眼,说:"我离婚,和别人没有关系。"

慕小麟咬着牙一字一顿地说:"他要我家破,我就要他人亡!"

第 20 章

一

酝酿了半个冬天的雪,终于下起来了。

整个东南地区,长江中下游,百年罕见的一场大雪,在临近年关的一天夜里,无声无息地下下来了。

吴明康在儿子的欢呼声中醒来:"雪!下雪了!"

已经上了初中的儿子,头一回见到这么大的雪,激动得直跺脚,嚷嚷道:"嘿,什么叫雪?这才叫雪!"

吴明康穿了衣服,走向儿子身边,享受着儿子的欢乐。

突然他发现儿子的目光惊呆了,一只用来撩开窗帘的手,僵在半空中。

吴明康心里一抖,他走到窗边,向外看去——

白茫茫一大片雪地里,竟然出现了黑压压的一片。

是人。

是来追讨吴明康拖欠的工程款的外地民工。

一大片。

雪白雪白的雪地里,黑压压地站着一大片人。

吴明康心头掠过一串恐怖。

老婆也走过来,向窗外一看,顿时脸色煞白,嘴唇哆嗦。

吴明康说:"没事,他们来要钱。"

虽然站着一大群人,却始终没有一个人出声,人群一点也不乱。

这反倒使吴明康感觉出了气氛的紧张,他犹豫了一下,想过去开门,老婆死死地拖住他,说:"你出去也没有用,你没有钱给他们,你出去有什么用?"

吴明康说:"正因为我没有钱给他们,我得出去。"

老婆说:"他们不要你,他们要钱。"

吴明康沉默了,老婆也不再说话,他们站立着,和窗外的人僵持着。

长时间的沉默。

儿子放下窗帘,他默默地看了看父母,好像想往外走,吴明康说:"你别动。"

儿子仍然默默地盯着父亲,过了好半天,说:"做工给钱,天经地义,做工不给钱,是你的错。"

吴明康张了张嘴,不知道说什么好。

继续沉默。

在沉默中,什么也没有爆发,再也没有人砸玻璃,再也没有人叫骂,这一切的手段都已经使过。

也许,雪地里的沉默,是一种更厉害的手段,大风大浪都经过了的吴明康,这会儿被沉默折磨得沉不住气了,他要出去面对一切,该发生什么,就让它发生吧。老婆呜呜地哭起来,同时仍然死死地拽住吴明康。

像是有人下了统一的命令,突然间,数百民工,齐刷刷地跪了下来。

仍然无声无息,如这场大雪一般,无声无息。

吴明康挣脱了老婆的拉扯,开了门走出来,面对民工,想说什么,心里却被许多东西堵住了,说不出话来。

民工们的心和他们的嘴也早已被堵住了,双方再一次陷入僵持状态。

黑压压的人群没有一丝动静,但是人群中散发出来的逼人的气息慢慢地向吴明康逼近。

过了很长很长时间,终于有人说话了:"吴总经理,你今天要是再不给钱,我们就在这雪地里跪着,决不起来,决不走!"

人群仍然没有动弹,但吴明康跨前了,吴明康离民工已经很近很近,吴明康颤抖着声音说:"你们起来,天这么冷,雪这么大,你们,你们起来……"

没有人起来,也没有人说话。

吴明康说:"钱,我一定给,你们先起来,别冻坏了身子,快过年了,你们都要回家看老婆孩子,冻坏了身子怎么回去?"

一边说,一边止不住热泪奔涌。

一片沉默。

吴明康说:"我求你们,起来。"

仍然只有一个说话的声音:"四十岁以上的,十八岁以下的,站起来,其余的人,不动。"

齐刷刷地站起来一小部分人。

"你们,往吴总经理家里去住!"

仍然是人群中唯一的声音,唯一的发言人,吴明康想,他们是商量好了来的,有步骤有计划有策略,吴明康的担心慢慢地被恼火替代了。

一声令下,那些站起来的人真的往吴明康家拥过来,有人已经越过吴明康的阻挡,踏上了台阶。

吴明康只觉得一股热血直往脑门上冲,他大声道:"站住!"

"我们可以不进去,你拿钱来!"

吴明康控制不住自己,猛地拍拍自己的胸,大吼一声:"要钱没有,要命有一条,你们拿去吧!"

民工们也愣住了,谁要拿吴明康的命呢?

他们不要吴明康的命。

他们离乡背井,告别妻儿老小,来到这块陌生的土地上,辛辛苦苦,把汗水洒在这里,把青春种在这里,把生命中最精华的一部分留在这里,为的是什么?他们不是为了要谁的命才来的,他们是为了钱,为了挣钱回家,造一座瓦房,买一头牛,给老婆买一件新棉袄,给孩子买包饼干,仅此而已。

他们只要钱,属于他们的钱,是他们用自己的汗水、青春和生命换来的钱,吴明康却要他们拿他的命去,他们即使拿了吴明康的命去,仍然拿不到钱,吴明康的命根本不值钱。

他们被激怒了,当然他们早就很愤怒,但是为了拿到钱,他们将愤怒一压再压,一忍再忍,现在他们再也压不下去,再也忍不住,你吴明康真的不稀罕自己的命吗?你总有宝贵的东西,你总有稀罕的东西!

老婆、儿子!

儿子的命你也不稀罕?

所有的人,又齐刷刷地站了起来,面对吴明康。

"吴明康,你做得出绝事情,我们就叫你断子绝孙!"

一直在屋里听着外面动静的吴明康的老婆,突然大哭着从屋里冲出来,往地上一跪,哭天喊地:"吴明康,你这个混蛋,你这个害人精,你这个天杀的,你这个……"上气不接下气,噎住了,再也说不出话来,只有眼泪哗哗地往下淌。

吴明康去拉老婆起来,看到儿子也走了出来,吴明康真的有点慌了,对儿子说:"你进去!"

儿子没有动,向民工们走近一步,用细嫩的嗓音说:"如果我的命能帮助你们拿到钱,你们尽管拿去好了。"

民工里突然有人"哇"的一声哭起来,是个十六七岁的孩子,比吴明康的儿子大不了多少。

始终只有一个声音的民工队伍出现了混乱,但气氛仍然很压抑。

吴明康只觉得喉头哽咽,硬忍住不让眼泪流下来,他拉开嗓子向大家说:"是我吴明康对不起大家,请你们再给我一点时间。"

没有人应答。

吴明康说:"我知道你们不相信,我确实是不能让你们相信,但是,今天,当着我儿子的面,我向你们保证……"

保证什么？吴明康无法保证,如果他手头有钱,他也许可以在激动的时候许下诺言,但是他吴明康实在没有钱,眼前的房地产公司如同一张血盆大口,多少钱落下来,眼睛一眨就被吞得无影无踪,连皮带肉,骨头也不吐,连他这个总经理也失去控制能力。吴明康无能为力,他的保证永远是空话。

吴明康的儿子站到父亲前面,挡着父亲,说:"如果你们不再相信我父亲,请你们相信我一次,我代我父亲保证,一定让你们拿到钱回家过年!"

吴明康儿子的保证,同样软弱无力,但是,善良的民工却再一次相信了他。

吴明康目送着慢慢散去的民工,突然觉得自己十分卑鄙和无耻,当他一回身,接触到儿子幼稚的目光,心里涌起一股暖暖的东西。

他打开手机,拨通了项达民家的电话,听到呼叫声时,才突然想起,项达民根本不在家。

即使项达民在家,又能怎么样？

吴明康只不过挑着一个房地产公司,项达民肩上,挑着一个桃花镇呀!

二

　　临近春节了,镇上该集中的钱款还差一大截,等着年终分红的乡村干部和乡镇企业职工,早在一两个月前就按捺不住,心里痒痒的谈论今年的奖金情况,大家也不敢作非分之想,但是一年更比一年好,这是应该的,也是正常的。

　　平时大家戏说干部,面孔通通红,年终好分红,这一年中,桃花镇的干部,脸上可没有少红,年终分红,会怎么样呢?

　　所有关注的目光都集中在一起了,集中在一个字上:钱。

　　除乡镇企业职工由企业自己负责外,镇上所有的开销,都得由镇领导自己解决,大体匡算一下,没有一千五百万,恐怕拿不下这个年来,拖欠的建筑工程款、镇机关、村干部、老干部、教师、公安干警等等,包括社会发展事业的各个方面,缺一不行。

　　说实在的,大家心里明白,真正需要在年终拿到钱的是那些艰苦的外地民工,现在的机关干部、教师、普通老百姓,虽然平时工资不高,但生活并不苦,手头也有几个钱了,也不见得非要等年终的奖金。但是,能不能及时发出年终奖,却是大家的一个希望,也是大家对镇政府的一个考验,对镇政府的信心全在其中了,不能怪老百姓眼皮薄,钱,无可否认,它是一个极为重要的标志。

　　项达民的心情和天气一样,结了冰。

　　无论如何,项达民要想尽办法,兑现自己的诺言,让辛辛苦苦工作一年的干部群众得到应有的报酬。

　　镇上派出去的讨债队伍,返回的信息很不好,有的人已经在外面待了两个月,想回家了,项达民仍然是那句老话,完不成任务的,不许回家,死也要你们死在外面。

　　连续半个月,项达民几乎每隔一两天就往上海奔一趟,上海是桃花镇的大户,但是上海的钱非常难讨,项达民跑了无数趟,收获甚小,于是想到了一个人:徐晶。

徐晶正对项达民一头恼火。

两天前,尤敬华跑到上海来,找徐晶核实桃花镇房地产公司在上海电视台做广告的情况,徐晶对尤敬华掌握情况之多之细,十分惊讶,尤敬华连她顺带着给上海几个朋友做其他广告的事情也都了解得一清二楚。

尤敬华态度语气都比较强硬,但他的强硬,并不是对徐晶的,他是针对项达民的,他希望徐晶把事实真相说出来。

徐晶心里明白,尤敬华所要的事实真相,就是项达民在这些广告往来中,个人拿过好处没有,拿了多少好处。

徐晶爱理不理地说,我不知道。

尤敬华毫不因为徐晶的态度而气馁,也不生气,耐心地说了一大通道理,最后说,他认为徐晶应该珍惜自己的声誉。

徐晶恼火了,问尤敬华她哪一点没有珍惜自己的声誉,她的声誉受到什么损害?

尤敬华说,徐小姐在广告中为自己挣的钱,大概大大超过你的工作收入吧?

徐晶脸一冷,说,你有什么资格来查我的收入?

尤敬华平和地道,徐小姐,你若是配合我们,我们也不会过问你自己的事情。

徐晶手指着门,说,请你出去,你以为你是谁,你想过问我的事情?告诉你,你还没有摸着门呢。

尤敬华也就向门口走去,边走边说,徐小姐别激动,请你冷静地再想一想,我回头还会来的。

徐晶说,你别再来了,我不会见你。

尤敬华说,一次不见就来两次,两次不见就来三次,我会不断地来,一直到你愿意见我为止。

果然第二天尤敬华又来了,徐晶没有见他,叫同事说她不在,尤敬华和颜悦色地请徐晶的同事转告徐晶,他明天还会来的,同事按照徐晶的说法,告诉他明天徐晶也不在。尤敬华说,不在我也来看看,说不定就在了呢。如果真不在,后天再来。

尤敬华走后,同事问徐晶这是什么人,徐晶不好明说,便含糊了一下,发现同事都用奇怪的疑惑的眼光注视着她,徐晶心里有些乱,想起尤敬华说的要珍惜声誉之类的话,不由有些担忧起来,她不太清楚尤敬华掌握的材料和情况是从哪里来的,由谁提供的。

几个月前她到桃花镇去追要广告款,常金鹏毫不客气地指责她的那番话,重新又浮现出来。

本来,只是她和项达民两人间的约定,广告的事情,常金鹏不应该知道得这么详细,也不知是项达民告诉他的,还是厂长说的,徐晶觉得有些狼狈。又由此联想到花了十万元在桃花镇买的别墅,如今被民工在里面随地拉屎撒尿,心中越发窝火。

正在这时候,项达民找上门来。

徐晶没好气地说:"是不是又有什么困难需要我帮助了?"

项达民坦言道:"正是,讨债讨不到,想请你帮着出出主意,你向来是个点子大王呀。"说着笑起来,又说,"到吃饭时间了,先吃饭吧,就到对面水晶宫。"

徐晶愣了一下,说:"现在这时候,你还敢请饭?"

项达民说:"只要你敢吃,我就敢请。"

徐晶忍不住说:"尤敬华这几天一直在上海,已经来找过我两趟了,也许还会来。"

项达民说:"怎么,尤敬华一来,我们就不要吃饭了?"

徐晶说:"我无所谓。"

项达民意味深长地盯着徐晶:"那你是替我担心?"

徐晶说:"我替你担心做什么,你是我什么人?"

项达民说:"我是你的朋友嘛。"

徐晶倒也不好意思坚持,只得跟着站起来,对同事说了一声,就跟着项达民来到电视台对面的水晶宫美食城。

菜上来后,徐晶美美地品尝一番,用餐巾纸抹了抹嘴,说:"项书记,你是了解我的,我替你讨债,你替我做什么呢?"

项达民也吃着,但实在食之无味,听徐晶开口了,连忙说:"你说。"

徐晶却摇了摇头,说:"我的条件,等会儿再说,我先得看看你的债户,看我的能力能不能及?"

项达民从口袋里掏出早就准备好的账目一览表,上海哪个单位欠多少一一写得很清楚,徐晶看了看,点了点头。

项达民说:"看起来,你力所能及?"

徐晶也不谦虚,指指账单:"至少能及其中一部分吧。"

项达民心里偷偷地松了一口气,压在心上的一块大石头分量显然轻得多了,他不再说话,等待着徐晶的条件,心里暗想,无论她提什么苛刻的条件,都要尽量满足她,别的事情以后再说,当务之急是讨债。

徐晶却不着急,慢悠悠地说:"项书记,我的朋友都说,我花十万块钱买你的房子,可是上了你的大当!"

项达民心里一沉,立即知道徐晶的用意,当即摇头道:"徐晶,其他事情好商量,退房是不可能的!"顿一顿,觉得自己口气过于严厉,缓和了一些,"我们正是售房最困难的时候,不是一般的困难……如果让你退了房,会有什么样的影响?很可能会造成不堪设想的后果。"

徐晶并没有对项达民的话觉得意外,这是她意料之中的事情,她仍然慢悠悠地说:"这些我都清楚,我只是提出我的条件,接受不接受,是你的事情。我呢,也不贪心,只要你还我十万本钱,我也不要你的利息,至于你的债务……"徐晶看了看项达民给她的账单,一一指下来,"这个,这个,还有这个,我有把握……"

项达民知道徐晶不会说空话大话,她认为有把握的,就应该是有把握,项达民的心开始动摇,但是一想到桃花镇那大片大片的房产搁置着卖不掉,心里就一阵阵地绞疼,再次摇头,表示无法接受徐晶的条件。

徐晶看出项达民的动摇,仍然不急不忙,说:"我呢,知道你年关的时候紧张,现在也不一定就要追你的钱,你只要现在答应我,钱嘛,等过了年关,到明年春天手头松些的时候再给我也可以。"看着项达民,半开玩笑半认真地说,"我的条件够宽的吧,至于你担心的影响问题,我们也可以想办法,采取移花接木之类,掩人耳目。"

项达民想了想,没有顺着徐晶的话题,却突然问:"你有什么办法帮我讨到钱?"

徐晶眯了眯眼,说:"这是我的事情……"说到一半,眼睛向饭店门口看去,突然皱了皱眉头,停下不说了。

项达民回头看去,竟是尤敬华站在饭店门口。

尤敬华老远地招着手走过来,向项达民点头问好,又向徐晶说:"你同事说你可能在水晶宫,我就过来一看,果然在,太好了,太好了。"

也不等项达民和徐晶说什么,他就自说自话在另外一张空椅子上坐下,项达民说:"一起吃吧,叫小姐加一副餐具。"

尤敬华说:"你们吃,你们吃,我已经吃过了。"说着看了看两人的表情,好像突然发现了什么,说,"我待在这里,你们不方便吧,我先到外面等着,等你们吃完,我想借徐小姐一点点时间。"

尤敬华退了出去,项达民笑了笑,既没有挽留,也没有再说其他什么。

徐晶没有了胃口,说:"你怎么被这个人缠上了?"

项达民说:"也好,考验考验自己的耐心和承受能力嘛。"

徐晶笑起来说:"和这个人纠缠,确实要有好胃口、好耐心。"

嘴上边说着,却又心神不宁地向外看着,尤敬华竟然真的站在饭店门口等候,徐晶到底有点于心不忍。

项达民说:"怎么,想和尤书记交谈了?"

徐晶说:"快过年了,也不想着要回家,他又不像你,负担着全镇的过年钱,在外面辛辛苦苦地转,也是应该,他何苦来着,他又不需要对谁负责。"

项达民说:"他对杜老负责,更对自己负责。"

徐晶摇了摇头:"这种负责,叫别人受不了。"

项达民说:"我不也一样叫人受不了吗?"

徐晶又下意识地朝外看,隔着玻璃窗发现尤敬华正站在饭店外的人行道上吃盒饭,指指尤敬华,又指指自己桌上的菜,向项达民说:"你看看,项书记,谁是党的好干部?"

项达民说:"你说谁是党的好干部?"

徐晶不作声了,盯着项达民看了一会儿,说:"我还是和他谈一谈,要不然,他天天这么守着我,我算什么?我吃生鱼片、大虾,他吃盒饭,这种苦肉计,我受不了。"说着站起来,要向外走。

项达民一着急,"哎"了一声。

徐晶回头说:"今天下午就替你去跑债户,你手机开着,等我的回音。"

项达民目送着徐晶出去,看见尤敬华跟着徐晶往街对面的电视台去。

项达民将剩下的菜吃得差不多,结了账,又坐到沿街靠窗的咖啡茶座,要了一杯茶,慢慢地喝着茶,注意着电视台的大门,果然,过了不多会儿,尤敬华就出来了,又过了不多会儿,徐晶也出来了,向街这边水晶宫美食城看看,突然笑了一下,走了过来,进来看到项达民在喝茶,说:"你一直在等着?"

项达民说:"是的。"

徐晶说:"你怎么知道我会再过来,你坐在这里,我从那边看过来,眼睛看不见的。"

项达民说:"看东西有时候需要眼睛,有时候不需要眼睛。"

徐晶挖苦道:"什么时候变成诗人和哲学家了,你这算是诗人的语言还是哲学家的语言?"

项达民说:"联系好了?"

徐晶有些意外地看了看他,说:"你不想听听我对尤敬华说了什么?"

项达民摇头:"我不想听,我只想听你联系我的债户情况。"

徐晶说:"你以为这样,大家就认为你是党的好干部了?"

项达民说:"那还用说,当然我是党的好干部。"

徐晶说:"我刚才也和尤敬华开过玩笑,他认为像他那样,才是党的好干部。看起来,如果你们平泽县有一个优秀党员的名额,你们两个一定要争夺拼抢了。"

项达民说:"他不可能抢得过我。"笑了笑,又把话题拉回来,"怎么样,可以出发了吧?"

徐晶不得不佩服项达民的精明和对她的了如指掌,心里又难免有些窝囊,好像自己的一切都被项达民控制了似的,似乎想抗争,却又有一种心甘情愿的意思,自己想想,也觉得奇怪。

"房子的问题,"徐晶提到房子,心中总有些疙瘩,"我也不多说了。"

项达民淡淡地说:"不用多说了。"

项达民和徐晶一起跨出水晶宫美食城,突然有个满脸横肉的人迎面过来,说:"项老板,我们老板让我给你递句话,一根指头一百万,你是还债呢,还是砍指头?"抛下一句话,扬长而去。

这是项达民上海的债主派来的,他们早已经打听到项达民到了上海,追踪而来。

徐晶不由紧张地看了看项达民。

项达民却说:"他不敢砍我的指头,他这一刀下去,我欠他的钱,就别想再要回去了。他要的是钱,不是手指头。"

徐晶说:"你在外面欠了那么多债,不还了?"

项达民说:"我没有钱还。"

徐晶说:"人家欠你的钱,你是非要还不可的,你欠人家的钱,你是死活不还的。"

项达民说:"正是这样。"

三

到东北讨债的镇农工商总公司的钱炳根,死在外面了。

本来是不该死的,现代医学完全能够拯救胃穿孔,但钱炳根是个闷嘴葫芦,平时几天都可以不说话,在家里是个妻管严,这回派出去讨债,老婆娘家兄弟盖新房子,本来指望钱炳根帮大忙出大力的,他要出远门讨债,一走还不知几时能回来,向老婆请假,被老婆一顿臭骂上了路,一走竟是一个多月,债也没讨到,也不敢回家,项书记有话,讨不到债不许回家。更多的讨债人,中间常常溜回来,在家里躲几天再去,项达民也管不了那么多,偏偏钱炳根老实又胆小,不敢回来。在东北呢,虽然钱讨不到,酒倒是天天被逼着喝了不少。在家里因为老婆管着,不敢放肆,到了千里之外,老婆也看不见了,也管不着了,钱炳根又好劝好哄,被好酒的东北人一灌就是多少多少,把胃喝坏了。钱炳根又死要面子,被豪爽且狡猾的东北人好话一说,债讨不到就讨不到吧,今日有酒今日醉,硬撑着,胃已经穿孔,直冒冷汗,还不肯告诉别人,只说胃有点疼,就给他弄了点止疼的药胡乱吃了,熬到半夜,实在支持不下去,才爬着滚着出来叫人,送到医院已经迟了。

一个紧急电话,把项达民从上海叫回桃花镇,项达民赶回来的时候,柏森林已经出发到东北出事地点,常金鹏在镇上等候着项达民,等着紧急商量处理意见。

项达民在得到这个消息的一刹那,突然心里涌出无穷的后悔,他想起自己再三强调的那句话,讨不到债不许回来,死也要死在外面,心中一阵内疚、绞痛。我不该说那句话,竟然被我说中了。项达民闷着脑袋,一句话也说不出来。

常金鹏着急,等着项达民说话,项达民却一言不发。常金鹏忍不住问:"项书记,你看什么时候通知家属?"

项达民又沉闷了好半天,才从无穷的后悔和悲痛中回过神来,看了看常金鹏,说:"你说什么?"

常金鹏又重复一遍:"什么时候通知家属?"

钱炳根老婆是桃花镇有名的泼辣妇人,平时好好的还三天两头骂人、惹是生非,现在男人死了,不知她会闹出什么事情来。

常金鹏说:"不然的话,你干脆不要出面,仍然回上海去,连夜就走,只作不知。我们呢,就说找不到你,你也是去讨债的,由我来出面处理。"

项达民摇了摇头,说:"还是我吧。"

常金鹏忧心忡忡:"钱炳根的老婆从来不讲理……"

项达民说:"现在是我们没有理,不是她没有理,她的丈夫死了,她不讲理,也是应该的……"

常金鹏急了,说:"项书记,你可别把钱炳根的死揽到自己身上,钱炳根的死,和我们有什么关系?他自己讨债讨不到,却在外面乱喝酒,是他自己的责任,与镇党委没有关系!"

项达民严厉地说:"金鹏,人都已经不在了,你怎么还说这种话?先推卸责任?"

常金鹏说:"我是怕你,怕被钱家的人爬到头上,现在又是最困难的时候,我怕,我心里,总有一种不大好的感觉……"说着,眼眶竟然有些红。

项达民知道常金鹏一直在为杜老进入桃花镇的事情担忧,他自己又何尝不为这事情心烦,虽然嘴上很硬,但内心深处,实在是忐忑不安的,所以既是劝慰常金鹏又是劝慰自己道:"金鹏,人生中难免会有低潮……"

小钱突然走了进来,神色紧张,说:"项书记,你回来了,不知是谁传了风声出去,但又传得不准,居然传说钱炳根在东北嫖娼被抓起来了,说现在已经押回来关在派出所,家属跑到派出所去闹,派出所莫名其妙,刚才打电话给我,问我怎么回事,现在他们还在派出所,说不见到钱炳根本人,他们决不走……"

项达民立即站起来,说:"既然已经有传闻,我们得立即通知家属,免得被动。"

派出所离镇政府不远,三人步行过去,走在路上,都默不作声。快到派出所的时候,项达民让小钱给镇上的民政委员打个电话,叫他赶到派出所来。

果然钱炳根的老婆和一大帮亲戚朋友守在派出所门口大吵大闹,引来许多看热闹的人,议论纷纷。

一看到项达民来了,派出所所长像见到了救星,迎了过来,说:"哎呀,项书记你来了,到底出了什么事?你看看,这些人,闹成这样,我又不能把他们怎么样。"

钱炳根的老婆和亲戚朋友也一下子围了过来,钱炳根老婆冲到项达民面前,大声嚷道:"项书记,是你给他们的权力,让他们乱抓人?"

项达民皱了皱眉头,说:"你根本搞错了……"

钱炳根老婆不让人说话,抢着说:"你们当官的,都是一个鼻孔出气,都是连裆码子,都是事先商量好了来骗我们小老百姓的,派出所所长说我搞错了,你也说我搞错了,你们当官的人,嘴里没有真话,你们说的都是假话……"

常金鹏十分恼火,手挥了挥,向围观的人群说:"有什么好看的,看猴戏呀,天都这么晚了,还不回家?"

大家只是笑,却没有人听他的话。

钱炳根老婆唾沫星子直飞:"放什么狗屁,说我们炳根嫖娼,放他娘的臭狗屁,我撕烂他那张×嘴,我们炳根要是敢嫖娼,我就不叫他炳根叫他爷爷……"

大家又是一阵哄笑。

有人趁机说了一句:"那你天天和你爷爷睡在一张床上喽……"

又是大笑,连钱炳根老婆也忍不住笑起来,向人群里吐了口唾沫,笑骂道:"我和你爷爷睡一张床,我是你奶奶……"

项达民心里一阵阵难受,他对钱炳根老婆说:"你别再说了,我们进去谈。"

钱炳根老婆虽然粗俗,但并不笨,在大闹一场后,突然间注意到项达民的脸色十分怕人,再看看常金鹏、小钱,一个个如丧考妣,心里突然一沉,浑身止不住地抖起来,结结巴巴地说:"项、项书记,我们家炳根,我们家炳根,真的被抓起来了?"

项达民伸手扶了她一下,说:"进去说。"

钱炳根老婆不言语了,乖乖地跟了进去,到派出所所长办公室,项达民要她坐下,她也不坐了,眼睛死死地盯着项达民。

项达民考虑再三,沉重地选择着词句:"炳根确实出事了……他在东北,胃穿孔……"

常金鹏赶紧插话:"喝酒喝的。"

项达民说:"胃穿孔,没有及时治疗……"

钱炳根老婆因为根本没有思想准备,所以到这时候还没有反应过来,见项达民不说了,便追问:"没有及时治疗,怎么样?"

项达民没有吭声。

钱炳根老婆再看看常金鹏,常金鹏移开了眼睛,再看看小钱,小钱也移开了眼睛,钱炳根老婆突然间就有一种天塌地陷的感觉,嘴里不由自主地吐出两个字:"死了?"

没有人用语言来肯定或否定她的这两个字,但是大家用沉默、用气氛告诉她,钱炳根真的出事了,不是被抓起来,而是永远永远不再回来,他死了!

钱炳根老婆愣了半天,突然转身冲出派出所,冲到门外,失声大嚷:"出人命了!出人命了!杀人了!杀人了!"

有些人正打算散去,被她这么一叫,停住了,呆呆地看着。

随后跟出来的项达民等人正欲上前劝阻,钱炳根老婆突然一转身,伸手就往项达民的脸上抓去,嘴里大叫:"项达民,什么项达民,你是项害民,你害死我们炳根,你害死了我们炳根!"

项达民猝不及防,脸上被抓出一条血痕,血珠子渗了出来,常金鹏急忙上前扯钱炳根老婆的手,钱炳根老婆死死抓住项达民,怎么也不松手,一边眼泪在脸上哗哗地淌着,一边嘴里仍然不停地骂道:"你个害人精,你还我男人,你还我男人!"

常金鹏说:"你男人是喝酒喝得胃穿孔死的,不许乱讲!"

钱炳根老婆说:"我们炳根讲的,项书记有命令,讨不到债,死也要死在外面,现在他真的死了,天哪,你睁开眼睛看看……"一只手仍然揪住项达民,一只手指着项达民的脸,继续说:"你叫人家死在外面,你害死人了……"

除了钱炳根老婆的哭叫声,四周一片寂静,大家不敢作声,常金鹏拉不开钱炳根老婆,对派出所所长生气道:"你是死人呀,还不想办法,把她拉开来!"

所长上前拉了一下,也没有拉开,还被钱炳根老婆吐了一口唾沫在衣服上,急了,从腰间拔出亮锃锃的手铐,向钱炳根老婆晃了晃,凶道:"你想干什么?你想吃官司?你放不放?再不放,把你铐起来!"

钱炳根老婆一下子放了手,却一屁股坐到地上,边擤鼻涕,边双手双脚拍打着积着雪的泥地,弄了一身泥水。

常金鹏叫所长和另外一位警察,将钱炳根老婆架起来,送进派出所去,钱炳根老婆已经没有力气再挣扎,丧夫之痛这时候才真正侵袭了她的全身心,她瘫瘫地任由警察架着进了屋,眼光失神。

门口钱炳根的亲戚朋友要跟进来,小钱只准许三个人进来,一个是钱炳根的弟弟,一个是钱炳根老婆的弟弟,还有一个是钱炳根的连襟。

三个人进来后,围站在钱炳根老婆的周围,突如其来的噩耗,使他们的头脑一时还处于混乱状态,还不知此时该说什么、该做什么。

所长说:"我跟你们说清楚,事情已经发生了,人已经死了,而且是他自己喝酒喝死的,你们别以为死了人,就能违法乱纪,你们敢做出违法的事情,我照样关你们!"

三个人都不吭声,显然是敢怒而不敢言。

项达民默不作声,过了一会儿,给三个人一人发了一根烟,替他们点着了,才开口说:"炳根的死,是个意外事故……"

钱炳根的弟弟说:"怎么是意外事故?要不是派他出去讨债,他就不会死,怎么是意外事故?"

常金鹏站起来说:"出去讨债,是正常工作,我们一个镇上,派出去讨债的人,几十个,都是为镇上工作,难道我们镇党委没有权指派镇干部做什么工作?"

三个人都没有回答常金鹏气鼓鼓的责问,转向钱炳根老婆看着,希望她发话,钱炳根老婆却茫然地看着大家,好像不知道发生了什么事情。

项达民有些担心地看了看她,却发现所长在暗示自己,所长认为钱炳根老婆是假装的,项达民微微地摇了摇头,说:"钱炳根的死因虽然是喝酒过量造成胃穿孔,但是说到底,他也是死在工作岗位上的……"

钱炳根老婆突然跳起来,失神茫然的眼睛突然闪闪发亮了:"这才是句人话!"

所长向项达民一看,意思是说,我说得不错吧,这些人,我太了解他们了。

项达民继续说:"虽然镇党委还没有来得及讨论,没有做出决定,但是我认为,钱炳根因公殉职,这是无可争议的。"

钱炳根老婆再又跳起来,说:"他应该算烈士!我们炳根是烈士!"

弟弟和连襟们也齐声说:"烈士,烈士!"

钱炳根老婆说:"烈士的奖金一分也不能少!还有抚恤金,还有照顾子女的钱,要养到十八岁的,要包上大学的,要包工作的,要……还有什么?"回头看弟弟和妹夫。

三个人都说,多呢,多呢,多呢。

常金鹏气不打一处来,冷冷地看着钱炳根老婆,说:"现在你男人的死尸还躺在东北,你们有没有想过要去看看他,送他最后一程,却在这里想从死人身上捞多少钱,你们惭愧不惭愧,你们对得起钱炳根吗?"

大家不吭声了。过了好一会儿,钱炳根老婆理不直气不壮地咕哝道:"我有什么惭愧,他又不是为我死的,他是讨债讨死的……"突然哭了起来,"炳根啊,你好命苦哪,你没有过一天好日子呀,你……"哭着念着,又突然想到什么,盯着项达民,"人呢,他人呢?"

项达民说:"柏镇长已经上路了,到东北去了,我们正要和你们家属商量,看怎么办。"

钱炳根老婆情绪一阵一阵变来变去,这会儿想到钱炳根可怜巴巴一个人孤零零地躺在东北冰天雪地里,不由伤心欲绝,一伤心,便没了主张,也就可怜巴巴地看着项达民,说不出话来。

家里的三个亲戚,跟着闹闹是可以的,但要拿主意也是缺少一点决断性,面面相觑,也不知说什么好。

项达民见他们都不说话,停顿了一会儿,说:"明天一早,钱秘书出发,到东北去和柏镇长配合处理后事,你们家里,商量谁去,和钱秘书一起走。人是要在那边烧的,去看最后一眼,你们自己先商量,今天就得决定,明天一早……"

钱炳根老婆一听到烧人,再次大哭起来,吵得项达民说不下话去,常金鹏不耐烦地皱眉道:"你好好听项书记说话,这么吵吵闹闹,事情还要不要处理?"

钱炳根老婆一会儿又清醒过来,说:"我们家属当然要去的,但是条件要先谈好,不谈好我们不去的!"

三个亲戚也立即附和:"条件一定要先谈好,不谈好我们不去的,死人让他放在那儿,看谁拼得过谁。"

项达民说:"今天我们镇党委来了三个人,民政委员也来了,他是专门处理这些事情的,我们会根据政策办事。"

民政委员扬了扬手里的文件夹,说:"我把文件材料都带来了,你们自己可以根据文件规定对照。"

钱炳根老婆向几个亲戚看看,暂时不吭声了。

民政委员便念了一段关于因公殉职的干部应该有的待遇,念到一半,钱炳根老婆就嚷起来:"这算什么,这算什么?就赔这么一点点钱?一条人命呀,是我们炳根的一条命呀!"

民政委员说:"我知道是一条命,是钱炳根的一条命,但这是国家规定,谁的一条命也不见得比别人的更值钱。"

钱炳根老婆说:"我们钱炳根是为公家出去讨债的,难道不比别人值钱?"

民政委员说:"正因为是为公家出去讨债的,才定为因公殉职,若不是为公家出去讨债,还不可能有资格享受因公殉职的待遇,赔偿的抚恤金,只是因公殉职的五分之一,其他,则一概不考虑的。"

钱炳根老婆犹豫了一会儿,说:"除了你文件里规定的,其他没有了?"

项达民说:"其他的,由镇上补助。"

"多少?"钱炳根老婆急急地问。

项达民向常金鹏和小钱几人指指,"我们还没有商量,商量定了,会及时通知你们的。"

钱炳根老婆再看看几个亲戚,总算点了点头,站起来时,头一晕,差点栽倒,幸好被亲戚们扶住了,抬起头来,便看到她脸上淌满了眼泪。

四

钱炳根的家属因为对处理结果不满意,第二天一早死活不肯上路,小钱也只得留下来,再耽搁一天,眼看着临近过年,镇上的事情千头万绪,大家都很焦心,但是实在因为钱炳根家属的要求太离谱,定要给满二十万,这个要求镇上无论如何无法接受,开了这种先例,以后便无法办事,事情僵持不下。

有人给钱炳根老婆出了个主意,叫她找杜老,说杜老是包青天,所有不平的事情他都能为民做主,钱炳根老婆果然跑到杜老住的地方,哭诉项达民怎么霸道,不许讨债的人回家,说讨不到债就死在外面,钱炳根就是因为长期待在东北,生活不习惯,发了胃病,仍然不许他回家,最后死了。杜老把钱炳根老婆劝走了,要她先去东北把后事料理了,钱炳根老婆一走,杜老立即打电话叫项达民过来一趟,项达民接电话时,正在另一部电话上和徐晶通话,询问讨债情况,听到杜老火气冲冲地叫他立即过去,一分钟也不得耽搁,心中不免恼火,但口气尽量和缓地说:"杜老,我正和上海通电话,也是讨债的事情,过一会儿空了,马上过来。"

杜老怒道:"讨债讨债,你已经讨出人命来了!"

项达民也硬生生地说:"不能因为出了人命我就不讨债了。"

杜老说:"项达民,你这是草菅人命!"

项达民强压下心头直往上窜的气,说:"杜老,您让我把那个电话通完。"挂断电话之前,听杜老气呼呼地说,"我就不信收拾不了你!"项达民哭笑不得,但没有时间再和杜老说话,挂断电话回头再和徐晶说话,徐晶已经替项达民完成了一部分任务,但有一两家大户,徐晶认为光靠她一人是办不成的,必须由项达民亲自出马,徐晶只能起敲敲边鼓的作用,徐晶问项达民什么时候能够到上海,项达民一头的麻烦,说:"现在还说不准。"

徐晶说:"再过三天,我可不等了。"

项达民一急:"你春节离开上海?"

徐晶说:"不是春节,是春节前,我最多只能再待三天,我到香港去过年。"

项达民心急如焚,咬牙说:"好,我明天,最晚后天上午,一定赶到。"挂了电话,心绪一片纷乱,七上八下的,又想到要到杜老处去挨杜老的教训,心中更是郁闷,便点了根烟,想镇定一下情绪,刚抽了两口,突然发现杜老已经站在门口,冷冷地盯着他,说:"项达民,你很悠闲呀。"

项达民无话可说,递了根烟给杜老,替杜老点着了,杜老吸了一口,呛起来,边呛边说:"项达民,你说过讨不到债的人,叫他们死在外面?"

项达民点点头:"我说过。"

杜老说:"现在真有人死在外面了!"

项达民说:"这是个意外事故。"

杜老透过烟雾盯着项达民,说:"你认为是个意外事故,我不认为,我认为这是必然的结果!"停了停,口气严厉地说,"项达民,作为一个镇的党委书记,你是不是从来不考虑党风问题?你有没有想过,有你这样的作风,出问题,出大问题,死人,这都是必然的?"

项达民张了张嘴,想说什么,却又不知从何说起,面对杜老这么一位特殊人物项达民简直无法可施,突然电话铃又响了,项达民赶紧接电话,才说了两句,桌上另一部电话也跟着响起来,杜老接了,也是找项达民的,杜老将电话交给项达民,项达民一手抓一个话筒,先将第一个电话打发过去,再听第二个电话,听了两句,脸上就神色大变,也顾不得杜老了,立即说:"好,我马上过来!"放下电话,向杜老说:"杜老,对不起了,我不能陪你了!"

杜老不高兴,说:"你这是陪我,还是我陪你?"

项达民边往外走,边说:"几千外地民工,拿不到工钱,不肯回家,现在要造反,要破坏,要拆他们自己建起来的房子,要挖自己修成的路!"也不等杜老再说什么,人已经不见了踪影。

项达民火急火燎地赶到现场,见常金鹏被民工围着,心里松了一点,既然民工们还围着人,说明他们还没有开始破坏,他们还存有一线希望。

常金鹏在人群中一见项达民,急了,大叫:"谁叫你来的?这里没有你的事!"

民工中有人认识项达民,随着常金鹏的叫喊,大家回头看时,认出了项达民,呼啦一下子,黑压压的民工拥向项达民,转而把项达民围住了。

常金鹏倒被抛到一边,他站在圈子外面大喊:"你们的钱,找项书记是没有用的,党委书记只管抓经济,发钱的事情是镇长管的,现在镇长不在,我负责!"

民工们哪里肯听他的,只管往项达民身边拥,后面的人挤前面的人,前面的人快挤到项达民身上,到底有些害怕,又尽量往后退,往后用力,前前后后,便形成两股同样大的力量。

项达民挥了挥手,吵吵嚷嚷的民工突然一下子安静下来,大家紧张地看着项达民的嘴,好像能从项达民的嘴里蹦出应该付给他们的劳动所得。

项达民面对这些衣衫单薄、皮肤黝黑、离乡背井来到桃花镇帮助桃花镇建设发展的外地民工,不由眼眶湿润了,他喉头有些哽咽,咽了一下儿,才将辛酸的滋味咽了下去,但由于四周很静,大家屏息凝神,项达民的声音,虽然十分沉闷,但大家听得很真切:"你们听说了钱炳根的事情吗?"

没有人回答。

项达民沉痛地说:"他为了讨债,死在东北,死在一块陌生的土地上了……他们出去讨债时,我对他们说,你们讨不到债就不要回桃花镇,不许你们回来,死也要死在外面。现在,我的话……"

四周更加静了。

项达民继续说:"你们已经等了许多天,我,作为桃花镇的党委书记,现在再最后恳求你们一次,求你们再给我一天的时间,一天!"

民工们终于被项达民的恳求所打动,慢慢地离去,他们重新又把希望寄托到了明天!

民工散去后,常金鹏着急了:"项书记,一天?那么多工程款,一天哪里来?不可能的!"

项达民心情十分沉重,问常金鹏:"金鹏,昨天的美元汇率是多少?"

常金鹏大吃一惊,说:"你、你什么意思?你不是要……"

项达民点了点头,下了决心,说:"今天就把我们的美元出手,看能够凑多少。"

常金鹏退了一大步,直盯着项达民:"现在是美元汇率最低点的时候,你?割肉付工程钱?"

项达民说:"只有这个办法,别说割肉,割人也要割!"

常金鹏实在舍不得,说:"前些天听专家分析,开春以后,美元汇率可能会大幅上升!"

项达民说:"顾不了那么多了!"

常金鹏知道项达民已经铁了心,但仍然抱着一线希望问道:"不是全部出手吧?"

项达民说:"全部出手恐怕还凑不够呢,你我还得从其他地方想办法！"

常金鹏直摇头："你真的打算全部付清？"见项达民不作声，赶紧说，"哪有这样的事情，哪个乡镇哪个地区工程款不是拖欠着的？比我们欠得多的大有人在！三年五年都没有付一分钱的也大有人在，第二次的路已经修好，第一次修路的钱还没有付呢，他们都不着急，为什么我们非要付清？"

项达民一字一顿道："我们和别人不一样！"

常金鹏固执地说："我不同意！"

项达民说："你只是总经理，我是董事长，我做主！"

常金鹏不服，说："你董事长也得征求董事们的意见，你叫董事来开会，有哪个董事会真心赞同你的意见，把我的头割下来给你当夜壶！"

项达民知道常金鹏的心情，但他没有时间也没有精力再和他费口舌，便一甩手，自顾走了。哪知常金鹏紧随其后，一步也不肯放松，盯着说："无论怎么说，我也只能付一部分工程款。"

项达民说："你查一查，这些工程队中，有哪些明年继续在我们这里做的。"

常金鹏说："百分之九十。"

项达民耐心地说："把那个百分之十的工程款全部付清，明年继续要做的百分之九十，先将应付的工程款结算清楚，付钱时，扣下明年他们的预付工程款。"

常金鹏仍然啰里啰唆，项达民终于失去了耐心，发火道："常金鹏，你还有完没完？我到底还是镇上的一把手，我说话不算数了？"

常金鹏不吭声了，默默地跟在项达民后面，往镇上走，这时手机响了起来，是县委办公室主任打来的，说吕书记叫他今天一定要赶到县里，什么事情不清楚。

项达民回镇上处理了一些事情，吩咐常金鹏赶紧将美元抛出，自己便往县里去。到了县里,已是中午,果然没找到吕正,办公室的人谁也不知道吕书记到哪里去了。项达民便按照吕正的吩咐,往家来等。孔雪杉见了项达民,高兴之中,夹杂着一些不安,给项达民炒了几个菜,两人边吃边聊天,孔雪杉忍不住把事情的大概告诉了项达民。

杜老建议闻舒,以市委的名义,发一个通报,把桃花镇钱炳根事件向全市通报一下,时在年关,到处有同样的问题,钱炳根事件,具有相当普遍的意义,应该引起各级党政部门的高度重视。吕正正是因为这件事情,被闻舒叫到平江去了。

项达民听了,半天没有吭声。

孔雪杉想劝慰他几句,却又不知从何说起,想了半天,才说:"项书记,我听吕正的口气,不会有什么大事,就是通报一下,也没有大问题。"

项达民笑了笑,说:"反正我的脸皮也厚。"

孔雪杉说:"你别说脸皮厚,你可是受表扬的典型。"

项达民说:"正因为表扬受多了,脸皮才厚了呢。"

吃过中饭,吕正仍然没有回来,项达民打个电话到镇上,问有没有事情,常金鹏说尹秀婷突然到了,说有要紧事找项达民,问什么事尹老板也不肯说,一定要见到项达民才肯说。常金鹏又说尹老板看上去很着急,不知道碰到什么大麻烦大难题了。

项达民问:"现在她人在哪里,能不能找到她听电话?"

常金鹏说:"见你不在,尹老板心神不宁,没说什么就走了,好像是到锦绣去了。"

项达民又把电话追到锦绣,却说尹老板没有来,项达民放心不下,看看时间,已经快一点,仍然等不到吕正,再也等不下去了,向孔雪杉说:"家里有要紧的事,我先回桃花镇了,回头我再和吕书记电话联系。"临出门时,拿出一直关着的手机,开了机,说:"我的手机开着,吕书记如果要找我,打手机也行。"

孔雪杉眼见挽留不住,便不再勉强。

项达民赶回桃花镇,在路上手机就响了,果然是吕正打来的,项达民刚走,吕正就到家了,一见项达民没有等他,就打手机过来追了,口气不怎么高兴,说:"你架子越来越大呀,等我一会儿都不肯,等不及?"

项达民说:"吕书记,对不起……"

还没容项达民解释,吕正便打断他,说:"你知道我在市里干什么?"

项达民说:"你在替我说情。"

吕正更不高兴,冷冷地道:"你这么伟大的人物,用得着我替你说情?"

项达民笑了一下。

吕正说:"你是不是认为天下的人都有义务保护你、支持你、维护你?"

项达民说:"至少杜老就认为他没有义务,所以,根本不是天下人,也许只有你吕书记。"

吕正说:"那么你是认定我有义务?"

项达民说:"至少你心里明白。"

吕正说:"明白什么?"

项达民笑道:"桃花镇少不了我!"

吕正生气了,说:"项达民,你是不是过于乐观了?你的自我感觉,永远这么好?"

项达民听到电话里孔雪杉的声音,好像在说,他的压力已经够大了,你还怎么怎么,没有听清楚,吕正气愤地争辩道,他的压力?他有什么压力?他的尾巴还在天上呢……

由于电波干扰,手机听不太分明,项达民"喂"了两声,吕正恼火地说:"项书记,你忙,没有时间到我这里来,我不忙,我去看你。"不由分说挂了电话。

项达民也不知道吕正说的是气话呢,还是他真的要到桃花镇,真的要来,什么时候来?他明天一早又要到上海去,吕正如果来了见不到他,会更不高兴,以为他是有意回避呢。项达民再打电话到吕正家,想问一问吕正到底来不来桃花镇,什么时候来,吕正家的电话一直是忙音,项达民的车,倒很快回到了桃花镇。

到了桃花镇,常金鹏说找了半天也没有找到尹秀婷,项达民想了一下,猜到一个地方,赶过去,尹秀婷果然在。

孙福家。

孙福来桃花镇投资已经有十年,现在桃花镇的许多外商都是通过孙福的关系来的,尹秀婷也是,孙福基本上不怎么回台湾,早已经把桃花镇当成自己的家乡,在桃花镇造了别墅,长年住在这里。

尹秀婷说:"听常总说,县委吕书记叫你去,有重要事情,谈过了?"

项达民说:"没有等到吕书记,我先回来了,听说尹老板来,我不敢不回来呀!"

尹秀婷和孙福对视一眼,尹秀婷说:"你不知道我来找你什么事,你没有想到我碰到困难了,又来麻烦你?"

项达民说:"我正是这样想的,没有特别大的困难,尹老板怎么会突然跑到桃花镇来?"

尹秀婷说:"你不怕我?"

项达民说:"怕当然是怕的,你给我出的难题,多半是大难题呀!"

尹秀婷说:"那你还急急地赶回来,不趁机回避?"

项达民说:"我这是态度好,放长线钓大鱼。"

孙福佯作生气插嘴道:"你原来是把我们当作鱼的?"

三人一起笑起来,气氛十分融洽轻松,虽然项达民心头压着千万斤的重负,但是他不能表露出来,项达民只希望尹秀婷的难题不要太大。

尹秀婷却一直没有说出她的问题来,和项达民东聊西谈,问项达民年关收债收得怎么样,年终分红的事情解决了没有。

孙福重重地叹息一声,说:"镇上出了大事!"把钱炳根的事情告诉了尹秀婷,最后看着项达民说,"我估计,吕书记叫你去,是和这事有关?"

项达民不置可否。

尹秀婷不再兜圈子,她告诉项达民,她是专程来给项达民送钱的,锦绣厂是桃花镇隆飞翔集团和尹秀婷合资的,但是财务由尹秀婷的人管理,锦绣厂恢复生产后,该桃花镇收的一块,尹秀婷全部带来了。

尹秀婷因祸得福,替日本方面生产的那一批丝绸服装,由于色差问题,日本方面要求全部退货,尹秀婷态度明朗,同意退货,日本方面的技术员山本检验产品质量的结果,认为这批货质量相当好,除了色彩中有一道与原样有少许差异,其他方面的标准,大大超过日方原先的要求,山本向公司负责人汇报后,日本方面反倒为锦绣的信义所感动,引来了大量的订单,使锦绣一下子彻底翻了身。

但即便有如此的好事,此时此刻,项达民仍然怀疑尹秀婷的话,这时候,会有人送钱上门,项达民是万万想不到的。

尹秀婷又看了看孙福,充满感情地说:"项书记,我们台湾人来大陆,说实话,挣钱是第一位的,但是作为一个人,良心也不能泯灭,在我最困难的时候,你能够全心全意尽心尽力地帮助我,在你困难的时候,我也应该帮助你!"

孙福缓缓地点着头。

项达民仍然不能相信,说:"尹老板,你的心意我是知道的,但是现在正是银根最紧的时候,你哪里可能……"

尹秀婷说:"我把'蓝月亮'盘给别人做了,当然,我不是为了你才放弃'蓝月亮'的,'蓝月亮'的经营非常困难,我早已经在动脑筋了。现在盘掉了'蓝月亮',我也才有能力帮你一下。"

项达民心头一热,说不出话来。

过了好半天,孙福咳嗽了一声,口气沉重地说:"项书记,我和秀婷商量,我们明年,也许……也许……"也许什么,好像说不出口的样子,沉闷了一会儿,孙福还是说了,"我们想回家了,也许,我们真的要走了……"

项达民知道孙福所说的回家,并不是回台湾探亲,而是彻底回家,不再来了,他的心被堵住了,闷得厉害。

孙福也同样十分不愿意说出这个结果,但他不得不说:"是的,我很累,没有精神了,真的老了……当初,那一年,在上海宾馆里,那么多人包围着我,我见到你,在许多人中间,我一眼就看出你的分量来,所以,我跟你来到桃花镇,那时候,我觉得自己是那么的年轻,那么的有力量,那么的有精神,我绝对相信自己还能大干一番事业……"说得激动起来,说不下去了。

项达民说:"孙先生,你确实是有力量的!"

孙福摇头、叹息,说:"不行了,几年过去,我的精力耗尽了,我老了,再也没有勇气和……"

尹秀婷说:"在大陆干事,累!"

项达民突然古怪地笑了笑,说:"尹老板,原来,你带来的这笔钱,是为我们多年合作画句号的。"

尹秀婷连忙摆手:"不是,不是,项书记你别误会,走不走的事情,我们只是商量,根本没有决定,只是他……他老是觉得精力不够了,浑身不舒服,我想,他可能,想家了……"

项达民也注意地看了看孙福的脸色,孙福的脸色虽然不太差,但确实不如前几年,有些灰暗。项达民说:"是不是到医院检查一下?"

孙福说:"用不着。"口气轻松了些,"病也许是有的,什么病?老病,老了就是病。"

尹秀婷说:"你老是说自己老老老,其实你一点也不老。"

孙福说:"老是一种心态呀。"

尹秀婷说:"那就好,你心里觉得自己不老,不就不老了吗?"

孙福勉强一笑,笑中有许多苦涩,说:"正是因为我心里觉得自己老了,我才会说我老了。"

项达民把话题扯开去,问孙福:"孙先生,你今年仍然不回台湾过年?"

孙福眯着眼睛摇了摇头。

尹秀婷犹豫了一下,说:"我今年也不回去了,老孙身体不好,我留下来陪他。"

他们又谈了一会儿,项达民许多事务在身,没有时间多逗留,临出门时,再次紧紧握住尹秀婷和孙福的手,没有说话,但是意思全在手与手的交流中了。

项达民走出孙福的院子,天气一片阴沉,按理,雪后应该天晴了,但天却没有晴,难道,还有一场更大的风雪?

五

一切忙碌总算是有了结果,这个年有望按正常要求打发了。

年二十七,负责发钱的柏镇长,坐镇办公室,来领钱的人川流不息,大家领了钱,兴高采烈,回单位去分钱。

一个四川来的建筑工程队的承包人,从柏森林手里接过一大包现金,眼睛里就已经蒙上了一层激动的泪水,强忍着,听柏森林说:"你点一点钱。"

承包人点了点头,开始数钱,却怎么也控制不住眼泪往下流,到最后他连钱也清点不下去了,干脆推到一边,放声大哭起来。

承包人的哭声,回响在镇机关办公楼的走廊。

项达民正在自己的办公室和常金鹏商量工作,听到哭声,不知出了什么事,吓了一跳,急忙赶出来,发现哭声是从柏森林办公室出来的,便往柏森林办公室走,走到门口,急急地问:"怎么了,出什么事了?"

承包人听到项达民的声音,突然站起来,走到项达民跟前,扑通一声跪下了。

紧跟在项达民后面的常金鹏没有看清他在干什么,以为对项达民不利,抢上前来:"你干什么?"

承包人用他那粗糙的手抹了一把眼泪,说:"我高兴。"

项达民将他扶起来,说:"你把钱点清了,大家等着你分钱回家呢,年二十七了,已经迟了,路上很挤了。"

承包人仍然喃喃地说:"我高兴呀,我高兴呀,我想不到今年能够拿钱回家。我都打听过了,在其他地方做工的人,哪里有我们这样的好福气,他们拿不到钱呀……"

项达民说:"你们队,都回家过年?"

承包人说:"大部分要回去的。"

项达民说:"和往年一样,明天早上镇上租了大客车送你们到平江火车站,火车票都已经替你们办好了,只是路途遥远,路上你要好好照顾大家,平平安安回家,过了年,高高兴兴地再到桃花镇来。"

承包人哽咽着点头说:"我知道,我知道,我……"激动得说不下去,停顿了一会儿,又说,"我们一过完年就来,我们已经离不开桃花镇了,在这里的时候想家,到了家,就想桃花镇,桃花镇就像我们的家,我们惦记着的……"

说得充满感情,在场的人都为之动容。

承包人终于抱着钱走了,项达民和常金鹏也回过神来,项达民问常金鹏:"明天一早的车,都落实好了吧?"

常金鹏说:"落实好了,仍然是老规矩,安徽、山东的,我们用大车直接送到家,其他远地方的,送到火车站。"

项达民问:"租的哪家的车,车好不好?"

常金鹏说:"平江出租公司的,都是新客车,北方牌大客车,四十八座。"

项达民说:"路不好走,有的地方雪还没化,平江出租公司的车,明天早上七点钟能赶到桃花镇?"

常金鹏说:"今天下晚就叫他们过来了,住一个晚上,我多付一天的工资和租车费。"

项达民高兴地拍了拍常金鹏的肩。

除夕夜,项达民、柏森林、常金鹏,桃花镇的一二三把手,将所有留在桃花镇过年的外地民工请到桃花源宾馆,一起吃年夜饭,这也已经是多年的老传统了,饭后,民工们参加镇上为他们组织的各种活动,柏森林和常金鹏也回自己的家去了,项达民慢慢地走出宾馆,一年,只剩下最后一点时间了。

节日的焰火已经点燃,孩子们手里的鞭炮也提前噼噼啪啪地响起,焰火把桃花镇的夜空照得如同白昼,项达民在严寒中哆嗦了一下身子,没有直接往自己家去。

家里,田金秀一个人孤零零地等着他,项达民心里不由涌起一股内疚,自从陶李告诉他项力决定到西藏去工作的消息后,田金秀不久也知道了,做母亲的哭了几次,催他赶紧想办法去动员儿子改变决定,项达民因为太忙,不可能赶到儿子大学所在的城市去,也没有时间坐下来写信,只是打过几个电话,打到学生宿舍楼,但儿子一次也没有接到过。过年前,田金秀接到项力一个电话,喜出望外,叫项力一定回来过年,项力却含糊其词。项达民和田金秀从那天等起,一直等到大年三十,项力也没有回来,他们终于失望了,今天早晨,项达民无意中发现田金秀正幽忧地看着他,项达民的心突然颤抖不已。

但是项达民仍然没有往家里去,他的脚也许已经在往家走了,但是大脑却固执地要他向另一个方向去,于是,他的脚步便在大脑的固执的指挥下，不由自主地朝离家越来越远的方向迈去。

钱炳根的家。

项达民没有走近钱炳根的家，他只是远远地站住了，远远地注视着钱炳根的家。

钱炳根家的玻璃窗里一片黑暗，显然是家中无人。项达民心中酸酸的，若是往年，此时此刻，钱炳根的家，一定也和许多人家一样，正是最热闹的时候，亲朋好友，欢聚一堂，喝酒，说话，看中央台的春节晚会……

今年的今天，今年的除夕，千家万户仍然同往年一样，钱炳根的家却永远地失去了热闹，失去了欢笑，失去了生命活力。

钱炳根的老婆，也许不愿意在这个冷落的没有新年气息的家里过年，带着孩子到娘家，或者到亲戚家吃年夜饭去了，但是，吃过年夜饭，她早晚还得回到这个家来，回到这个几乎塌下一半的家来。

项达民的心隐隐作痛，正胡乱想着，听到自行车声由远而近，借着焰火的光一看，是钱炳根老婆用自行车带着女儿回来了。

因为天冷，母女俩都穿得比较多，行动不便，下车时，女儿几乎是跌下来的，钱炳根老婆连忙架好自行车，扶起女儿，心疼地问女儿跌疼了没有，替女儿拍打着灰尘，女儿问："妈妈，我们回家干什么？"

妈妈说："睡觉。"

女儿说："这就算过完年了？"

妈妈没有作声，掏出钥匙开门，因为离得比较远，项达民看不清她脸上的表情，但是他能够感觉到，这种感觉如同一把尖利的刀，划着他的心。

从此以后，在任何欢乐的背后，便永远存在着这一片阴影。

项达民看着钱炳根家玻璃窗里的灯亮了，过了不一会儿，又暗了，那座房子里，传递出来的，是与过年的气氛截然相反的气息。

怎么会这样？

雪地里成百上千的民工下跪，讨债的人死在外面，年虽然是可以过去了，但是一切的问题都还在那里，还没有解决，也无法解决。

巨大的阴影困扰着项达民，我在哪里错了？我应该怎么办？

项达民慢慢地转过身来，忽然发现，黑暗中有个人影站在他的背后，项达民认出了人影，他的眼眶湿润了。

"爸……"项力说，"妈妈叫我来找你……"

项达民一把抱住自己最最喜欢的儿子，项力却不好意思地挣脱了一下，项达民突然意识到，项力是个大人了！

"妈妈说，你可能会在钱炳根家里。"

项达民心头一震，金秀！

项力又说："我站在你背后好一会儿了。"

项达民激动地说："儿子，你回来了，你回来了！"

项力再次露出腼腆，说："爸，回去吧，妈妈做了一桌子的菜，等你回家吃年夜饭。"

紧跟着项力的话语，抢新年的头一声炮仗炸响了，震耳欲聋的声音，响彻了桃花镇的夜空……

第 21 章

一

新春伊始,桃花镇就出了个轰动全省甚至影响全国的大事件:王桃厂买通食品公司和商店,出售过期的蜜饯食品,造成了严重的食品中毒事件。

事情发生在某个边远地区,春节期间集中出现了食物中毒现象,送到医院抢救的人越来越多,但是找不到毒源,大家的目标都集中在酒、菜或者其他食物上,谁也没有想到竟是蜜饯食品。一直到事情闹大了,引起当地卫生部门的重视,彻底追查,才查出是过期霉变的王桃牌蜜饯食品作的祟。

当地的人,并没有谁想到引发这场官司,事情仅是由当地的报纸先披露出来,迅速被其他报纸转载了。新春节日中,一位曾经在卫生部门工作多年刚刚退休的老知识分子在家看书看报,孙儿在一边吃着零食,老知识分子从报纸上读到这条令人气愤的消息后,放下报纸,才发现孙儿正在吃蜜饯食品,随手拿起来一看,大惊,原来孙儿手里拿的也是王桃食品,生产厂家的全称是平江市王桃食品厂,再仔细一看包装袋上的生产日期,有明显改动的痕迹,老知识分子愤怒了,一封揭发信,将外地的报纸连同过期出售的王桃食品,用特快专递一起寄到平江市卫生防疫部门。

因为是桃花镇的事情,而桃花镇是先进典型,所以平江市卫生防疫部门还是比较慎重的,虽然经过化验检查,老知识分子寄来的王桃酸甜杨梅确实属于过期霉变产品,但他们并没有立即下结论,在春节后上班的第一天,就派人到桃花镇流水村王桃厂实地检查。

兰桂花的反应很快,春节刚过,卫生防疫部门就来了人,她估计是有了什么问题,但她并没有感到问题会有多大,消费者的投诉,充斥了全国的所有市场,兰桂花没有引起足够的警惕。

当然,即使这时候兰桂花有所警惕,也已经为时过晚了。

当天下午,平江市分管卫生的副市长已经得到报告,副市长也同样考虑桃花镇的影响问题,所以一个电话打给楚平,楚平一听,大怒,说,你替我狠狠地整,该罚的罚,该抓的抓,该杀的杀!

副市长原以为楚平要为桃花镇说几句话的,想不到楚平这么大的火气,反倒愣住了,说,情况还正在调查,有了最后结果,再向楚书记详细汇报。楚平问事情是怎么出来的,副市长告诉他,是从外地的报纸上开始的,楚平立即让秘书找来外地报纸一看,简直肺都气炸了,抓起电话就找项达民。

新年刚开始,项达民的腿还没有来得及开始跑,正在镇上开会,商量新一年的工作计划,听到楚平的声音,一声"楚书记新年好"还没有说出来,就听见楚平大吼一声,好什么,不好,很不好,项达民,王桃厂的东西,你给我吃了,吃不了,你给我兜着走!

项达民愣住了。

楚平也知道自己的口气太激烈,缓了缓,说,项达民,你的王桃厂出问题了。

在楚平向项达民通报情况的同时,王桃厂的问题,从另一条线到达了闻舒那里,闻舒的消息,来自省里一位分管工商的副省长,副省长给闻舒拜了年,接着便说了这件事情,副省长说得比较客气,也没有下什么结论,只是请闻舒查一查。

闻舒心里有些想法,出售过期霉变食物,固然可恶至极,但由于这样的事情太多,大家也就变得疏忽,情绪已经不像刚开始揭露这些问题时那样激烈,但是副省长专门为这件事情打电话给他,看起来省里是相当重视的,闻舒立即想到会不会有什么背景。

虽然闻舒没有把自己的想法说出来,但是副省长已经猜测到,说,闻书记,这一次的背景,是新闻界,来势很猛呀,你看近几天的报纸,我注意了一下,我手边,至少就有二十几份报纸转载了这个消息,影响很大呀!

一时间,不仅平江市桃花镇的王桃产品被世人憎恨,市场上竟然所有的蜜饯产品销量都大跌,许多生产厂家跟着倒霉,于是上上下下,大家一起骂王桃。

王桃厂被罚巨款、勒令停产。

主要责任在兰桂花,兰桂花受到党纪处分,停职检查。

一个曾经有相当好的市场信誉并早已经被消费者接受认同的产品,走向末路。

一位曾经经历千辛万苦使王桃产品占领市场的优秀企业家,最终跌落了。

王桃死在谁的手里?

兰桂花跌落在什么地方?

王桃还有可能死灰复燃、东山再起吗?

兰桂花还能重新崛起,继续工作吗?

这天早晨,项达民到镇上,对柏森林说:"今天我找兰桂花谈谈,看看她的情绪怎么样……"

柏森林第一次用暗含对抗的声音和项达民说话:"她的情绪不稳定,难道我们还得照顾她的情绪?"

虽然这是柏森林从未有过的强硬,但项达民并不在意,停顿一下,说:"王桃厂现在虽然停产,但它不可能永远停下去,总有一天,它要恢复生产,要重新起来!"

柏森林想了想,说:"我也想和兰桂花谈谈,我们一起谈。"

并没有征求项达民意见的意思,这在柏森林和项达民的关系中,也是开天辟地头一回,柏森林说完,有些紧张地看着项达民,好像在准备着项达民一旦说不同意,他就会说出一大堆话来坚持自己的理由。

但是项达民点点头,平平和和地说:"好的,我们一起和她谈。"

倒显得柏森林过于认真了,柏森林笑了笑,放松了一点心情,说:"和兰桂花说好了没有,要不要打电话叫她来?"

项达民说:"本来我是打算到她家去的。"

柏森林说:"那就到她家去。"

项达民和柏森林来到兰桂花家,朱贵来开的门,脸色阴沉。女儿还没有开学,也在家里,被这一阵惊天动地的变故吓坏了,一看到项达民和柏森林又上门来,以为又出什么事了,差一点哭起来,直往朱贵身后躲。

朱贵心疼女儿,指了指房间,意思是兰桂花在里边,自己就搂着女儿让开了。

项达民和柏森林走到兰桂花房间门口,朝里看去,呆呆地坐在沙发上的兰桂花好像根本没有听见他们进来,脸色苍白,几天就瘦了一大圈,眼圈黑黑的,眼睛却红红的,过了一会儿,才认出项达民,忍不住眼泪就出来了。

项达民轻松一笑,说:"怎么,兰厂长,架子大嘛,书记镇长来,也不出来迎接一下?"

兰桂花已经泪流满面了,说:"项书记、柏镇长,你们,你们还来看我……"

项达民说:"为什么不来看你?"

兰桂花流着泪说:"我对不起项书记,对不起王桃厂,对不起流水村的乡亲……"

朱贵泡上两杯茶,但脸色仍然阴沉,看了看痛哭流涕的兰桂花,仍然不说话,挓挲着两手稍站了一会儿,又走开了。

项达民和柏森林坐了,看兰桂花眼泪流个没完,项达民口气也不好听了,说:"兰桂花,哭就能把厂哭回来?你这么孬!"

兰桂花愣了一下,挂着两行泪,呆呆地看着项达民,看上去哪里像个曾经叱咤风云的女企业家?活像个挨了打、受了委屈的孩子。

项达民说:"跌倒了再爬起来,这是很简单的事情,你是不是跌了一跤就不想起来了?躺在地上?"

兰桂花说:"项书记,我想爬起来,可是,你知道的,柏镇长你们知道的,把我这一罚,罚得我回不过气来了,再停产,我哪里还有力气爬起来,我十年的努力,十年的辛苦,十年打下的基础,一夜之间,泡汤了……"说着心酸,眼泪又止不住,但是看到项达民和柏森林都严肃着脸,只得硬忍住不让眼泪再下来。

项达民生气地说:"谁让你的辛苦泡汤?谁让你的基础泡汤?是你自己!你咎由自取!你害人害己!"

兰桂花不吭声。

项达民说:"兰桂花,谁能想到,你兰桂花,竟然做出这种事情!你王桃厂变成什么了?"

兰桂花开始只管说自己的不是,横一个对不起,竖一个对不起,现在听项达民的指责越来越严厉,心里倒也有些不服了,嘟哝道:"我改期只不过是将八个月的保质期改到一年,我只是想和别的生产厂家一样,和同类产品一样,公平竞争……"

项达民说:"你还好意思说公平竞争?"

柏森林说:"你是用霉变食物和别人竞争!"

兰桂花委屈地说:"霉变杨梅其实数量很小,去年雨水多,杨梅又是大年,来不及处理,所以有一部分……"眼泪含在眼眶里,看项达民和柏森林一时都没有打断她的话,心头的委屈便更浓了,继续道:"应该说,这许多年来,我们王桃的市场信誉……"

"市场信誉?"项达民终于打断了兰桂花,"你把自己挣得的市场信誉当成了什么?当成挣昧良心钱的跳板?当成坑蒙拐骗的招牌?"

兰桂花被项达民声色俱厉地一训,低了头,不吭声了。

柏森林接过项达民的话,说:"一个创名牌的优秀企业,堕落到这一步,兰厂长,你想过没有,主要原因在哪里?"

兰桂花说:"年前,订量突然增大,来不及,前一阵因为效益不好,外地的工人都辞退了,人手少,到了年底,突然……"

柏森林立即堵住兰桂花的话头:"你认为主要原因是因为订量增大?"

兰桂花无言以对。

柏森林说:"你为什么不从本质上、根子上找一找?你的名牌,真是名牌吗?"

这句话分量很重,王桃的产品,近几年在食品市场,尤其是蜜饯市场上,覆盖面比较大,影响也大,知道王桃的消费者为数不少,在一些评奖活动中,也得过十佳之类的称号,王桃产品至少在乡镇企业产品中算得上是较硬较响的产品,现在柏森林的意思,却从根本上动摇了这个观念,兰桂花满心的不服,却不敢直接说出来。

柏森林说:"你心中不服是吧?你难道真的认为你们王桃是名牌?"

兰桂花嘀咕道:"名牌不名牌,不是我说了算,销量、覆盖面……"

柏森林毫不客气地打断了她:"你的销量、覆盖面是怎么来的,你心里最清楚,难道还要我们说出来?你采取的手段,你玩的花招,打通市场的关节,骗取了市场,难道连你自己也被自己骗过了,你自己竟然也相信自己的骗术?"

柏森林的话越说越重,兰桂花知道他指的是王桃厂高回扣打市场等,但她不清楚柏森林是和项达民商量好了才说的,还是仅仅是他自己的意思,便下意识地朝项达民看了一眼,项达民立即说:"你看我干什么?柏镇长的话,你就不能认真听一听?"

兰桂花以为自己得到了项达民的暗示,鼓了鼓气,说:"柏镇长,我承认我们在推销产品过程中有许多手段,但这不是我一家呀,天下所有的企业,尤其是我们乡镇企业,不靠这些手段,怎么竞争,怎么占领市场?乡下人做的东西,城里人能看得上眼?"

柏森林说:"我并不是指过去,在乡镇企业的初期甚至中期阶段,正是靠许多政策空子和市场空子发展起来的,随着市场经济的发展,许多机制开始完善,空子越来越少,你再到哪里去钻?没路可走了,只有一条路,产品质量!你有吗?"

兰桂花委屈地说:"我的质量,这么多年了,大家能看得见,也不是一无是处的……"眼睛仍然控制不住要去看项达民的态度。

项达民说:"停产三个月,对你来说,也许是个好事情,好好反思一下,好好考虑考虑。"

柏森林说:"兰厂长,我今天来,有个事情要和你商量一下,机关党委有个党员活动,我考虑就让你去讲一讲自己的教训,现身说法。"

兰桂花没有想到这一着,看着项达民。

项达民说:"这个主意好。"

兰桂花无话可说了。

柏森林说:"你准备准备,结合具体的经验教训,也得讲点道理出来,理论上,看看有什么可以总结的,要有一定的高度,具体什么时间,等定下来,我通知你。"

项达民和柏森林走的时候,兰桂花送到门口,朱贵跟了出来,脸色还是阴沉的,口气沉闷地向项达民和柏森林说:"谢谢项书记,谢谢柏镇长。"

从兰桂花家出来,项达民对柏森林说:"柏镇长,下午的党委会上,我们要讨论这个问题。"

柏森林说:"什么问题?"话一出口,便想到了,说,"兰桂花?"

项达民说:"不仅是兰桂花,还有王桃厂。"

柏森林犹豫起来,有许多话,由王桃厂的事件引出的许多想法,一直没有机会和项达民谈,今天倒是想借这只有两人在一起的机会,和项达民说说,但是一听到下午党委会要讨论王桃厂兰桂花的问题,心中不由猛地一跳,突然激动起来,他把已经涌到嘴边的许多话咽了下去。

下午说,下午到党委会上说。

这将是柏森林担任桃花镇镇长、党委副书记以来,最激动的一天。

项达民注意地看了看柏森林,他感觉出他身上发出的激动气息,当然项达民并不清楚柏森林激动什么。

下午党委开会,项达民第一句话就是:"我今天上午和柏镇长一起去看了看兰桂花,我是特意去看看兰桂花的精神状态的。"转向柏森林道,"柏镇长,你觉得怎么样?"

柏森林皱着眉,一时没有回答。

项达民说:"柏镇长,也许你的看法不一样,但以我的感觉,虽然兰桂花眼泪汪汪,但是,我认为她有重新再干的信心和勇气。"

其他的党委委员们基本上没有什么明确的态度,也有人回头朝柏森林看看,也有人似笑非笑地笑了一下,态度并不明确,但是从他们身上传递出来的信息,是柏森林所不喜欢的,他们基本上是站在项达民一边的,即使有人心里有不同的想法,也不会在党委会上说出来,柏森林一想到这一点,心情愈加激动,有一种天降大任于我的庄严感,他非常不以为然地接过项达民的话说:"她有信心和勇气,她在卖过期食品的时候,也颇有信心和勇气!"

柏森林这话一出口,党委委员们都有些发愣,互相看着,探询着,柏森林到镇上三年,每次开党委会,基本上没有什么不同意见,即使有不同意见,也都是很和缓地向项达民提出来,从未有过像今天这样的口气,满含反对和讽刺。

项达民却不在意柏森林的态度,说:"碰到难题的时候,首先最重要的,就是精神不能垮!"

柏森林摇了摇头,说:"兰桂花的精神状态已经不是问题的主要方面,即使她精神状态好,即使她有重新再干的信心和勇气,这种素质的乡镇企业干部,我们难道不应该认真考虑一下,还能让她再干下去?"

柏森林语气之重,是从来没有过的,在场的党委委员都有些吃惊。

项达民却笑了笑,说:"柏镇长从前,从来不拿将人看死的眼光看问题的嘛。"

柏森林环顾一下会场,说:"有的人,就是要看死他们,因为他们,本身已经死了。"

项达民说:"你是不是对兰桂花特别反感?"

柏森林说:"我决不是针对兰桂花个人,至少不是针对她一个人,我看死的人,也许有一批,也许数量还不少!"

常金鹏忍不住插嘴说:"恐怕我也算一个吧?"手指指着在座的党委委员,挑拨道,"这些人,都是吧?"

有人笑了笑。

柏森林却没有回答常金鹏,他脸上的神色,表明他不怎么愿意和常金鹏直接对话,好像常金鹏不够格和他对话。

项达民向老师诱导低年级学生般地和颜悦色地向柏森林问道:"柏镇长,你不认为兰桂花有可能重新崛起,她的再度崛起,也许会创造辉煌?"

柏森林毫不犹豫、坚决地道:"决不可能!"

项达民仍然不动声色,问:"为什么,你的理由呢?"

柏森林说:"兰桂花,包括和兰桂花大致相同的许许多多乡镇企业家,已经完成了他们的历史使命,他们的贡献功不可没,但是由于他们自身的素质在社会发展的今天显得越来越弱越来越差,由于构成他们素质的人的总体能量,知识、修养、眼界、思维方式、对新事物的接受能力、对未来的考虑等等综合总量不够,大大地不够,这就不可避免地决定了一个事实,大批的乡镇企业干部已经成为过去,他们必须尽快地被淘汰,尽快地出局,否则,乡镇企业的再度辉煌,只能是一句空话!"

项达民不像柏森林这般激动,始终是半开玩笑半认真,听柏森林这么说,他仍然微微一笑,说:"人老珠黄不值钱了,不要他们了?"项达民的口气很平静,但在内心深处,他却不得不承认自己被柏森林的断然口气深深地震动了,柏森林对乡镇企业干部的看法,知识、修养、眼界、思维方式、对新事物的接受能力、对未来的考虑……似乎与他心中的许多感触不谋而合,只是他无法用像柏森林一样理性的语言表达出来。

柏森林说:"人老珠黄不值钱是自然规律,谁违背它,谁就要受教训,谁就要吃苦头。兰桂花曾经是个头脑极其冷静、极其清醒的人,怎么竟然会做出销售过期食品的事情来?这只能说明一点,她不行了,她再也没有新的招数了。她为什么不行?为什么不再有新的招数?因为她的素质不够,她的综合力量不够,这是不以人的意志为转移的。这样的人,从某种程度上说,是他们自己淘汰了自己!不是我不想要他们,是历史,是乡镇企业再发展的需求,同时也是他们自身的本质因素,决定他们要被抛弃、被淹没!"

柏森林一番激情昂扬的话,说得党委委员们都愣住了,大家都在细细品味着柏森林的话,有人在心里暗暗称是,也有人为之感到振奋,但表面上没有人露出自己的态度。

虽然党委委员们不明确表态,但是他们身上传递出来的信息弥漫在会议室里,常金鹏觉得自己接收到了,他着急了,着急便有点口不择词:"柏镇长你这是什么话?你想打倒一大片?"

柏森林从容一笑，说："这一大片，不需要别人打，他们已经倒了。"说着又向大家看了看，继续说，"当然，现在仍然在岗位上干着的，尽管他们已经非常勉为其难，但是我们暂时还没有条件立即撤换他们，而且中国的事情往往都是要等到出了问题，等到捅了娄子，才想到要换人，在这之前，即使已经眼看着不行，眼看着要出大麻烦，也仍然是要维持下去的，所以除了没有条件，我们甚至还没有理由换人。至于兰桂花，既然她已经出局……"下面的话觉得也不必再说得更明白了。

眼看着会场的气氛被柏森林的鸿篇大论牵引而去，这在桃花镇的党委会上是很少有的，当然也有柏森林唱主角的时候，但那一般是在讨论由柏森林分管的具体工作上，多争些经费，多提些条件，这时候柏森林也会据理力争，既有争赢的时候，也有争不过项达民和其他党委委员的时候，都很正常，但是在人事安排上，一般都由项达民提出建议，其他人附议，基本上不会有大的反对意见。今天的情况确实特殊，项达民还没有说出所以然来，就引发了柏森林的一番意见。会场的气氛不由有些奇怪，有人下意识地朝项达民看看，也有的人流露出担心，甚至想得更远，当然担心的对象是不一样的，有人为柏森林担心，也有人为项达民担心。

项达民却一直不动声色地听着柏森林讲话，柏森林的话，如重锤，每一句都敲击着他的心，在某一瞬间，项达民差一点站起来说，柏森林，你说得有道理。但是项达民不可能这么做，他始终控制着自己的情绪，一直等到柏森林主动停下来，他才平平静静地站起来给大家派烟，扔过来扔过去，等大家一一点着了烟，才慢慢地说："柏镇长可能没有搞清楚，今天我只是想让大家谈谈王桃厂和兰桂花，注意，是谈谈。"他在"谈谈"两个字上加强了语气，"就王桃厂和兰桂花的事件，谈谈自己的想法，谈谈我们今后工作的经验教训，并没有要大家讨论给兰桂花安排工作的意思，兰桂花的工作，当然是要安排的，不能让一个能干工作的人闲着，那是最大的浪费……"停下来,看看柏森林的脸,柏森林正想说什么,项达民摆了摆手,又说下去:"至于兰桂花的工作,我已经考虑好了,既然王桃厂停产三个月,这段时间,也不能让她太快活了,我建议,让兰桂花到镇工业公司干几天,做个经理助理吧,大家看怎么样?"

等于是告诉柏森林,你的一套理论说得再有理,我项达民是不听的,你说也是白说。

也许只有一个人明白,柏森林的这番话,绝没有白说。

连柏森林自己也不明白,只有项达民明白,他把柏森林的每一个字每一句话都牢牢地记在心里了。

但是,在表面上,他必须做出我项达民根本不可能按你柏森林那一套的意思来。

柏森林四顾,看着党委委员们的脸色,大家的脸色都很暧昧,也有的人回避着他的盯注,柏森林看不出他们的态度,更看不出他们心里在想什么,他不由"嘿"地笑了一声,笑得很苦涩,很尴尬。

常金鹏大声道:"我同意项书记的建议,兰桂花毕竟,毕竟是有……"想说说兰桂花的优点,但是一想到兰桂花刚刚闯了这么大的祸,再说她怎么怎么好,似乎有点说不出口来,便哑了。

项达民看着其他人,一位副书记说:"可以的,有错误,党纪已经处分了,而且,即使有错误,也可以让她边干边反省,边干边吸取教训。"

有两个人一带头,其他人也都表示没有意见,项达民眼睛一扫过来,扫到哪个,哪个就点点头,笑一下,也有的说一句我同意,最后剩下柏森林了,柏森林有一种被胁迫的感觉,恼又恼不得,笑又笑不出来,愣了好一会儿,说:"你们做好了套子硬叫我钻?"

项达民也承认自己做好了套子,笑着说:"条条大路通罗马,你也可以不钻套子,另外走你的路。"

柏森林说:"那我就不钻你的套子。"

项达民向做记录的小钱说:"小钱,记录了没有?"

小钱说:"记了。"

项达民又笑笑,向大家说:"今天在兰桂花的工作安排问题上,虽然党委是八比一,但是同志们要知道,真理往往掌握在少数人手里,也可能有一天,事实证明是柏镇长坚持了真理,那……"他看看另外的七个人,说,"你们诸位,现在要改变主意,还来得及。"

大家"轰"地大笑起来,连柏森林也跟着一起笑了。

项达民不失时机地说:"好,我们开始讨论第二个问题。"

二

虽然已经是初春,严寒却仍没有过去,太阳照在人身上,也不觉得有什么暖气,兰桂花端个小凳坐在屋门前,无声无息地看着朱贵在屋前的苗圃里忙碌,朱贵在修剪苗枝,倒是这些苗木,好像不畏严寒,已经开始露出嫩芽,在阳光下显出勃勃的生机。

兰桂花被停职后,先是蒙头睡了几天几夜,朱贵有些担心,以为兰桂花出了什么问题,得了什么病,兰桂花说,没事,我就是要睡觉,我要把这些年来欠的觉,全部睡回来,她下决心先睡一个星期,什么事也不想,什么事也不干。

哪里想到,不过睡了两天,兰桂花就再也躺不住了,硬逼自己在床上不起来,简直比死还难受,只得爬起来,要帮朱贵侍弄苗木,朱贵就教她怎么剪枝,怎么培土,只三五分钟,兰桂花就心绪不宁起来,整个人神魂不定,好像丢失了什么重要东西似的,在苗圃里东张西望,几次出了差错,剪坏了苗枝,踩烂了花叶,朱贵只得把她请出苗圃,不要她帮忙了。

现在兰桂花无事可干,端个凳子坐在门前,看着朱贵,看着过往来去的村民,村民见了她,都是小心翼翼的样子,有些人甚至有一种对不起她的意思,这让兰桂花很感动。

到做午饭的时候,朱贵站起来,直了直腰,说:"该烧饭了。"

兰桂花犹豫了一下,用试探的口气说:"我来吧。"

朱贵看了她一眼,没有说话,走到自来水龙头那儿洗净了手,仍然往屋里去,兰桂花知道朱贵不要她做饭,心里有一种说不清的滋味,又似感激又似委屈又似愤怒,便跟着进了厨房,说:"你看不起我?"

朱贵说:"你说到哪里去了,你这么多年来忙厂里的事,够辛苦的,难得有机会在家待着,好好歇歇吧。"

兰桂花又试探地说:"我以后,也许永远都在家了。"

朱贵回头又看了她一眼,却不接她的茬儿。

兰桂花觉得没趣,心有不甘,追着朱贵说:"你好像不喜欢我在家待着,嫌我碍事?"

朱贵平平静静地一笑,说:"怎么会?这是你的家。"

去年秋天,上海检察院来查王桃厂的行贿案,兰桂花因为心情不好,在家里和朱贵及女儿大吵一回,朱贵滔滔不绝说出一大堆令兰桂花震惊的话来,兰桂花在惊愕之余,觉得自己应该对朱贵刮目相看了。

可是自从那一回以后,朱贵重新又变得沉默了,重新又回到从前的状态,几乎没有什么话说,但是兰桂花能够感觉到,朱贵虽然重新沉默,但是在他的沉默中,少了憨厚顺从,多了无声抵抗。

朱贵仍然关心她、扶助她,做好一切本来应该由家庭主妇做的事情,但是朱贵已经不同以往,朱贵变了。

兰桂花看着朱贵熟练地洗菜、切菜,心头不由涌起一股歉意,歉意又化成一股热流冲击着她,她走到朱贵背后,搂住了朱贵的腰,脸贴在朱贵的背上,一动不动。

朱贵说:"小心刀。"

兰桂花转到朱贵面前,用手钩着朱贵的脖子,说:"把刀放下……"眼睛向卧室看着,身体贴紧了朱贵。

朱贵也激动起来,放下刀,抱起兰桂花走向卧室……

兰桂花怎么也控制不住自己,心里胀痛得厉害,眼睛里止不住向外奔涌着热泪,很长很长时间,夫妻间没有这种真正的触及灵魂的肌肤之亲了,现在它又回来了。

怎么回来的?

用什么样的代价换回来的?

兰桂花一想到这些,便止不住心酸,控制不住想放声大哭。

代价似乎太大了些!

如果退回去,退回到王桃厂出事前,兰桂花会用这样的代价换回夫妻间的这种感觉吗?

兰桂花不敢想象,她无法想下去。

朱贵用很粗糙很坚硬的手替兰桂花抹了抹眼泪,他没有说话。

他知道此时此刻兰桂花在想什么吗?

墙上的挂钟响起来,朱贵从床上跳起来:"女儿要回来了。"

兰桂花说:"才十一点。"

朱贵说:"今天开学第一天,放得早。"

兰桂花去接女儿,朱贵在家做饭。

女儿上学以后,兰桂花还是头一次来接她,通往小学的路,是那么的陌生,路上,听得有人在背后叫她,回头一看,开始没有认出是谁,再仔细一看,认出是村上的德忠。

德忠早几年就到外地干活去了,现在已经买到了城市户口,很少再回流水村来,这天不知为什么回来了,和兰桂花打招呼:"兰厂长,你忙呀。"

兰桂花说:"我不忙,你怎么回来了?"

德忠递了一张名片给兰桂花,说:"兰厂长,我现在自己搞了个贸易公司,这次回来,想和你谈谈,有什么生意,我们可以一起做。"

兰桂花估计德忠刚回来,还没有听说王桃厂的事情,便叹了口气,说:"德忠呀,我现在不是兰厂长了。"

德忠不相信,问:"换了人?谁做了?"

兰桂花说:"厂也停了。"把事情的经过说了一遍。

德忠"嘿"了一声,说:"也算倒霉,现在这种事情,哪里没有,哪家不做,怎么偏偏摊上王桃倒霉?"

兰桂花说:"不说了。"

德忠向她看了看,又看了看路,说:"你到哪里去?"

兰桂花说:"接女儿。"

德忠的脸上,立即露出同情和惋惜,嘴上却说:"也好,也好。"停顿一下,又问,"镇上怎么安排你呢?"

兰桂花说:"撤职了。"

德忠说:"撤职是撤职了,再安排什么呢?"想了想,建议说,"其实你到镇工业公司干个经理也好的,我们还能做做生意。"

兰桂花摇了摇头。

德忠奇怪,说:"怎么,没有安排你?"

兰桂花也不说有没有安排,说:"我也不想干了,太累了,这些年,累得都不像人了。"

德忠笑着摆手,说:"兰厂长你还对我保密呀,把我当外人,像你这样,劳苦功高,这里出了事,换个地方高就,共产党就是这点好,还算有良心呀。"

兰桂花说:"你不相信就算了,我是不想再苦了。"

德忠意味深长地看着兰桂花笑,说:"哪能呢,干事情就像抽大烟,上瘾的,你这几天待在家里吧?难过不难过?像不像犯烟瘾?"

兰桂花说:"忙习惯了,突然停下来,总有点不适应的,但是熬过一段时间,适应了,也就习惯了。"

德忠又是摆手又是摇头,说:"哪有这么简单的事情,你看哪个烟鬼戒了烟不再复发的？没有一个不复发，就像我。"

兰桂花笑道："你抽大烟？"

德忠说："我干公司也像抽大烟呀，明知难，明知苦，明知危险，但还是抗不住，想干呀……"说着，走到了岔路口，德忠向兰桂花挥挥手说，"兰厂长，这次算了，下次来找你！"

兰桂花往学校去，到学校门口，学校已经陆续在放学了，和兰桂花打招呼的人多，兰桂花站在一边角落里，盯着从学校大门里拥出来的孩子，看了半天，也没有看到自己的女儿，正在心慌，突然听到女儿一声叫唤："妈妈！"

女儿正站在自己面前呢。

兰桂花蹲下去搂了一下女儿，说："小芬，妈妈怎么没有看见你？"

朱芬笑着说："妈妈只是看着远的地方，近的地方反而没有看到。"

兰桂花心里一动。

朱芬又说："我一出教室门，就看到妈妈了，妈妈的眼睛一直盯着那边人多的地方，我从边上过来。"

兰桂花拉起女儿的手："回去吧，爸爸已经做好饭了。"

母女俩到家，朱贵果然已经做好了饭菜，吃饭的时候，朱芬盯着兰桂花的脸一眨不眨地看着。

兰桂花被女儿看得竟有些不好意思了，说："小芬，妈妈脸上有什么东西？"

朱芬又笑起来，说："妈妈真漂亮。"

兰桂花说："你说什么？"

朱芬说："真的，我们老师说，我不像妈妈，我像爸爸，我长大了，肯定没有妈妈漂亮。"

兰桂花看了看朱贵，朱贵憨憨地一笑，这一瞬间，兰桂花的感觉里，从前的朱贵又回来了。

过了一会儿,朱芬又说:"妈妈,你休息几天?"

兰桂花一愣。

朱芬见兰桂花发愣,不知自己说错了什么,有些紧张,看看爸爸,她非常害怕把家里的这种融洽的气氛破坏了,连忙解释说:"老师说,叫家长带我们到桃花镇游乐场去玩,要写作文,最好和爸爸妈妈一起去,如果和爸爸妈妈一起去,可以加分。"

兰桂花不解:"加分,加什么分?"

朱贵说:"作文加分,这是镇上的规定,动员小孩子要求家长去玩游乐场,不知怎么想得出来,无奇不有。"

朱芬对父亲的态度很不满,强调说:"这是老师讲的!"

兰桂花说:"好,爸爸妈妈一起去。"

朱芬开心不已,说:"妈妈,你最好天天在家休息……"话一出口感觉到自己说错了,连忙补充道,"最好你多休息几天。"

兰桂花心里酸酸的,摸了摸女儿的头,说:"如果妈妈以后一直在家呢?"

朱芬"扑哧"一笑,说:"妈妈骗人,妈妈开玩笑。"

兰桂花不由又看了朱贵一眼,朱贵没有说话,但她从朱贵的眼睛里,看出了和女儿一样的意思。

下午,女儿上学去,朱贵到村上另一家搞苗木的人家去商量卖苗木的事情,兰桂花一个人待在家里,打开电视看看,又关了,心绪烦躁,盯着电话机,希望电话铃突然响起来,可是几乎等了将近一个下午,一个电话也没有,家里一片寂静。

兰桂花在家里实在待不下去,走了出来,想随便在村子里转转,脚步却不由自主地迈向王桃厂去了。

厂门上的封条仍然红白鲜明,兰桂花忍不住用手去抚摸了一下,突然,听到一个熟悉而亲切的声音在耳边响起:"兰厂长,不会想到要撕封条吧?"

是金纯。

金纯因为涉及上海福荣食品公司的行贿案,离开了王桃厂,重新又回到平江原来的单位,原来的单位是十分看重金纯的能力和敬业精神的,金纯离开单位到王桃厂后,他们一直没有放松做金纯的工作,希望他重新回去,但金纯始终没有同意,后来出了问题,金纯在王桃厂待不下去了,金纯也没有告诉原来的单位,但是被他们打听到,立即派人来请金纯,金纯被他们所感动,重又回去工作。

金纯一得到王桃厂停产的消息,就立即请假赶来了,兰桂花抚摸着厂门上的封条,如同在挑开金纯内心深处的伤痕,金纯咧了咧嘴,尽量平静着自己的情绪。

兰桂花万万没想到金纯会突然出现在她眼前,一时间,竟然脸红了,呆呆地盯着金纯,说不出话来。

金纯说:"我昨天刚从外地回来,刚刚听说……"

兰桂花欲言又止,眼圈红了。

金纯也沉默了一会儿,说:"兰厂长,镇上有没有安排你?可能会到哪里?"

兰桂花说:"没有。"突然笑了一下,"安排我也不会去。"

这是金纯意料之中的。

兰桂花激动地伸手指着王桃厂的厂房,说:"这是我的家,我不会离开我的家,为这个厂,我……"激动得说不下去了。

金纯从口袋里掏出一张报纸,给兰桂花,说:"我看到报纸上有个报道,福建一家糖果厂,情况和王桃差不多,也是被停产,几近破产,但是后来重新崛起了,这是他们的经验介绍,你想不想看一看?"

兰桂花手伸出来,又缩回去,过了一会儿,再次伸了出来,接过那张报纸,站在厂门口,匆匆看了一遍,回头再看一眼金纯,轻轻地说:"我不会辜负你。"

兰桂花回家,给朱贵留了张字条,写字条时,是憋着一股气的,写好后,放在桌上,用茶杯压住,一直到要出门时,回头看了一眼桌上的字条,心里突然一软,想到朱贵和女儿回来,一切又恢复到从前的样子,她这一走,也不知什么时候才能回家,答应女儿去玩游乐场的,又食言了,女儿的作文加不到分了,也许会被扣分……兰桂花差一点就动摇了,眼泪噙在眼眶里,她咬了咬牙,一转身,再也不看桌子上的字条,带上门出来,金纯在门前的路上等着她。

兰桂花刚刚出门,屋里的电话便响了起来,是镇党委秘书小钱打来的,本来是要通知兰桂花先到镇工业公司帮几天忙,任经理助理,可是兰桂花已经踏上了新的路途,她没有听到身后的电话铃声。

如果兰桂花晚一步走,如果她走到门口听到电话铃声又退回来接了电话,她会怎么样?

她会接受镇党委的安排吗?

三

在闻舒的建议下,由市委政策研究室主办,召开平江市经济发展战略研讨会,出席对象有部分专家、国营大中型企业的厂长、一些流通公司的经理,及少数几个典型乡镇的党委书记。

项达民是在三天前接到通知的,看了看自己的一周时间安排,不巧,正好那一天省电力部门有领导下来替几个乡镇协商办电厂的事情,这是最关键的时候,项达民无论如何不能不在场,便把通知交给柏森林,让柏森林去。

柏森林看了看通知,指了指说:"这上面指名要你去的。"

项达民说:"你更适合开这样的会,战略研究,是你的专长呀,你还可以回老家看看,看看熟人、领导。"

柏森林曾经在平江市委政策研究室待过一段时间,所以项达民说他可以回老家看看,至于项达民说的"熟人、领导",柏森林听不出他是随意说的,还是专有所指,只是一笑而过。

项达民开玩笑说:"他们若问起我来,就说我忙,另有重要事情,可别说我架子大呀。"

柏森林也开玩笑道:"那可不一定,说不定我偏偏告诉他们你不肯来开会,就是架子大。"

项达民说:"架子大也不敢大过闻书记呀,这个会,估计闻书记要听的。"

柏森林心里跳了一下,没有作声。

项达民说:"整个思路,就是闻书记的思路嘛。"随会议通知一起发来的,还有一份主办单位对会议的设想,项达民说,"这很明显是闻书记的想法。"

柏森林想说"你对闻书记非常了解嘛",但没有说出来,将到嘴边的话咽了下去,咽到肚子里换了一句,说:"闻书记若是参加,我们的话也就不能随便说了。"

项达民含笑看了看他,说:"我的想法正好相反,你若有精当的议论,高明的建议,超前的构想,当然应该趁闻书记在的时候说,闻书记不在,你说给谁听,对牛弹琴?"

柏森林说:"一、你这打击面太大了;二、你这马屁拍得太肉麻,你这话若有人转达给闻书记,闻书记说不定提拔你到市里去。"

项达民说:"我把这句话卖给你,让闻书记提拔你。"

他们说笑了一阵,柏森林认真地说:"真的要我去开会,不讲话恐怕也不好,我得准备准备,没见过大场面,心里发虚了。"

项达民说:"得了吧,研究生同志,什么样的大场面你没有见过?"

柏森林笑着摇头:"我不相信永远你厉害,做也做不过你,嘴也讲不过你,永远这样?"

项达民说:"那你就试试吧。"

第三天一早,柏森林提早赶到了,到三楼会议室报了到,打听了一下一天的会议日程,政策研究室副主任说要晚饭后才散,闻书记要和大家共进晚餐,柏森林再下楼来告诉司机,让他晚饭后再来接。车子刚驶出市委大院,柏森林一转身,便感觉到身边有一辆黑色的奥迪停了下来,预感到什么似的心猛地一跳,回头一看,果然闻舒笑眯眯地站在他身后。

柏森林抑制住心头的激动,叫了一声:"闻书记!"

闻舒说:"来开战略研讨会的?"

柏森林说:"是的,本来应该项达民来,他没有时间,就我来了。"

闻舒说:"项达民怎么样?"

柏森林知道他是问杜老到桃花镇以后的情况,想了想,说:"压力比较大。"

闻舒点了点头,又说:"杜老呢?"

柏森林说:"最近回省里去了,尤敬华仍然在,也不大和我们通气,不太清楚他们的情况。"

闻舒又点了点头,这才问道:"你自己怎么样?"

柏森林心头一热,感觉到只有这第三句的问话才真正饱含着关心和期望,激动之下,不知说什么好,只是笑着。

闻舒说:"你准备了什么样的发言?"

柏森林说:"我有个发言稿。"

闻舒颇有兴趣地"噢"了一声,说:"能给我看看?"

柏森林连忙从包里拿出来,交给闻舒。

闻舒一看,说:"你现在已经用电脑写文章了?"

柏森林说:"是的。"

闻舒说:"我听下面汇报,桃花镇镇级机关,率先在全市范围用上了电脑,是你的主意吧?"

柏森林不好意思地笑了笑。

闻舒说:"项达民倒是赞成的?"

柏森林说:"很支持,他第一个带头学的。"

闻舒更有兴趣,又"噢"了一声,说:"项达民也用电脑了?"

柏森林说:"学是第一个学的,学了一个多月了,仍然不会用……"想到项达民打电脑时用一根手指敲击键盘,其他手指都无处置放的样子,不由笑起来。

闻舒看了一下表,说:"柏森林,时间差不多了,你去开会吧。"

柏森林有些意外:"闻书记,您不参加?"

闻舒说:"我听下午的会,上午四个区的书记区长要来落实街坊改造的事情,是一场艰难的战斗。"扬了扬柏森林的稿子,"不过,看你的大作,还是可以挤点时间出来的,你怎么样,发言离得开稿子吗?"

与其说是问柏森林发言离得开离不开稿子,不如说是在问柏森林打算上午发言还是下午发言。

柏森林说:"没问题,我写的东西,全都是我经过反复思考,或者是在我脑海里盘旋已久的东西,全部是从心底深处流出来的,不用稿子,也许更好。"

闻舒见柏森林并没有一定要等他下午到会才发言,心中是很满意的,嘴上说:"柏森林,和上次见面相比,你增添了几分自信。"说完摆了摆手,先上楼了。

政策研究室主任走过来,热情地握手,说:"柏镇长来了?"

柏森林说:"项书记有事情,叫我来参加。"

主任连连点头,说:"欢迎欢迎,早就听说柏镇长对经济理论很有研究,你不来,我们也要专门请你来的。"

分明是现成话,不知道是因为看到闻舒和柏森林说话的缘故,还是其他什么原因,柏森林听了,还是很高兴的,说:"主任过奖,我长期待在乡下,被具体事务纠缠,头脑也昏昏的,哪里有什么研究。"

主任让柏森林在前面走,两人一起上了楼,主任给副主任介绍:"这是桃花镇的柏镇长。"

副主任是认识柏森林的,刚才也已经见过,说过话,这会儿见主任陪了上来,又郑重介绍,比其他到会的人更重视多了,有些不解,说:"柏镇长,我们认识。"

柏森林拣个边上的位子要坐下,主任把他拉到中间的位子上,说:"柏镇长是重点发言,坐中间。"

副主任又奇怪地看了一眼。

柏森林也没有推让,就坐下了。

刚坐下一会儿,杨东进来了,一看柏森林坐在中间,大笑起来,隔得远远的就嚷起来:"柏森林,今天唱主角了?"

柏森林说:"你才是主角。"

杨东说:"想不到你来。"

柏森林说:"怎么,是不是今天的会规格高,只有教授能来,我们乡下人没有资格?"

杨东故作惊讶地瞪大眼睛,朝柏森林看了半天,说:"呀,不简单,士别三日当刮目相看,有道理,有道理。"

因为杨东嗓门大,他的话大家都听见了,都朝杨东和柏森林看着,主任则一直盯着柏森林笑眯眯的,大家都注意到这一点,许多人并不认识柏森林,也吃不透他是个什么身份、什么人物,开这些会的人,过去多半在一起开过会,都是熟悉的,见出来个新人物,又见主任的态度,大家便格外注意起柏森林来。

不等柏森林再说什么,杨东凑到他耳边,神秘地说:"今天闻也来。"

柏森林笑了笑。

杨东说:"是得到闻要参加的消息才来的吧?"

柏森林说:"是说我呢还是说你?"

杨东说:"彼此彼此,闻若不来,这种会,有什么开头? 毫无意思的。"

柏森林说:"到底大教授、大专家,大场面见得多呀。"

杨东再一次探究似的盯了柏森林一会儿,说:"嘴巴厉害多了嘛。"微微一皱眉,想了想,才有了恍然大悟的样子,连说三声:"明白了,明白了,明白了。"

柏森林也懒得去问他明白了什么,杨东的虚张声势,他早已经习惯,但是偏偏杨东不肯放过他,非要他明白什么是"明白了",盯着问:"柏森林,你不想明白我说的明白了是什么?"

柏森林说:"我不想明白。"

杨东说:"我明白了,你的桃花镇,出现了转机,出现了千载难逢的好机会。"

柏森林当然明白杨东的意思,他心里怦地跳了一下,脸上稍微有点变色,被杨东捕捉到了,直追不下:"所以,我明白,你怎么会来参加这个会议。"

柏森林说:"和你想得恰恰相反。"

两人正说着,主持人宣布开会,说闻书记也要亲自参加这个会议,却不说明闻书记什么时候来,只说闻书记让大家先开起来,先谈起来。

第一个发言的是平江市一家国营大厂的厂长,大谈一通国有企业的困境,听得大家很沉闷。发言结束后,主持会议的研究室主任说:"谈得很好,都是很重要的问题,不过,我们今天的主题是战略研讨,请下面发言的同志,尽量围绕这个主题,战略研讨,意味着向大家讨主意,商讨今后的发展,在座的有理论专家也有许多一线的实干家……"

第二个发言的就是柏森林。

"我谈一谈乡镇企业的目前状况、症结、造成的原因,以及发展前途。说明一下,只是我个人的想法。"

乡镇企业的目前状况,不容乐观——一开始柏森林就为自己的发言定了调子——不是歌功颂德派。

——目前乡镇企业的症结及原因：

一、体制问题。

乡镇企业的发展,由于特殊的体制环境创造了许多优惠条件,正是在国有企业包袱大、负担重、机制不灵活等弊端的夹缝中,乡镇企业活起来了,如一棵生长在墙缝里的草,虽然挤,却生机勃勃。为什么？因为它在砖缝中吸足了泥土中的养料,虽然这些养料只是在砖缝中的一小块泥土中,但对一棵小草来说,已经足够。随着小草渐渐长大、长粗,它需要的养料越来越多,而砖墙的夹缝中已经容不下它茁壮成长的身体,它却依然生活在已经容纳不了它需要的生存环境中,它得继续吸取养料,现在,它只能吸取砖头里的养料了,吸取砖头里的养料,结果使草砖质化,变成了一个怪胚,变成了一个四不像,国有企业所有的弊端、毛病,现在的乡镇企业,也已经全部拥有,生老病死也都来找你厂长了,厂长不管,好,找书记镇长,我是你的工人,你不能不管我,不能生了病不给看病吧,不能老了就不要我吧,不能见死不救吧。下岗呢,对不起,没那么容易,这个厂效益不好,不要我了,那你得给我安排另一个效益好的厂,不能随随便便就辞退我,我好歹也在厂里干了七八十来年,我好歹也是个技术工,你们不能昧着良心,我为厂里做贡献的时候你们怎么不赶我走,现在不需要我了,你们就翻脸不认人了,乡镇企业也要求有国有企业的待遇,等等。于是,我们看到,乡镇企业赖以生存和发展的体制优势已经到头了。

高负债、高投入、高风险,曾经是支撑我们经济发展的主要方式,这种方式造成了厂长负盈、企业负亏、银行负贷、政府负债的被动局面,以我们桃花镇最大的企业之一的皮件厂为例,皮件厂前后总共贷款五千万,由于皮货市场的迅速饱和,皮件厂一下子陷入瘫痪境地,厂长连续换了四任,毫无起色,这就是最有力的证明！

二、政策问题。

优惠的政策条件,是乡镇企业发展的生命活力,放水养鱼,才养出了乡镇企业这条大鱼,若不是有那么多的优惠政策,那许多外资怎么肯进来?怎么敢进来?

现在怎么样?

现在我们正在做杀鸡取蛋的傻事,不只是一个地方,一级政府,层层政府,上上下下,都在做,身不由己,我做镇长是深有体会。一个县,除了税收方面,还有多少个部门,一百多个局级单位,各个单位到企业来收钱,人人伸手抓钱,层层剥皮刮油,哪个的钱你敢不给?老百姓说,政府开会——收费,党委开会——喝醉。先不说具体的费额,这一百多个部门,多少人,每人每年到乡镇来跑一次,光吃的、送的,多少?同样,我现在作为一个镇长,在这里为企业抱不平,但是我自己呢,不也一样向企业伸手,榨油?我不榨它怎么办?我管那么一大摊子事情,哪件事情少得了钱?没有钱,我拿什么干?市政建设、小城镇建设、水、电、气、计划生育、精神文明、苍蝇指挥部、老鼠指挥部……

说到这儿,全场哄堂大笑。

柏森林却没有笑,继续往下说。

教育、医卫、派出所、粮管所……哪个地方缺得了一个钱字?我怎么办?我又变不出钱来,当然只能逼企业,软硬兼施,我也每天做着杀鸡取蛋的傻事。企业负担这么重,哪里还有什么优惠可言,还有什么积极性?厂长们埋怨我不管他们的死活,我管了他们的死活,我怎么活?我桃花镇,开膛破肚的路还有那么多条,造的半拉子的房子还有那么一大片。与此同时,由于宏观调控,银根紧缩,到处贷不到款,我怎么办?手里的活不能半途而废,只能逼企业交钱。

就在昨天,我们瓷砖厂的厂长塞给我一张纸,也不说什么东西,我当时也没有顾得上看,回到家,拿出来一看,原来是一张收费明细表,我今天,特意带来了……

说着果然取出那张纸,说,我只念一念收费名称,具体金额不念了,看了一下,念道:桃花镇瓷砖厂一九九六年支出明细表:

教育附加费

教育追加费

教育辅助费

卫生费

保洁费

清洁费

计生保证费

城市建设征用费

绿化费

排污费

……

只念了几个,大家都笑起来,柏森林说,不念了吧,手指着一长串的名称道,太长了,七八十种。另外,据我的了解,在我们平江地区,还是收费最少的地区。

我谈第三个问题:投资风险问题。

投资项目失误,科学论证不科学,以桃花镇明星化工厂为例……

说到这里,柏森林已经列举了桃花镇三个失败的例子,与会的人都有些吃惊,甚至愕然,一开始,大家听说柏森林是桃花镇的镇长,一般都以为柏森林的发言,多半会宣传桃花镇的成功,哪知柏森林却将桃花镇鲜为人知的失误拿出来示众,并且提到高度,加以理论分析,这是大家始料未及的,连研究室主任副主任也有些惊讶。

柏森林继续发言,又谈了盲目上马、外资企业名不副实的问题,谈了市场竞争问题、税收问题等,发言虽然很长,但是柏森林理论联系实际,而且联系的是桃花镇的最具体的东西,所以他的发言紧紧地抓住了大家感兴趣的东西,最后,也是柏森林发言的最重要部分:人才问题。

柏森林喝了口水,润了润开始发痛的嗓子,看到杨东神采飞扬地向他做了个OK手势,柏森林笑了笑,继续说:"乡镇干部和乡镇企业家的素质问题,我认为,到目前为止,我们的乡镇干部和乡镇企业干部,都仍然是在低层次上领导乡镇建设,更多的人,是事务主义者,是救火队员,哪里起火,就冲到哪里,虽然每一次的救火行动也许很漂亮,但是,每一次救火,往往引来更大的火灾,某个企业不行了,赶紧不择手段替它借贷输血,钱借到了,看起来火是暂时扑灭了,但是更大的火患却埋下去了。就拿我们桃花镇前不久搞的那台有奖晚会来说,花了那么大的代价,本来是想拯救桃花镇产品,结果呢,恐怕适得其反,这是一。第二,人的素质不够,钱有了,精神失落了,我们隆飞翔的韩六舟,就是极为典型的一个,再发展的原动力没有了。同时,乡镇企业的职工问题也很严重,年轻一代,再也没有那种吃苦精神,他们要的是先享受,不是先干事业。第三,乡镇企业科技人员,星期天工程师……"

会场早已经开始议论纷纷,有人开始猜测柏森林的发言会不会有什么背景,会不会有什么特别的意义。有的人,已经将杜老进入桃花镇的事情、杜老对项达民的态度和柏森林的发言联系起来。

会场的骚动,柏森林当然是注意到的,但他并不动声色,接着开始谈他考虑的对策设想。

柏森林发言的分寸,掌握得很好,既冷静,又投入,恰到好处,既能将大家的情绪调动起来,自己也很激动,但是又不至于使会场进入混乱,所以,当他开始谈对乡镇企业再发展的设想,谈乡镇企业可能有的前景时,会场更加活跃,开始形成了对话。

柏森林谈的第一个想法,是企业的规模化集团化。

他说:"比如,某个乡镇,前几年一窝蜂上毛纺,小小一个镇,毛纺上了几十家,散兵游勇,零敲碎打,形不成气候,没有一家能够生产有竞争力的拳头产品,摊子却摊得奇大无比,难以收场,像这样的情况,毫不犹豫地就应该集团化……"

立即有人问:"柏镇长,这个办法,有的地方已经开始试行,但是事实证明,将许多小企业小厂并成一个大集团,尽管有它的一些好处,可麻烦极多,难以推广。比如,你将几十家毛纺厂并成一个大集团,原来那么多厂长、干部怎么办?"

柏森林不假思索地说:"回家!他本来就是农民,该回家就叫他回家!"

另一个人说:"这些厂长、干部,曾经对企业的发展、对经济的发展做过很大的贡献,现在就这么牺牲他们?"

柏森林说:"改革就是牺牲,不牺牲哪有改革可言?不是牺牲你,就是牺牲我,这也舍不得牺牲,那也舍不得牺牲,怎么改革?"

许多人点头,也有人继续发问,会场上大家情绪激昂,兴致勃勃。

柏森林的发言连带大家的讨论,前前后后将近一个半小时,上午的时间,也就差不多了,主任宣布休会。

杨东走到柏森林身边,抬手拍了拍柏森林的肩:"好呀,好呀,柏森林,你总算开了牙钳,你总算认清了形势,你潜伏得也太深,蛰伏得也太久了,久得让我都失去了信心,对你不抱任何希望了!好你个柏森林,佩服佩服,你总算觉得时机到了!"

柏森林笑着半真半假地说:"现在你看到希望、有了信心了?"

杨东说:"你这番大论,应该留在下午,等闻书记参加会的时候再说,效果更佳。"

柏森林不置可否地一笑。

可是,下午闻舒却没有来参加会,街坊改造的谈判进行得十分艰难,那是实打实面对面刺刀见红的真枪实战,战略研讨会,毕竟还离得远了一点,闻舒只能先务实再务虚,会上大家虽然有点失望,特别是几个上午拖拉着没有发言想等下午闻书记来再发言的人,明显有些失落,但听说闻书记晚上和大家一起吃饭,情绪还是很饱满很高涨的。由于上午柏森林的带动,一本正经的发言便转成了自由讨论,气氛十分热烈,与以往开这类会的情形不同。

下午会议开始时,杨东就坐到柏森林边上,这会儿压低嗓门对柏森林说:"怪不得你上午早早就发了言,原来你知道闻书记下午不来。"

柏森林仍然不置可否地一笑,说:"你真的这么想?"

杨东说:"怎么,把你想低了?"

柏森林说:"无所谓高低。"

杨东侧目看了看柏森林,说:"我对你,应该刮目相看了。"停顿一下又说,"你放心,关键时候,我会助你一把,给你一个启动力。"

下午的话题跳来跳去,关于经济发展,关于战略,可以谈的问题,要谈的问题太多太多,一时间没有了头绪,会议主持者有点着急,杨东接过话筒,抬高声音说:"我觉得,上午柏镇长的发言,大家反应很热烈,但是,我认为,里边有许多值得我们仔细想一想的东西,我个人对柏镇长提出的乡镇企业再创辉煌的设想,有不同的看法,我认为,乡镇企业是不可能再创辉煌的!"

一言既出,大家愣住了,会场有点乱,有的人朝柏森林看,有的人盯着杨东,不知他葫芦里卖的什么药,连柏森林也有些猝不及防。

杨东说:"我认为,乡镇企业已经完成了它的历史使命,到了进历史博物馆的时候了,它不可能也不必再辉煌,任何事物,都有它的开始、发展、高潮、下坡、灭亡……"

会场有反应快的人说话了:"我不同意杨教授的观点,柏镇长已经为我们描绘了乡镇企业再创辉煌的蓝图,我们看得到,也相信这张蓝图能够成为现实!"

跟着又有好几个人发表自己的意见,记录员拼命记录,杨东得意地朝柏森林一挤眼,柏森林早已经明白了他的用意,杨东有意引起大家的重视,柏森林笑了笑,他内心很感激杨东为他做的努力,但同时又觉得杨东大可不必,多少有些不以为然。

闻舒一直到下午散会前十分钟,才突然到场,主任请他讲话,闻舒摆摆手,说:"我没有赶上听大家的发言,所以我也没有资格讲什么话,但是今天会上发言的几位同志,有的事先准备了发言稿的,我中午休息时拜读了一下,耳目一新,很受启发……"

大家屏息凝神。

闻舒说:"比如桃花镇柏镇长的发言……"

会场上的人早感觉到闻舒会提到柏森林,这种感觉从何而来,谁也说不清,但感觉很准确。

但是闻舒并没有再多说什么,看了看手表,说:"到晚饭时间了,我不能耽误大家吃饭,我们边吃边谈吧。"

主任副主任守在闻舒前后,拥着向市委对面的市委餐厅去,其他人也凑不到跟前,杨东和柏森林一起走出来,杨东正挤着眼要说什么,柏森林突然发现自己的司机小林站在车边上看着他,柏森林有些奇怪,走上前问:"小林,你怎么？没有回去？"

小林闷声说:"回去过了。"

柏森林更奇怪,他明明让小林吃过晚饭才来接他的,小林的时间观念一直很强,很守时,今天怎么了？他疑惑地看着小林。

小林是个闷嘴葫芦,话极少,能不说的尽量不说,此时柏森林盯着他,挤出几个字:"项书记叫我马上接你回去。"

柏森林一愣:"我说过我吃了晚饭才走。"

小林固执地重复一遍:"项书记叫我马上接你回去。"

柏森林听出事情的紧急和严重,问道:"出了什么事？"

小林没作声。

柏森林又问一遍。

小林闷声闷气地说:"回去就知道了。"

小林因为嘴紧话少,平时柏森林是很喜欢的,做干部的,最怕司机多嘴多舌,而现在的司机,又偏偏喜欢多嘴多舌,喜欢多事,像小林这样,少管闲事少说话的,十分难得,柏森林一直因为自己有这样的司机而感到庆幸,但是此时此刻,却又恨不得小林是个多嘴多舌的人,恨不得能从小林嘴里挖出点消息来,看到底项达民什么事情这么急着要他赶回去,一顿晚饭也不让他在平江吃,如果不是什么特别重要的事情,柏森林当然不应该放过和闻舒一起吃饭的机会。

但是小林死活不说,被柏森林再逼问,只说:"我不知道,项书记没有告诉我。"

柏森林说:"既然你不知道有没有什么急事,我做主,吃过饭再走,你也一起在这里吃。"

说话间,杨东已经走上前,走了一会儿,不见柏森林跟上来,回过来问:"怎么了?"

柏森林说了,杨东说:"管他呢,天塌下来也要让人吃饭呀。"

柏森林拉了拉小林说:"走吧,吃个饭,马上上路。"

小林仍然固执地不动。

柏森林终于被小林的神情弄得有点急了,犹豫地向杨东说:"要不,我就回去……"

杨东说:"你放弃这个机会?"

当然是说放弃和闻舒谈话的机会,因为碍着有小林,杨东的话虽然没有说得很明白,但柏森林是听得明白的,他又犹豫了一下,突然拿定了主意,对小林说:"你稍等,我马上跟你走。"向餐厅走去。

杨东跟在后面嘀嘀咕咕。

柏森林直接走到闻舒面前,说:"闻书记,镇上有点紧急事情,我要马上赶回去。"

闻舒"哦"了一声,说:"这么急,连饭也不吃?我还想和你好好交换些看法,关于乡镇企业再创辉煌的问题,你是很有见地的。"

柏森林有些不好意思,说:"我也没有考虑成熟,临时接到会议通知,临时准备起来的,太仓促,有许多东西,没有来得及细细推敲。"

闻舒说:"这更好,细细推敲的东西,成熟也许是成熟了,但会缺少些不成熟的大胆,多一些成熟的圆满。"说着看柏森林心绪不宁,便挥挥手说,"你的事情重要,你是干具体工作的,镇长嘛,哪能不忙,你就去吧,我们找时间再聊。"

柏森林说:"那我就先走了。"

闻舒说:"给项达民带个信,问他好。"

柏森林走出来,和正往里来的杨东打个招呼,杨东又拍了拍他的肩,说:"好同志,柏森林是个好同志。"

四

早晨柏森林刚刚上路,项达民在办公室准备迎接省电力部门领导,一抬头,发现项力站在门口。

"项力,进来。"项达民向儿子笑着,"是不是要开学了?"

项力走了进来,没有坐下,站在项达民桌前,说:"明天走。"

项达民非常想问一问项力最后的决定,但看着儿子郑重的神情,把涌到嘴边的话咽了下去,说:"项力,有什么事?"

项力犹豫着,说:"爸,本来不想和你说……"

项达民说:"我是你爸,什么话不能和爸爸说?"

项力又犹豫了一会儿,慢慢地从口袋里摸出一沓纸,捏在手里,好像仍在犹豫到底要不要交给项达民。

项达民说:"是什么?"

项力最后终于下了决心,说:"是柏镇长的一份发言材料。"

项达民也许已经在头脑里转过许多猜想,但无论如何没有猜到项力拿的是柏森林的发言稿,当即愣住了。

项力也愣着,仍然没有把发言稿交到父亲手上。

停顿一会儿,项达民说:"项力,你干什么?"

项力张了张嘴,他的心思,三言两语如何说得清。

项达民说:"你什么意思?"

项力沉闷地说:"爸,我希望你好好看看柏镇长的发言。"

项达民心里翻滚着什么,但尽量控制着,说:"你怎么会拿到柏镇长的发言稿?是柏镇长给你的?"

项力说:"是的。"

项达民说:"柏镇长找你说过什么话?"

项力说:"不是他找我,是我找他的,那天我到他办公室,想和他谈谈……"

项达民有些急,说:"你和他谈什么?"

项力说:"谈你。"

项达民差点脱口说我用得着你们谈什么,看到项力满腹心思的样子,心里一软,把火气压了下去。

项力说:"柏镇长把这篇发言材料打出来,让我看一看,爸,现在我把它交给你,希望,你能看一看。"终于把材料交到项达民手上。

项达民接过材料,没用正眼看一看,随手往桌上一扔,说:"等我有空吧。"

项力固执地说:"爸,你一定要看!"

项达民不由来气,说:"项力,你应该记住,你是我的儿子!"

项力说:"正因为我是你的儿子,所以我想你……"

项达民打断他:"我不用你教我做什么!"

项力涨红了脸,想说什么,但忍了忍,没有说出来,僵持了一会儿,项力说:"爸,我走了。"

项达民挥了挥手,突然感觉到手臂一点力量也没有了。

项力刚走出去,项达民就抓起柏森林的发言稿看起来,一直看到常金鹏奔进来,大声说:"项书记,你怎么还在这里?大家到处找你!"

项达民仍然沉浸在柏森林的材料里,没有回过神来,抬眼看了看常金鹏,说:"什么?怎么了?"

常金鹏说:"谈电厂的人都到了,早就到了,一直在等你!"

项达民这才"呀"了一声,站起来,随手把柏森林的稿子塞进口袋。

整个大半天时间,在讨论电厂的过程中,项达民一直显得有点神思恍惚,其他几个乡镇的领导都很熟悉项达民,平时经常接触,头一次见项达民在谈工作时这么不能集中精力,不由偷偷向常金鹏打听,项达民怎么了,常金鹏一脸茫然。

趁项达民到厕所方便时,常金鹏追了出来,想问一问情况,却发现项达民正捧着一沓纸认真地看着,恨不得把脑袋都埋进纸里,常金鹏不由好笑,他还从来没有看到过项达民看什么文字方面的东西这么认真。

此时,天色将黑了,从平江往桃花镇的路上,小林将车开得飞快,还没到七点,项达民就听到了车声,迎了出来,说:"你还是赶回来了,我认为你要吃了晚饭才回。"

柏森林说:"到底出了什么事?"

项达民说:"柏镇长,你今天的发言,很有力度嘛,引起轰动了呀。"

柏森林大吃一惊,吃惊之余,脑子里飞快地转着,项达民已经知道他今天发言的内容,无疑是项力告诉他的,但是今天在会上发言的效果,他怎么这么快就知道?这么急着叫他回来,难道是因为对他的发言有意见?要兴师问罪?

项达民洞察柏森林的心思,说:"一、我确实已经知道了你的发言内容和效果,中午就已经有人向我通风报信了;二、我叫你回来,和你的发言无关。"

柏森林呆了呆。

项达民说:"我叫小钱从电脑上调出你的发言材料,已经印发了,给大家看看嘛,不一定只说给闻书记一人听嘛。"

柏森林十分恼火,说:"项书记,你这是什么意思?"

项达民却笑起来,说:"柏镇长,你别以为我对你的发言有意见,恰恰相反,你的发言太精彩了,我认真看了,有许多问题,许多设想,是我想得到,却说不出来的,总结不出来的,到底是笔杆子,书不是白读的。"

项达民口气真诚,没有半点嘲弄或者挖苦的意思,柏森林便也放松了些,说:"也是平时我们一起处理问题,积累起来的。"

项达民说:"你能将积累的东西总结成理论,从一定的高度去看问题,我很佩服,说实在的,看了你的发言,虽然有些内容我不能完全苟同,但是,这个发言,使我觉得,我应该对你有一个全新的认识,来一个从头到尾的重新了解。"柏森林从项达民的真诚中听出骨头,但他无以应对。项达民说:"只是有一点,柏镇长,你的发言,好像是一出配合得天衣无缝的戏。"看柏森林不理解,补充说,"和杜老的工作进展,配合得天衣无缝,水到渠成嘛。"

柏森林更觉意外,说不出话来。

项达民看看时间,说:"我们吃饭去,七点半,杜老来。"

柏森林说:"怎么?"

项达民平静地说:"杜老今天要和党委见面,我想,大概杜老的调查有了一定的眉目。"停了停又说,"指名一定要柏镇长也参加。"

柏森林心头,突然掠过一阵激动,想起白天杨东的那些话,想起闻舒的态度,又想到刚才项达民说水到渠成,难道真的水到渠成了?

第 22 章

一

隔天夜里楚平在平泽会几位北京客人,没有回平江,周怀秘书长电话追到平泽,说明天上午闻舒请他到办公室,有事商量。楚平估计有什么比较紧急的事情,但一时猜不到是什么事情,问周怀,周怀含糊说,好像是杜老来了。

楚平放心不下,再打电话问闻舒,闻舒说:"是杜老的意思,他和尤敬华要同我和高市长谈谈,我想,还是请你一起参加。"

楚平心里有气,脱口说:"我不回来了,你就说我不在家。"

闻舒说:"听听也无妨嘛。"

楚平说:"我不想听。"

闻舒笑了笑,但听得出笑得有些勉强。

楚平不由有些紧张,试探问:"杜老和你谈过了?"

闻舒又笑了一下,说:"你还是很关心的嘛,怎么不想听呢,还是很想听的嘛。"

楚平坚持自己的话题:"杜老怎么说?"

闻舒说:"杜老说,话放到明天说。"

楚平愣了愣,心头愈加沉重起来。

第二天早晨楚平送走几位北京客人，赶回平江，耽误了一点时间，走进常委会议室，杜老正激动地说："一个因为销售过期霉变食品被停职的厂长，一转眼，就被任命为镇工业公司的经理助理……我们的党，还有没有王法？"说得脸红起来，看到楚平迟到，进来时脸上也没有抱歉的意思，不由更来火，说："楚平，你很忙嘛。"

楚平毫不客气地说："我是很忙，刚刚送走几位北京来的领导。"

闻舒正要说什么话，杜老却摆了摆手，口气和缓下来，说："我理解，我理解，桃花镇这么个先进典型，不是一天两天树起来的，其中，也有楚平许多辛苦，现在出了问题，楚平心里是不痛快的，这种心情，我能够理解，我想大家也都能理解。"

大家暗想，杜老不愧是老纪检干部，说话有相当高的水平。

楚平却不肯接受杜老的和缓口气，说："出了问题，出了什么问题？"

尤敬华说："我正要向领导……"

楚平对他一指，把尤敬华的话吓缩回去，楚平说："桃花镇的情况，我闭着眼睛也能说出来。"言外之意，用不着你汇报。但碍于自己在这个会场的身份，没有把话全说出来。

杜老说："楚平同志，恐怕事情坏就坏在你的闭着眼睛上，你闭着眼睛，就能了解一个镇，了解一个人？"

楚平说："别的地方我不敢说，别的人我也不敢说，但是，桃花镇我敢说，项达民我敢说！"

杜老的眼睛，向会场一扫，说："本来我只是想谈谈项达民的问题，就不涉及其余了，现在看起来，不涉及其余也是一种自欺欺人，项达民的问题并不是他一个人的孤立问题……"

闻舒看了看表，又向高市长看了一眼，小声问道："高市长，国家体改委的领导，几点到？"

高市长心领神会，提高声音说："十点就到，王副省长陪来。"

杜老笑着指着闻舒说:"闻舒,你们用不着暗示,我清楚得很,你们都是一线的人,忙得很呢,但我这块时间,是非占你们不可的,你们放心,不会耽误你们的大事……好了,我也不废话了,免得你们嫌我这个老头啰唆,先由小尤向各位领导汇报一下……"

尤敬华赶紧咳嗽一声,身子坐直了,从手提包里掏出一沓纸来,向大家一扬,说:"我们收到的群众来信,这么多,时间关系,不可能一一念出来,我拣一封给各位领导念一念,这是评弹演员蒋月仙的丈夫慕小麟写的……"

大家一听慕小麟,已经明白了几分,楚平的脸很难看,想说什么,看到闻舒暗示他先听,才闭上嘴。

杜老也微微皱了一下眉头,想说什么,却没有说出来。

尤敬华念慕小麟的信,信是写给杜老的——

尊敬的杜老:

　　如果不是听说您是全国有名的杜包公,我也不会把信寄给您,官官相护的事情,我看得太多了,几乎失去信心,失去希望。但是在失望中,我听说您来了,听说您到桃花镇住下去,调查研究,这使我重又看到了希望,鼓起了信心,这个信心就是:相信天下自有人主持公道!

　　我是一名不再上台演出的评弹演员,我的妻子蒋月仙是一位著名的评弹演员,我们夫妻结婚十年,相亲相爱,是被人们称道的一对恩爱小夫妻……

念到这儿,楚平不由"哼"了一声。

尤敬华匆忙看了杜老一眼,杜老仍然皱着眉,但是尤敬华看不出杜老是为什么皱眉,他想了想,以为杜老是因为楚平的态度而不高兴,赶紧继续往下念:

……我和蒋月仙,我们是师兄妹,我们的感情,具有相当厚实的基础,我们有共同的爱好,共同的语言,我们曾经互相发誓,我们要白头到老,这一辈子……

楚平忍不住又"哈"了一声,饱含嘲讽和挖苦。
楚平的一声"哈",又引出高市长的偷笑。
尤敬华再又失措地看看杜老,看出杜老开始有了讨厌的意思,但仍不明白杜老是讨厌谁,他看了看信,说:"有些东西就不念了,念关键的……"加快了速度念下去:

　　可是,最近以来,我们的感情出现了裂痕,裂痕是从蒋月仙认识了平泽县桃花镇的党委书记项达民开始的,开始的时候,项达民镇上每有活动,或者要到平泽县、到平江市来举办什么活动,都要请蒋月仙去演出、助兴,我也没有太在意,想作为一个演员、一个著名演员,有人重视,有人请去演出,总是好事情,哪里想到事情就是从这里开始的,项达民渐渐占据了蒋月仙的全部情感,蒋月仙的心被……

杜老终于忍不住了,大声说:"小尤,不用再念了!"
尤敬华到这会儿才明白,杜老的讨厌,原来是针对他的,尤敬华愣了一会儿,心却不甘,补充说:"我不念了,但事情的结果我得汇报清楚,现在,蒋月仙已经告到法院,正式提出和慕小麟离婚,慕小麟请求杜包公为他做主……"
杜老再次制止了尤敬华,说:"小尤,你怎么搞的,这么鸡零狗碎!"
尤敬华固执地说:"杜老,您再三教导我们,党员干部的个人作风问题,不是小事,党风问题是关系到我党生死存亡的大事!您再三教导我们不能掉以轻心的呀!"见杜老一时没有说话,赶紧不失时机地补充道,"关于慕小麟信中提及的问题,我们一一作了调查核实,事实是确凿的,目前,法院已经受理了蒋月仙的起诉。"停顿一下又说,"慕小麟信中还谈到项达民资助蒋月仙开服装店的一些问题,比如无偿提供门面,这个门面,是桃花镇流水村王桃厂本来打算做门市部用的,因为蒋月仙要开服装店,项达民就决定把店卖给蒋月仙,作为一个镇党委书记,他有没有权力把集体的产业卖给个人?另外,项达民以私人的名义资助蒋月仙八万块钱,慕小麟也都写在信上了……"

楚平抬了抬身子,将身体前倾,盯着尤敬华:"怎么,项达民不能借钱给别人?"

尤敬华说:"作为一名镇党委书记,我们替他算了一笔账,如果这八万块钱是他私人的,我们对他的个人收入表示怀疑。项达民月工资一千元,从他当桃花镇党委书记那一年起,每年县委核定发给他的奖金,项达民都没有接受过,他只拿镇干部奖金的平均数,项达民是全省干部廉政的典型模范人物!"

楚平说:"不拿县委核定的奖金,只拿镇干部奖金的平均数,他不廉政谁廉政?"

杜老摆了摆手,说:"楚平同志,你耐心一点好不好?"

尤敬华继续说:"我们做了详细的统计和调查,近五年,桃花镇镇干部奖金平均收入是每年两万,如果项达民只有这个收入,那么,他借给蒋月仙的钱从何而来?"

楚平哼了一声,说:"尤书记,你的账,算到人家口袋里去了,算得很到位嘛。"

尤敬华说:"作为一个党的领导干部,口袋里的钱,就得让群众算清楚,算不清楚的,就有问题。我们党,是接受民主监督的党,什么事情不能公开?别说项达民,在座的各位,你们敢不敢公开自己的收入和实际财富?"

楚平去看闻舒的脸,闻舒脸上没有表情。楚平看看高市长,高市长似笑非笑,也看不清面目。

杜老指了指尤敬华,说:"我相信,小尤是敢公开的,我注意到,小尤抽的烟,从来没有红塔山以上的,他基本上只抽红梅。"

会议室是禁烟的,好在大家桌子上没有烟,杜老的话,也就避免了当场的尴尬,但许多人心里很难堪,他们口袋里装的烟,可都是在红塔山以上的。

杜老说:"慕小麟的信,本来并不在我们的调查范围之内,小尤,各位领导都很忙,你就抓紧时间汇报重要的内容。"

尤敬华学了乖,果然抓紧时间,一口气谈了几十个问题,其中有原先调查的桃花镇经济发展的问题,也有项达民工作作风、个人品质以及由于个人原因造成的渎职,亦有其他镇领导的一些问题。

因为问题太多太多,尤敬华讲得很不得要领,乱七八糟,杜老按捺不住了,站了起来,说:"小尤,你停下。"

尤敬华看着杜老,不知自己错在哪里。

杜老说:"小尤的调查十分细致认真,内容非常丰富,一时也说不透,我总结一下,主要有七大问题:

一、房地产过热及导致的拖欠巨额集资款。

二、盲目决策导致失误:游乐场、桃花源宾馆、正在筹建中的电厂等。

三、企业高投入低产出,同行业过于集中,产品质量下降,缺乏竞争力。

四、环境污染。

五、乡镇领导独断专行,好大喜功,作风不正。

六、乡镇干部及乡镇企业干部素质下降,违法乱纪。

七、吃喝风形成无底的'黑洞'。"

思路清晰,条理清楚,干脆利落。

杜老话音未落,尤敬华又加了一句:"群众反映最大的,就是项达民的独断专行。"

杜老说："但是，我们有的同志，是不是仍在为这种东西唱赞歌呀！"

尤敬华说："我们在调查过程中，也有人认为，这是有魄力，这是开拓精神。"

杜老盯着楚平，说："楚书记，你是不是也认为这是项达民的开拓精神和魄力？"

楚平不服道："项达民是一个有开拓精神有魄力的好干部！"

尤敬华抢着说："把自己分管的地方，当作自己的王国、自己的领地，滥用职权，一开口就是成百万上千万的进出，这是开拓精神？这是封建主义！是我们党与之进行了几十年斗争仍然没有能够彻底消灭的封建主义！"

如果不是杜老在场，自然轮不到尤敬华在这样的场合说这么大口气的话。

比起来，杜老似乎要温和一些，但骨子里的强硬并不亚于尤敬华，杜老看了看一直不说话的闻舒，说："闻书记，这七个问题，是我和小尤总结出来的，但是我和小尤，只能总结，却无法解决，我们无能为力，或者说是力不从心吧……"

尤敬华仍然延续着自己的思路，说："桃花镇的老百姓说，民主在哪里？民主在项达民的口袋里。"换了一口气，又说，"这种类型的干部我也接触过，无法无天，这样下去，失去控制的权力，怎么能不导致犯罪？"

楚平说："犯罪，项达民犯罪了？犯罪你有证据吗？有证据就把他送检察院！"

尤敬华想要解释什么，被杜老一挡，杜老并不太在意楚平，只是软中夹硬地对着闻舒说："闻书记，我希望你考虑两个问题：一、桃花镇班子到底腐败不腐败？二、桃花镇这个典型，是虚假典型还是真实典型？"

楚平一听，跳了起来，大声说："杜老，这只是你个人的看法！

你个人的!"

杜老不急不火,说:"到目前为止,还不能说我已经有了什么明确的和确定的看法,我只是提请闻书记考虑,我自己,也还在考虑之中。"

闻舒不动声色地说:"我们确实应该好好考虑这些问题!"

杜老说:"我的七大问题,我刚才说了,我是解决不了的,闻书记,我给你留下了。"

闻舒点了点头,脸上仍然没有表情。

杜老说:"好,我和小尤的汇报就到这儿,耽误各位时间了。"带着尤敬华扬长而去。

高市长和楚平都等着闻舒说话,但是闻舒摆了摆手,说:"今天不说了。"

高市长走后,楚平没头没脑地说:"他要干什么?"

闻舒说:"杜老就是干这个工作的。"

楚平鼻子里"哼"了一声,说:"他会怎么样,真的向省委汇报?省委听了会怎么样?"紧盯着闻舒的嘴,好像闻舒嘴里能够蹦出个意思来,见闻舒没有明确态度,着急道:"你是省委常委,你能说得上话的!"

闻舒摇了摇头,口气沉重地说:"楚书记,你认为省委是关键,或者杜老是关键?"

楚平的心突然被猛击了一下,从杜老来后,楚平虽然一直和杜老唱着反角,但在他内心深处,一直隐隐约约地感觉到,杜老并不是真正的威胁,真正的威胁是谁?在哪里?

楚平突然明白过来了。

隐隐约约的担心,这种感觉并不是从杜老来到后才开始有的。它来源于闻舒。

从闻舒来到平江,楚平意识中就开始有了警觉。

警觉什么呢?

楚平急于想证实自己的猜测,但是闻舒却没有一丝丝的口风漏给楚平,闻舒对于项达民的态度究竟如何,楚平捉摸不透,这更增添了楚平的担忧。

周怀秘书长突然推门进来,脸色凝重,向闻舒说:"闻书记,有件事情……"没有说下去,注意着闻舒的脸色。

闻舒等着他说。

周怀说:"也不知道准确不准确,是许飞得来的消息,今天晚上,省台可能要播桃花镇的东西。"

闻舒也有些紧张了,连问:"什么?新闻?曝光?"

周怀说:"是带有曝光性质的,但不是新闻栏目,是《社会纵横》栏目,具体内容还不太清楚。"

闻舒想了想,问:"小许怎么知道?"

周怀说:"市电视台的什么人告诉许飞的,他们听省台的人传来的消息。"

闻舒和楚平对视一眼,过了一会儿,闻舒说:"《社会纵横》?晚上几点?"

周怀说:"八点。"

二

省电视台有一个重要栏目《社会纵横》,专门报道和探讨社会经济生活中的各种现象和问题,每每从群众最关心的切身问题引发讨论,颇受观众欢迎,是省台收视率最高的栏目之一,每星期二和星期五晚黄金时间八点播出,时间一小时,栏目中辟了五六个部分,其中最重要的一个部分"经济参考",半小时,占了整个栏目一半时间。

卢狄从平江带来的带子,把谢简的情绪也调动起来了,但是考虑到桃花镇在全省的先进典型的影响,省台的新闻栏目,决不可能播放卢狄的内容,谢简考虑再三,把目标转移到《社会纵横》的"经济参考"上来,与同事反复推敲、商量,终于做出一套系列方案,顺利地通过了审查。

晚上八点,项达民正在桃花源宾馆的歌舞厅陪客人唱歌,常金鹏突然奔了进来,在昏暗的灯光下,常金鹏的脸上一点血色也没有,气急败坏地奔到项达民面前,结结巴巴地说:"项书记,项书记,省台,省台……"

项达民感觉到出了什么事,但在客人面前尽量沉住气,跟着常金鹏走出来,说:"什么?省台什么?"

常金鹏说:"省台放我们的内容了……"

项达民说:"是什么,卢狄做的那一套?"

常金鹏点头:"差不多,差不多,反正是说我们的……"

项达民说:"你看到了?"

常金鹏说:"小钱打电话来的,他在值班,正好看到省台的节目,八点钟是,是什么的,我忘记了。"

项达民说:"省台,星期二八点?《社会纵横》。"

常金鹏说:"对,是《社会纵横》,小钱是看了节目预告的,知道有我们的内容,是说集资款的。"

刚刚唱完歌的柏森林,走过来问什么事,常金鹏没有吭声,项达民说:"一起去看看。"说着看了一下手表,说,"刚开始。"叫楼层服务员开了个房间,三人进房间,常金鹏打开电视,调到省台,刚好"经济参考"栏目的主持人出现在屏幕上。

栏目以立论在先的形式,提出了群众最关心的集资问题,跟着出现了桃花镇的几组画面:

第一组,桃花镇镇政府门口,老百姓排着见头不见尾的长队,追讨集资款,大家的表情都很激愤、担心,卢狄采访了几个参加集资者……

第二组,桃花镇明星化工厂的关门停产,门上被贴了封条,卢狄用远镜头摄下厂内破败的情形,穿插着主持人的旁白:两年前,投资两千万……

第三组,桃花镇隆飞翔集团设在平江市的门市部,店面颇有气派,宽敞,但店里顾客很少,卢狄在店门口拦住一位妇女问:您是不是想进这家商店购买衣服?妇女说:我是路过的。卢狄问:那您有没有买过隆飞翔牌服装,您知道不知道隆飞翔牌服装?妇女说:我知道的,也买过的,我每天上班从这里经过,这个店刚开始的时候,我经常来逛,买过一些隆飞翔牌服装,他们的服装是丝绸服装。卢狄继续问:那您现在为什么不买了?妇女笑了一下,说:上过当了……

第四组,是桃花镇游乐场的全景,主持人旁白:在一个只有两万人口的小镇上,先后花四千万美元建设起这个游乐场……

……

但是,栏目制作人巧妙地在桃花镇的画面里夹进许多其他地方的内容,给人的感觉好像只是在叙述某一个问题时,有意无意地将桃花镇和其他乡镇的例子拉来作为说明的,并不是有意识存心批评桃花镇。

最后,主持人说:我们从拖欠集资款的问题出发,看到了目前乡镇经济建设中正在发生和即将发生的许多严重问题,我们十分担心,不约而同地想到这么一个话题:曾经辉煌的乡镇经济,将向何处去?这个问题是一个内涵非常丰富的大问题,三言两语是说不清的,为此,我们特意组织了七次节目的内容,从今天开始,在《经济参考》栏目时间,我们将分七个专题,请一些嘉宾,就每天的中心话题,发表看法,共同探讨,不作结论,欢迎广大观众朋友共同参与。

这七个专题是:

一、房地产过热问题。

二、拖欠集资款问题。

三、决策失误问题。

四、乡镇企业产品问题。

五、环境污染问题。

六、乡镇企业干部素质问题。

七、腐败问题。

与杜老总结的七大问题如出一辙。

接下去,第一次的讨论开始了,今天的话题是:房地产过热问题。

嘉宾上场,四位嘉宾一一坐下,还没等主持人介绍,项达民、柏森林和常金鹏同时都已认出了其中的一位,常金鹏朝屏幕上指了指,向柏森林道:"柏镇长,这是你的同学。"

平江大学社会管理学院博士生导师杨东,也被电视台邀请来了,项达民向柏森林看了看,说:"柏镇长是不是早就知道今天的节目?"

柏森林摇了摇头。

项达民说:"杨东好像是个点子很多的人,省电视台的这个栏目,相当聪明,卢狄恐怕想不出来,柏镇长,杨东是不是和卢狄熟?"

柏森林又摇了摇头。

项达民说:"你是说他们不熟还是你不知道他们熟不熟?"

柏森林说:"我不太清楚。"

项达民说:"可惜,可惜。"

柏森林和常金鹏都没有听明白他说"可惜"是什么意思,屏幕上的讨论已经开始,他们的注意力都被屏幕吸引住了。

四位嘉宾,很快分化成两个阵营,持两种截然相反的观点,明显是事先商量好了的,谁是红脸,谁是白脸,都早已分配好,但是由于双方情绪都很投入,倒也看不出有谁在作假,但是辩论的方向是很明白的,省台的方向也是明确的。《社会纵横》之后,是一长串的广告,但是大家的眼睛仍然盯在屏幕上,好像谁也没有注意到节目已经结束。

过了很长时间,项达民才起身关了电视,笑了笑,说:"你们很喜欢看广告。"

常金鹏哭丧着脸看着项达民说:"怎么办?"

项达民说:"也是七大问题,配合得不错嘛。"

常金鹏再问:"怎么办?"

项达民回头看了看他,似有些奇怪地说:"什么怎么办?"

常金鹏无奈,求救似的向柏森林看看,柏森林说:"杜老今天向市委谈了他的看法。"

项达民说:"杜老晚上看了这个节目,会更坚定信心。"

与此同时,在杜老房间里,杜老和尤敬华一起看了电视,尤敬华激动不已,对杜老说:"杜老,他们的七大问题和你的七大问题,一模一样,你们是不是事先商量好的?"

杜老高兴地一拍尤敬华的肩,说:"英雄所见略同嘛。"

三

吕正看完省台的节目,正忧心忡忡,办公室主任电话追来了,说楚平书记马上就到,吕正只觉得自己的一颗心一直往下沉。

他已经知道杜老向闻舒、楚平谈情况的事情,再看了省台的节目,心里明白楚平又来平泽,八九不离十是为了桃花镇、项达民,心里不免也有些紧张,临出门时,忍不住对孔雪杉说:"事情闹大了。"

孔雪杉用很凝重的目光看看他,说:"你打算抽身了?"

吕正苦笑了笑,说:"我不抽身,轮得到我说话?"

孔雪杉说:"这就是你的方式,说话不管用,甚至有可能影响自己,就不说。"

吕正摇了摇头,赶到县委,果然,不一会儿,楚平就到了。

吕正虽然心情沉重,但表面上仍然很沉稳,笑着说:"楚书记,早晨才说了再见,晚上又再见了。"

楚平哪有心思开玩笑,简要地把事情一说,最后道:"吕正啊,这一次,看起来不太妙呀。"

吕正说:"栽到杜老手里,总是麻烦的。"

楚平皱了皱眉,说:"你错了,如果仅有杜老,我也不至于这么担心。"看着吕正犹豫了一会儿,到底没有把自己对闻舒的猜测说出来,只是说,"吕正呀,这事情,说到头,也怪你多事,好好的,派尤敬华做什么调研组呢!"

吕正直摇头:"谁知道事情会这样发展,我的出发点也是为项达民好,你知道的,意见一大堆呀,群众来信堆满了,我这个县委书记怎么弄?"

楚平完全能够体谅吕正的难处,点头说:"我当然知道,项达民这个人,我太知道了,气太盛,别说你想杀杀他的威风,我也想,只是……"事情已经到了这一步,再追过去的事也已经迟了,楚平不再往下说,改口道:"我连夜赶来,想听听你的意见。"

吕正虽然知道了事情的过程,但是上有市委领导,有闻舒,有楚平,他无论如何不能先表态,吕正犹豫了一下,想问什么,却又怕楚平不高兴,没有问出口。

楚平基本上猜得出吕正的心思,便点明道:"闻书记暂时还没有态度,我探过他的口风,探不出来,很暧昧。"

吕正点了点头,试探楚平说:"楚书记,你认为……"

楚平摆了摆手说:"你不用探我的口风,我今天连夜赶来,就是我的态度,我是很着急的,吕书记,我们一定要抓主动……"

已经把吕正逼到墙角,吕正只得说:"是不是要给项达民准备一条后路?"

楚平也坦率地说:"我就是这个意思。"

吕正为难地说:"楚书记,你知道项达民这个人的,要给他挪地方,难哪!"

楚平说:"正因为知道难,我才连夜赶来和你商量。"楚平第三次用了"连夜"一词,而且语气一次比一次重。

吕正犹豫了,不好说话。

楚平说:"吕正,你看看,县里有没有什么现成的位子。"说完马上又补充,"一定是好位子!"

吕正直摇头:"县里?县里哪有什么好位子,项达民肯到县里来?杀了我我也不相信!"

楚平听吕正这么说,不由笑了一下。

吕正却误解了楚平的笑,以为楚平不相信吕正愿意把好位子给项达民,有些发急,说:"楚书记,项达民那么牛,他怎么肯到县里来?我了解他,就算平家川的位子给他,叫他做县长,怕他也不会来,除非、除非……"不由有些语塞,但顿了顿还是说出来了,"除非我这个书记让给他!"

楚平又笑了笑,并点了点头,说:"看起来你确实是很了解项达民了。"

吕正说:"怎么安排、安排什么位子,还是次要的,最要紧的,"吕正的口气更加强了,"最关键的,这个前提不存在,项达民根本不能走,他决不能离开桃花镇!"

楚平看着吕正,等着听他往下说。

吕正激动地说:"他怎么能走?桃花镇除了项达民,谁能干得下来,没有人!决没有人!说到底,桃花镇不能没有项达民!"

楚平倒有些意外,原以为吕正或许趁这机会把对项达民的不满说一说,平时没有机会,这是个好时机,哪知吕正却强调桃花镇离不开项达民,一时心里有些奇怪,看着吕正,等他下面的话。

果然吕正的话来了:"楚书记,你不能放手呀,桃花镇这么大个摊子,这么大的窟窿,他怎么能拍拍屁股就走?他走了,谁替他收拾这个烂摊子?"

楚平瞪了眼睛:"烂摊子?"

吕正说:"我是指他的窟窿,这时候把他调离桃花镇,太便宜他了!多少个亿的债,谁替他去还?那么多的房子,谁替他去卖?"

楚平说:"你是县委书记,你问谁?"

吕正忍不住抬高了声音:"楚书记,你要搞死我?"

楚平脸一沉,说:"我不管你死你活,现在是项达民的事情要紧!"

吕正说:"还有一个更重要的问题,谁能接替他?"

楚平顿了一会儿。

吕正又说:"谁敢到桃花镇去?"

楚平说:"柏森林怎么样?"

吕正脱口说:"叫柏森林背桃花镇,要压死他!"

楚平说:"不要这么危言耸听,柏森林做镇长也有三四年了吧,反映也不错,他能干实事,也有思想……"

吕正不由打断了楚平的话:"我承认柏森林有柏森林的长处,说良心话,我作为一个县委书记,更能接受的是柏森林而不是项达民。"

楚平说:"那就是了。"

吕正紧接着说道:"不行不行,柏森林恐怕担当不了桃花镇的重任!"

楚平停顿一下,过了一会儿,慢慢地说:"我的感觉,好像闻书记对他印象不错,闻还是很欣赏柏森林的。"

吕正觉得有些意外,愣了愣。

楚平说:"前几天市里开了个经济发展战略研讨会,柏森林有个发言,关于乡镇企业的问题,他有很深刻独到的见解,也有一套完整的方案,虽然只是从理论上谈,但大家听了,都觉得是可行的,闻书记也很有兴趣。柏森林的文章,就是闻书记推荐我看的。"

吕正"哦"了一声,更觉意外,柏森林在他的印象中,并不是很引人注目的,也许和项达民有关,由于项达民的张扬和光彩,在他周围的人,就显得黯然失色,随着和楚平谈话的深入,吕正越来越明显地感觉到,楚平完全像是考虑好了才来找他的,并不如他自己所说来和他商量,吕正心中掠过一丝不快,说:"看起来,市里已经有想法了。"

楚平说:"这只是我个人的想法,但是据我观察和分析,闻书记也确实有这样的意思。"停顿一下,又说,"这也是为项达民着想。"

吕正突然感到一阵心慌、心乱,不由道:"难道项达民非走不可了?"

楚平不置可否,没有说话,但他的意思是很明白的。

吕正的心一直往下掉,既然事情难以挽回,只得往前走了,便说:"既然如此,项达民的安排,确实要认真考虑了。"

楚平仍然没有放弃做吕正的工作,盯着吕正,说:"县里肯定不行?"

吕正两手一摊,做了个无可奈何的表情。

楚平说:"安排个副县长,甚至副书记,也不行?"

吕正再次说:"不是我不行,是他不行,他不会干的,他是要做一把手的人,楚书记,不是我不想安排他,这个人,只有你把他弄到市里去了!"看楚平点头,又说,"楚书记,你是分管干部的,我提个醒,一般的单位,他是不肯去的,到什么局弄个副局长,他决不会去!"

楚平又点头,意思是他已经考虑到这一点。

吕正仍然不放心,说:"至少,是个有实力的部委,他是要搞经济的人,要办实事的,我瞎说说,像开发区,甚至大型企业……"

楚平说:"我们会考虑的。"因为事情已经超出平泽县,吕正也就不便再过多地干预和建议了。

吕正又说:"项达民自己,有没有数?知道一点情况吗?"

楚平说:"什么事情能够逃得出他的眼睛?杜老这么大的风声,他能不知道?"

吕正不无担心,正要再问些情况,楚平站了起来,说:"我本来是赶过来和你商量安排项达民的事情,既然你容不下他……"

吕正急忙辩解:"不是我吕正容不下他,县里庙太小,他这菩萨大呀!"

楚平说:"不管庙大还是菩萨大,反正项达民是要到市里去了,不管我想不想要他,他总是要去的了。"

吕正心想,你怎么会不要项达民,项达民可是你的心肝宝贝。

楚平说:"你找个地方我住下来,今天不回平江,明天一早,我到桃花镇看看去。"

吕正给县委招待所打个电话,安排了房间,就送楚平过去,有一段路,但不长,吕正问要不要车,楚平不要,两人便沿着县城的街走去。

到了招待所,才知道这里正在开省教育局长会议,人很多,吕正叫总台给楚平安排到小楼里,总台说小楼也已经满了,只有新大楼,吕正说,可以到平泽宾馆住,条件好些,只是路稍远一些。楚平说无所谓,反正只住一个晚上,躺倒就睡,眼睛一睁就开路,无所谓招待所宾馆老楼新楼大楼小楼。总台给安排了,吕正陪楚平往新大楼去,上了二楼,就听到一个声音在大声嚷嚷:"我是特意从乡下赶来的,我是听说开教育局长会,特意赶来的,你们就不能耐心听我反映一下情况?"

楚平和吕正一起走过来,便看到二楼的一个套间的外间,几个人坐在沙发上,有一个人站在他们面前,激动地说着。

站着说话的人背朝门,楚平和吕正看不清他的脸,他们刚要穿过去,突然楚平心头掠过一个念头,他对这个背影好像是熟悉的,好像是见过的,也许已经很多很多年,但他记得他。楚平停下已经移动的脚步,吕正也跟着停下,套间里坐在沙发上的人,看到门口有人站定了,都朝外面看,站着说话的人,也跟随着他们的目光将头回过来。

楚平一下子认出他来了:魏半城?

魏半城当然是认识楚平的,楚平是市委副书记,常常在电视上出现,魏半城当然认识,但是楚平能在不太明亮的光线下,认出魏半城来是不容易的,他们已经近三十年没见面了。

三十年前,楚平是平泽县委副书记,平泽县二号走资派,魏半城是平泽县的头号造反派司令,两人打过一段交道。奇怪的是,楚平对别的造反派都很反感,对魏半城却没有很多反感,"文革"后清查三种人,找到楚平调查魏半城的情况,楚平竟替魏半城打了许多掩护,还说了魏半城许多好话,替他开脱,查案的人奇怪不已,说,楚书记,当时斗人、迫害人,魏半城可是急先锋呀。楚平说,我知道好坏。后来魏半城被判刑,楚平还专门托人给他捎过些东西,也不知魏半城收到没有。

不容楚平回忆往事,说些从前的话题,魏半城已经开了口,说:"楚书记,您来得正是时候,我是特意从桃花镇赶来的,教育局长会议,不是要解决教育问题吗?我来反映桃花镇的教育问题,他们却叫我去找项达民,我要是找项达民能够解决,我来干什么?"

楚平和吕正对视了一眼,楚平手指指前面的房间,说:"魏半城,我的房间就在那里,到我房间说吧。"

魏半城犹豫了一下,勉强跟着楚平来到他的房间,站着不肯坐,说:"楚书记,我不是不相信您,我是来谈教育问题的,最好是跟教育局长谈。"

楚平指指吕正,说:"你们县委书记也在,有什么话,你跟书记讲不是比跟局长讲更好吗?"

魏半城毫不客气地说:"那可不一定,书记管的事情太多,他顾不上关心教育!"话说得很不好听,但吕正不动声色。

魏半城更尖刻地说:"更何况,书记都是体谅书记的,不一定会体谅百姓,体谅教育工作者!"

吕正皱了皱眉,仍然没有说话。

楚平说:"魏半城你这话太偏激了吧?"

魏半城说:"我这个人,一辈子就是这样了,离开了偏激,也就没有了我魏半城。但是楚书记,您应该清楚,我的偏激,都是从现实中来的,不是我的思想偏激,也不是我的看法偏激,是现实中不公平的事情太多!"停了一下,重说一遍,"太多!"再停顿一下,又说,"楚书记,您知道我的,我从来都是一个使命感很强的人,只是,在'文革'中,我错了方向,但是错误不能熄灭我的使命感!"

楚平说:"怎么呢,桃花镇教育上有什么问题?"

魏半城"哈"了一声,"哈"的意思相当丰富,好像是说,您楚书记连桃花镇教育上有什么问题都不知道?或者是说,桃花镇教育上的问题太多太多,说来话长,三言两语都说不清。也或者是说,桃花镇教育上存在的问题,大家都看在眼里,还用我说吗?魏半城从口袋里摸出一堆车票和住宿的发票,说:"两位领导,你们看看,老师参加县里市里省里的学术会议,竟然不给报销,天下有这样的道理吗?"

楚平说:"怎么,不给你报销差旅费?"

魏半城说:"不给我报,倒也罢了。"

楚平说:"是其他老师的?"

魏半城说:"不管是谁,事情得说清楚,道理得讲明白,我已经给电视台写信了……"

吕正向楚平暗示了一下,示意楚平不必和他多说,楚平却只作不知,说:"我早听说了,你对项达民很有看法,年底市电视台曝光桃花镇的集资款问题,就是你引发的吧?"

魏半城兴奋不已地说:"刚才,晚上八点钟,你们看了省电视台的节目没有？"

楚平没有吭声。

吕正掩饰不住自己的厌烦。

魏半城却不为吕正的厌烦所影响,继续说:"这是一个连续节目,每星期有两次,连续七次都是谈桃花镇的！"

楚平突然说:"魏半城,你是不是觉得,项达民不适合当桃花镇的一把手？"

楚平这话一出口,吕正大感意外,不由愣住了,觉得楚平太不应该在魏半城面前讲这样的话,他想不通楚平怎么会说出这样的话来,惊讶地看着楚平。

连魏半城也没有料到楚平会问这样的问题,愣了一会儿,回答不出来。

楚平说:"怎么,回答不出来？"

魏半城说:"合适不合适,是我说了算的吗？我们小老百姓,说他不合适,有用吗？"

楚平却不依不饶,尖锐地说:"魏半城,你回避了我的问题！你没有说你自己的想法,像你魏半城这样的人,从来是不问别人的意见,不看别人的脸色的,你该说什么你自会说出来,你并不管说了有用还是没用,说了有没有人听,有没有人理会,你是从来不问的,你也从来不回避,但是现在,你回避了,你没有说出你的想法！"

魏半城咧了咧嘴,说:"我的行为,不就是我的想法吗,还用特别把它说出来？"

楚平摇头说:"我不这么认为……"

魏半城赶紧扯开去,说:"我还是说我的事情,我特意跑到县里来,不能白跑了,去年桃花镇教育追加经费,远远没有达到政府工作报告中的数字,桃花镇房地产积压多少？但教师住房……"

楚平和吕正相视一眼,楚平看出吕正的不耐烦,奇怪的是,平时最容易不耐烦的楚平,却有耐心听魏半城说,他替魏半城泡了杯茶,端过来,魏半城看也不看,更不道声谢,他只顾继续着自己的话题。

吕正想,项达民呀项达民,你怎么办呢?

四

楚平和吕正到桃花镇的时候,闻舒也已经出发往桃花镇来,所以项达民在和楚平、吕正握手的时候,不由笑着说:"今天什么日子,三巨头都来桃花镇?"

楚平和吕正一听"三巨头",马上都联想到是闻舒到了。

因为闻舒没有到,楚平也不太清楚闻舒来桃花镇的目的,本来想和项达民谈的事情,只得暂时先搁一搁,不好随便先说了。楚平和吕正在会议室等了一会儿,和项达民东扯西拉地说了一些其他话题,项达民也不问他们的来意,也不打听闻舒的意思,只是随着他们的话题随便谈谈,倒是常金鹏、小钱他们几个,在外面转来转去,神魂不定,心里慌慌的,感觉很不好。

柏森林一大早到游乐场二期去检查工作,听说来了领导,也急急地赶回来,进来后,楚平和吕正起身和他握手,柏森林心里一动,以前好像没有这样的待遇和规格,但又想不太清楚,过去碰到这样的情况,领导先在里边坐了,他迟进来,他们会站起来和他握手吗?好像不会。

柏森林不免激动起来,也许这是一个信号,一个新的信息?

坐下后,吕正说:"柏镇长,游乐场二期进展怎么样?"

因为工程队背景特殊,柏森林回答时小心翼翼,不敢多说,只说了两个字:"正常。"

吕正在问话的时候是忽略了这一点的,当听到柏森林谨慎的回答,他突然想到了,便马上换了个话题说:"柏镇长,听说你在市委召开的经济发展战略研讨会上有个发言,很精彩,有没有稿子?"

柏森林说:"我到电脑上打一份就是。"

吕正说:"我带回去看看。"

楚平说:"闻书记对你的发言很欣赏呀。"

柏森林平静地笑了笑,心里却一点也不平静,心头再次涌起一种美好而紧张的感觉,过去县领导、市领导来,几乎都只和项达民对话,镇长是靠边站的,今天的感觉不一样,项达民明明坐在一边,吕正和楚平却好像不太在意他的存在。

这种想法一起来,柏森林稍一激动,马上提醒自己,不要错误地估计形势,不要被表面现象冲昏头脑,不要自以为是。再努力回想从前的情形,却是越想越控制不住自己的情绪,越想越觉得今天的日子和往日实在大不一样。

楚平和吕正又围绕柏森林的发言说了些乡镇企业的问题,常金鹏和小钱一起进来,说:"闻书记到了。"

一屋子的人都站起来,迎出去,柏森林有意往后一点,让项达民走在前面。

闻舒一见到楚平和吕正,便笑了起来,说:"我们不约而同呀。"

伸出手和项达民握了握,又和柏森林握了握。

柏森林的感觉,闻书记和他握手的时间,比和项达民握手的时间更长些,好像也握得更紧些。

闻舒问楚平:"你们先到,怎么安排的?"

楚平有些不解,愣了愣。

闻舒说:"怎么,难得来一回桃花镇,难道不打算看看?"见楚平和吕正仍然心事重重不吭声,又说,"上次来,没有时间好好看桃花镇的旧貌新颜,今天有时间,怎么,不安排我看?"

大家心里惶惶的,不知闻舒葫芦里卖的什么药。

项达民说:"我们的半园、平安寺,还有新近修复的明清一条街,都很值得一看。"

闻舒说:"你到哪里也不忘记推销你的桃花镇。"笑了笑,又说,"好吧,半园、平安寺,我还是二十多年前的印象,那时候,也不开放,来了朋友,和看门的偷偷打个招呼,进去转转,也好,不用门票。项达民,现在半园门票多少?"

项达民说:"十块。"

闻舒说:"够狠的,才多大个地方。"

项达民说:"地方小,但我的东西好。"

闻舒说:"你的东西总是好的,你有什么不好的?"

话里有话,但听不出是赞赏还是批评,谁也不敢随便回答。

先到平安寺,平安寺最出名的就是留有唐代半堂泥塑罗汉,另外的半堂,早已毁于战火,这半堂得以保存下来,也算是奇迹。

刚过寒冬,天气还很冷,游客不多,平安寺里十分清静,闻舒站在半堂雕塑得栩栩如生的罗汉前,久久地凝视着。

十八罗汉,剩下九位,这半堂罗汉与其他雕塑的不同之处在于,这是一幅有背景的唐代雕塑,山岩起伏,奇峰突兀,洞窟错列,海浪翻滚,九尊罗汉,或正襟危坐,或盘腿端坐于山水云烟之间。

闻舒默默凝视半晌,突然笑了起来,指着一位尊者道:"项达民,这像你呀!"

大家哄笑起来,都去仔细看那尊者塑像。柏森林说:"这位尊者叫那迦犀那。"

那迦犀那尊者,顽强,刚毅,一对炯炯有神的眼睛,目光锋利如刀,咄咄逼人。

项达民也笑起来,说:"我就这么丑?这么凶恶?"

闻舒说:"丑是丑一点,但是并不凶恶,这是降龙罗汉,对降龙很有把握的样子。"

项达民自嘲道:"自我感觉良好。"

大家又笑了笑,但是很快沉重的心情盖住了一切。

出了平安寺,闻舒向项达民说:"旅游业将成为平江的支柱产业之一,你桃花镇,也应该拿点措施出来,怎么形成商务加度假、观光加度假的格局,你有好的条件,有可能,抓一些有轰动效应的项目和特色项目,比如像水乡行之类,我这是随便说说,仅供参考。"

闻舒也许真的只是随便说说,但说者无心,听者有意,闻舒的话在项达民心头久久地留下了。

说话间,已经到了半园,项达民带头,一行人跟着进去,也没有人要他们的票,闻舒说:"怎么,书记的客人免票?"

项达民说:"哪有那样的好事,现在他当然大开方便之门,你们进得越多越好,到年底一起跟我算总账。"

半园面积很小,只有一公顷左右,十分精致瑰丽,以狭长的水池为中心,园中的建筑十有八九临水而筑,环绕有旱船、荷花厅、小榭、半亭等建筑,透过花窗,小池假山相映成趣,玉兰古榆扶疏接叶,临水湖石参差错落,隔岸半亭隐然在望,对面斜坡丛竹半掩,在小小的天地中,移步换景,借一还三,人置身这里,才能真正明白,什么叫咫尺天地,什么叫山重水复疑无路,柳暗花明又一村。

闻舒长长地嘘了一口气,回头看了看跟在后面的项达民,说:"你应该知道,为什么园名取半园。"

项达民说:"书上有记载,园主知足不求全的意思,所以叫半园。"

楚平说:"好像大家都知道,大家也都这么说,平江人的性格,就是知足而乐,无所追求。"

闻舒听了,又回头看看项达民,问:"你知足吗?你不求圆吗?你半园就够了吗?"

项达民没有接上话,楚平抢了先,说:"他呀,何止要求圆,人家一个圆,他恨不得十个、百个、千千万万个。"

闻舒注意到吕正的情绪,向吕正笑笑,说:"你这个县委书记,项达民的顶头上司,你说说。"

吕正说:"不求是假的,表面现象。"

"说得好!"闻舒说,"谁说平江人知足不求?如果没有追求,能创造如此辉煌的历史文化,能有这么宝贵的历史文化遗产留下来?不说别的,就说这精雕细刻的园林文化,难道不是追求得来的?平江城里,大大小小的历史古迹,哪一处不体现了平江人的追求和进取?"

从来都认为平江人散淡,闻舒的话,引起了大家的思考,平江人真的散漫无所求吗?

闻舒继续说:"但是,我们有没有想一想,我们的追求,靠的是什么?"

很明显,闻舒的话题从古回到今了,大家都不作声了。

闻舒说:"为了回答这个问题,我还想看一看我们的游乐场二期工程,行不行?"

大家听出了闻舒话里的分量,小心翼翼跟随着闻舒来到游乐场二期,一大片旷野,土地刚刚平整。

闻舒问项达民:"资金怎么样?"

项达民老老实实地说:"不理想,外资到今天应该到位百分之四十,实际才到了百分之五。"

闻舒说:"中方资金呢?"

项达民摇头,不好说了。

闻舒严厉地盯了项达民一眼,说:"项书记,听说你给游乐场算过一笔账,现在能不能再算给我听听?"

项达民哑口无言。

闻舒说:"算不出来了?你在二期工程立项的时候,算过账没有?即使资金都能按时到位,二期工程能够准时开业,你的回收率是多少?"

谁都听得出,闻舒从根本上否定了游乐场二期。

但是事到如今,进退两难,无论是硬着头皮干下去,还是狠着心肠下马,都无法弥补已经造成的损失。

闻舒能有回天之力?

闻舒说:"项书记,你打算怎么办?"

项达民没有想到闻舒会问这么具体的问题,一时没有准备,说:"我,没有……"

闻舒转身问柏森林:"柏镇长,你对二期工程有没有想法?"

柏森林不假思索,好像早就准备着闻舒会这么问,立即说:"有,立即下马!"

项达民也立即毫不犹豫地说:"我不同意,这么多的投入下去了,不能白白地下马!"

柏森林说:"这是花钱买教训!"

有一群游人经过,闻舒说:"好像是学校老师,外来旅游的?"

柏森林说:"都是镇上的老师,今天星期三,下午是老师的政治学习,各学校组织老师游游乐场,不知怎么调到上午了。"

闻舒抬手指了指世界微缩景观那一大片,说:"老师们看了,有什么想法?"

柏森林说:"其实都已经看过,有的看过几回,先是带孩子来,或者乡下有亲戚到桃花镇,也陪来看过。"

闻舒说:"噢,看过几回,还有兴趣,说明有吸引力嘛。"

不等柏森林说话,项达民说:"这是规定要参观的,不参观,算政治学习缺席。"

闻舒说:"是你们书记镇长的规定?"

项达民和柏森林都没有吭声。

闻舒也没有揪住这个话题,又回到第一个问题:"老师们怎么说,有什么感想?"

柏森林说:"长见识,开眼界,这是好的,但是大家担心,一是游乐场的投入和产出问题。"

闻舒说:"还有呢?"

柏森林说:"我们这地方,不同于深圳那样的地方,深圳没有悠久的历史文化,造一些人文景观,是应该的。"

闻舒说:"是不是认为,我们平江地区,有悠久的历史文化,不该再造这些人文景观?"

柏森林说:"不是不该造,是应该造好。我注意过这方面的资料,全国许多地区,一方面,大造人文景观,而这些人文景观,多半不讲究文化内涵,也不讲究精品意识,制作上粗制滥造。另一方面,许多历史文化古迹却得不到保护,一天比一天破败,直至彻底毁灭……"

闻舒说:"你桃花镇没有这样的情况,你们的古迹保护,还是全国先进吧?"

柏森林说:"但是我们的旅游缺乏特色,我看到过一个材料统计,全国各地搞的大型微缩全国景观,已达三十个,微缩世界景观二十五个,大都没有创新,雷同,走到哪里都一样。我们花了如此之大的代价,造游乐场,两期工程,但是仅在我们邻近地区,相同重复的场所就有好几个,在平江,有平江乐园,在平泽县城,有平泽水上乐园,连东湖乡也有新建的大型游乐场所。"

闻舒笑了一下,突然提出一个尖锐的问题,直指项达民和柏森林,说:"你们是不是认为,在建游乐场的问题上,你们失误了?"不等他们两人有所反应,又指着游乐场说,"游乐场的冷落,你们总结过教训吗?"

柏森林看了一眼项达民,说,"我想过,至少有这么几点,第一,信息问题,我们在筹划搞游乐场的时候,没能及时了解周边地区有没有同时上马的大规模的游乐场所;第二,缺乏市场可行性分析;第三,文化品位不够,层次浅。这三个方面,是我们主观上的问题,还有一个,项目审批制度的毛病,现在搞这些项目,是分头管理的,许多部门都有审批权,宏观上失控。"

闻舒点头说:"看起来,你是认真思考过这个问题的。"回头盯着项达民,说,"你是一把手,你是决策人,难道你没有想法?"

项达民很窝火,倒不是因为闻舒毫不客气地否定了他的游乐场二期,他恼火的是柏森林趁火打劫,但又不能将这种情绪在闻舒面前表现出来,只得说:"我正在总结经验教训。"

柏森林尖锐地说:"我得到的教训就是,你对历史不负责,历史就对你不负责。你拿文化开玩笑,文化也拿你开玩笑。"

大家以为闻舒要一个关于游乐场二期的明确答案,其实闻舒并不要答案。或者说,闻舒要的不是一个游乐场的答案,而是许许多多游乐场的答案,是乡镇经济建设中许许多多问题的答案,是怎么从根本上使乡镇经济再创辉煌的答案。

一直到午饭后,闻舒仍然没有说明他的来意,也没有要走的意思,项达民问要不要休息一会儿,闻舒点头说可以。

项达民在桃花源宾馆开了房间,每人一间,闻舒却说:"我和楚书记合一间吧,反正中午打个盹,一会儿时间。"

大家都明白,闻舒要和楚平说话了。

平江市的两位领导,斜倚在桃花源宾馆的床铺上,心情都有些异样。

闻舒终于说:"楚书记,本来昨天晚上想和你谈谈的,你却先到平泽了。"

楚平听出闻舒有一点埋怨的意思,解释说:"我先和吕正通个气。"

闻舒说:"我想既然你已经先来找吕正,你一定已经想到这个问题,也许你考虑得已经比我成熟了。"

楚平当然知道闻舒指的是什么问题,点了点头,说:"我昨天和吕正也详谈过。"

闻舒"哦"了一声,将身子竖起来一点,侧过脸看着楚平:"吕正有什么想法?"

楚平说:"吕正当然不希望项达民动。"

"为什么?"闻舒问。

楚平有些激动,说:"吕正认为桃花镇离不开项达民,只有项达民才能把桃花镇的事情干下去。"他没有说多少个亿的窟窿。

闻舒微微地点了点头,随即又微微地摇了摇头,口气稍有些重:"楚书记,我们也不要绕什么弯子,我今天来,是和你商量项达民的工作调动问题,而不是讨论他该不该动的问题。"

楚平愣了愣,一时没有回话。

闻舒来平江担任书记,他身上有一种不怒自威的东西,在干部中威信很高,所以平时说话,虽然内容常常比较尖锐深刻,但口气并不重,今天对楚平说话的这种口气,还是第一次,见楚平不说话,闻舒也停了下来。

闻舒一直的想法,就是要让柏森林取代项达民,闻舒从项达民身上,看到辉煌的过去,但似乎看不到未来,他只能从柏森林身上看到未来。

但是闻舒的决心是很不好下的,二十年来,是无数项达民们创造了奇迹,而不是柏森林们,换下一个项达民,会使无数的项达民灰心,同样使无数的吕正,甚至楚平灰心。

闻舒早就知道,当年在流水村,他没有遇见的那位年轻厂长,就是项达民,无论那位厂长是不是叫项达民,他都是项达民。

当年,冒着那么大的风险,从泥巴里抬起头来的项达民,今天却把自己的头重新埋了下去,项达民怎么会走到这一步,闻舒是不是一定要挥泪斩马谡了?

但是反过来,如果不起用柏森林,许许多多具备了条件的有抱负的真正能够担负历史重任的柏森林们同样会灰心,看不到希望。

所以,闻舒一直在犹豫,一直在矛盾中。

现在,当闻舒再次出现在桃花镇的时候,他的决心不得不下了。

挥泪斩马谡,已经是势在必行了。

楚平知道事情是无可挽回的了,其实他早已经知道,他若仍对事情抱有幻想,也就不会昨天赶到平泽找吕正连夜商量。既然已经无可挽回,楚平纷乱的心,倒也平静了些,只有一条路了,那就是替项达民把这条路选择得尽量平坦些宽敞些。他说:"我和吕正有个一致的想法,项达民这样的人才,应当放到市里工作。"

闻舒说:"怎么,在县里委屈了他?"

楚平紧张起来,觉察不出闻舒是调侃还是认真,他紧紧盯着闻舒的嘴,怕从他嘴里突然冒出个不合适的地方。

闻舒却笑了一下,说:"楚书记,你紧张什么,怕什么?"

楚平说:"怕倒也没有什么好怕的,我和吕正,都相信闻书记会考虑周到。"

闻舒说:"你和吕正,都有些什么样的想法?"

楚平便不隐瞒地说了他和吕正的想法,他们觉得项达民应该安排到市里。楚平说:"在这一点上,我们的想法比较一致。"说话时语气相当强调。

闻舒说:"也和我的想法一致,我考虑,市委秘书处一头,力量比较薄弱,项达民来做副秘书长,排在刘和王前面,第二副秘书长。"

楚平十分惊愕,说实话,市委秘书处的力量也不能算薄弱,已经一正三副,还有办公室那一摊子人,人手够多,水平也够可以,在全省各市算是比较强的办公室系统,闻舒之所以说市委秘书处力量不够,完全是为项达民的进入找的借口,楚平万万没有想到闻舒会让项达民来当市委副秘书长。从级别说,一下子跳了两级,从职务上看,秘书长是介于市委领导和基层干部中间的一层,在市一级领导看来,秘书长是为他们服务的,但是从下面的各个部门看起来,秘书长就是市委领导了。更何况,闻舒把项达民排在原来两位副秘书长之前,这都是楚平想不到的。当楚平跟着闻舒走进这间屋子的时候,楚平还在考虑,怎么样才能说动闻舒,使闻舒不至于反对他替项达民安排个好位子,现在看起来,闻舒的安排要比他能做出的任何安排都高一筹。

不管怎么说,不管楚平是意外,还是吃惊,楚平是万分高兴和兴奋的,他迫不及待地问:"闻书记,你今天就和项达民谈?"

闻舒点点头,说:"就是想今天和他谈,我才赶到桃花镇来,当然今天就谈。"

楚平抑制不住自己的激动,高声道:"好。"

闻舒意味深长地看了看楚平,楚平以为他要说原来你和项达民感情这么深,如果闻舒这么问,他就毫不犹豫地回答,是的,因为项达民是个好同志。但是等了一会儿,闻舒却没有说这句话,却请楚平去把吕正叫进来。

吕正进来后,闻舒把自己的决定告诉了吕正,吕正比楚平更意外,他迅速地瞥了楚平一眼,其实他自己也知道这一瞥纯属多余,吕正不看楚平,也能猜到,这个决定并不是闻舒和楚平商量的结果,而是闻舒一个人做出的,在短短的一瞬间,吕正心头,掠过种种复杂的念头和滋味,闻舒如此重视项达民,是吕正没有想到的,一种后怕油然而生,同时又有一种暗自的庆幸弥漫在心里,因为心头万念升起,一时竟没有说得出话来。

闻舒也没有一定要吕正表态的意思,换了个话题,说:"吕书记,一会儿我和楚书记直接和项达民谈,你呢,请你同时和柏森林谈谈。"

吕正问:"柏森林接替项达民?"说话时,心里颇有些不舒畅,镇党委书记的调动和任命,应该是县委常委和县委组织部的事情,至少,也该听听他这个县委书记的意见,现在却由闻舒包办了。

闻舒笑了笑,说:"吕书记,镇党委书记的人选,可不能由我说了算,得由你来决定。"停一下又说,"你和柏森林谈一谈,只是一个初步的见面,让他有个思想准备。"

不管吕正心里有什么疙瘩,市委书记的吩咐,吕正不能违抗,看起来,桃花镇党委书记的人选非柏森林莫属,果然楚平的分析不错,但吕正不知道柏森林是什么时候给闻舒留下这么深刻的印象的。

闻舒看了看手表,说:"时间也不早了,就开始吧。"

吕正走出去,换了项达民进来,项达民进来的时候,脸上挂着笑意,但是屋里气氛却突然有些紧张,连闻舒也有些控制不住气氛。

楚平看了看闻舒,闻舒暗示你可以先说,楚平便急不可待地说:"项达民,在一个位子上待了十几年,该动一动了。"

项达民一笑,说:"我感觉到了,屋里的空气都要结冰了。"

楚平说:"你感觉很灵。那你能不能感觉一下,会叫你到哪里?"尽量用轻松的口气,将气氛松弛下来。

项达民毫不犹豫地说:"我感觉到我哪里也不会去。"

楚平知道项达民的脾气,说:"你先别下结论好不好,先下结论容易被动。"

项达民说:"这个结论无所谓先后,这是一个永远的结论。"注意到楚平在暗示他,要他在闻舒面前别乱说,项达民却只作不知,继续说,"也是一个唯一的结论。"

楚平看了看闻舒,闻舒笑了一下,说:"项达民,我并不要你现在马上答复我,我给你一个星期时间考虑,一个星期后,我想你会告诉我你同意这个决定,到时候,我们开常委会,开过会,形成决议,不可能再改变!"

项达民尽量不让自己在闻舒面前表现出强硬,但说出话来,口气却仍然是硬生生地:"我不离开桃花镇。"

楚平有些生气,批评道:"你这么性急干什么?也不问清楚叫你到哪里,就乱说!"

项达民说:"我不需要知道!"

楚平注意到闻舒的脸色有些不好看了,有些担心,急忙说:"项达民,这是闻书记、是市委领导关心你、爱护你,你别不识好歹!"

闻舒不像楚平那么急吼吼的,他很沉得住气,平静地对项达民说:"你年纪还轻,还大有前途,你把眼光放远一点,世界大得很,你的用武之地多得是,不一定局限在某一个小小的局部。正如刚才楚书记说的,在一个乡镇,待了十几年,时间也够长的,也不利于你个人的发展,很可能走出去了,你更能开阔眼界,提高水平……"

项达民正要说话,被楚平抢在前面,说:"项达民,这是闻书记的一片苦心,你应该知道情况的,闻书记是在保护你呀!"

项达民却不以为然,说:"我有什么要保护的?我有什么问题,犯了什么罪,违反了哪条党纪国法,叫杜老来抓,他能拿出证据来,我双手送上去让他铐!"

楚平急了,口气更加严厉:"项达民,如果组织上决定叫你走,你怎么办,你是组织同志!"

项达民似乎早已经将这些难题一一想了对策,楚平话音未落,他立即接上去说:"退到底,大不了,我留在桃花镇,做个体户,做私营老板,一样也能做我想做的事情。"

楚平气得喝了一声:"项达民,你浑蛋!"

项达民被楚平一喝,不吭声了。

闻舒对楚平摆了摆手,对项达民说:"你冷静一点。"他自己的口气也冷到了极点,"我只给你一个星期,职位是市委副秘书长。"

项达民张嘴还要说什么,闻舒又一摆手,不让他说。

项达民的眼眶湿润了,他心里翻滚着热浪,从一个乡镇党委书记,一下子提拔到市委副秘书长,这对任何一个人来说,都是一个不可抵御的诱惑,项达民也不例外。更何况,闻舒做出这个决定,意味着闻舒对他的信任,对他的关心,也是对他过去许多工作的肯定!

但是,闻舒对他的今天,对他的明天,不再抱有信心了,这使项达民感到很伤心。

项达民突然问了自己一个问题,我对我自己,还有信心吗?

项达民从灵魂深处得到的是否定的回答。

这比闻舒对他失望更使他伤心。

项达民内心深处,未必没有一走了之的想法。

一时间,担任桃花镇党委书记十多年来所吃的苦,所受的累,所担的风险,所遭遇的困难,都涌到他心头,它们拉扯着他的心说,够了够了,我们都受够了,你难道还没有够?你该付出的都付出了,你该努力的都努力了。

仕途上风云突变,项达民虽然嘴上强硬,但他的心乱了。

他突然有一种奇怪的感觉,似乎他就要跟着闻舒的这个决定飞走了。

闻舒默默地注视着项达民,项达民在闻舒平静的注视下,心情慢慢地平稳了,思绪也不再纷乱。

项达民的自我,又回来了。

闻书记,你信任我,关心我,肯定我过去的工作,但是,可能,你还不够了解我……

从闻舒让楚平和他进一间房间休息到闻舒又把吕正喊进去,柏森林一直关注着领导们的一举一动,终于吕正出来了,换了项达民进去,而吕正则在隔壁的屋里请柏森林进去谈话。

吕正开口之前,柏森林就已经料到一切了。

项达民大概是非走不可了,项达民走,谁做桃花镇的一把手,这个问题不亚于大家对项达民的关心。

谁愿意?

谁敢?

闻舒看得中谁?

吕正将选择谁？

我！

非我莫属。

柏森林终于可以不再隐瞒自己的观点和愿望。

柏森林呼之欲出了！

吕正和柏森林的谈话，气氛与隔壁屋里完全不同，柏森林已经明确地知道，替代项达民，是非他莫属的了，心头掀起狂澜，对吕正话语中的有些暗讽，他毫不在意，坦然接受。

吕正的意思，柏森林竟然越过他这个县委书记，和闻舒联系上了，并且能在短短的时间内，得到闻舒的信任，而他吕正，竟然一无所知。虽然书记走了镇长做书记，这是常有的事，也是正常的事。虽然吕正也知道，如果项达民非走不可，那么最合适的人选应该是柏森林，但吕正心头总是横着一块疙瘩。

"柏镇长，"吕正将"镇长"两个字咬得特别响特别清楚，"有一个问题你好像没有考虑到。"

柏森林说："我考虑到的，项书记也许不愿意离开桃花镇，但是我相信闻书记吕书记会让他心满意足地走上新的岗位。"

吕正不由点了点头，他知道自己对柏森林将会有全面的全新的了解和看法，对这个即将替代项达民的人物，吕正不可能不给予足够的重视。

吕正试探道："柏镇长，闻书记对你，好像很了解嘛。"

柏森林一激动，差点说出我和闻书记早就认识这句埋在心底许久许久的话，但话一到嘴边，突然收住了，不知是什么东西，引起了他的天然的警惕，转而"嘿嘿"一笑，把话咽了下去。

送走市县的书记们，柏森林见项达民有话要和他说的样子，却只作不知，先进了厕所，从厕所出来一头躲进自己的办公室，立即拨通了杨东的电话，把事情告诉了杨东，杨东竟然在电话里喊了两声万岁，激动不已地说："柏森林，你成功了，你到底成功了！

柏森林,我佩服你!"

柏森林一颗狂喜的心却被杨东的"成功"两个字拨动了一下,他的调子一下子降低了:"其实这不能算是我的成功,是他的失败,推动了我的成功。"

杨东说:"所有人的成功,都是建立在他人的失败之上,怎么,起了怜悯之心?"

柏森林说:"决不是怜悯之心,而是有一点胜之不武的遗憾。"

杨东说:"你觉得胜之不武,并不是因为你没有能力胜他,是因为在这之前你没有机会胜他。"

柏森林说:"你说得对,从今天开始,世界变了,一切都改变了!"

杨东在电话里一阵大笑道:"好,好个柏森林,你又回来了!"

柏森林正要继续说,办公室的门突然被推开了,项达民笑着走进来,说:"柏镇长,把好消息告诉谁呢?"

柏森林真想大声说"告诉杨东",但他仍然忍住了没有说出来,用手捂住电话,眼睛向项达民发问:"有什么事找我?"

项达民说:"闻书记楚书记吕书记都来了,又看了我们的游乐场二期,这对我们桃花镇是最大的鼓励,今天晚上,开党委会,讨论游乐场二期的问题!"

柏森林怎么也不可能想到,在这个时刻,项达民还有心思讨论游乐场二期。

当桃花镇镇长三年来,柏森林头一次在大白天把自己关在家里了,在镇上,在办公室,他亢奋的情绪一直不能平静下来,在激动中,是无法冷静思考问题的,但是现在柏森林必须好好地思考一下,理一理思路,因为,等待着他去解决的事情太多太多。

三年来,柏森林时时刻刻想着的就是自己替代项达民担任桃花镇的一把手。桃花镇面临的问题,已经到了最后关头,项达民是不可能解决的,他再也撑不起桃花镇的天来。

三年中,柏森林一直在痛苦中挣扎,眼看着桃花镇越陷越深,眼看着许多事情在项达民手里越搞越麻烦,眼看着项达民东奔西跑狼狈不堪地救火,也眼看着每救一次火,就引起更大的火灾,柏森林的本事却用不上。有项达民在,根本就没有柏森林说话的余地,更没有柏森林的用武之地,但是柏森林坚持下来了,我就扎根在桃花镇了,我有耐心等待,你今天不用我,明天不用我,总有一天会用我。

柏森林始终认为,只有他,才能担当挽救桃花镇的重任。

尽管如此,当事情真的起了变化,眼看着自己的追求已经实现的时候,柏森林却突然有些手足无措了。

他还没有认真考虑过一个问题,如果我当了桃花镇书记,我该怎么办?

过去,这个问题总显得那么遥远,那么飘忽,但是今天不一样了,今天这个问题已经实实在在地落到柏森林的眼前,他必须考虑,必须实实在在地考虑了。

柏森林把自己关在屋里整整半个下午,设计着桃花镇的宏图,一直到天黑时,有人用力敲门,柏森林才从沉思中惊醒过来,才发现天色已黑,开了门一看,是小钱,小钱脸色有些紧张,说:"柏镇长,怎么搞的,打你的电话打不进来,以为你不在家。"

柏森林说:"我考虑点事情,把电话线拔了。"

小钱向屋里看了看,吓了一跳,说:"哪来这么多烟?"

柏森林也向屋里看了看,一笑,说:"抽烟抽的。"

小钱说:"我的妈呀,抽了这么多烟。"看到烟缸里果然堆得满满的,满地满桌子尽是飘散出来的烟灰。

柏森林说:"有什么事找我?"

小钱说:"项书记叫通知,晚上的会不开了。"

柏森林觉得有些突然,看着小钱,等他的解释。

小钱说:"项书记赶到平江去了。"

柏森林脱口说:"干什么?"

小钱敏感地看了柏森林一眼,从来柏森林也没有这么追问过项达民的行踪,小钱含糊了一下,说:"我也不太清楚。"

柏森林立即从小钱的敏感中感到了自己的失态,他掩饰了一下自己的情绪,淡淡地一笑。

小钱出门时,也向柏森林笑了一下,说:"柏镇长,我怎么感觉到,你的屋里气氛有些紧张?"

柏森林说:"是吗?"

当然是紧张的,不可能不紧张。

桃花镇面临着重大的转折关头。

桃花镇将何去何从?

今天晚上,许多人都在紧张地思考着这个问题。

第 四 部

第 23 章

一

毕奇一大早就跑到镇上来,到项达民办公室门口探了探头,没见有人,退出来时,被柏森林碰上了。

柏森林眼睛里布满了血丝,他的治理桃花镇的方案已经基本成熟,其中第一件事,就是叫毕奇下台。

也是巧,一大早,毕奇居然主动送上门来了。

毕奇跟着柏森林进了他的办公室,一脸着急,柏森林指了指沙发,让他坐下,毕奇刚坐下,觉得坐立不安,又站起来,说:"柏镇长,项书记不在?"

柏森林看了看他,说:"来看项书记的人够多的,都是为项书记调动的事情吧。"

毕奇却显得有些不好意思,结结巴巴地说:"我、我不是,我不是,我是、我是……"

柏森林说:"如果是厂里的事情,和我说。"

毕奇犹豫了一下,又说:"项书记到哪里去了?"

柏森林说:"平江,"稍一顿,又说,"毕总,你们其实都知道了吧,这回项书记,连跳两级,到市委要害部门。"

毕奇勉强点了点头，说："听说了，是做副秘书长。"但神态仍然着急，显然不是为项达民的工作调动来看项达民的，所以忍不住又问："项书记什么时候回来？"

柏森林有些不快的神色显露出来，项达民到平江去，并没有说他去干什么，也没有说去多长时间，柏森林摇摇头，说："难说，说不定今天就回来，也说不定要好几天，更说不定……"

毕奇两条腿不安地挪来移去，看起来，觉得继续在柏森林面前站下去也不好，不站下去也不好，十分难堪。

柏森林说："你什么事情？"口气平静，但内含严厉。

毕奇本来是要找项达民汇报的，觉得这事情事关重大，只能给项达民知道，现在被柏森林态度强硬地一逼，心里一慌，便把事情说了出来。

隆飞翔集团下属有三个海外的分支机构，一个在意大利，一个在中国香港，一个在韩国。设在意大利的隆飞翔集团美丽丝时装有限公司，长期以来，亏损严重，笔笔生意都赔本，而公司经理个人，却已经在意大利购买了房子、车子，全家老小都已移居出去，这件事情，韩六舟走之前，就已经着手调查，但是这类问题的查实，是相当难的，韩六舟通过意大利的熟人暗中查访，但是查访结果未到，韩六舟自己却离开了隆飞翔。就在一天前，那个熟人回来了，特意跑到隆飞翔集团来找韩六舟，才知道韩六舟已经离开，便把情况向毕奇报告，事实确凿，美丽丝公司经理的问题已经暴露无遗。

事关重大，毕奇不知道该怎么处理。

柏森林不动声色地听完毕奇的汇报，仍然不动声色地说："你立即通知他们，叫他们马上停止一切业务活动！"

毕奇愣了愣。

柏森林说："毕奇，你难道真不明白，他们多做一笔生意，隆飞翔集团就损失一笔钱，他个人就多得一笔？"

毕奇仍然呆愣着。

柏森林说:"你立即发电传过去,就在镇上发。"

毕奇犹豫不决,说:"我现在叫他们停止生意往来,他们会不会以此为借口,把事情推到我身上?"

柏森林看着毕奇,心里又好气又好笑,说:"毕奇,你这话,像隆飞翔的总经理说的吗?"

毕奇低声嘀咕:"本来,我也没有能力做隆飞翔的总经理,你们、你们,我、我……"

柏森林立即接上他的话题,说:"毕奇,你有什么想法,是不是觉得自己不适合做隆飞翔的总经理?"

毕奇说:"我也无所谓,你叫我做就做,不叫我做就不做,我无所谓的……"

柏森林说:"毕奇,让你这样的人挑隆飞翔这么一副重担,真是……"他差一点说真是瞎了眼,但是忍住了,无论怎么说,毕奇接替韩六舟,是项达民决定的,说瞎了眼,无疑是骂项达民瞎了眼,别说项达民目前还没有离开,即使项达民真的走了,柏森林也不至于说出这样的话来。看着毕奇这种熊包的样子,柏森林更坚定了实施自己改革方案的决心和信心。

毕奇却仍然嘀咕,好像根本不知道柏森林对他的反感:"我真的无所谓,当初项书记叫我做总经理,我就做了。如果项书记叫我不要做了,我就不做……"

他的话,倒不是特别针对柏森林的,但柏森林听起来,十分刺耳,好像在强硬地暗示他,你柏镇长无权决定我的事情。柏森林只觉得一股滚烫的热流冲上脸来,也不再和毕奇说什么,抓起电话就拨号码,毕奇虽然无能,但心还是蛮细的,他注意到柏森林拨的是副总经理张建伟的电话,"咦"了一声,奇怪道:"柏镇长,你找张建伟?"

柏森林没有搭理他,电话接通了,柏森林说:"张建伟,你立即到我办公室来一趟!"完全不容分说。

毕奇奇怪地追问："柏镇长,干什么?"

柏森林说："等张建伟来。"

接着两人都不吭声了,不一会儿张建伟就到了,进来一看,不知发生了什么事。

柏森林指了指沙发,说："张总,你坐。"

张建伟坐下了,看毕奇呆立着,更加奇怪,用目光暗暗地问毕奇发生了什么,毕奇领会错了张建伟的意思,以为张建伟也叫他坐下,便说："不坐,不坐,我肚子有点胀,坐下来肚子疼,就站一会儿。"

柏森林一时冲动把张建伟叫来了,这会儿却有些犹豫了,难道真的对张建伟说,我撤了毕奇的职,由你做隆飞翔的总经理了？这话毕竟还不好直接说出口,听得毕奇说肚子疼,灵机一动,便说："张总,毕总身体不好,我的意思,让毕总休息,隆飞翔总经理的工作,先由你代理。"

张建伟一紧张,回头问毕奇："毕总,你怎么了？早晨见到你,你也没有说起身体不好,到底怎么了？到医院查过了？是哪里的问题？"眼睛扫描似的扫过毕奇的全身,好像已经看到毕奇身体的哪个部分长了个可怕的东西。

毕奇莫名其妙,说："什么哪里的问题？我有问题吗？"

张建伟听毕奇又否认,以为毕奇不愿意他代理总经理,便劝说："毕总,谁做总经理是第二位的,身体是第一位的,治病是第一位的。"

柏森林向张建伟摆摆手,叫他不要再和毕奇多嘴,说："张总,就这样,你先回去,公司的事情,你全面管起来。"

张建伟觉得奇怪,想了想,说："柏镇长,当初韩总走的时候,我就没有这种想法,我能力不够……"

柏森林说："你能力不够,难道……"他要说的是,"你能力不够,难道毕奇能力够？"但毕竟当着毕奇的面,没有说出来。

倒是毕奇替他说了出来:"张总,你的能力,大家知道的,你的能力不够,难道我的能力够?"又像是在帮助柏森林说服张建伟了。

张建伟更加疑惑不解,难道柏森林是和毕奇商量好了的?似乎又不像。再说了,隆飞翔总经理的问题,不可能离开项达民就能决定,项达民一天不走,就一天不会放弃他对隆飞翔、对整个桃花镇干部的掌握和安排,柏森林是不是想趁项达民不在家的时候,搞个什么政变之类?想到此,张建伟警惕起来,说话也不客气了,说:"柏镇长,隆飞翔集团,是全省的先进企业,换总经理的事情恐怕没那么简单吧?"

意思是再明白不过了,你柏森林至少现在还没有到大权独揽的时候呀,你是不是太性急了,你是不是太急于求成了?

柏森林完全明白张建伟心里想的什么,他并不太生张建伟的气,干部中的这种只认一把手的作风,是项达民带出来的,他做了一把手,决不会像项达民这样干。柏森林口气平静地说:"这样吧,因为隆飞翔的事情紧急,又不知道项书记什么时候回来,我出面召开镇党委会议,如果党委会通过了由你暂代总经理的决定,你张建伟就不能不执行。"

张建伟的眼睛迅速地瞥了毕奇一下,说:"如果是党委的决定,我当然服从。"

毕奇也说:"我也当然服从。"

张建伟想了想,仍然不放心,又说:"代理也得有个充分的理由。"回头又看毕奇。

毕奇这时候已经完全站到柏森林的立场上,说:"充分的理由?多的是呀,你看看我上任几个月,隆飞翔集团搞得不成样子了,你们认为我不着急呀,张总呀,就听柏镇长的吧,我和你换个位子,你做正的,我做副的,我听你的吩咐,我这个人,能力不行,但还是忠心耿耿的,你叫我做什么,我总会尽力做好的。"

张建伟哭笑不得,说:"毕总你开什么玩笑,总经理的位子是你想换就能换的？再说了，我们两个，都不行。"

柏森林说："那就没有人适合做隆飞翔的总经理啦？"

张建伟不假思索道："有。"

柏森林问："谁？"

张建伟说："韩六舟。"

柏森林其实早已经知道张建伟会说出韩六舟的名字，即使张建伟不提韩六舟，韩六舟这个名字也始终盘绕在他的心头，此时，当张建伟说出韩六舟的名字时，柏森林的心里一阵激动，恨不得立即抓起电话，打给韩六舟，恨不得立即出现在韩六舟面前，告诉他，隆飞翔集团等着他！

但是，事情不是那么简单，柏森林沉住气，不动声色地说："韩六舟也许错过了他人生的大好机会，许多事情，机会一过，再也不来了！"

话虽这么说，但在他内心深处，却始终没有放弃韩六舟，让张建伟代替毕奇，在柏森林看来，不过是个权宜之计，下一步的计划，柏森林早已经在心里酝酿。

张建伟并不了解柏森林内心深处的东西，他回答道："我的机会，是我自己推出去的。"当初韩六舟离开，项达民是想让张建伟顶替他的，但张建伟不肯干。

柏森林说："现在机会再次来敲你的门。"

张建伟说："我仍然和上次一样的态度，把它推在门外。"

柏森林想不到张建伟这么固执，一时没话了，毕奇的手机响起来，毕奇一听，脸色又很紧张，向柏森林和张建伟说："我有点要紧事，先走了，你们商量吧，商量好了，告诉我一声。"说着急匆匆地走了。

柏森林和张建伟互相对视一眼，柏森林的意思是说，你看看，你不做这个事情，叫毕奇这样的人做，不是天大的笑话？

张建伟的意思是说，无论你怎么说，我是不能做总经理的，哪怕代理总经理也不能做。

柏森林先笑了起来,说:"搞得这么紧张干什么?"扔了一根烟给张建伟。

张建伟给柏森林点火。

柏森林说:"那就不说总经理的事情,随便聊聊,没有要紧事吧?"

张建伟说:"没事。"

柏森林东拉西扯讲了一会儿,便问道:"张总,那个莱特,情况怎么样?"

张建伟眼睛立即放出光来,心情也激动起来,说:"不简单的,看上去年纪轻轻好像没有什么经验,才来一个月,给他搞得不错呀,技术上又懂行,管理上也很来事,有一套!"

柏森林脱口说:"这个莱特,有背景!"

张建伟一愣,随即问:"什么背景,我怎么不知道?"

柏森林立即收回话来,反问道:"那你知道他什么?"

张建伟说:"我只知道他是个刚毕业不久的大学生,家里有点小钱,让他出来闯闯世界的。"

柏森林又忍不住说了:"第一句是事实,第二句是你的错误判断,第三句才是正确评价。"

张建伟没有明白柏森林的话,但柏森林既然不肯详细说出莱特到底有什么背景,张建伟也不便多问。

张建伟走后,柏森林心里一时有些乱,似乎是一种大事临头的慌乱,再细想想,乱的什么劲呢,大事早已经临头了。

他给在家的党委委员一一打了电话,说了说隆飞翔的情况,提出由他出面召开党委会,并且把由张建伟暂代总经理的决定和大家通了通气,电话上,党委委员们都没表示什么不同意见,放下电话,柏森林长长地出了一口气。

二

隆飞翔集团不仅是桃花镇的重点企业,在全县、全市,甚至省内全国,都是闻名的。隆飞翔牌服装,曾经在前几年的全国服装评比中进入前十名,曾经名噪一时,桃花镇的经济,创汇创利,有一大半是从隆飞翔的机器上织出来的,但是现在隆飞翔集团在低谷里苦苦挣扎,找不到出路,这一年多时间,隆飞翔集团下属数十个子公司,无一不是前景暗淡,除锦绣略有起色,另外,倒是一个谁也不认识的平江留美学生带来的那个年轻的老美莱特先生,接手了濒临倒闭的锦源,才一个月,已经大见起色,国外订单纷至沓来。

于是矛盾也开始产生。

隆飞翔集团的所有下属公司生产的产品,一律用隆飞翔牌商标注册,莱特开始生产服装不久,就提出要用他自己的商标,并且可以给中方十分可观的优惠条件,毕奇觉得事关重大,自己不敢做主,向项达民汇报过,当时项达民正忙什么事情,一头的恼火,一听毕奇汇报,二话没说,手一挥,不可能,一句话,把毕奇,更把莱特弹了回去。

这件事情柏森林是知道的,从这件事情中,柏森林突然开始对莱特另眼相看,暗中开始了解莱特的背景,一了解,把柏森林吓了一大跳,没敢告诉任何人。

柏森林来到锦源,办公室里一个人也没有,到车间看看,正在生产,机器的噪音不大,他问一个工人,知道不知道莱特先生在哪里,工人说知道,指指一个弯腰正在修理机器的人。

柏森林一看,果然正是莱特。

莱特脸上手上沾满了油污,先把头从机器里钻出来,看到是柏森林,笑了一下,整个人才从机器下面爬出来。

柏森林说:"莱特先生亲自搞机器维修?"

莱特本来就会说一口流利的普通话,说:"我本来就是学机器维修的。"莱特请柏森林到他的办公室坐坐。莱特的办公室里贴着一张隆飞翔集团机构示意图:

集团董事会
总经理
副总经理　DEP 集团管理机构海外公司及分支机构
合资控股企业总办　意大利美丽丝时装　隆飞翔服装研究有限公司　中心经贸发展公司　美国华丽时装有限公司　锦源服装有限公司　供销总公司　远东国际投资有限公司　锦绣服装有限公司　财务部北京办事处　锦祥服装有限公司　融资部上海办事处　锦盛服装有限公司　综合部平江办事处　锦华服装有限公司　开发部　锦福服装有限公司质量管理办公室　隆飞翔印染厂　隆飞翔砂洗整理分厂　隆飞翔建筑公司　隆飞翔热电厂　隆飞翔塑料制品厂
……

柏森林看了看示意图,示意图本身并没有什么特殊之处,这张示意图,在隆飞翔总经理办公室里有,在隆飞翔集团的宣传画册上也有,但是一般的子公司,似乎没有必要把集团机构的示意图挂在自己的墙上,柏森林心里忽然有所触动,回头看了莱特一眼,莱特也正意味深长地看着他。

柏森林说:"莱特先生对隆飞翔集团很关注呀。"

莱特说:"柏镇长,你今天来得正好,你不来,我也想去找你,和你谈谈。"

柏森林等待着他的下文,莱特却不再说什么,他打开锁着的柜子,从里边取出一沓材料,交到柏森林手里。

柏森林一看,不由大吃一惊,竟然是一份今年一月份隆飞翔集团生产销售总报表,集团下属的所有子公司包括海外机构的情况一一在册,柏森林捏着这份表,在短短的时间里,心里掠过千万种念头。

莱特指了指报表,心情沉重地说:"柏镇长,一月份,除了我们锦源赢利、锦绣基本持平,其他的……"他没有往下说,皱着眉头摇了摇脑袋。

隆飞翔集团的生产销售情况柏森林是了解的,他吃惊的是莱特从哪里搞来全集团的情况,按规矩,集团的全面情况只向镇党委汇报,子公司与子公司之间,也不是十分清楚的,那么,是谁向莱特提供了全面的情况?莱特搜集集团的情况,他想干什么?他搜集了情况,为什么又要让他知道?一连串的问号在他脑海里转悠,他不由自主地又看了莱特一眼,说:"莱特先生的情报工作,做得很不错呀。"

莱特说:"这要感谢毕先生,毕先生是位很好的合作者。"

柏森林听出莱特嘲讽的意思,有些生气,说:"如果莱特先生是董事长,你请他做你的总经理吗?"

"No!"莱特情急之下,用了英语,"No!No!"

柏森林痛快地笑起来。

莱特也跟着笑,笑了一会儿,脸色复又凝重起来,从柏森林手里拿过那沓材料,摇了摇,脑袋也跟着摇了摇,说:"柏镇长,作为桃花镇一镇之长,你看到你们最大的企业情况如此糟糕,你不着急吗?"

柏森林考虑了一下,慢慢地说:"不仅是隆飞翔集团,从目前来看,我们的乡镇企业,几乎都落在低谷。"

莱特说:"既然都落在低谷,谁先爬起来,谁就是赢家!"

柏森林眯着眼睛盯着莱特看了片刻,说:"是不是莱特先生有什么好主意?"

莱特又"No"了起来,也同样眯着眼睛看柏森林。

即将接替项达民成为桃花镇决策人的柏森林,将往何处去?

柏森林之所以在项达民一去平江,就来到隆飞翔集团,他当然是有考虑的。隆飞翔集团是桃花镇最重要的企业,隆飞翔的成与败,几乎维系着桃花镇经济发展的命脉,所以,无论谁来做桃花镇的一把手,他都不得不把隆飞翔集团的问题放到最重要的地位来考虑。

隆飞翔的问题,首当其冲是人的问题。

韩六舟离开隆飞翔时,柏森林无论如何想不到,项达民会让毕奇担任总经理,他曾经提示过几次,毕奇本人的能力,与他所承担的责任相差太大,但项达民没有理会柏森林的提示,柏森林慢慢地明白了,项达民是有打算的,项达民决不会愚蠢到认为毕奇可以担当隆飞翔的总经理,项达民另有所谋,但柏森林无法得知项达民谋的是什么。

近两个月过去,项达民的所谋始终没有显露出来。

到了今天,一切都已经迟了,项达民即使有所谋,也已经失去了全部的意义。

柏森林上任的第一件事,就是要更换隆飞翔的总经理,那么,由谁来做隆飞翔的总经理呢?柏森林眼里看不到人,心里也想不到人,这是最使柏森林苦恼的事情。

莱特见柏森林半天没有说话,便主动开口说:"柏先生,关于锦源产品更换品名的事情,我想再……"

柏森林警觉地看了他一眼,说:"这件事情,项书记已经明确过,不可能,隆飞翔集团只能有隆飞翔牌服装一个品牌。"

莱特狡猾地一笑,说:"项书记不是要走了吗,下面不是该叫您柏书记了吗?"

柏森林万般感叹,这些老外,把中国的事情研究得如此透彻,他们不挣钱,谁挣钱?

柏森林在莱特目光的注视下,觉得自己像一只掉进了陷阱的野兽,变成任凭猎人戏弄的猎物,实在有些狼狈。他得反被动为主动,便说:"莱特先生,可能我们从一开始就错了,我们搞错了你的姓,应该称你琼斯先生,而不是莱特先生。"

柏森林原以为自己话一出口,莱特会很吃惊,在整个桃花镇,没有人知道莱特的真实身份,但是莱特却丝毫没有惊讶的意思,他"哈哈"一笑,说:"柏镇长,我到底没有看错你。"

莱特表现得如此镇定,倒使柏森林大吃一惊,他脑海里迅速地转过一个想法,莱特的时机已经成熟了?

柏森林的想法完全准确。

莱特的时机确实是成熟了。

莱特来自美国一家名列世界五百强前百位的大家族——琼斯集团。莱特是集团最年轻的一代,也是最有希望的一代,他大学毕业时,正值中国大陆改革风起云涌,精明的琼斯集团,早已经敏感到中国将成为国际市场重要的一部分,不可小视,决心在下一代人中培养打进中国的人才,莱特是他们的首选接班人。莱特不孚重望,来中国前,专门花了两年时间研究中国,学汉语,了解中国的国情、民情,成了一个中国通,这时候,琼斯集团开始推行他们的计划。

莱特以一个刚出校门、不通世事、家里只有些小钱的年轻外商的面目出现在中国人面前,出现在桃花镇,一开始根本没有引起任何人的重视,投资几十万美元的外商,并不稀罕。

为了选准目标,莱特经过反复研究分析,最后确定了平江,确定了桃花镇,确定了隆飞翔集团,应该说是隆飞翔牌服装把他吸引来的。

莱特是有备而来,他不打无准备之仗,也不打无把握之仗,所以,他是隐瞒了真实身份来的。

仅仅用了一个多月的时间,莱特不仅摸清了隆飞翔集团的全部情况,并且做妥了全部工作,琼斯集团的计划可以开始执行。

最大的阻碍是人。

是项达民。

莱特提出将锦源产品更换品牌名称,其实只是一个试探,这个试探是失败的,项达民毫不客气地举起手把他挡了回去。

最让莱特担忧的正是这个。

突然间,风云突变,项达民要离开桃花镇,莱特暗暗祈祷,但同时,他又感到无限的遗憾。莱特是现实的,遗憾归遗憾,当他听说项达民要调离桃花镇的消息后,第一个反应就是谁将接替项达民。

柏森林。

柏森林和桃花镇上其他干部一样,早已经列在莱特的重要人物表上,莱特对柏森林的了解,是从一进入桃花镇就开始的,所以,虽然风云突变,柏森林将接替项达民,但莱特却不慌张,他心里有一张关于柏森林的全面的清清楚楚的履历表。

当柏森林说出莱特其实姓琼斯这个事实后,莱特立即为自己感到庆幸,莱特从一开始就没有小看过柏森林,现在看来,莱特是有眼光有准备的。

莱特说:"柏先生,据我了解,你精通两国外语,学历很高,理论水平很高,在共产党的干部中,尤其是在基层干部中,像你这样年轻,头脑冷静,目光敏锐的人并不多。"

柏森林当然也明白,既然莱特大有来头,他对桃花镇的干部,一定是早有研究,柏森林并不觉得奇怪,只是十分感叹。

莱特说:"柏先生,我听过你在乡镇干部大会上的讲话,我个人认为,你对国际经济形势的了解,是准确而透彻的,因此,我想,你对隆飞翔集团目前所处的困境以及它的前途,应该是有所考虑的,头脑应该是清醒的……"

柏森林插嘴道:"莱特先生,我倒很想听听你对形势的分析。"

莱特笑了笑,说:"这正是我要说的话,第一,琼斯集团经营丝绸服装,营销量占世界丝绸服装总销量的三个百分点,毫无疑问,琼斯拥有自己的固定的特殊的营销渠道,所以,我考虑,琼斯只要拿出半个百分点,隆飞翔服装只要经得住国际市场质量的竞争,我们的营销就不成问题。而目前你隆飞翔服装的经营情况,怎么样,你我都很清楚,恐怕很不乐观吧?第二,我们有最先进最科学的经营机制,我们管理制度的风格,亦是世界闻名。你隆飞翔集团呢,机构庞大、臃肿,总部这一大摊子,一正三副,还有两位专职书记,二十几个子公司,每个子公司,都是一正几副几书记……"说着忍不住笑起来,直摇头,有一种恨铁不成钢的意思。

柏森林哭笑不得。

莱特说:"如果我来管理隆飞翔,这几十上百号人,干什么?统统叫他们回家,我一个人就足够!我相信,换了项达民,换了你,一个人也足够,柏先生,你认为呢?"

柏森林只得勉强道:"我们有我们的特殊情况。"其实他心里,万分地赞同莱特的观点,但不知为什么,同样的道理,被莱特一说,或者说到了莱特嘴里,就让人不舒服,所以尽管柏森林心里赞同莱特的说法,嘴上却不肯说出来。

莱特并不在意柏森林赞同或反对,他继续沿着自己的思路往下说:"第三,我们有先进的技术,有足够的资金,我们有条件可以进行我们所想进行的技术改造。我知道你们现在也已经开始重视产品的技术含量,但是第一你们没有先进的技术,第二即使有人向你们提供先进的技术,你们也没有足够的经济实力进行改造!"

莱特确实把中国的事情研究透了,柏森林心里很服气。

莱特说:"柏先生,说到现在,琼斯集团的意图,你应该明白了吧?"

柏森林是一点就透的,当然早已经领悟,但是他不敢朝那个方向去考虑,那个方向,就像是一个巨大的无底的深不可测的迷洞,柏森林无法断定一旦掉进去,将会是个什么样的结果。也许那里边灿烂辉煌,也许漆黑一团,隆飞翔的全部前景就葬送进去。柏森林任是个有魄力、有胆略的人,也不敢随便说话。

琼斯集团的计划已经明白无误了,他们决不稀罕一个锦源或者几个锦源,他们要全盘收购隆飞翔集团。他们就是冲着这个计划来的,莱特仅用了一个多月的时间,就做好了一切的准备工作。

项达民走得真是时候,柏森林想。

莱特说:"柏先生,我替你算过账,项达民先生给你留下的,是一副多重的担子,今年你要承担偿还的债务,要支付的工程费,为了使更多的企业不至于停产你需要继续投入的资金,总共需要五个多亿。而你的企业,你的第三产业,今年的总收入,不会超过一个亿,别说赢利,即使想收支平衡,你拿什么做到?"

柏森林惊叹莱特,惊叹琼斯集团,也惊叹这些外企,他们的功夫做得何其细致而全面。

莱特不动声色地继续说:"如果你能同意我们收购隆飞翔,我又替你算了账,不仅能帮助你渡过目前的困境,你还能重起炉灶,重新开始!"

柏森林不置可否。

莱特加重了语气,说:"最关键、最主要的一点,对于隆飞翔,你已经无计可施,无法可想。我可以说一句满话,隆飞翔在你手里,再无起死回生的可能和希望!"

柏森林的心动了一下,莱特的话,出发点是很明确的,他要推行琼斯集团的计划,要全部收购隆飞翔集团,但你不得不承认他的分析十分有理。何况,莱特的开价是那么的诱惑人!

谁听了能不动心?

如果是项达民呢,他会怎么想,他会动心吗?

柏森林奇怪自己为什么总要去揣摩项达民的心理,但他又无法控制自己不去揣摩。他和项达民共事三年多,难道项达民对他的影响真的很大很大?

柏森林稍有些懊丧,但很快摆脱了这种情绪,无论怎样,他得独自一人面对现实了。柏森林突然有一种孤独感悲悲壮壮地从心底升起来。

莱特充满希望地等待着柏森林的回答。

柏森林摇了摇头,说:"莱特先生,我不可能给你答复,中国的事情,你了解得很清楚,隆飞翔集团不是我个人的。"

莱特立即抓住他的话,追着说:"那就是说,如果是你个人的,你可以考虑我的建议?也就是说,你对琼斯集团的计划,是抱着愿意考虑的态度?"

柏森林说:"不存在如果,没有如果这个前提,尤其是像隆飞翔集团这样的在全省有影响的企业,隆飞翔产品曾经走红全国,虽属乡镇企业范畴,但是它的命运,将会对全社会产生非常大的影响,所以,别说是我不能决定,即使今天你面对的是我们平江市的市委书记,恐怕也难……"

莱特说:"事情也不一定有你说的那么严重吧,据我了解,仅在平江范围内,就有好几家颇有影响的大企业走了这条路,平江市的清凉空调,不是被韩国人买走了吗?清凉空调,是你们平江的拳头产品,四大名旦之一,也是撑起平江经济发展的支柱之一,也曾经走红全国,现在已经是韩国人的了,有多少人还一直关心着这个事情,柏先生,你关心吗?"

柏森林被问住了,清凉空调集团被韩国人收购的事情,曾经听说过,但也没有引起很大的反响,尤其老百姓中间,几乎没有人知道具体情况,这些年,合资独资什么资,搞得遍地都是,老百姓其实也搞不清楚到底是怎么回事,他们更关心的是有多少工资进入自己的口袋。

莱特说:"柏先生,其实我今天并不是要你答复我,但是我相信,早晚你会明白只有选择琼斯这条路,才是最适合你们的。"

虽然莱特说话和气,但他骨子里透出来的那种傲慢,使柏森林十分不快,他忍了忍,换了个话题,说:"莱特先生,我能不能问你一个问题?"

莱特耸了耸肩。

柏森林说:"我知道琼斯的实力,知道如今的国际市场,丝绸服装供大于求的矛盾已经非常突出,你们不可能找个沉重的包袱给自己背上吧?"

莱特连连"No",说:"柏先生,我不同意你的看法,对整个市场来说,确实存在产大于销、供过于求的问题,但是对于某个具体的企业,不存在这样的问题,只要有人买我的产品,只要我有竞争力,我就有一切!"

柏森林又说:"琼斯服装,闻名世界……你们怎么会对隆飞翔有这么大的兴趣,不惜血本?"

莱特两眼放出光彩,说:"柏先生,这是因为隆飞翔让我有兴趣,第一,你桃花镇,是丝绸发源地,有上千年的丝绸生产史,我们没有;第二,你的低廉的价格和低廉的劳动力,我们没有;第三,你的丝绸生产中蕴含着悠久的吴文化的丰富内涵,我们没有;第四,你们的独特的丝绸生产技术,我们没有;第五……"莱特还在第五第六继续下去,柏森林却又一次被莱特对中国的熟悉所震惊了。

莱特又换了个方向,说:"柏先生,你也许还不清楚琼斯的发展史,琼斯的发展史就是不放弃一切机会……"

语气中,充满自豪,即使当他在讲述他们没有的东西时,口气也像是在讲述他们有,柏森林一方面不得不佩服这个年轻的莱特先生,同时心中又很不舒服,正想继续反问,毕奇突然推门进来了,一看柏森林在,吓了一跳,想往后退,又觉得不好,很尴尬地站在门口。

莱特说:"毕总,请进,我正和柏先生聊天,你有什么事?"

毕奇犹犹豫豫的不知是说还是不说。

柏森林站了起来,看了看表,说:"谈了很长时间了,我也该走了,镇上还有不少事情,你们谈吧。"

毕奇送柏森林出来,柏森林说:"意大利公司的事情,你处理了没有？"

毕奇慌了，说："我还没有来得及，我还没有来得及。"

柏森林说："既然来不及，先放着，到时候一起处理算了。"

毕奇连声称好。

柏森林回到镇上，觉得自己心里像埋着个定时炸弹似的，随时有爆炸的可能，琼斯集团计划的突然暴露，除了他，恐怕还不会有任何人知道，柏森林一时竟然觉得自己无法独自承受这个秘密，怎么可能？

如果是项达民，他能够承受吗？

又想到项达民，怎么总摆脱不了项达民的阴影？

柏森林抓起电话，拨杨东的号码，他突然一阵心慌，一直到这时候，到他将要接替项达民做桃花镇的书记的时候，他才发现，在整个桃花镇，他竟然没有一个能说心里话的对象！

项达民的威慑力太大太大。

杨东在电话那头"喂"了一声，柏森林却鬼使神差般地挂了电话。

他决不能把希望寄托在杨东身上，杨东不是他的依靠！

一切得靠自己！

我有信心吗？

这么多年来，我苦苦追求的不就是这个目标吗？现在，目标将要实现甚至可以说已经实现，我怎么反倒犹豫、反倒动摇、反倒失去了信心？

因为琼斯集团，还是因为项达民？

三

下午的镇党委会，一波三折。

进入会场的时候，柏森林对自己的决定是颇有把握的，这个把握，首先来自他的信心。其次，党委委员们在电话中的态度，也让柏森林吃了定心丸。

柏森林突然想，这些年来，我最看不惯的，就是一人说了算，其他人唯命是从的作风，可是，现在，我竟然也尝到了这种作风的甜头。

他们到底是因为我快要做一把手，还是因为他们知道我的决定是正确的是及时的？

大家入座后，柏森林说："由于事情比较紧急，所以不等项书记回来了。另外，项书记也没有说他什么时候回来，今天由我主持党委会。"

柏森林注意到有几位委员互相交流着目光。

小钱把组织委员从头看到脚，突然笑起来，说："老肖，你这是老人头皮鞋嘛。"

话音未落，大家都探过头去看肖委员的鞋。

小钱兴奋地说："老肖你这是正宗老人头吧？老肖不简单呀，穿名牌穿出讲究来了。"

常金鹏嘲笑一声，说："算了吧，正宗个屁，报纸上说，检查上海多少家商店，卖的老人头，百分之百都是假冒伪劣……"

柏森林干咳了一声。

小钱说："不好，不好，我怎么会说起这个来。"

大家笑。

柏森林说："我们开始开会。"

常金鹏站起来，给大家一一派烟，动作幅度特别大，一只粗壮的胳膊在柏森林眼前晃来晃去。

好几个人站起来，你替我点烟，我替你点烟，忙成一团。

柏森林继续说："今天的会议，主要讨论决定隆飞翔集团的总经理人选问题，因为隆飞翔面临许多重大问题的决策，已经迫在眉睫……"

大家仍然王顾左右而言他。

柏森林心里有些不快,口气硬了些,说:"所以,我提议,由张建伟暂代毕奇做隆飞翔总经理。张建伟,你谈谈?"

张建伟说:"事先柏镇长是征求了我的意见……"

大家看着张建伟。

张建伟不急不忙,说:"我并不认为我可以担当隆飞翔总经理,过去我这么说,现在仍然这么说。"

柏森林稍有些急,说:"你……"转而看着在座的委员,说,"我事先,也一一征求过你们的意见……"他的目光扫到谁,谁就避开他的盯注,柏森林心里十分恼火。

常金鹏突然一拍巴掌,大声道:"哎呀!"

不知他突然怎么了,大家看着。

常金鹏说:"我老婆……"

小钱说:"你老婆怎么了?"

常金鹏说:"我老婆回娘家好几天了,怎么还不回来?"

大家哄堂大笑。

柏森林早已经明白大家在跟他搅局,有意让他的会开不下去,开始也还忍耐着,但眼看着越来越不像话,他忽地站了起来,指着常金鹏说:"常总,你什么意思?"

常金鹏却不来硬的,笑眯眯地说:"柏镇长,你开你的会,我积极配合。"

柏森林说:"那好,请大家就我的提议讨论个结果。"

起先谁也不表态,一会儿却突然七嘴八舌地发言了:

"隆飞翔的问题,是得好好商量解决了。"

"隆飞翔总经理的问题是个大问题。"

"韩六舟这家伙,拍屁股走人了。"

……

虽然他们谁也没有提项达民的名字,但他们心里大概都在想,项书记不在,怎么可能做决定?

他们在和柏森林打太极拳。

柏森林突然醒悟过来,他犯了一个大错误,他太不了解眼前的这些人!

柏森林的亢奋被当头浇了一盆冷水。

如果说换下无能的毕奇是他考虑桃花镇宏图中的第一件小事的话,那么,在这么一件小事上,他已经碰了大钉子。

其实,柏森林相信,在场的所有人,都希望能尽快换下毕奇,但是他们无视他的正确决定。

他还未出场,就被几个小角色踢了回来。

门开了,项达民满脸笑意地走进来,说:"对不起,我迟到了。"

忽然间,大家的脸都转向了柏森林,现在他们要看看柏森林的态度了。

柏森林说:"项书记,你来得正好,我们正在讨论隆飞翔集团总经理的人选……"

项达民说:"太好了,隆飞翔集团总经理的问题,确实已经迫在眉睫!"眼睛向会场一扫,又说,"但,不是今天!"

柏森林脸有些红,想说什么,被项达民挡住了,项达民说:"今天会议的主要内容,讨论游乐场二期下马的问题!"

会场气氛反倒紧张起来。

门外随后进来两个人,知识分子模样,项达民介绍说:"我请来的,平江市建筑设计院的两位专家。"回头又以不容商量的口气说,"游乐场二期的下马,是肯定的事情了!"

柏森林惊讶地看着项达民。

项达民说:"损失是不可避免了,我们现在要做的工作,就是要把损失减少到最低限度。"看大家情绪有些紧张,便轻松地笑了一下,说,"我在这里,要特别提出来,在游乐场二期的问题上,柏镇长是有眼光的、有远见的,他大概早就预料有下马的一天,所以,二期工程开始后,一直拖拖拉拉,应该我方到账的资金,一直不到位。据我了解,这些资金,都用到了刀刃上,使得我们在游乐场二期方面的损失,减少到最少最少。"

面对项达民突如其来的表扬,柏森林不动声色,问道:"我方损失少,但是刘董先生的损失不少,你现在单方面决定下马,刘先生不可能同意。"

项达民说:"柏镇长,下马是你的意见呀,有闻书记作证。"

大家一笑,但赶紧收回了。

柏森林说:"下马两个字好说出口,具体的麻烦,怎么解决?"

项达民说:"我赶到平江,就是因为听说刘先生到了平江,专门赶去和他协商的,我现在可以告诉大家,刘先生已经同意了我的方案。"

常金鹏说:"他愿意白白地损失二百万?"

项达民说:"哪个商人也不可能愿意白白地损失二百万,二十万也不愿意,二万也不愿意!我们的方案就是要把损失抢回来。"

大家面面相觑,好像在问,有什么办法把损失抢回来?

项达民说:"这个方案,说起来,还是应该感谢柏镇长,我是从他那儿得到的启发。柏镇长一到镇上,就支持老汤回收旧农物,我开始,心里是很嘲笑的,现在才明白,应该嘲笑的不是柏镇长,也不是老汤,而是我。"

柏森林已经听出名堂来了,问:"你是不是想在游乐场二期的基础上,搞一个……"他一时想不出好的名称,顿了一下,又说,"搞一个类似田园风光的那种项目?"

"一点不错!"项达民欣赏地看着柏森林,并且毫不掩饰他的欣赏,说:"可以叫作农家乐!"

柏森林不由跟着重复了一遍:"农家乐?"

项达民说:"柏镇长,这两位设计师,都在国外待过数年,我对他们的设计希望是,用最先进的理念来指导,再现最传统最原始的农村风貌。"

大家的情绪渐渐平衡,随后又渐渐兴奋起来,当然种种顾虑和疑虑也跟着来了。

柏森林也已经从隆飞翔总经理人选的问题上转入了新的主题,看起来他完全是被项达民带动着,确实,柏森林也不得不佩服项达民的思路,佩服他的大胆决策,但是在他的内心,正酝酿着新的激动,无论现在项达民怎么为了游乐场的新点子激动,事实上,农家乐也好,其他任何项目也好,早晚都不再是项达民的了。柏森林相信,不管项达民能有多么精彩的点子出来,但在描绘桃花镇前景宏图的问题上,他已经是黔驴技穷了,以后的一切,都得柏森林承担了。柏森林没有丝毫流露出自己的激动,他沿着项达民的思路说:"在现有的平整的土地上,建一片古老的田园风光,但是必须既有观赏性,又有参与性,纯观赏的东西,游客已经渐渐失去兴趣了。"

项达民兴奋地说:"说得对,一定要让游客能够亲身参与,比如,搞些小草房、小木屋,里边有纺车、织机、石磨、米舂,一定要让游客有参与的快乐!"

常金鹏说:"二期的土地基础,我们花了那么多资金,要用来搞什么农村风光,造草房木屋,我们这些钱和力都白投了。"

项达民说:"我已经说过,损失是不可避免的,这就是决策错误的代价,我们现在必须头脑清醒,立即调转方向。"

项达民调动了所有人的思维,大家七嘴八舌提了许多宝贵的建议,两位设计师颇有兴趣地认真听着。

最后,项达民说:"柏镇长,有件事情还得由你出马,我考虑,这个项目,需要请一位顾问,我们这些人,猪脑袋,太死沉,思路不开阔,能不能请你的老朋友、老同学杨东,做我们的顾问。"

柏森林愣愣地看着项达民。

四

　　住在精神病院的项小龙,从医院逃跑了,医院赶紧找家属联系,因为没有找到项达民,通知了田金秀,田金秀正在上班,一听到这个消息,没了主张,在护士值班室里转来转去,嘀嘀咕咕,我怎么办?我怎么办?

　　一帮小护士们,平时眼里见到的工作中接触到的田护士长永远是风风火火,办事果断,还从未见过她这般慌乱,也跟着慌,你一句我一句乱出主意,叽叽喳喳,田金秀不再听她们七嘴八舌,交了班,急急地出来。

　　走到医院外面,又愣住了,上哪儿去呢?

　　田金秀想了想,往家里去,抱着一线希望,说不定小龙真的跑回家去了。田金秀跑到项小龙的家,项小龙的家,已经不再是家了,付英回了娘家,家里空关着,根本没有人。田金秀又跑回自己的家,屋里静悄悄,什么声音也没有,田金秀吊起来的心一下子又落了下去。

　　魏莉骑车在马路对面经过,看到田金秀站在这边,有些奇怪,下了车,推过来,一直走到田金秀面前,田金秀居然还没有注意,魏莉叫了一声:"田阿姨。"

　　田金秀这才看到魏莉已经站在她面前了,忙道:"魏莉你上班呀?"

　　魏莉点了点头,见田金秀神色茫然,不放心,问道:"田阿姨,出了什么事?"

　　田金秀说:"医院打电话来说,项小龙从医院逃跑了,我找不到我们项书记,我又不知道到哪里去找项小龙,他会到哪里去呢?急死人了!"

　　魏莉是个沉得住气的女孩子,想了想,说:"田阿姨,项书记不在家,我陪你到镇上去,请他们想想办法。"

田金秀回过神来,说:"不用你去,不影响你上班,我自己去。"说着便往镇上去。

项达民要调走,柏森林接替项达民做书记的消息已经传遍桃花镇,田金秀看见柏森林,一头的恼火,不愿意和柏森林多说话,但事关重大,又不能不说出来,便没好气地道:"柏镇长,项小龙不见了,你说怎么办?"

柏森林一愣,问:"怎么的,出事了?"

田金秀说:"不出事,我来找你们干什么?项小龙从医院里跑了。"

柏森林问:"告诉项书记没有?"

田金秀说:"我要是找到我们项书记,还来找你干什么?"

柏森林微微一笑,并不计较,劝慰说:"田护士长,你先歇一歇,别太着急……"

田金秀立即道:"我不着急,我能不着急吗?换了你,要是你弟弟是个精神病人,从医院跑了,你不着急?"

柏森林说:"是的是的,我理解你的心情……"

田金秀毫不客气地说:"你恐怕难体谅的,项小龙又不是你弟弟,你弟弟又没有疯。"

柏森林也毫不犹豫地说:"项小龙就像是我的弟弟。"语气十分肯定,不容田金秀再说什么,"这样吧,我负责找到项书记,通知他,他会想办法的!"

田金秀说:"你能找到我们项书记?"

柏森林说:"我找不到他本人,我可以叫平江的人去找。"

柏森林将电话打到桃花饭店,饭店说项书记没有来过,也没有通知来不来住,柏森林挂了电话回头对田金秀说:"不在桃花饭店。"

田金秀说:"会在哪里呢?"

柏森林说:"项书记到平江,有几个人,应该会知道的,像蒋月仙,像陶李,像……"

"你什么意思?"田金秀打断柏森林的话,"你什么意思?你为什么只说、只说……"她是想说你为什么只说女的,但毕竟没好意思说出口来,改口说,"你为什么只说这几个人?"

柏森林不由好笑,项达民一世精明,却在当年犯了一个大错,娶了田金秀这么个女人做老婆,实在也是天意。

田金秀见柏森林一脸嘲笑的样子,来火了,说:"柏镇长,你有什么好开心、好得意的?"

柏森林说:"田护士长,你这话不公平,我正在为项小龙的事情着急呢,我正在想,先给谁打电话,让他们去找项书记,怎么说我开心得意呢?"

田金秀说:"你怎么能不得意呢?你马上要做书记了呀,我们项书记被你弄走了,你不开心吗?你不得意吗?"

柏森林说:"我是很高兴,我是为项书记高兴,从最基层的乡镇一级,一下子到了市里,成了市委的领导,连跳两级,这是罕见的呀,在平江的几十年历史上,恐怕也绝无仅有。可见,市委、县委各级领导,对项书记是多么的器重和爱护。要知道,从最基层干起,做到市委领导,是多少人追求大半辈子也追求不到的事情呀!"

田金秀被柏森林这么一说,反倒愣住了,张着嘴半天说不出话来,在心里反复把柏森林的话盘来盘去,最后把心情盘好起来了,也激动起来,说:"不错,柏镇长你说得不错,我们项书记辛苦这么多年,总算也没有白苦,大家都看在眼里,人眼是秤嘛。市委领导也是有眼睛的,闻书记也是有眼睛的,按照有些人的想法,恨不得叫我们项书记到县里做个什么局长就够了……"

柏森林说:"那怎么可能?"

田金秀说:"是不可能,世上的事情还是有公道的,柏镇长呀,你辛苦追求,总算要做桃花镇的书记了,可是,你比我们项书记,还差得远呢,我们项书记,现在是市委领导了,你要归他领导……"

柏森林强忍住笑,点头说:"我当然归项书记领导。"

田金秀仍然不依不饶,说:"我们项书记,市委秘书长,官很大的,可以管几百个你柏镇长这样的官!"

柏森林顺着她的话说:"当然几百个,你算算,平江有六个县市,每个县市平均三十个乡镇吧,就有三六一百八十个再乘以二的书记镇长,还有副书记副镇长,还有……"

田金秀终于笑了起来,说:"柏镇长只要你肯承认就好。"

柏森林也跟着笑了笑,说:"田护士长,我打电话找他们。"

田金秀问:"你打给谁?"

柏森林说:"你看呢?"

田金秀说:"问问陶作家吧,看她知不知道。"

柏森林心里一动,暗想,如果田金秀只以为蒋月仙是个威胁,田金秀恐怕是错了。

柏森林找出陶李的电话,拨过去,是陶李接的电话,柏森林将事情说了,又将电话交给田金秀,陶李在电话里说:"田护士长,你别着急,我马上出去,几个可能的地方,我都去看一看,找到项书记,叫他马上和你联系。"

田金秀说:"那就拜托你,我今天病人多,还得回去上班,你叫他打电话到我医院。"

田金秀刚走一会儿,电话响了起来,一听,却是杨东的声音,说:"柏森林呀,叫你柏镇长还是柏书记呢?"

柏森林说:"杨东,我打电话找你,你不在。"

杨东听出柏森林有些烦躁,说:"柏森林呀,还没上马呢,就乱了套?"

柏森林心里一震,没有说话。

杨东说:"怎么了?"

柏森林平静了一下纷乱的思绪,说:"没什么,你怎么样?"

杨东说:"我挺好,只是官场没希望了,刚才得到消息,我觊觎已久的那个副市长的位子,已经有了人选。"

柏森林问:"谁?"

杨东说:"反正不是我,你管他是谁。"

柏森林说:"泄气啦?"

杨东说:"泄气了,过了这个村再没有这个店喽,柏森林呀柏森林,我们的希望,都在你身上啦!"

柏森林说:"你开什么玩笑,要等我从底下一步一步爬上去,等到你胡子白怕也等不到。"

杨东说:"难说,项达民不就一下子上来了?这小子,有两下子,你得瞄准这样的人物!"

柏森林握着话筒直摇头:"杨东,我瞄准的,不是官位,是……"

杨东说:"你别说,我知道,你瞄准的是事业,好呀,但是我问你,没有官位,你能做成事业?"

柏森林说:"至少现在开始,我能在桃花镇大干一番!"

杨东一阵笑,说:"好,好,柏森林,好得很,仍然是你柏森林!"

柏森林不由也笑起来,说:"怎么,你以为我做了书记,就不是柏森林啦?"

杨东说:"那我就放心了,柏森林,你还记得我们在北京学习时,请奎普公司的电脑专家来给我们上过电脑课?"

柏森林说:"记得,夏长江。"

杨东说:"记性不错,前些时我到北京,见到夏长江,说起桃花镇,他倒是有意思,想来看看,他们奎普正在物色合作生产厂家……"

柏森林立即敏感地问:"生产什么?"

杨东说:"性急了?对不起,柏森林,当时我没有接他茬儿。"

柏森林果然急了:"为什么?"

杨东说:"为什么,还不是为了你,我当时把他拉来,对你有什么好处？即使谈成了，政绩也归不到你头上，我干吗？"

柏森林既感动，又着急，差点说"现在是时候了"，没等他说出来，杨东却抢先说了："现在好像是时候了吧？"

柏森林说："杨东，别开玩笑了，快说说，什么情况，生产什么产品？"

杨东仍然不急不忙地和柏森林绕圈子："你想呢，电脑公司，生产什么产品？"

柏森林说："杨东，你知道的，我桃花镇，徒有其名呀！"

杨东说："你也太谦虚了吧？"

柏森林说："我这是实话，这几年，我们的产品结构落后，技改更是落后，我是急于想为我的桃花镇找一点新型的有前途的东西……"

杨东说："怎么，已经开始说我的桃花镇了？应该！早就应该这么说，我为你感到高兴、自豪。对了，柏森林，我问你，你桃花镇，有个电缆厂的吧？"

柏森林说："有的，这几年效益不怎么样。"随即追问，"杨东，怎么样，你有什么意思？"

杨东说："柏森林呀柏森林，你说说，我到底是哪辈子欠了你的债？你说说，在这个世界上，除了我，还有谁如我这般关心你？告诉你呀，我把你的桃花镇，早已经研究透了。"

柏森林越急，杨东越和他开玩笑，不把事情说出来，柏森林哭笑不得，但听杨东问电缆厂，心里也已经猜到几分，干脆问："杨东，是不是奎普有生产电脑连接线的业务？"

杨东"啊哈"一声，说："好个柏森林！"

柏森林知道自己猜对了，心情更加激动，说："杨东，你知道的，我有基础，我有最好的条件，我的电缆厂，工人技术水平都是相当高的，我的厂房……"

杨东打断他，说："我知道你有什么，夏长江今天到平江，你怎么样,什么时候我陪他过来?"

柏森林急不可待:"今天就过来!"

杨东说:"现在你那儿正处于敏感时期,方便吗?"

柏森林说:"没有敏感时期,整个事情,来得突然,跳跃得厉害,根本就没有按常规进行,跃过了通常必经的敏感阶段。"

杨东说:"就是说,你当书记是十拿九稳了?"

柏森林差点脱口说:"十拿十稳。"但说出来的却是,"差不多吧。"

杨东说:"若与奎普的合作,不能算作是你的政绩,我就不来。柏森林,我告诉你,我是听说了你的事情,立即与夏长江通上关系的,他也很激动,马上就飞来的!"

柏森林内心一阵感动,杨东对他的这番友谊和相知,柏森林不知自己何时能以何种方式报答,说:"杨东,今天就来!"

杨东却犹豫了,问道:"见了项达民怎么说?"

柏森林说:"他到平江去了,估计今天不一定能回来。"

杨东说:"他也跑官?"

柏森林说:"他的官好像不用跑,但至少与这事情有关吧。"

刚放下电话,电话又响了,是陶李打来的,跟柏森林说,几个可能的去处都去看了,项达民不在,也没有谁见到项达民。

柏森林说:"陶作家,你市委办公室有没有熟人?"

陶李说:"我已经打电话问过了,项书记没去过。"顿了一下又补充说,"闻书记这几天不在平江,楚书记也不在。"

一丝奇奇怪怪的感觉爬上了柏森林的心头,项达民到哪里去了呢?

第 24 章

一

项达民一大早起来没有吃早饭,就直接来到古都饭店,在一楼大堂,往韩六舟的包房打电话,是艾红接的电话,项达民只是"喂"了一声,艾红就听出是他的声音,不由"哎呀"了一声。

项达民立即说:"艾红,六舟不在?"

艾红在电话里稍一犹豫,说:"项书记,你现在在哪里?"

项达民说:"我在你楼下大堂。"

艾红又"哎呀"了一声。

项达民估计韩六舟不在,有些着急,问道:"艾红,六舟到哪里去了,在不在平江?"

艾红告诉项达民,和项达民前脚后脚,韩六舟刚刚离开平江,到上海机场去赶当天中午十二点的飞机,飞往柏林。

轮到项达民"哎呀"一声,问:"他什么时候回来?"

艾红说:"他这次去考察欧洲丝绸服装市场,恐怕要半个月。"

项达民听到考察欧洲丝绸服装市场几个字,心眼一动,没顾上说话。

艾红问道:"项书记,你什么时候来平江的? 上来坐坐?"

项达民来不及回答艾红的话，又问一遍："艾红，六舟的飞机十二点？"

艾红不由问："项书记，你有什么急事找他？"

项达民也没有说有什么急事，只说："我不来看你了，我去追他。"

听项达民的口气紧张，艾红也跟着紧张起来，说："项书记，你现在追，恐怕赶不上了吧，你试着打他的手机看看。"

项达民说："不管追得上追不上，我总要追一下，我的事情，电话里说不清，得当面谈。"

艾红抓紧问："项书记，到底出了什么事，是不是隆飞翔的问题？"

项达民说："其他还能有什么大事要我追到上海？"

艾红沉默了。

项达民挂了电话，转身上车，直往上海机场方向追去。

韩六舟正坐在候机大厅等候，他来得早了一点，早晨因为怕路上堵车，也没赶得上吃早饭，这会儿办妥了手续，定下心来，才感觉到肚子饿了，正东张西望想去吃点东西，突然看到入口处有一个熟悉的身影正向大厅里张望，韩六舟的眼眶一下子有些湿润。

项达民也已经看到了韩六舟，远远地挥了挥手，韩六舟走近了，但是他隔着候机大厅的玻璃窗，无法出来。

项达民稍一皱眉，看了看手表，做了个让他等着的手势，转身而去，过了不多会儿，竟然也进了候机大厅，韩六舟迎过去，两人既没有握手，也没有打招呼，互相默默地注视了片刻。

还是韩六舟先开了口："项书记，你到哪里？"

项达民说："我是来追你的。"

韩六舟摇了摇头，轻声说："项书记，你为什么？为什么还要来找我？我早已经……"

项达民说："早已经什么，早已经把隆飞翔忘了？你敢说？"指了指座位,"时间还早,坐下说。"看韩六舟犹犹豫豫,心神不宁,又说,"我只是和你把事情说清楚,我不会拖住你的。"

韩六舟跟着坐了下来,眼睛开始回避项达民的盯注,说:"项书记,我现在,干得非常好,朱先生很满意,又加年薪了,我们的市场,已经开拓到……"

项达民打断他,说:"你们的市场,你们是谁?你和谁?和香港老板?"

韩六舟不吭声了。

项达民说:"我相信你会干得很好,老板会对你满意,给你加薪,但是我问你,你自己心里,踏实吗?满足吗?心里舒坦吗?韩六舟,你说话呀,你现在要是敢说,是的,我心里很舒坦,你要是敢说这句话,我站起身来马上就走出去,决不再回头!决不再见到你!"

他说这话的时候,口气很硬,其实心里是捏了一把汗的,万一韩六舟真的说了,他怎么办?真的站起来走出去,再也不回头?再也不见韩六舟?项达民想着,心里偷偷一笑,管他呢,万一韩六舟真的犟着筋不肯回头,真能说出我很舒坦,那也无所谓,项达民自会有其他办法。

韩六舟却没有说,他低了头,不看项达民。

项达民也停了一会儿,回头看看大厅另一角的餐厅,说:"六舟,我饿了,早晨没吃东西就赶出来,过去边吃边谈?"

韩六舟说:"我也饿了,我早晨也没有吃东西,就赶来了。"

项达民一语双关道:"噢,这么巧,好兆头呀,说不定暗示我们奔的是同一目标呢。"

韩六舟笑了笑,不语。

他们来到餐厅,等着的时候,项达民盯着韩六舟,不让他的目光逃避,说:"六舟,两个月前,有个美国人莱特,来隆飞翔,你知道不知道?"

韩六舟点点头:"我听说了,锦源现在大有起色,莱特的真丝免烫西装,市场很看好。"

项达民说:"原来你仍然关心?"

韩六舟掩饰说:"现在是信息社会,消息传得快。"

项达民说:"信息社会? 怎么只是你知道我的信息,我却不知道你的信息? 看起来,是你关心我,而我不关心你呀。"

韩六舟说:"你不知道我的信息? 我怎么觉得,我的一举一动,始终有一个人格外关心,了如指掌呢?"

项达民指指自己的鼻子:"是我吗?"

韩六舟想笑,却没有笑得出来,仍然是十分沉重。

项达民说:"既然你知道莱特的免烫西装,你对莱特这个人,对他的背景,了解吗?"

韩六舟没有吭声,但项达民从他的神色上能够看出,韩六舟是清楚莱特的情况的,他知道莱特的背景,项达民相信,韩六舟一定会去了解莱特。

项达民直截了当地说:"六舟,我不管你知不知道莱特,我追到这里来,就是要告诉你,莱特姓琼斯!"

韩六舟微微地点了点头。

项达民被韩六舟温暾的样子惹得有些来气,说:"你一点也不觉得震惊? 一点也不觉得事情的严重? 一点也不觉得你应该做些什么?"

韩六舟支吾道:"我,我……"

项达民说:"你知道平江的清凉空调、江枫电子,还有玉溪县的溪钢,它们都姓了人家的姓!"

韩六舟终于迎着项达民的目光说:"琼斯已经开口了?"

项达民说:"还没有,但据我看,也快了,他的动作极快,效率高呀,才一个多月,一切都准备就绪。前不久,莱特放了个试探气球,要改锦源服装的牌子……"

韩六舟"哦"了一声。

项达民说："我的态度是强硬的,所以,我想,他可能会将步子放慢些……"

韩六舟不无担心,犹犹豫豫,要问又不便问的样子:"你、你自己……我听说,你可能会到平江……"

项达民明白韩六舟的担心,笑起来,他并没有明确答复,说:"你认为我个人的问题会成为关键？不至于吧？"

韩六舟微微地点点头,心想,别人不知道你,我知道你。

项达民朝韩六舟一笑,韩六舟呀韩六舟,别人不知道你,我知道你,他向韩六舟摆了摆手,说："现在关键的不是我的问题。是你的问题,你知道吗,你知道从一开始我就根本没打算让你离开隆飞翔！"

韩六舟说："我怎么不知道？你能让毕奇做隆飞翔的总经理,就是对我不死心呀。"

项达民直顶过来："你自己,死心了吗？"

韩六舟正要说什么,项达民却没容他说出来,抢先道："六舟,隆飞翔是在你手里发展起来的,隆飞翔等于是你的儿子,你能够拱手把自己的儿子交给别人养,你承认自己养不活它,你承认自己无能,你承认你的儿子非得别人来替你养,最后变成别人的儿子？"

韩六舟说："我……"

项达民接着说："六舟,我为什么从平江追到上海机场来？不是事情迫在眉睫,我怎么会这样？"

端上来的菜,始终摆着,两人都饿了,但谁也没有动筷子。

项达民说："六舟,现在的形势你都清楚,最近一阵,外方看准我们的好项目,意欲买下全部股份的事情越来越多,他们厉害呀,颇具慧眼,看中的都是好东西,他们宁愿出大价钱。而我们的人呢,被眼前的困难吓倒了,无计可施了,怎么办,卖！"越说越激动,手指的关节敲着桌子,"六舟,如果我面对的仅仅是琼斯,我不会着急,我不怕他,但是,琼斯是有来头、有背景的……"

韩六舟有些紧张地看着项达民。

项达民摆了摆手,说:"我现在还不清楚琼斯在平江、在省里有什么样的背景,不清楚他做过些什么样的动作,也不知道他的工作做到了哪一步,但是我相信凭琼斯的实力、凭琼斯的名声、凭琼斯愿意出的价,琼斯想要什么就能得到什么,琼斯的一切,足以使我们许多人折服。"

韩六舟当然明白项达民说的"我们许多人"是哪些人,韩六舟想了想,正要说话,开始登机的广播响了起来,韩六舟一愣,想说的话没有说出来。

两个人匆匆吃了一点,项达民送韩六舟往登机口去,早晨在电话里听艾红说韩六舟要去半个月,但这时候,他并不说穿,却问韩六舟:"你去多久?"

韩六舟突然停住了脚步,眼眶竟有点发红。

很快就到了登机口,登机口已经没有几个人,上机的旅客已经走得差不多了,韩六舟不能再耽误,项达民这才握住他的手,说:"六舟,我等着你!"

二

平江桃花饭店总经理一见项达民走进来,立即迎上来,告诉项达民,柏镇长打过电话找他,听口气很急,但没有告诉他什么事,这会儿,陶作家正在迎宾厅等他。

项达民往迎宾厅过来,陶李果然一脸焦急,见到项达民,立即站起来,说:"项书记,你回来了!"

项达民发现陶李非常憔悴,面色灰暗,吓了一跳,说:"你、你怎么,身体不好?"

陶李下意识地摸了一下自己的脸,说:"我这一阵,是不好,失眠。"

项达民说："写作太紧张了。"

陶李不否认，点了点头。写《热土》下卷，陶李消耗的情感、精力太多太多，投入得太深太深，难以自拔。

项达民关心地说："从容点，慢慢写。"

陶李苦恼地摇头："无法从容，一旦进入了，就是套上了红舞鞋，转个不停，到死为止。何况这部作品，我的投入，更加……"说了一半，停下来，对项达民说，"项书记，柏镇长和田护士长打电话来，他们到处找你，你弟弟从医院跑出去了。"

项达民脸色大变，紧张地问："人回家了？"

陶李说："没有，回家就好了，也不知道上哪儿去找他。"

项达民愣住了。

陶李说："他可能到哪里去？"

项达民说："我心里有点乱。"顿了顿，就给镇上打电话，是柏森林接的，没有项小龙的消息，又打到镇卫生院，田金秀正着急，希望项达民马上回去商量怎么找人。

项达民放下电话，对陶李说："我先到医院看看，如果医院没有线索，我先回家去，也可能小龙会回家的，除了家，他能到哪里去？"

陶李说："要不要我一起去，看能不能帮上忙？"

项达民说："不用了，有消息，我告诉你。"和陶李握了握手告别，感觉到陶李的手冰凉，说，"陶李，要注意身体！"

陶李点点头，目送项达民远去。

项达民到精神病院了解项小龙的情况，医生介绍，项小龙最近一阵情况很好，一切正常，想不到会来这一手，他是偷了医生的工作服，混出去的。医生怀疑项小龙这一阵的表现，根本就是装出来的。

项达民说："他是个病人，有他这么清醒的头脑吗？"

医生说:"不是没有可能,精神病人的思维,有时候比正常人更严谨更有条理。"

从医院里找不到项小龙可能到哪里去的迹象,项达民回到桃花镇已是下午,司机问他是不是直接到镇上,项达民突然脑海里一亮,闪过一个念头,说:"先不到镇上,到明星村去。"

项达民的判断果然没有错。

可惜他晚了一步。

车子在明星化工厂门口停下,化工厂被抵押后,看护厂房仍然是明星厂的老人三伯,三伯见了项达民,招了招手。

项达民走过去,三伯说:"项书记,你也来了?"

项达民一听三伯说"你也来了",立即想到很可能项小龙也在,马上问:"三伯,小龙呢?"

三伯说:"在厂里到处看了半天,走了。"

项达民一急,说:"你怎么能让他走?"

三伯有些奇怪,说:"怎么啦?"

项达民说:"他是个病人。"

三伯松了一口气,说:"噢,但是他现在好了,完全恢复了。"

项达民说:"谁说的?"

三伯又有些奇怪,说:"谁说的?他自己说的呀,我开始见到项厂长,也奇怪,但是他告诉我,他的病完全好了,出院了,他告诉我医生说他再也不会犯这病了。我想也是,得这种病的人,不治好,怎么能给他出院呢?"注意到项达民的神色,又补充道,"其实,也不用项厂长自己说,我看也看出来,他确实好了,说话什么的,思考问题,和正常人一模一样……"

项达民又问:"有没有说上哪儿去?"

三伯想了想,想不起来,说:"我记不得了,他和我说了许多厂里从前的事情,项厂长的记性真好,许多事情他都记得,但是没有说他要到哪里去……"说到这时,才注意到项达民焦急的情绪,问道,"项书记,怎么了?"

项达民说:"小龙是从医院里跑出来的。"

三伯大吃一惊,直摇头,说:"不会的,不会的,他告诉我是医生让他出院的,而且,我看得出他头脑很正常,真的,一点没有不对头的地方。"

项达民无奈,走进厂里到处看看,弟弟刚刚从这里走开,厂里似乎到处都留下了让他能够感受到的气息,项达民心里一酸,走出来,向三伯说:"三伯,小龙要是再来,你一定要留住他!"

三伯说:"我一定。"在项达民身后嘀咕,"奇怪,奇怪,看起来好好的呀,一点也看不出来呀,我怎么看不出来……"

项达民回头到镇上,柏森林、常金鹏、小钱等都不在,项达民直接回到自己的办公室,坐下来,心里很乱,抓起电话想打,却不知该往哪里打。尽量镇定下来,考虑了半天,给平江电视台的马台长打电话,马台长不在。项达民犹豫了一会儿,不由自主地又抓电话,拨了陶李的号码。

陶李似乎能够感觉到是项达民,也似乎能够感觉到项达民并没有项小龙的消息告诉她,只问了一句:"你到了?"

项达民说:"陶李,我不知道到哪里去找他,只有……我想,到电视台做个寻人启事……"

陶李立即说:"我替你去一趟。"

项达民犹豫了一下,还是说了:"我刚才给马台长打电话,他不在,所以我……"

陶李说:"没事的,我正好调节一下,寻人启事的内容,怎么写?你说,我记下来?"

项达民说:"我现在也没有头绪,你帮我想几句吧。"

陶李说:"好。"

两人都觉得话已讲完,但又都没有说再见,捏着话筒有点尴尬,过了片刻,陶李先说:"你,还好吧?"

项达民说:"我很好。"

陶李说:"刚才见了你,想问问你,但是没有说出口,觉得不好问。"

项达民知道她指的是他工作调动的事情,说:"你知道的,不会有事的。"

话说得含糊,连自以为对项达民了如指掌的陶李一时也吃不透他这话什么意思,说:"我不知道该怎么说,我不好说话。"

项达民说:"不用说,什么也不用说,"停顿一下,问道,"你的小说,写得怎么样了?"

陶李一时没吭声,好像有什么难说出来的事情。过了一会儿才说:"写了大半了,但是……"

项达民说:"你是不是写得很苦?"

陶李心里一酸,喉头竟有些哽咽,说不出话来。

项达民说:"以前看介绍你的文章,说你写东西很潇洒,因为你想说什么就写什么,没有顾虑。"

陶李说:"轻松潇洒只是表面现象罢了,但过去我写东西,也确实不像这部书这么沉重,我现在,才真正体会到什么叫作用生命创作。这部作品,对我,是一种摧残,我的消耗实在太大了……"

项达民说:"你有顾虑?"

陶李停了半天,说:"顾虑只是问题的一小部分,最主要的,是我的理想和现实的差距太大太大,过去我对社会冷嘲热讽,是希望这个社会能变好,能变成如我们希望的那样……"

项达民不由笑了笑,说:"你现在觉得社会无可救药了?"

陶李在电话那头突然觉得控制不住自己的感情,眼泪涌出眼眶,她用手抹了抹,说:"我马上到电视台去。"

项达民挂了电话,陶李的反常对他有些触动,但他并没有朝深里去想,写作的人,总是感情丰富的,虽然陶李过去给人的印象并不多愁善感,但人是会变的,为了写作,变得多愁善感,也是正常。

办公室的小李从外面回来,看到项达民的办公室门开了,赶紧过来看看。项达民问柏镇长到哪里去了,小李说,来了两个客人,人一来,柏镇长就陪着到电缆厂去了。项达民听到电缆厂,心里动了一下。再问是什么客人,小李说是奎普公司的夏先生,另一个是杨教授,谈的什么内容,他不知道,柏森林没有关照什么,他也没有多问。

小李看项达民没有什么事吩咐,走了。项达民心里已经隐隐约约地想到了什么,他考虑了一会儿,抓起电话,给平江市科委张处长打了个电话,张处长正好在办公室,听出是项达民的声音,先是一高兴,不等项达民说什么,马上又不无担心地说:"项书记,你最近怎么样?"

项达民知道老张是关心他的工作问题,笑了一下,说:"你这一问,把我的良好的自我感觉问出来了,我项达民的事情,怎么搞得全平江市都知道?看起来,我这个人,也算是个人物了,至少是个有争议的人呀。"

张处长说:"你倒不当回事,我们这里认识你的人,都关心着呢,听说要来做我们的领导了,好事呀,说不定就分管我们呢。"

闲扯了几句,老张问道:"项书记,你这个人,我们知道的,没有麻烦事,不来找我们的,说吧。"

项达民说:"你能不能现在就替我了解一下,奎普电脑连接线的技术含量情况。"

老张敏感地"哦"了一声,说:"怎么,和奎普联系上了?"

项达民说:"也许吧,你什么时候能够告诉我?"

老张说:"这么急?你在哪里,一会儿我给你打电话。"

项达民说:"如果我不在办公室,打我手机。"

老张说:"这会儿手机知道开着了,我们要找你的时候,你的手机就像是玩具手机了。"

说笑几句,才将电话挂了,刚挂电话,走廊一头,传来柏森林几个人的谈话声,项达民站了起来,就见柏森林和杨东,还有一位他不认识的中年人经过他的办公室门口,柏森林几乎已经走了过去,不知怎么感觉到项达民办公室有人,又退回一步朝里看看,一看,"呀"了一声。

项达民说:"怎么?"

柏森林似乎有些紧张,说:"你回来了?"

项达民说:"有客人?"

没等柏森林说话,跟在柏森林后面的杨东也踅了过来,站在项达民办公室门口向里看着,柏森林介绍道:"这是平江大学的杨东教授。"

项达民过来和杨东握手,说:"见过见过,大名鼎鼎,最年轻的博导!"

杨东说:"我哪里大名鼎鼎,项书记才大名鼎鼎!"

柏森林又把夏长江引进来,介绍一番,项达民说:"好呀,好呀,太好了,奎普公司能到我们桃花镇来,看起来我们桃花镇,真的有吸引力。"

从杨东嘴里,夏长江也得知一些项达民和柏森林的情况,便道:"是杨东把我拉来的,项书记,你们的柏镇长,非同小可呀,谈判水平在我所接触过的对手中数一数二,我想不到,一个在乡镇工作的年轻人,能有如此高的素养和学识!"

杨东插进来说:"夏教授认为,中国乡镇企业的希望,就在柏镇长身上了!"

项达民不经意地笑了笑,看了看柏森林,说:"好呀,这是我们桃花镇的骄傲。"

杨东话中有音:"我正是看到了这个骄傲,才把夏教授请来的,以他们奎普的实力,根本没必要和小小的乡镇厂合作。"

项达民说:"替奎普公司生产电脑连接线,我们的电缆厂,也就活起来了。"

三个人都有些吃惊,项达民早已经猜测到夏长江此行的目的,柏森林不由有些担心,抢先说:"我们和夏先生,已经谈得差不多了。"

项达民"哦"了一声,饶有兴趣地看着夏长江,说:"能介绍介绍吗,什么叫谈得差不多?"

由桃花镇电缆厂生产奎普电脑公司所需要的电脑连接线,双方可说一拍即合,柏森林有条有理地将事情说完,颇有些得意,但尽量不露声色,只是拿眼睛紧紧地盯着项达民,意味深长。

柏森林说:"几个重要的地方,我多说一点,首先,一个技术含量问题,按通行标准,技术含量在整个投资中所占比重,规定是百分之五到百分之二十五,在这个意向中,占了百分之二十……"

项达民说:"差不多是最高点了。"

柏森林忍不住说:"但是在标准范围内,没有超出标准规定。"

项达民点了点头,接着又摇了摇头,说:"虽然是在标准范围内,但是百分之二十,你的电脑连接线技术,是不是值这么多?所谓的高新技术,高在哪里,新在哪里?"

夏长江说:"电脑连接线的技术,虽然已经开始普遍运用,但是对桃花镇来说,对你们的电缆厂来说,却是全新的,高含量的。"

项达民说:"但是市场并不是以我们桃花镇电缆厂为轴心,而是我们要以市场需要为轴心,这是一;二呢,污染问题考虑了没有?"

柏森林胸有成竹地说:"桃花镇的污染问题,是由镇上统一解决的,但是桃花镇凭空从哪里弄这么大笔的钱来治理污染,当然在企业的成本中划算,现在,电缆厂如果突然冒出这么大的污染源,治理污染的成本不会不计算在里边的。"然后把账算了一遍。

杨东饶有兴致地在一边观察着项达民和柏森林。

"第三,"柏森林也不再抑制自己的兴奋心情,滔滔地说着第三第四第五……

项达民一直不动声色细心专注地听柏森林讲,脸上甚至露出些满意的意思,哪知当柏森林说完最后一句话的时候,项达民突然一挥手,吐出如钢铁般坚硬的三个字:"不可能!"

柏森林愣住了。

杨东和夏长江也面面相觑。

柏森林沉不住气,脸上红一阵青一阵,语气激烈地说:"为什么?"

项达民毫不客气道:"我说不可能就不可能!"

柏森林一急,脱口说:"这是我谈的事情!"将一个"我"字咬得特别重,说得特别响亮,很明显地告诉项达民,你就要走了,下面的事情,该由我做主了。

项达民亦针锋相对:"只要我一天在桃花镇党委书记的位子上,桃花镇的事情就得由我说了算!"毫不给柏森林面子。

当着杨东和夏长江的面,柏森林实在下不来台,忽地站起来,铁青着脸,说:"项书记,这件事情,我决不放手,我和你到县委、哪怕到市委论理去!"激动得不可控制。

项达民却突然又变得从容了,笑了笑,悠悠地道:"走到天边我也不怕,走到天边,这桃花镇的事情还得由我做主。"

项达民给大家扔了烟,指着沙发,说:"坐,坐,坐下来说。"大家这才发现原来都还站着,被项达民"不可能"三个字砸得有些蒙了。

坐了下来,抽起烟来,情绪平稳些了,夏长江说:"奎普不是找不到生产厂家的。"

项达民笑着点头,说:"我知道奎普,我们桃花镇,做梦也想能巴结上奎普,现在奎普上门来,你想,我能轻易放过吗?"

话开始往回说了,大家的兴趣吊了起来,只有柏森林仍然绷着脸。

与奎普的谈判意向,是相当成功的,项达民深深知道,仅有人情关系,仅有杨东、夏长江对柏森林的关心是不可能做到的,商场就是战场,商场不讲情面只讲利益。项达民感到惊讶的是,柏森林竟然能在短短的时间内,攻下奎普这样的铁腕企业,柏森林不可小视。柏森林脱颖而出了,他的才能、他的水平都令项达民不得不对他刮目相看。

与奎普公司合作的事情已经水到渠成,如果这是柏镇长谈判的结果,项达民毫不犹豫会认可,但是柏森林明显地表示出他已经是柏书记了,对不起,项达民毫不客气地吐出三个字:不可能。

正如项达民所说,他决不会轻易放过与奎普的合作,但他一定要让柏森林知道,桃花镇谁说了算。

项达民说:"我们希望和奎普合作,是建立在平等互利的基础上的。"

夏长江说:"现在的意向,不平等吗?"

项达民说:"至少我这么认为。"

夏长江说:"项书记,我们奎普公司,也同样从来不签不平等条约。"

项达民说:"我认为你的条约不平等,你认为我的条约不平等,看起来,我们双方的分歧还很大,不像你们刚才说的,已经差不多了,差得很远呢!"

夏长江说:"根本没有共同的基础?"

项达民不急不忙地笑道,说:"别着急,会有基础的。"抬手看了看表,说,"哟,到了吃饭时间,我们边吃边谈,怎么样?"

晚饭桌上,只有项达民一个人似乎是什么事情也没有发生的样子,仍然说说笑笑。柏森林一直铁青着脸,也不抬眼看人,也不说话,杨东几次想逗他说话,他也不理睬。项达民笑着推他,说:"柏镇长,生意不成仁义在嘛,你怎么的,你的客人,也不敬敬酒?"

柏森林仍然沉着脸,端起酒杯,也不敬谁,自己一口闷了,又自己动手加满一杯,又闷了,再要给自己加酒,项达民直摆手:"柏镇长,这样不行,这样不行,不能喝闷酒,喝闷酒容易醉……"

一直没有说话的杨东在一边察言观色,趁项达民起身去上洗手间时,对柏森林说:"柏森林呀柏森林,比起你们项书记来,你太年轻呀!"

柏森林心里窝火,呛他说:"正因为我年轻,我才比他更有希望!"

杨东说:"是不是我和夏教授一开始吹捧你过分了,害了你?"

柏森林说:"你害不着我,谁也害不着我,奎普的事情,一定要办成!"

正好项达民回来,听到这句话,笑起来,说:"柏镇长,我们的想法,高度一致呀!"

杨东因为第二天学校有课,不能在桃花镇住,夏长江也和杨东一起回平江去了。

临走时,项达民看了看柏森林,说:"柏镇长,你送送两位客人。"

柏森林向夏长江和杨东点了点头。

四人一起走到外面,车已经停在那里,项达民和夏长江、杨东握手,送他们上车,柏森林临上车,项达民拍了拍他的肩膀,说:"柏镇长,别灰心,你会成功的!"

柏森林没有吭声。

三

项达民站在夜色里,眼看着柏森林的车消失在黑暗中,心中突然涌起一股热浪,他突然感觉到,自己唯一的弟弟,精神失常的弟弟,此时正在浓浓的夜色中,在某个地方注视着他,等待着他,期盼着他。

小龙,你在哪里?

此时,项达民的心里蓦地闪过一个念头,他突然明白,项小龙跑到哪里去了!

夜里十一点,项达民自己开了车,驶上高速公路……

两个多小时后,项达民来到省城,已是万籁俱寂的深夜,项达民的车一直开到化工学院附近。

化工学院的大门紧闭着,教工住宅区的许多幢楼房的窗户,大多数已经没有了灯火,项达民远远地眺望着,他已经记不清秦一和教授在这中间的哪一幢哪一户,也不知道这时候,秦教授是不是已经休息。

当年,由周立带领,他曾和弟弟一起来到这里,到秦一和教授家,仅仅过了三年,此时此刻,周立已经不知去向,弟弟更是……

也许,项小龙正坐在秦教授家的客厅里,和秦教授大谈精细化工的生产,但是,夜已很深,别说教工住宅区的大门进不去,即使进去了,他也无法在这样的时候,去打扰秦教授。

项达民退了出来,在化工学院附近找了一家旅馆住下,只迷迷糊糊睡了几个小时天就亮了,项达民顾不上吃早饭,往化工学院教工住宅区走来,快走近大门时,他突然愣住了,在大门口,有一个人正东张西望,这个人,项达民熟悉透了!

魏半城!

魏半城手里提着一只人造革拉链包,包上的拉链并没有拉上,不知是拉链坏了,还是魏半城根本就没有想到要拉上,他东张西望了一会儿,向路过的人打听什么,项达民不由走上前去,听到魏半城正是在打听秦一和教授,项达民十分奇怪,他找秦一和干什么?

项达民上前叫了一声:"魏老师!"

魏半城回过身来,发现是项达民,满脸是责怪的意思,说:"你也来了?"

项达民心想,这话应该由我问你,便道:"魏老师,你怎么跑到这里来了?"

魏半城说:"魏莉告诉我,项小龙从医院里跑了,你又不在家,我去看了看田金秀,她急坏了,说话不好听……"说着叹了一口气,又道,"我开始心里也很乱,也没有主张,不知道该到哪里去找,倒是被田金秀骂了几句,启发了我,田金秀说,桃花镇的人,良心都被狗吃了,我们项书记和我们项小龙弄成这样,都是为谁?为桃花镇,为你们呀!我一想,有道理,项小龙的病,是因明星化工厂的事情生出来的,他一定仍然牵挂着这事情,我追到明星化工厂,果然项小龙去过那里,又走了,我就立即想到项小龙会到哪里,我就追来了……"

魏半城的思路,竟然和项达民一模一样,项达民没有说话,但他心里涌起一股热浪。

魏半城说:"我不知道秦教授是哪一幢楼,正在打听。"

项达民说:"我有他的地址,但是电话变了,打不进去。"拿出有秦一和地址的字条看了看,问了一下住宅区的门卫,门卫指点了方向,两人便找了进去。

开门的就是秦一和本人,他记性特别好,一看到项达民,立即认了出来,高兴地拉进门来,说:"太好了,太好了,很长时间没有见到你了。"

项达民不知道秦教授是不是搞错人了,但又不好问,跟了进来,说:"秦教授,您还记得我?"

秦一和说:"我怎么能不记得你?我还欠着你们桃花镇一大笔债,哪能忘记!"

项达民说:"秦教授记性真好。"

魏半城没有心思听他们的套话,插进来说:"秦教授,我们是来找人的!"

秦一和一愣,说:"谁,你们找谁?"

魏半城说:"项小龙,就是原来明星化工厂的厂长!"

秦一和的脸色立即暗淡下来,摇了摇头,长叹一声,说:"项厂长,唉,是我的责任,是我的责任,那是个能干的年轻人呀,是个有事业心的年轻人,是我害了他,是我……我到平江精神病院去看过他,唉……"

魏半城说:"昨天他从医院跑了,到处找不到他,他有没有到您这儿来?"

秦一和更加吃惊:"跑了?到我这儿?没有没有……"

项达民和魏半城对视一眼,心里凉了半截。

秦一和赶紧跑到里间,把夫人叫出来,问昨天有没有人来找,秦夫人也说没有,项达民说:"那我们就不打扰了,告辞了。"

秦一和搓着两只手,着急道:"那怎么办,那怎么办呢?"看项达民和魏半城都向外走,急急地跟出来,一定要送他们出来。

三人一起走出大楼,迎面就是一大片草坪,他们刚刚走出几步,同时愣住了。

草坪一角,项小龙正蜷缩着身子躺在地上。

项达民心头一酸,叫了一声"小龙",急忙奔过去,魏半城和秦一和也赶紧跟过来。

项小龙正睡得香,身上很脏,又被露水淋得湿湿的,项达民心头的酸意涌到眼睛里,他强忍着,轻轻地推了推项小龙,喊道:"小龙,你醒醒,小龙,你醒醒!"

项小龙被推醒了,睁开眼睛,一眼看到项达民,立即高兴地笑起来,说:"是你呀,你来了,是我哥叫你来看我的吧?一定是的,我哥对我可好了!"

项达民难过得说不出话来。

项小龙却乐呵呵的,向魏半城看了看,笑了笑,又向秦一和看了看,眼睛一亮,说:"我认识您,您是秦教授!"

项达民、秦一和和魏半城三人都大吃一惊,项小龙得病后,基本上认不出从前的熟人了,或者一会儿清醒,一会儿糊涂,一会儿认识,一会儿又忘了,这会儿他却一眼认出秦一和来。

秦一和去拉项小龙的手,说:"是我,是我,我是秦一和,你还记得我?"

项小龙回头对项达民说:"太好了,太好了,麻烦你赶快去告诉我哥,说我已经找到秦教授了,化工厂有希望了。我知道的,他一直为我的事情担忧,快告诉他,让他也好放心了,他不放心,我这心里……"指指自己的心窝,"我这心里,也一直不好过呀。"

说得三个人都鼻子酸酸的,无言以对。

项达民说:"小龙,跟我们回饭店,先洗个澡,吃点东西。"

项小龙却紧紧拉住秦一和的手,说:"我不能走,我好不容易找到秦教授,我还没有和他谈事情呢,我不能走。"

秦一和立即说:"我不走,我不走,我和你一起到饭店去。"

项小龙这才笑起来,高高兴兴地对项达民说:"要是现在我哥在这里,他一定会高兴的,一定会开心的……"

项达民真想抱住弟弟说一声"我就是你哥呀",可是他说不出口,满腹的话语汇成一股热浪冲撞着他的眼睛,他转过头去,无意中瞥见魏半城也正满含热泪。

回到饭店,给项小龙洗了澡,吃过早点,让他服下镇静药,不一会儿,项小龙睡了。

项小龙的鼾声轻起,十分均匀,看项小龙的睡态,无忧无虑,十分舒展,如孩童般。

魏半城看了看项达民,问:"你大概什么时候回去?我学校里只请了两天假,小龙已经找到了,我也不能多待了。"

项达民没有回答魏半城的话,他看着睡熟了的弟弟,许多往事涌上心头,弟弟怎么跑到秦一和这里来了,在他内心深处,是不是仍然觉得,只有秦一和能够救化工厂?

秦一和,我为什么早没想到他,却是疯了的弟弟想到了他?项达民回头看了看秦一和,说:"秦教授,有件事情,不知您能不能帮上忙?"

秦一和说:"你说吧。"

项达民说:"德国在我省投资的斯托夫化工集团,我想,您是化工界的元老,大家都知道您的大名,也许,您会认识斯托夫的什么人,能不能……"才说了这句话,突然见秦一和摆了摆手,便停下来。

秦一和说:"斯托夫是斯托夫,我是我。"

项达民说:"如果您能出马,我想……"

秦一和说:"笑话了,我一辈子都没有出过实验室,难道临到老了,我突然出马了?"

魏半城忍不住插嘴说:"秦先生,您有没有考虑过,很可能您一出马,就能挽救一个厂!"

秦一和面无表情地摇头,说:"不可能,我不会去求人的。"

魏半城被秦一和强硬的态度弄得有些来气了,也顾不得秦一和是位受人敬重的老专家,说话也不好听了:"您只知道研究研究研究,您却不知道您的研究能变成什么!"

秦一和不服,说:"你说变成什么?"

魏半城说:"搞得好,变成钱……"

秦一和说:"你别在我面前谈钱!"

魏半城说:"怎么,您老教授不用钱就能活下去?"

秦一和张了张嘴,显然也生气了,但一时不知怎么反驳魏半城,只是说:"想叫我去为你们的厂求人,办不到,我不会去的,不会去的……"

项达民说:"不一定要您亲自去,您只要替我们写个条子,或者,打个电话。"

秦一和仍然一口回绝:"信我是不写的,从来不写,电话我也不打,从来不打。"

魏半城说:"秦先生,这关系到明星化工厂能不能……"

项小龙在睡梦中迷迷糊糊听到明星化工厂,嘴里含含糊糊地说:"明星化工厂上马了,明星化工厂上马了……"翻了个身,又睡了。

项达民替项小龙掖了掖被子,魏半城在一边看着,说:"如果你有事情要留下,我带小龙先回去。"

项达民一愣。

魏半城不高兴地说:"怎么,不相信我?"见项达民仍不说话,又说,"我直接送他到医院,交给医生,至于以后怎么样,等你回来再说。"

项达民不由脱口说:"小龙是我的弟弟……"

魏半城更不高兴了,说:"你还知道他是你的弟弟?你关心过你的弟弟吗?你有时间有精力照顾你的弟弟吗?"

项达民从来不肯低下去的头,现在低了下去。

秦一和摇着头,不同意魏半城的话。

魏半城的口气仍然很冲:"既然你没有时间没有精力关心你的弟弟,既然我能追到这里来找到他,我就有责任把他带回家!"

项达民咬了咬牙,下了决心,说:"也只有这样了,魏老师,小龙交给你了,你……"

魏半城打断他:"我知道怎么办。"

项达民说:"另外,你回去替我向柏镇长说一声,我要在省里待一段时间,我在这里等秦教授。"

秦一和警惕地看看他,说:"你等我什么?等我干什么?"

项达民说:"等您找到您在斯托夫的熟人,也许是您的学生,也许是您的老朋友,等您把我介绍过去。"

秦一和说:"你这个人,真奇怪,我什么时候说我要把你介绍过去?"

项达民说:"我相信您会的。"

秦一和直摇头:"你这个人,莫名其妙,你等好了,你等到头发白,我也不会……"

项达民送走了魏半城和项小龙,果然就在秦教授家附近的招待所住着不走了,秦一和见他有长期驻扎的打算,倒慌了,说:"这不行,这不行。"

项达民说:"怎么不行?"

秦一和说:"你是镇上的书记,你怎么能住在这里不走?"

项达民说:"我的工作就是要把您从书斋和实验室中请出来。"

秦一和说:"如果我不出来呢?"

项达民说:"我就在这里等您出来。"

到最后,秦一和终于长叹一声,说:"大家都说我这个人脾气犟,想不到还有比我更犟的……"

德国斯托夫化工集团合并了省内最大的化工集团,统称为斯托夫东亚集团,他们一开始就找到了化工专家秦一和,秦一和在世界化学界的名望,使斯托夫这样的世界化工托拉斯也不得不折服。更为凑巧的是,斯托夫派往中国管理集团的总裁,竟是秦一和在西德执教时的学生,对秦先生尤为敬佩,来中国之前,就早已打听到秦先生的下落,所以,人刚一到,立即和秦一和联系上了,专门上门想请秦一和出山做斯托夫的顾问。

秦一和从来不愿意做别人的什么顾问,一口回绝了,他的学生了解秦一和的脾气,也不勉强,但临走时告诉秦一和,他始终不会放弃对秦一和的希望。

一辈子不求人的秦一和,有生以来头一次求人了。一辈子不曾和人谈过条件的秦一和有生以来头一次向别人提出了条件。他的条件就是斯托夫必须助桃花镇明星化工厂一臂之力。

按照斯托夫的规定,除非是它的合作伙伴,才有资格替它们生产化工原料,而斯托夫是不可能随便接纳它们所不了解的合作伙伴的。更何况,明星化工厂的情况,秦先生说不清楚,只知道是一个村办的企业,在斯托夫看来,基本上没有合作的可能和希望,目前斯托夫在国内确定的合作伙伴,至少是拥有几千万固定资产的大企业、大集团、大商家,斯托夫希望秦先生重新提条件,但是秦一和坚持不变,双方便僵持下来,谁也不松口。

秦一和把事情向项达民一说,项达民跳了起来,说:"秦教授,我马上到斯托夫去,和他们谈!"

秦一和摇了摇头,说:"你这么找上门去,连人家的面也见不到,连人家的门也进不了,斯托夫的气派,你应该是知道的!"

项达民说:"正因为它气派,我才有信心!"

秦一和朝他看看,说:"你凭什么上门,凭你一张嘴?斯托夫是不相信嘴的,它们只相信事实。你化工厂的基本情况呢?你什么也没有,连我,恐怕也难以把你带进斯托夫的大门去。"

项达民说:"我立即打电话,叫常金鹏带上化工厂的所有材料,立即赶来!秦教授,只要您肯引见,下面的事情,我……"

秦一和又摆手,说:"项书记,你又错了,我秦一和从来不出马,头一回出马,当然要把事情干得漂亮,如果干不好,我就不会出马,所以,我告诉你,明星化工厂的事情,我是要管到底的,我不可能只做一个引见人,不把明星化工厂扶上马,我决不罢休!"

四

魏半城领着项小龙回到平江,下了车,经过汽车站广场时,魏半城突然看到有个人扛着摄像机正在追着几个不三不四的票贩子拍摄,几个被追赶的人,东躲西藏,魏半城觉得这个扛摄像机的人很眼熟,定睛一看,发现是卢狄。

魏半城拉着项小龙走过去,和卢狄打招呼,卢狄一见魏半城,便扛着摄像机过来,正东张西望的项小龙,突然看到一台摄像机对准了他,顿时惊恐地大叫起来:"不要不要,我不要拍!"

卢狄一时没有认出项小龙来,也不知怎么回事,奇怪地看着魏半城:"怎么啦?"

魏半城说:"是项小龙。"

卢狄心里一惊,盯着项小龙,不知说什么好。

项小龙想挣脱魏半城的手,却被魏半城死死拉住,项小龙挣不开,便往魏半城身后躲,魏半城示意卢狄把摄像机放下,卢狄放下摄像机,项小龙才平静下来。

魏半城说:"他从医院跑了,刚找到,我送他到医院去。"

卢狄说:"他家里人呢?"

魏半城说:"以后有时间再细说吧。"

卢狄说:"你一个人,行吗?"

魏半城说:"不行也得行呀。"

卢狄说:"我帮你一起送去,到精神病院,说不定也有些素材。"

魏半城说:"不行,你这样拿着摄像机,只能添乱。"

卢狄说:"我把摄像机先送回去,你等着我。"

魏半城也有些担心一个人能不能把项小龙安全送到,特别是到了医院附近,项小龙会不会大闹起来,但他又不能在车站干等卢狄,便对卢狄说:"这样吧,我带他先上车,你送回机器后,直接到医院,说不定真的要你帮忙。"

卢狄答应了,分头而去。

魏半城领着项小龙上了往医院去的公共汽车,项小龙好像突然明白过来了,挥着手大叫:"你要带我到哪里去?你要带我到哪里去?"

一车上的人都回头看着他们,魏半城脸通红,好像行窃当场被人抓住似的,当年,魏半城在县中的大操场,面对上万人,振臂高呼真理万岁的时候,何曾红过脸,何曾有过这种感觉!魏半城连忙拉住项小龙的手,说:"小龙,小龙,别激动,别激动。"

项小龙冷笑一声,说:"叫我别激动,你就别对我耍阴谋诡计!"回头激昂地向车上的乘客大声说,"同志们,你们知道他是谁吗?"

车上的乘客,开始还不知道怎么回事,也没有感觉出项小龙是个病人,以为他们俩是为什么事情在吵架。

项小龙说:"他就是胡汉三!"

这一下,众人哄堂大笑,知道项小龙是个疯子,有几个胆小的,边笑边往后退,又舍不得放弃看这边的好戏,便踩着别人的脚,被踩疼了的,便骂起人来,一时间车厢里热闹非凡。

项小龙趁大家乱哄哄的时候,一下冲到车窗口,扒住车窗想跳车,魏半城不顾一切地扑过去,死死地抱住项小龙的腿,项小龙拼命挣扎,想挣脱魏半城的拉扯。

魏半城到底上了些年纪,一会儿就气喘吁吁了,边喘气边说:"你们大家,帮帮忙,他是个精神病人!"

有人上前来帮忙,拉住了项小龙,把他扯回车厢来,有人让出座位,把他按在座位上,项小龙不动了。

大家问魏半城怎么回事,魏半城说:"他从医院逃跑了,我刚从外地把他找回来。"

项小龙猛地又站起来,说:"我没有从医院跑出来,是医生让我出院的,我没有病,我的病已经全好了,你再往我头上戴帽子,你别有用心!"眼睛直向车外看,仍然有跳车的意思。

魏半城已经一头汗了,又架不住项小龙,眼看无法可想,情急之中冒出一句话来:"项小龙,是你哥哥叫我送你回来的。"

声音不高,却像一颗炸弹在项小龙心里爆炸,把项小龙炸得一屁股坐倒在座位上,脸色煞白,喃喃地说:"我哥,我哥,他在哪里?他知道我的情况了?他知道我从医院里出来了?他都知道……他什么都知道……"突然捧着脸哭起来,边哭边说:"哥,我对不起你,我对不起你……"泣不成声,也说不下去。

魏半城的心,被项小龙的哭刺得疼痛不已,他想劝说项小龙几句,却什么话也说不出来。

项小龙哭了一会儿,停下来,盯着魏半城说:"求求你,千万不要告诉我哥,我没有从医院跑出来,是吧?你说呀,是吧,我一直在医院好好地待着,是吧?我每天吃药打针,听医生的话,从来没有做不好的事情,是吧?求求你告诉我哥,说我表现很好……"

魏半城心头一酸,眼泪止不住涌了出来,这在魏半城的经历中,很少很少,魏半城这大半辈子,能让他哭的事情太多太多,他从来没有心酸过,更没有掉过眼泪,今天却在一个精神病人面前控制不住自己了。魏半城胡乱地抹了抹眼睛,乘客们都拿奇怪的眼光看着他们,也有人议论着,魏半城抚着项小龙的肩,说:"好的,好的,小龙……"

项小龙又说:"我积极配合医生治疗,争取早日出院,明星化工厂还等着我呢。现在,我们已经走过了黎明前的黑暗阶段,我已经看到曙光,看到希望了!你看,我把秦教授也请来了……"说着回头四处看看,"咦,秦教授呢,秦教授呢?"找不到秦一和,项小龙的脸上渐渐露出惊恐的神色,眼睛发直,嘴唇哆嗦。

魏半城看情形不妙,赶紧说:"小龙,秦教授在,秦教授在。"

项小龙转惊为喜,目光扫过乘客,最后停留在一位上了年纪的乘客身上,喜出望外道:"呀,秦教授,你怎么躲在人背后,叫我看不到你,把我吓坏了!"

魏半城连忙向那位老年乘客暗示,老人很善解人意地点点头,表示一定配合他。

项小龙又说:"秦教授,没有你,明星化工厂怎么翻身,怎么另起炉灶?化工厂不搞好,我怎么向我哥交代?现在好了,现在好了,秦教授,你可不能走呀。"

老年乘客说:"你放心,我在。"

乘客中有人笑起来,有人叹息,项小龙回头看看大家,说:"你们笑什么?笑话我项小龙没有本事是不是?"还要往下说,车已经到站,魏半城拉着项小龙下车,项小龙却不肯走,指着老年乘客说:"秦教授,下车呀。"

魏半城说:"小龙,我们先下,秦先生还有点别的事,一会儿就来找我们。"

项小龙狡猾地一笑,说:"你想骗我下车?没门,秦教授不下车,我是不会下车的!"

公共汽车却是不能等的,司机在按喇叭了,售票员也直催促,看了半天热闹的乘客,这会儿七嘴八舌地指责着,魏半城只得硬拖项小龙,项小龙干脆往地上一坐,怎么拖也拖不动。

老年乘客过来扶项小龙,说:"下车吧。"

项小龙瞪着他。

老年乘客说:"我和你们一起下。"

项小龙仍然不相信,不站起来,一直看到老年乘客走下车去,他一骨碌从地上站起来,一个箭步窜下车去,引得车上的人再次哄堂大笑。

魏半城向老年乘客表示感谢,老年乘客摆了摆手,说:"你不用谢我,我倒是要提醒你,既然家里有这样的病人,你们就要认真对待,可千万不要委屈了病人。病人是最苦的,你看他,刚才这一会儿,情感上经历了那么多的痛苦,连我们旁人都看着替他难过,你们自己亲人,就不难过?"

魏半城说不出话来。

老人指了指马路对面精神病院的大门,说:"我就帮人帮到底,帮你一起送他进去,看起来,我不走,他是不肯走的。我也不知道他说的秦教授是个什么样的人,怎么回事,但是我希望,既然病人这么重视这个秦教授,你们做家属的,就应该替病人着想,是不是能让秦教授常来看看他。"

魏半城一时间也来不及解释,只得点头称是。

老人却很不满意,说:"我看得出来,你是在应付,你现在,只要把他骗进医院,就天下太平万事皆休了,是不是?"

魏半城重重地叹了一口气。

三人一起过马路,来到医院,老人和项小龙说着话,分散他的注意力,等项小龙突然醒悟过来,两个穿白大褂的人已经紧紧抓住了他的两只胳膊,项小龙张大了嘴,好像想喊叫,却什么声音也没有叫出来。

老人伤感地摇了摇头,也没有和魏半城说什么,转身就走了,魏半城甚至没有顾上说一声谢谢,目送着老人走远。回头看项小龙,张大的嘴已经收拢了,人也镇静下来,脸上露出一丝冷笑,说:"我玩不过你们。"

魏半城到处张望,没有见到卢狄,也无法再等他。

来到住院部,穿过病房时,被关在里边的病人看到项小龙回来了,先是一惊,随即发出一阵大笑。有人甚至大喊大叫,拍桌拍凳表示高兴,有人高兴地念叨着项小龙的名字,病房里也顿时乱成一团。医生护士闻讯,都赶来了,看着项小龙,竟像见到了久别的亲人似的,倍感亲切。

这时候,项小龙的脸上,冷笑也没有了,愤怒也没有了,什么表情都没有了,只剩下平静。

卢狄走进来,问魏半城:"项小龙呢?"

魏半城说:"进病房了。"

医生并不理睬卢狄,问魏半城:"他的哥哥怎么回事,这么忙?出这么大的事情,竟然不闻不问?"

魏半城说:"他正要谈一个重要项目,走不开。"

医生"哼"了一声,说:"项目,项目重要还是人重要?人都已经这样了,还项目?"

卢狄忍不住插嘴道:"两回事嘛。"

医生说:"你是谁?"

魏半城说:"他是市电视台的记者。"

医生盯着卢狄一看,冷冷地说:"就是你?诱发项小龙发病的直接原因,就是你的伟大的摄像机吧?"

卢狄正想说什么,医生不容他说,一摆手,继续冷冷地道:"怎么,今天又在我们这里闻到些什么了?"

魏半城说:"他是来帮我忙的。"

医生"哼"了一声,说:"是不是还想制造几个病人出来?"

卢狄很恼火,说:"你这是什么意思?"

医生根本不买他的账,说:"怎么?别人怕你曝光,我不怕你曝光,你不是靠曝别人的光、出别人的丑出名的吗?你想出人丑的话,我告诉你,我这里,材料丰富得很,但是我想,你大概还不至于残忍到靠精神病人出名吧?"

卢狄哪里忍得下这口平白无故受的气,反唇相讥,话语中包含威胁,说:"我不会靠病人出名,但我会靠那些没有医德的医生出名!"

护士长连忙出来打圆场,说:"好了好了,项小龙回来了,我们就放心了。"

医生向魏半城摆了摆手:"不和你多说了,你既然不能代表家属签字,这样吧,病人先留下,你赶快通知他们家今天就来办手续签字。"

魏半城说:"今天?今天可能来不及了。"

医生说:"今天如果实在来不及,明天一定要来,我们不能等太长时间,万一上面来检查工作,我们就露馅了,扣奖金。"

护士长陪着魏半城和卢狄到病房,看到项小龙已经换上病号服,正手舞足蹈地向其他病人说着什么,说得眉飞色舞,其他病人,都目瞪口呆地听他说。

看到魏半城过来,项小龙就像根本不认识他似的,继续着自己的话题:"……我就捡了一张人家丢掉的旧车票,混上车去,检票员根本看也没有看……"说着自己哈哈大笑起来。

其他病人也跟着笑,有的人根本没有听到他说什么,见别人笑,也就跟着一起笑,一时间,病房里笑成一片。

魏半城向项小龙挥了挥手:"小龙,我走了。"

项小龙看看身边的两个病人,问他们:"他和谁说话?"

病人说:"和你。"

项小龙笑起来,说:"开什么玩笑?他怎么会和我说话,我根本不认识他。"

病人也都掌握了项小龙的特点,说:"他是你哥派来的。"

项小龙顿时一凝神,快步走到门口,隔着门问魏半城:"是我哥叫你来看我的?是我哥叫你来看我的?"

魏半城只得顺着他的思路点了点头。

项小龙的神色突然又暗淡了,喃喃道:"自从我来到这里,我哥一次也没有来看过我。我知道,他一直生我的气。我知道,我辜负了他的期望。我知道,我对不起他,他不理睬我了。我,我对不起他……"说着便哭了起来。

其他病人神情立即紧张起来,注意着护士长的表情。有个病人急急地拍着项小龙的肩,说:"你哥来看过你,他经常来看你的……"

项小龙哭得上气不接下气,直摇头:"你别骗我,他来看我,我怎么没有看见他,我怎么会不知道?我知道你是好心,安慰我,其实,我心里都明白,他是生我的气,不肯认我这个弟弟了,呜呜呜……"

项小龙的哭声感染了一些病人,他们也跟着呜呜地哭起来,也有病人边哭边学着项小龙的话说:"他不肯认我这个弟弟了,他不肯认我这个弟弟了……"

护士长皱起眉头,厉声叫了一个病人的名字,这个病人立即停止了哭叫,其他病人也都安静下来,只有项小龙仍然呜呜地哭。

一个男人的呜呜的哭声,一直回荡在魏半城耳边,他走出精神病院很远,耳朵里仍然灌满项小龙撕心裂肺的哭声。

卢狄见过的世面多得很,但这样的场合也是头一次,尤其是听了项小龙边哭边说的那些话,心弦被拨动了,隐隐作痛。

出了医院,魏半城先抬腿往前走,卢狄跟着,两人默默地走了一段,不知道要往哪里去,又停了下来。

魏半城看着卢狄,说:"我心里有点乱。"

"乱什么?"卢狄说,"是因为项达民?"

魏半城不否认:"是的,桃花镇怎么办?"

卢狄说:"别忘了,是你认为他不适合做桃花镇的书记!怎么,觉得自己错了?"

魏半城反问他:"那你呢,你觉得怎么样?"

卢狄坦率地说:"我也不踏实,不明白怎么回事,也许,通常是我们所说的,达到目的后的失落!"

魏半城说:"仅仅?"

卢狄说不出来了。

他们走到街上,站定了,过了好半天,魏半城说:"如果调到市里,倒是能够经常来看他弟弟了。"

两人互相看了看,再也没有说话。

第 25 章

一

法院经过较长时间的调解,没有能使蒋月仙收回离婚诉状,最后做出了判决:不准离。

慕小麟当堂就喜上眉梢,笑逐颜开,抱着拳,一一向法院人员打躬作揖表示感谢,嘴上嘀嘀咕咕,买糖,买糖,发糖,发糖,惹得年轻的女书记员笑个不止,法官们也都忍俊不禁。

临出门,慕小麟紧紧拉住法官的手,怎么也不肯放,高兴得也说不出其他话来,只是不停地说买糖发糖,书记员在一边笑着说,"你这又不是结婚,发什么糖?"

慕小麟突然收敛了笑意,正色道:"怎么不是结婚,今天对我们夫妻的意义,等于是结婚呀,比结婚更值得纪念。结婚的时候,我们还不懂爱情,今天……"他深情地看着蒋月仙,说,"今天,我们真正懂得了什么叫爱情。月仙,你说是不是?"

蒋月仙没有说话。

慕小麟笑着说:"爱情和人生一样,只有经过风雨的考验,才更知道它的滋味。我现在,敢说是深知爱情姓什么了……"

蒋月仙扭头往外走,慕小麟追了上去,边追边喊:"等等我,

等等我,我们一起走……"

慕小麟追上了蒋月仙,便挽住她的胳膊,柔情万般地看着蒋月仙。

蒋月仙说:"你盯着我看什么?"

慕小麟眼睛里闪着泪光,说:"谢谢你,月仙!"

蒋月仙不知他要说什么,不吭声。

慕小麟说:"谢谢你不和我离婚了。"

蒋月仙哭笑不得,说:"是法院不准离,并不代表我的意思。"

慕小麟眉飞色舞:"不管是法院判决的结果,还是什么结果,反正你是离不成了,反正你仍然是爱我的……"

蒋月仙冷冷地道:"谁说的?"

慕小麟说:"法官说的,如果法官不认为你仍然爱我,他怎么不判决离婚呢?"

蒋月仙绕圈子绕不过他,只得说:"但是法官也说了,如果仍然想离,过半年再提出。"

慕小麟听了蒋月仙这话,一点儿也不气恼,反倒得意地笑起来,说:"月仙呀月仙,你不会的,我了解你这个人,吓唬我,也只会吓唬一回,不会再来第二回。"

蒋月仙心一软,轻轻地叹了口气。

慕小麟一得意,就开始忘形,吹嘘起来:"月仙,你不觉得奇怪吗?"

蒋月仙说:"奇怪什么?"

慕小麟说:"不准我们离婚。"

蒋月仙说:"无非就是两种结果,要么就判离,要么不准离,有什么奇怪?"

慕小麟说:"怎么不奇怪,法院原来应该是帮你的,法院总是帮名人的嘛,这次怎么站在我的立场了,你知道怎么回事吗?"一脸神秘的样子,侧过脸看着蒋月仙。

蒋月仙将脸扭过一点,慕小麟又追过来,仍然固执地盯着她的脸,说:"我告诉你吧,是我做了工作。"

蒋月仙果然一愣,问:"你做什么工作?"

慕小麟又得意地一笑,说:"或者换个说法,是我做了杜老的工作,杜老给法院施加了压力,所以……"

蒋月仙急得打断他的话:"什么杜老,和杜老有什么关系?我们离婚,你去找杜老?"

慕小麟说:"我也没有直接找杜老,我只是给杜老写了一封信,据说,尤敬华还把这封信,在市委常委会上念出来……"

蒋月仙气得脸煞白:"慕小麟,你、你、你写的什么?"

慕小麟笑眯眯地说:"我写我们夫妻的感情怎么好,有人想破坏,但也破坏不了……"

蒋月仙差点气昏过去,指着慕小麟的手直抖,嘴唇哆嗦着,话也说不连贯:"慕、慕小麟,你、竟然、你、你写项、项达民了?"

慕小麟一昂头,说:"我不写他写谁?除了他,还有谁?"

蒋月仙哭了起来,站在马路边,号啕大哭。

慕小麟慌了手脚,扶住蒋月仙,一迭连声说:"月仙,月仙,怎么啦,怎么啦?好好的,怎么哭起来了?"

路人驻足观望,有人说,这个女的,脸熟得很,哪里的?

蒋月仙再也顾不得面子了。

慕小麟手足无措,想了想,说:"月仙,月仙,没事的,别人怕他,我不怕他……"

蒋月仙抬起泪眼看着慕小麟,她突然明白过来,和慕小麟说什么都是白说,她拔腿就走,慕小麟紧紧追上,傍在蒋月仙身边,痛快地吐出一口气,说:"这下子他完了!"

蒋月仙恶狠狠地瞪着慕小麟,一字一顿地说:"是的,他不再做桃花镇的书记了,但是我告诉你,他到市里来做领导了!"

慕小麟先是被蒋月仙恶狠狠的神态吓了一跳,随即又被蒋月仙的话提醒了,着急道:"怎么怎么,你又和他联系上了?你们又……你们什么时候又见过面了?"

蒋月仙说:"我们天天见面。"

慕小麟先是一愣,马上又笑了笑,说:"你这是赌气的话,我知道,你是存心气我的,我才不上你的当。"

蒋月仙不理他,快步往前走,慕小麟仍然紧追,蒋月仙说:"你还追着我干什么?法院不是已经判了吗?"

慕小麟激动而兴奋地说:"是呀,可是法院是判的不离呀,我们仍然是夫妻!"

蒋月仙说:"夫妻各人有各人的事情,你不能老盯着我吧?"

慕小麟这才突然想起什么,"哎呀"了一声,说:"不好了,不好了,迟到了,今天局长来检查工作,不好了,不好了,我怎么忘了!"招手叫了一辆出租车。

慕小麟坐车离去,蒋月仙呆呆地站在路边,心里像有只手在掏挖着,说不出的难受,又不知道项达民到底怎么样了,传闻传得很厉害,到底是真是假,她也无处打听,神情沮丧地回到店里。大家知道蒋月仙今天上法院听判决,看着蒋月仙的脸色,都不敢说话,更不敢问她什么。蒋月仙注意到大家都跟着她情绪低沉,笑了一下,说:"判不准离。"

自从服装进出口公司的老丁出了问题,蒋月仙也就失去了她的有利条件,再也没有渠道向她提供免税的进口时装。蒋月仙因为前一阵生意做出信誉,慕名来雪白服装店的顾客很多,很快,店里的存货已经卖得差不多了,再往下,该怎么办,她心里也没有了主意。

刚坐下一会儿,江燕来了,神情十分兴奋,并没有注意到蒋月仙的情绪,说:"告诉你个好消息,我的那件参赛作品,得到内部消息,二等奖。"

蒋月仙也颇觉意外,说:"你不简单,又不是学服装设计,第一次搞设计,就能拿奖。"

江燕得意扬扬:"说明我前途无量,说明我才智过人。"还要再往下说,才注意到蒋月仙脸色不好,想了想说,"法院没判离吧?"

蒋月仙说:"没。"

江燕说:"我早说过,你是白费力气。"

蒋月仙摇了摇头。

江燕突然想到了什么,笑了起来,说:"蒋老师,你知不知道,冒出来三个八万块?"

蒋月仙一听八万块,心里就不踏实,说:"我已经还了钱,还有什么事?"

江燕说:"现在的问题是,不只是你还了八万,另外又多出两个八万。奇怪吧,一个八万是田金秀拿来的,好笑吧?"

蒋月仙一惊:"田金秀还钱?这么说起来,他借给我的钱,是公家的?"

江燕说:"若是公家的,田金秀来还,那有什么好笑?正因为那八万块钱,是田金秀给项达民的,田金秀又另外借了钱来还,所以好笑嘛。"

蒋月仙仍然不能明白,说:"田金秀这是干什么?"

江燕说:"这还用问,爱呗,田金秀是听不得别人说项达民半个不字的,项达民经常从田金秀那儿拿了钱资助别人,次数多了,田金秀也从来不问是用到哪里去的,这一回田金秀见杜老和尤敬华咬住这个问题,项达民又不说明白,慌了,以为项达民真是用的公款,急急忙忙回娘家,把娘家哥哥准备造房子的钱拿了来,交到镇上。还有一个人,也交了八万块钱,这个人是谁,你猜猜?"

蒋月仙猜不出来。

江燕一笑:"是你们慕老师,他没有告诉你?"

蒋月仙惊讶得说不出话来,脸色红一阵白一阵。江燕急忙摆手,说:"不说钱了,不说钱了,听说你手里的货紧张了,我跟你谈的事情,你还不开始考虑?"

在尹秀婷把"蓝月亮"盘给别人之前,江燕就从"蓝月亮"出来,一心要做服装设计,盯着卢狄帮她联系进服装公司或者服装厂,但她一无服装设计的学历,二无实践经验,根本无从谈起。江燕的情绪倒不受影响,专心致志地开始学起了服装设计,并且三天两头来鼓动蒋月仙自产自销,由她来做设计师。蒋月仙当然不可能听信江燕心血来潮,三分钟热度,但是雪白店服装的货物来源,确实已经是一个迫在眉睫的大问题了,蒋月仙虽然还在想着慕小麟的事情,但对江燕的建议,却也动了心。

江燕鼓动道:"我们两个联手干,不出几个月就能成气候,到时候,我们搞个轰动平江的服装展示会,怎么样?"

蒋月仙不由被她的浪漫惹得笑起来。

江燕却认真地说:"你别笑,这是真的,我要干的事情,总是要干成的。"

蒋月仙听江燕这话,突然就想起项达民来,这是项达民常说的一句话,不由叹息一声。

江燕却兴致勃勃,把自己的一整套计划一一说给蒋月仙听,并追着蒋月仙要她表态。

蒋月仙摇头说:"即使你真的能搞服装设计,我们到哪里生产?你以为我现在有实力再开个服装厂?"

江燕柳眉一挑,说:"我早就说过,这好办,你找你的老关系,项书记。"

蒋月仙心情沉重地说:"我不可能找他,我怎么可能再找他,我……"她想说"我哪里有脸再去找他",但毕竟没有说出口来,别说是对着江燕,对着卢狄的老婆,就是对一般的人,她也说不出来。

江燕是很聪明的,知道蒋月仙的心思,说:"听说慕老师给杜老写了一封信,还在市委常委会上念了出来,有没有这事?"

蒋月仙脸色十分难堪,很不高兴。

江燕却不在乎,说:"这有什么?这说明慕老师很爱你,对一个女人来说,这恐怕是最最大的幸福,也是最最重要的事情了。"

蒋月仙无心和她计较,只是说:"你不知道。"

江燕说:"我知道,你一直在为项达民担心,这几天的传说像长了翅膀到处飞,说项达民出了大问题,被杜老查出来了……"

蒋月仙忍不住打断她说:"不可能,如果真的查出大问题,怎么可能调他到市里来?"

江燕说:"那是市委想保他。"

蒋月仙这回真的生了气,脸通红,用从来没有过的口气对江燕说:"你又是卢狄那一套!"

江燕却笑笑,突然有些夸张地重重叹息了一声,说:"项达民离开桃花镇,我的一番功夫,算是白费了。"

蒋月仙听不明白,呆呆地看着她,心里却有所动。

江燕说:"我拜的师傅,你知道是谁?"

蒋月仙不知道她什么意思,摇了摇头。

江燕说:"丝绸工业大学的教授,全国著名的服装设计师,冯琳,听说过吧?"

蒋月仙点了点头,冯琳的名字,不仅服装界的人知道,普通老百姓,如果稍稍对服装有兴趣的,大概都知道。蒋月仙不能不佩服江燕的折腾劲儿,竟然给她拜上了这么有权威的大师为师。

江燕说:"那天我和冯老师谈起隆飞翔产品,冯老师非常有兴趣,他说他从隆飞翔刚一走向市场,就开始关注隆飞翔的情况,我说现在隆飞翔不行了,冯老师不同意我的看法,说他有他的一整套想法……"

蒋月仙急不可待地打断江燕的话,问道:"是关于隆飞翔的?"

江燕说:"现在说,也没有意义了,我倒是和冯老师探讨了很长时间,我是想为项达民出一点力的,出得上出不上是另外一回事,出力是真心真意的,但是现在也没有意义了,项达民人都要走了嘛……"

蒋月仙着急说:"我相信他不管走到哪里,他的心一直会放在桃花镇的,永远不会改变!"江燕又拿蒋月仙寻开心,"噢,你真的很了解他呀。"

蒋月仙说:"江燕,别开玩笑了,人家那边急得火烧眉毛。"

江燕这才说了说冯琳对隆飞翔产品以及隆飞翔经营方针的看法和建议,蒋月仙并不十分内行,听不太懂,心里很着急。

江燕说:"如果联系得上,我可以陪冯老师到桃花镇看看。"

蒋月仙想了想,抓起电话往桃花镇打,镇上说项达民这两天不在镇上,蒋月仙又打电话到桃花饭店,饭店说项达民没有来,蒋月仙让他们留下了电话号码和姓名。

二

正是闻舒给项达民的七天限期的最后一天,上午有个会议八点半在开发区召开,闻舒提早了一点,先到办公室,听周怀把会议准备情况简单说一说,刚进门,电话就响了,闻舒想,谁把时间掐得这么紧?谁又把他的行踪瞄得这么准?

是项达民。

闻舒说:"七天了,你像失踪了似的,一点信息也没有嘛,我还以为你忘记了我们的七天之约呢。"

项达民说:"不会忘记的。"

闻舒说:"项达民,不知道你怎么样,我可是关心着,我叫周怀打听你这几天怎么样,听说你跑出去了?"

项达民说:"我到斯托夫谈点事情。"

"斯托夫?"闻舒说,"你已经联系上了?动作很快嘛。"

项达民说:"正在谈着。"

闻舒看到周怀在门口看了一下,便向周怀做了个手势,对项达民说:"我这会儿有事情,你怎么样,可以给我答复了吧?"

项达民说:"我想,当面向您汇报。"

闻舒爽快地说:"好,你下午到我办公室来,我给你半天时间。"放下电话,问周怀,"下午没有别的安排吧?"

周怀一急,说:"有安排的,几个单位汇报春交会的筹备工作。"

闻舒想了想,说:"改期吧,放在明天,或者后天,时间还早嘛。"

周怀犹豫地看着闻舒,有些疑惑不解,闻舒的工作作风,从来是说一不二的,定了的事情,一般不改动,跟着这样的书记,秘书处、办公室的同志,都不为难,现在闻舒却突然提出改期汇报,周怀猜想到一定是比较重要的事情,想问一问,又觉得不太好开口。

闻舒明白他的心思,说:"我叫项达民下午来。"

周怀"哦"了一声,不由脱口问:"他怎么说?"

闻舒说:"看起来你也很关心他。"并没有回答周怀的问题,稍停顿一会儿,却问道,"周秘书长,关于项达民的工作安排,这几天,大家有什么反应?"

周怀一愣。

闻舒说:"怎么,不好说?"

周怀说:"是不怎么好说,因为议论太多,说什么的都有。"

闻舒颇感兴趣,道:"哦,说出来听听嘛。"

周怀其实也明白,闻舒的消息来源有的是渠道,决不只是他这一条,往往等闻舒动用秘书长的渠道,其他各个渠道的消息,他已经听得差不多了,所以周怀只能是有什么说什么。他说:"认为项达民能干的人,都觉得这个安排不错,人尽其才物尽其用。有人对桃花镇的前景持悲观态度,桃花镇摊子过大,谁接项达民的班也搞不好,也有的话,上纲上线,很不好听……"

闻舒笑了一下,看着周怀。

周怀说:"说共产党的腐败愈演愈烈,对项达民这样的有严重问题的干部,不仅不以党纪国法处理,却连提几级,为天下奇闻……"

闻舒说:"有那么严重?"

周怀含义不明地摇了摇头。

闻舒给周怀出了个难题,问道:"你自己怎么看?"

周怀给难住了,他实在不好说,听他说话的是闻舒,不是别人,说假话等于自找没趣,说真话呢,这真话实在难说出来。以周怀和项达民的个人关系,还是不错的,周怀对项达民也比较了解,但日后如果共事,周怀不无忧虑和担心,正秘书长是常委,有自己分管的一摊子事,市委秘书处的事情,平时都由周怀负责,项达民来了,越过其他两位副秘书长,直接排在他后面,这不能不使周怀感到担忧。周怀倒不一定是担心项达民会挤掉他的位子,老实说,项达民名气再怎么大,从目前来看,以周怀的地位,项达民是挤他不掉的。周怀担心的是在今后的工作中,怎么和项达民协调好关系。项达民是做惯了一把手的人,是老子天下第一的人,周怀怎么和他相处、共同工作?

周怀说不出他的看法,闻舒也没有勉强,就往开发区开会。

项达民和闻舒通过电话后,赶到精神病院,看了看项小龙,项小龙用过药,情绪稳定多了,见了他,很高兴,但并不太激动,仍然重复着以前的话,你来了,是我哥派你来的吧,你一定要告诉我哥,我已经找到秦先生了。

项达民和医生谈了谈项小龙的病情,医生信心很足,使项达民也多少有些安慰。

项达民从医院出来,到桃花饭店,值班经理告诉他,蒋月仙来过电话,项达民打电话过去,店里的人告诉他,蒋月仙和江燕一起,陪冯琳老师去了隆飞翔集团。

项达民给柏森林打了个电话,柏森林一听项达民的声音,有些吃惊,项达民感觉出来了,笑道:"怎么,这么性急?"

柏森林也坦言说:"大家都在等消息。"

项达民说:"你和大家可不一样呀,别急别急,下午才谈话,谈话结果，会尽快告诉你的。现在有个事情，你招呼一下。"把蒋月仙和江燕陪冯琳到桃花镇来的事情说了，柏森林问："冯琳是你联系的？听说这个人，很犟，以前我和韩六舟都找过他，根本不理睬。"

项达民说："不管他犟不犟，现在他愿意来，就是开始。你可别把这个良好开端弄砸了，砸了唯你是问！"

三

周怀下午一到办公室，就留心着楼梯的动静，他的办公室是长长的走廊上正中的一间，正对着楼梯，任何人上楼，到任何一间办公室，都从他的眼皮底下经过，一看到项达民从楼梯上来，周怀便迎了出来，说："来啦。"注意看着项达民的表情和神态。他心里倒是有点紧张，好像现在不是马上要决定项达民的命运，而是要决定他自己的命运似的。

从项达民的脸上，看不出什么东西，没有一点特别的表情，项达民伸出手和周怀握了一下，说："周秘书长，忙呀。"

周怀说："我们的工作，就是这样。"

项达民仍然是平平常常的口气，问了一句："忙得有劲吧？"

周怀摇了摇头，说："都是为别人忙的，没有自己。"

项达民这时候笑了笑，说："周秘书长，说到点子上了。"

周怀指了指走廊里边闻舒的办公室："已经来了。"

项达民"哦"了一声，说："那我过去了。"抬手往颈项里一劈，做了个杀头的手势。

周怀研究了半天，研究不出项达民这个手势的意思，也就释然，想，不管什么结果，只要你项达民再走出来，结果总是会跟出来的。

项达民走到闻舒办公室门口，站定了一下，闻舒已经看到了他,点了点头,也和周怀一样,说了声:"来啦。"

秘书进来给项达民泡上茶,笑了笑,退了出去。

闻舒神色平和地看着项达民,项达民却不知怎么的,从闻舒的平和的表情中感觉出一股无形的又是十分沉重的压力,压得他有些透不过气来。项达民的预感不太好,但他不知自己的预感从何而来。闻舒坐在他的对面,看着他,等待他说话。

闻舒内心感受到的压力,决不比项达民轻,一个星期前,闻舒赶到桃花镇,向项达民,也向大家说出他的决定时,闻舒的心情,沉重而无奈,他不停地问自己:只有这一条路可走吗?

项达民以及无数和项达民一样的乡镇干部、乡镇企业干部面临的问题,他们自己明白吗?他们自己看清了没有?他们打算怎么办?

我打算怎么办?

闻舒好像是在等项达民开口,但一旦感觉到项达民要说话了,闻舒却摆了摆手,说:"项达民,听说奎普电脑的夏长江来了,在桃花镇?"

项达民头脑里出现的第一个反应就是:闻舒知道了?柏森林告诉他的?柏森林把事情的经过已经告诉了闻舒?一时引起很多想法,但项达民并没有犹豫多长时间,随即道:"是柏森林请来的,和我们谈生产电脑连接线的事情。"

闻舒说:"人是不是还在桃花镇?"

项达民说:"没有在桃花镇住,当天就回平江了。"

闻舒说:"哦,你桃花镇留不住人?"不等项达民回答,又说,"他还在平江吗?"

项达民肯定地说:"在平江。"

闻舒探究似的看了看项达民,说:"你这么肯定?"

项达民狡猾地一笑,没有正面回答闻舒的问题,却说:"奎普送上门来,岂能让他轻易走掉?"

闻舒说:"我和夏长江也算熟悉,他来平江,应该见一见的,起码请他吃个饭。"

项达民见闻舒虽然提出夏长江来,但并不打听桃花镇和奎普谈生意的事情,估计柏森林已经都说了,只是不知道柏森林到底怎么说的,心里略有些不安,正考虑是不是该向闻舒再说一说具体情况,却见闻舒又摆了摆手,知道闻舒又要离开夏长江的话题说别的了。

果然闻舒说:"项达民,谈谈你和斯托夫联系的情况。"

项达民说:"他们条件很苛刻,我们的明星化工厂,根本不够格,连边也沾不上,但是我们有个大砝码,秦一和教授。"

闻舒说:"秦教授这个人,我也有所耳闻,从来不肯走出实验室一步的。"

项达民说:"但是他能够一个人从省里跑到平江,跑到精神病院看望一个精神病人。"语气低沉下去,但一会儿又高昂起来,"是的,秦教授从来不关心自己的研究发明会带来什么样的结果,用俗气点的话说,他从来不关心自己的研究能不能变成社会财富、钱,他只关心研究本身,只关心成果本身……"

闻舒说:"你要让这样一位老先生走出书斋?"

项达民说:"他已经走出来了,斯托夫的总裁,是他当年在西德时的学生。"

闻舒沉默了一会儿,问道:"你觉得,你们还有实力附着斯托夫这样的大企业?"

项达民说:"斯托夫要求,我们毫无条件地服从它的利益,如果谈成,看起来是明星化工厂成为斯托夫的小股东,实际上……"突然停下不说了。

闻舒替他说了出来:"实际上,等于把自己卖给了斯托夫。"

项达民说:"是的,"突然想到什么,笑了一下,说,"一说到卖字,就会引起紧张,这是一个二千万的大厂,和当初把王桃厂的门市部卖给蒋月仙,可是不能比了。"

闻舒也笑了一下,他当然知道这是项达民在试探他,当即说:"你从来都是愿意走在前面的,愿意做试验性的探索。"项达民听出闻舒话语中暗含的鼓励,不由激动起来,继续道:"这次和秦教授接触了几天,我是大大地开了眼界,我正在考虑,我们现在要做的事情,还不仅仅是救活一个明星化工厂,日后,有可能的话,要依靠秦先生,在桃花镇建立一个哪怕是小型的化工方面的高技术高智商高水准的人才库……"

闻舒不由"哦"了一声,但他没有把兴趣明显地表现出来,闻舒在已经下决心完成换人的阵痛,决定由柏森林代替项达民后,所有的事情,似乎早已经解决在桃花镇,但是闻舒心里很明白,事实并非如此,闻舒内心深处的矛盾依然继续着。

闻舒说:"我听吕书记汇报,你们已经决定游乐场二期工程下马……"

项达民说:"不是下马,是转换方式,继续干。"

闻舒点了点头,说:"你搞农家乐,点子很好。你有基础、有把握吗?"

项达民说:"有,是柏镇长启发了我。"把柏森林长期以来支持文化站的老汤收集旧农物的事情说了。另外又把请杨东做顾问的事情说了一下,谈吐之间充满自信。

闻舒被项达民"柏镇长启发了我"这几个字触动了,脸上渐渐露出一丝欣慰的意思。过了片刻,闻舒说:"还有个事情,是关于隆飞翔集团的……"

项达民一听"隆飞翔"三个字,心里立即"咯噔"了一下,一颗心直往下沉,那种隐隐约约的说不清的预感现在清晰起来了,原来是为了隆飞翔!

奇怪的是,项达民到闻舒这里来,是来回答一个有关他自己的前途和命运的问题的,但项达民好像根本未把这个问题的答案带来,他甚至连问题本身也没有带来,他带来的是另外一个沉重的大包袱,现在,闻舒将这个包袱打开了,让项达民清清楚楚地看到了自己的担心所在。

闻舒说:"那个美国人,莱特……"

项达民不由脱口而出:"闻书记,你也知道了莱特?"

闻舒并不动声色,说:"我不光知道,而且间接接触过。"

项达民暗叫不好,一颗心掉在下面荡来荡去地难受,但忍住了没有先表态,等闻舒发话。

闻舒说:"省外经委的蔡主任为了莱特,专门跑到平江来找过我,这个莱特,年轻的美国人,不可小视呀。"

项达民的心彻底地落了下去,一直往下,往下,不知道到了什么地方,他感觉到自己找不着它了。

蔡主任的父亲,在中央工作,和省委张克峰书记关系非同一般,这层关系,众所周知。

闻舒仍然是平平静静的,说:"琼斯果然独具慧眼嘛,这么大的地方,哪里看不中,偏偏就看中你的隆飞翔。项达民,你桃花镇不错嘛,招蜂引蝶,引来一只鹰。"

项达民终于说:"一只要连小鸡老鸡都想一齐抓的鹰。"

闻舒说:"如果这只鹰能够将小鸡养大,将老鸡养好,也未尝不可。"

项达民说:"鹰抚养出来的鸡,不再是鸡了。"

闻舒说:"项达民,你的心情我理解,只是,隆飞翔的问题确实已经是个大问题了,你不能不承认。"

项达民激动起来:"我承认,隆飞翔已经濒临死亡,但是,我能让它起死回生!"

闻舒说:"你凭什么?"并没有要让项达民回答的意思,又紧接着说,"我可以相信你,也可以耐心等待,但是……他们的条件,很诱人呀。"

项达民误会了,说:"我不会被任何条件诱惑。"

闻舒眯着眼睛看看他,说:"也许你不会,但是别人会,比如我,我就是一个会被诱人的条件所诱惑的人。"

项达民再一次暗暗叫苦,看起来莱特的决心下狠了,如果动用蔡主任,这算是政治上的力量,那么他拿出来和闻舒交换的东西竟然能使闻舒动心,肯定是对平江的经济发展、对平江的城市建设具有非同小可意义的东西。

是什么呢?

闻舒说:"古城区的危房和旧街坊改造。"

项达民不得不佩服莱特的本事,对于闻舒,这可真是搔到最痒处。平江是个老而又破旧的古城,这些年来,平江所属的六县市,靠乡镇企业的发展,把自己的小城镇建设得十分漂亮,六县市中有四县市被评为全国先进卫生城镇,另外两个县城,也已经是省一级的城镇建设和卫生先进,周边的城镇一发展,夹在中间的古城便更加突出了它的破败与脏乱。前些年,由于对古城的建设和保护这对矛盾一直没有处理好,古城的城市建设,永远是黄泥萝卜,揩一段吃一段,没有长远规划,几年下来,把古城弄得十分尴尬,建设呢,也没有建设出个样子来,保护呢,也没有保护好,弄得方方面面有意见。专家说,你拆得不像样了,古城已经面目全非、遍体鳞伤了,这么了不起的绝无仅有的古城被你们破坏了,几千年都没有变动的古城在你们手里毁掉了。老百姓呢,也是牢骚满腹,说你共产党领导我们多少年了,还叫我们住几百年前的人住的房子呀,连一个马桶还不能帮我们消灭掉,我们现在每天拎着臭烘烘的马桶穿小巷过大街,你脸上光彩吗?各人有各人的角度,就各人有各人的道理,平江就处于这种尴尬境地。

闻舒到平江上任前,谢老以及其他一些领导,都特意向闻舒提出这个问题,古城和一般新兴的城市不一样,它是背负着沉重包袱前进的,这个包袱,是可贵的历史文化遗产,是值得平江人骄傲的,它可以成为平江发展的巨大的推动力,同时,也可能是阻碍平江发展的一块绊脚石,关键呢,就在我们平江的领导,说到底,就是在一把手身上。

矛盾摆在闻舒面前,这是闻舒上任之前就落下的一块严重的心病。闻舒刚到平江,就花了相当的时间对这个问题进行了深入的调查研究,闻舒得出的结果是:不改不行了!

问题在于怎么改,闻舒广泛听取各方面的意见,最后确定了街坊改造的全面方案,开始进行小范围的试点,保持古城老街原有的风貌,着重进行内部改造,外部古色古香,内部全套现代化,结果反应和效果都出奇的好、出奇的理想。紧接着,大规模的危房和旧街坊改造就要声势浩荡地拉开帷幕了。

万事俱备,只欠东风。

钱。

钱从哪里来?

老百姓是要住新房子的,但是他们没有更多的钱,这笔投资不可能归到老百姓头上,要叫老百姓拿出养老的保险钱来改造房子,老百姓说,对不起,我宁可不住新房子了。社会资金呢,来之不易呀,要用来作大投资,干什么呢?能够让它生出更多的钱来呀,搞经济建设,没有钱怎么行?只有让手头的钱生出更多的钱来,才能搞得起建设来。而旧房旧街的改造,是投入不产出的,投下去,就等于拿钱打水花了,打出个水花来,看着蛮漂亮,说不定有人称赞几声,但是有什么用,空的,我不要水花,所以社会上的钱,你是别想把它们动到旧房旧街的改造上来的。政府呢,每天都在为钱犯愁,一分钱逼死英雄汉,政府里英雄多得很,个个被钱逼得无法动弹了。

引进外资,这是个好办法,现在行行业业都可以靠引进外资的办法来缓解资金困难。外国人真是不错,造工厂让中国人有班上,有工资拿,他们也肯投资;修路给中国人走,他们也肯出钱,真是菩萨心肠呀。当然菩萨心肠首先也是要看投入产出的,投入不产出,对不起,他就不菩萨了。如果投入了能产出,而且产出得好,比他在自己的国家产出得还多、还快、还便利,他马上就菩萨心肠了。

旧房旧街的改造,这是块啃不出肉的瘦骨头,闻舒曾经在许多会议上提出建议,希望大家能为街坊改造引进外资。也有人引外国人来谈过,但不能成功。现在呢,突然就出现了奇迹,莱特竟然送上门来了。

来得太是时候了,来得太受欢迎了。

闻舒怎么能不动心。

项达民不由道:"他投资街坊改造,对他有什么好处?"话一出口,却立即已经自己回答自己了,这正是莱特的高明之处,或者说,正是琼斯的过人之处,舍不得孩子打不着狼,要想在平江这块土地上落脚生根,要想把隆飞翔纳入他琼斯的轨道,不付出代价是不可能的,琼斯深明这个道理,这是一。其二,莱特非常聪明,对中国官方的情况可以说是了如指掌,虽然他有蔡主任的关系,但是他并没有把自己的希望全部寄托在这层关系上,他以自己的行动告诉闻舒,琼斯最重视的对象是你闻舒,蔡主任只是这篇大文章中恰到好处的一笔罢了,而你闻舒才是大手笔,你闻舒才是整篇文章的布局者。莱特深知街坊改造是闻舒心尖上的一块肉,他投其所好,投得实在太准、太是地方了。

项达民一一想明白了,但是他到现在仍然看不出闻舒到底持什么样的态度,他已经对这桩交易点了头,或者暂时还没有表态?他倾向莱特的意见,还是他心里有他自己的别的想法?

现在难题放在项达民面前,一方面,是亏损严重、濒临深重危机、眼看着再也无力挽回的大家都对它失去了信心的隆飞翔集团,另一方面,是蔡主任以及蔡主任的父亲,以及省委一把手张书记,是闻舒的得到各方赞赏的街坊改造顺利进行,是一大笔的资金,足以使桃花镇再建起一个隆飞翔甚至两个隆飞翔来的足够的资金。

天平的砝码,严重地倾斜了。

这严重的倾斜,牵扯着项达民的心,把他的心牵扯得很痛很痛,项达民突然有了一种无能为力的感觉,无能为力,这是我吗?项达民在内心大声地问自己,也有我感到无能为力的时候?项达民内心掠过的一切,闻舒基本上能够推测出来,他继续用平静的口气说:"项达民,问题摆在你面前了,你怎么办?"

项达民情绪难免激动,说:"这算是一种交易,既然是交易,所有的人,都能在中间得到好处,要不然,就是不平等交易。既然人人有好处,何乐而不为?"

闻舒并不计较项达民的态度,虽然自从闻舒来到平江当一把手,还从来没有人敢用这样的态度和口气跟他说话。闻舒说:"但是这世界上的人是很奇怪的,也有的人,偏偏有乐而不为,比如你项达民。"

项达民看了看闻舒,揣测他的话是不是一语双关,今天项达民能够坐在闻舒的办公室里,更主要的原因不在于隆飞翔集团的前途和命运,而在于他自己的前途和命运,闻舒有没有在暗示这一点?

一切的问题都与这个决定紧紧关联,如果他不再是桃花镇的决策者了,还谈什么隆飞翔集团的归属?一百个隆飞翔被卖了、被琼斯吞并,他也没有资格过问,所以项达民突然调转了话题,半软半硬地说:"闻书记,关于我的工作问题,我考虑过了,我不愿意离开桃花镇,我也、我也决不离开桃花镇。"

这是闻舒预料之中的,但是闻舒一时却无言以对。

闻舒当然考虑过,市委副秘书长的职位也许诱惑不了项达民,闻舒应该为平江有这样的干部而高兴,他们敢于挑重担,敢于顶风浪,碰到困难不是退缩而是进攻,和一些一心考虑个人利益、出了问题赶紧溜之大吉的干部比起来,项达民实在太难能可贵了。

但是还有一个难能可贵的人:柏森林。

读了那么多的书、那么有眼光的年轻人,能够扎扎实实在基层实干的人,难道不是和项达民一样难能可贵?

两个都是他的爱将,最后到底用谁,闻舒发现自己,重新又回到了原来的阶段。或者说,一直缠绕着他的矛盾和犹豫从来都没有离开过他,即使当他在桃花镇向楚平向吕正也向项达民宣布决定用柏森林取代项达民的时候,即使在那时候,闻舒也从来没有真正地下过决心,所以,才会有今天面对项达民坚决不离开桃花镇的态度的无言以对。

换下项达民,是因为项达民身上不具备柏森林所具有的较高层次的内涵,不具备最先进的知识结构和文化素质;是因为相对柏森林这样的干部而言,项达民始终在低层次上活动,始终在低层次上拼搏,这也就注定了项达民在吃尽千辛万苦后,仍然不可避免失败的结局。

如果项达民可能升华到柏森林的层次上,项达民将会有什么样的前途和前景?

桃花镇将会有什么样的前途和前景?整个平江,大到整个中国,将会有什么样的前途和前景?

前提是:项达民有这种升华的可能吗?

这是涅槃,是再生,是一个极其痛苦的过程。

如果说在一星期前闻舒赶到桃花镇宣布自己思想斗争的结果时,闻舒尚未把这个问题放在很重要的地位考虑过,那么现在,闻舒的思绪,已经不由自主地缠绕在这个问题里了……

如果仍然用项达民,柏森林怎么办?

闻舒从项达民的注视中,发现自己的思想走得远了,赶紧收回来,他仍然不动声色,可是话语中却有了分量:"如果是组织调动,你怎么办?"

项达民早有准备,脱口说:"我辞职。"

闻舒将他一军:"那隆飞翔的归属就不在你的权力范围了。"

项达民说:"我可以从隆飞翔的普通工人做起。"

闻舒说:"给莱特打工?"

项达民说:"是的。"

闻舒说:"有朝一日再把隆飞翔收回来?"

项达民说:"是的。"

闻舒说:"好嘛,君子报仇,十年不晚。可是,如果莱特了解你,他不要你做他的工人,你不就失去了前提?"

项达民说:"他不会不要。"

闻舒说:"怪不得人家说你自我感觉好,果然不错嘛。"

项达民说:"如果自己都对自己失去了信心,别人怎么还可能对你有信心?"

闻舒说:"项达民,你知道你面临的是什么?哪个问题都能置你于死地!"

项达民说:"要想不死,要想死而复生,我就必须留下。杜老能够总结出七大问题,但是,要解决七大问题、七十大问题,还是得依靠我,所以,我不能走!"见闻舒不吭声,项达民忍不住又说,"闻书记,哪怕,再给我一点时间!"

闻舒仍然没有说话,只是意味深长地看着项达民。

项达民心头翻滚着激浪……

闻书记,二十年前,在流水村的桃片厂,我和你擦肩而过;二十年后,第一次见到你,我就忍不住想告诉你,但是我还是忍住了。我要留在最困难的时候,你会在最困难的时候帮助我,帮助二十年前那个未曾谋面的年轻的桃片厂的厂长。

项达民想,现在到了最困难的时候吗?

话语早已经在项达民心里翻滚了许久许久,但是最后,项达民硬生生地把话咽了下去。

即使到了最困难的时候,项达民也仍然没有重提旧事,他换了一条思路,说:"闻书记,如果杜老有想法……"

闻舒微微摇了摇头,说:"你以为杜老是关键?"

一句话打在项达民的要害,其实项达民明白,闻舒才是最关键的。他愣了一会儿,重重叹息了一声。

闻舒却突然又转了话题,说:"项达民,隆飞翔的问题,你得好好考虑,要有思想准备。"

闻舒说了这话,项达民心头感到一阵轻松,他听出来了,至少,闻舒没有立即要他离开桃花镇的意思。至少,由于隆飞翔的突发的事情,闻舒暂时能够让他继续在桃花镇干下去的,不管闻舒对柏森林有什么想法,也不管来自杜老或者来自其他方面的压力有多重,闻舒会替他抵挡着的。至于隆飞翔集团,项达民并不太担心,只要他能继续在桃花镇干下去,他一定不能让隆飞翔从他手里跑到别人手里,隆飞翔牌服装,永远是桃花镇的产品,永远是中国货,想到这儿,项达民不由"嘿嘿"一笑。

闻舒却没有笑,一脸严肃地说:"你以为只要你还做桃花镇的书记,隆飞翔集团就高枕无忧?"

项达民一脸喜色,答非所问:"我有希望了!"

看到项达民欣喜的表情,闻舒心里一动,嘴上却仍然严厉,说:"项达民,你应该清楚,事情并没有结束。"意思是说,你的工作,只是暂时不动,等隆飞翔的危机过去后,以后怎么样,还是个未知数。

项达民现在不需要"以后",他只需要现在,只要现在他仍然在桃花镇党委书记的位子上,只要现在他仍有权处理桃花镇的事情,哪怕只有很短的时间,他也足够。

既然项达民已经领会了意思,闻舒也不再多说,再又换个话题:"项达民,你替我找一找夏长江,明天晚上,我请他吃饭,你也来……"看了看台历,"呀"了一声,又说,"明天晚上不行。"又看看表,说,"就今天晚上吧。"

项达民稍一犹豫,说:"要不要叫柏森林和杨东一起来?夏教授是他们请来的,他们比较熟悉。"

闻舒随口道："也好,你来得及通知就通知他们,晚上六点,到南平饭店。"

项达民走出闻舒办公室的时候,其实什么结果也没有,但项达民的心却已经踏实多了,经过周怀办公室时,朝里看看,周怀看到他,连忙站起来,迎出来说:"谈完了?"

项达民说:"谈完了。"也不告诉周怀到底是什么结果,看周怀着急的样子,项达民开心地笑起来。

四

尤敬华从电话里把他听到的关于隆飞翔集团要卖给外国人的消息——莱特是什么人、琼斯又是什么背景、他们要干什么,一一向杜老汇报。

杜老听他说完了,问道:"你是什么时候得到的消息?"

尤敬华说:"我也是刚刚才得到消息。"

杜老说:"消息可靠吗?是不是谣传?谁告诉你的?"

尤敬华说:"常金鹏。"说到常金鹏,尤敬华有些疑惑,心里暗想,奇怪,这件事情,他们恐怕不会希望我们知道的,为什么常金鹏会主动来告诉我?他找不到答案,见杜老也没有纠缠在这个问题上,也就作罢了。

杜老皱了皱眉头。

尤敬华说:"我不相信常金鹏的话,为了证实,我专门跑到隆飞翔集团,找了毕奇。"

杜老追问:"毕奇怎么说?"

尤敬华说:"毕奇这个人,杜老您也知道的,一点水平也没有,我和他说话,他只知道苦着个脸。"

杜老说:"你管他苦脸还是甜脸,你还不赶紧问他。"

尤敬华说:"我是赶紧问他的,毕奇呢,只是苦着脸,也不肯明

说,但是基本上他是承认有这回事的,具体的,怎么个卖法,怎么谈判,他咬得很紧,只字不肯透露。我仍然不相信,再跑到莱特那儿。"

杜老问:"莱特也承认了?"

尤敬华说:"莱特起先有些古怪,非问我怎么知道的,我说,我只问你一个事情,你莱特到底是不是姓琼斯?"

杜老说:"他真的姓琼斯?"

尤敬华沉重万分地说:"是的。"

杜老说:"这么说起来,是真的了,他们进行到哪一步了?"

尤敬华说:"不清楚,但是想起来,如果不是进行得差不多,恐怕也不可能传得这么厉害吧。"

杜老说:"事先一点风声也没有透露,好个项达民,竟然……"忽地站起来,才想到手里还抓着话筒,便对尤敬华说:"你挂电话吧,我得给闻舒打电话!"

杜老联系上闻舒的时间,离项达民从闻舒这儿走开,只差两个多小时,闻舒一听杜老电话里的口气,已经先猜到几分,再一听杜老说出"隆飞翔"三个字,忍不住暗笑起来,好个项达民,动作神速呀。

杜老说:"你知不知道这件事情?"

闻舒说:"杜老,我正要向您汇报。"

杜老急道:"项达民果然要卖隆飞翔?"

闻舒故意停顿了一会儿,才慢慢地说:"杜老,隆飞翔恐怕轮不到项达民卖了。"

杜老立即说:"怎么,这个节骨眼儿上,他要溜?"

基本上每一步都在闻舒和项达民的预料之中,虽然闻舒和项达民并没有就这个问题商谈过什么,但是他们却心意一致,闻舒不免涌出些得意之情,是为有一个人竟然和他的想法如此一致而高兴,回答杜老的问题时,闻舒的声音显得很沉重:"我们已经考虑他的调动问题。"

杜老倒有些急了,说,"隆飞翔到今天这个地步,他不负责任了?他拍屁股走人,高升?"

闻舒说:"事情经过您是清楚的,如果现在调动项达民,他是无法为过去的事情负责任的。再说,隆飞翔的情况,您如果有时间,我要向您详细汇报一下,事情比较复杂,牵涉……"

杜老打断他的话,说:"你不用说,什么事情会有什么样的背景和压力,牵涉什么人物,我不会想不到,包括琼斯集团进入中国大陆的背景,我也略知一二。"

"所以,"闻舒趁热打铁说,"所以,杜老……"

杜老突然一阵大笑,笑声通过电话线,震动了闻舒的耳膜,杜老边笑边说:"闻舒呀闻舒,你葫芦里卖的什么药,我一清二楚。你要保项达民,就直接跟我说。你对我有想法,也可以直截了当说,跟我绕什么弯子?"

闻舒也跟着笑了笑,笑得有些勉强,杜老果然厉害,名不虚传,孙悟空七十二变,仍变不出如来佛的掌心。正考虑下面的话该怎么讲,杜老却已经说了出来:"闻舒,你不必考虑了,我可以代你说出来,在这个时候,你想保他的最好办法,就是把他放到矛盾中心,看他怎么处理!"

闻舒说:"既然有您杜老这话,我就好办事情了。"

杜老说:"到底是不是你和项达民商量好了来玩我这个老头子,我不敢说,但至少,我知道你们的心意一致。目前看来,我也可能和你们达成一致,至少得让他把隆飞翔的事情处理完了再说。"稍稍停了一下,没等闻舒开口,他又接着道,"不过,闻舒呀,我可以告诉你,我和你,我们对事情的结果,想法是不一样的,也许背道而驰,相去万里,但不管怎么说,结果只能有一个,所以,闻舒呀,我和你,必定有一个是对的,另一个是错的。"

闻舒说:"事情是不断变化的。"

杜老说:"我正拭目以待。"

结束了和杜老的电话,周怀刚好走进来,看到闻舒放下电话,说:"闻书记,刚才项达民打电话打不进来,你在通电话。"

闻舒心情不免激动,说:"他人呢?"

周怀注意着闻舒的情绪,说:"他说回桃花镇了,让我和你先说一下,一会儿到路上,他再给你打电话。"

闻舒说:"回去了,夏长江的晚饭他也不陪了?"

周怀说:"他说已经通知了杨东和柏森林,他们会准时到的。"

正说着,闻舒的电话响了,周怀说:"可能是他。"

闻舒接起来,果然是项达民,在车上用手机打过来,闻舒说:"怎么,以为万事大吉了,连奎普也不在你眼里了?"

项达民说:"奎普的事情,柏森林不会放弃的,他会办好的。我刚刚接到家里电话,莱特明天一早要走,我估计等他再来,琼斯的最后决策也就跟着来了,我还是得抢在前面,在琼斯的最后决策出来之前,让莱特知道我的明确态度,让他早点死心,这样,要比和琼斯的最后决策做斗争把握更大一些,所以,我必须赶回去和他谈一谈。"

闻舒说:"你决定怎么谈了?"

项达民说:"早就决定了,还没有莱特的时候,从我一开始做桃花镇一把手的时候,就已经决定了,不会改变的。"

闻舒说:"事情不是绝对的,什么事情都有它的两个方面,各有利弊嘛,如果琼斯的条件理想,也不妨考虑。"

项达民语气有点激烈了,说:"这件事情,对我来说,只有一个方面,隆飞翔是我桃花镇的,我不会让它落到别人手里,再大的价钱也不能从我手里买走隆飞翔!"

闻舒说:"这不是问题的关键,问题的关键在于谁能救活隆飞翔!"

项达民毫不犹豫:"我!"

闻舒说:"那就看你的。"

周怀一直站在一边,闻舒挂了电话后,周怀想了想,忍不住说:"项达民好像不想到市里来?"

闻舒说:"我根本就没打算让他来,他来干什么?"

周怀偷偷地出了一口气,没有再说话。

电话又响起来,闻舒接了,听出是柏森林,一高兴,说:"柏森林,你已经到了?"

柏森林说:"到了,正在夏教授房间里聊天,杨东也在。"

闻舒心里忽悠了一下,突然停顿下来。下午闻舒找项达民谈话,柏森林不会不知道,现在,是告诉结果的时候了,闻舒很少有这种欲言不能的感觉。

闻舒想,我到底还是没有最后下决心,是时候未到,还是与时候无关?至少,今天,我没有把桃花镇的重担交给柏森林。

为什么?

这时候杨东接过了电话,说:"闻书记,您什么时候过来?"

闻舒心神稍有些不宁,说:"我一会儿就过来,杨东,你让柏森林听电话。"

柏森林重新接过电话。

闻舒说:"柏森林,奎普的事情,你要努力,不要轻易放弃!"

柏森林好像犹豫了一下,说:"项书记没有跟您说?今天我过来,把电缆厂的厂长也带过来了,就是来签协议的。"

闻舒正感到奇怪,那边的电话已经到了夏长江手里,夏长江说:"闻书记,强将手下无弱兵,我是服了您了,一个小小的桃花镇,真是藏龙卧虎,您看看这两个镇长书记,配合得天衣无缝,一个唱白脸,一个唱红脸,连奎普也成了他们俩的手下败将!"

闻舒说:"你真这么看?"

夏长江说:"不是我的看法问题,这是事实。起先呢,由柏森林出面,把条件压得低低的,哄我上钩。再呢,看时机成熟,项达民出马，唱白脸了，又把条件抬得高上天，你看看，一出双簧唱得多漂亮。"

电话里听得柏森林说："管他双簧单簧，协议签下来，就是胜利，就是成功。"口气里好像果真他是和项达民商量好了的，这使闻舒内心十分感动，他果然没有看错柏森林，柏森林完全可以不计较自己的荣辱得失，在这一点上，他和项达民不相上下，但是……

一个星期前，杨东陪着夏长江从桃花镇扫兴而归，给他打电话的时候，闻舒说，杨东啊，事情没有你想象的那么悲观。

杨东也已经明白了一切，那头的电话又传到杨东手里，杨东说："闻书记，我想起您那天说的话，您对项达民，果然了解得透彻！"

闻舒说："我运气好，今天赶上喝一顿庆功酒呀。"

这句话说得很响亮，电话那边的三个人，都听清楚了。

第 26 章

一

这天下午好像风特别大,隆飞翔的消息,像长了翅膀,被风吹到了它该去的每个角落,仅半天时间,桃花镇恐怕已经没有几个人不知道这件事情了,项达民的心情,在沉重之中,又有些得意,好像一个孩子看着自己精心设计的恶作剧成功了的感觉。

莱特正在准备行李,面对突然出现的项达民,先是愣了一下,随后便笑起来,说:"项先生,恭喜高升。用你们中国人的话说,你这是连跳几级呀,许多中国人,一辈子为之努力奋斗的东西,被你不费吹灰之力就弄到手了,了不起……"

项达民语气和缓地说:"莱特先生以为我会离开桃花镇吗?"

"No! No!"莱特说,"依我的看法,项先生恐怕不肯走。"

项达民注视着莱特:"噢,能说说你的理由吗?"

莱特说:"理由很简单,也很重大,要比连跳几级重得多!"不等项达民有所表态,莱特又抢着说,"所以,我很高兴,非常之高兴,简直是喜出望外!"

项达民说:"为什么?"

莱特说:"那我就可以按我的计划办事,不必打乱我了。"

项达民说:"原来莱特先生的计划,还涉及到我?"

莱特又激动起来:"当然涉及到你!怎么能不涉及到你?没有你的存在,没有这么重要的前提,恐怕也就不会有我的计划。"

项达民说:"噢,莱特先生对我还是蛮看重的呀!"

莱特加重了语气,说:"不是我,是琼斯!"

项达民慢慢地说:"莱特先生能开多少价呢,或者说,琼斯能开多少价呢?"

莱特误会了,以为项达民是要和他谈隆飞翔的收购问题了,脸上突然放出光彩来,说:"项先生,这是一笔大账,口头上恐怕难以说清楚,具体项目很多,我已经立出明细账,项先生是不是现在就想看看,或者,我们可以先谈谈方式方法?"

项达民笑着摇头,又摆摆手,说:"莱特先生,你搞错了,我不是说隆飞翔值多少钱,我是说我,我值多少钱?"

莱特说:"众所周知,项先生这样的人才,无价之宝呀,是无法用金钱来衡量的。"

项达民心里暗笑,这个老外,倒是对中国的特点、对中国人的特点都了解得一清二楚,知道中国人喜欢吃马屁,他马屁就跟上来了,而且拍得恰到好处,实在让人舒服。想着,开始只是在心里暗笑,后来就忍不住笑了出来。

莱特接着又说:"当然,无价之宝是一种说法,具体的,我们还是商量了标准的,六十万。"

项达民说:"我值六十万?"

莱特连忙解释:"不是这个意思,我是说,如果我们的计划得以实现,琼斯将聘请项先生做隆飞翔的总经理,年薪六十万。"

项达民一脸严肃地问:"美金?"

轮到莱特愣了,愣了好一会儿,才说:"是人民币结算,不过,还可以再商量,项先生如果有什么想法,可以提出来。"

项达民说:"莱特先生,包括你们琼斯集团,是不是认为我愿意干隆飞翔的总经理?"

莱特毫不犹豫地说:"当然。"

项达民说:"为什么?"

莱特说:"因为我们知道项先生是干事情的人,也是能干事情的人,与其守着一大堆已经没有生命活力,也不可能起死回生的烂摊子,还不如集中力量,选准一个有前途有实力的大企业。我们相信项先生是有眼光的,跟着我们琼斯干,能干出大事业来,会有无限的光明的前途。"

项达民说:"谢谢莱特先生和琼斯集团对我的信赖和看重,不过,我的想法和你正好相反,我认为,在中国,要想干出大的事业,要想有大的前途,那只有一条路,就是给共产党干!"

莱特说:"当然,我们很了解项先生的处境,你是共产党的镇党委书记,如果突然改弦更张,一定会引起轩然大波。但是我想,项先生是重实效的人,是猫派。"

项达民听到从莱特嘴里说出来"猫派"这个词,不由笑起来。

莱特也笑了一下,说:"中国改革开放的总设计师邓小平说,不管白猫黑猫,抓住老鼠就是好猫。"

项达民说:"如果有猫派这么一个派别,我当仁不让是猫派,但是有一点,莱特先生是否也考虑过,邓小平设计的是中国现代化建设的蓝图!"

莱特说:"项先生在这一点上是否狭隘了些?既然我们来到中国大陆,总是双边都有利益的事情,我们在你中国大陆上生产,即使产品是琼斯产品,但不妨碍你们的税收,能收税,不就是抓到了老鼠吗?至于项先生,你替共产党干也好,替琼斯干也好,一样为你的国家创利,不是吗?"

项达民说:"问题为什么不能反过来考虑,为什么不能由琼斯替我们生产隆飞翔产品,对琼斯来说,不也一样创利吗?"

莱特"哈"了一声,张着嘴,但没有把话说出来。

项达民替他说了出来:"哈,你隆飞翔是什么东西,一个乡镇企业罢了,世界五百强之一的琼斯,替你隆飞翔生产产品?莱特先生,简直不可思议,是吧?你觉得受到了极大的嘲笑和侮辱,是吧?"

莱特尴尬地一笑,但很快神态就自然了,说:"也不至于受到什么嘲笑和侮辱,只是有点吃惊。项先生,你的思路,很奇怪,很独特……"

项达民一挥手,说:"莱特先生,你错了,我的思路,再正常也没有了,一点也不奇怪,我们且倒回去二十年,不,也不用二十年,就十五年,十五年前,你能够想得到,有朝一日,琼斯竟然会到中国的某一个乡镇来落脚吗?莱特先生,你应该是了解的,世界上许多政治家和农民问题专家,在谈到中国如此规模的农民时,谁不感到无能为力?仅仅过了十五年,十五年,中国竟然使如此规模的农民渐渐由穷困到富裕了,这个事实,你们是亲眼所见的。都说中国人太盯着眼前利益,太实在,而西方人是富于幻想的,现在看起来,西方人对中国,恰恰最不富于幻想,不知道你们是不愿意呢,还是不屑,或者,你们根本就缺乏幻想。退到二十年前,我如果跟你说,我们只用一二十年的时间,就能使几亿的农民摆脱饥饿和贫困,你会相信吗?不,你不会相信,你只会说,项先生,你的思路,很奇怪,很独特。"

莱特点着头,他承认项达民的话,并且补充道:"确实,我们都难以想象,乡镇企业这一工业文明,是怎样被中国农民创造出来的,这工业经济中的半壁江山,竟被几千年面朝黄土背朝天的农民撑了起来,从这一点来看,中国农民是了不起的,是极其伟大的!"不知为什么,说着竟然叹息了一声,又道,"十年前还半饥半饱的农民,现在造了这么多的小洋楼,甚至置买了私家轿车,几乎应该是一个世纪的事情,你们用十多年时间,就实现了,也可算是天下奇迹了。"

项达民说:"所以,我今天说琼斯生产隆飞翔产品,也算不上奇谈怪论吧。"

莱特说:"但是至少目前还没有这个迹象,至少今天,我们可以先不谈这个问题。项先生,还是回到主题上来,怎么样?"

项达民说:"主题?六十万年薪?"

莱特说:"我已经说过,这只是我们的开价,可以再谈。"

项达民说:"如果我不干呢?"

莱特盯住他看了一会儿,遗憾地摇摇头,说:"那你就是放弃了一次大好机会!当然,我们也是有这方面的准备的,我可以坦率地告诉你,项先生,我们还有其他候选对象。"

项达民又有了兴趣:"谁?"

莱特说:"韩先生,韩六舟。"

项达民心里突然一抽,但表面尽量不动声色,说:"莱特先生的动作果然快,已经和韩六舟接触过了?"

莱特狡猾地一笑,未有明确回答,但看起来,他是成竹在胸的。

项达民探究地看着莱特,过了一会儿,才慢悠悠地问道:"莱特先生,你了解韩六舟?"

莱特说:"我们琼斯,更多的是通过一个人的经历和行为,了解这个人的特点。"

项达民说:"你认为韩先生的特点是什么?"

莱特说:"事业心极强,和项先生一样。"

项达民一笑:"和我一样?"

莱特说:"但是我们看中韩先生的,却是他和你不一样的地方,他的灵活机动,他的随机应变……"言下之意,你项达民为什么一定要替共产党干呢?见项达民不以为然的样子,莱特又说:"我相信韩先生会接受琼斯的聘请,他现在跟的那个港商,怎么能和琼斯比?"

项达民毫不客气地说:"我认为你的想法根本不切合实际!"

莱特说:"为什么?"

项达民说:"因为你没有前提,你根本不可能买下隆飞翔,隆飞翔永远是中国的隆飞翔,决不会姓琼斯或者其他!"

莱特说:"项先生的结论是不是下得早了一点?"

项达民说:"不早,也不迟,这是永远的结论!"口气显得有点激动。

年轻的莱特倒更沉稳些,他想了想,突然换了个方向,说:"项先生,请问一个问题,你说过,你认为,在中国,要想干大事业,要想有大的前途,就一定要给共产党干,那么,假如共产党不要你干,不让你干,你怎么办?"

项达民沉闷了半天,直言道:"中国有句老话,做一天和尚撞一天钟,只要我还在这个位子上,我就把这钟撞响!"

二

从锦源厂回到镇上,已经是晚上十点,项达民往韩六舟和艾红住的古都饭店的房间打电话,铃响了一下艾红就接了,好像专门守在电话机边等电话的感觉,项达民开个玩笑说:"不是六舟,是我。"

艾红听出是项达民的声音,也笑了一下,但项达民听得出她笑得很勉强,说:"艾红,六舟还没有回来?"其实他应该是知道的,韩六舟走的时候说,至少十天半月,甚至暗示也许时间更长,但项达民心里总是不愿意相信这个事实,总觉得这不是事实,对韩六舟,他似乎有足够的把握。

项达民直截了当地说:"艾红,也许你已经听说了隆飞翔的事实。"

艾红说:"我听说了,但是不敢相信,琼斯要收购隆飞翔,这是真的吗?"

项达民说:"不仅是真的,具体的方案恐怕都已经确定了,一切的外围工作也已经做到火候了。"

艾红说:"你不会放手吧?"

项达民没有回答艾红这个问题,却说:"艾红,他们要请我们的人做他们在隆飞翔的总经理,你猜猜,候选人是谁?"

艾红马上明白了:"是六舟?"

项达民说:"正是。"稍一停顿,又补充说,"报酬不薄的。"

艾红脱口说:"不可能!"

项达民立即紧追不舍:"为什么?"

艾红不说话了,感觉得出艾红正压抑着什么,过了好一会儿,听到艾红在电话里抽泣起来。

项达民连忙说:"艾红,你没事吧?"

艾红的哭声渐渐大起来,一句话也没有。

项达民耐心地等待她平静下来。

终于,艾红把郁积的东西从眼睛里流了出来,心情松坦了一些,说:"项书记,我不能不和你说了,两个多月来,我这心里,实在憋得难受呀,我再也憋不下去了……"

项达民说:"没事,你慢慢说,别难过。"

艾红说:"我不是为我自己,我是为他,为六舟,我为他难过,我为他,憋得快要发疯了。自从我们离开桃花镇,离开了隆飞翔,六舟的生活就完了,他的生命也完了,他再也不是从前的韩六舟了,这几个月来,我和他,都没有过过一天轻松愉快的日子,他的心永远皱着,我无法使他的心舒展开来……"

项达民握着话筒,却不由自主地点了点头。

艾红继续说:"项书记,六舟的心,一天也没有离开过桃花镇,一天也没有离开过隆飞翔呀!"

项达民说:"我相信,我也知道。"

艾红说:"你不一定全知道,这些日子以来,他没有一点点笑脸,没有一点点乐趣,他的全部心思,仍然在隆飞翔!"

项达民心里涌起一股热流,虽然他始终认为不会看错韩六舟,但从艾红嘴里说出来的事实,仍然使他感动不已。

艾红说:"项书记,这次他去欧洲,不是为朱先生的事情去的,甚至没有让朱先生知道,他是为了隆飞翔集团,去考察纺织机械,是……自费。"

项达民说:"他为什么不告诉我?"

艾红说:"六舟的为人,你是知道的,他心里一千个一万个认为自己错了,他不应该带着我离开桃花镇,离开隆飞翔,隆飞翔就是他生命中的阳光,没有隆飞翔,他的生命也就枯萎了,他从一开始就认为自己错了,只是他嘴上不肯承认罢了。这一次,他的计划是考察八个纺织机械最先进的国家,六舟有个庞大的设想,将隆飞翔现有的设备彻底更新换代……"

项达民说:"他打算回来?"

艾红再次沉默了。当初,为了艾红,韩六舟才忍痛离开隆飞翔,如果他要回隆飞翔,艾红怎么办?当初有艾红,现在仍然有艾红,问题仍然存在。

项达民也知道自己这句话问得不恰当,把艾红逼到无路可走、无话可说的地步了。项达民心里,一方面欣喜万分,另一方面,又面对着一直没有解决的今天又重新摆到眼前的大难题。

和艾红通过电话,项达民锁上办公室的门,回家去,快到家时,注意到在离家不远的地方,停着一辆桑塔纳车,黑乎乎的,看不清里边有没有人。在驾驶位上,有个烟头一亮一亮的,估计是司机在抽烟。

项达民常常觉得自己有料事如神的本领,但今天晚上,他万万料不到谁在家里等着他。

项达民敲了敲门,田金秀立即开了门,说:"等了你一晚上。"

项达民一眼朝客厅里望去,一个既面熟又陌生的女人正坐在沙发上朝他看着。

一瞬间,项达民脑海里闪过一片光亮,他想起来了,在他想起她是谁的同时,他愣住了。

王菊香。

王菊香从沙发上站起来,眼帘有些低垂,声音低低的,说:"项书记,你回来了。"

田金秀说:"她等了你一个晚上,到处找不到你,刚才还往你办公室打电话。"

项达民说:"我在锦源和莱特谈事情。"

王菊香看了看表,说:"项书记,我今天来,是专门向你汇报的,你对我和韩六舟的事情一直很关心,我想,我做出最后的决定,应该向你汇报一下。"

项达民突然紧张起来,盯着王菊香。

王菊香说:"我想通了,我同意离婚。"眼圈突然红了,不等项达民说出话来,紧接着继续说:"项书记,我请求你个事情,请你让韩六舟回来,回隆飞翔来工作!"

项达民的眼圈红了,整个心间胀满了酸疼的感觉。他低头沉默了好一会儿,才问王菊香:"韩六舟和你谈过什么?"

王菊香摇了摇头,说:"他没有和我谈什么,也不必谈,我了解他,我知道他心里想的什么,他的心,从来没有离开过隆飞翔。如果一个人,他的身体和他的心是分离的,这日子,我想……"眼睛更红了,话也说不下去了。

田金秀早就想插话,这会儿赶紧插上来,气愤地对王菊香说:"隆飞翔要卖给老外的事情,传得所有人都知道了,越传越不像话,说什么屁话的都有,说我们项书记,拿了老外的好处,要卖家当。又说我们项书记,要调走了,就败家,什么屁话……"

王菊香说:"如果不是这样,我的决心,也许还下不了,我……"下面的话咽了下去。

田金秀又要说话,项达民对她摆了摆手,回头向王菊香说:"你都想好了?"说这话的时候,他都无法正视王菊香的眼睛,感觉到自己简直是个无耻之徒。

王菊香尽量使自己平静,但平静不下来,嗓音颤抖:"我都想好了,我没有任何条件……"两行在眼眶里打转的眼泪,掉了下来,"如果,他一定坚持要孩子,我也、也可以考虑……"

田金秀的眼泪也跟了下来,对王菊香说:"这算什么,没有这样好的事情,你这样太便宜那个艾红,她算什么东西,明明是个不要脸的第三者,她倒想冠冕堂皇地登堂入室了?"

王菊香只是摇着头。

田金秀继续激愤道:"王菊香,你不能这么好说话,你不要让步,再说了,我们项书记,也不可能让你吃亏!"

王菊香说:"事情闹到今天,感情都伤成这样,已经说不上谁吃亏谁占便宜了。前些日子,六舟回过一次家,我没有见着他,他看望了一下父母儿子,就走了。我回家时,儿子告诉我爸爸今天回来了,我问儿子爸爸怎么样,儿子说,爸爸的眼睛好像有病。公公婆婆说,眼睛没有病,心里有病呀,就像当年卫星乳胶手套事情发生后一样。我一听,眼泪就掉下来了,我知道六舟的那种眼神,是毫无生命光彩的眼神,在那短短的时间里,我突然想通了,我再也不坚持了,无论谁做韩六舟的老婆,她都不会希望韩六舟是一个毫无生命意义的人!"

项达民想起艾红在电话里说的那番话,心中涌出一股说不清的滋味,王菊香和艾红,两个人的思路,竟是如此地靠近,如此地一致,项达民的心被撕成两半。

王菊香含着眼泪说:"项书记,我回去就写离婚协议书,我会告诉六舟,约好时间去办手续的。"

项达民说:"你……"

王菊香说:"我要走了,最后,再恳求你一次,让六舟回隆飞翔来吧!"

她几乎是在哀求,是在呼喊了。

项达民沉重地点了点头,说:"他会回来的。"

三

吕正原计划往东湖乡去,车上了路,老是觉得心里不踏实,一颗心好像悬在胸腔里荡来荡去,回不到原来的位置。到了岔路口,吕正突然叫了一声:"停!"

司机不知道吕正突然叫停车要干什么,也不便多问,等了一会儿,吕正说:"往南开吧。"

司机说:"不去东湖了?"

吕正点了点头,说:"去桃花镇。"

车子折向南边的路,与东湖乡背道而驰了。

吕正的心,一下子回归到它应该在的位置上,踏实了。

到了桃花镇,吕正径直往项达民的办公室去,项达民一眼就看到吕正,立即站起来,叫了一声"吕书记"。

吕正见项达民要说什么,摆了摆手,说:"让我先打个电话到东湖。"便拨了东湖乡的电话,告诉说今天不去东湖,东湖乡的书记在电话里说了一连串的话,别人也听不清,只是看到吕正脸上,没有什么笑意,说:"我改日再来。"便挂断了电话。

常金鹏泡了茶端过来,但脸仍然挂着,不说话。

吕正说:"怎么,霜打了?"

常金鹏说:"霜倒没打,被人打了。"

项达民半开玩笑说:"凭你常金鹏,五大三粗,谁敢碰你?"

常金鹏闷声闷气道:"斯托夫。"

常金鹏代表桃花镇明星化工厂去和斯托夫谈判,饱受被人瞧不起的气,斯托夫的人说,要不是看在秦先生的面子上,你什么桃花镇,什么明星厂,你这一辈子都别想能够跨进斯托夫一步,常金鹏一肚子委屈回来,才见到项达民,刚要吐出来,吕正来了,常金鹏不吐不快,但又不知道能不能在吕正面前说出来,憋得难受,脸涨得通红,一会儿看看项达民,一会儿看看吕正。

项达民说:"说吧,说吧。"

常金鹏说:"项书记,你一直和我们说,我们是宁当鸡头不当牛尾,是不是?"

项达民笑了一下,说:"在斯托夫那里,我们哪里能当上牛尾,一根牛毛罢了。"

常金鹏说:"一根被人随意吹来吹去的牛毛。"口气里余恨未消,"我进他们办公室的时候,秦教授介绍这是桃花镇的总经理,人家正眼也不看一下,说,什么桃花镇,没听说,不知道!这种牛毛,不做也罢!"

项达民说:"为什么不做?如果我们真能入斯托夫的股,哪怕是最小最小的一股,也具有开天辟地的意义,我们是唯一一家入斯托夫股份的乡镇企业。"

常金鹏说:"我为什么非要入他的股?"

项达民反问道:"你说为什么?"不等常金鹏说什么,又道,"这样吧,我让柏镇长和你一起去斯托夫再谈,马上出发!"

常金鹏大吃一惊,大感意外,本来是在项达民面前叫叫苦的,哪里想到项达民会来这一手,而且当着吕正的面,分明是认为他的能力不如柏森林嘛,十分委屈,但看着项达民的脸色,又碍于吕正在场,没有说出什么难听的话来。

项达民语气急迫地说:"常金鹏,我的话你听到没有?你马上通知柏森林,你们立即出发,不得耽误半刻,误了事,我拿你们俩试问。"

常金鹏张着嘴,半天没有说出话来。

项达民再也不和他多说什么,回头对吕正说:"吕书记,我陪你到隆飞翔看看。"

上了车,吕正说:"项达民,你到底怎么考虑的?"

项达民强硬地说:"我根本没有考虑过。"

吕正更强硬:"我认为你应该考虑,这件事情,闻书记和我长谈过一次,你也应该知道闻书记那边的情况,各方面的影响、压力……"

项达民说:"吕书记,隆飞翔集团是桃花镇的企业,隆飞翔集团的所有权是我的!"

吕正不由道:"你的?"

项达民更加强了语气:"当然是我的!我不卖隆飞翔,谁能拿我怎么样?"

吕正说:"你这话,几乎达到常金鹏的水平了。"

项达民笑了一下,说:"我本来就是常金鹏的水平嘛。"

吕正摇了摇头,说:"项达民呀项达民,你这个人……人不可貌相呀,你若真是常金鹏的水平,今天你也就不可能再说'隆飞翔是我的了'。"

车已经到了隆飞翔集团总部,他们一起走进毕奇的办公室,莱特正坐在毕奇对面,两人说说笑笑,正谈得热火。

一看到项达民和吕正,毕奇先慌了,急忙站了起来,膝盖撞到桌边,疼得直咧嘴。

莱特和项达民握了握手,说:"昨天晚上已经道过别,今天又见面了。"

项达民介绍了吕正,向莱特说:"怎么,莱特先生,昨天看你已经准备好了行装,原来是放的烟幕弹?"

莱特说:"No,No,不是烟幕弹,昨天晚上我和总部通了电话,决定不回去了。"

项达民说:"怎么,改变计划了?"

莱特摆了摆手,说:"琼斯的计划不是随随便便定出来的,是

经过深思熟虑的,所以,决不会轻易改变计划。总部听了我的汇报,决定派人来,直接向你们递交意向书,正式谈判。"

项达民说:"我说过接受你们的意向书吗?"

莱特一笑,说:"我们的意向书,不一定直接交给项先生。"

项达民说:"那你们更没有一丝一毫的可能性!"

莱特看了吕正一眼,说:"我是一个乐观主义者,我们琼斯,永远对未来抱有乐观态度。"

项达民说:"但是我劝你对隆飞翔不必抱有乐观态度,因为隆飞翔是我……"但话到嘴边,瞥了吕正一眼,改口道:"隆飞翔集团,是桃花镇的,不是任何别人的!"

莱特又笑了笑,说:"我们且不说隆飞翔到底是谁的,我只感到,隆飞翔有这么好的基础,现在搞成这样,谁看了不心疼?"

莱特的话,把在场的三个人心里都牵动了,吕正不由觉得应该刮目相看这位年轻的老外,项达民内心深处的隐痛被莱特刺破,阵阵作痛,毕奇呢,十分无奈的样子,倒挂着两条眉毛,苦着脸,轮番地看着三个人,见三个人都不作声,以为是要等他表态的,又过了好一会儿,才结结巴巴地说:"是我,是我,是我的责任……"见没有人理他的茬儿,便知趣地住了嘴。

莱特说:"你们谈工作吧,我走了。吕先生如果想到我们锦源看看,我在锦源恭候。"

莱特走后,吕正问毕奇:"毕总,现在隆飞翔哪个分厂情况最差?"

毕奇心慌意乱地看着项达民的脸。

项达民说:"你看我做什么?我脸上写着哪个分厂最差?"

毕奇十分尴尬,说:"说起来,说起来,最差的,也难说,反正,反正,几个分厂……"仍然忍不住在看项达民,但眼光一投到项达民脸上,又吓回来,也不敢看吕正,只得看着地,又说:"反正,反正,几个分厂,总的来说……"虽然话没有说出口,但给人的感觉,他好像想说总的说起来,都还可以。

项达民说:"总的说起来,都一塌糊涂!"

毕奇连忙说:"是的,是的,最近有些问题……"

吕正说:"什么问题?"

毕奇又看项达民的脸了。

项达民对吕正说:"我陪你去看看车间情况吧。"看毕奇要站起来跟着,一摆手,说,"你不必去了,你在办公室守电话吧。"

吕正说:"项达民,我们都被莱特的话触动了,隆飞翔到今天这样,谁不心疼?"

项达民说:"莱特绝对是个看什么菜下什么饭,见什么人说什么话的狡猾角色,若不是他对隆飞翔有图谋,他会心疼吗?"

吕正说:"你这话没有道理,我们现在不是要赌气,是要救活隆飞翔。你要考虑清楚,到底什么样的决定对隆飞翔更有利。"

项达民说:"这不用说,不卖隆飞翔,对隆飞翔最有利!隆飞翔只有在我的手里,才能复活,才能重新振奋!"

吕正说:"你有什么理由这么说?"激动起来,又紧接一句,"你让毕奇这样的人做总经理,你对得起谁?"

项达民说:"我已经有了新的总经理人选。"

"谁?"

"韩六舟。"

吕正没有马上说话,只是侧过脸探究地看着项达民,他知道项达民不会贸然决定这么大的事情,但是他不知道项达民怎么处理关于韩六舟的许多复杂的问题,当下便问道:"韩六舟现在在哪里?他不是替港商做代理了吗?"

项达民说:"他正在欧洲考察纺织机械,准备为隆飞翔引进全新的设备。"

吕正很意外地问:"你派他去的?"

项达民摇了摇头:"他自己去的,自费。"

吕正明白过来了,心情有点激动,说:"这么说,韩六舟其实从来没有离开过隆飞翔?"

项达民慢慢地点了点头。

吕正又侧过脸看了看项达民:"那么……"下面的话没有说出来,但是项达民明白他要说什么。

项达民想,韩六舟既然打算回来,相信韩六舟不会把麻烦带回隆飞翔的。

吕正想,既然项达民决定请韩六舟回来,相信项达民会帮助韩六舟处理好那些麻烦的。

其实,他们的心都悬着,没有着落。

四

韩六舟提前回来了,他的考察和初步谈判非常顺利,他没有把提前的归期告诉艾红,想突然出现在艾红面前,给她个惊喜。

当然,惊喜只能是暂时的,惊喜之后,紧接着到来的将是一场最最严峻的考验,是韩六舟和艾红都必须面对的无法回避的严峻的考验。

韩六舟的喜悦心情立即被浓浓的阴影所覆盖。

韩六舟下了出租车,刚走进古都饭店,总台小姐说:"韩先生,您回来了?"到柜台后面的保险柜里,拿出一个信封,交给韩六舟,"韩先生,这是艾小姐让交给您的。"

韩六舟接过信,不知怎么的,心里突然一阵慌乱,一种强烈的不祥的预感突然爬上心头。

艾红走了,只留下一封信,就像当初,韩六舟走了,只给项达民留下一封信一模一样。

艾红写道:"六舟,我只能说一声对不起,我们两个走到一起是因为爱情,有了爱情,什么奇迹都能够创造。但是现在,我们的爱情走到了最后,没有了爱,没有了缘分,就没有了一切。我决定嫁给黄先生,黄先生对我非常好,我们在香港定居,如果你有机会来香港,我以黄太太的身份欢迎你。"

黄先生是朱先生的朋友,也是香港的一位大商人,韩六舟和朱先生结识不久,也就和黄先生认识了。韩六舟做了朱先生的代理,和艾红住在平江古都饭店的几个月里,黄先生来过好几趟,看得出他是很喜欢艾红的,但是……

总台小姐注意到韩六舟的脸色不大对,连忙问:"韩先生,您怎么啦?"

韩六舟掩饰说:"没事,时间差。"他走进电梯,电梯的镜子照出他苍白的脸。

韩六舟开门的时候,仍然在幻想着,也许艾红和他开了个玩笑,此时她正躲在门后,马上会向他扑来……

没有,没有任何幻想,事实就是事实,艾红走了,而且是一去不复返了,她已经成了黄太太。

韩六舟扔下行李,里边有给艾红带的礼物,它们静静地躺在地毯上。

屋里沉静得吓人,韩六舟的思绪一片纷乱,艾红的信飘在茶几上,安安静静的,就像艾红本人一样。

"我以黄太太的身份欢迎你……"艾红说。

你原来应该成为韩太太的,韩六舟想,但是他的这个想法刚一冒出来,立即有另一个声音在脑海里反驳,她真的可能成为韩太太吗?

不!

韩六舟心底深处涌起一个念头,他极力想排斥否认这个念头,但这个念头固执地爬出来,渐渐地,盘踞了他的整个思想:我不是正希望有一个了结吗?

这个念头一出现,韩六舟自己把自己吓了一大跳,我真的希望

艾红走？我希望艾红自己提出来？

如果我回来的时候，一切和以前一样，我不是已经决定和艾红摊牌了吗？

艾红做了我想做的事情。

我真的能做出这么残酷的事情，说出这么无情的话？

我会说的。

只是，现在用不着我说了，艾红已经替我承担了这个难题。

两行热泪，沿着韩六舟的脸颊淌了下来……

两个小时后，韩六舟已经坐在桃花镇项达民的办公室里了。

韩六舟的全盘计划已经成熟，学习欧洲先进的管理方式，结合隆飞翔的特殊情况，在隆飞翔集团进行产业结构大调整，全面引进国外先进的设备和技术，把各个子公司打乱后再按分工统一调整，使隆飞翔集团真正地彻底地走上统一化、集团化、规模化生产的大路。

项达民听完韩六舟的计划，深为韩六舟的气魄所感动，但是，他也知道，在这个大胆的改革计划背后，隐藏着的阻力和困难。

项达民说："六舟，我提四个问题：一、这是一次巨大的根本性的改革，你有多大把握？二、全面引进设备和技术，需要多少钱，从哪里来？三、旧设备怎么办？四、结构大调整，意味着人员大调整，引进新设备，很可能带来劳动力剩余的问题，准备裁员？人员大调整的难度，往往高于其他任何调整，你做好这方面的思想准备没有？"

韩六舟说："一、隆飞翔到了今天这一步，只有一条出路，就是改革，结构大调整；二、钱有三个来源：1.银行贷款。2.把部分不愿意参加结构大调整的有限股份公司的我方的股干脆全部让给外商或台商港商，回收部分资金。3.职工股份。三、旧设备，淘汰，卖给愿意要的个人，可以改造的加以改造；四、人员大调整，毫不手软。"

看起来,韩六舟早已经把一切考虑成熟了,项达民却没有点头,说:"还有问题,银行贷款在哪里?"

韩六舟突然狡猾地一笑。

项达民知道他的意思,又说:"你把股份有限公司的股全部出让给外商或台商?"

韩六舟再次狡猾地一笑:"政策上,你给我支持。"

项达民说:"六舟,这个行动,非同小可,你有多大把握?"

韩六舟摇了摇头:"前途未卜,但是我必须试一试、拼一拼,拼,就可能拼出活路来,不试、不拼,死路一条!"

项达民说:"你都想好了?"

韩六舟突然不说话了,低头沉默了半天才抬起头来,眼睛红红的,沉闷着声音说:"隆飞翔走到今天这一步,我有不可推卸的责任,在隆飞翔面前、在你面前、在桃花镇的父老乡亲面前,我是个罪人!离开隆飞翔的这些日子里,我反复思考,我为什么要离开?我又为什么要回来?我在哪里跌倒了,就要在哪里站起来;我在哪里背了债,就要在哪里还清这笔债。隆飞翔是从我的手里垮下去的,我就要让它在我的手里重新挺起来,我要让隆飞翔更加灿烂,这就是我的生活、我的生命的全部内容!"

项达民缓缓地点点头,又问:"你对可能承担的风险,都准备好了?"

韩六舟果断地说:"我若没有准备好,也不会回来!"

项达民立即抓起电话,通知马上在隆飞翔集团召开镇党委扩大会。

柏森林刚刚和常金鹏一起赶回家,带着和斯托夫谈判成功的喜讯,一脚跨进了另一个硝烟弥漫的战场。

会议室的气氛有点紧张,大家都沉默着,只有毕奇在一边忙着倒水递烟,其他人都不吭声,看到韩六舟坐在会议室,每人的心里想什么的都有。

人到齐后,项达民宣布:免去毕奇隆飞翔集团总经理的职务,任命韩六舟为隆飞翔集团总经理。

毕奇眉宇间的那种无奈之色荡然无存了,浑身轻松,向韩六舟打躬作揖,表示祝贺。

韩六舟以一种开门见山的方式开始了和镇党委一班人的见面:"我向镇党委汇报关于隆飞翔集团的改革措施。"

在场的人,无不惊愕,难道韩六舟从来就没有离开过隆飞翔?

更使大家震惊的是韩六舟大调整的方案。还没等大家回过神来,韩六舟又说:"现在能不能请大家稍等一小会儿,我想请一位特殊人物到我们的会场上来。"眼睛向项达民示意,项达民点了点头,韩六舟走了出去。

不一会儿,韩六舟进来了,身后跟着莱特。

从莱特脸上看不出他对情况的了解程度。

韩六舟请莱特坐下,说:"莱特先生,我以隆飞翔集团总经理的身份,聘请您为总经理助理,您意下如何?"

莱特从来都是料事如神的,这一回他没有赶得上项达民和韩六舟的速度,但是他反应特别快,当韩六舟出来请他开会的时候,他已经知道大的趋势了,项达民是决定要自己把隆飞翔搞到底了,也许,琼斯是要放弃,至少是暂时放弃计划了。

莱特却没有料到,韩六舟会请他做他的助理,一愣之下,莱特很快平静了情绪,也很快做出了反应,说:"我非常愿意,也非常高兴地接受总经理的聘请!"

又是一个出乎意料。

项达民和韩六舟迅速交换了一下目光,韩六舟想,好一个琼斯,好一个莱特,好大的气派。项达民想,好一个琼斯,好一个莱特,我知道你们吞我隆飞翔的心不会死,我会永远警惕!

一直很紧张的会场终于开始骚动了。

莱特低声向项达民说:"我相信,平江市委的闻舒书记,并不知道你今天的行动。"

项达民说:"闻舒书记支持的只能是我,决不会是别人。"

莱特和气地笑道:"是吗?"

整个会场上,内心波动最大的要数柏森林了。

柏森林清楚地知道,让韩六舟回来重新挑起隆飞翔的重担,从目前来看,没有比这个方案更有利于隆飞翔的发展了。尤其是刚才听了韩六舟的改革方案,柏森林深深地被韩六舟的气魄和胆略所折服,更为韩六舟的进步所触动,在短短的时间内,柏森林更加坚定了信心,韩六舟能够使隆飞翔起死回生,换了他在项达民的位置上,由他来任命隆飞翔总经理,他无疑也会这么做!

痛苦的反思,使韩六舟看清了自己的过去;眼界的开阔,使韩六舟看清了前边的路,这不正是柏森林大声疾呼的吗?

所以,对于项达民的突然决定,柏森林应该举双手赞成。

但是,事情正相反,柏森林站了起来,抑制住激动,说:"项书记,你今天的任免,没有经过党委的讨论!"

全场的人,都紧张地看着项达民,也有看柏森林的。柏森林的声音虽然不高,但是,很明显,书记和镇长,到这时候,终于将他们的矛盾公开化了。

项达民不动声色地说:"好吧,现在党委委员都在场,现在就开党委会,大家表决!"

柏森林说:"讨论干部,不应该开党委扩大会。"

项达民说:"那党委会就放在晚上开,但是我现在就可以告诉大家,第一,隆飞翔集团的命运,必须我说了算;第二,柏镇长,希望你有个思想准备,晚上的党委会上,我们讨论干部分工问题!"

全场鸦雀无声。

第 27 章

一

由于项达民对柏森林说出那几句话,大家原以为晚上的党委会会开得很紧张,或者很沉闷,但情况却恰恰相反,气氛出奇地宽松而且热烈。

谁也没有料到,下午书记镇长之间剑拔弩张的形势,这会儿却不见了踪影,项达民坐下来,清了清嗓子,就开始做他的长篇发言,他从桃花镇的现状谈起,坦诚地向党委委员们承认,桃花镇今天的困境,他应该负责任。

会议的方向就不知何去何从了,大家心里都盘算着项达民到底要干什么。项达民却不急不忙,有条有理地分析起了桃花镇的困难,最后,他说,这只是我的一家之言,只是我一个人的想法,希望党委委员们,就桃花镇的现状,就桃花镇所面临的困难,谈谈自己的想法,分析原因也可以,提出解决困难的方案和办法更好。

这是极少有的情况,项达民的党委会,从来都是务实的,与其说经常让大家讨论具体的问题,更不如说是由项达民把他对某件事情、某个问题的解决情况告诉大家,大家表示同意,如此而已。今天的党委会,有些奇怪,从来不务虚的项达民,却长篇大论一番,而且让大家也跟着务一番虚。

桃花镇的党委会的情绪,从来都是跟着项达民走的。

常金鹏第一个发言,沿着项达民设定的轨道,沿着项达民的思路,同时也没有忘记再进攻一下柏森林,发泄一下对柏森林出马顺利谈成与斯托夫合作的口服心不服,赌着气道:"有的人,不要以为自己谈成了几个大的项目,天下就坐稳了,项目算什么?有本事,要从根本上解决困难!"

紧跟着有另外几个人也是沿着项达民设定的轨道说了说。

没有说话的人,正考虑下面该怎么说,项达民突然不需要大家说了,拿出一份材料,向大家扬了扬,笑着说:"知道这是什么吗?这是柏镇长在一个月前,参加平江市经济发展战略研讨会上的发言,得到市委领导高度重视的!"

柏森林不知项达民葫芦里卖的什么药,先稳住自己的情绪,尽量不动声色地看着项达民表演,对项达民的意图拭目以待。

项达民说:"我把我认为柏镇长谈得最好的地方给大家念一念,柏镇长说,人的素质问题,是最关键的问题,目前我们乡镇企业,为何落入低谷,柏镇长认为,主要是我们的乡镇企业干部,绝大部分,不具备条件……"

柏森林隐隐约约觉得捉摸到项达民的一点意图了,他的心不由荡悠了一下,不敢去靠近那个他已经感觉到的意图。

但是这个意图已经逼近了他,他无法躲避。

项达民终于露出了自己的最终目的,说:"说到底,人的素质是个什么问题呢,是教育问题!"

由于项达民把"教育问题"四个字咬得特别响特别硬,大家的比较松弛的神经一下子又都被抓紧起来,盯着项达民,等他下面的话。

项达民下面的内容,竟是大谈教育问题,滔滔不绝说了一大堆教育如何事关重大,最后甚至把话题扯到了自己身上,说:"就拿我这个党委书记来说,面临的最大问题是什么?就是接受再教育的问题。谁来教育我?谁来教育我我也不服气,但是有一个人我是服气的,就是我们的柏镇长!只有柏镇长,才能帮助我,才能帮助我们一大批从泥土里爬出来的乡镇干部提高水平,提高素质。我的感受太深了,我们这批人,就是因为文化水平太低,干事情常常力不从心呀,我们要改变自己,同时,更要从娃娃抓起呀……"

说着,再次环顾大家,最后的目光仍然停留在柏森林身上,项达民的目光十分恳切,也很柔和,但是在柏森林的感觉上,这是老鹰抓小鸡时的目光,柔和的背后是腾腾的杀机。项达民平和地看着柏森林,说:"所以,我考虑到,作为一级党委,必须分清大事小事,我们一切要从头做起,要从教育抓起,要重视教育,我们最得力最能干最有水平的干部,应该用更大的精力更多的时间去抓教育、管教育!"

柏森林一直吊在半空的心,突然一下子松软下去,他模模糊糊地想,这算什么,这算什么……

项达民继续说:"柏镇长,你本来就是分管教育的,但是过去,你在教育上投入的精力相对少一些,我建议,从今天起,你得拿出大部分的精力来管教育,柏镇长,这个重任,是非你莫属了呀!"

柏森林似笑非笑地笑了一下,没有说话。

项达民向大家说:"从今天起,柏镇长重点抓全镇的教育,我们也要减轻柏镇长的工作负担,柏镇长先前分管的部分工作由我、常金鹏、小钱三人分担。"

所有的人都紧张地等待着柏森林的发作。

柏森林慢悠悠地点燃一根烟,让烟雾弥漫在自己的脸前,一句话也没有说。

项达民说:"柏镇长,你有没有意见?"

大家再次紧张起来,却听到柏森林用平静的声音说了两个字:"没有。"

"好，"项达民说，"散会。"

柏森林走过项达民身边往外去，项达民叫住了他。

柏森林平平静静地看着项达民，项达民笑了，拍了拍他的肩，说："柏镇长，好好干。"

柏森林也笑了，说："我会好好干的。"

他们一起走出党委会议室，项达民取出几张纸，说："这是我对奎普合同的几点补充建议，你看一看。"

柏森林也拿出一沓纸，交给项达民，说："奎普电脑连接线的合同，交给你了。"

项达民接过合同，看了看，连同自己的补充建议一起交还给柏森林，说："奎普的事情，还是得由你出面，夏长江喜欢你不喜欢我，虽然你主管教育，但你毕竟还是镇长呀。"

柏森林说："好的，奎普这头，我办妥了再交给你。"往台阶下走了一步，又退回来，说，"我现在就到平江去，今天夏长江到平江，顺利的话，明天就能签下合同。"

项达民微笑着目送柏森林上了车。

常金鹏走过来，说："去告状了？"

项达民不置可否地一笑，说："也许是，也许不是。"

二

柏森林没有要司机开车，他自己驾着车，驶上了通往平江的公路，在单调的行驶声中，他有时间把项达民给他的当头一棒慢慢地化解开来。

思绪一下子走得很远很远，三年前，来桃花镇报到的时候，项达民对他说的话，他始终深深印在心里。

项达民说，柏镇长，欢迎你来做我的助手。

柏森林想，我不是来做你的助手的，也许现在是，暂时是，以后肯定不是。

独当桃花镇的想法,是从什么时候开始萌生的?柏森林清楚地记得,在北京中央党校时,有一次他和杨东到闻舒家去,谈了许多社会现象,三个人都激动不已,柏森林和杨东竟然同时萌生了干实事的想法,杨东是要竞选市长,而柏森林说,我只想当一个镇党委书记。

当然,柏森林的志向远远不止于此,他的宏图大略,决不会停留在乡镇,但是有一点柏森林非常清楚,无论他有多么伟大的志向,他必须踏踏实实,一步一个脚印。他也可以大踏步前进,但在前进的路上,无论如何,最不能跳过的,就是乡镇一把手这一步。三年来,这个目标从来没有动摇过,他必须做桃花镇的党委书记,他必须有施展自己全部才华和能力的最好的外部条件。

三年来,不管碰到什么困难,遇到什么风浪,柏森林的信念从来没有动摇过,他坚信,不管项达民的气有多盛,桃花镇的书记早晚有一天必定由他担任。这种坚定的信念,支撑着他,鼓励着他,他的三年没有白白度过,虽然表面看起来,三年中他所做的工作,都是为项达民干的,甚至有许多事情是为项达民擦屁股,但他毫无怨言,即使在对项达民的决策或者某些行为实在看不下去的时候,他也仍然隐忍不发,因为他相信,只要他担任了镇党委书记,一切都会好转。

但是现在,柏森林却对自己的信念开始产生了怀疑。

柏森林第一次感觉自己尝到了失败的滋味。

柏森林不能再盲目自信,他一直认为项达民是一个盲目自信的人,到这时候却突然发现,原来我竟和他一样,我也一直在盲目自信中生活着?

尖锐的问题一下子摆到柏森林面前,我为什么会失败?

柏森林失败了,至少在这一阶段他没有成功。他承认失败,就意味着承认项达民的成功和胜利。

柏森林不相信项达民能够再有成功和胜利，但是成功和胜利偏偏追着项达民去，这不是偶然的，不是没有原因的。

柏森林要好好想一想。

三年来，柏森林眼中所看到的更多的是项达民狼狈不堪忙于应付的一面，如果仅有这一面，项达民早就支撑不下去了，项达民的另一面呢？

其实，项达民对他的冲击，不是今天才开始的。

许多回忆涌上柏森林心头，他细细地咀嚼着……

车到了平江，柏森林惊奇今天的路程竟然这么短，他要考虑的东西，还刚刚开头。

接到了夏长江，叫上杨东，到平江雅园饭店吃饭，杨东感觉到了柏森林身上多了一种奇怪的东西，却品不出是一种什么东西，探究似的看看柏森林，忍不住道："柏森林，有什么事情？"

柏森林也向他看看，反问："你认为有什么事？"

杨东说："你有事情，你瞒得了别人，瞒不了我。"

柏森林说："你自我感觉是不是……"话没说完，突然看到平江市农业银行沈行长一行人穿过他们身边，也正往餐厅里去，柏森林不由脱口"哎"了一声。

沈行长那群人，突然听见一声"哎"，不由都回了头，大多数人不认识柏森林，倒是沈行长认了出来，说："是柏镇长，有客人呀？"

柏森林介绍了夏长江。

沈行长听说是奎普电脑的人，马上客气起来，过来和夏长江握手，聊了几句，回头向柏森林说："柏镇长，不简单呀，和奎普联系上了？"

柏森林说："生产奎普电脑连接线。"

沈行长说："好，大有希望呀！"

柏森林说："沈行长，今天碰到你，太巧了，本来我就想去给你拜年的。"

沈行长笑起来,说:"别黄鼠狼给鸡拜年呀。"

大家都笑起来。

柏森林说:"反正是不安好心。"

沈行长赶紧逃脱,说:"柏镇长,你和奎普联营,还愁什么?"

柏森林说:"沈行长,能不能借个地方说一说,向你汇报一下。"

柏森林和沈行长走进另一间餐厅,柏森林抓紧时间说:"沈行长,我想找你,不是电缆厂的事情,是明星化工厂……"

沈行长皱了皱眉,刚要说话,突然想到了什么,说:"柏镇长,是不是应该改称柏书记了?"

这话正戳在柏森林的心尖上,柏森林心尖一抖,但是面上一点也没有露出痛楚的样子,坦然地说:"恐怕不可能。"

沈行长"哦"了一声,半开玩笑半当真地说:"项达民果然大象屁股,连杜老也推他不动?"

柏森林打定主意不接沈行长的这个话头,又回到原先的话题上,说:"沈行长,我们有可能,入斯托夫的股。"

沈行长大吃一惊,张着嘴愣了一会儿才说:"听说斯托夫的原则,不接受五千万以下的合作伙伴,更不可能接受乡镇企业。"

柏森林说:"原则是人定的,人是活的。"

沈行长这才说出他的心里话:"柏镇长,你们胆大包天,凭什么,凭那个被我们封掉的明星化工厂?"

柏森林说:"正是,所以急着找你,就是为了明星化工厂。"

沈行长说:"这么大的事情,怎么项达民不来找我?"说完意味深长地盯着柏森林,好像要从他的脸上看出柏镇长已经是柏书记的意思来。

柏森林说:"他会来的,只是,今天碰巧我先遇到了你。"

沈行长脸突然冷下来,语气决断地说:"柏镇长,我现在正式告诉你,也希望你告诉项达民,不可能的事情!"

柏森林说:"沈行长,算账你应该比我会算,你们现在这样,把化工厂封了,老实说,那些设备对你们来说,不就是一堆破铜烂铁吗?那片厂房,那块地,等于一块荒地,你要它干什么?除了我们稀罕,别人谁会要它?"

沈行长说:"这是两回事,银行是要依法办事的!"

柏森林说:"法应该是经济发展的保障,如果成了阻力,这个法,就应该考虑修改。"

沈行长转怒为笑,说:"柏镇长,好大的口气,比国务院总理还伟大。"稍一停顿,忍不住拍了拍柏森林的肩,说,"柏镇长,据我了解,杜老并没有离开,他还在等着,等着市委对项达民的态度,你仍然大有希望呀!"

柏森林却固执地说自己要说的话:"沈行长,与其让一堆破铜烂铁一块荒地废在那里……"

沈行长打断他说:"不如让你们利用起来,搞好了,我的银行贷款还有希望,是不是?"

柏森林说:"你说是不是?"

沈行长说:"柏镇长,你说话的口气怎么越来越像项达民?"

柏森林笑了一下,心里掠过一丝苦涩,嘴上却说:"是吗,那就是近朱者赤,近墨者黑罢,沈行长……"

沈行长手朝餐厅里一指,说:"对不起了,他们在等我了。"说着便毫不客气地扔下柏森林一人,自己径直往里去了。

柏森林追上去说:"沈行长,如果斯托夫有担保金……"

沈行长轻轻一笑,意思是斯托夫肯替你担保吗?

柏森林呆呆地站了一会儿,杨东走过来,推了推他,说:"煮熟的鸭子飞了?"

好像是说的沈行长,其实是说的柏森林做桃花镇书记的事情,柏森林当然明白,但不想明说,只是摇了摇头。

杨东说:"是吧,我就看得出你有了什么事情。怎么,闻怎么的,又变卦了?"

柏森林不想谈,但被杨东逼得无法,只得说:"隆飞翔集团面临重大关头,闻书记大概觉得,非项达民顶着不行。"

杨东惊异地道:"闻真的这么想?"

柏森林说:"我是这么认为的。"

杨东的眼睛突然没有了神采,悲哀地看着柏森林,奇怪地说:"柏森林,你难道不伤心?如果闻真的这么认为,你还有什么希望?"

柏森林说:"我为什么没有希望,你凭什么说我没有希望?"

杨东的眼睛又突然亮了起来,说:"你有什么打算?你决定离开桃花镇了?"

柏森林说:"你凭什么说我想离开桃花镇?"

杨东说:"你在桃花镇,死路一条了,我估计,项达民这么精明的人,你和闻的关系,他迟早会知道的,那时候,有你的好日子过!"

柏森林平静地说:"他早已经知道了。"

杨东瞪大了眼睛。

柏森林说:"今天下午,刚开过党委会,分工我主管教育。"

杨东急得推了柏森林一把,嘴里骂骂咧咧:"他妈的,他项达民也欺人太甚了!"

柏森林说:"你这叫什么话,教育是一切的根本之根本,你自己就是一个教育工作者……"

杨东真的生了气,指着柏森林说:"你少给我来这一套!"两眼竟然湿润了。

柏森林心头一阵感动,情不自禁地说:"是的,我也许其他方面确实不如项达民,但是,他有我这么好的朋友吗?他有真正知心的朋友吗?"

杨东说:"柏森林,你这算什么?你这是书生意气,在官场上用不得的!既然事情已经到了这一步,你只有一条路了,走!天下大得很,你为什么偏要吊死在桃花镇这一棵树上?"

柏森林说:"人有时候是很奇怪的。"

杨东说:"所以我要劝你,当事者迷,旁观者清,你真的愿意在乡镇干,另外找一个地方,你一定能够超过桃花镇!"

柏森林摇了摇头,说:"我不离开桃花镇。"见杨东还要说话,便拦住他说,"进去吧。"

杨东一把拉住柏森林,说:"等一等,我不服气,今天晚上,我们到闻书记那里去!"

柏森林说:"干什么,诉苦?"

杨东说:"至少要让闻书记知道,项达民是个什么人!"

柏森林说:"什么人? 有本事的人,你难道不这么认为? 在和奎普谈判的过程中,你不是已经清清楚楚地看到了他的本事? 你好像也是很佩服的嘛。"

杨东说:"我只是看到他的谋略,并不等于……"

柏森林不让他再说下去,半推半拉地将他带进了餐厅。

席间,柏森林端着酒杯,到隔壁的包厢找到了沈行长,沈行长正在用手机通电话,看到柏森林进来,立即大笑,说:"好呀,好呀,你们桃花镇,左右夹攻嘛,一个现场表演,一个遥控指挥。"向柏森林招了招手,对手机说,"要不要和柏镇长说话,他来敬酒了。"说着将手机塞到柏森林手里,柏森林没有思想准备,一时没有说出话来,听得项达民在那头说:"柏镇长,代我多敬沈行长几杯,沈行长的酒量,你有数的。"

柏森林向沈行长说:"项书记叫我多敬你几杯。"

沈行长笑道:"你们唱双簧唱得不错呀。"

大家起哄让沈行长喝,沈行长喝了,对着手机说:"听到了吧,项达民,但是我告诉你,喝酒归喝酒,事情归事情,你想说的事情,没有可能!"

项达民说:"我晚上到哪里找你?"

沈行长口气强硬地道:"你不必来,我马上就走,出国,你找不到我!"不由分说地关闭了手机。

待柏森林敬了酒回到自己的包厢,发现杨东不在座,夏长江说杨东有急事要打个电话,火急火燎的,也不说什么事情。

柏森林心里一动。

柏森林猜得不错,杨东坐不住了,跑去给闻舒打电话,替柏森林抱不平。

闻舒平静地听着杨东激动的叙述,没有插一句话,杨东怀疑闻舒到底在不在听他说,不由"喂"了一声。

闻舒说:"我在听,你说。"

杨东一股气泄得差不多了,说:"我先说这些。"

闻舒说:"你说了这么多,就一个意思,要叫柏森林做桃花镇的书记?"

杨东说:"如果不可能,就调他走,像柏森林这样的人,别说什么镇委书记,当个县委书记,难道不够?足够!"

闻舒说:"哦,你真很看重柏森林?"

杨东说:"不看重他,看重谁?现在还有几个人,能像他这样,死死扎在下面。不重用他,重用谁?像我这样,口头革命派,夸夸其谈的?"

闻舒笑起来了,说:"杨东呀,我头一回发现,你原来很有自知之明嘛。"

杨东说:"闻书记,我竞选市长,是寻寻开心的,但柏森林的事情,我是当真的,你得给我个说法。"

闻舒说:"什么说法?我给了你,你知道柏森林要不要?"

杨东说:"我代他说,要!"换了口气,又说,"许多话电话里说不清楚,我到您那儿去。"

闻舒说:"今天晚上没时间了,改日吧,杨东,你呢,回去再好好想想,注意,不是想你自己,是想柏森林,想想他是个什么样的人。"停一下,又说,"还有一句话,你替我带给柏森林,我认为,他只要能坚持下去,能成大器!"

杨东放下电话,发现柏森林站在门边看着他。

沈行长一行人走了出来,柏森林和沈行长打招呼,沈行长态度并不热情,柏森林不在意沈行长的态度,固执地追上去,说:"沈行长,明星化工厂的事情,项书记还是会来找你……"

沈行长含糊地和大家招呼着,往门外走去。

当沈行长回到家,发现项达民竟在他家里坐等了。

沈行长板着脸说:"算你有本事,但你找到我也没有用,我不会和你说一句话!"

项达民说:"我不要你和我说话,我只请你看一看我的这份东西。"说着将一沓材料交给沈行长,拔腿就走。

沈行长反而有些不好意思,说:"不坐一坐了?"

项达民看了一下表,说:"我过半个小时再来看你。"说着出门而去。

沈行长看项达民给他的材料,是一份明星化工厂生产斯托夫化工原料的详细的可行性报告,最后是一封写给沈行长的报告,希望市农行支持:一、启封;二、贷款。

沈行长不由脱口自语:"贷款?一分钱也别想从我这里再骗去!"说过之后,自己也开始怀疑自己,我难道已经接受了项达民的第一个要求?

项达民及时进来了,沈行长说:"被我封掉的企业,要是都像你一样,我怎么办?我银行的规矩还要不要?"

项达民说:"其实,你心里已经被这份报告打动了。"

沈行长说:"你就这样强加于人?我什么时候被打动了?告诉你,我沈某人的铁石心肠,平江哪个不知道、不领教?"

项达民说:"我知道你是铁石心肠,但是我总有东西让你融化的。"

沈行长听出意思来,不说话了,只是盯着项达民的嘴,看他嘴里能吐出什么让他的铁石心肠融化的东西。

项达民说:"八十万美金,怎么样?"

沈行长眼睛"刷"地亮了,问:"哪来的?"

项达民说:"斯托夫。"

沈行长几乎不敢相信,斯托夫是什么来头,能让你的明星化工厂生产它需要的东西,竟然还肯投钱?

项达民说:"怎么,沈行长不相信,以为我是骗子?怀疑我项达民的人格?"

沈行长说:"人格,人格现在能值多少钱?我告诉你,我是不见兔子不撒鹰的,你钱不到账,我决不启封。"

项达民说:"你现在打个电话问问,钱说不定已经到了。"

沈行长又盯着项达民看了半天,笑起来,说:"好你个项达民,想蒙我,这八十万美金,你连柏森林都没有告诉?唉,柏森林呀柏森林,你怎么玩得过项达民!"

项达民说:"沈行长,你错了,这八十万美金恰恰是柏森林谈来的。"

沈行长说:"如果是柏镇长谈成的,他刚才为什么不告诉我?"

项达民说:"我是刚刚得到斯托夫的消息才赶来的,没有这个消息,没有这颗定心丸,我也不敢来找你呀。"

沈行长先是一愣,随即大笑起来,指着项达民说:"项达民呀项达民。"下面的话没有说出来。

三

晚饭后的谈判,进入了最关键最实质的阶段,柏森林把项达民的几点补充意见也带到了,经过反复商量,最后夏长江和柏森林分别在合同上签下了自己的名字。

柏森林长长地出了一口气,忽听夏长江说:"咦,杨东呢?"

柏森林这才想起,吃过晚饭回房间,杨东根本就没有跟着进来,他和夏长江专心在合同条款上,也没顾得上杨东,问其他人,谁都不知道,杨东也没有向任何人打招呼。

此时此刻,杨东正涨红着脸,坐在闻舒的会议室里。

闻舒请了几位亏损企业的厂长,开小型座谈会,会开到一半,大家正谈得来劲,秘书进来报告说,杨东来了,坐在外面等,要见闻书记。闻舒心里暗笑了一下,说:"那就请杨教授一起来听听吧。"

杨东走进来,闻舒向企业家们介绍:"这位是平江大学社会管理学院的杨东教授,全国最年轻的博导。他是研究社会学的,你们和他,怎么说呢,正是理论和实践相结合吧。"

大家笑起来,纺织总厂刘厂长说:"请杨教授多多指点。"

杨东也不客气,说:"互相帮助吧。"

座谈会继续进行,厂长们大谈一番苦经,最后得出高度一致的结论:要从旧体制的束缚中解放出来,不改不行了。

不知是不是因为杨东突然插进来的缘故,会开到十点钟就结束了,闻舒送走厂长,回进来向杨东笑着说:"今天闯座谈会,明天是不是要闯常委会了?"

杨东仍然赌着气,说:"事情解决了,我哪里也不闯,关起门来做自己的学问,写自己的著作。"

闻舒说:"恰恰你的学问不能关起门来做,恰恰你的著作要闯向社会才能写好。"

杨东说:"今天不谈我的事情,谈柏森林。"

闻舒说:"我交给你的任务,让你好好考虑考虑柏森林是个什么样的人,你有答案了?"

杨东不假思索说:"柏森林是个可以担当大任的人才,可惜他被埋没了,埋没得太久太久了!"

闻舒笑了笑:"不就三年吗,算得上太久太久?"

虽然闻舒一再以轻松的口吻和杨东说话,杨东却仍然眉头不肯舒展,说:"闻书记,柏森林不能再埋在项达民下面了,以柏森林的才略……"觉得自己要讲的话已经向闻舒重复多遍,再说也没有多大的意义了,便改了口,开始为柏森林评功摆好,说了一大堆柏森林的事迹。

闻舒说:"如数家珍呀,我突然发现一个道理,项达民许多好的想法,新的点子,许多明智的决定,很多是得益于柏森林呀,这一点,项达民自己也看到了、也承认,比如,农家乐,不就是受到柏森林的启发吗?所以杨东,我从你的谈话中,得出这么一个结论:项达民离不开柏森林。"

杨东没想到闻舒会得出这样的结论,一时不知怎么回答。过了一会儿,才说:"那当然,三年来,有目共睹,柏森林辅助项达民,给了他多大的帮助,项达民的许多想法,哪里来的?凭他项达民,能有这样的觉悟和水平?还不都是从柏森林那里偷去的。"

闻舒说:"是学去的。"

杨东说:"反正,柏森林对项达民的影响,是不可估量的!"

闻舒点头说:"说得好,杨东,项达民的进步,项达民在许多问题上思想的转变,确实离不开柏森林。"

杨东说:"您也承认,那就好。"

闻舒说:"这是事实,像项达民这样的乡镇干部,农民出身,文化水平不高,凭他自己瞎冲乱撞,恐怕是难以提高的,但是项达民身边有了个柏森林……"

杨东说:"他运气好。"

闻舒说:"这正是我要说并且要做的事情,要让许许多多的项达民都有好运气,让他们的身边,都有柏森林,让许许多多的柏森林去影响和帮助许许多多的项达民!"

杨东说:"您打算……"

闻舒说:"我正在考虑,和组织部门商量,可能会派出一批学识水平比较高思想比较新的知识分子充实乡镇一级。"盯注杨东看了一会儿,说,"其实,我还包含着一层意思……"

杨东立即敏感到了,说:"您希望一批知识型的干部找到自己的位置,但是,柏森林已经不再纯粹是一个知识型的干部,他有知识,也有丰富的实践经验,他怎么办?"看闻舒没有回答的意思,想了想,下决心说:"其实您心里也明白,用柏森林取代项达民,是迟早的事情,而且,迟不如早!"

闻舒没有正面回答杨东这个逼到眼前的问题,却说:"杨东,你可能也感觉到,我们谈论柏森林,是离不开项达民的,而项达民,恰恰又和乡镇企业紧紧连在一起。我们考虑项达民柏森林的前途,其实也就是考虑乡镇企业的前途,你承认不承认这一点?"

杨东点头,说:"我个人认为,乡镇企业是没有前途的,最后必定毁灭。"

闻舒说:"是不是偏激了些?"

杨东说:"它完成了历史使命,使中国从农业社会转向工业社会,一旦进入工业社会,乡镇企业也就到了退出舞台的时候了。当然,乡镇企业中有基础、有条件的,可能会成为跨地区跨行业的大集团,甚至是国际性的大集团……"

闻舒说:"这不就是前途?怎么说没有前途呢,也许只是名称上的变化,不再称作乡镇企业,但是作为国民经济的一个不可缺少的部分,不会毁灭,只会转换、变化、发展,比如向国际化大集团迈进,就是变化发展的一种形式。还可以有多种形式,我们现在要做的工作,就是鼓励支持扶助他们迈出改造的关键步伐!"

杨东说:"我知道,您刚才召开那个座谈会,也正是这个意思。"

闻舒说:"纵观中国社会的发展,纵观中国乡镇企业的发展,我感受两个字:改造。对私改造,对小生产改造,我们的社会,正是在不断的改造中发展成长起来的。说到底,乡镇企业这个特殊历史时期的特殊产物,本身既带个体经营的特色,又具有小生产的特点,对乡镇企业的改造,实际上,也就是对小生产的改造。我想强调的是,对小生产的改造,不仅仅是改造生产方式,更主要的,要改造人!"

杨东差一点跳了起来,差一点拍手称好,激动地说:"太对了,如今乡镇企业已经开始走上国际化大集团的道路,但是,看一看它的领导人,仍然是那些乡镇企业家,仍然是农民,这怎么能行?闻书记,我完全理解您的心情,许许多多项达民们立下汗马功劳,现在的情况,就是挥泪斩马谡,您于心不忍?"

闻舒心里一动,挥泪斩马谡,在闻舒决定由柏森林接替项达民的时候,这种感觉也曾经十分强烈地冲击着闻舒,但是现在,闻舒的想法变了。

闻舒说:"杨东,项达民到底是不是马谡,这个问题,还可以讨论,如果他不是马谡,也就不必挥泪斩人……"

杨东说:"他不是马谡,难道是关云长?"疑惑不解地看着闻舒,说,"至少,您也是下了决心搬动项达民的,我不知道后来怎么突然变了?"

闻舒说:"人是会不断变化的。"

杨东说:"您是指项达民?"

闻舒说:"我们大家都在变,都在不断地提高。"

杨东却有些不以为然,说:"怎么,从马谡变成关云长了?有这种可能吗?"

闻舒说:"杨东,这正是我到平江来一直考虑的问题,乡镇企业面临的困境,主要原因有两大块:人的素质和企业体制。所以,要冲破困境,再度走向辉煌,就必须得有两个前提,第一,不断完成人的素质的改变和提高;第二,完成改制。"

杨东终于无奈地笑起来,说:"闻书记,我这个理论博士,应该让给您了。"

闻舒说:"你是搞理论的,我今天想要以理说服你,是不容易的呀。"

杨东其实仍然没有服气,说:"不管怎么说,我看好柏森林!"

闻舒说:"我也和你一样,但是有一点,杨东,你对柏森林的个人感情,使你把其他所有的人,都看成了柏森林的对手,是不是?尤其是项达民。"

杨东承认:"是的。"

闻舒说:"确实,柏森林和项达民,是一对矛盾,但更是矛盾的统一。项达民的难能可贵之处,在于他明白了,一个人说了算的时代已经过去。他明白了在今天市场经济的条件下,靠一个人的头脑是绝对不行的,靠一个三流二流的头脑更不行,要有一流的头脑,要有许多人的头脑,过去皇帝尚且还有幕僚……"

杨东说:"凭什么柏森林要给项达民做幕僚?以柏森林的水平……"

闻舒说:"其实,我的市委政策研究室主任的位置,早就给柏森林留着了,但是,现在我才发现,我可能还不是太了解柏森林。"

杨东说:"他若想在市里工作,三年前从中央党校回来,就根本不用下去。"

闻舒说:"所以,决定项达民不动的时候,我曾想找柏森林谈,主意已经定了,临时又改变了,柏森林是不愿意走的,至少,现在他不愿意走。为什么?他还要从项达民身上学更多的东西!"

杨东重又看到了希望,情绪又高涨起来。

最后闻舒说:"杨东,你跑到我这里来高谈阔论,你最关心的奎普的事情也不管了?"

杨东说:"已经用不着我了,他们早已经热火朝天,今天晚上正式签合同。"

闻舒"哦"了一声,说:"再托付你一次,替我带信给柏森林,有时间,我和他聊聊。"

杨东自嘲地一笑,说:"他不像我,他不爱高谈阔论,他喜欢在合同上签字。"

四

明星化工厂与斯托夫集团正式签约后的第二天,秦一和就来到了桃花镇,住进桃花源宾馆,在走廊里与杜老擦肩而过,起先两老都没有认出对方,走过后,两人都回头看,这一看,想起来了。

多年的老朋友,突然在桃花镇相逢,真是百感交集,两位老人,都禁不住热泪盈眶了。

五十年代初,秦一和作为新中国培养的第一批化工专家,其成就和贡献引起了世界化工界的重视,西德化工界捷足先登,邀请秦一和去西德讲学,消息传出,全国化工界为之轰动。但是当时学校一位主要领导,不同意秦一和到西德讲学,认为是帮助自己的敌人,是严重的阶级立场问题,结果事情就拖延下来了。化工界的一些专家,对此事十分气愤不平,联名写信给省委,省委第一书记看过此信后,十分重视,让办公厅杜主任调查处理这件事情,最后终于使秦一和得以成行。

以后,经过无数次政治运动,每一次运动,都把这件事情翻出来,都是杜主任的罪行之一,当然也是秦一和的罪行之一,而在许多年的磨难中,杜主任和秦一和的情谊却越来越深。

一转眼,已经有十多年,他们没有见面了。

两位老人紧紧握手,几乎同时问对方,你怎么到这儿来了?其实就在问话出口的同时,杜老就知道秦一和到桃花镇的原因了。

当杜老向闻舒交出了七大问题以后,杜老在桃花镇的工作似乎也就告一段落了,至于解决问题,正如杜老自己所说,要靠闻舒,当然,这些问题,都不是三天两头就能解决的。

但不知怎么的,杜老回去后,心里老是记挂着桃花镇,实在放不下,三天两头又跑来了,这趟一来,就听说明星化工厂和斯托夫拉上了关系,是一位老化工专家在中间起了关键的作用,见到秦一和,杜老才一下明白了,原来那位老专家,就是秦一和。

说来话长,杜老拉了秦一和到自己房间,坐下,说:"秦教授,想不到你还是这么健壮。"

秦一和笑道:"你才是鹤发童颜。"

杜老哈哈大笑,说:"两个老东西,互相吹捧。"给秦一和泡了茶,又说:"秦教授,明星化工厂成为斯托夫的股东,听说你出了很大的力。"

秦一和颇有些得意地笑了。

杜老说:"你和项达民很熟悉,你怎么认识他的?"

秦一和是个固执的老头,听杜老这么追问,偏偏不说,只是说:"你别管我怎么认识他的,也别管我和他熟不熟,反正我愿意帮他的忙,多少人托我和斯托夫联系,我睬过他们没有?"看了看杜老,反问道,"你不是早就离休了吗?还在外面跑呀,还在做包公呀?"

杜老说:"还要铡人呢。"

秦一和笑道:"铡谁呢?抓到陈世美了吗?"

杜老半真半假说:"这一回,说不定要铡一个你最喜欢的人。"

秦一和开始还没有听出来,回味回味,觉得味道不对了,说到项达民头上去了,他脸一沉,说:"那你这个清官,就变成昏官了,好坏不分,算什么包公?"

杜老也不高兴了,说:"你了解外面多少?你一天到晚躲在实验室里,外面的事情你根本不知道,你就少插嘴吧。"

秦一和说:"你听说一句老话吗?秀才不出门,能知天下事。我虽然每天在实验室里,但是我看得清人心,不像有些人,每天在外面奔波,每天瞪着眼睛看人,却看不清楚!"

杜老说:"我把桃花镇的材料给你看看。"

秦一和说:"笑话,我凭什么要看材料,材料算什么?我只看事实。"

杜老被呛住了,愣了愣,说:"好你个犟老头,你到处问问,哪个不怕我杜包公,你倒……"

"我就不怕。"秦一和打断了杜老的话,正要往下说,常金鹏进来了,和杜老打了个招呼,热情地走到秦一和身边,说:"秦教授,我到处找您,急坏了。"

秦一和笑道:"怕我失踪?"

常金鹏说:"失踪倒不怕,怕您、怕您……"想说怕您受别人的影响,轻信别人对桃花镇的不公道的批评和指责,但毕竟慑于杜老的威严,没敢说出来。

秦一和性急,站起来说:"怎么,我们就到厂里去?"

常金鹏说:"秦教授您先休息,今天晚上,桃花镇党委全体成员,请您吃饭。"

秦一和说:"兴师动众,我一个人,用得着这么多人陪?"

常金鹏有些动容,停了一会儿才说:"秦教授,说实在的,陪饭对我们来说,早已经成为一个痛苦的负担,您想想,一年三百六十五天,每天至少两顿,长期下来,我们这些人,根本就没有了自己对自己的主动权,我是属于我自己的吗?不是的,根本不是。我难道不想天天安安稳稳地和老婆孩子一起在家吃一顿饭?我想呀!但是,我们的客人怎么办?由他们自己去?冷落了客人,人家下回还会来吗?没有人来桃花镇,桃花镇的经济怎么可能发展起来,怎么搞上去?"

秦一和知道这话是说给杜老听的,联想到刚才杜老半真半假说要铡项达民的话,心中明白了许多,便顺着常金鹏的话,也说给杜老听:"可是有的人认为,你们这是贪吃,搞不正之风。"

常金鹏说:"医生早就警告我了,我的一只肝,已经变成酒精肝,再喝下去,要出大问题。但是我又不能不喝,有时候,几杯酒,真的就换来一个合同多少投资呀,这是硬碰硬的。"

杜老终于忍不住,"哼"了一声,说:"过去,我们打日本鬼子,打国民党,小米加步枪,也没有用酒去打敌人,所以老百姓支持我们。现在老百姓怎么说,革命小酒天天醉,喝坏了党风喝坏了胃。难道,我们的经济,是靠酒发展起来的?有人不喝酒,不抽烟,照样干得非常好!"

常金鹏说不过杜老,也不敢和杜老顶嘴,咕哝道:"那是他们有本事,我没有本事,我只能靠敬酒来谈生意……"

杜老来气了,大声道:"你没有本事,就说明你素质不行。你素质不行,你就不具备做乡镇领导的资格!"

秦一和见杜老喉咙大起来,连忙向常金鹏使个眼色,说:"好吧,我先和杜老聊聊天,你一会儿再来叫我吃饭。"

常金鹏不服气地走了。

秦一和生气地问杜老:"怎么,我做的事情,我这个人,不值得桃花镇党委感谢?"

杜老又哈哈笑了,说:"怪不得人家都说,人老了讨人嫌,为什么?不讲理。秦一和,你真是个不讲理的老头!"

秦一和说:"我不讲理,你讲理吗?"

杜老直摇头,说:"你有没有看到省电视台的七大问题讨论?这七大问题,和我调查桃花镇的七大问题,完全一致!"

秦一和说:"你以为我什么都不关心?我知道桃花镇项达民他们困难,所以,我要帮助他们,而不是面对困难指手画脚,甚至大有落井下石的意思。"

杜老有些恼火,说:"你是说我指手画脚,落井下石?"

秦一和说:"我可没有说你,你是这样吗?你不是这样,你就不必心虚,不必对号入座。"

杜老说:"人家还没有全体陪你吃饭呢,你已经好话说了一大箩,不嫌肉麻?"

秦一和笑眯眯地说:"我不嫌肉麻。"

杜老也笑了,说:"你前世里,欠了项达民什么债吧?"

秦一和听了这句话,突然闷了,过了半天,才长叹一声,说:"杜老,你哪天有空?"

杜老说:"什么事?我天天有空。"

秦一和说:"过两天,我到平江去看一个人,请你一起去。"

杜老问:"看谁?"

秦一和说:"看了你就知道了。"

五

明星化工厂在秦一和的指导下,正式开始生产斯托夫需要的化工添加剂。根据斯托夫的要求,需要在一个月内就达到八十吨的生产能力,而明星化工厂现有的条件,尤其是厂房面积和设备,远远达不到这个要求,项达民正为下一步的计划着急,几乎觉得眼前一片漆黑,突然接到回台湾过年的尹秀婷的电话,一听尹秀婷的声音,项达民脑海里突然闪亮了。

尹秀婷在平湖八垛的宝祥皮鞋厂,厂房虽然已经建成,但是所有的投资也都已经折腾完了,八垛镇根据尹秀婷的意见,撤换了厂长,镇上也一再恳求尹秀婷再追加投资,但尹秀婷说什么也不敢再追加一分钱。

但是如果尹秀婷不再追加投资,尹秀婷先前的那些投入,等于打了水花,一无所获,尹秀婷正面临两难境地,当然愿意接受项达民的建议,下面的投入,由项达民牵头,按照股份制的要求,进行改组,将八垛的厂办成明星化工厂的分厂。

三方一拍即合,尹秀婷在台湾度假也不定心了,提前赶回来,同来的还有一位年轻人,尹秀婷把他领到项达民跟前,说:"项书记,我给你介绍个人,孙先生,孙进财。"

项达民早已经从年轻人的长相和神态中,认出他来,他是孙福的孙子,孙福老了,回去了,却让孙子孙进财接手了他在大陆的事业。

孙进财和项达民握着手,说:"您就是项先生?爷爷告诉我,到大陆去,靠着项先生,就有钱赚,就能进财。"大家都笑起来,项达民的心头,却涌出一股热流,不由回忆起当年他在上海满世界寻找孙福时的情形。

尹秀婷急于要把损失补回来,人一到桃花镇,顾不上休息,就要往八垛去。项达民说:"你不先看一看明星的生产情况,就这么放心?"

尹秀婷笑了笑,说:"我相信孙福的话,在这里,靠着你项书记,大家同发财。当然首先是你项书记自己得利,所以,你办的事情,我应该放心。"

孙进财说:"大股东小股东都得利,我们的合作才能长远,才有前途嘛。"

一行数人,驱车前往八垛镇,他们没有往镇政府去,直接到了宝祥皮鞋厂。看门人见了尹秀婷,能认出来,但不知尹秀婷怎么突然出现了,也没有镇上干部陪着,急忙往镇上打电话,说尹老板突然来了。镇长一听,带了几个人匆匆赶来,想不到尹老板突然来,更想不到桃花镇的书记也来了,镇长既兴奋又激动,搓着手,连连说:"太突然了,太突然了,怎么事先也没有告诉一声,让我们有个准备,太突然了,太突然了!"

尹秀婷说:"我也是刚刚从台湾过来,一下飞机就赶来了。"

镇长从尹秀婷的话中,听出了希望,更兴奋了,怕好事突然飞了,连忙又说:"项书记,我们镇上几个人,早就想到桃花镇拜访你,过了年,正在考虑安排什么时候去,你们倒先来了。看看皮鞋厂,怎么样,基础还是不错的,当时造厂房时,幸亏尹老板坚持质量,现在看起来,厂房的条件还是不错的,项书记,你看呢?"

项达民正要说话,斜刺里冲出一个人来,跑到尹秀婷面前,扑通跪下,抱着尹秀婷的腿凄惨大叫:"姑妈,姑妈……"

是尹宝祥。

尹秀婷皱着眉,后退一步,说:"你起来,有话好好说。"

尹宝祥说:"姑妈,您答应给我碗饭吃,我才起来,若不然,我不起来。"跪着向前,又要抱尹秀婷的腿。

尹秀婷铁青着脸,说:"我从来不受无赖的要挟。"

尹宝祥愣了一下,眼泪鼻涕下来,边胡乱抹一下,边说:"姑妈,我知道我错了,我知道我错了,您老人家,再给我一次机会,我再也不会犯错了!"

尹秀婷说:"人生的机会是不多的,你错过了,就不可能再来,你另寻出路吧。"

尹宝祥说:"姑妈呀,您这话一出口,就是几条人命的大事呀。我做厂长的时候,娶了老婆,后来厂长不做了,她说我骗她,要自杀。我说,因为我姑妈不在,他们欺负我,等我姑妈回来,一定会重用我的,你再等等,等我姑妈回来。现在您回来了,您如果不答应我,那更不得了,肚子里有小孩子了,如果自杀,就是两条人命了呀!"

尹秀婷气得脸煞白。

镇长见尹宝祥这样,也很生气,训斥了几句,哪知尹宝祥说:"你怎么反倒骂起我来了?我还不是为了镇上,一辆车送给你们,卡拉OK舞厅也是为你们玩才造的,账都算到我头上,撤了我的厂长,你的镇长怎么不撤,这公平吗?"

镇长急了,大声喊人:"把派出所王所长叫来!"

尹宝祥一听,赶紧走了。

镇长脸上讪讪的,引着项达民、尹秀婷、孙进财到镇上。刚坐下,还没喝上一口茶,外面又吵闹起来,是尹宝祥把老父亲尹金桐搬来了,尹宝祥自己却不敢再出面。尹金桐进来后,看到尹秀婷,老泪纵横,说:"秀婷呀,他是你侄子呀,你不帮他谁帮他?"

尹秀婷说:"我曾经任命他做厂长,他做好了吗?"

尹金桐说:"一笔写不出两个尹字,你这样对待尹家的人,让人家笑掉大牙!"

镇长小心翼翼地看着尹秀婷,试探着说:"尹老板,如果,如果宝祥真的能悔改……"

尹秀婷一摆手,说:"他是无可救药了!"

尹金桐说:"哎呀,秀婷,你就死马当作活马医,反正你有的是钱,让侄子折腾折腾,让我们苦了这么多年的人,也过几天宽松日子,对你来说,还不是九牛一毛?"

尹秀婷说:"就算九牛一毛,这一毛也不能随便折腾掉,要用来投入、产出,争取更多的钱。"

尹金桐摇着头,说:"人家都说台湾人小气,果然不错。"

一直在一边看着事态发展的孙进财,虽然不能完全听懂他们说的话,但大体也了解了事情的经过,不由对项达民说:"早就听说大陆的人情关系网了不得,今天一来就看到了,尹老板怎么办呢?"

项达民说:"比这个难几百倍的难关尹老板都过来了,这点小事,难不倒她。"

孙进财点了点头,说:"我相信,我爷爷在大陆这么多年,也是闯了许多难关的。"

项达民说:"孙先生,你这次来,有没有具体的打算?"

孙进财说:"我根据爷爷的规矩,继续在桃花镇发展,巩固现有的合资项目,有可能的话,也考虑发展新的合作项目,也考虑独资,借桃花镇一块宝地,我自己干我的企业。"

项达民问:"有没有意向?"

孙进财摇了摇头,说:"虽然爷爷提供了许多东西给我,但那是他的东西,不是我的,现在由我来干,我就要靠自己的调查了解,靠自己的判断来确定我的投资。"

项达民说:"如果孙先生信得过我,我可以提供一些参考,比如,我们的皮件厂、玻璃厂……"

孙进财笑了笑,摇了摇头,说:"我只信自己的眼睛。"

尹秀婷和八垛镇的镇长,总算把尹金桐打发走了,镇长走过来,笑眯眯地看着项达民,说:"项书记,谢谢,谢谢。"

项达民说:"事情还没有开始呢,谢什么?现在哪里知道应该谁谢谁呢。"

镇长说:"总是我们谢你们,总是我们谢你们,你们是第一世界,我们是第三世界,你们从第一世界跑到我们第三世界来帮助我们,当然是我们谢你们,当然是你们帮助我们。"

项达民说:"你以为我们是无所求的,白来帮助你们?不对,我们是来和你们谈判的。"

镇长搓着手,只知道"嘿嘿"地笑。

项达民说:"凡是谈判,都是互相有求于对方,如果不是建立在双方都有求于对方的基础上的,那就不叫谈判。如果双方都无求于对方,就不必谈判了,这是毛泽东对基辛格说的话呢。"

镇长点头道:"是的,是的,互相帮助,互相帮助。"

六

徐晶到桃花镇来了,没有找到项达民,镇上的领导一个都不在家,徐晶无奈,到医院来找田金秀,她给项达民带了些强力生命液,是一种新产品,效果非常好。交给田金秀的时候,田金秀不以为然地瞥了一眼,随手扔在一边,说:"我们项书记,从来不吃这些东西,不相信这种玩意儿。"

徐晶知道田金秀的脾气,也不和她计较,说:"田护士长,我今天来是特地来告诉项书记,我要走了。"

田金秀一愣:"走,到哪里去?"

徐晶说:"美国。"

田金秀又一愣:"你要出国访问还是……"

徐晶有点感伤地说:"不是访问,可能要在美国定居。"

田金秀回过神来,想了想,说:"其实你打个电话就行了,何必专门从上海跑过来,乡下地方,有什么好的。"

徐晶心事重重,一点也不在意田金秀的态度,说:"我在上海也听说了,项书记是不是要走?"

田金秀警惕地瞪大了眼睛,说:"走?走到哪里去?美国?"

徐晶知道她误会了,连忙说:"我是说,工作上,听说要调动?"

田金秀说:"你倒很关心我们项书记呀,这里的消息,你上海也能听得见?"

徐晶说:"我今天来,是想看看,有没有我能帮忙的地方。"

田金秀立即说:"你能帮什么忙?你找吕正?吕正有什么用?你找闻舒?你认识闻舒?"

徐晶摇了摇头。

田金秀说:"就算你认识闻舒,他能听你的?"

徐晶不由低下了头,一个从来不怯场的优秀的节目主持人,却在田金秀面前低了头。我算什么呢,项达民真的碰到了困难,我救得了他吗?项达民是我什么人,我为什么要救他?奇怪。

徐晶心里,千头万绪。

田金秀"哼"了一声,气鼓鼓地说:"想搞我们项书记,没那么容易,只要我们项书记不想走,谁也不能叫他走!"

徐晶说:"他不走了?平江市委副秘书长也不要做?"

田金秀说:"副秘书长算什么?名声好听,没有实权的,还是在镇上做一把手,有实权,说话算数。我们项书记是拎得清的人,拎得清的人,都是要实权,不要虚名。柏镇长也是拎得清的人,我们项书记说,柏镇长也有的是机会可以到市里去,他去不去?当

然不去。为什么不去?他想要做桃花镇的一把手呀,所以搞我们项书记。做梦了,柏镇长怎么搞得过我们项书记!"

徐晶干咳一声,问道:"项书记今天回不回来?"

田金秀说:"今天怎么可能回来!"

徐晶说:"明天呢?"

田金秀说:"明天也不回来。"

徐晶笑了一下,说:"那我就在桃花源宾馆住下,等他回来。"

田金秀盯着徐晶的背影,无话可说。

其实当天晚上,项达民就回来了,一到家,刚坐下,田金秀就告诉他,徐晶来了,已经在宾馆住下等他回来。

项达民说:"她说有什么事吗?"

田金秀说:"要出国了,要去做美国人了。"

项达民一急,站起来就往外走,田金秀长长地叹息了一声。

项达民来到宾馆,果然徐晶正在宾馆看书,一听到门铃响,跳了起来,开了门,说:"我就知道你今天会来。"

项达民说:"你能掐会算?"

徐晶说:"田护士长急急地说你今天不回来,我就猜到今天你一定回来。"

项达民无言地一笑,说:"怎么,要走了?"

徐晶说:"田护士长说得对,其实打个电话告诉一声就行了,何必特地跑到乡下来,乡下地方,有什么好的?"

项达民说:"但吸引力还是不小嘛。"

徐晶也笑了一下,但笑得很勉强,说:"怎么,工作的事情,不动了?"

项达民说:"谁说的,只是暂时过渡罢了,前途未卜呀。"

徐晶说:"不是说,你要是不想走,谁也不能叫你走?"

项达民说:"你真的认为我有那么大的气势?"

徐晶说:"我不知道,我不知道你。"叹息一声,又说,"不说这些吧,隆飞翔集团好像搞过时装展,有录像带吧?"

项达民说:"有。"

徐晶说:"另外,有关隆飞翔产品的详细介绍,最好能有音像方面的,能不能替我搞一点,我想带走。"

项达民说:"这小事一桩,真是打个电话吩咐就行了,我叫人给你送过去。或者,我跑一趟,代表桃花镇送送我们的荣誉乡民也是应该的嘛。"

徐晶说:"说得好听。"停了一下,又说,"你真的认为,打个电话就够了?"

项达民说:"你走得这么突然,这么急,房子的钱,我还没有准备好。"

徐晶突然涌出两汪眼泪,说:"我急着要钱,是为了办出国。现在出国手续都办齐了,钱,我也不急了,留在你这里,算我的养老保险吧。"

项达民说:"你到了美国,该向美国人要养老保险呀。"

徐晶说:"谁知道能混到哪一天,说不定混不了几天,又折腾回来了。"

项达民说:"这像你徐晶说的话吗?"

项达民等了一会儿,也不见徐晶再说什么,笑道,"怎么,没有话和我说了?"

徐晶说:"是你没有话和我说。"

两人都沉默了。

走出桃花源宾馆,春寒裹挟着刺骨的风迎面扑来,项达民被冷风呛了一下,咳嗽起来,黑暗中,慢慢地有一个人走过来,项达民定睛一看,是兰桂花。

兰桂花低声道:"项书记,我回来了。"

项达民一阵冒火,差点骂起人来。兰桂花一走就是好多天,连

个音信也没有,这会儿没事似的又突然出现了,但是在夜色中项达民看出来兰桂花瘦了一大圈,原来是个圆脸,现在瘦得尖尖的,不由说:"你怎么了?"

兰桂花消瘦的脸上露出了笑容,说:"项书记,关于王桃厂的改革方案我马上向你汇报。"

项达民看了看表,说:"现在?"

兰桂花毫不犹豫地说:"现在。"

项达民说:"好吧,到我办公室去。"

第 28 章

一

半夜,兰桂花坐在朱贵的自行车后座上回家,寒冷的风刮得她脸生疼,直往朱贵后背上贴。朱贵的后背,宽宽的,正是依靠的好地方。

一路上朱贵一声不吭,只有自行车声,从夜间的田野上传开去,远远近近的村庄,一片漆黑,偶尔有一两声狗叫和孩子梦中的啼哭。她知道朱贵生她的气,不想和她说话,但她忍不住问:"小芬在家?"

朱贵闷声闷气地说:"在家。"

"睡了?"

"睡了。"

"她,好吗?"

"好。"

没有话了。长时间的静默伴随着车声。

终于到了家,两人轻手轻脚,怕吵醒女儿。兰桂花倒了热水洗脸,朱贵仍然不说话,到厨房去不知鼓捣什么,过了一会儿,端着一碗热腾腾泛着青绿葱花的荷包蛋,送到兰桂花面前。

兰桂花一看:"呀,四个,我吃不了。"

朱贵闷声说:"事事(四四)如意。"

兰桂花吃起来,吃到一半,向朱贵看看:"你不吃?"

朱贵说:"不饿。"

兰桂花想不到自己一眨眼就狼吞虎咽地吃下去四个鸡蛋,连汤也喝光了,抹了抹嘴,兴奋地说:"朱贵,项书记基本上同意我的方案了!"

朱贵收拾了碗筷,没有吭声就进了厨房。兰桂花追进来,说:"你不想听听?"

朱贵说:"不想。"

兰桂花又气,却又对朱贵无奈,凡人不开口,神仙难下手。兰桂花绕了一圈,又过来,不管朱贵要不要听,她自顾激动地说:"乡镇企业转制是势在必行的了,我王桃厂要走这第一步!"

朱贵看了她一眼,没有态度。

兰桂花追着他说:"你以为什么?你以为我赶时髦,赶浪头?"

朱贵突然紧张地说:"你不会要卖厂吧?"

"你到底开口了!"兰桂花笑起来,说,"厂我是不卖的,我还没有悲观到这一步。"

朱贵说:"搞股份制?"

兰桂花笑了,说:"你到底是关心的!"

朱贵沉着脸,说:"你那些陈旧的设备,老掉牙的生产方式,效益这么差,谁肯入股?"

兰桂花说:"只要人的思想观念能够更新,一切陈旧的东西都可以更新,不是吗?"

朱贵说:"你有把握,工人肯入股?"

兰桂花沉吟一会儿说:"我有把握,不说别的,只说厂里的每一个人对王桃的感情,就凭这一点,我相信。"

朱贵又想了想,问:"厂长怎么产生?"

兰桂花说:"在认股最多的五个人中选出三个,一正两副。"

朱贵一愣,说:"你好像很有把握,厂长仍然是你?"

兰桂花说:"我当然有把握。"

朱贵说:"苦了这么多年,你还没有苦够?"

兰桂花说:"离开了这样的苦,我的日子会过得一点儿都没滋味。朱贵,你知道我的,你过去一直支持我,以后你……"

朱贵摇了摇头,没有让她把话说完,便道:"可你把一个厂弄出这么大的事情,搞得停了产,王桃的名声一败涂地,你的苦,是白吃的。"

戳到兰桂花的心尖上,兰桂花皱了皱眉,想反驳朱贵,但忍了忍没有说,尽量使口气平和,说:"我不同意你的说法,没有苦是白吃的。"

朱贵说:"你认为工人还会选你做厂长?"正说着,突然看到朱芬站在自己屋门口望着他们,朱贵不由呀了一声,说:"把小芬吵醒了。"

朱芬说:"我根本没有睡着。"站着也不走过来,只是望着父母,脸上也没有什么表情,好像一切都已经很习惯了。

兰桂花伸出手想拉女儿过来,朱芬却躲开了,看着兰桂花,说:"妈妈,你又要做厂长了?"

兰桂花看了朱贵一眼,没有回答。

朱贵说:"还不一定,要大家选,不一定能选上。"

兰桂花脸色不好看,忍了忍,但没有忍住,说:"肯定能选上,我厂里的人,我知道他们,他们也知道我,这么多年下来,都是互相信任、同舟共济的,他们不会在这时候扔下我,他们需要我,离不开我!"

朱芬说:"妈妈你很想当厂长?"

兰桂花不否认。

朱芬也点了点头,无声地走进了自己的房间,扔下父母在寂静的外屋面面相觑。

二

王桃厂认股大会开得轰轰烈烈,最后的高潮是选举厂长,选举之前,由项达民代表镇党委向职工说几句话,他说,在王桃厂销售霉变食品的事件中,兰桂花厂长有着不可推卸的责任,兰桂花的错误,党委已经做出严肃的组织处理,镇党委的意见,兰桂花仍然作为厂长候选人,请全厂职工表态,如果同意兰桂花参加厂长选举,请大家鼓掌通过。

项达民话音未落,全场立即响起了热烈的掌声。

职工们,村民们,对兰桂花的过去,做出了公正的评价。

毕竟,这许多年,是兰桂花带着他们发展了流水村的经济,带动大家富裕起来了,谁也不会忘记兰桂花的功劳。

大家也感谢镇党委对兰厂长的公正评价。

兰桂花感动得热泪盈眶,不停地用手揉着眼睛。

同时,项达民给大家带来了一张新面孔,一位年轻的大学毕业生。项达民说,为了给企业注入新鲜的活力,镇党委特意推荐大学生刘冠参加厂长选举。

年轻的戴眼镜的刘冠有些腼腆地站在台上,只说了一句话:"我愿意把我所学的知识,毫无保留地献给王桃厂。"

下面议论纷纷,多数人并不认识刘冠。刘冠是桃花镇人,出去上了大学,毕业回镇不多久,在外资企业工作,今天突然来到王桃厂厂长选举的会场,大家对他没有任何印象。

另三位厂长候选人一位是原先的副厂长,两位是车间主任,三人中大家看好的是车间主任纪一宏。

选举前,项达民问兰桂花:"你估计,刘冠的票和纪一宏的票,谁会更多些?"

兰桂花不假思索地说："肯定纪一宏多，刘冠大家都不认识他，凭什么选他？"

可是奇怪的是，到了选举开始时，一直自我感觉良好的兰桂花突然有些心慌了，她忍不住走过来，低声说："项书记，我怎么的，心里很乱。"

项达民轻松一笑，说："你替我想一想，若是镇上选党委书记，我会心慌吗？"

兰桂花竟然辨不出项达民话里的滋味，按项达民的脾气，他的意思肯定是说，我是不会慌张的，我是有百分之百把握的，但是现在从项达民口中说出来的话，却不是这个意思，好像在说，你心里慌乱这是正常的，如果选党委书记，我也会慌乱的。

你也有慌乱的时候？兰桂花怀疑地看着项达民。

你以为我是什么人？你以为我是铁打的金刚？铁石心肠？兰桂花呀兰桂花，你错了，我是项达民，只是一个普普通通的人，我和大家一样，碰到事情也会慌张，也会乱阵脚，也会手足无措，我只是，做出一副沉着冷静的样子罢了。

项达民向兰桂花微微一笑，示意她放松心情。

兰桂花说："会不会？会不会？"停顿下来，后半句话好像不能说出口来，但不说又憋得慌。

项达民摆了摆手，说："现在什么也别多想了，把选举搞好。"说这话的时候，不知怎么的，他心里掠过一阵浪潮，浪潮过来，心里空空的，难受。

开始投票，职工们叽叽呱呱地显得十分兴奋，兰桂花注意着他们的神态，她想和大家交流目光，可是，她突然发现，几乎没有人正视她的注视，大家笑着，轻轻松松地从她身边经过，上台投出庄严的一票，又说笑着，下来，经过兰桂花的身边回到自己的座位上。

兰桂花的心，再一次吊了起来。

等待计票的过程，是那么的漫长，那么的难熬，那么的令人惶惶不安,在春寒中,兰桂花的鼻尖上甚至渗出了汗珠,她茫然地看着热闹的场面,竟有一种不知身在何处的感觉。

项达民拿手在她眼前晃了晃,说:"怎么,犯呆了?"

兰桂花仍然迷茫着。

项达民说:"不好熬吧?这是什么?这就是人为刀俎,我为鱼肉。"

兰桂花机械地重复了一遍:"我为鱼肉?"突然激动起来,不再有迷茫感,说,"我为鱼肉,我为什么要做任人宰割的鱼肉?"

项达民说:"因为你有所求。"

兰桂花说:"是的,我有所求,我求的什么?我求的是王桃厂的厂长。我做厂长干什么?为我自己?"越说越激动,"我干吗要成为鱼肉,我可以不成为鱼肉的,我可以在家里轻轻闲闲过日子,我可以做刀俎,把别人放在砧板上来宰割……"

项达民笑起来,说:"那就不是你了。"

镇上派来的三个计票工作人员开始唱票,竟然五位候选人的名字交错出现,不分上下,原来以为兰桂花会压倒多数的人,都开始紧张起来,兰桂花的心,跳到嗓子眼儿上,身体竟然有些发抖,项达民感觉到她身上散发出来的紧张气息,自己也不由得有些紧张了。

渐渐地,黑板上,兰桂花名字下的正字,比另两个人少了,更少了,更少了。

全场突然静了下来,大家都朝兰桂花坐的地方看,难道投票的人,他们都不知道会有这样的结果?

兰桂花勉强笑着,做出一副无所谓的样子。

结果终于出来了。

票数最多的,竟是谁也不了解甚至不认识的刘冠。

兰桂花在五人中,票数第三。

按选举规定,厂长刘冠,票数第三的兰桂花任第二副厂长,另一个票数比她多的纪一宏任第一副厂长。

全场静得没有一点声音。

坐在会场上的好像不是几百个乡镇企业的农民,而是一支纪律严明的军队。

计票人员将写着投票结果的字条交给项达民,项达民接了过来,站起来,高声说:"我现在宣布选举结果,厂长:刘冠,副厂长:纪一宏,副厂长:兰桂花。"

仍然没有一点声音,许多的人,大多数的人,他们没有投兰桂花的票,但是他们从来都认为应该是兰桂花当选厂长,也许他们在写上刘冠的名字或者写上纪一宏的名字时想,反正厂长总是兰桂花做的,我不选她,别人也会选她。

但是今天的选举和从前不一样了,从今天开始,所有参加选举的人,都是王桃厂的股东了,王桃厂的一草一木一砖一瓦,都与他们的经济利益紧紧地连在一起了,他们对兰桂花有感情,他们感激兰桂花在过去许多年里带领他们致富,他们也都是有人情味的农民,但是现在他们不能顾情面了。

这也许仅是在投票的一瞬间从大家脑海里掠过的想法,这稍纵即逝的想法,却主宰了这次选举。

项达民应该说话了,应该就今天的选举做个总结,指点王桃厂的方向,但是项达民一时却没有说话,他说不出来,他也不知说什么好,这个意外的结果,他事先曾经考虑过吗?

大家的行动,强烈地震撼了项达民,如果说在这之前,项达民也已经意识到新的素质,高新的知识和科技对企业的重要,他却万万没有想到,农民们,对新的素质,对新的知识结构,对新人的向往是如此强烈!

我是不是也和兰桂花一样,盲目乐观,一直到落选?

我的战略思路,是不是出了问题,到了彻底大调整的时候?

兰桂花勉强的笑意也没有了,她双手捂着脸,谁也看不见她的脸色。

但是到底还是有人说话了,就是新当选的厂长刘冠。刘冠说:"我想不到我会当选厂长,我更想不到大家会不投兰厂长的票。如果问我的想法,我可以坦率地告诉大家,兰厂长比我,更适合做厂长,她做厂长比我做厂长更有利于王桃厂!"

传出兰桂花轻轻地抽泣声。

项达民说:"选举是全体职工的心意,这个结果,决不能随便改动的。我现在,就代表镇党委宣布,从今天起,王桃厂厂长,由刘冠担任!"回头看刘冠,"刘厂长,你和大家说说话?"

刘冠走过来,对着话筒,心情显得很激动,平静了一会儿才说:"现在我们的王桃厂不是哪个个人的厂了,这是我们全体职工的厂,是我们大家的。我相信,靠大家的力量,我们一定能再现王桃当年的辉煌!"

没有人鼓掌,也没有人吵闹,大家仍然沉浸在兰桂花不再当厂长的事实中。

刘冠继续说:"我会和纪厂长、兰厂长一起……"

刚说到"兰厂长"三个字,兰桂花突然站了起来,泪流满面,向大家说:"请你们放心,我一定配合刘厂长,重振我们王桃的雄风!"

项达民向兰桂花点头,但他心中,却涌起一阵又一阵的酸楚。

三

隆飞翔集团里里外外,上上下下,到处都有人在布置隆飞翔牌服装的标志,项达民走进来,也倍觉精神振奋。他走进韩六舟的办公室,张建伟也在,显得精神焕发。韩六舟说:"项书记来了,我们正在谈企业形象问题。"

"企业形象?"项达民说,"好呀,怪不得里里外外都布置了商标图案,确实令人振奋。"

张建伟说:"隆飞翔集团到了今天,已经不仅仅是考虑产品竞争力的问题了,随着技术水平、管理水平、工艺水平的不断提高,企业之间在产品上的'无判别化'已经开始出现,企业,尤其是像隆飞翔这样的企业,仅靠提高质量来甩开其他企业已经越来越不容易。"

韩六舟说:"是的,我在欧洲考察时,也着重关注过这方面的问题,在高科技的社会中,产品的高质量,已经不是一件很难的事,同时,由于消费形态的转换,多元化,商品的生命周期也大大缩短,市场变化越来越快,快得让人眼花缭乱。在欧洲,人们早已经把消费者分为几种类型,比如感情型、知性型、坚实型、运动家型等等,这就要求企业必须不断开发新产品,于是,传统的行销手段功效大大降低,而企业之间的信息,便转移到企业信息上来了……"

项达民说:"看起来,短短的欧洲之行,效果不错呀。"

韩六舟说:"也不仅仅是到欧洲的短时间里了解的,给朱先生打工的那段日子里,我长了不少见识,欧洲的纺织品,真是物美价廉,我们竞争不过人家!"

张建伟说:"企业形象问题,现在的情况,不同的企业,生产同一产品,质量、性能、外观、价格都已经很少有明显的差异了,怎么办?消费者仍然会选择。他凭什么选择?凭对企业的印象,这就是企业形象!"

韩六舟说:"我去年到美国,注意到美国各地汽车旅馆都采用统一标志,标准字、标准色设计,它们是以招牌的形式统一它的形象,在服务上,也形成了风格。我曾经向旅行者了解过,他们一致认为,连锁系列使人感到安全,这就是成功的形象。我们隆飞翔是有形象的,曾经形象也不错,只是……"

张建伟说:"重振形象,首先是要重振我们自己的信心,如果自己对自己都没有信心,消费者怎么来相信你?"

项达民说:"张建伟,看起来,你的信心又回来了。"

张建伟说:"当然有信心。另外一个问题,广告的问题,隆飞翔的广告,做得总是不够精彩。其实好的广告,同样能为树立企业形象添上精彩的一笔。"

韩六舟说:"广告的问题,我在国外也特别留心过,感觉到,好的广告——应该让人有一种会心会意的感觉,比如有一家空调企业的广告,'反正要买,何必再熬上一个酷暑',让人一看,就联想到酷暑的恐怖。"

张建伟说:"点子是营销活动中重要的一笔,我听说过一个故事,我们的茅台酒,最初拿到国际博览会上,因为包装不好,没人注意,怎么办?中国官员装作失手,打碎了酒瓶,酒香四溢,吸引了许多客人……这就是好点子呀。"

项达民说:"我看到过一家企业,在产品里夹一张聘书,聘顾客为质量监督员,为产品揭丑,发给奖金,这也是个不错的点子。"

韩六舟说:"美国有家银行刚开张时,在纽约各电台买下相同黄金时间十秒钟,这十秒钟,整个节目中断,这时候,全纽约的电台同时沉默,听众被这莫名其妙的十秒钟激起了兴趣,沉默时间成了市民们最不沉默的话题,银行的知名度大大提高……"

项达民说:"这个点子,比张建伟和我说的那两个更好。"

研究中心的陈工进来,要向韩六舟汇报开发新品种的事情,项达民说:"你们谈吧,我找莱特谈点事情。"

项达民来到莱特办公室,敲了敲门,莱特在里边说:"请进。"

项达民推门一看,愣了一下,一位年轻的外国姑娘,正半坐半倚在莱特身上,手臂紧紧环绕着莱特,见了项达民,咧嘴一笑,也不下来。

莱特想站起来,却被姑娘缠着站不起来,只得说:"我介绍一下,这是我的女朋友,琳达。这位,是桃花镇的项先生。"

项达民走过去,琳达跳起来,笑着和项达民握手,说:"莱特天天把你挂在嘴上,我不能不来看看,到底是什么人物……"

项达民松了一口气,想这下子琳达从莱特身上下来,让他也避免了些尴尬,哪知琳达和他一握过手,又回到莱特那边,仍然是半坐半倚。莱特说:"我和项先生有话谈。"

琳达立即反问:"怎么,我不能听?"

项达民说:"琳达小姐中国话说得很好。"

琳达看了莱特一眼,说:"我不能比他差!"

莱特无奈地向项达民一摇头,说:"琳达是搞旅游的,最近几年,组了好些团到中国大陆旅游。"

不等项达民说什么,琳达快嘴道:"不干了,不干了。"

项达民说:"怎么,中国大陆的旅游业,方兴未艾呀。"

琳达说:"千篇一律的东西太多。"

项达民说:"琳达小姐有没有去看看我们正在建设的农家乐?"

琳达说:"那是什么?"

项达民简单地把乐园主题说了一下,强调了它的观赏性和参与性,琳达没听完就从莱特身上跳起来,说:"你们谈吧,我自己去看!"话音未落,人已经出了门。

项达民看着莱特笑。

莱特抹了抹脸上琳达留下的口红印子,眯着眼睛看了看项达民,说:"项先生,大局已定,心里还不踏实?"

项达民说:"莱特先生的眼睛果然厉害,看得出我心里不踏实,这样的人,我碰到的不多呀。"

莱特说:"那是当然,像我这样的人,几百年才出一个,像你们的毛泽东,哈哈……"

项达民说:"毛泽东可不是甘做别人助手的人。"

莱特说:"我正是这个意思,我也不是甘做别人助手的人。何况,我是琼斯的人,琼斯的人,从来都是最优秀的!"

项达民笑了笑,说:"那就是说,莱特先生愿意留在隆飞翔,做总经理助理是有远大目光的,是放长线钓大鱼。"

莱特一口承认:"Yes,Yes,说得对,说得准确,放长线钓大鱼,你们中国的老话,真是很有意味,很有意味。"

项达民摸出烟来,向莱特看看,莱特摇摇头,指指墙上禁烟的标志,项达民无可奈何地一笑,收起烟来,显得有些坐立不安,说:"莱特先生,我今天找你,你也许知道我的来意,据我了解,琼斯派来的人,正在平江。"

莱特说:"是的,平江市委闻舒书记接待他们。"

项达民说:"你怎么不去?"

莱特说:"戏嘛,总要有人唱白脸,有人唱红脸,有人唱花脸,分工不同。我现在的分工,就是守在隆飞翔,到我该出场的时候,我自会出场。"

把阴谋诡计说得如此冠冕堂皇,项达民倒也拿他无法。看莱特似真似假的笑意,项达民心里一时也捉摸不透他,想了想,觉得无法再绕圈子,你绕圈子,莱特就跟你装傻,得把话直截了当说出来,便道:"莱特先生,你应该知道,乡镇企业的生死存亡大权,在乡镇一级党委手里。"

莱特笑着摇头:"No,No,乡镇企业和非乡镇企业在这一点上是一样的,它们的生死存亡,在市场、在消费者的手里。"

项达民被他顶住了,愣了一下,说:"我是指,出卖它,或是不出卖它,由我说了算。"

莱特继续笑,继续摇头,继续说"No",然后说:"如果真是这样,如果真是你说了算,那么隆飞翔的事情已经解决了,你今天就不会再来找我,你已经宣布了隆飞翔总经理,你已经决定了隆飞翔何去何从,我只是你隆飞翔集团的一个总经理助理、一个员工,你大可不必把我看得这么重嘛。"

项达民说:"但是你不是普普通通的隆飞翔成员,你是琼斯的人!"

莱特得意地笑了,说:"项先生也终于承认琼斯的伟大了?"

项达民说:"我从来都认为琼斯很了不起,要不然,我今天就不会来找你。我知道,琼斯有眼光,有远见,有魄力,有许多常人不敢干的事情,琼斯敢干。"

话题突然出现新的走向,这使莱特警觉起来,他看着项达民,等他下面的话。

项达民说:"要想有大的利益,就要冒大的风险,这是你们琼斯的座右铭,也是你们的行动准则。"

莱特警惕地听着,似乎已经感觉到项达民的来意。

项达民说:"比如说,平江市旧街坊改造,安居工程,我相信,琼斯会看好这一块,你们的眼光,和别人不一样。"

莱特说:"怎么,不卖隆飞翔,也想叫我们资助街坊改造?项先生,你的如意算盘,打得实在不错。"

项达民立即顶回去,说:"不是单方面的资助,是互助,是双方的利益,共同的利益。"

莱特耸了耸肩,两手一摊:"对我们有什么利?这是投入不产出的事业。"

项达民看着莱特,说:"莱特先生嘴上这么说未必也这么想吧,琼斯向来头脑清醒,莱特先生更是精明过人,怎么可能算不清这笔账?琼斯现在,急于想做的事情,就是在中国大陆树立自己的形象,而就目前情况看,中国大陆的老百姓、消费者,更知道可口可乐而不是琼斯,或者,他们也许知道琼斯,也听说过琼斯,也向往琼斯,但是琼斯离他们的生活太远。在中国大陆,在平江,对老百姓来说,琼斯好像是另一个世界的琼斯,远不如可口可乐那么切近,那么伸手可触!"

莱特认真地听着,没有插嘴。

项达民继续说:"所以,话又回来了,回到平江的旧街坊改造上来,如果琼斯真的投入平江的旧街坊改造,琼斯和消费者的距离一下子近了,老百姓想,我住的房子,都是琼斯帮助造的,我生活的小区,都是琼斯帮助建的,琼斯的产品,我还有什么可怀疑的?我当然信得过琼斯!而且,我相信琼斯会利用一切可以利用的宣传手段,把这个行动告诉全中国的消费者,这绝对有利于你们今后在平江、在整个中国的发展,对你们投入房地产,或者其他产业都会大大有利。中国的消费者会说,噢,琼斯,一个可以信赖的外国公司!"

莱特佩服地笑了,点着头,说:"项先生,你把我的心说动了。"

项达民说:"我还替你们算了一笔账,你们投资平江旧街坊改造,也不是完全投入不产出,有产出,有效益。街坊改造和安居工程的建筑成本,大概八百元一平方米,虽然拆一还一的政策是六百元一平方米,但增加面积一千二百元一平方米。除此之外,还有大片余地盖商品房,在老城区,在市中心,这房子就值钱啦,至少卖两千以上,莱特先生,这里边,可是大大的有利可图呀……"

莱特说:"这样,你就可以高枕无忧地经营你的隆飞翔了,不怕闻舒再来影响你。"

项达民说:"应该说是韩六舟高枕无忧地经营隆飞翔,不是我。严格意义上说,镇党委书记是不该管企业的具体事情的,但是现在……"声音突然变得喑哑了,"我们把这种现象叫作……"

莱特抢着说:"政企不分,责权不明。"

两人同时笑了。

项达民从口袋里摸出两份烫金的大红请柬,拿出一份交给莱特,莱特看了看,没有明白。

项达民说:"平泽沿湖大堤正式竣工,搞大型庆祝活动,请我去,我呢,也替你要了一张请柬,请你也去。"

莱特有些惊讶,但他对沿湖大堤又颇有兴趣,说:"我早已经听说过这道大堤的建筑,有四十公里?"

项达民说:"也是我们吕正书记最突出的政绩了。"

莱特对着请柬看了看,又说:"请我去,有什么意义?"

项达民说:"难道莱特先生不认为,琼斯到了该在平江露面的时候了?"

莱特想了想,说:"大概市委闻舒书记也参加吧?"

项达民哈哈大笑起来,笑声中,琳达推门而入,满脸兴奋,说:"项先生,你的农家乐乐园什么时候开始营业?"

项达民眼睛一亮,说:"琳达小姐,你已经有了打算?"

琳达说:"我马上就发电传回去!"

四

沿湖大堤的庆祝活动,果然闻舒到场了。由于闻舒的到场,所有到会的人情绪显得特别高昂。闻舒到平江上任才几个月,威信很高,大家愿意经常见到他,听他的报告,听他讲话,是一种享受。

活动开始,吕正请闻舒讲话,闻舒兴致很高,即兴说:"从我们的沿湖大堤,我想到杭州西湖白堤。从前西湖,也是常常泛滥成灾,四公里的白堤筑成以后,西湖从此平静了。我们的沿湖大堤,四十公里,这意味着什么? 意味着我们沿湖的干部群众,从此以后,再也不要抗洪救灾了! 我们在过去的许多年中,每年都投入大量的人力物力抗洪救灾,好像只有在抗洪救灾中表现好的干部才是好干部,我在这里想提一个问题,抗洪救灾中表现突出的干部,和彻底改变现状、让大家永远不再抗洪救灾的干部,究竟谁的贡献更大? 究竟更应该大力宣传谁?"稍一停顿,又说,"当然,解决了洪灾的问题,我们不再受水的威胁,也就有了另一方面的缺憾,我们的干部,每年少了上电视的机会,少了大会表扬的机会。我们的电视工作者,我们的报纸,也少了一块丰富的内容……"

全场笑起来。

闻舒也笑了,但很快就收敛了笑意,大声说:"我今天在这里说三个字:少得好!"

全场热烈鼓掌。

闻舒继续说:"我们的吕正同志在他的任上,做了这件大事,不说功垂千秋,也至少功垂百秋吧……"

大家又是一片笑声。

"有人认为,我们当官的,主要是考虑自己的政绩,一切从自己的政绩出发。"说着自己笑了一下,道,"什么政绩呢?就是再升官的条件和基础吧,是不是?"

会场气氛十分活跃。

闻舒说:"我从来不否认当官的人考虑自己的政绩,我觉得应该考虑。从前说,当官不为民做主,不如回家卖红薯。反过来说,如果你想为民做主,想为老百姓干一点好事,手里有权和手里没权,是大不一样的!比如吕正同志,他有权,在他的领导下,平泽县造了这道沿湖大堤,不仅有利于现代,而且造福于子孙后代,这就是他的政绩。也正是他为老百姓办的大好事嘛。一个官,他的政绩,如果是和老百姓的利益一致的,他的政绩越辉煌越好呀!"

吕正显得有点坐立不安了,闻舒来到平江,还没有用这样的语言,在大会上表扬过平江的哪个干部,吕正不由干咳了一声,想影响闻舒的讲话。

闻舒向他看了一眼,说:"怎么,吕正同志,怕表扬了?"

吕正说:"我很惭愧,工作没有做好。"

闻舒说:"没事,怕表扬,这是一种传统病了。"没有就这个话题说下去,仍然回到原先的话题上,说,"我回头再来说政绩的问题。政绩是什么,是当官的必要条件嘛。要当官,当然要有政绩。有了好的政绩,再升官,这是正常的合理的渠道。我们有些同志,想当官,总是怕人说自己想当官,躲躲掩掩,而想当官没有希望的,就拿不屑的眼光看那些有望当官的人,这是什么呢?这反倒是一种不正常不合理嘛。当官到底有什么不好?如果群众确实对'当官'这一概念抱有反感,那是因为我们的许多官,没有当好官,不是好官,如果所有当官的人,都做好官,做清官,我相信群众只会拥护,决不会反感。如果所有当官的人,都把自己的政绩和群众的利益结合在一起,这是一件天大的好事。连我们大家都知道的风流才子唐伯虎,还想当官呢……"

大家又是一阵会意的笑。

闻舒说:"从我们平江的历史上看,一方面,许多出去做了官的平江人,看透了官场的黑暗,不干了,回家来了,三绝诗书画,一官归去来;另一方面,更多的平江人,苦守寒窗,日日夜夜读书,为了什么呢?为了考试考得好。考试考得好,又为了什么呢?为了做官。为了把官做得大一点,更大一点,到京城里去,到皇帝身边去。古往今来,源源不断的平江人读书、考试、考得好、走出去、又回来,又有许许多多平江人读书、考试、考得好、走出去,循环往复,无穷无尽,流水般永远不堵、不腐,平江人就是在这种往往复复的过程中进步,这就是平江人的圈子。"兴之所至一时竟有些刹不住车,稍一停顿,又继续说,"当然,当官也好,坐江山也好,并不是人人都能做好的。随便说一个平江历史上的人物,比如张士诚,是苏北的农民,盐贩子吧,起义了,一路打到平江,在平江坐了江山,也确实做过一些好事,有一段时间颇受平江老百姓的欢迎。但是后来不行了,江山尚未坐稳,就昏庸了,贪图享乐,急急忙忙称王称霸,遭到大家的一致反对,不说三十六路诸侯大军攻打,朱元璋要拿他的脑袋,连当年和他一起提着脑袋造反起义的十八兄弟都要造他的反了,张士诚能不失败吗?今天我们能不能回头看一看,张士诚失败在哪里?我们能够看到,张士诚虽然称了王,但仍然是个农民。不是说农民不能做大事,农民要做大事,就不能再是从前意义上的农民,要提高,要进步,要改造自己,要改变自己,这是历史留给我们的宝贵的经验教训!"

全场再次响起热烈的掌声。

闻舒笑着道:"我这是班门弄斧呀,在平江人面前讲平江的历史,有卖弄的嫌疑吧?"

大家报之以哄笑。

闻舒说:"好了,好了,扯得太远了,你们言归正传吧。"

吕正请省水利厅领导讲话,厅领导说:"跟在闻书记后面讲话,是一件最不讨好的事情了,闻书记开了口,其他人都应该免开尊口了。"

闻舒说:"我的嘴有这么厉害?"

厅领导说:"不是厉害,是魅力。"

大家又笑。

领导来宾讲话结束,接下来就是坐车参观沿湖大堤,闻舒抽空去了一下洗手间,从洗手间出来,正好看到项达民和莱特向洗手间过来,迎面碰到了,闻舒说:"怎么,时间掐得这么准?"

项达民说:"不是掐时间,是看着您走下台来,我们立即出来,正好赶上与您碰头。"

闻舒说:"好,现在许多人靠假话活着,于是,说老实话的人,才是真正聪明的人。"

项达民介绍说:"这是莱特先生,隆飞翔集团的总经理助理。"

闻舒和莱特握手,说:"你好。"

莱特也笑了,说:"闻书记,早就对您的大将风度有所耳闻,真是如雷贯耳呀。"

闻舒说:"还有下半句:今日相见,不过尔尔。"

吕正过来,对项达民说:"盯得这么紧?"

项达民说:"见缝插针,闻书记的时间宝贵嘛。"

吕正征求闻舒的意见:"马上出发?"

闻舒说:"我看过好几回了,就不去了。我在这里,和项达民有话说,项达民你也别去了。"

项达民回头看莱特,莱特说:"我对沿湖大堤极有兴趣,我就是专门来看它的,我要去。"

吕正引了莱特走了,闻舒问项达民:"怎么,把莱特拖来见我,什么意思?又有什么要求了?"

项达民说:"莱特想和您具体谈谈街坊改造的投入。"

闻舒探究地盯着项达民看了一会儿,说:"你该不是关心起平江的城市建设来了吧?"

项达民说:"当然不是。"

闻舒说:"怕我要你卖隆飞翔?"

项达民坦率地道:"是的,旧街坊改造,对平江来说,是大事情,大过一个隆飞翔集团。"

闻舒说:"两者之间有可比性吗?我看,平江的旧街坊,和隆飞翔集团,不怎么好比较呢。"

项达民说:"莱特答应做隆飞翔的总经理助理,很明显,他琼斯买我隆飞翔之心不死。"

闻舒说:"一切要从实际出发,目前我们的乡镇企业面临改制的重要关头,思想上统一认识,组织上加以保证,政策上规范操作,这是三个基本要求。我在大会上讲过,我们确实有一些企业,先天不足,后天失调,政府不可能也没有必要再举债投入救它,采取向外拍卖的方式进行转制,事实证明,是多方有利的行为。自己经营不下去的企业,卖给别人经营,未尝不是好事。"

项达民说:"我正是从实际出发的,我隆飞翔一不是先天不足,二没有后天失调,我隆飞翔是国产名牌,虽然近年不景气,跌落了,但是我相信我不仅能够经营下去,而且一定能重振隆飞翔的辉煌,重树隆飞翔的形象。"

闻舒说:"你一口一个'我'字,隆飞翔是你家的?就算你把企业当作你的家,隆飞翔也不是你的,是韩六舟甚至是莱特的,也不是你的。"

项达民说:"我和莱特也谈过这个问题,他是个中国通,说我是政企不分,责权不明。"

项达民是笑着说出来的,闻舒却没有笑,说:"项达民,这话,你要好好想一想。"

项达民一颗始终悬着的心终于回到了原处,他不知道是闻舒早就替隆飞翔决定了命运,还是由于莱特和琼斯对街坊改造的态度所决定,但不管怎么样,项达民心里明白,隆飞翔保住了,一股热浪流涌上来,喉头不由有些哽咽。

闻舒停顿一下,又说:"项达民,你已经有了具体的方案?"

项达民说:"是韩六舟的具体方案,但是我心里,不踏实,其中有几个关键的问题……"

闻舒说:"是想从我这儿找到定心丸?"

项达民老老实实地说:"是的,我们隆飞翔的部分子公司,多半是和台商合资的有限公司,占股的比率各有不同,有些台商,可能不同意我们大调整的方案,我们考虑,干脆出让部分股份,让他们独资,再让他们的公司作为一股,入股我们隆飞翔集团总公司……"

闻舒说:"这样的做法,目前好像还没有听说过。"

项达民说:"所以,我今天专门来向您汇报……"

闻舒沉默了一会儿,说:"你自己怎么想?"

项达民说:"一方面坚持不卖隆飞翔集团,另一方面却要把下面的子公司卖了,我自己也有些模糊,我不知这算什么,有没有道理,心里没有把握……"

闻舒说:"这就是从实际出发。"

项达民得到了鼓励和肯定,心里踏实多了,一踏实就忍不住说:"第一个吃螃蟹的人……"

闻舒说:"已经开始骄傲了?"

项达民连忙说:"没有。"

闻舒默默地注视着项达民,不由心一动,说:"我有没有可以帮助你的地方?"话刚一出口,又赶紧补充,"我得补充说明,除了贷款,其他的帮助,我尽量提供。"

项达民说:"除了贷款,其他困难,我自己都能解决。"

闻舒摇了摇头,说:"项达民,尤敬华说你无法无天,杜老认为你目空一切,看起来,也不是强加于你的莫须有的罪名呀。你桃花镇已经贷了多少款,还想贷款?你真有胆子。"

项达民苦笑道:"我有胆子也没有用,所有的银行行长见了我都躲,我像瘟疫。"

闻舒说:"何止见了你就躲,见我也躲呀,我也是瘟疫。"

项达民说:"我在平江海关上有一笔罚款,闻书记,你能不能通融一下,缓一缓,我认罚,我决不赖账,但是现在,我急用钱,拿不出这笔罚款。"

闻舒说:"你不是说,除了贷款,其他的困难自己都能解决吗?"

项达民不好意思地"嘿嘿"一笑,说:"我向来都是先说满话,再承认自己的无能,反正厚颜无耻。"

闻舒说:"平江海关的工作,可不太好做,是什么?骗退税?"

项达民说:"隆飞翔集团锦丰有限公司和平江服装进出口公司有业务往来,现在进出口公司的丁科长出了问题,隆飞翔锦丰被罚两百万,这一手,辣呀。"

闻舒说:"不辣怎么行,有强硬的措施,你们这些人,尚且要以身试法,就是要重罚,罚得你不敢违法。"

项达民说:"干脆向新加坡学习,打,新加坡在城市管理上,取得那么大的成就,全世界人人知道新加坡干净,怎么来的?吐一口痰打一鞭子,这一鞭子下去,一个月起不了床!"说着嘿嘿地笑了。

大部队人马已经看过沿湖大堤陆续回来了,闻舒说:"好了,海关那儿,我替你说说看,贷款的事,恐怕不可能。"

周怀和吕正一起走了过来,周怀到一边向闻舒汇报工作,吕正沉着脸向项达民看看,说:"项达民,你不经党委集体讨论,就任命韩六舟回来做隆飞翔总经理,严重违反组织原则!"

项达民说:"果然告状了。"

吕正一脸气愤,说:"告什么状?用不着告状,这是你自己做出来的事情。还有,在大会上要宣传韩六舟,怎么,要乡镇企业的干部都像韩六舟一样,喜新厌旧,做陈世美?"

项达民说:"两回事嘛。"

吕正毫不客气地说:"怎么两回事?个人问题都处理不好的人,你指望他能处理好一个大企业?"

项达民说:"对了,偏偏韩六舟,处理不好个人问题,但是他能处理好隆飞翔!"

吕正说:"还有,自作主张请莱特做韩六舟的助理,闻所未闻。让一个外国人,一心要吞并隆飞翔集团的外国人,做总经理助理,这里面,到底是什么原因,我不理解,有许多人表示怀疑。"

项达民说:"什么原因,我拿了莱特和琼斯的好处,美金,回扣,怎么样,满意了吧?理解了吧?"

吕正被项达民的态度激怒了,说:"项达民,你是不是以为你的交椅又坐稳了?"

项达民却又笑了,说:"没有稳,没有稳,闻书记还没有表态呢,杜老还没有走呢。更重要的,吕书记还没有发话呢,只有吕书记保我,我才能稳。"

吕正说:"我们回到第一个问题上,韩六舟怎么搞的,要搞那么大个动作,有多少把握?"

项达民说:"柏森林没有告诉你?"

吕正说:"你错了,柏森林根本没有来找过我,也没有通过电话,你擅自任命韩六舟的事情,不是他告诉我的。"

项达民有些奇怪。

吕正说:"怎么,你以为,在你的党委里,除了柏森林,再也没有人敢反对你?"

项达民张着嘴,没有说出话来。

吕正说:"项达民,我告诉你,隆飞翔集团的方案,你要三思而行!"

项达民说:"吕书记,你应该知道,我们何止三思,三十思都不止了,希望能得到你的支持!"

吕正毫不留情地摇头:"不可能!"稍停一下,又说,"你记住了,别指望我再给你料理后事!"

五

沿湖大堤的庆祝活动,陶李迟到了,出版社催她看完《热土》下卷的三校样,陶李花了两天时间,终于看完了稿子,昏头涨脑到邮局寄了特快专递,走出邮局时,才想起今天上午平泽有个大活动,打的赶到平泽,正赶上活动结束,大家进餐厅用餐。陶李走进去,大家正乱哄哄地入座,平泽县委办公室主任看到陶李,便拉她到主桌上,闻舒、吕正已经入座,见了陶李,都笑笑,闻舒说:"我们是来开会的,陶李恐怕和我们不一样,你是来参观我们的吧?"

陶李自嘲道:"来得早不如来得巧呀,来晚了,倒正好赶上和书记一桌,荣幸荣幸。"

闻舒说:"对了,你作品的主角今天也在。"回头找项达民,喊道,"项达民,过来看看,谁来了。"

项达民和莱特一起走过来,笑道:"陶作家来了。"

莱特也向陶李点头致意,说:"陶李,投之以桃,报之以李。"

陶李说:"莱特先生不愧为中国通呀!"

莱特得意地笑道:"还有呢,桃李不言,下自成蹊;还有桃李遍天下。陶李,真是个好名字呀!"

大家看着陶李笑。

项达民说:"你怎么这时候才到,可惜了,你错过了闻书记的精彩讲话。"

陶李说:"我就是有意要错过闻书记的精彩讲话才迟到的。"见大家有些发愣,笑道,"为什么?因为闻书记的讲话太精彩,听多了,我写小说的时候,忍不住就要把原话照搬进去。闻书记的讲话,是可以直接进小说的。而且,比小说家写的小说语言更有魅力,我即使想将闻书记的话改造一番,变成自己的话,但是改造来改造去,总是不如原话有味道,无可奈何呀,抵御不住诱惑呀,只得照搬,但是照搬就有问题啦,什么问题?版权问题,闻书记要告我,可是一告一个准呀,全体平江人民,都是闻书记的证人呢……"

陶李接着说:"闻书记刚来平江作报告,我这个从来不听政治报告的人,也每有机会必听,只是后来不怎么敢听了,再听,我写小说等于是为闻书记写的了,小说中人物的话,都是闻书记说过的话,这怎么了得,我好恐怖,我没有我自己了。对于一个写作者来说,这可是人生最大的恐怖。"

闻舒说:"不好,不好,从另一个角度看问题,对我来说,也是一个大恐怖,如果全市人民,只有一个声音,只听市委书记的,这情形,有点问题呀。更何况,我们的作家,从来都是用自己的头脑思考,都是用自己的眼光看问题……"

陶李说:"更多的人,包括我,是被您的语言魅力所打动、所吸引。"

闻舒"嗬嗬"一笑,说:"这对我的打击也太大了吧,难道我的讲话不是靠内容,只是靠语言、靠形式,靠我一张嘴会讲?"

闻舒是最能调节气氛的,他这么一说,大家的心情都轻松起来,尴尬消失了,敬酒的敬酒,夹菜的夹菜,热闹起来。闻舒又说:"陶李,你的下卷写得怎么样了?"

陶李心里有些感动,自己只是在某个场合随意说过下卷的写作,闻舒却记住了,这样的领导,让人愿意从心里靠近,也从心里敬佩。陶李说:"刚看完三校样。"

闻舒说:"噢,速度很快。"

项达民插嘴说:"她是高产作家。"

陶李说:"项书记,在我们的圈子里,高产作家可是贬义词。"

项达民说:"我没有说这是褒义词。"

闻舒说:"高产为什么不好呢,只要有好的质量,高产就好,而好的质量,往往是在产量中体现出来的,没有一定的数量,哪来的好质量?"

陶李说:"我写作,倒不太考虑数量质量的辩证关系,我写作,几乎只是一种本能,因为我喜爱写作,不写作我就惶惶不可终日。我也知道我的作品有许多不足,不够历史厚度,不够哲学深度,不够某种高度,但是,与其要我去研究历史厚度,研究哲学深度,去攀登某个高度,我还不如写我的文章,这是什么?这就是平庸,这就是目光短浅,这就是抱残守缺,这就是我们平江人的自己闻着喷香的臭毛病。"

大家笑了,为陶李的坦白感到痛快。

陶李继续说:"我是一个土生土长的平江人,我知道平江人的毛病,平江人的小城情结太浓,浓得磨不开,碰到什么新鲜事,就拿'平江人'三个字做挡箭牌。我不行,我是平江人,平江人是安分守己、安于天命、知足常乐的,所以对不起,我接受不了新生事物,因为我是平江人……"

闻舒说:"你的看法,平江人能接受吗?"

陶李说:"我的看法,无论别人能不能接受,这只是我个人的看法。我要说的问题,更严重的还不在于小城情结的浓重,而在于大家知道这种情结不利于我们的进步,但仍然明知不改、明知故犯。就拿我来说,我明明知道我的文章有毛病,毛病在哪里我也清楚,我也知道怎样去努力,但我怎么样,我努力了吗?我克服了吗?我没有。"

半天没说话的吕正终于说:"陶作家怎么谦虚起来了?"

陶李说:"怎么,我在大家的印象中,一向很骄傲?"

吕正说:"不是骄傲,是高不可攀呀。"

陶李说:"典型的恃才傲物吧。"

大家会心地笑起来。

陶李说:"我这也是最时髦的手段,拿自己开涮,自己作贱自己。拿自己当笑料让众人一乐,这算是幽默。"

吕正说:"原来,你并不是真正认识到自己的毛病,而是有意拿自己寻开心。"

陶李说:"心里大概正骄傲不已呢,用现在年轻人最喜欢听的话来说,就是作秀。"

由于陶李说话的无所顾忌,以及她一会儿挖苦别人,一会儿嘲笑自己,故意"作秀",使本来由于闻舒在场而可能引起的大家的紧张和不自在都烟消云散。

饭后,吕正问陶李要不要看一看沿湖大堤,陶李说:"我就是冲它来的,当然想看。"

吕正正要安排人陪同,项达民主动提出来,由他陪陶李去看一看,反正他有车,看完了,再送陶李到平江,吕正就把事情交给项达民。

陶李坐上项达民的车,同行的还有莱特。车很快开上了沿湖大堤,话题就不由自主地转到大堤上来。

沿着四十公里长的大堤,是一片浅滩,有的地方有芦苇,有的地方没有,项达民感叹道:"这么长的地带,没有利用起来,可惜,可惜。"

陶李自言自语道:"这条地带,适宜干什么用呢?"想了想,突然兴奋起来,说:"我有好点子卖给吕书记。"

项达民眼睛顿时亮了,好像这长达四十公里的沿湖浅滩是他的,追问:"有什么好点子?"

陶李说:"搞一个水上动物园,放养一些珍贵的两栖动物,成为沿湖的另一种风景。"

莱特立即摇头道:"恐怕不行,动物粪便,对湖水是一大污染。"

陶李说:"有道理,我没有考虑这一点,看来这是个馊点子。"

项达民的想象力也被调动了,说:"如果是我,我就搞水上养殖,鱼虾蟹。"

陶李说:"得在外围再筑一道堤坝,投入太大了吧?再说了,这外堤,筑得太大,投入既多,又影响美观,如果筑得简单而小,一旦水大,堤坝内的鱼虾,恐怕都要归入大湖了。"

项达民也摇了摇头,看看莱特,说:"莱特先生,如果是你呢,你派它什么用场?"

莱特说:"可以派的用场多得很,搞湖滨浴场,搞水上游乐,都能挣钱。但是有一点,一旦搞起来,现在的这种宁静而辽阔的感觉,就全然消失了。"

三个人同时沉默了,前面有一大片浓密的芦苇,陶李说:"项书记,能不能停一下车,我下去看看。"

车停了,陶李向芦苇滩走过去,初春的风仍然刺骨,扫过枯黄的芦苇,芦苇发出轻微的声响,陶李拔了一根芦苇拿在手里,项达民走了过来,说:"陶李,你到项力的学校去过?"

陶李回头看了项达民一眼,说:"项力告诉你了?"

项达民说:"项力什么也没有说,我想大概是这样,你和项力,说了什么?"

陶李停顿了一会儿,说:"我没有说什么,我只是把我写的下卷的主要内容,告诉了他。"

项达民说:"他听了,怎么样?"

陶李说:"他哭了。"

项达民说:"你的下卷,到底写了什么?"

陶李摇了摇头,说:"书马上就出来了。"

车继续往前,沿着四十公里的沿湖大堤,一直往前,往前。

第 29 章

一

一个极偶然的机会,使卢狄再次接触了参加过旋宫生日晚会的贫困学生。

参加全国少年奥林匹克大赛载誉归来,市里很重视,教委和宣传部领导到车站迎接,恰恰这天,跑教育的记者突然生了病,马路临时让卢狄顶上去做采访任务。

卢狄来到车站时,已经迟了一点,车已进站,各方的领导正在火车站贵宾室举行简短的欢迎仪式。

卢狄扛着摄像机进来,宣传部的一位副部长走过来,说:"你们电视台,怎么才来?"

卢狄说:"刚刚得到通知。"

卢狄拍下了宣传部领导和教委领导的讲话,接着是少年选手讲话,他看了看拿着话筒对着他的卢狄,笑起来,说:"我认识您。"

卢狄愣住了。

少年选手说:"去年团市委开的贫困地区儿童生日晚会,在大饭店的旋宫上开的,就是您来采访我们的,我知道您的名字,您叫卢狄。"

卢狄说:"你?你也参加了那天的晚会?你也是贫困地区……你是平江市的学生吧?"

少年选手说:"我不是代表贫困地区儿童,我是代表城里儿童的……"

教委主任见没有按照事先排定的次序,过来说:"卢记者,是否让徐小来同学先谈谈自己参加比赛的感想?"

少年选手说:"我最突出的感想,不是我参加比赛获得好成绩,而是在比赛中遇到了吴大群同学!"

大家有些发愣,谁也不知道吴大群是谁,至少他不是平江地区的参赛选手。少年选手又向卢狄看了看,说:"这位记者叔叔应该知道,去年吴大群同学作为贫困地区儿童到我们平江市来,参加了生日晚会,我和他正好同坐一桌,我们都被晚会所感动,吴大群同学哭了。我们互相约定,回去以后,发奋学习,半年来,我们经常通信,交流学习情况,互相鼓励,进步非常快。这次,吴大群同学作为贫困地区儿童参加奥林匹克大赛,在全国,也是很少的。"

少年选手说话并不很激动,很平铺直叙,但是听的人,却听出许多激动来。

简短的欢迎仪式结束了,有车专门送少年选手和前来接他们的家长回去,卢狄眼看着他们上了车,忍不住追上前去,拉开车门,要了吴大群的地址。少年选手说:"叔叔,您是不是要去采访吴大群,您如果真的去,一定代我向他问好!"

卢狄点着头,目送车子远去。

卢狄回到台里,做好节目交了,完成了任务,才去向马路请假。马路看了看他,说:"又有什么鬼点子了?"

卢狄说:"私事,只请两天假。"

马路抬了抬手:"去吧,只是记住,别惹事情。"

卢狄回家准备行装,脑筋一转,突然想到给团市委青少年基金会的秘书长小谭打个电话,小谭一听是卢狄,一肚子气,满嘴挖苦说:"卢大记者,怎么不忙大事了,有时间给我们小人物打电话?"

卢狄说:"我有个采访的想法,本来想一个人上路的,但想来想去,觉得如果你一起去更好。"

小谭说:"又对我们团系统哪个地方看不顺眼了?"

卢狄说:"也许恰恰相反,看你敢不敢去。"

小谭说:"你激将法也没有用,你到哪里,我就不到哪里,去年那事情后,我就下了决心。"

卢狄说:"有那么严重?阶级敌人似的?"

小谭说:"差不多了,几乎是阶级敌人了,我们拥护的,我们努力干的工作,都是你反对的,我们越努力,你进攻我们的炮弹越充足!"

卢狄说:"那现在我们该化敌为友了,我告诉你,我要去采访吴大群,你去不去?"

小谭一听吴大群,声音也变了,问:"你到哪里去采访他?"

卢狄说:"这么小看我的能耐,我有他的地址,我到他家去,到他的学校去,到他们的贫困地区去。"

小谭在电话那头犹豫了一下,说:"你知道吴大群参加奥林匹克大赛的事情了?"

卢狄说:"难道他不参加大赛,我就没有资格采访他?"

小谭听出他的意思来,卢狄正是冲着贫困地区儿童参加奥林匹克大赛这个题目去的,小谭说:"想不到我们的卢大记者,这么势利眼。"

卢狄说:"小谭你得了吧,我即使今天不给你打电话,说不定明天我们就在吴大群家里见面了,这么大的事情,你能不去吴大群家祝贺一下,你能不写总结报上去,你能不趁这个好时机要钱?"

小谭说:"是呀,我们辛辛苦苦,到处求爷爷告奶奶筹钱,筹了钱,干了事情,正好被你当反面教材。"

卢狄说:"你还有完没完,不就一个报道嘛,值得你牵肠挂肚挂到现在还不忘记？"

小谭说："忘记？你指望我忘记？告诉你，我这一辈子恐怕都不会忘记，这是我一生中的奇耻大辱！"

卢狄不由地笑了起来，说："那你就努力洗恨雪耻呀。另外，还有一个人，说不定能帮助你，那就是我。"

小谭说："指望你？你有什么可让人指望的，指望你满头脑的愚民政策？为什么贫困地区的孩子就见不得社会进步发展？为什么贫困地区的孩子就不能开阔眼界？贫困地区的孩子就低人一等？城里孩子可以享受的东西，他们连看一眼的资格都没有，看了一眼就失落了，不知道自己是谁了，就再也找不到自己的位置了？"

卢狄说："小谭，请你搞清楚，我是打电话邀你同行的，不是来听你批评的。"

小谭说："怎么，你这么虚弱？你出了我们那么大洋相，轰动了全平江，轰动了全省，就不允许我们说几句话？你也太霸道了吧，只许州官放火，不许百姓点灯，只许你宣传机构批评人，就不许人家批评你宣传机构？"

卢狄说："小谭你一张嘴，怎么变得如此厉害？"

小谭说："是你给了我锻炼的机会，从去年那事情出来后，从你出了名后，所有的人一见到我，都提这件事，都问这件事，都关心这件事，我当然练出口才来了。"

卢狄说："既然你要练嘴，就跟我一起上路，一路上，我保证洗耳恭听。"

小谭依然不罢休，继续道："你只见树木，不见森林，你怎么只看到极少数不良后果？希望工程中，大量的感动人的、催人泪下的事迹，你怎么看不见？你怎么不报道？就说这个吴大群，家里有两个姐姐，为了大群的读书，两个姐姐都辍了学，一个姐姐曾经连年是三好学生，很有希望，停学的时候，哭了三天，在希望工程的支持下,两个姐姐都复读了,大姐今年要参加高考,学校预考598分,你不为他们高兴?"

卢狄说:"我要是不为他们高兴,我到他家去干什么?"

小谭突然停下,不说话了。

卢狄说:"怎么哑了?"

小谭说:"你什么时候走?"

卢狄说:"下午两点,有长途车。"

小谭说:"好,我们车站见。"

二

卢狄从吴大群家乡回到平江,到电视台,刚刚坐下来,就有他的电话,过去接了,那边说:"是卢记者吗?"

卢狄听不出是谁的声音,问道:"你是谁?"

那边的人显得有些不高兴:"卢狄,连我的声音你也听不出来了?"

卢狄努力搜索记忆,仍然搜索不到这个声音发出的信号,只得干笑了一声,说:"我对人的声音,特别不敏感。"

那边这才说:"我是魏半城。"

卢狄"呀"了一声,说:"魏老师呀,你在哪里?"

魏半城说:"我在你们门口,想进来找你,不让进。"

卢狄说:"你找我有事?"

魏半城生气地说:"怎么,你以为你的工作就这么结束了?省台做了个讨论的节目,就大功告成了?"

卢狄说:"好,好,魏老师你在门口稍等,我马上出来。"

来到门口,魏半城说:"怎么,不敢引我到你台里去了?"

卢狄说:"哪里的话,我刚从外地采访回来,到台里放下东西,还没回家,到我家聊吧。"

魏半城跟着卢狄回家去。

魏半城是为了乡镇企业改制中的许多问题来找卢狄的,最主要的意见,是卖厂,整个桃花镇,不说村办的企业,镇办的,就有好些企业,已经或者正在酝酿出卖,台湾商人孙进财一口就要吞下皮件厂、玻璃厂和建材厂三个企业。

卢狄说:"魏老师,转制是大势所趋,你这是螳臂挡车呀。"

魏半城说:"我从来都是螳臂挡车。"

卢狄说:"好一个犟老头,你现在是自己在打自己的耳光呀。从前呢,你反对项达民一个人说了算,现在转制,不是等于遏制了一人说了算的情形吗?你怎么又反对?"

魏半城说:"我看不惯的我就要反对。什么遏制?遏制谁了?遏制项达民了?卖厂,还不是他一人说了算!"

卢狄说:"这是他最后的机会了,卖了,他再不能说了算了,要孙进财说了算了,这最后一次,你也不放过人家?"

魏半城说:"他们辛辛苦苦这么多年,创下的家业,三钱不值两钱,就这么便宜卖了,于心何忍?"

卢狄说:"既然是他们创下的家业,他们自己便宜卖了,他们都不心疼,你心疼什么?"

魏半城说:"我不相信他们不心疼,这么便宜卖了,决不正常!"

卢狄说:"不正常,你是不是认为,干部有什么私皮夹账,个人有好处?"

魏半城说:"我不知道的我不说,我认为,他们太轻率、太仓促,为什么?怎么回事?一句话,跟风头,赶浪潮,我最看不惯的就是这个,什么事情上面一号召,下面跟得紧,管他心疼不心疼,管他多年艰苦创业创下的基础,管他……"

卢狄打断他,说:"魏老师,你想干什么,再来一次电视曝光?对不起,要曝你自己曝吧,我可不曝了。"

魏半城不满地盯着他:"怎么,害怕了?"

卢狄说:"我害怕?我什么时候害怕过?魏老师,具体数字你知不知道,转制中,评估固定资产,折旧率是多少?"

魏半城说:"具体的我不清楚,反正……"

卢狄说:"我告诉你,折旧率,一年百分之十五,按这样的规定算,五六年的机器,差不多就不要收钱了,十年以上的机器,应该是负数了。还有,我们有许多乡镇企业的设备,进来的时候就是旧的了,你怎么算?"

魏半城看了卢狄半天,说:"卢狄,你变了。"

卢狄说:"我认为我没有变,过去的我,只看事实,现在的我,仍然只看事实,一点没有变。"

魏半城突然叹息了一声,说:"我本来,是想请你再到桃花镇看看,看起来……"

卢狄说:"看起来怎么?看起来我不愿意去?魏老师,你错了,刚才在电视台,听到你的声音,我就决定去桃花镇了。"

正当魏半城和卢狄坐上长途车往桃花镇来的时候,桃花镇的决策人物,都集中在隆飞翔集团,这里正在召开大会,由韩六舟宣布隆飞翔集团结构大调整的决定,虽然这个决定早已经在韩六舟回到桃花镇那一天就传开了,但现在大家亲耳听见,感觉就不一样,何况,今天韩六舟所谈,是更具体的方案和措施。

根据韩六舟的方案,隆飞翔集团现有的子公司,有一半以上,甚至一大半都要进入隆飞翔集团的总规划、总调度。比如,锦源服装有限公司,将专一搞丝织,成为隆飞翔集团的丝织一分厂;锦盛服装厂专一搞针织服装,成为隆飞翔集团的针织服装一分厂……

韩六舟的计划,犹如一颗重磅炸弹,扔进了会场,他的话还没有说完,孙进财就站起来,说:"我锦福不参加!"

紧接着另一位合资的港商也表示担心。

其他合股的外商也议论纷纷,十分不安。

韩六舟说:"我们的合作关系,仍然根据自愿的原则……"说话的时候,看了看项达民,两人交换目光,韩六舟有些担心,会不会因为这两个人一带头,其他人一下子全跟着退出?

项达民明白韩六舟的担心,轻轻地摇了摇头,说:"不可能,商人只从利益出发,你先把你要说的说完。"

果然,等韩六舟谈完了他的具体方案,合资的外商台商港商算清楚了自己在这个大调整中可能有什么样的利益,情绪都平稳了。

轮到另一部分人不平稳了。

干部、工人。

结构大调整,无疑带来人员的更大调整,很可能锦源厂的人要调到锦绣厂,锦绣厂的人要调到锦华厂,会不会整个乱了套,大家心里乱纷纷的,尤其是厂干部,前途未卜,心情十分焦虑。

坐在项达民边上的常金鹏一直在嘀咕,项达民说:"你嘀咕什么?"

常金鹏说:"这有什么了不起,不就是过去我们搞的一条龙生产嘛。"

项达民说:"过去是小敲小打小生产,现在是大集团化的合理管理、统一调度……"

常金鹏说:"这么大的动作,这么大的决策,把我一个镇都要押上去了!"

项达民沉重地点了点头,确实是要把一个镇押上去!

常金鹏说:"万一押错了,万一输了,我一镇人,张口吃饭都成问题!"

项达民沉默了,此时此刻,他内心的担忧,比任何人都强烈,但是他明白,除此之外,没有出路,不仅隆飞翔集团没有出路,整个桃花镇都没有出路。

韩六舟开始谈分厂让股的问题,孙进财又是第一个站起来,愿意把锦福公司的股份全部吃进。

常金鹏又嘀咕：“隆飞翔不肯卖，锦福倒肯卖，卖了锦福，再卖了锦源，再卖了锦绣，等等，不就等于把隆飞翔卖了？”

项达民看了常金鹏一眼，没有回答他的嘀咕，看了一下表，向韩六舟说：“韩总，具体的计划，交给你了，我和常总要赶回去，柏镇长在等我们开会。”

出来时，常金鹏说：“不是说那边的会你不参加了吗？”

项达民说：“我考虑了一下，还是要参加。”

项达民和常金鹏赶到这边会场，这是桃花镇开的第三次乡镇企业产权制度改革动员会，本来是由柏森林负责召开，项达民不打算参加的，所以柏森林突然看到项达民来，愣了一下，不等他反应过来，项达民走上台抓过话筒就说：“会已经是第三次，前面我已经作过两次报告，再作，大家也听不进去了，也没有什么新的内容，但是我今天还是想再说一句老话，一切从实际出发，我们有一些小企业，实际上，早已经只是空挂着集体的牌子了，哪家不是个人承包的？这么做，更多的是亏了集体，肥了承包者，他用集体的资产做本，他不发，谁发？集体不损失，谁损失，与其挂羊头卖狗肉，不如让他挂狗头卖狗肉……"

干部们都笑了起来，乡镇企业经过多少年风风雨雨，这些人什么世面都见过，什么困难都碰到过，什么苦都吃过，所以面对转制的重大关头，大家并不显得很沉重，有一种水到渠成的感觉。

项达民说：“你们不要笑，你们现在还感觉自己稳坐钓鱼台，下面的事情，够你们受的。现在大家只关心一个'卖'字，你们知道，卖，恐怕只是转制中很小很小的一个问题，但是，就是一个卖的问题，事情还没有开始，就已经风云突起了。有人想，我的企业还可以，蛮好的，我舍不得卖。是呀，你好的不卖，坏的谁来买？好的舍不得卖，坏的没人买，这转制怎么转得起来？我告诉你们，你们现在抱着自己的自以为好的企业，闻闻喷香是吧，你看着，再折腾下去，不出多久，好的也会变坏，到时候，再想卖，谁要？”话说到这里,感觉到会场上有反对的信息传递过来,他停顿一下,又说:"是的,我现在叫你们卖,你们心里一定嘀咕,你叫我们卖,你怎么不肯卖隆飞翔?怎么不肯卖明星厂?好,我现在回答你,你能创出隆飞翔那样的名牌吗?你能入斯托夫的股吗?如果你能,当然不卖!"

会场议论纷纷,但声音不大,项达民朝坐在主席台上的柏森林和常金鹏看看,柏森林不动声色。

这是柏森林负责抓教育后第一次公开露面,他不说话,脸上也没有表情,谁也不知道此时此刻柏镇长心里在想什么。

和柏森林的冷静相比,常金鹏却激动不已,一脸的不理解、不服气。

项达民说:"常总,你有什么话,也可以和大家说说。"

常金鹏知道项达民要将他的军,他也不怕,毫不客气地说:"我想不通!"

项达民说:"大家听到了,我们常总,就是一个三怕的典型,干部怕失权,厂长怕失利,职工怕失业,我们常总都代表了。"

大家笑了一下,很快平静下来,虽然他们平静对待转制,知道势不可挡,但内心深处,又有谁能够平静下来?

项达民说:"你们的沉默,表示你们理解转制,但是你们没有积极主动的态度,你们不会以为,一切的事情,我都会替你们办好吧?我先提几个问题,你们想一想:一、谁来买?谁来买,就意味着谁来承担风险,没钱的人,当然不可能买,有钱的人,能够买得起的,也想买的人,他们敢吗?不敢,为什么?怕露富,你不就是一个厂长吗?你不就是一个经理吗?你是拿工资奖金的,你的收入我们都能算得清,你哪里来那么多钱买厂?你的钱来路正不正,本来是想买了厂发大财的,只怕万一一露富,引来检察院之类,可不是好玩的事情……"

大家又平静地笑了一下。

项达民说:"二呢,我们的干部,敢不敢卖?这是卖家当呀,群众指着脊梁骨骂呢,即使不说群众的态度,我们干部本身,哪个心里承受得了?今天到会的,在座的,恐怕绝大部分,接受不了,这是我们靠自己的努力打下来的天下,接受不了……"

项达民看了看大家的反应,突然提高了声音,说:"第三,即使我们确立了正确的思想,知道我们有些厂,是非卖不可的了,但是在卖的过程中,会出现许多问题。我这里,有一封信群众反映某村的村干部营私舞弊,三钱不值两钱把厂卖给自己的亲戚。"项达民看着会场四周,说:"我说的是谁,心里有没有数?有数的自己站起来,说说情况。"

下面一下子乱了,许多人神色惶遽,想站起来,又不敢。项达民说:"很出乎我的意料呀,看起来,有这样问题的村、企业,还不只一家呀。"说着点了那个村干部的名,叫他站起来,问怎么回事,村干部快要哭出来了,说:"说我营私舞弊,实在冤枉呀,我为了卖这个厂,真是呕心沥血……"

大家哄笑。

村干部继续说:"也难怪群众想不通,一台一万块钱进的机器,七折八扣下来,只能算一千块,都认为是我捣鬼,我怎么敢捣鬼,评估资产的每一项都要向群众公开的,我到哪里去捣鬼?我项项都是按规定打折的,机器折旧率,你们都知道的,一年折旧百分之十五……再说卖给亲戚的事,除了我的这个亲戚,其他人不肯买呀,我动员了多少人,他们不肯呀,最后我动员我的亲戚,你帮帮忙吧,你帮帮忙吧,他是帮我的忙呀。"

项达民说:"我不会听任何的一面之词,我们会调查清楚的,今天我在会上说这件事,目的在于给大家敲敲警钟。"说着再次抬高了声音,"本来,今天的会,我是请柏镇长开的,我在隆飞翔集团开会,临时决定过来,是因为,有一个问题要向大家说清楚,我们的主要注意力,千万不要集中在一个'卖'字上!我们要关注的更重大的问题是一个'转'字!所以,我赶过来,把隆飞翔集团的改革措施,向大家作个通报……"

项达民又把一颗炸弹,扔进了这边的会场……

被这颗炸弹震动最大的,是柏森林。

常金鹏许多年来,从来都是唯项达民的话是从,这一阵却突然犯了冲,他的思想始终在一个卖字上,忍不住对项达民说:"你口口声声说一切从实际出发,从利益出来,但这样评估资产,到底谁有利?你想想,孙进财,一下子吞进两个企业,又要拿走锦福的全部股份,他不怕风险吗?当然怕的。但是很明显,利益驱使他顾不上考虑风险了,两个企业,总共卖了三百万,哪有这么便宜的事情?"

项达民说:"你认为卖贱了,应该开高价,开了高价,谁买?你买?"

常金鹏说:"没有人买,就不卖。"

项达民说:"不卖,怎么办?"

常金鹏说:"不卖,就放着,等等看,也许等过了这个风头,上面也不叫卖了,我们不就混过了?"

项达民看了看柏森林,说:"柏镇长,你怎么看?"

柏森林一直沉浸在隆飞翔集团结构大调整的问题中,他的心,被重重地深深地震撼了,他默默地注视着项达民,心底里慢慢升起一股从未有过的敬意,以至于项达民的问话,他甚至没有听清楚。项达民再问一遍,柏森林才回过神来,反问道:"我们就混过了?混过了什么?能等出个什么结果来?只能越等越糟糕,越等越没有希望,越等,集体资产流失越多,所以,我还是回到开始项书记说的一句话,我们不是为了上级的号召搞转制,一切从我们的实际出发,怎么对我们有利,我们就怎么做。"

常金鹏刚要反驳,小钱走了进来,说卢狄来了,想见见镇领导,对乡镇企业转制又感兴趣了。

常金鹏说:"这小子,在电视台他又不管乡镇这一头,又来凑什么热闹?"

项达民说:"上次来,我没有时间和他好好聊聊,这回,同他好好谈谈。"说着站起来,对柏森林说,"柏镇长,也许他也想和你谈谈,这个记者,可是个嗅觉灵敏的人物。"

柏森林说:"在我身上,他能嗅出什么味道呢?"

项达民说:"那就看你身上到底有什么味道喽。"

他们一起走出来,跟在后面的常金鹏嘀咕着说:"你别看他和你口径一致,你别上他的当。"

项达民回头向常金鹏笑笑。

书记镇长热情地请卢狄到办公室坐,卢狄笑道:"两次前来,待遇大不一样呀。当然,我这个人,无所谓别人的态度,你们对我的态度,决不影响我的行动。我的行动,就是一如既往,我的职业道德和我的良心,都要求我认真工作,如实报道,我看到什么,就报道什么,好的,不好的,我都不会放过。"

项达民赞赏地说:"这才是名副其实的新闻监督。"说着,和柏森林交换了一下目光。

卢狄从他们交换的目光中,突然感觉出一种全新的东西。

是不是我太敏感了,卢狄想。

三

项达民兴奋不已地走进柏森林的办公室,说:"柏镇长,刚才接到电话,你猜是谁打来的?"

柏森林说:"你这个谜,也太无边无际,但是我想,能让你这么兴奋的,除了闻书记,就是银行!"

项达民高兴地用劲拍柏森林的肩,拍得柏森林一咧嘴,说:"轻点,我瘦,禁不起。"

项达民说:"平江市人民银行刘行长打来的电话,他今天陪长江市人民银行雷行长来桃花镇看看,柏镇长,大好时机呀!"

柏森林脑子里飞快地转着,平江市,平泽县,哪个银行的行长不怕桃花镇,哪个行长不是听说桃花镇就头疼、就皱眉、就躲避?这个刘行长怎么把自己送入虎口呢?

项达民兴奋地搓着手,说:"这是一个重要的信号,这是一个新希望的开始!"

柏森林问:"什么时候到?"

项达民看了看表,说:"电话是在路上打的,这会儿,快到了。"

果然不多时,两辆小车到达桃花镇,刘行长和项达民握手时说:"项书记,你今天要找准目标,别把眼睛盯错了。"

话中的暗示已经很清楚了,今天项达民的主攻目标,应该是长江市的雷行长,项达民不由向雷行长看了一眼。

雷行长说:"早就听说桃花镇的大名,今日有幸。"

在陪同雷行长参观的过程中,项达民和柏森林都迫不及待地向最敏感的话题上靠,但几次都被雷行长笑呵呵地推开去,他们绕了半天,又绕了回来,雷行长最后终于道:"你们到底是欢迎我来参观你的桃花镇呢,还是欢迎我口袋里的钱来参观呀?"

项达民说:"雷行长,你和你的钱是紧紧连在一块的,可以分开吗?"

雷行长说:"怎么,如果可以分开,你们就拿走我的钱,把我扔下不管了?"

大家笑了。

雷行长说:"你们的情况,我也都了解过,别认为我今天来桃花镇,是给你们带来希望的,希望在哪里?我自己都看不到,我如何给你们带来希望?"

项达民说:"雷行长,你就是希望,我们看到了你,就看到了希望,所以,你今天到我们桃花镇来,对我们来说,真是喜从天降呀!"

雷行长说:"你这是强加于人嘛,刘行长,你呢?嫁祸于人嘛。"

刘行长笑道:"岂敢岂敢。"

雷行长正色道:"桃花镇的几位领导都在场,我坦白告诉你们,任何事物,都有它的高潮低潮,兴旺和衰败。乡镇企业,兴旺的时候,你们接受得了,它衰败了,你们就接受不了?死赖活赖想干什么呢?能干什么呢?"

项达民说:"能再创辉煌。"

雷行长向刘行长一笑,回头说:"愿望是好的呀。"

半天没吭声的柏森林说:"雷行长,我们的乡镇企业正在转制,也就是承认了许多问题,比如近两年来,投资不断增加,规模不断扩大,而销售收入增幅缓慢,效益指标下降较大,我们的乡镇企业,底子差,规模小,行业又过于集中,科技含量低,等等,这些都使乡镇企业的再发展受到极大的限制,我们正在进行的改制,正是要从根本上,破除这些限制,踢开这些绊脚石。"

雷行长认真地看了一眼柏森林,说:"我听刘行长介绍,你是大知识分子呀。"

柏森林说:"从事物发展的规律讲,也许有一天,乡镇企业确实会衰落,甚至会彻底消亡,但是我相信它只是一种名称上的消失或消亡。也就是说,我们也许不再称它们为乡镇企业,但是我们不得不承认它的生存能力,更不得不承认它是有远大前途的。其实,从现状来看,过去我们所称的乡镇企业,与其他企业的区别、分界,已经越来越模糊,我们的区分也显得越来越没有必要,乡镇企业早已经纳入市场经济商品经济的大轨道,它和国营企业集体企业私营企业一样参与竞争。我们要想在竞争中站住脚,首先要摒除小敲小打的想法,不再是游击战的年代,就不能打游击战了。我们要树立远大的目光,要有大的气派,所以,雷行长,话又说回来了,抓大怎么抓,拿什么来抓,如我们的隆飞翔集团,就是大规模的企业集团,是我们桃花镇,也是我们平江,我们省创名牌的重头企业,这样的企业,需要扶持,需要在它最关键的时候,给它来一个最有力的推动。"

雷行长哈哈大笑,说:"柏镇长果然对我寄予很大希望呀。"

他们说话的当口,刘行长几次看项达民,觉得奇怪,平时陪客,都是项达民滔滔不绝,今天倒是柏森林占了风光,前一阵传说的项达民要到市委当副秘书长的事情,难道还没有了结吗?

是项达民有意让柏森林多说,还是柏森林自己愿意多说,这是大不一样的,可惜刘行长看不出来。

这一天的结果,是雷行长同意向隆飞翔集团贷款,而且数目不小。

晚上吃过饭后,雷行长一行到歌舞厅小坐,项达民在外面抽烟,兴奋不已之中百思不得其解,这个雷行长,是从哪里冒出来的?

韩六舟走过来,说:"我刚生下来的时候,我爹请瞎子替我算过命,瞎子说我若是有贵人相助,能成大事……"

突然间,项达民的眼前亮了,韩六舟一句话点透了他,他突然明白,雷行长是从哪里来的了。

四

卢狄请魏半城到街头的小酒馆喝酒,卢狄每次到桃花镇,不是他请魏半城,就是魏半城请他,总是在这家依桥临水的小酒馆。酒馆里,外地来客并不多,大多是本镇的老人,也有中年人,甚至也有年轻人。喜欢喝点儿酒,聊聊天的人,都到这个酒馆来,店主为酒馆取名"客来",果然客来得很多。偶尔,也有些外地的游人,或者来桃花镇办事的人,经过这里,为这里的气氛所吸引,走了进来,二两小酒一喝,醉迷迷的,便似回到了家乡。

小店里有一台录音机,长年播放评弹节目,奇怪的是,进酒馆来喝酒的人,很少有人认真地屏息凝神地听评弹,播放的评弹并不影响大家谈天说地,评弹好像成为一种背景音乐。在宾馆里,背景音乐更多的是播放一些外国乐曲。

更奇怪的是,在酒店里喝酒说话的人,虽然不在意评弹的内容,但只要有谁问一声,评弹唱的什么,大家都会告诉他,这出戏是什么内容,谁唱的,什么调,什么派,功夫如何,他们都能如数家珍般报出来。

酒店老板对卢狄一直采取不亢不卑的态度,看到卢狄再次踏进门来,微笑着迎上去,引坐,摆餐具,问上什么酒,其他,一概不多说。

卢狄笑着道:"这位王老板,颇具大将风度呀。"

魏半城说:"你让他喝三两酒,他就不风度了。"

端着碗筷过来的王老板听到了,也笑,说:"哪天试试。"

魏半城说:"干吗要哪天,就今天。"

老板说:"今天不行,今天客人太多,忙不过来。"

魏半城向卢狄说:"他哪天客人都多,哪天都忙不过来,说穿了,不敢和我们喝。"

卢狄说:"老板,我和魏老师,酒量都不大。"

魏半城说:"他哪里是怕酒量。"下面半句不说了。

卢狄当然是明白的,他偏要哪壶不开提哪壶,向老板说:"老板,在你店里喝酒,是不是莫谈国事呀?"

老板坦然一笑,指着店里其他人,说:"风声雨声读书声,声声入耳;国事家事天下事,事事关心。"

斟了酒,卢狄和魏半城喝起来,老板也走开去,卢狄说:"桃花镇,真是藏龙卧虎之地呀!"

魏半城说:"你说谁呢?"

卢狄说:"你也算一个吧,这小老板,不算一个?"

魏半城说:"那样算,我们桃花镇,就没有非龙非虎之辈了。"

卢狄说:"因为桃花镇是龙虎之地,一般无胆之辈,也不敢闯进阵来,所以嘛,像我,像尤敬华,也都不是等闲之辈呀。"

魏半城说:"你提到尤敬华,也不知到哪里去了。"

卢狄说:"据我了解,还在桃花镇吧,我们找找看,请他一起来喝酒。"到店老板里屋找到电话,打到桃花源宾馆,果然尤敬华在,一听到卢狄的声音,尤敬华很兴奋,卢狄告诉他,他和魏半城正在"客来"酒馆,尤敬华说:"我马上来。"

果然不一会儿尤敬华就到了,一看到卢狄,就说:"卢记者,我一直注意你的行踪,我看到了,你报道了参加奥林匹克比赛的少年选手,他们说的话,你都从摄像的角度有意识地加强了气氛,看起来,你对半年前你自己的追踪报道,有所反思嘛。"

卢狄不得不佩服尤敬华的敏感,说:"反思是好事情,人如果不反思,就无法进步。"

尤敬华说:"那么你对桃花镇曝光的问题,有没有反思?你对省台七大问题的讨论,有没有反思?"

卢狄说:"有。"

尤敬华说:"反思结果如何?认为自己错了?狭隘了?片面了?只见树木,不见森林了?"

卢狄说:"我的反思,从来没有结果,我之所以有反思,无非是愿意自己在反思中,学会更全面地看问题罢了。"

尤敬华急急地向卢狄说:"卢记者,我最近一直在隆飞翔集团,隆飞翔集团的问题,你知道吧?"

卢狄说:"韩六舟的整个改革方案,我大体了解了一下,典型地摸着石头过河,现在很难预测未来,但是,至少能让人看到希望之光,如果没有改革,连希望之光也没有了!"

尤敬华却摇了摇头,说:"在这一点上,我们都不如杜老的水平呀,我向杜老汇报隆飞翔集团改革方案时,杜老首先考虑到的就是党风党纪的监督问题,你们想想,这么大的动作中会有多么大的漏洞?就说一个设备问题,那么大规模地从国外引进设备,旧的淘汰的设备,也存在许多问题,要出卖,向谁出卖,卖什么价钱,这都是问题!"

魏半城说:"这也不是从隆飞翔开始的,早已经存在了。"

尤敬华兴奋地道:"魏半城,我们又想到一起了,听说,隆飞翔总经理的任命,没有经过党委讨论,项达民的作风简直……"

魏半城打断他说:"大事就应当当机立断,左讨论右商量,厂都要倒闭了。"

尤敬华想不到魏半城这么说,被呛了一下,不服气道:"怎么,魏半城,你对项达民重新认识了?"

魏半城说:"没有重新认识,我这把年纪的人了,也新不起来了,一直是这样认识的。"

尤敬华转向卢狄,半认真半嘲讽说:"这么看来,如果现在投票选举桃花镇党委书记,我觉得魏半城恐怕是要投项达民的票了,卢记者,你信不信?"

不等卢狄说话,魏半城抢先说:"投项达民的票不对吗?一百个对,我当然投项达民的票!"

尤敬华吃惊地看着魏半城。

魏半城说:"你这么盯着我看什么?难道我说错了?我问你,你认为,除了项达民,谁还能挑好桃花镇这个沉重的担子?你吗?你能吗?"

尤敬华有些不解地看着魏半城,疑疑惑惑地说:"你是?你是……"

魏半城替他说:"我从来没有反对项达民做桃花镇的一把手,从前、现在、将来都不反对!"

尤敬华闷了半天,才说:"你告了他那么多状,你出了他那么多洋相,难道你是拥护他的?"

魏半城说:"我如果不拥护他,我告他的状干什么?我出他的洋相干什么?我没那么多闲工夫!"

尤敬华说:"莫名其妙!"

魏半城不肯放过,追着道:"什么莫名其妙?一点也不莫名其妙。正是因为我对项达民抱有很大的希望,我认为,只有项达民能够把桃花镇建设好、发展下去,所以我才对他的不足之处看得比较清楚,对他的失误看得比较严重,希望他觉悟,希望他改进,希望他更有水平地领导桃花镇……"

尤敬华说:"你以为他真的能听你的话,能改变自己?"

魏半城倔强地说:"那是他的事,不是我的事!"

尤敬华也倔强地说:"我始终认为,不管乡镇企业发展到哪一步,党纪永远存在,党纪监督永远存在,而我的工作,也永远不会中断停止,也永远有意义!"

尤敬华的话铿锵有力,字字如重锤砸下,落地有声,魏半城忍不住喝起彩来:"好,说得好!"

尤敬华又奇怪地看了看魏半城,说:"你今天怎么了,说话颠三倒四,一会儿坚决拥护项达民,一会儿又……"

魏半城说:"谁颠三倒四?我反过来要问问你,你说你是检查监督党风党纪的,那你干吗老是盯着项达民,非要他下台?"

尤敬华坦然地说:"我是对事不对人,我从来如此,我的调查报告,也不是只写项达民一个人的问题,也有柏森林……"

卢狄转向魏半城,问道:"柏森林,这个人到底怎么样?"

魏半城说:"别的不说,我知道他在很短的时间内,帮助杨湾村建了一个新厂,就这一点,我服他。"

尤敬华说:"杨湾村,就是小秀花的那个村吧,小秀花病怎么样了?"

魏半城脸上露出欣喜之色,说:"污染源根除了,小秀花的病情大大好转,医生认为,完全有根治的可能。"

卢狄和尤敬华都点头,卢狄说:"前一阵看起来,柏森林取代项达民是铁定的事实了,现在怎么样?"

魏半城摇了摇头。

他们一齐看尤敬华,尤敬华说:"看我干什么,我脸上写着组织决定?"

五

车子一开到路上,杜老就已经明白,秦一和是拉他去看项小龙的。

项小龙的病情仍然时好时坏,一直没有稳定过,医生特别吩咐秦一和和杜老,说话一定要小心。

项小龙看到秦一和和杜老,却表现得十分正常,一点也不像前几次那么激动,不等秦一和问他什么,他主动说:"我不激动,我一点也不激动,我再也不会谈明星化工厂的事情了,医生说的,我一谈明星化工厂的事情就会激动,激动了就犯病,给医生护士添麻烦,多不好,所以,我不再谈明星化工厂,我也不会再激动,不会再犯病,你们放心。还有,请你们回去告诉我哥,叫他一定要放心,一定不要记挂我,我一切都好。"

秦一和说:"项小龙,我是特意来告诉你,明星化工厂已经重新投入生产了,现在和国外最大的斯托夫化工集团联营……"

话音未落,项小龙突然惊恐地直摆手:"不,不要,不要……"

秦一和说:"好,好,我们不说明星化工厂。"

项小龙却又表现出另一种惊恐,说:"怎么了,怎么了,不能说明星化工厂,是不是明星化工厂出了什么事……"

秦一和说:"明星化工厂非常好,重新生产了。"

项小龙怀疑地看着秦一和,又看看杜老,说:"不对,不对,你们又来骗我,我知道,你们是好心,怕我犯病,所以来骗我。如果明星化工厂真的恢复生产了,我哥怎么不来告诉我?他到现在也不肯原谅我,他一直也不肯来看我,就是不原谅我!"

秦一和说:"你哥经常来看你的。"

项小龙说:"谢谢你的好意,谢谢你的欺骗,我知道我哥始终不肯来看我,他经常派一个人来,冒充他自己,以为我病了,就不认识人了,其实,我虽然病了,但我的眼光还是很锐利的,谁是谁,我都认得出来,你是秦教授,化工专家,我认识你。"

秦一和和杜老都吓了一跳,一时搞不清楚项小龙到底是有病还是没病,真疯了还是假疯,两个人都呆呆地看着项小龙。

项小龙指指杜老,说:"这位老同志,也常常来看我的,还给我带吃的、穿的,这里的病人都很羡慕我,老同志,大概也是我哥让你来的吧?"

秦一和看了看杜老,心里有些感动,对项小龙说:"他,他是省里的一位老干部,杜老。"

"省里的老干部?你怎么一直不告诉我?"项小龙先是一愣,突然扑通一声对着杜老跪下了,说:"杜老,杜老,您是省里的老干部,您一定有办法,救救我哥,救救他,帮帮他,他……"

秦一和和杜老面面相觑,杜老拉项小龙起来,项小龙死活不起来,说:"杜老,您不答应我,我决不起来,我决不起来。"

杜老说:"你要我救你哥,你哥到底怎么了?"

项小龙淌下两行眼泪,说:"我天天做梦,梦见我哥哭着对我说,小龙呀,我支持不下去了,小龙呀,我要垮了,小龙呀,我已经山穷水尽了,我哥一哭,我也跟着哭,我说,哥呀,我对不起你,是我害的你,我该死……"

悲切之情,使两位老人都为之动容。秦一和说:"小龙,你听我说,现在情况已经好转了……"

项小龙说:"你别再骗我了,你再骗我,就要误大事了,趁杜老在这里,我们一定要求他想想办法!"

秦一和看了看杜老,对项小龙说:"你放心,杜老就是来想办法的,就是来帮助桃花镇帮助你哥的。"

项小龙刚站起来,突然一下子重又跪倒,磕着头,说:"杜老,杜老,谢谢您,谢谢您!"

杜老皱了皱眉,对秦一和说:"他是不是又犯病了?"

项小龙说:"杜老,我没有犯病,我没有犯病,我头脑很清醒,一点也不乱,杜老您说,我说的哪一句话是错的,我有没有说一句错话?"

杜老说不出来。

项小龙又说:"杜老,今天我看见了您,知道您是来帮助桃花镇,帮助我哥的,我更不会犯病,我的病,说不定就好起来,彻底好转了,那样,我哥会多高兴啊。虽然我哥一直不来看我,但是我心里明白,我哥为我的病,伤透了心,我为了我哥,也要好好养病,争取早日康复,好让我哥放心……"

杜老无可奈何地看看秦一和,意思是说,我们走吧,秦一和也怕和项小龙谈多了对项小龙病情不利,安慰项小龙说:"我们回去一定转告你哥,告诉他你的病情大大好转了,让他放心。"

项小龙笑起来,像个孩子似的,眼里还噙着两汪眼泪,向他们挥着手,一直望到看不见他们的背影。

走出医院,秦一和朝杜老看看,杜老说:"你看我干什么?"

秦一和说:"不干什么。"

杜老说:"我知道你的意思。"

秦一和说:"我没有什么意思。"

车子在等他们,但是杜老不肯上车,非得把话说清楚,说:"秦一和,我知道你的意思。"突然加强了语气,"我告诉你,不管你有什么意思,我杜某人,天生就这个脾气,对违反党风党纪的人,决不轻饶!你以为我是存心和桃花镇和项达民过不去?我知道,在你眼里,桃花镇的成就是苦出来的呀,是付出天大的代价换来的呀,他们的全国先进,当之无愧!"

秦一和说:"你难道不这样想?"

杜老说:"我当然这样想,我比你更清楚他们的今天是怎么来的。但是我问问你,大邱庄的禹作敏你知道吗?"

秦一和生气了,不理睬他。

杜老却继续说:"你说说,作为大邱庄党的书记、全国劳模的禹作敏和作为囚犯的禹作敏,难道不就是一步之差?"

秦一和气道:"你是不是希望天下干事情的人,都成为罪犯?"

杜老说:"如果他们犯罪,犯了错误,党纪国法决不能容!"

第 30 章

一

《人民日报》刊登了平江市委政策研究室写的长篇文章《平江乡镇工业往何处去》，介绍平江地区乡镇企业转制的目的意义及转制中碰到的新问题。隔日，《平江日报》也全文转载了这篇文章。闻舒刚从省委开会回来，进办公室，当天的《平江日报》就送了进来。闻舒将文章从头到尾看了一遍，文章送《人民日报》前，他已经看过，现在在报纸上重读，感觉是不一样的。文章虽然只是从探讨的角度，从已经进行和正在进行的平江乡镇企业改革产权制度、转换经营机制的实践中，看到乡镇企业再创辉煌的可能，并不是指点江山，更不是指明方向，但是《人民日报》在重要版面重要位置刊登这篇文章，意义却是非同小可的。

周怀有一大堆事情要向刚到家的闻舒汇报，闻舒急于看文章，让周怀等一会儿再说。等闻舒把文章看完，又等了一会儿，周怀仍然没有进来，估计又有什么事把周怀拖住了。闻舒随手翻看《平江日报》其他版面的内容，在第三版"市场信息"中，有一则很小很小的消息，差一点从他眼皮底下滑过，不知道为什么，他突然收回了眼光，重新停留在这块小豆腐干上。

王桃食品销售新动向：王桃食品从日前开始，在平江市各大商场增设免费品尝、推出任意挑选一两起售的零售方法，并张榜公布卫生防疫部门对王桃食品卫生检疫的达标情况，每一项检疫内容，达到多少指数，一一列榜公布。

闻舒心里一动，周怀正好这时候走进来，闻舒说："周秘书长，楚书记今天在不在家？"

周怀说："今天上午有个剪彩活动，已经结束，刚回办公室。"

闻舒突然站了起来，说："好，我想到桃花镇王桃厂看看，你安排一下，马上走。"

周怀一愣，说："今天？马上就走？"

闻舒说："有什么安排？"

周怀说："晚上常委会，白天没有什么安排，但是我要向你汇报，许多事情……"

闻舒说："边走边说，车上办公嘛。"

周怀出去安排车子，闻舒给楚平打了个电话，说："今天有空是吧，我过一会儿到流水村去，你去不去？"

楚平急问道："出什么事了？"

闻舒一笑，说："你头脑里的弦怎么绷得这么紧？"

楚平说："不是我的弦绷得紧，我才不愿意绷紧呢。"

闻舒知道他的意思，也没有再往下说，只说："有时间，就一起看看去。"

挂了电话，站起来，刚要准备出门，突然发现门口站着个人，闻舒愣住了。

是杜老。

杜老跨进门来，笑道："不请自来。"

闻舒说："杜老，我马上到桃花镇去，您怎么样，一起去？"

杜老摇头说："我和医生约定了，明天到省医院检查身体。"

闻舒笑道："杜老，您的身体不用检查，您的问题，只要喝两杯酒,就解决。"

杜老说:"你别来唬我,我这一辈子,是不会开戒的了。"说着一笑,道,"就算我不检查身体,恐怕也不能和你一起去桃花镇,我一到,你一到,他们又要草木皆兵了。"

闻舒说:"说明你杜老厉害,有威望。"

杜老脸上的笑意突然消失了,看了闻舒一会儿,说:"闻舒,我问你一个问题,我喜欢谁?"

闻舒被杜老这个问题问得一愣,差一点说你不会是喜欢尤敬华吧,话到嘴边,咽了下去,不由自主地摇了摇头。

杜老说:"闻舒呀,想不到你对我这么不了解。我再问你一个问题,大家都觉得我不喜欢项达民,你怎么看?"

闻舒不好说。

杜老有些激动,站了起来,说:"你虽然嘴上不说,但你心里一定想,你这个老头子,就不喜欢项达民嘛,明摆着嘛,是不是?"见闻舒笑,又道,"告诉你,你错了,大错特错!"

这就是说,杜老非常喜欢项达民?

杜老突然加强了语气,说:"但这不等于我可以睁眼闭眼,对违反党风党纪的问题坐视不理!"

楚平走了进来,看到杜老,说:"杜老,您又来了?"一个"又"字强调得特别突出。

杜老哈哈一笑:"怎么,嫌我来得多了?你这个平江,党风党纪都管好了,我就不来了嘛。"

楚平说:"在您杜老的眼里,恐怕难有管好的一天吧?"

杜老说:"这也有道理,从某种意义上说,纪检和改革开放是一对永远的矛盾,只要这对矛盾存在一天——"

楚平又气不打一处来,忍不住带着挖苦说:"您就一天都不放过对项达民的关心!"

杜老一点不生气,反而点着头,说:"楚平,你这话说得太对了,这就是我对项达民的关心,你以为,只有你才是关心项达民?"

楚平张了张嘴。

杜老说:"我比你更关心他,我是在更高的层次上关心他、爱护他,你明白吗?"回头看了看闻舒,又说,"我关心他的一举一动,包括目前正在进行的隆飞翔集团的改革,每一步,我都会关注的!"

闻舒说:"隆飞翔的改革试验,我是支持的,虽然风险很大,但这是不能不跨的关键一步,我们许多有基础有条件的乡镇企业,已经开始向国际化大集团发展,更多的,今后恐怕都得走上跨地区国际化大集团的道路,这一步跨得好,必将带来乡镇企业的再度辉煌,但是跨出这一步,确实有非常大的风险,现在项达民正承担着这样的风险……"

杜老说:"正因为风险大,就更需要监督。闻舒,我今天来向你打个招呼,先回家拿点换洗衣服,明天开始,我打算住到隆飞翔集团去。"

楚平向闻舒瞥了一眼,被杜老捉到了,说:"干什么,有什么怕我看的?"

周怀已经安排好了车,但是看杜老一直在里边,不好进来打扰,耐心等了一会儿,只好硬着头皮进来,闻舒站起来,随手拿了《平江日报》,对周怀说:"把昨天的《人民日报》也带上。"

下楼后,杜老向闻舒扬着手,大声说:"我的七大问题……"

闻舒不置可否地一笑,楚平说:"杜老是不是打算抱住他的七大问题一辈子不放手了?他看不到七大问题正在逐个解决?"

闻舒说:"他当然看得到。"随手把报纸给楚平,楚平说:"我看过了。"

闻舒却翻到第三版,指了指。

楚平看到小豆腐干的销售消息,说:"这是兰桂花的点子,她春节后到福建一家营销特别兴旺的糖果厂跑了一圈,回来就用上了。"

闻舒说:"兰桂花,是那个把产品藏到村民家里的女厂长?"

楚平说:"王桃厂搞股份制,选厂长把她选下来了,当上个副厂长。"

闻舒说:"噢,选下来了,仍然有积极性?"

楚平说:"积极性高着呢。"

闻舒说:"选了谁做厂长?"

楚平说:"一个刚刚毕业的大学生,有知识,有新鲜的东西,但是威信显然大大不如兰桂花。也是奇怪,既然兰桂花是有威信的,"笑着摇头自言自语,"怎么会被选下来?"

闻舒说:"她想把厂长的位置重新夺回来?"

楚平说:"有这个可能。"

车子上了路,闻舒说:"楚平,我刚才突然想起一个人来。"

楚平说:"谁?"

闻舒说:"当年我没有遇见的一个人,王桃厂第一任厂长。"

楚平侧过头来向闻舒一看,说:"其实你早就知道他是谁。"

闻舒笑了笑,没有回答是或者不是。

二

未来出版社的钟社长,来到了平泽县。《热土》下卷,出版社以最快的速度突击出版,社长亲自来搜集一些文坛之外的读者的反映和评价,吕正是平泽的县委书记,当然是首当其冲。在这之前,无论是陶李还是钟社长,都未和吕正谈过要搜集这方面内容的事情,钟社长的突然到来,吕正有些措手不及。刚出版的《热土》下卷,陶李已经托人带给他,吕正没有时间看,这会儿钟社长到了,和他谈书的内容,吕正有些尴尬,让钟社长在会议室稍坐,赶紧出来到办公室给孔雪杉打电话,问她看了《热土》下卷没有。

孔雪杉马上说:"《热土》下卷怎么了?"

吕正从孔雪杉的问话中听出些什么,说:"你看了没有,写得怎么样?有什么问题?"

孔雪杉说:"我说不出来,我希望,你看一看,"停顿一下,又说,"不是希望,是坚持,你一定要看!"

吕正说:"我哪来的时间,再说了,这会儿出版社的社长正在会议室里等我,他们要听我的读书意见。"

孔雪杉问:"事先没有谈过?"

吕正说:"哪里谈过。"

孔雪杉想了想,说:"你是问我的想法?难得呀,我看,《热土》的上卷和这个下卷,根本不是一回事……"

吕正说:"到底写了什么,你好像很沉重?"

孔雪杉说:"三言两语,我无法讲清楚。"

这一说,吕正更放心不下,追问:"究竟写了什么东西?"

孔雪杉说:"我只告诉你,这是个悲剧,它不是以项达民为原型吗,是个大悲剧!"

吕正说:"写项达民死了?"

孔雪杉说:"死,并不一定是最大的悲剧!"

吕正一惊:"比死还悲剧?"

孔雪杉说:"我实在无法回答你的问题,我建议,你问一问陶李自己的态度。"

吕正赶紧想办法找了陶李的电话,打过去,陶李说:"吕书记,我马上赶到。"

吕正回到会议室,吩咐摆上水果之类招待钟社长,钟社长边吃边说:"吕书记,《热土》下卷,你看了吧,是写你们平泽县改革开放的,写得非常感人,大大超过上卷,很有感染力,许多人读了,都掉眼泪了。"

吕正只得道:"是个悲剧。"

钟社长说:"吕书记是内行,悲剧是更能震撼人心的,悲剧更能让人从中得到深刻而沉重的教育。吕书记,你认为,作品中主人公最后这样处理,是不是合理?"

吕正无法再谈,只得推说自己有个紧急会议,让办公室主任通知县文联,请他们立即找几个看过《热土》下卷的人过来开个座谈会,把矛盾转嫁出去。

陶李赶到了,吕正放下心来,说:"陶作家,你的大作,我还没来得及拜读,钟社长来搜集意见,我找了几个读过的人,正在开座谈会。"

陶李说:"搜集意见、听取读后感,恐怕仅仅是一个方面,据我所知,他大概还想推销推销,想从你们身上刮一点回去。"

吕正说:"如果是《热土》上卷,应该没有问题,歌颂乡镇企业家的,我们买些书,放着,有感兴趣的客人,送些给他们,也是一种宣传嘛,但是这下卷……"

陶李惊奇地看着吕正:"你说你没有读过?"

吕正坦率地说:"我爱人读过了。"探究似的看着陶李,过了一会儿又说,"陶作家,你认为像项达民这样的乡镇企业家、乡镇领导,最后只有失败这一条路?"

陶李说:"至少,我在《热土》下卷中是这么写的,也可能,以后我的思想还会发生变化,就像从过去变化到今天,从过去写上卷时的激动,变化到写下卷时的悲观,也可能以后又变得很乐观,但至少目前,我不乐观,所以……"

吕正说:"你写项达民的结果,比死更悲剧?"

陶李说:"这是孔检察官的说法?"

吕正说:"应该说是一个普通读者的看法。"

陶李沉重地点了点头,说:"是的,世界上,有许多痛苦,大大地重于死亡的痛苦。"

吕正说:"如果写的是一出悲剧,我怎么买来送客人?老实说,我没有那么大的肚量和气派,别人说我们什么,我可以不去在意,但是我不可能出了钱,请别人骂我、非议我。"

陶李说:"你认为,写项达民,就是写你?"

吕正说:"我承认,我是这么想的,至少,我的命运不可能离开许许多多项达民的命运!"

陶李说:"在我的小说中,项达民被许多绳索羁绊住……"

吕正说:"我也是其中的一根绳索,而且,还蛮粗的。"

陶李犹豫了一会儿,问道:"吕书记,你认为,项达民看了这个下卷,会有什么反应?"

吕正也犹豫了一下,说:"第一,我没有看这部书,我只是听孔雪杉说了一点想法,不能代表我;第二,我不是项达民,我恐怕无法体验他的感受。"说着自己也笑起来,说,"这像回答刁难的记者的问题了,太一本正经了是吧?"

陶李说:"我知道你的意思,我只有些担心,会不会对项达民带来什么不好的……"

吕正说:"听大家说,你陶作家是个敢说敢为从不后悔的人,怎么也忧虑起来了?"

陶李掩饰了一下情绪,但没有回答。

吕正说:"你是不是后悔写这个下卷了?"

陶李说:"不,我从来不后悔,过去不后悔,现在不后悔,以后也永远不后悔。因为我写的,没有一句假话。也许我是错的,是片面的,是悲观的,但却是我的真实的想法。"

吕正不无怀疑地看着她,说:"你的真实的想法,像项达民这样的人,必然失败?"

陶李说:"可以这么说。"

吕正说:"原因呢,是不是因为许许多多的乡镇企业家,不具备干到底的素质?"

陶李说:"我小说里已经都写进去了,许许多多无形的和有形的绳索,捆住了他们的手脚,个人因素,是其中之一。"心事重重,又说,"也就是说,如果不彻底改变我们这个民族的劣根性,靠一个两个企业家,是没有出路的,即使他们再优秀,时间长了,他们的优秀也会被吞没……"

座谈会结束后,钟社长出来一眼看到陶李,说:"好个陶李,是要坏我的事呀!"

陶李说:"坏你什么事?你不是来搜集一线读者的评价吗?不是已经给你开过座谈会了吗?钟社长,你少玩花招,吕正可不是项达民。"

钟社长眼睛一亮,说:"你的意思,我不应该找吕正,应该去找项达民?"

陶李哭笑不得,说:"你好意思再去找他?"

钟社长坦然说:"我有什么不好意思的,即使我不出版歌颂他的书,他天生也是个乐于帮助人的人,这个大家都知道。"

陶李说:"钟社长,你以为这是上卷?"

钟社长说:"怎么,上卷和下卷有什么大的区别吗?一个是喜剧一个是悲剧吗?其实,在生活中,谁能分得清到底什么是喜剧什么是悲剧?有时候,悲剧就是喜剧,有时候,喜剧就是悲剧,你说不是吗?"停顿一下,看着陶李笑,说,"谢谢你,陶李,谢谢你的提醒,我现在就出发到桃花镇去。"

陶李只得说:"我和你一起去。"

吕正说:"到桃花镇?我派车送你们,有个人搭你们的车走。"

陶李说:"谁?"

吕正说:"你会有兴趣的,尤敬华。"

陶李说:"怎么尤敬华还在桃花镇?"

吕正说:"是的,尤敬华一直还在桃花镇,这几天回来看看,刚到家,杜老又来了,刚才打电话给我,叫我马上通知尤敬华,要他立即赶到桃花镇,这回要住到隆飞翔集团去。"

陶李说:"杜老在桃花镇?"

吕正说:"电话是从平江打来的,不知在平江干什么。"

几人一起出来,尤敬华已经坐在车的后排,正从车窗里探出头来向他们微笑。

陶李坐在前排,车一开起来,尤敬华从后排探上头来,说:"陶作家,你的《热土》下卷,我刚看完。"

陶李说:"哟,尤书记动作迅速,书还没有开始销售呢,你哪来的书?"

尤敬华狡猾地一笑,说:"我自有办法搞到。这部书,很重要的,我连夜就读完了。"等着陶李和钟社长问他读后的想法,偏偏陶李和钟社长都没有开口,忍不住自己说,"哎呀,我读了,感慨万分呀,真是感慨万分!"

陶李说:"能引起尤书记的感慨,我很荣幸。"

尤敬华说:"我连夜打电话向杜老汇报了,杜老叫我立即到桃花镇,听听其他人的反映。"

陶李回头向钟社长一笑,说:"钟社长,尤书记和你异曲同工呀。"

钟社长说:"不对吧,是同曲异工。"

尤敬华说:"钟社长也是来听反映的?太好了,太好了,陶作家这部下卷,写得真是好极了,比你的上卷好得多!"

陶李说:"谢谢尤书记的鼓励。"

尤敬华说:"好在哪里,你知道吗?"

钟社长先笑了出来,连县委的司机也笑了,陶李忍住笑,说:"我还不太清楚,请尤书记指教。"

尤敬华却笑了,说:"陶作家谦虚了,你自己写的书,你能不清楚?"

陶李说:"也有可能当事者迷,旁观者清呀。"

尤敬华兴奋不已,说:"我一眼就看出作品的精粹了,你写出了一个失败的乡镇企业家失败的主要原因!"

陶李说:"噢,你一眼就看出来了?是什么?"

尤敬华说:"腐败!"

陶李说:"尤书记,我怀疑你根本就没有看这部书。"

尤敬华说:"怎么没有看?我一口气读完的。"

陶李毫不客气地说:"那就是说,你根本没有看懂。尤书记,我希望你,看懂了再说话。"

尤敬华也毫不相让,说:"更准确地说,生活这部书,我是能看懂的!"

三

蒋月仙和江燕陪冯琳到隆飞翔集团来,大家刚进会议室坐下,喝了一口水,面朝外坐的蒋月仙突然"哎呀"了一声,站了起来,眼睛直瞪着门外。

大家顺着她的目光朝门外看去,是慕小麟,站着,笑眯眯地望着大家,看到大家朝他看,还躬一躬身子,表示致意。

蒋月仙脸通红,跑到门口,说:"你干什么?你干什么?"

慕小麟笑意灿烂地看着蒋月仙,说:"我来告诉你个好消息,我把那封信,从尤敬华那里要回来了。"

蒋月仙一时没有明白,说:"信,哪封信?"

慕小麟说:"就是我写给杜老的,杜老叫尤敬华在市委常委会上念出来的那封信呀。"

蒋月仙差点晕过去,指着慕小麟,生气地说:"你,你,搞什么鬼?"

慕小麟一脸无辜的样子,两手一摊说:"月仙,你怎么啦,当时我写了这封信,你不高兴,生了很大的气,要和我离婚。现在我把信要回来,你又不高兴,你到底要怎样才高兴?"

蒋月仙含着眼泪,向大家说:"你们先和冯老师谈吧,我出去一下。"

蒋月仙一走出去,果然慕小麟也紧紧跟着走了,追上蒋月仙说:"月仙,月仙,告诉我,告诉我,什么事情惹你不开心了?"

蒋月仙说:"你怎么突然跑到桃花镇来了,你跟踪我?"

慕小麟说:"天地良心,我怎么是跟踪你,我是赶来向你报告好消息的,我向尤敬华要回信的时候,尤敬华好生气,假装找不到,被我逼着才还给我的。"

蒋月仙说:"你哪根筋又搭错了,怎么突然要收回这信?"

慕小麟说:"自从法院判我们不准离婚以后,我每天都在想我的问题,我想明白了,我知道我错了,知错必改嘛,我就把信要回来了!"

蒋月仙脸上松动了些,说:"你去要信,尤敬华肯给你?"

慕小麟说:"信是我的,他敢不给我?我还对尤敬华说,我这信是捏造出来的,是无中生有,是我瞎说,我叫他转告杜老,如果他不转告,我就直接找到杜老,说明事实。"

蒋月仙笑了一下,说:"你终于知道了,你也终于看到事实了,我早就跟你说,项书记是好人。"

慕小麟脸上露出奇怪的表情,说:"项书记?项达民?他管我什么事,他与我有什么关系?"

蒋月仙说:"你不是把控告他的信要回来了吗?"

慕小麟说:"难道你以为,我要回控告信,是为他?"

蒋月仙盯着慕小麟,怕他又说出什么叫人哭笑不得的话来。

慕小麟一脸温柔,说:"别人和我有什么关系?我只关心你,我心里只有你,我活着,只关心你的欢喜你的忧虑,我知道你为那封信不高兴,我不能让你不高兴,我就把信要回来了……"

蒋月仙无可奈何道:"那真应该谢谢你。"

慕小麟说:"你说得出,我们是谁和谁,说得上谢吗?我们是恩爱……"

正说着,一伙人从会议室里出来,陪着冯琳去看生产情况和设计部门,江燕朝蒋月仙做了个鬼脸,蒋月仙急忙说:"我陪你们一起去,我熟悉隆飞翔的情况。"

慕小麟说:"我不熟悉,我也跟着看看,月仙,可以吗?"

江燕代蒋月仙说:"当然可以,欢迎之至,欢迎之至。"

慕小麟便跟着往前走,始终跟在蒋月仙前后,不离半步。

韩六舟让莱特先陪冯琳看一看,等大家走后,韩六舟给项达民打了电话,告诉他冯琳又来了,这次来,要商谈隆飞翔和平江服装研究中心的具体合作意向。项达民一听,马上说,我中午过来一起吃饭。韩六舟犹豫了一下,说:"另外,蒋月仙的丈夫也追来了。"

项达民哈哈大笑起来,说:"韩六舟,你不会认为我应该回避吧?"

韩六舟也笑了,没有再说这个话题,又说:"还有个事情,我们最近收到好几份传真,都是从美国发来的,都是了解隆飞翔产品,希望和我们建立合作关系的,也不知是谁在里边起作用。"

项达民立即想到,很可能是徐晶的作用,但是他没有说出来,只是说:"既然有这样的好事,不妨试试,只要双方都有利益,事情就能谈起来。"

韩六舟从项达民的话中听出意思来,项达民大概知道是谁在帮助隆飞翔,只是他不愿意说,他也不便硬打听。

小钱跑进来,告诉项达民,闻舒和楚平正在往流水村去的路上,吕正一会儿也赶到。

项达民说:"今天什么日子,都来了。"

四

柏森林自从分工抓教育后,详细调查了解了桃花镇教师的住房情况,向项达民提出一个建议:桃花镇新建的许多公寓楼,销售困难,建议镇上以最低廉的价格出售给住房困难的教师。

项达民乍一听这个建议,差一点蹦出"不可能"三个字来,到了嘴边,硬是收了回去,平静了一下,问柏森林,你的所谓最低廉,是多少?

柏森林说:"那就是低廉到中等生活水平的教师也能接受。"

项达民突然一笑,说:"那等于我送给他们了!"

柏森林说:"就算是送,也是应该!长期以来,桃花镇教师的生活状况和桃花镇经济发展的水平不成正比,这个你心里清楚。"停顿一下,又说,"再说了,送当然是不可能的,即使按照优惠政策,房地产公司也多少能收回一些,比现在这么空放着,到底要强得多。"

项达民说:"但是据我了解,连最优惠的房子也买不起的老师,在桃花镇也不在少数。"

柏森林说:"面对这样的老师,难道我们心里不愧?"

项达民说:"以镇政府出面补助的方式帮助他们购买房子?"

柏森林说:"我正是这个意思。知识分子住房补贴,财政上可以开支的,这一块,我们没有充分利用起来。"

项达民眯眼看了看柏森林,说:"柏镇长,进步不小呀,会算账了嘛。"

柏森林说:"我本来就会算账,至于进步不进步,也不是你项书记说了才算吧。"

项达民说:"你这只是解决了住房销售的一部分……"

柏森林说:"我们可以考虑,向大城市学习,按揭……"

项达民打断他说:"什么时候,你给大家讲讲。"

柏森林一时没听懂,问:"讲什么?"

项达民说:"讲你懂的,我们大家不懂的东西,比如按揭是个什么东西,比如互联网……"

项达民当天就在党委会上把柏森林的建议提了出来,并且一开始就表明了自己坚决支持的态度,其他的人,也就不好多说什么了。很快,桃花镇轰动了,老师们成群结队地去看新房子,有的老教师,马上就要退休了,做梦也没有想到,在退休之前,还能有这么好的运气;有的刚分配来的年轻老师,是做好了长期艰苦的思想准备的,更想不到短短的时间里就能解决许多前辈老师要花一辈子时间才能解决的问题。

只有一位老师不激动,也不兴奋,相反,他忧心忡忡。

魏半城。

此时此刻,魏半城正伏案奋笔疾书,他在给卢狄写信,他对桃花镇以最低廉的价格向老师提供住房的做法充满焦虑和担忧,他在信上写道:"给教师解决住房当然是好事,但是镇上的投入怎么办?如此做法,连成本都收不回来,要知道,这些房地产的开发,可是借了高息贷款才运作起来的,有的甚至高达百分之三十的利息,怎么还?这种做法,分明是慷国家之慨!"

女儿魏莉走过来,说:"爸爸,你又在写信了?"

魏半城说:"你要不要看看我写的内容?"

魏莉说:"我不要看。"

魏半城注意到女儿心事重重,想了想,说:"小莉,大家都说我是个存心挑刺的人,永远戴着有色眼镜看现实,我在做这些事情的时候,从来没有考虑过你的想法,我从来没有为女儿考虑,我这么做,是不是影响了你的未来?"

魏莉说:"我也从来没有这么想过,不管你写什么信,揭发什么事情,我相信,你总有你的道理,作为女儿,我理解你。因为我知道,你不是一个不讲理的人,更不是一个自私的人。"

魏半城点了点头,沉默了一会儿,说:"小莉,有件事情,我一直想问你,项力和你,到底怎么样?"

魏莉不作声。

魏半城说:"项力到底有没有报名去西藏?"

魏莉说:"报名的时间还没有到。"

魏半城说:"他到底打算不打算去西藏?"

魏莉仍然没有回答,却反问:"爸,你觉得他应该怎么办?"

魏半城说:"他怎么会认为只有西藏才是理想的锻炼人的地方? 难道他自己的家乡,就不能锻炼人?"

魏莉回答不出。

魏半城接着说:"他难道没有从他父亲身上看到什么? 他难道没长眼睛,他怎么会这么肤浅,他让我失望……"

突然间,一阵急促的敲门声响了起来,魏莉过去开门,尤敬华跨了进来,说:"魏半城,我又来看你了!"不等魏半城说话,紧接着又说,"陶李新出的书,你看了吧?"

五

王桃厂的会议室里,各方神仙都到了,气氛一时显得很紧张,三位厂长和厂里其他一些干部,都默默地站在旁边,不知道发生了什么重大事件。

市县镇三级领导,吕正最后赶到,他进会场时,正好听闻舒说:"刚才在来的路上,我突然想到一个数字,一百,今天是二月二十日,我是十一月十日到平江上任的。"指了指周怀,"是周秘书长到省里接我,小许开的车嘛。今天,距我到平江上任,整一百天,巧数字呀。"

楚平轻松地说:"正是一整个冬天,这个冬天,可是给你这位新来的书记一个下马威,平江历史上,百年难得的寒冬。"

闻舒笑着说:"不管怎么说,我是和平江人民一道,经受了考验,走过来了。"

见两位书记谈笑风生,会议室里紧张的气氛放松了些,兰桂花忙着给大家泡茶、拿烟。

闻舒说:"不抽烟,你这会议室里明明有禁烟标志,怎么还拿烟出来,自己带头破坏规矩?"

兰桂花不好意思地一笑,把烟收起来,放上王桃的新产品,让大家品尝。

闻舒说:"二十年前,我就尝过你们王桃的产品,甘草桃片,记忆犹新呀。我还写过大块的文章,以你们的年纪,当时恐怕还小吧,没有留下这个记忆吧?"兰桂花说:"我知道,'现场会在哪里开',我还保留着当年的省报。"指了指刘冠,说,"刘厂长,恐怕就不知道了。"

刘冠老老实实地说:"是的,我连现场会这个名字,听了都陌生。"

闻舒说:"我今天,看到《平江日报》市场信息上有一条很小的消息,介绍王桃产品的新销售方式,怎么说呢,用文学的语言来形容,拨动了心弦,走回记忆深处,突然想到,桃花镇、流水村、王桃厂,一切是那么的切近,又是那么的遥远,突然非常非常想来看看。正好楚书记也有空,就一起来了,这似乎不像一个每天的日程都被秘书长安排得满满的市委书记了,像一个靠灵感生活的艺术家了,是不是?"

大家笑,没有人回答。

闻舒指指吕正,又指指项达民和柏森林,说:"我可没有通知你们呀,你们干什么呢,怕我把王桃厂吞了?"

大家又笑,但仍然没有人说话,虽然闻舒说是灵感突然而至,但是谁也不敢真正相信。

陶李在门口探了一下头,没有进来,闻舒说:"正在说艺术家呢,艺术家翩然而至。"

陶李站在门口说:"怪,今天这么多重要人物汇集王桃厂!"

闻舒说:"可为你的创作提供素材。怎么,不进来,不参加我们的会了？"

陶李说："最理想的，是把项书记借我一会儿。"

项达民笑道："把我当东西，借来借去。"说着站起来往外走。

兰桂花跟出来，开了自己的办公室，让他们进去，陶李看了看钟社长，钟社长说："陶李，该谈什么反正你都有数，我在场，怕你反而不自在，我干脆到大会议室，看到那儿有许多王桃食品，我嘴馋了。"说着便自己走进大会议室。

这边陶李和项达民面对面站着，感觉有点儿紧张，项达民说："干吗不坐下？"

陶李说："我托人带给你的书，收到了？"

项达民说："不仅收到，而且看了。"

陶李掩饰着自己的紧张，一笑。

项达民直言道："陶李，我没有想到，你会这么写我。"

陶李回避了项达民的盯注，说："你认为你不会失败？"

项达民说："恰恰相反，我认为我很有可能失败，但不是你分析的原因。我同意你对民族劣根性以及这种劣根性对改革、对改革者的毁灭性羁绊的看法，但是从根本上，我不能同意你的结论。陶李，在这个问题上，你恐怕不仅误读了我，还误读了许多人，包括与我有关系的许多人，比如柏森林，比如常金鹏，比如吕正书记，比如杜老、尤敬华、魏半城等。"

陶李自然是作了充分的思想准备要听取所有读了《热土》下卷的人对这部书的批评，但是真正听到批评的时候，心里总是横亘着什么，不舒服，远不如听表扬听夸奖时受用，不由地说："这样说起来，我写的人物，都走了样？"

项达民说："因为你的指导思想走了样，人物自然走样。"

陶李不服气，说："是不是因为我写了你的悲剧，你就批判我？"

项达民说："人都是一样，天生的不喜欢听坏话，喜欢听好话。

我也一样。你写我最终是个悲剧人物，当然让我悲哀，但是有一点我一定要告诉你，我，包括与我有关系的以及我身边的许许多多人，我们大家确实有许多缺点毛病，我们身上，确实有很浓很厚的民族劣根性的痕迹，但是有一个更主要更精粹的东西，你是没有看见呢，还是看见了又忽视了，或者，你根本不想去看见，那就是人的精神，不是靠我一个人，是靠我周围的所有的人，包括反对我的，包括到处告我，包括想要我下台的人！在这些人身上，正是有一种可贵的独特的乡镇气，我想，如果我们没有这个'乡镇气'，我们就不会有今天。我话说得大一点，这个'乡镇气'，甚至可以代表中国精神，至少代表中国农民的精神！"

陶李立即反驳："你难道忘记了，正是这'乡镇气'，把你折腾得——"她犹豫了一下，还是说了出来，"狼狈不堪！"

项达民说："你觉得我很狼狈？"笑了一下，说，"人是要有一点精神的，我不否认，乡镇干部中，有贪的，有蠢的，有坏的，但是我们都看到，更多的乡镇干部，他们有一股干劲，可以不计较个人得失，一根筋，就是要把事情干好……"考虑了一下，又说，"怎么说呢，我举个例子吧，我突然想到科学探险，那是一种拿生命做赌注的行为，你要追寻他们的目的？科学探险者，他们确实不为名不为利，连生命都可以抛弃，名利又算什么？他们图的是什么？一种信仰！他们靠的是什么，一股精神！失败对他们来说，是家常便饭，每天每时，都有失败等着他们，甚至是牺牲生命，但是仍然阻挡不了他们前进的脚步。我并没有拔高他们的意思，我并不是说他们的思想有多么的崇高，我只是认为，探险对他们来说，是他们生命的需要，是他们生命的全部意义。我看过一部片子，是写尼罗河探险的，十分感人。在他们身上，有一种崇高得让人敬仰的东西，这是什么？我想了许久，我想，这就是精神。在我们许许多多乡镇干部、企业干部身上，也或多或少有着这种精神！陶李，你认为我说假话也好，说空话说大话也好……"

轮到陶李打断他的话:"依你这么说,只要有你的所谓精神,你们面临的重大危机,就能安然渡过,自行解除?"

项达民激动起来,声音更洪亮了,说:"陶李,这正是我要说的问题的关键。我知道,陶李,你认为,我们身上的'乡镇气',是阻止我们前进、导致我们失败的主要原因之一。我反复想了许久,我承认你的话有道理。我所强调的'乡镇气',只是过去了的东西,到了今天,我们确实无法再用'精神'两个字替代一切,我们所有的人,都必须完成一个过程,也许是一个痛苦的过程,但必须完成,那就是,将不认输的精神转换成具体的现代化的高素质。我们必须完成这个蜕变过程,否则的话,就真的只有等待悲剧了。说得更具体些,我们一大批的乡镇干部和乡镇企业干部,缺少的东西,就是柏森林身上所具有的极为可贵的东西!"

陶李想不到项达民会这么评价柏森林,不由有些意外,一时没有咀嚼出项达民的真实含义。

项达民说:"我对柏森林,有一个长期的认识过程,开始我和大家的想法一样,柏森林就是冲着我的书记位子来的……"

陶李说:"怎么,现在他不想做桃花镇的书记了?"

项达民说:"不,他仍然想做书记,但是我相信,他更想做的事情,是给桃花镇输入先进的理念和高层次的素质,所以,我相信,我和柏森林在最关键的问题上是高度一致的。这就是,我们正在共同考虑,怎么样把桃花镇带入二十一世纪……"

陶李终于忍不住道:"既然如此,你为何让柏森林去管教育?"

项达民说:"我让柏森林管教育,有我的意图,我是从桃花镇的长远利益考虑的。"说着自己想到什么好笑的事情,笑了起来,补充说,"也许因为,柏森林虽然具备了我们所不具备的东西,但是反过来看,他的身上,也有浓厚的乡镇气,就像我,官升两级也不愿意去,你叫柏森林到其他县做个县长,你看他去不去?恐怕也不肯去的!"

陶李仍然有些不以为然,心想,你若是知道柏森林和闻舒的关系,你会怎么对待柏森林?心里想着,嘴上忍不住说:"你可能还不了解一个情况,柏森林在中央党校读书的时候,谁是他们的……"话没有说完,突然从项达民的神态中领悟出来。

项达民早就知道了!

陶李心里一阵翻滚。

项达民笑了笑,但是笑得很沉重,说:"陶李,我其实,非常喜欢《热土》下卷,和上卷是不可同日而语的!"

陶李追着问:"你喜欢下卷,喜欢它什么?喜欢它把你写成悲剧人物?"

项达民说:"我喜欢书的风格,或者说……"突然目光有些迷离,停了半天,才说,"与其说我喜欢书的风格,不如说,我更喜欢写书者的风格。"

陶李不再回避项达民的盯注,她直视着项达民的眼睛,渐渐地,从项达民的眼睛里,她依稀看到了自己晃动的影子。

会议室里的人拥了出来,项达民说:"他们要看一看新的生产线,你看不看?"

陶李说:"你陪他们去吧,我想一个人静下来想一想。"

陶李的眼睛茫然地看着兰桂花的办公室,突然看到一张贴在墙上的表格,是王桃厂自办厂起至今二十多年,历任厂长副厂长的名单,首任厂长的名字,赫然排在榜首!

六

闻舒今天好像很有兴致,在王桃厂吃过饭,临走时,突然提出要到尚未落成的农家乐去看一看。

在一大片平整的土地上,游乐场二期的原址,仅仅用了不到一个月的时间,就已经初步竖立起了一块与现代游乐场完全不同风格的具有原始风味的农家生活景点,部分项目即将完成。

一幢幢外观简单的木楼或草房,错落有致地散开在碧绿的草坪上,高大的旧水车的光滑的木头,在阳光下闪闪发光,场内人员,都穿着传统的农家服装。

闻舒说:"从上次我来,到今天,还不到一个月,你们动作不慢嘛。"走进一幢木结构的小楼,才发现,外部虽然采用简单的结构方法,木料都是原根的树干,但房子里面,却多姿多彩,进门的厅堂很大,置放着一排旧纺车,每架纺车上都有提供游客现场操作的纺棉花的材料,也可以由工作人员现场表演。厅堂再往里走,进入卧室,就是全现代化的了,有冷暖空调、卫生间、席梦思床。

闻舒说:"你这是土洋结合呀。"

项达民说:"除了纺车,还有织布机,最原始的木梭机,有磨坊、米舂、刺绣、缂丝、厨房活动、做蒸糕……室外项目,有踩水车、赶牛耕田、耙田、莳秧、采桑、喂蚕、钓鱼、网鱼、叉鱼、摇船,有单橹和双橹船、掼砖坯、烧窑、承接传统婚礼仪式、放风筝,还有季节性的活动,比如采红菱……"

项达民一口气报了许多,自己也觉得太多了,笑着住了嘴。

闻舒说:"真是如数家珍。"

项达民意犹未尽,又补充道:"还有,原先我们设计在二期工程里的平江庙会……"

边汇报,边引着闻舒往前走,闻舒看着绿草坪,说:"你动作很快,这些都是进口草坪,这么快就进来了?"

项达民说:"这是我们顾问的功劳。"

闻舒说:"噢,还请了顾问?"

项达民说:"是我们柏镇长的同学,平江大学的杨东教授。"

正说着,琳达挽着莱特的手臂,亲亲热热地走过来,莱特向大家介绍:"我的女朋友,琳达,她来桃花镇一个星期,已经第四次来这里。"

琳达跑到项达民跟前,脸凑得很近,项达民有些尴尬,琳达却笑起来,说:"项先生,我有许多好点子,你要不要?"

项达民刚要说话,突然看到柏森林急急地奔过来,手里捏着一张电传纸,大声喊着莱特和琳达的名字,走到跟前,看到了闻舒等领导,收住了脚步。

琳达似乎已经有预感,从柏森林手里拿过来一看,当即欢呼起来,扑到柏森林跟前在他脸上吻了一下,柏森林闹了个满脸通红。琳达回头对项达民说:"项先生,美国的回电来了,我一下子就接了两个团,你三月十号的试营业,没问题吧?"

项达民郑重地点了点头。

琳达挽着莱特往前走了,边走边指点着什么。

闻舒看了看项达民和柏森林,问:"隆飞翔怎么样?"

项达民说:"韩六舟马上出发,带队到欧洲去谈设备引进。"

闻舒脸上,露出了少见的欣慰,过了好一会儿,他说:"天下大势,分久必合,合久必分,周末七国纷争,并入于秦,秦灭之后,汉楚纷争,又并入于汉,后又分为三国……许多的分合之战,都发生在吴越地区……"

天上飘下几滴小雨,滴在人的脸上,已经没有了寒气。

闻舒和项达民同时抬头看看天,闻舒说:"我今天早晨出门时,看了看日历,今天正好交节,雨水,果然下雨了。"

项达民说:"这是春天的雨水了。"

七

送走了市县的领导,项达民和柏森林并肩往回走,他们穿过桃花镇的老街,突然在"客来"酒店门口站住了脚。

柏森林说:"怎么,想在这里喝酒?"

项达民说:"你也同时停下了脚步。"

他们相视一笑。

颇具大将风度的店老板,并不因为书记镇长同时驾到而慌乱或者紧张,虽然无论书记还是镇长,还从未到他的店里喝过酒。店老板不卑不亢地一笑,将桃花镇的两位最高领导迎了进来。

店里其他客人,外地来的多,并不认识项达民和柏森林,店老板将他们引到角落里的一张桌上,说:"这里安静些,那些人,喝酒喜欢吵闹。"

项达民说:"闹中取静。"

店老板走开后,项达民说:"你注意到了吗,今天吕书记的脸?"

柏森林说:"关于隆飞翔的问题,各方面压力很大。"

项达民说:"看来我对吕书记的希望是没有希望了,本来以为,从吕书记那儿也能解决一部分资金问题的,没有希望了。"

柏森林说:"怎一个钱字了得!"

项达民说:"我们这些劳碌命,还得继续去奔命,不只是为一个韩六舟,而是为许许多多的韩六舟……"

酒杯已经摆上来,冷菜也上来了,年轻的女服务员手忙脚乱地给他们倒酒,一不小心,打翻了酒杯。

店老板赶紧拿了抹布过来擦,边说:"对不起,是刚刚进店的服务员,手脚不利索,她是钢材厂的外来工。"

项达民看了看服务员,说:"厂子倒闭了,你有什么想法?"

服务员面无表情地说:"没有什么想法。"

项达民端起酒杯向柏森林敬了敬,没有喝酒,却先长叹一声,说:"柏森林,我舍不得呀。"

柏森林知道他说的是一些倒闭的企业,也举了酒杯敬一敬,喝干了杯中酒,说:"你以为我舍得?"

项达民说:"我一直到今天,才发现一个别人早就承认的真理,人不是万能的。"

柏森林说:"这不像你说的话。"

项达民说:"我以前总以为,只要我想干,只要我付出代价,我就一定能干成。"

柏森林说:"现在不这么想了?"

项达民摇头说:"一个人的能力,太有限太有限。"

柏森林也摇头,说:"我不同意你的看法,有几家乡镇企业倒闭,这不是一两个人的问题,这是大气候,与其奄奄一息下去,没有起死回生的希望,不如一痛永绝。与其拖到资不抵债被查封,不如采取主动。我看到报道,连巨人集团那么大的企业,都被查封了。"

项达民一直端着酒杯,始终没有喝那一杯酒,不知想到什么,突然笑了起来。

柏森林又给自己加满了一杯,看项达民笑,问道:"笑什么?"

项达民说:"我是高兴,柏森林呀,这三年,你知道你是个什么形象?"

柏森林说:"什么形象?"

项达民摇了摇头:"你金口难开呀!"

柏森林笑起来,说:"不是说沉默是金吗?"

项达民说:"但是你总算肯开口了,我还以为你要沉默三十年呢!"

柏森林笑道:"三十年太久。"

项达民却不笑了,说:"柏森林,如果不是你来桃花镇做三年镇长,今天的我,恐怕还是三年前的我。"

柏森林说:"反过来说,我三年前如果没有到桃花镇来,没有跟你这个一把手打三年交道,今天的我,恐怕也还是三年前的我……"

两人同时大笑起来。

过了一会儿,项达民说:"我那天听到一个新段子,说我们这些人,两袖清风,一肚子酒精,一身尼古丁,形象,形象。"

柏森林笑道:"这算是好干部的形象,还是坏干部形象呢?"又喝了一杯酒,看项达民仍然不喝,不由说,"怎么,对一肚子酒精后怕了?"

项达民没有回答,他喝了自己的杯中酒。

柏森林慢慢地一丝不乱地从口袋里摸出厚厚一沓纸来,自己先看了看,然后交给项达民。项达民接过去,看第一页上写着:"关于桃花镇教育现状的调查报告"。

项达民还没有说话,柏森林指指纸的下面,说:"还有另一份。"

项达民翻开来,看到第二份报告:"桃花镇环保工作的环境资料及环保方案"。

项达民看着这两份报告的题目,沉默了半天,竟然没有说出一句话来。

柏森林说:"换了你,你也会这么做。"

项达民认真地想了想,说:"是的。"看柏森林又要喝酒,手挡了一下,说,"柏森林,这杯酒你等一下。"

柏森林说:"等什么?"

项达民说:"等我问你一个问题。"

只是,项达民始终没有问出任何一个问题,却说:"柏森林呀,现在你比我能喝了。"

柏森林说:"我本来就比你能喝嘛!"

店老板走过来,手里举着一只酒杯,说:"两位领导,我敬你们一杯。"

天已经完全黑下来。

桃花镇的古街却灯火通明。